ISAAC BASHEVIS SINGER

Le Domaine

ROMAN

TRADUIT DE L'AMÉRICAIN
PAR GISÈLE BERNIER

REVU ET CORRIGÉ PAR
ANNE RABINOVITCH

STOCK

Dans Le Livre de Poche Biblio:

SHOSHA.
LE BLASPHÉMATEUR.
LE MANOIR.

Dans Le Livre de Poche Jeunesse :

ZLATEH LA CHÈVRE ET AUTRES CONTES.

Titre original :

THE ESTATE
(Farrar, Straus and Giroux, New York)

Le Domaine

Deuxième volet d'un triptyque qui commence avec *Le Manoir* et s'achève d'une certaine manière avec *La famille Moskat* (bien que ce dernier livre ait été édité quelques années plus tôt, en 1950), *Le Domaine* poursuit l'histoire de la famille Jacoby. Calman Jacoby avait, on s'en souvient, quatre filles : l'aînée, la courageuse Jochebed; Shaindel qui avait l'air d'une gitane; la troisième, Miriam Lieba, que captivaient les livres et les études; enfin Tsipele, la cadette, si généreuse qu'elle abandonnait tout ce qu'elle possédait aux mendiants venus frapper à la porte de son père. *Le Manoir* débutait en 1863, au moment de l'insurrection polonaise. *Le Domaine* s'achève à la fin du XIXe et au début du XXe siècle. Comme la plupart des livres de Singer, l'ouvrage parut d'abord en feuilleton entre 1952 et 1955 dans le *Jewish Daily Forward.*

Avec *Le Domaine*, la saga se développe donc, les générations se succèdent, les descendants de la famille Jacoby se dispersent, meurent ou s'exilent. Que sont devenues les tendres et rieuses filles de Calman ? Le destin s'est acharné sur elles. La souffrance a été leur lot commun. Elles ont connu tantôt la folie, la tuberculose ou le veuvage. Et pendant ce temps, la ville de Varsovie s'est métamorphosée. On a installé l'électricité, bientôt le téléphone. Les industries se sont développées, la médecine et l'hygiène aussi. On a construit des rues et des maisons nouvelles. Des quartiers entiers ont surgi de terre. Aux mouvements socialistes et humanitaires a répondu le cycle éternel des persécutions.

Dans *Le Domaine*, Singer qui est d'abord le plus passionnant des conteurs, distille le suspense. Certains Juifs choisissent de rester en Pologne, d'autres s'exilent aux Etats-Unis ou partent pour la Palestine. Mais de tous, qu'ils s'appellent Calman, Ezriel, Zadok, Marian ou Zipkin, Singer connaît la façon de penser. Mieux, on jurerait qu'il est chacun d'eux tour à tour, qu'ils expriment ses propres croyances, ses préoccupations et ses doutes. Eternelle alchimie du romancier qui s'identifie à ses héros ! Ils sont lui mais aussi, plus simplement, ceux qu'il a connus. Singer se souvient. Il a observé leur comportement : duplicité, mensonge, trahison, arrogance, mesquinerie, perversité, cruauté. Jamais le romancier ne juge ou ne condamne. La vérité, où est-elle ? Et quelle vérité ? Y en a-t-il une ou plusieurs ? Des vérités successives ou simultanées ? Dans *Le Domaine*, les hommes trahissent les femmes, les enfants trahissent leurs parents et les adultes se trahissent eux-mêmes. Rien cependant n'est irréversible. Clara, la seconde épouse de Calman, dont la vie n'a été que mensonges, retrouve à sa mort une forme de dignité. Lucien, le gendre de Calman qui a abandonné sa femme, acquiert, lui, au moment de son suicide une gravité et une force inconnues...

« *Je crois en Dieu. Mais je doute aussi* », avoue Singer. C'est pourquoi, dans

(Suite au verso.)

Le Domaine, à côté des croyants, nous rencontrons les sceptiques. Que l'on ne s'y trompe pas, Singer n'est pas un homme à message ! A ses yeux, les Dix Commandements ont déjà tout dit d'une manière aussi lapidaire que définitive. A quoi bon y revenir ? Il veut seulement ressusciter l'atmosphère et la vie des communautés juives de Pologne. Il brasse les décennies avec le souffle d'un Tolstoï : passions, adultères, vengeances, haines, ambitions avortées, ferveurs révolutionnaires, abnégation et amour... Tous les sentiments, toutes les émotions galvanisent son récit. Que ce soit en Pologne ou sur les terres promises d'Amérique ou de Palestine, l'homme rencontrera-t-il jamais autre chose que la souffrance ? Est-ce là le mal de vivre des pauvres infortunés en quête de salut ou de savoir ? Rares sont les moments d'illumination et de paix, les élans du cœur, les heures radieuses. Néanmoins, la femme perdue, comme le sage rabbin, peut avoir, à la fin de sa vie, la vision rayonnante de l'éternité.
Singer, qui n'oublie pas ses racines, écrit en yiddish. Cette langue, qui trouve ses origines dans le vieil allemand, l'hébreu et l'araméen, excelle à créer des mots permettant de décrire la personnalité, le caractère ou le tempérament. Un écrivain yiddish, c'est donc aussi celui qui se souvient de son enfance et de sa jeunesse. D'ailleurs, Isaac Bashevis Singer ne fait pas de différence entre ses œuvres de fiction (romans ou nouvelles) et ses textes autobiographiques. Ce sont des fragments de vie dans les deux cas. Par exemple, Rabbi Benish, dans *La Corne du bélier,* son premier roman publié en 1933, est son propre grand-père maternel, Ses personnages peuvent venir de New York où il a émigré en 1935, à l'âge de 31 ans, ou de Bilgoray, ou de Radzymin, le village où il est né en 1904, ou de Varsovie, tous sont aussi réels et peuvent donner matière à de vraies histoires. Pour écrire, selon lui, il faut en effet avoir un bon sujet mais aussi le désir forcené de l'écrire. Encore n'est-ce pas suffisant. Il me faut surtout « *être convaincu, ou en tout cas avoir l'illusion que je suis le seul à pouvoir écrire cette histoire-là.* »
Singer est l'auteur d'une vingtaine de livres : *Shosha, Le Blasphémateur, Le Magicien de Lublin, L'Esclave, La Couronne de plumes*... ainsi que de nombreux recueils pour enfants. Traduit en 22 langues, Singer qui vit à New York depuis près de 40 ans, a reçu le Prix Nobel de littérature en 1978.

Nicole Chardaire

Avant-propos de l'auteur

Le Domaine *est à la fois la suite et la fin du roman* Le Manoir, *publié en 1967. Le Manoir commence en 1863, par l'insurrection polonaise, et* Le Domaine *s'achève à la fin du XIXe siècle – époque où l'humanisme, prêché depuis des générations, se concrétisa. Les événements survenus dans le village de Jampol et les problèmes soulevés au sein d'un petit groupe de jeunes autodidactes se réunissant dans des chambres meublées, à Varsovie, furent à la base des agitations d'ordre social et des désillusions terribles de l'époque actuelle. L'ouvrage complet a paru sous forme de roman-feuilleton, entre 1952 et 1955, dans le* Jewish Daily Forward. *Bien que le roman* La Famille Moskat *ait été édité quelques années plus tôt, il est dans un sens le troisième volet d'un triptyque, un récit s'ajoutant aux deux autres.*

Le Domaine *a été traduit par mon neveu, Joseph Singer, et par Elaine Gottlieb, la femme de mon regretté ami Cecil Hemley, ainsi que par Elizabeth Shub. L'ouvrage a été édité par cette dernière avant d'être soumis à la bienveillante attention de Robert Giroux. Je tiens à leur exprimer ma profonde gratitude.*

I.B.S.

Première partie

1

I

Daniel Kaminer tomba soudain malade. Il se sentait fiévreux et il commençait à tousser. Céline lui donna du thé additionné de jus de framboise et lui frictionna la nuque et le dos avec de la térébenthine, mais sans grand succès. Le lendemain matin il fut incapable de se lever. Il réclama un miroir. Pendant la nuit ses joues s'étaient creusées et sa barbiche semblait s'être étiolée. « Céline, je me meurs! » dit-il.

Céline se mit à pleurer. Elle fit immédiatement venir un médecin de Skarshew. Daniel Kaminer était atteint de pneumonie. On lui appliqua des ventouses et on lui posa des sangsues, mais son état empira d'heure en heure.

Clara, sa fille, était à l'étranger. Elle avait écrit de Paris qu'elle s'était querellée avec Zipkin et que celui-ci l'avait quittée. Elle avait joué et perdu de l'argent à Monte-Carlo. Elle avait fait la connaissance d'un Juif russe, commerçant de la Première Guilde, autorisé à vivre hors du territoire. Elle envoyait des missives brèves au ton câlin et dont les phrases se terminaient généralement par des points de suspension. Pour Daniel Kaminer, une chose était claire : sa fille était sur un terrain glissant. Felusia, que Clara lui avait confiée avant son départ, faisait désormais partie de la famille. Toutefois, lorsqu'on est mourant, plus rien n'a d'importance. Daniel Kaminer avait des sentiments mitigés sur l'au-delà. Il admettait l'existence d'un Dieu, cependant il lui était difficile de croire à l'immortalité de l'âme. Qu'arrivait-il aux âmes des morts? Où demeuraient-elles? Combien de temps une âme errait-elle dans un cimetière ou hantait-elle une synagogue glaciale? Toutefois, Daniel Kaminer n'avait pas perdu son sens de l'humour. Il gémissait et plaisantait en même temps. Il dit à Céline qui le pleurait déjà :

« Chut! Ne geins pas! Tu vas réveiller l'Ange de la Mort...

– Que deviendrons-nous?

– Il y a tant de veuves sur terre! tu n'en feras qu'une de plus.

– Que Dieu m'en préserve! Que vais-je faire avec mes enfants?

– Mets-les à mariner dans le vinaigre... »

Bien que Daniel Kaminer raillât, il se faisait des soucis pour sa progéniture. Il avait connu quelques années de malchance, de sorte qu'il n'avait pas amassé la moindre fortune. Les Russes lui devaient de l'argent, mais comment un mort pourrait-il réclamer son dû? Céline avait une cervelle d'oiseau. Elle serait incapable de récupérer un sou vaillant. Sa mère était paralysée. Elle n'était plus en mesure de travailler, aussi était-elle à la charge de la famille. Que deviendraient Céline et les enfants? Si Clara était à la maison, il pourrait au moins en discuter avec elle. Mais voilà... elle était à l'étranger. Pendant des heures de suite Daniel Kaminer ne pensa plus à rien. Il luttait pour expectorer les glaires qui obstruaient sa gorge et ses bronches. Il s'imaginait que, s'il réussissait à s'en débarrasser par une toux violente, il se sentirait mieux aussitôt. Néanmoins, lorsqu'il essayait de tousser, il ressentait une douleur lancinante et des points de côté. Il avait la tête brûlante, les pieds endormis, les doigts gourds.

Céline rôdait alentour dans une blouse de travail souillée, les pieds glissés dans des pantoufles usées, la tête couverte d'un fichu sale. Elle pleurait en mâchonnant sans arrêt quelque chose. De temps à autre elle s'immobilisait au chevet de Daniel et elle secouait la tête avec une expression de douleur dont les femmes ont le secret depuis que le monde est monde. En moins d'un an elle serait probablement remariée, se dit Daniel. Il y avait toujours quelqu'un pour prendre votre place. Lui-même n'avait pas assez profité de la vie. Il avait souvent entendu des gens âgés dire que, s'ils pouvaient recommencer leur vie, ils sauraient comment la réussir. Cependant, à bien réfléchir, en quoi changerait-il sa vie s'il avait aujourd'hui quarante ans? Deviendrait-il un hassid, passant ses journées dans la maison de prière? Boirait-il davantage, mangerait-il mieux, posséderait-il un plus grand nombre de femmes? Non. On ne peut pas être plus sage que le destin.

Daniel Kaminer s'endormit. Il rêva que la Russie était en guerre et qu'il avait reçu l'ordre du tsar de rejoindre l'armée. Les régiments paradaient devant lui : Cosaques, Circassiens, Tartares, portant le fusil, la lance, l'épée. Ils chantaient une chanson monotone, extrêmement triste, qui semblait venir d'un autre monde. Etait-il possible qu'ils fussent morts? Des cadavres qui font la guerre? Daniel eut une quinte de toux et se réveilla. Soudain une idée lui vint. Il enverrait un télégramme à Varsovie, enjoignant à Sacha de venir tout de suite. Il était convaincu que son petit-fils était loin d'être aussi sauvage qu'il en donnait l'impression; à vrai dire il s'était très mal conduit depuis que sa mère était partie. Il y avait eu des plaintes de la part du directeur de son école. Mais enfin, n'était-il pas normal qu'un garçon, laissé à la miséricorde de Dieu, seul dans une grande ville, se livrât à certains excès?

Daniel Kaminer avait compris depuis longtemps que le garçon, beau parleur, savait prendre les gens. Peut-être avait-il également le sens des affaires? Sacha tenait du côté maternel, de la famille Kaminer. Daniel Kaminer fit appeler le colonel Shachowsky, Russe d'un certain âge, avec lequel il était en relations d'affaires. Bien que le colonel, dans le passé, fût souvent en désaccord avec Kaminer, il se montra peiné de le voir aussi malade et il insista pour qu'on fît venir le médecin militaire.

Cependant Daniel Kaminer lui dit : « Votre Excellence, je suis pour ainsi dire mort. Mon petit-fils Sacha est mon héritier.

– Oui, je le connais, il s'agit de ce jeune homme de belle mine.

– Il prendra en charge mes orphelins. »

Le colonel Shachowsky fondit en larmes. Céline lui offrit un verre d'alcool. Il promit à Kaminer qu'il aiderait Sacha autant que possible. Le médecin militaire, arrivé entre-temps, prescrivit une nouvelle application de ventouses au malade dont l'état de santé empira progressivement, malgré tous les soins : sa respiration devint sifflante comme le bruit d'une scie, son nez se mit à saigner. Un membre de l'office des morts estima que le moribond devait faire sa confession; mais Kaminer refusa. « On n'engraisse pas en se confessant », railla-t-il.

Au petit matin, il était mort. Le colonel Shachowsky convoqua l'orchestre militaire à l'enterrement. Bien que le rabbin de Jampol déclarât qu'il était interdit de jouer de la musique à des obsèques juives, le pharmacien Grain fit objection et le traita d'ignare. Avec le temps, le nombre des Juifs éclairés avait augmenté considérablement à Jampol, aussi ceux-ci prirent-ils le parti du pharmacien. Quoique malade et presque impotente, Mme Frankel arriva de Varsovie et apporta un chapeau avec un voile noir à Céline.

La congrégation du dernier devoir exigea un prix

exorbitant pour le lieu de sépulture, cependant le colonel Shachowsky menaça qu'il ferait envoyer les responsables en Sibérie s'ils exploitaient la veuve. Les Russes et les hérétiques prirent les funérailles à leur charge. Mmes Grain, Tamara Shalit et Sonia Sorkess cousirent un linceul pour le cadavre. L'orchestre militaire et une compagnie de soldats suivirent le convoi funèbre en jouant des marches militaires. Arrivés au cimetière, Grain, David Sorkess et le colonel Shachowsky firent le panégyrique du défunt. Les épouses des officiers sanglotèrent lorsqu'elles aperçurent Céline avec ses nombreux orphelins – l'un plus petit que l'autre, comme une volée d'escalier... Tout le monde connaissait Sacha. Les hommes lui donnaient des bourrades amicales dans le dos. Les femmes le consolaient. Chacun disait la même chose : il aurait certainement mieux valu pour Sacha qu'il terminât ses études secondaires et qu'il entrât à l'université. Mais puisqu'il était obligé de prendre la suite des affaires grand-paternelles, ils l'aideraient, lui enseigneraient le commerce, avec l'aide de Dieu.

Les officiers en garnison à Jampol tinrent parole. Le colonel Shachowsky, généralement en retard pour ses paiements, s'acquitta de toutes ses dettes promptement. Mayer Joel, gendre de Calman, était, lui aussi, devenu fournisseur de l'armée et, de ce fait, le concurrent de Kaminer, mais à présent on faisait passer toutes les commandes à Sacha. Il s'avéra que le garçon avait l'instinct juif du commerce. Il apprenait si vite que les gens en restaient ébahis. Bientôt le nom de ceux qu'on pouvait soudoyer n'avait plus de secret pour lui. Il s'assurait que le colonel ainsi que le général Horne, qui avait remplacé le général Rittermayer, recevaient leur dû coutumier.

Tout d'abord Mayer Joel essaya de résister et de défendre ses propres intérêts. Il gardait le bail du domaine et il restait propriétaire du moulin. Il était en mesure de fournir des produits meilleur marché que

Sacha. Il envisagea de se rendre à Varsovie, de payer les pots-de-vin nécessaires pour usurper sur les droits de Sacha. Cependant Calman intervint. Il avait encore son mot à dire. Les carrières de pierre à chaux et le chemin de fer étaient toujours à son nom. Avant toute chose, il rappela à Mayer Joel que Sacha n'était pas un étranger : il était le fils de Calman et le beau-frère de Mayer Joel. Il serait déshonorant, surtout aux yeux des chrétiens, qu'une sœur et un frère se fissent une concurrence déloyale. Ensuite, il fit remarquer à Mayer Joel qu'il était un homme riche. Combien d'argent fallait-il pour vivre? Personne ne pouvait emporter son argent dans la tombe. Et puis, Sacha avait à sa charge une veuve et des orphelins. Et enfin, les autorités soutenaient les intérêts de Sacha. Calman se rendait parfaitement compte d'où soufflait le vent. Le garçon passait jours et nuits au club des officiers, il utilisait leurs traîneaux et il fréquentait leurs femmes et leurs filles. Aussi longtemps que Sacha faisait ses études à Varsovie, il n'avait causé à Calman aucun désagrément. A présent qu'il était à Jampol, il le déshonorait. Néanmoins rien de bon ne résulterait d'une rupture ouverte. Si on harcelait un garçon comme Sacha avec trop d'insistance, il serait capable de se convertir, rien que par dépit.

II

Sonia reçut une lettre de son frère. Celle-ci portait le tampon de Paris. En voici le libellé, sur quatre pages étroitement remplies :

« Chère Sonia,

« J'avais envie de t'écrire depuis longtemps, mais j'ignorais ton adresse. Lorsque j'ai quitté Varsovie, tu ne savais pas encore ce que tu allais faire, ni même où tu avais l'intention de demeurer. Je viens d'apprendre par nos parents que tu changes d'adresse constamment et je dois dire qu'à cet égard nous sommes dans une situation identique. Au cours des derniers mois j'ai changé d'hôtel et de chambre meublée si souvent que j'en suis tout étourdi. Il faut que je t'avertisse sans retard que nos parents ignorent toujours dans quelles circonstances j'ai entrepris mon voyage à l'étranger, bien que Clara désire qu'ils connaissent la vérité. J'avais le pressentiment que notre aventure serait de courte durée. Je sais, grâce à tes lettres, que tu as tenu ta promesse et que toi aussi as gardé le secret. Je t'en suis reconnaissant, de tout mon cœur. Je craignais que Sabine ne vende la mèche, mais apparemment elle n'a pas soufflé mot de notre histoire. Ainsi, au moins les parents n'ont-ils pas été entraînés dans la boue avec nous.

« Oui, ma chère Sonia, tu avais raison, mille fois raison. J'ai agi comme un fou qui court au suicide. J'avais toujours cru que j'étais un homme à l'esprit pratique, et que tu étais une jeune fille romanesque qui vivait dans un monde de rêve. Aujourd'hui je dois admettre que tu sais juger les gens bien mieux que moi. Je ne puis t'exprimer en paroles, petite sœur, combien j'ai souffert. J'ai l'impression que, depuis mon départ de Varsovie, non quelques mois, mais des années se sont écoulées. Kubus semble n'exister que dans mon imagination, bien que, jour et nuit, je soupire après sa présence. Il vient me visiter dans mes rêves. Je sais que je ne devrais pas t'importuner avec mes histoires, mais j'ai besoin de quelqu'un à qui me confier, sinon je vais étouffer. Je me sens brisé, à la fois sur le plan psychologique et physique. Crois-moi, si ce n'était pas à cause de nos parents, je me tuerais.

« Te relater toutes mes expériences et te raconter ce que j'ai dû endurer est impossible, car mon histoire remplirait les pages d'un livre. Je vais donc essayer d'être aussi bref que possible. Dès que nous avons quitté la

Pologne, Clara a changé d'attitude. On aurait dit qu'elle était possédée du diable. Elle devenait affreusement irritable, elle se plaignait que ses enfants lui manquaient, qu'elle était malade, qu'elle avait commis une folie, et ainsi de suite. A Berlin elle insulta la femme de chambre. Son comportement était si vulgaire que j'avais du mal à en croire mes yeux et mes oreilles. Elle commença à compter chaque sou qu'on dépensait, elle se disputa avec les garçons de restaurant, elle suspectait tout le monde de la voler. Elle me rappelait constamment que je ne possédais pas d'argent. Soudain, elle m'annonça qu'elle désirait se rendre à Monte-Carlo, avant de visiter Paris. C'est à cause d'un homme nommé Mirkin, Juif venu de Russie, qui séjournait à notre hôtel, qu'elle changeait ses projets. Il faudrait être Tourgueniev ou Boleslas Prus pour le décrire. Il lui arrivait de se lever au milieu de la nuit et de commander du canard rôti. Il voyageait accompagné d'un secrétaire, qui faisait également fonction d'entremetteur. Pardonne-moi d'en faire mention, mais c'est la stricte vérité. Il avait de l'argent à n'en savoir que faire. Il exportait des fourrures de la Sibérie en Europe occidentale et il possédait des succursales partout. Il faisait également le commerce des tapis de Boukhara, et le diable sait quoi d'autre. Il avait au moins soixante-cinq ans; il était borgne; il avait une femme et des enfants mariés, quelque part dans le monde. Tu aurais dû voir comment ces deux escrocs, lui et Clara, manifestèrent une attirance immédiate l'un pour l'autre. Dès leur première rencontre, je cessai d'exister pour elle. Jadis elle s'était déjà vendue à Calman Jacoby. Mirkin était encore plus vieux et plus laid que Calman, mais ce dernier était du moins un homme honnête.

« Sonia, tu vas sans doute sourire en lisant ces lignes. Tu m'avais mis en garde. Si seulement je t'avais écoutée! J'aurais dû cracher sur elle, mais j'étais tellement épuisé et brisé que je n'avais tout simplement pas la force de prendre une décision. Tel un idiot je la suivis à Monte-Carlo et je subis le châtiment que je méritais, même pire que je méritais. A Monte-Carlo cette vieille buse de Mirkin joua à la roulette et perdit des sommes énormes. Clara tenta sa chance à son tour et elle perdit plus de mille roubles. Je suis certain qu'elle espérait prendre Mirkin à sa femme et devenir de nouveau millionnaire, toutefois elle eut affaire à un vieux chien rusé. Tant qu'elle lui plaisait, il s'amusa avec elle et la gava de caviar et de champagne. Puis, un jour, il reçut un télégramme – c'est du moins ce qu'il prétendit – et le voilà parti! Il affirma qu'il reviendrait à Monte-Carlo et il laissa même son secrétaire – ou appelle-le comme tu voudras – sur place. Quelque temps après, le secrétaire disparut à son tour. Seul le diable sait quelles étaient les véritables intentions de Mirkin, toujours est-il que Clara devait le rejoindre plus tard quelque part. Tout ceci, tu comprends, mit fin à notre liaison. J'eus tout loisir de découvrir cette femme dans sa vulgarité. Tu auras du mal à me croire, Sonia, mais il y a eu des jours où je mourais littéralement de faim, ceci parce que mes quelques centaines de roubles avaient été dépensés pour le prix du voyage. Bref : nous avons fait nos adieux, ou plutôt nous nous sommes séparés sans nous dire au revoir. Depuis, elle a fait une nouvelle tentative pour s'insinuer dans mes bonnes grâces, mais aussi indigne que je sois, je ne suis pas encore tombé assez bas pour m'humilier devant cette femme. Je partis en proférant une malédiction, non contre elle (une canaille restera toujours une canaille), mais contre moi-même et ma frivolité ignoble.

« Pendant longtemps je n'ai pas osé écrire à Sabine. Quand, finalement, je l'ai fait, je n'ai reçu aucune réponse; je ne peux pas la blâmer. J'avais trahi Sabine, moi-même, l'enfant, et tout ce qui est décent. J'ai complètement perdu le respect de moi-même, et c'est là le pire de mes tourments. J'en éprouve un déchirement de cœur dont, je l'espère, tu ne feras jamais l'expérience.

« Pourquoi faut-il que je trouble ta sérénité, chère Sonia? Comment pourrais-tu m'aider? Voici ma situation : actuellement je suis sans un sou. J'ai vendu ma montre en or et tout ce qu'il était possible de monnayer. J'hésite entre deux solutions : rentrer à la maison ou partir pour l'Amérique – si j'avais de quoi payer le prix du voyage. Je dois déjà la note de ma chambre d'hôtel. J'envie chaque chien, chaque chat, chaque ver de terre que je rencontre dans la rue. Sonia, il faut que tu trouves cent cinquante roubles – encore que je voie mal où tu pourras te procurer une telle somme – et que tu m'envoies cet argent. Tu m'as parlé un jour d'une dot que nos parents avaient mise de côté pour toi. Naturellement, j'ai l'intention de te rembourser. Je te serais éternellement reconnaissant. Je n'ai personne que toi. Si toi aussi te détournes de moi, il ne me reste plus qu'une seule issue.

« Sonia, ne te fâche pas! Je suis au supplice. Je n'aurais jamais cru qu'un être humain puisse endurer un tel enfer. Ma chambre est glaciale, faute de chauffage. Mon âme est encore plus glacée. J'aimerais te demander une autre faveur : voudrais-tu rendre visite à Sabine et lui expliquer ma situation? Je ne désire pas imposer ma présence à Sabine à laquelle j'ai fait un tort terrible, mais je veux simplement essayer d'arranger les choses. Parle-lui et tu sauras d'après ce qu'elle dira si elle pourra jamais me pardonner.

« L'Europe est magnifique; on y mène une vie luxueuse et raffinée, en toute liberté. Cependant, à mes yeux, le monde entier est devenu misérable. Les Juifs d'ici bénéficient d'une bonne institution : une cantine populaire, gérée par l'Alliance israélite. J'y prends le repas de midi afin de ne pas mourir de faim. Oui, ton frère est devenu un mendiant. Le genre d'individus qu'on rencontre dans ce lieu est indescriptible. J'ignorais jusqu'ici que de tels phénomènes existaient.

« Chère petite sœur, assez d'amertume dans une seule lettre! Je t'embrasse un millier de fois. Si tu ne peux m'être d'aucun secours, au moins écris-moi! Ce sera toujours un réconfort pour moi.

« Ton Alexandre bien malheureux. »

« Mon cher Alexandre, mon frère bien-aimé,

« Te souviens-tu de ce que je te disais ce fameux matin, dans l'appartement de Clara? Quoi qu'il arrive, je t'aimerai toujours!

« Lorsque j'ai prononcé ces paroles, je ne les croyais pas prophétiques. Pourtant j'ai dû avoir une prémonition. Je tiens à t'avouer que, depuis mon enfance, je t'aime d'un amour terrible. Peut-être est-ce un péché de l'admettre, mais je t'aime plus que nos parents. Sans doute, parce que tu es si sauvage et si passionné. Je me rappelle que, la seule fois où tu m'as frappée (que ce temps-là est lointain!), je t'ai pardonné immédiatement. Eh bien, assez de sentiment!

« Je ne t'ai pas répondu tout de suite parce que j'ai essayé de trouver un moyen de t'aider. J'ai fait tout ce que j'ai pu, mais ici, à Varsovie, je n'ai même pas réussi à réunir cent cinquante kopecks, sans parler de roubles. Moi aussi j'ai connu le malheur, mais ce n'est pas le moment d'en parler. Je voudrais simplement t'apprendre que Mirale est toujours à l'hôpital, gravement malade, et que selon la rumeur qui persiste, celui qui est responsable de son état est son ami. On frissonne à l'idée qu'une telle chose est possible. L'homme en question a démenti avec véhémence les bruits qui courent, néanmoins il a jugé préférable de disparaître. Comment ai-je pu survivre à tant de malheur? J'en reste confondue. Tu es athée mais moi je crois toujours en Dieu, et c'est peut-être ma foi qui m'a sauvée. Je suis déçue, cruellement déçue, non par le genre humain, mais par certaines personnes en particulier. Je continue à croire que nous connaîtrons des lendemains meilleurs et que le soleil brillera de nouveau pour tout le monde. Si je perdais ma foi, je ne pourrais plus respirer.

« Je travaille comme vendeuse à Varsovie. Oui, je me tiens derrière un comptoir dans une mercerie et je vends des cravates, des boutons de manchettes, des chaussettes et d'autres articles du même genre. Le travail est fatigant. Je commence de bonne heure le matin : c'est moi qui ouvre la boutique. Après la fermeture, à sept heures du soir, je dois rester pour ranger les marchandises et mettre de l'ordre. Le temps de rentrer à la maison et de terminer mon repas du soir, il est déjà onze heures. Morte de fatigue, je m'écroule sur mon lit et je dors d'un sommeil profond.

« Quelle chance que ta lettre soit arrivée un vendredi, car le magasin est fermé le samedi. Mon frère bien-aimé, je veux te raconter tout dans l'ordre chronologique des événements. Le samedi matin, je suis allée voir Sabine. Kubus est plus charmant que jamais, tandis que Sabine s'est montrée morose et aigrie. Elle ne m'a pas laissée entrer. Tout d'abord elle déchargea sa bile sur moi, puis elle me dévisagea avec une expression sarcastique et elle me rit au nez. S'il faut la croire, tout ce qu'elle souhaite est que tu lui accordes le divorce selon la coutume juive. Manifestement sa mère l'excite contre toi.

« A présent imagine ce qui m'est arrivé ensuite : ayant quitté l'appartement de Sabine, je remontais sans but précis le boulevard de Cracovie. Soudain, quelqu'un appela mon nom : une femme en vêtements de deuil. Je fus terriblement effrayée. L'inconnue n'était autre que Clara! J'ai voulu l'éviter, mais elle m'a empoignée si brutalement que j'en ai encore mal au bras. Il paraît que son père est mort. Je lui affirmai que je n'avais rien à lui dire, mais elle me pria de ne pas la quitter. Elle se mit à pleurer en pleine rue, aussi me sentis-je très embarrassée. Je l'accompagnai jusqu'à un café. Elle me retint en sanglotant et me conta son histoire pendant trois heures de suite. Heureusement la salle du café était vide. Moi aussi je pleurai. Les tasses de café que le garçon nous apporta recueillirent nos larmes. Mon cher Alexandre, que pourrais-je te dire? Je connais tous les défauts de Clara, n'empêche qu'elle n'est pas aussi insensible que Sabine. Une personne vulgaire n'est pas forcément dépourvue d'âme. Je ne peux te raconter tout ce qu'elle m'a dit. L'essentiel est qu'elle se repent. Le commerçant russe lui a rendu visite à Varsovie, mais elle l'a envoyé au diable. Elle parlait de toi comme si tu étais un ange. Que tout est donc étrange! Elle m'a juré qu'elle soupire après toi jour et nuit, et qu'elle est prête à laver tes pieds et à boire l'eau dans laquelle ils ont trempé (ses propres paroles!). Elle m'a demandé de lui donner ton adresse, mais j'ai catégoriquement refusé. Elle désirait te faire parvenir de l'argent, mais je craignais que tu n'en fusses humilié. En revanche, j'ai expédié ta lettre remise par exprès à nos parents, et aujourd'hui (mardi), j'ai reçu un télégramme de leur part, spécifiant qu'ils vont t'envoyer de l'argent. Pardonne-moi, mon frère chéri, d'avoir mis nos parents dans le secret. Je ne pouvais pas te laisser mourir seul et abandonné à Paris.

« Ah! oui, j'oubliais d'ajouter que Sacha, le fils de Clara, a abandonné ses études afin de prendre en main le commerce de son grand-père. Selon Clara, il fait des miracles d'ingéniosité. Felusia et Louise sont de retour à Varsovie. A présent, cher Alexandre, je veux que tu saches que rien ne me retient en Pologne. Je ne puis rentrer chez moi. J'ai peur d'attraper la maladie de Mirale... une maladie contagieuse. Tout le monde tombe malade...

« Je n'ai pas besoin de te dire que mon travail me donne peu de satisfaction. De plus, je suis déprimée parce que j'ai subi une grande déception. Pour le moment je n'ai qu'un seul désir : partir pour l'Amérique. D'une manière ou d'une autre, je m'arrangerai pour rassembler la somme nécessaire pour mon voyage. Cependant, je ne veux pas partir seule. Attends-moi, Alexandre, je te rejoindrai bientôt. Toi aussi tu désires partir pour l'Amérique; ne vaut-il pas mieux pour nous deux de faire ce voyage ensemble? Réponds-moi immédiatement! Je t'embrasse et je te serre sur mon cœur.

« Ta Sonia dévouée. »

« P.-S. – Réponds vite, car chaque jour compte. »

« Mon cher Alexandre,

« Après ma lettre d'hier, je t'écris aujourd'hui un petit mot rapide. Clara est venue me voir au magasin. Elle m'a suppliée avec insistance de lui donner ton adresse. Elle m'empêchait de travailler. J'avais peur que « le Vieux » (c'est ainsi qu'on appelle le patron) ne me mette à la porte. Je ne l'ai pas écoutée et je ne lui ai pas donné ton adresse; en revanche, je lui ai promis de te transmettre sa lettre; tu la trouveras ci-incluse. Fais comme bon te semble. Cette femme prétend t'aimer, mais, Dieu m'est témoin, je ne comprends pas cette sorte d'amour. Je présume que je ne suis qu'une provinciale, « une simple demoiselle de Kuniev », comme tu m'appelais jadis... Quoi qu'il arrive, réponds-moi immédiatement! As-tu reçu l'envoi d'argent de nos parents? La somme est-elle suffisante?

« Bons baisers.

« Ta Sonia. »

« P.-S. – Si je cesse de t'écrire, tu sauras que je suis tombée malade... Néanmoins je garde l'espoir que tout s'arrangera. »

La lettre de Clara à Zipkin que Sonia transmettait était ainsi conçue :

« Mon cher Alexandre,

« Pendant que je t'écris je ne puis m'arrêter de pleurer. Peut-être mes larmes seront-elles la preuve de ma sincérité. En peu de temps j'ai perdu les deux êtres qui m'étaient les plus chers : mon père et toi. En vérité, j'ignore pourquoi Dieu a cru bon de me punir de cette manière. Les quelques heures que j'ai passées avec ta sœur m'ont permis de conclure que tu te juges parfaitement innocent et que tu me blâmes pour tout ce qui est arrivé. Or ce que tu ne sembles pas vouloir admettre est que, dès l'instant où nous avons quitté Varsovie, tu as changé d'attitude. On aurait dit qu'un esprit malveillant te possédait. J'étais si heureuse que nous soyons enfin réunis après tant d'efforts et de sacrifices, tandis que toi, pendant tout le voyage en train, tu restais assis en silence, broyant du noir, et tu ne répondais même pas lorsque je te parlais. Je me disais que pour une raison ou pour une autre tu étais de mauvaise humeur. C'est pourquoi je décidai de te laisser seul (moi aussi j'ai ma fierté). Malheureusement, ta « lubie » dura jusqu'à la fin du voyage. Je crains que tu n'aies oublié comment tu t'es comporté, ou bien que tu l'aies oublié volontairement. Chacun de tes regards me transperçait littéralement. Tu pinçais tes lèvres minces, et il n'y avait rien à faire pour les desserrer. Tu me fixais comme si j'étais ta pire ennemie. Je sais qu'il n'a pas été facile pour toi de quitter ta famille, mais moi aussi j'ai abandonné mes enfants et, chose plus grave, j'ai divorcé d'avec un homme riche à cause de toi.

« J'ai fait plus de sacrifices pour toi que je n'en ai jamais fait pour quiconque. Et comment m'as-tu récompensée? Par le mépris et par l'insulte. Lorsque j'ai engagé la conversation avec la dame au chapeau jaune, tu as fait des remarques qui m'ont gênée. Tu n'as même pas eu la politesse de ramasser mon sac qui m'a glissé des mains, et tu as saisi chaque occasion pour démontrer aux autres voyageurs ton manque de respect pour moi. Je suis sortie du compartiment pour pleurer dans le couloir, et ceci la première nuit de notre " lune de miel ". Lorsque nous sommes arrivés à Berlin, tu es parti et tu m'as laissée seule toute la journée à l'hôtel. A ton retour je t'ai demandé où tu avais passé ton temps et tu as refusé de me répondre. Je ne comprendrai jamais comment quelqu'un peut changer ainsi en une seule nuit. La seule explication que je trouve est ma malchance : elle me poursuit depuis l'âge de raison, bien que j'aie toujours essayé d'être amie avec tout le monde. Je sais que tu n'aimais ni mon costume ni mon chapeau; mais aussi pourquoi ne m'avais-tu pas accompagnée chez le tailleur lorsque je te l'avais demandé? Tu n'avais même pas voulu jeter un coup d'œil sur le magazine de mode. Or ensuite, alors que j'avais dépensé tant d'argent et fait un tel effort, tu avais exprimé ton opinion en un seul mot : " Vulgaire ". C'était comme une sentence de mort. Qu'y avait-il de si " vulgaire " dans ma tenue? La soie, le velours et les plumes d'autruche sont d'une grande élégance. Tout le monde en dehors de toi m'avait accablée de compliments. J'ai souvent essayé de m'expliquer franchement avec toi, mais tu as une manière si " délicate " d'ignorer ceux qui te sont proches! Tu m'as littéralement empêchée de parler, et lorsque je réussissais néanmoins à placer un mot, tu me ridiculisais. Tu as envenimé les choses à tel point que nous avons passé nos nuits séparément au lieu d'être ensemble à tout moment. Tu sais que ce que j'écris correspond à la vérité : si je mens, que Dieu me punisse et ne me laisse pas vivre assez longtemps pour conduire mon Sacha sous le dais nuptial! Oui, c'est vrai, je jure comme une marchande de poisson, comme tu dis si bien, mais crois-moi, une marchande de poisson a plus de cœur que toi. Tu étais de méchante humeur et tu passais ta colère sur moi, sachant que je tenais à toi. Ton sarcasme concernant ma façon de parler l'allemand était déplacé. Comment aurais-je pu autrement communiquer avec les Allemands? Tout le monde m'a complimentée, étant donné que je suis russe, sur mes facilités pour la langue allemande. Tu m'as laissée me débrouiller seule dans une ville étrangère. J'ai beau avoir tout supporté avec le sourire, mais, crois-moi, si tu avais pu sonder mon cœur à ce moment-là, tu l'aurais trouvé plein d'amertume.

« A présent parlons du vieil homme, Mirkin, principale cible de tes accusations. Son seul péché était d'avoir agi humainement et avec bienveillance. C'était un vieillard, assez vieux pour être mon père. Il était trop expérimenté pour ne pas comprendre ce qu'il y avait entre nous deux. A qui d'autre aurais-je pu me confier, alors que tu montrais une attitude si irréfléchie? J'ai été seule trop souvent dans ma vie. Quelle objection voyais-tu à ce qu'une personne âgée, et impotente par-dessus le marché, me témoigne quelque sentiment paternel et me fasse visiter une ville qu'elle connaissait bien? Même un chien ne peut pas toujours vivre seul. Manifestement tu n'attendais qu'une occasion pour jouer l'amant jaloux, or il fallait être fou pour suspecter ma bonne conduite. Aurais-je abandonné mes chers enfants pour quelqu'un qui avait déjà un pied dans la tombe? En ce qui concerne Monte-Carlo, ce fut ton idée d'y aller, et non la mienne. Moi je désirais me rendre directement à Paris. Or, voilà que soudain tu affichais de l'affection pour Mirkin. Je prévoyais que Monte-Carlo me serait fatal. Tu as joué à un jeu tellement diabolique avec moi que, même aujourd'hui, j'ai beau essayer, je n'y comprends rien. Tu semblais souhaiter me pousser dans les bras de Mirkin. Il était bien évident que le vieux était amoureux de moi. Tu l'excitais et j'ai noté plus d'une fois que tu faisais tout ton possible pour me compromettre. Je suis incapable de dire si tu as agi selon un plan bien établi ou si tout ceci est le fait du hasard. Si c'était de ta part une manœuvre préconçue, tu serais l'auteur de l'acte le plus méprisable qu'un être humain puisse commettre. Et même si tu as agi sur un coup de tête, il n'en reste pas moins qu'une telle vilenie démontre bien qu'au fond de ton cœur tes intentions étaient tout sauf nobles. Je jure devant Dieu que c'est toi seul qui m'as poussée à jouer à la roulette, probablement en espérant que, si je perdais tout, je me suiciderais. Dieu du ciel, est-ce cela que tu appelles l'amour? Tu souhaitais me détruire... voilà la vérité. Tes yeux reflétaient une telle malveillance que j'en frissonne encore maintenant. J'avais même craint à un certain moment que tu ne veuilles m'empoisonner ou me supprimer par quelque autre moyen. Je ne pouvais plus supporter cette tension, aussi ai-je mis Mirkin au courant de la situation. Même si cet homme avait été insensible comme une pierre, je me serais confiée à lui.

« Il est vrai que Mirkin s'attacha à moi et me proposa le mariage... c'est-à-dire, aussitôt qu'il aurait obtenu le divorce d'avec sa femme, après une séparation légale déjà effective. Est-ce ma faute si je plais toujours aux hommes, et notamment à quelqu'un comme Mirkin, qui est constamment en voyage et qui n'a pas connu, depuis longtemps, la douceur d'un véritable foyer? Crois-moi, en dépit de son grand âge et de son importance, il avait beaucoup de succès auprès des femmes. J'ai observé moi-même que des femmes fort belles se jetaient à son cou. Il était fabuleusement riche et tout aussi intelligent. Malgré ses palabres et ses grandes promesses, je ne l'ai pas pris au sérieux un seul instant. Je lui ai avoué que je n'aimais que toi. Il se disait désolé parce que je ne répondais pas à son amour. Il voulait m'offrir un rang de perles d'une valeur de vingt-cinq mille roubles. Je me suis simplement moquée de sa générosité. Et dire que tout ceci n'est arrivé que parce que tu te cachais quelque part et que tu essayais manifestement de me pousser à bout et de me perdre. Je tiens à te dire tout de suite et ici même que Mirkin n'a pas encore abandonné tout espoir de parvenir à ses fins. Il m'a suivie jusqu'à Varsovie et je n'ai guère réussi à me débarrasser de lui. Il a l'intention de me faire don d'un important domaine. Crois-moi, il a beau être vieux et assez laid, il a plus de cœur que toi. Si seulement je me sentais capable de l'aimer, je pourrais être la femme la plus heureuse du monde. Malheureusement pour moi, je ne suis pas cette sorte de femme. Je te jure sur tout ce qui m'est sacré que cet homme ne m'a jamais touchée. Que tu me croies ou non ne fait aucune différence pour moi! Après le voyage catastrophique que j'ai eu la force d'endurer, j'ai décidé qu'il est temps de cesser la lutte contre le destin. Ma vie n'a été qu'un énorme désastre, et la mort de mon père m'a rappelé que je ne vivrai pas toujours. J'ai pris le deuil et je pense que je ne le quitterai plus jamais. D'autre part je ne suis pas en très bonne santé et j'ai le sentiment que ce sera pour plus tôt que je ne crois.

« Ta sœur a formellement refusé de me donner ton adresse, en revanche elle a promis de te transmettre cette lettre. Qu'il en soit ainsi. Je voudrais simplement ajouter une chose : si jamais tu es prêt à admettre tes erreurs et à revenir vers moi, je te recevrai les bras ouverts. Ta Felusia est une fille adorable. Après la mort de mon père, Sacha a pris en main le commerce : il aura plus de chance que moi dans la vie, je m'en aperçois dès à présent. Il est intelligent, habile. Pendant le bref laps de temps où je suis restée absente de la maison, il a acquis tant de maturité que j'ai du mal à le reconnaître. En vérité, il est la seule consolation de mon existence douloureuse.

« Ecris-moi avant qu'il ne soit trop tard!

« Ta Clara. »

« Chère Clara,

« J'avais juré solennellement de ne plus jamais t'écrire, et pourtant je me vois dans l'obligation de répondre à ta lettre. Je veux bien croire que tes paroles étaient sincères, toutefois je suis arrivé depuis longtemps à la conclusion que la sincérité est souvent étroitement liée à la fourberie. Ta longue lettre me prouve que tu es parfaitement inconsciente à la fois du comportement que tu as eu et du personnage qui se cache en toi. Il ne me reste qu'à te donner ma version des événements, tels que je les ai vécus. Il est possible que j'aie tort, cependant si je ne puis me fier à mon propre jugement, en quoi mettre ma confiance? Pendant notre voyage tu m'as fait comprendre que tu étais une femme de biens et moi un homme sans ressources dont tu assurais les frais d'existence. Le ton que tu as adopté à mon égard, dès le début de notre route commune, était si significatif que je refuse de croire qu'il ne fut pas délibéré. Quelle somme d'abnégation de soi un être humain peut-il s'imposer? Tu as immédiatement commencé à me traiter comme si j'étais ton valet. Tu prétends que tu attires les regards, l'attention de ton entourage. En effet, personne n'aurait pu se mettre davantage en évidence que tu l'as fait. Tu as laissé paraître devant tout le monde que tu subvenais à nos dépenses. En ce qui concerne ta façon de t'habiller, je me contenterai de te dire que tu avais l'air d'une caricature. Lorsque je t'ai rencontrée à la gare, ta vue m'a donné la nausée. Tu portais un chapeau aussi grand qu'un baquet à lessive, orné de tout un attirail de plumes. Ton costume brodé de perles était un monument de mauvais goût. Tu étais tellement inondée de parfum que les effluves en étaient suffocants. Tout le monde te dévisageait. Voilà la triste vérité. Comment as-tu pu être assez aveugle pour ne pas te rendre compte à quel point tu étais ridicule? Non contente d'attirer l'attention par ton manque de goût en matière vestimentaire, à peine installée dans le train, tu as effrontément flirté avec tous les hommes présents, lesquels n'ont d'ailleurs pas manqué d'échanger des coups d'œil et de rire derrière ton dos. La seule explication que j'ai trouvée à ton comportement est que tu devais être ivre. Les femmes voyageant dans notre compartiment nous lançaient, à tous deux, des regards mauvais. A Berlin, tu as insulté la femme de chambre, les garçons de restaurant, et même l'employé de la réception de l'hôtel. Puisque nous ne sommes pas mariés et que nos passeports en témoignent, pourquoi avoir parlé de lune de miel? Pourquoi avoir mentionné tes enfants que tu avais laissés en Pologne? Pourquoi mettre à nu ton cœur devant n'importe qui? Pardonne-moi ces paroles blessantes, mais elles n'expriment que la stricte vérité. Tu as brusquement déployé une vraie frénésie pour les achats : tu as dépensé sept cents marks pour des colifichets et des babioles de toute sorte, parfaitement inutiles. Ces achats ont entraîné d'autres dépenses, car il te fallait des bagages supplémentaires. Tu as tracassé le personnel de l'hôtel à tel point qu'il jurait tout bas dès qu'il t'apercevait. Lorsque je t'ai fait remarquer que tu abusais en sonnant trop souvent la femme de chambre, tu m'as injurié et tu as même tenté de me frapper. Je comprends à présent que le voyage a dû éprouver rudement tes nerfs, mais moi aussi j'étais énervé et ton comportement m'a poussé au désespoir.

« Ce que tu écris à propos de Mirkin est un tissu de mensonges, mais qu'importe, je ne suis plus jaloux, et si vous deux vous mariez un jour proche ou lointain, je vous souhaite bien du bonheur. Il n'en reste pas moins que tu t'es comportée comme une femme légère. Tu écris qu'il ne t'a même pas touchée, or il t'a embrassée et caressée en ma présence. Crois bien que je ne souffre pas d'hallucinations. A Monte-Carlo tu es devenue complètement folle. Après ta première chance à la roulette, tu t'es imaginé que tu pouvais faire sauter la banque. Entre Mirkin et toi il y avait tant de familiarité qu'il pénétrait librement dans ta chambre, vêtu de son seul peignoir de bain et chaussé de pantoufles. Non seulement tu te confiais à lui, mais encore tu m'insultais devant lui et ce flagorneur, son secrétaire. Peux-tu nier ces faits? Ou bien crois-tu toujours que j'invente? Dans la journée tu te promenais avec Mirkin; le soir, après avoir visité le casino, vous jouiez tous les trois aux cartes jusqu'à l'aube. Tu buvais également. Prétendre que mon attitude à ton égard était haineuse et sarcastique est un mensonge. J'avais payé trop chèrement ce changement de mon existence pour pouvoir prendre notre situation à la légère. Toutefois, j'étais profondément choqué. Voici plusieurs semaines que je vis seul : tu ne sauras jamais combien j'ai souffert. J'ai eu le temps de réfléchir, et pourtant je n'ai toujours pas compris ce qui s'est produit en toi, ni pourquoi tu as brisé nos rêves et piétiné tout ce qui nous était cher. Lorsque ton Don Quichotte et son Sancho Pança sont partis pour rejoindre quelque autre Dulcinée, tu es rentrée à Varsovie où, selon tes propres paroles, tu avais rendez-vous plus tard avec Mirkin. Tu t'es activement occupée à préparer une carrière à ton Sacha, tandis que moi je restais à l'étranger sans argent et mourant de faim. Comment j'ai pu survivre à tout ceci et ne pas me suicider est toujours un mystère pour moi. Tels sont les faits dans toute leur crudité. A cause de toi, j'ai tout perdu, néanmoins je ne garde pas de rancune contre toi. Tu es comme tu es, et puisque je suis un si piètre psychologue, je suis le seul fautif. Je ne te demande qu'une chose : laisse-nous tranquilles, Sonia et moi. Ce que toi et moi ressentions l'un pour l'autre n'était pas de l'amour mais de la basse passion; ce genre de liaison finit généralement par une gueule de bois.

« Je ne puis nier que j'ai toujours soif de ton corps, mais en même temps je sais que toute nouvelle rencontre nous mènerait à la catastrophe. Eh bien, j'en ai assez dit. Pardonne-moi et embrasse Felusia pour moi. Je partirai probablement bientôt pour l'Amérique et je commencerai ce qu'on appelle " une nouvelle vie ", bien que je n'aie plus goût à rien.

« Dans ta lettre tu invoques Dieu comme témoin. Je pourrais faire de même, si toutefois je croyais à Son existence. A mon regret, je n'y crois pas... pas plus que toi d'ailleurs. C'est là, je crains, la raison de toute notre folie.

« Alexandre. »

2

I

Mirale avait été arrêtée en raison de ses activités subversives. Miriam Lieba, malade à Otwock, était entrée dans une phase critique. La femme d'Ezriel avait mis au monde un garçon. Ezriel dut engager une nourrice, s'occuper des formalités de la circoncision et inviter ses parents ainsi que Calman, son beau-père. Tous ces événements valaient à Ezriel des difficultés d'ordre pratique et religieux. Circoncire un enfant âgé de huit jours était à ses yeux un acte barbare. Pourquoi s'arrêter là? Pourquoi ne pas offrir aussi des sacrifices? Il est vrai que la plupart des Juifs assimilés de Varsovie respectaient cette pratique; mais où était la logique dans tout cela? Lui-même, Ezriel, médecin de son métier, vivant dans la deuxième moitié du XIXe siècle, devait-il imiter un acte de magie noire qu'un groupe de Bédouins avait accompli en Asie, quatre millénaires plus tôt? Cependant il était impossible de ne pas procéder à la circoncision : Shaindel mourrait de mortification. Les parents d'Ezriel avaient pleuré et souffert en apprenant l'arrestation de Mirale; ils ne supporteraient pas un nouveau choc. « Et puis, ai-je le droit de heurter l'autre grand-père, Calman, lui qui a payé mes études? se demanda Ezriel. Je pourrais même perdre ma place à l'hôpital et à la clinique si je ne me conformais pas au rite traditionnel. » Un juif qui ne faisait pas circoncire son enfant était forcément un athée, donc politiquement suspect. Ezriel fut obligé d'aller trouver un *mohel* et d'accueillir ses parents chez lui, bien que, devant ses voisins chrétiens, il eût honte du chapeau de fourrure rabbinique que portait son père et du bonnet démodé dont était affublée sa mère. Honteux d'avoir honte de ses parents, sa gêne n'en fut qu'intensifiée. Shaindel avait beau observer un régime alimentaire kasher, Reb Menachem Mendel et Tirza Perl ne s'y fiaient pas : ils annoncèrent par avance qu'ils n'accepteraient aucune nourriture dans la maison d'Ezriel. Et pour comble de malheur, l'enfant contracta la dysentrie; on craignait pour sa vie; et même s'il y réchappait au bout de huit jours, rien ne prouvait qu'on pût procéder à la circoncision à la date fixée.

En outre Ezriel s'était conduit sottement : il n'avait pas dit à Olga Bielikov qu'il allait être père pour la troisième fois. L'alitement de Shaindel, les complications créées par la circoncision, et puis la maladie de l'enfant le privèrent de ses sorties nocturnes lui permettant de retrouver Olga chez elle ou de la rencontrer aux Jardins de Saxe. Lorsqu'il réussit enfin à la rejoindre, il était pâle, distrait, exténué. Il ne se sentait pas à l'aise en flânant bras dessus bras dessous avec une autre femme tandis que la sienne ne s'était pas encore remise de ses couches. Ezriel était bourrelé de remords, mais en même temps il se demandait sombrement s'il devait renoncer au judaïsme. Pourquoi les Juifs s'isolaient-ils du reste de l'humanité? Qu'espéraient-ils y gagner? A quoi bon tout leur martyre? Le Messie ne viendrait pas. Les fidèles croyaient à un monde futur, mais à quoi servait le judaïsme pour quelqu'un comme Ezriel? Pourquoi être un membre de la communauté juive et lui payer des impôts? Ezriel rêvait de partir avec Olga pour la Russie, ou de s'installer avec elle en France, ou bien en Amérique, où on vivait librement, sans porter le fardeau de plusieurs générations.

Dans sa poche de poitrine, Ezriel portait une lettre disant que Miriam Lieba, sa belle-sœur, était mourante; son mari, Lucien, était toujours en prison. Son père l'avait déshéritée. Ses sœurs, y compris Shaindel, ne voulaient rien avoir à faire avec elle. « Je devrais au moins l'assister dans sa dernière épreuve, songea Ezriel. Mais dans l'état actuel des choses, comment pourrais-je quitter la ville? »

Il s'efforçait d'écouter les doléances de ses patients, cependant il n'écoutait que d'une oreille distraite. L'accouchement de Shaindel avait été coûteux. Ezriel avait dû emprunter cent roubles à un usurier, à un taux d'intérêt exorbitant. Tout en méditant il prescrivait toutes sortes de remèdes aux malades : hypnotisme, bains, calmants contre les douleurs et pour le cœur. Toutefois il ne réussissait guère qu'à combattre les symptômes. La société elle-même avec ses lois archaïques, ses privilèges, ses fanatismes religieux, ses exploitations éhontées offrait un terrain fertile à la folie. Que pouvait-il faire, lui? Déclarer la guerre à une société mal faite, comme le faisait sa sœur Mirale? L'histoire avait démontré qu'elle avait tort. Ezriel savait que, dès qu'une folie était oubliée, d'autres la remplaçaient. Chaque révolution avait ses Robespierre, Napoléon, Metternich. Des millions de jeunes gens avaient déjà péri dans toutes sortes de campagnes légitimes, néanmoins des Bismarck et des Podbiedonoscev continuaient à régner. Tout Varsovie était en effervescence à cause de l'assassinat du provocateur Minsky qui avait trahi Maria Bohuszewicz et son groupe. Kawalewski venait d'être pendu. Les révolutionnaires en Russie s'étaient divisés en cabales. Les uns vilipendaient les autres. Qu'allait devenir sa sœur? Elle serait une vieille femme en sortant de prison, au bout de dix ans, et elle aurait probablement perdu toutes ses illusions. Dans la forteresse de Schlisselburg, la citadelle, chaque jour des jeunes gens se pendaient, se transformaient en torches vivantes en s'inondant de pétrole, ou bien écrivaient des lettres de repentir au tsar. A Varsovie, un grand nombre de prisonniers politiques avaient perdu la raison; ils étaient acheminés vers l'hôpital Bonifraten où Ezriel travaillait.

Souvent Ezriel discutait de toutes ces choses avec Olga Bielikov. Elle lui avait confié qu'elle aussi avait appartenu à un groupe de révolutionnaires, tout en poursuivant ses études secondaires. Même actuellement elle sympathisait avec les révolutionnaires, cependant elle n'oubliait pas qu'elle était avant tout mère. D'ailleurs elle avait noté une grande part d'égoïsme et d'hypocrisie chez les rebelles. Oui, quelque chose devrait être fait... mais quoi? Qu'arriverait-il à Natacha et à Kolia si elle était emprisonnée? Et en quoi, dans ce cas, serait-elle utile au peuple?... Olga continuait à parler de choses et d'autres. Elle n'avait rien de spécial à faire à Varsovie. Elle ne se sentait à l'aise ni avec les Juifs ni avec les Polonais. Les Russes qui venaient en Pologne étaient de la pire espèce. Ses enfants souffraient de la solitude. Elle n'avait pas d'amies. Pour finir elle laissa échapper qu'elle était trop jeune pour rester seule. Tôt ou tard, elle se remarierait. Elle faisait comprendre qu'Ezriel devrait prendre une décision. Se cacher de la bonne, des enfants, des voisins... voilà ce qu'était sa vie! Quelle dérision d'être assis dans les Jardins de Saxe ou dans un théâtre, alors qu'ils désiraient ardemment être l'un à l'autre! Tandis qu'il se promenait avec elle en pleine nuit sur un sentier sombre du parc, un désir impérieux s'éveilla en lui. Les rares fois qu'elle s'était donnée à lui dans la cuisine ou dans le lit de Kolia n'avaient fait qu'aviver son désir. Il n'avait jamais connu de femme aussi passionnée. Ce qu'elle venait de dire le contrariait. Avec quelqu'un comme Olga on pouvait voyager, se faire admettre dans la société, même parler de son travail. Mais comment aurait-il le cœur d'abandonner Shaindel et les enfants? Et Olga, renoncerait-elle à Kolia et à Natacha, par amour pour lui? Il n'y avait aucune issue à cette situation enchevêtrée.

Au beau milieu de tous ces problèmes, la circoncision eut lieu. Reb Menachem Mendel et Tirza Perl arrivèrent en fiacre. Pour la circonstance, même Calman quitta Jampol. C'est lui qui avait l'honneur de tenir dans ses bras son petit-fils, au moment de la circoncision. Reb Menachem Mendel et Tirza Perl faisaient fonction de parrain et de marraine. Un *mohel* qui se vantait d'avoir circoncis les enfants de tous les Juifs fortunés se présenta et exigea quinze roubles d'honoraires. Tirza Perl pria Ezriel de donner au garçon le nom de son père, Reb Abraham Moshe Hamburg, mais Ezriel ne voulait pas de prénoms aussi démodés afin de ne pas handicaper l'avenir de son fils. Officiellement l'enfant fut enregistré sous le nom de Michel-Micha.

Shaindel, toujours alitée, se mit à sangloter lorsqu'elle entendit les pleurs de son fils. Ezriel, les sourcils froncés, se tenait au chevet de sa femme. Il estimait que c'était un acte insensé que de marquer le corps d'un enfant du sceau du judaïsme à une époque d'antisémitisme et de pogroms. Mais, après tout, il n'était pas le maître ici. Dans la salle de séjour on avait mis une chaise supplémentaire pour le prophète Elie, comme le voulait la coutume. Il y avait des petites galettes rondes sur un plateau, des gobelets remplis de vin sur la table. Coiffé de la calotte traditionnelle, Ezriel récita la bénédiction : « Sois béni, ô Seigneur notre Dieu, Roi de l'univers. Toi qui nous as sanctifiés par Tes commandements et qui nous as ordonné de faire entrer nos fils dans l'Alliance d'Abraham, notre père. » Et le minian répondit : « De même qu'il est entré dans l'Alliance, puisse-t-il grandir pour la Torah, le dais nuptial et les bonnes œuvres! »

II

Justina Malewska, fille de Wallenberg, invita Natacha et Kolia, enfants d'Olga Bielikov, à passer deux semaines dans sa villa de Wilanow. Ainsi Olga se retrouva-t-elle soudain seule et libre. Ezriel se sentit moralement obligé d'aller voir Miriam Lieba qui avait subi une nouvelle hémorragie, aussi demanda-t-il à Olga de l'accompagner à Otwock. Cependant celle-ci n'était pas facile à convaincre. Elle objecta qu'ils risquaient de rencontrer des gens qui les connaissaient, de ne pas trouver d'endroit où coucher. Ezriel, qui était déjà venu à Otwock, essaya de la rassurer. Le risque de rencontrer des personnes de connaissance était minime. Par ailleurs, il y avait un hôtel à Otwock et le trajet ne dépassait pas six heures. Ils partiraient à huit heures du matin et ils arriveraient à destination vers deux heures de l'après-midi. L'air d'Otwock était excellent. Ni l'un ni l'autre n'avaient pris de vacances au cours de l'été. Pourquoi ne pas passer quelques jours à la campagne? Olga hésita malgré tout. Elle avait le sentiment que leur liaison était coupable. André ne la visitait plus dans ses rêves; comme si, dans la mort, il était témoin de son comportement scandaleux. Non seulement elle mettait en jeu sa propre réputation, mais elle souillait le nom de ses enfants. Après avoir opposé un non catégorique à la demande d'Ezriel, elle ne tarda pas à reconsidérer la question. Elle n'était pas habituée à passer tout l'été en ville. Elle avait envie de voir des arbres, de l'herbe verte, de sentir une brise fraîche, de respirer l'odeur des champs et des forêts. Et puis, elle aspirait à vivre seule quelque temps avec son amant. Les héroïnes de romans français que lisait Olga ignoraient les obstacles lorsqu'elles couraient à quelque rendez-vous dans un hôtel bon marché ou dans le Bois de Boulogne. Après tout, elle, du moins, ne trompait pas un mari.

Tout se passa aussi bien que possible. Ezriel prit plusieurs jours de congé. De toute évidence, Shaindel n'était pas en état de l'accompagner. A huit heures moins le quart du matin, Ezriel était installé dans la diligence rue Gnoyna. Cinq minutes plus tard Olga le rejoignit. Elle était vêtue d'une robe fraîchement repassée, coiffée d'un chapeau orné d'un ruban vert, et elle portait à la main une sacoche et un petit carton de modiste. Il n'y avait aucun autre passager juif dans la diligence. Olga prit place auprès d'Ezriel. C'était une chaude journée de fin août. Après avoir traversé le pont de Praga, la voiture longea des champs et des villages. Sur la place du marché d'un hameau, des paysannes étaient assises à côté de bidons de lait et de paniers contenant des poulets, des canards, des champignons, des légumes. Des Juives coiffées d'une perruque et d'un bonnet marchandaient avec des paysans. Des officiers instruisaient des soldats dans la cour d'une caserne. Dans plusieurs villages c'était jour de marché. Un carrousel tournait en rond dans une prairie. Devant une église, un orchestre jouait à l'occasion d'un mariage. Des brindilles ornaient le harnais des chevaux. Les paysans de la campagne varsovienne n'étaient pas aussi pauvres que ceux de Turbin. Ezriel et Olga aperçurent des cabanes au toit couvert de bardeaux et même des toitures en tôle ondulée. Des tavernes leur parvenait le son de l'accordéon. Les rayons des boutiques villageoises étaient chargés d'articles de cuir, de quincaillerie, de mercerie et de nouveautés. Plus loin il y avait des bois, des chalets d'été. Des seigneurs polonais y résidaient en villégiature. Des hauts fonctionnaires russes passaient l'été dans cette campagne. Les six heures de voyage paraissaient courtes aux passagers de la diligence. A Otwock, le cocher déposa Ezriel et Olga devant l'auberge qui devait les héberger. L'aubergiste réclama à Ezriel son passeport, lequel mentionnait que Shaindel, née Jacoby, était sa femme. Qui pouvait savoir que la femme qui accompagnait Ezriel n'était pas Shaindel? Tout se passa si bien qu'Olga en fut amusée.

On leur donna une chambre sous les toits avec une porte-fenêtre; elle était propre et froide. Après le repas, Olga sortit pour une promenade, tandis qu'Ezriel rendait visite à Miriam Lieba. La malade avait tout d'abord séjourné dans un sanatorium, mais à présent elle logeait dans une chambre meublée non loin de l'hôpital.

De nombreuses poitrinaires vivaient ainsi dans des foyers individuels, s'entraidant et prenant soin les unes des autres. Les hivers étaient rudes ici, et les maisons souvent enneigées. Toutefois, l'air en cette saison était plus pur qu'en plein été. Il flottait toujours une odeur de pin dans la ville. Dans toute la Pologne on louait le bon air d'Otwock qui accomplissait tant de miracles. Une phtisique avait toutes les chances de guérir complètement dans cette région...

Ezriel perdait son chemin chaque fois qu'il visitait Otwock. Comment situer une rue au milieu d'une forêt? Des champs de pommes de terre et de pâturages étaient disséminés à travers toute la ville. Finalement, après bien des détours, Ezriel retrouva la maison qu'habitait Miriam Lieba. En entrant dans la chambre, son premier regard tomba sur la jeune femme couchée dans un lit. Des flacons de médicaments étaient posés sur une chaise. Un petit chat, assis près de la fenêtre, se léchait les pattes. D'un coup d'œil expert, Ezriel comprit que Miriam Lieba était mourante : son visage émacié était méconnaissable.

Sa chevelure blonde était tissée de fils gris. Son cou semblait anormalement long et décharné. Elle souriait sans joie, découvrant des dents qui débordaient ses lèvres. Son teint était jaunâtre. Seuls ses yeux étaient toujours les mêmes. Ezriel resta sans voix pendant un petit moment.

« Miriam Lieba!

– Ezriel! »

Il y eut un long silence. Enfin, Miriam Lieba dit en polonais : « Vous avez bien fait de venir. Je vais mourir.

– Ne soyez pas ridicule!

– Regardez... il m'a apporté des fleurs. Mettez-les dans l'eau, Ezriel. »

Lorsqu'elle s'animait, Miriam Lieba semblait redevenir comme avant. Elle se mit à le questionner sur l'accouchement de Shaindel, sur le nouveau-né, sur Jozick et Zina.

« Comment se porte papa? demanda-t-elle.

– Fort bien, mais ses cheveux sont tout blancs à présent.

– Croyez-vous qu'il observera les sept jours de deuil après ma mort? »

Ezriel frémit. « Ne dites pas de telles bêtises!

– Oh, les hommes sont si lâches. Mère avait l'habitude de dire : " Je ne suis pas un bœuf. Je n'ai pas peur d'être abattue "... »

Miriam Lieba garda de nouveau le silence. Elle regarda Ezriel avec des yeux pétillants. Bientôt elle s'assoupit, oubliant son visiteur. Calmement Ezriel commença à déballer les bonnes choses qu'il lui avait apportées : de la crème sucrée, des sardines, du chocolat, une bouteille de cognac. Soudain la porte s'ouvrit doucement, sans bruit, et la voisine de Miriam Lieba, une femme aux cheveux blonds, aux joues trop rouges – signe de la tuberculose à ses débuts –, passa sa tête par l'entrebâillement. Elle fit signe de la main à Ezriel et lui chuchota que le médecin était venu le jour précédent et avait dit qu'il restait peu d'espoir pour la malade. Puis elle l'informa que Félicie, la belle-sœur de Miriam Lieba, avait passé le week-end avec elle. Félicie s'efforçait de faire libérer Lucien en raison de l'état grave de sa femme. Miriam Lieba avait envoyé une pétition au procureur de la République, lui demandant la mise en liberté de son mari avant qu'elle ne meure.

III

C'était la première nuit d'amour qu'ils passaient ensemble. La fenêtre était ouverte, le clair de lune entrait dans leur chambre. Une brise fraîche montait des forêts d'Otwock. Ezriel venait de voir le masque hideux de la mort, mais sa soif de vivre n'avait pas diminué. Ne pouvant trouver le sommeil, parce que trop heureux, ils s'embrassèrent des heures. Même pendant leurs étreintes, leur désir restait insatiable et ne faisait que croître. Si seulement cette nuit pouvait durer toujours! Ils rêvaient d'aller vivre sur une île tous les deux. Oublier tout et ne penser qu'à leur seule passion! Ezriel avait déjà connu des nuits d'amour avec Shaindel, mais sa liaison avec Olga avait éveillé des forces viriles nouvelles en lui. Il parlait comme le font les fous, articulant des mots sans suite. Le couple ne s'endormit qu'à l'aube. Il fut réveillé par la lumière du soleil et le chant des oiseaux. A Varsovie, les jours de la semaine étaient prosaïques; ici, à Otwock, la nature était en fête, comme si elle célébrait une Pentecôte tardive, inondée de lumière et irisée de tons verts. Des lueurs soudaines dansaient sur les murs et le plafond; on aurait dit que quelqu'un en face de la maison s'amusait avec un miroir. Un oiseau gazouillait. Un autre faisait entendre un long sifflement; un troisième criait avec colère, lançant des avertissements dans l'épais fourré d'aiguilles et de pommes de pin. « Coucou! » répétait un coucou inlassablement. Ezriel et Olga écoutaient en s'embrassant. Ezriel expliqua en plaisantant à Olga le sens philosophique de cet appel : le monde n'est ni plus ni moins que « coucou », autrement dit maboul. Au commencement il fut « coucou », et à la fin il serait tout aussi « coucou ». La création était l'œuvre du coucou céleste et son dessein était « coucou »... A Varsovie on oubliait qu'il y avait des êtres vivants comme les oiseaux, dans l'univers. Comment l'humanité aurait-elle pu survivre à tant de guerres, tant de fléaux, tant de famines et tant de morts sinon pour cette musique?

La femme de chambre frappa à la porte et demanda si les hôtes désiraient du thé, du café ou du chocolat. Elle leur apporta une cruche d'eau qu'elle avait emplie à la pompe. L'eau était froide, ravigotante et semblait pleine de secrets d'un monde souterrain. Ezriel et Olga n'éprouvaient plus aucune gêne l'un devant l'autre. Ils firent leurs ablutions côte à côte devant le lavabo. Ensuite, ils s'attablèrent pour le déjeuner. Les petits pains aux graines de pavot craquaient entre leurs dents. Le lait frais sentait le pis de vache. Le fromage de chèvre était saupoudré de graines de carvi. Le café avait un goût légèrement brûlé et il contenait trop de chicorée; il leur parut néanmoins bon. Après le repas le couple retourna au lit. Ezriel embrassa Olga et dit :

« A présent nous nous connaissons un peu mieux tous les deux.

– Oui, mais qu'en résultera-t-il? »

Ezriel se vêtit et rendit visite à Miriam Lieba. Olga devait le retrouver à la diligence. Ce matin, même Miriam Lieba avait meilleure mine et semblait mieux portante. Une bonne était sur place pour s'occuper à la fois de Miriam Lieba et de sa voisine à la chevelure blonde. Miriam Lieba était d'humeur bavarde : Ezriel pourrait-il persuader son père de venir? Elle désirait le revoir avant de mourir. Peut-être Ezriel réussirait-il à faire libérer Lucien? Celui-ci avait assez payé pour son crime. Pourquoi Ezriel ne rendrait-il pas visite à Tsipele? Etait-ce vrai que Jochebed était déjà grand-mère? Miriam Lieba raconta ensuite à son visiteur que ses enfants, Wladzio et Marisia, étaient venus à son chevet une seule fois. Comme ils lui avaient parus beaux! Merveilleusement beaux, et pourtant un peu détachés, comme des étrangers. Son fils lui témoignait toujours de l'affection, en revanche sa fille avait montré beaucoup de froideur. La voisine s'affairait. Elle avait manifestement envie de dire quelque chose à Ezriel. Miriam Lieba fronça les sourcils. Finalement elle indiqua à l'intruse qu'elle désirait être seule avec son hôte.

« Vous venez si rarement, dit-elle à Ezriel. Sans aucun doute, nous ne nous reverrons plus jamais.

– Ne soyez pas stupide! »

Il arrangea l'oreiller de la malade et l'aida à se redresser. Il constata qu'elle portait une chemise de nuit très seyante, probablement un cadeau de Félicie. Elle était parfumée à l'eau de Cologne et elle avait peigné ses cheveux. Même sur son lit de mort elle restait coquette.

« Vous êtes toujours belle, dit Ezriel.

– Oh! qui songe à ces choses-là! »

Après un petit silence, Miriam Lieba reprit soudain : « Saviez-vous, Ezriel, que j'étais amoureuse de vous avant que Lucien entre dans ma vie? »

Ezriel pâlit.

« Moi aussi je vous aimais, fit-il enfin. Tout au long des années passées.

– Shaindel était jalouse. J'étais bien jeune alors. Quel âge pouvais-je bien avoir? Peut-être dix-sept ans. Puis Lucien parut et m'ensorcela. Enfin... je l'ai payé chèrement.

– Etiez-vous au moins heureuse avec lui?

– De temps à autre, un jour ou deux. »

Ezriel baissa la tête. Miriam Lieba leva les yeux vers la fenêtre.

« Ezriel, croyez-vous en Dieu?

– Qu'entendez-vous par Dieu? En un Dieu qui agit comme une personne? Non.

– J'ai toujours eu la foi. Mais aujourd'hui il me semble qu'il n'y a rien que le néant. Le prêtre va venir, et puis tout ce qui s'ensuit. Que dois-je faire?

– N'y pensez pas.

– A quoi d'autre pourrais-je penser? Oui, en vérité, je *suis* croyante. Pourtant, lorsque les douleurs commencent et que j'ai du mal à respirer, je suis prise de doute... Ezriel!

– Qu'y a-t-il, mon amie?

– Ne trompez pas Shaindel! »

Ezriel ne voyait pas le rapport entre les deux pensées, cependant il avait appris depuis longtemps que la loi des associations d'idées n'est pas aussi logique que le croient les psychologues. L'esprit humain saute allégrement d'un sujet à l'autre.

« Pourquoi la tromperais-je?

– Oh! vous en êtes capable. Faire le mal n'est pas payant.

– Oui, cela est vrai.

– Donnez-moi votre main. »

3

I

L'hiver était passé. Il avait été rude. A Varsovie, des gelées rigoureuses avaient fait tomber les moineaux raides morts des arbres. Dans les champs, le blé d'hiver avait péri sous la neige. Calman Jacoby avait contracté la fièvre typhoïde : il en réchappa miraculeusement. Désireux de faire acte d'associé dans une usine de Lodz, Jacob Danziger, beau-père de Zipkin, était rentré chez lui à la fin de l'été, joyeux et bien nourri. Quatre mois plus tard il avait eu une défaillance cardiaque, et en moins de huit jours il était mort. Il fut enterré dans le cimetière de la rue Gesia, dans la première rangée des tombes. Mme Rosa était veuve. Sabine, épouse abandonnée de Zipkin, portait le deuil, le visage entièrement voilé. Le commerce de nouveautés fut repris par son frère. Zdzislaw.

Une autre victime de cet hiver meurtrier fut l'épouse de Pan Wallenberg, Pani Mathilda. Elle n'avait jamais repris connaissance après l'anesthésie quand on l'avait opérée d'un calcul biliaire. Elle fut ensevelie dans le cimetière catholique de Powazek, dans le caveau de famille des Wallenberg. Un célèbre sculpteur polonais avait taillé le monument funéraire selon les indications de Wallenberg : un ange à l'image de Mathilda se dressant sur un piédestal. Le chef-d'œuvre avait coûté dix mille roubles.

Enfin le printemps chassa l'hiver. Les flots de la Vistule ruisselaient de nouveau. La boue commençait à sécher. Dans les synagogues et les maisons de prière, de nombreux fidèles récitaient le kaddish, car dans la ville de Varsovie avaient sévi le typhus, le croup, la fièvre scarlatine et bien d'autres maladies. Dans les églises, des mères, des épouses, des sœurs allumaient des bougies sous l'effigie des saints, à la mémoire des défunts. Le printemps était précoce. Le mois de mars connut un temps doux. Dans les boulangeries juives on fabriquait du pain azyme. Des Juifs se rendaient chez Reb Menachem Mendel pour le vendre. Reb Menachem Mendel ne voyait plus assez clair pour rédiger les factures, aussi se faisait-il aider par les garçons de la yeshiva. Avant la fête de Pâques, un prêtre se rendait dans les maisons des chrétiens pour bénir le pain. Les concierges et les femmes pieuses le suivaient.

Chez les Wallenberg on fêta Pâques en grande pompe. Un évêque bénit le pain présenté sur un plateau en or. Toute la famille se rassembla pour célébrer la fête. Cependant Pan Wallenberg semblait mélancolique. Tant que Pani Mathilda avait été en vie, personne ne s'était aperçu qu'il l'aimait. Il s'était souvent montré irritable avec elle. Elle n'était ni aussi intelligente, ni aussi vive que lui. Il n'avait eu aucune peine à la tromper. Lorsqu'il n'y avait pas de visiteurs dans la maison, il n'avait pas manqué de la rabrouer à la manière juive, l'appelant « grande bécasse », « idiote », et la qualifiant de bien d'autres épithètes. Offensée, Pani Mathilda n'avait su que pleurer. Parfois il l'avait tarabustée en la traitant de *beheimah* – vieille vache –, expression qu'il avait entendu employer par son père et son grand-père.

Ensuite, pour se faire pardonner, il lui avait baisé les yeux en lui promettant un bijou. Maintenant que Pani Mathilda était morte, il était évident qu'il avait aimé cette femme simple. Lorsqu'il parlait d'elle à ses enfants, ses larmes coulaient. Il verrouilla la porte de sa chambre à coucher et il engagea un homme pour fleurir tous les jours la tombe de la défunte. Il se désintéressa de son cher *Courrier*, bien qu'il investît toujours de l'argent dans l'édition du journal. Il n'avait plus d'appétit et son estomac solide semblait contracté. Il avait des poches sous les yeux. Il perdait même goût à ses havanes. Les médecins estimèrent qu'un voyage à l'étranger serait profitable pour sa santé, toutefois il refusa de partir. « Sans elle, dit-il, ce serait pire que l'enfer! »

Pan Wallenberg décida d'écrire ses mémoires, donnant à entendre que sa fin était proche, cependant il n'était guère en état de tenir une plume. Son écriture était tremblée, illisible, et il maculait la feuille de pâtés. Il aurait voulu dicter son autobiographie à quelqu'un, mais sa secrétaire était très occupée dans son bureau et, en outre, il ne lui faisait pas confiance. On ne pouvait révéler des pensées aussi intimes qu'à une personne très proche. Mme Justina Malewska, fille aînée de Wallenberg, émit l'idée que, peut-être, Olga Bielikov était susceptible de l'aider. Le polonais que parlait Olga était convenable; elle savait bien l'orthographe et elle avait une belle écriture; de plus, il ne se sentirait pas embarrassé en sa présence. Tout d'abord, l'idée ne plut pas à Wallenberg, mais finalement il admit que sa fille avait raison. Il serait plus à l'aise avec quelqu'un qui avait subi une perte semblable et qui comprendrait ses sentiments. Olga Bielikov portait toujours le deuil de son mari. Elle ne s'était pas remariée.

Wallenberg se déclara d'accord et Justina s'occupa du reste. Fille dévouée, elle aimait sincèrement son père, contrairement à sa sœur cadette, Pola, pour laquelle le plaisir primait tout. Justina avait le sentiment qu'il serait bon pour son père d'avoir une jeune femme dans son entourage immédiat; d'autre part, pour Olga Bielikov une telle offre serait une véritable aubaine, car elle avait grandement besoin d'un revenu. Justina Malewska se rendit en voiture chez Olga Bielikov et lui expliqua tout. Olga, comme prévu, accepta avec gratitude le marché proposé. Elle craignait quelque peu de faire des erreurs, cependant Justina lui assura qu'un dictionnaire l'aiderait à résoudre la plupart des problèmes qui pourraient se présenter, et elle lui paya vingt-cinq roubles à l'avance.

Après la visite de Mme Malewska, Olga se rendit sur le boulevard Marshalkovsky et s'acheta une paire de chaussures, un chapeau et des gants. Elle ne pouvait pas se présenter chez les Wallenberg en ayant l'air d'une mendiante.

Le lendemain matin elle prit un fiacre pour parcourir le trajet jusqu'à la villa de Pan Wallenberg. Le maître de maison la salua chaleureusement et la traita comme une amie de longue date. Il ne put retenir ses larmes devant elle. Il la conduisit dans son bureau et commença aussitôt à lui dicter le premier chapitre de ses mémoires. Il ne fit pas de secret de son ascendance juive. Il parla de son grand-père qui devait payer une taxe de séjour, chaque fois qu'il venait à Varsovie, de sa grand-mère, Beila Brachah, qui se coiffait d'un bonnet et qui, le vendredi, portait un rôti et du bouillon de poulet aux pauvres de l'hospice. Olga fut touchée par ces descriptions d'une simplicité exquise. La biographie que lui dictait Wallenberg d'une voix de stentor aurait pu être la sienne. Tandis qu'il arpentait la pièce d'un pied ferme en découvrant sa paire de guêtres, Wallenberg, par moments, se mouchait et s'essuyait furtivement les yeux. Olga, elle aussi, avait la gorge serrée. Les convertis récents parmi les personnes de sa connaissance avaient honte de leur ascendance juive; Wallenberg, en revanche, n'avait pas peur d'appeler les choses par leur nom. Il lui dicta ses souvenirs pendant trois heures d'affilée. Olga possédait si bien le polonais, encore qu'elle fût une élève de l'école russe, qu'elle se montra capable de corriger par-ci par-là une phrase ou de suggérer le mot juste. Pan Wallenberg ajusta ses lunettes cerclées d'or sur son nez, lut ce qu'il venait de dicter et hocha sa tête grise en signe d'approbation : le chapitre était magnifiquement bien tourné.

II

Le soleil réchauffait l'air et la terre. Dans les Jardins de Saxe le lilas fleurissait déjà. Dans les rues on posait des rails pour les tramways tirés par des chevaux. On défonçait des chaussées. Des camions livraient du cailloutis et des pièces détachées de la voie ferrée : une fois déchargés, on les mettait proprement en tas, prêts à être utilisés. Des marteaux d'un poids énorme sonnaient. A Praga, Wola, Ochota, et même au centre de Varsovie des usines sortaient de terre en un temps record. D'Allemagne, de France, des Etats-Unis arrivaient des machines tellement gigantesques qu'on avait du mal à imaginer comment des cerveaux humains avaient pu les inventer, comment des hommes avaient pu, de leurs mains, assembler les pièces pour former l'ensemble. Sur les boulevards de Cracovie et du Nouveau-Monde, on remplaçait les becs de gaz par des arcs voltaïques. Les banques disposaient de fonds importants : elles accordaient aux fabricants et aux commerçants des prêts à un taux d'intérêt relativement bas. Le Service de l'amélioration de l'habitat consentait des crédits extraordinaires, permettant aux Juifs de construire. Le prix du terrain augmentait sans cesse. De grands immeubles, de quatre ou cinq étages, surgissaient un peu partout. Des rangées de maisons étaient agglomérées autour de deux ou trois cours communicantes.

Les groupes révolutionnaires créés par le parti du « prolétariat » avaient été dispersés par la police. Un nouveau mouvement politique à la fois patriotique et libéral, un mélange de radicalisme et de nationalisme avec une pointe d'antisémitisme, s'était formé en Pologne. Certains Polonais, toutefois, se souvenaient toujours de la potence dans la citadelle, du martyre de Brandrowski et de Kunicki, d'Osowski et de Petruszewicz. Ils n'oubliaient pas davantage la grève à Lodz ni le massacre à Zyrardow. Un second « prolétariat » succéda au premier. A Vilna, Bialystok, Riga et Minsk, l'*intelligentsia* juive et la classe ouvrière se lançaient dans des activités socialistes. Il y avait ceux qui se disaient « narodowolces » et ceux qui sympathisaient avec Plekhanov, le marxiste; d'autres étaient anarchistes; certains parlaient de former un parti socialiste juif. Mendelssohn, fils d'un banquier juif en Pologne, organisa un groupe socialiste polonais à Paris. Allant plus loin que les révolutionnaires de Varsovie, il exigea que les ouvriers polonais renoncent au nationalisme polonais, cessent de célébrer les fêtes nationales et fusionnent complètement avec le prolétariat mondial. Le socialisme parmi les Juifs modernes était tellement répandu que des enfants juifs de Vilna, Minsk et Bialystok envoyaient de l'argent à leurs camarades russes, les aidaient à faire entrer en fraude des livres interdits en Pologne, à obtenir des appareils à polycopier, du papier, des machines à écrire et tout ce qu'il fallait afin de poursuivre les activités révolutionnaires. Les organisations russes elles-mêmes comptaient un grand nombre de membres juifs.

Le drame s'acharna sur la sœur d'Ezriel. La division des femmes dans laquelle Mirale purgeait sa peine de prison était appelée « la Serbie ». Mirale commença à souffrir de brûlures d'estomac, parfois accompagnées de nausées. Elle n'était pas femme à se plaindre ou à demander l'assistance d'un médecin. Stefan Lamanski, son mentor, lui avait enseigné qu'un révolutionnaire doit savoir souffrir en silence et garder toute sa fierté. Toujours est-il que les prisonnières politiques qui partageaient sa cellule constatèrent que son tour de taille épaississait. Il devint bientôt évident que Mirale était enceinte. Ses codétenues ne savaient pas trop s'il fallait en rire ou en pleurer. Il était de notoriété publique que Mirale avait travaillé avec Stefan Lamanski dans une imprimerie clandestine. Selon certaines rumeurs ils auraient même vécu ensemble comme mari et femme. Bien que Mirale eût gardé le secret sur sa vie privée, le bruit qui avait couru ne se vérifia que trop exact. Soudain son secret devint le secret de Polichinelle. A vrai dire, depuis qu'elle avait consacré sa vie à la révolution, Mirale était mal réglée. Ezriel lui avait dit que c'était une question de nerfs et il lui avait prescrit un remède. Si Mirale avait décelé les symptômes de sa grossesse plus tôt, on aurait pu la sortir de ce mauvais pas. On aurait pu introduire en fraude de la quinine et d'autres remèdes abortifs dans la prison. Une des prisonnières était sage-femme. Malheureusement Mirale était déjà dans son cinquième mois.

Pendant la période de son emprisonnement, Mirale avait subi tous les sévices imaginables. On l'avait battue, insultée, torturée. Elle avait contracté une inflammation des intestins, et sa colonne vertébrale la faisait souffrir. Le procureur de la République lui avait appris avec malice que l'organisation à laquelle elle appartenait comptait à présent de nombreux indicateurs. Pour lui prouver ses dires, il lui avait décrit en détail son appartement et énuméré les visiteurs qui venaient chez elle. Il était manifeste qu'il y avait des traîtres parmi ses compagnons; mais qui étaient-ils? se demanda-t-elle. Ces provocateurs faisaient perdre la foi à quiconque croyait dans l'humanité; ils semaient la confusion, le doute. Comme si ce n'était pas assez de malheur, la paix ne régnait pas non plus parmi les détenues de la cellule. Quelques-unes avaient des crises d'hystérie, gémissaient ou tentaient de se tuer. D'autres maudissaient leurs activités révolutionnaires. Certaines se chamaillaient pour une croûte de pain, un vêtement, un peigne, un chiffon. Les discussions et les disputes s'envenimaient de jour en jour. On argumentait et on formait des cliques. Chaque matin Mirale prenait la ferme résolution de ne pas se laisser entraîner dans ces conflits. A l'extérieur, la révolution battait son plein. A l'intérieur de la prison, tout se terminait par des querelles à propos de mots, de phrases. Il fallait être plus dur que le fer pour ne pas y être mêlé. Mirale faisait de son mieux. Elle ne parlait pas pendant des heures; elle préférait lire les livres qu'on pouvait emprunter à la bibliothèque de la prison. Elle cessa de participer aux débats. Plus d'une fois elle se boucha les oreilles avec des boules de mie de pain pour ne pas être obligée d'écouter des paroles creuses, des réflexions irritantes, des absurdités formulées sur le socialisme, le rôle du paysan, l'indépendance polonaise, la place que doit occuper la femme dans la société.

Il y eut des moments où Mirale craignait de ne pas tenir le coup, cependant elle ne cessa d'évoquer le souvenir de Stefan Lamanski. Comment aurait-il réagi dans une telle situation? Qu'aurait-il dit? Elle se remémora son visage, ses yeux, sa voix profonde. Elle l'imagina lui chuchotant des mots de réconfort. N'avait-il pas souffert bien plus qu'elle-même? N'avait-il pas renoncé à un foyer et à une carrière pour l'amour du peuple? N'avait-il pas lutté, jour après jour, contre la stupidité, l'ignorance, l'obstination, et même la trahison? Mirale se souvint de ses paroles : « Le révolutionnaire doit être préparé à tout. Il ne doit pas perdre de vue son but un seul instant. Il doit être au-dessus de la mesquinerie mondaine, faire fi des risques, des faiblesses, des erreurs. Il doit combattre non seulement les ennemis étrangers, mais également, à l'intérieur du pays, les paresseux, les incompétents, les phraseurs, les imbéciles et les opportunistes, tous ceux qui ne cherchent qu'à exploiter la révolution pour leur propre profit. Le révolutionnaire doit être capable de compassion et de justice, mais il doit aussi savoir, de sang-froid, amputer le mouvement des dissidents nuisibles tels que Tichamirov, Minsky, Goldberg – tous ceux qui, consciemment ou inconsciemment, aident l'ennemi à fortifier sa position. » En une autre occasion il avait dit :

« Si on ne supporte pas l'odeur de la poudre, on n'est pas capable de construire des barricades. »

Cependant Mirale n'était pas préparée à faire face à sa nouvelle situation. Ce qui venait de lui arriver était une honte et un déshonneur en soi, un camouflet pour le parti, une source de triomphe pour les autorités. Lorsque Mirale restait éveillée la nuit, ses doutes et ses soupçons atteignaient les limites de la folie.

III

C'était jour de lessive. Au milieu de la cuisine il y avait un baquet pour l'azurage du linge. Une lessiveuse bouillait sur le fourneau, et Tekla, la bonne, brassait le linge avec un morceau de bois. Dans l'air flottait une odeur de savon, de cristaux de soude et un relent de plats cuisinés. Shaindel mit des couches à sécher sur une installation de fortune. En dépit de ses cheveux déjà grisonnants, elle était forcée de s'occuper d'un bébé, de lui donner le sein, de le bercer et de le veiller la nuit. Ezriel était, lui aussi, constamment fatigué parce que l'enfant les empêchait de dormir. Très souvent on l'entendait dire qu'il n'avait pas désiré ce fils-là. Shaindel n'avait pas voulu entendre parler d'un avortement. A présent elle en faisait les frais. Elle était en jupons; ses pieds nus étaient glissés dans des pantoufles éculées. Elle avait des seins lourds de nourrice. Ses yeux exprimaient l'irritation. Joziek et Zina étaient assis dans le petit salon. Josiek, qui venait d'entrer à la faculté de droit, portait l'uniforme et le béret des étudiants. Il fumait afin de paraître adulte. Il était moins grand que son père, mais il avait la beauté de sa mère. Sa chevelure noire avait des reflets bleutés. Sa physionomie était ouverte et animée, son nez droit, ses lèvres pleines. Ses yeux noirs avaient un air pensif et serein. Ce soir-là, Ezriel fut frappé par la mauvaise mine de son fils. Lisant une introduction à la jurisprudence tout en faisant tomber la cendre de sa cigarette dans un cendrier, Joziek ne cessa de lancer des regards distraits tantôt sur sa sœur, tantôt par la fenêtre, tantôt sur la porte. Zina, qui était en quatrième année de l'enseignement secondaire, portait sa chevelure dorée tressée en deux nattes. Elle ressemblait à Ezriel, mais aussi, dans une certaine mesure, à Miriam Lieba. Dans son enfance Zina avait été sauvage, brutale, tandis qu'à présent elle était rêveuse, puérilement capricieuse, encline à rire ou à pleurer, à contrarier sa mère, à nourrir des secrets. Ses camarades de classe donnaient souvent des parties, auxquelles elles invitaient parfois des étudiants; or Zina trouvait toujours des excuses pour ne pas s'y rendre. Elle semblait avoir hérité de la timidité de son père. Josiek était bon en mathématiques; en revanche, Zina venait difficilement à bout de simples problèmes algébriques. Pour le moment elle séchait sur l'énoncé d'un problème en reniflant, la gomme à la main.

« Josiek, il faut que tu m'aides!

– De quoi s'agit-il?

– J'ai l'esprit embrouillé.

– Eh bien, sœurette, il y a des drames pires que celui-là! »

Ezriel sortit de son bureau. Lui aussi avait été absorbé dans l'étude d'un ouvrage, mais à présent il avait envie de faire une promenade. Il n'avait pas de rendez-vous avec Olga, cependant il sentait le besoin de guider ses pas vers la rue Zielna. Il y avait une bonne distance entre la rue Nowolipki et la rue Zielna, néanmoins il espérait faire le trajet en vingt minutes, et peut-être même en moins de temps. Il était déjà neuf heures et demie du soir, mais Olga ne se couchait jamais avant une heure du matin. Ezriel avait passé la journée à s'occuper de ses malades. Rentré chez lui, il avait étudié des ouvrages spécialisés. A présent il sentait le besoin de se détendre. La nosologie de la maladie mentale, l'étiologie, la sémiologie, la pathologie, le diagnostic, le pronostic, le traitement... avec quel scrupule les manuels classifient chaque chose! Avec quelle précision ils définissent l'idiot, le crétin, l'imbécile, l'épileptique, l'hystérique, l'hypocondriaque, le neurasthénique! Au lieu d'admettre qu'on sait peu de chose sur ce qui se passe dans le cerveau humain, qu'il soit sain ou malade, les professeurs abusent des appellations latines. Et que se passait-il dans son propre cerveau? se demanda Ezriel. Il prétendait soigner les autres, or lui-même souffrait de toutes sortes de troubles psychiques. Il était obsédé par des phobies, des tourments, des superstitions. Il luttait contre des idées terrifiantes. « Qu'arriverait-il si...? » Voilà son leitmotiv. Si jamais il gagnait soixante-quinze mille roubles... S'il allait découvrir la potion promettant la vie éternelle... S'il trouvait un moyen de devenir omniscient... S'il possédait un pouvoir hypnotique capable de soumettre à un contrôle la volonté de chacun... Rêvait-il tout éveillé, tel un écolier? Dès qu'il était seul, il s'allongeait sur le divan. Il ne désirait qu'une chose : rêver, méditer. Qu'est-ce que le temps? Qu'est-ce que l'espace? Qu'est-ce que l'atome? Qu'est-ce que la gravité? Où la première cellule avait-elle pris son origine? Est-ce possible que la vie soit le résultat d'accidents chimiques? Quelles étaient les forces occultes qui intervenaient lorsqu'il induisait en erreur ses malades, Shaindel, lui-même? Ses parents étaient tous deux malades; il était leur soutien; pourtant il préférait ne pas y songer. Il était hanté par le sentiment que sa vie approchait d'un tournant décisif. Il aurait bientôt une décision importante à prendre. Mais à quoi bon? Pourquoi croire aux prémonitions, à l'instar d'une simple domestique? « Je suis fatigué, murmura Ezriel. J'ai trop de charges... Mirale est toujours en prison... Il se peut qu'on l'envoie en Sibérie... » Shaindel arriva de la cuisine. Zina leva les yeux de son livre.

« Oh, mère, mais regarde-toi! » s'écria-t-elle en riant.

Shaindel prit un air ennuyé. « Qu'y a-t-il?

– Tu es toute sale.

– Et puis après? Tes doigts aussi sont tachés d'encre.

– Tu as l'air toute drôle.

– Si tu t'affairais à la cuisine, toi aussi tu te salirais. Est-ce que tu sors? ajouta Shaindel en se tournant vers Ezriel.

– J'ai besoin de faire une petite promenade. J'ai la tête bourrée de sottises.

– Où vas-tu? Tu dis que tu pars pour une petite promenade, et puis tu ne rentres qu'à une heure du matin. Moi, je n'ai pas mis le nez dehors de la journée.

– Eh bien, viens avec moi.

– Tu sais bien que je n'ai pas le temps. Tu me proposes de venir tout en sachant que je n'en ferai rien.

– Pourquoi dis-tu cela?

– Oh, assez! Quand seras-tu de retour? J'ai honte devant le concierge. Chaque nuit tu le tires de son lit.

– Tu sais que c'est faux

– Si, c'est vrai. Les enfants aussi le savent. Demandeur!

– Je ne demanderai rien à personne. Bonne nuit, les enfants! »

Ezriel descendit l'escalier à grandes enjambées. Il longea les rues Przejazd et Przechodnia, franchit la Porte de Fer et arriva bientôt dans la rue Graniczna. Une odeur d'arbres et d'herbe montait des Jardins de Saxe. Les rues sentaient le crottin de cheval, les égouts, les fruits avariés. C'était un quartier plein de bazars et de tavernes. Dans la semi-obscurité on chargeait encore des camions, des fourgons. Des diligences tardives s'arrêtaient pour déposer des passagers. Depuis la rue Krolewska, Ezriel vit soudain les arcs voltaïques s'allumer sur le boulevard Marshalkovsky. Ce secteur de Varsovie était entièrement européanisé. Des tramways à toit ouvert glissaient sur les rails au timbre strident de la sonnette, avec, à l'intérieur, les receveurs qui vendaient les tickets. Un homme portant une casquette rouge aiguilla une section de rail à l'aide d'une barre métallique. La rue Zielna était sombre et calme. A sa grande surprise, Ezriel aperçut Olga devant la grille de sa maison. Elle se tenait là comme si elle attendait quelqu'un.

« Qui espères-tu voir venir?

– Toi, naturellement, dit-elle en souriant.

– Nous n'avions pas de rendez-vous ce soir.

– Je sais.

– Pratiques-tu la magie noire?

– J'avais le pressentiment que tu viendrais.

– Sais-tu lire les pensées d'autrui?

– J'ai toujours eu ce don. »

IV

Il la regarda plus attentivement. Elle portait des vêtements neufs; elle paraissait jeune, élégante, presque riche.

« Que t'arrive-t-il? As-tu gagné le prix de soixante-quinze roubles à la loterie?

– Si je voulais, je pourrais gagner même davantage, dit-elle avec un sourire mystérieux.

– Tu parles par énigmes.

– Oui. »

Pendant un moment tous deux gardèrent le silence. Puis il dit :

« Veux-tu que nous nous promenions ou que nous montions chez toi?

– Marchons un petit peu. »

Elle posa sa main gantée de blanc sur le bras de son compagnon, mais avec une pression si légère que ses doigts semblaient glisser et le lâcher à tout moment. Ils longèrent en flânant la rue Krolewska, puis la rue Prozna, pour se retrouver comme d'habitude à l'entrée des Jardins de Saxe. D'ordinaire, dès qu'ils étaient réunis, ils avaient beaucoup de choses à se dire, mais aujourd'hui l'un et l'autre restèrent silencieux. « Quelque chose a dû se passer », pensa Ezriel. Il se sentit presque timide. Au lieu de pénétrer dans le parc, Olga s'arrêta devant la grille et s'appuya contre l'un des pilastres dans lesquels celle-ci était encastrée. A présent Ezriel eut tout loisir de la regarder mieux. Elle ne lui avait jamais auparavant semblé aussi mystérieuse, aussi indéchiffrable. Ses yeux brillaient d'une joie mal contenue. Il prit peur, redoutant de l'avoir perdue, bien qu'il ne s'en expliquât pas la cause.

« Que s'est-il passé? »

Le visage d'Olga se fit sérieux.

« Nous devons prendre une décision importante, aujourd'hui même. Celle-ci te concerne tout autant que moi.

– De quoi s'agit-il?

– Wallenberg m'a fait une offre.

– Quelle sorte d'offre? Désire-t-il t'épouser?

– Oui. »

Dans l'obscurité Ezriel eut comme un éblouissement; un flux de sang lui monta au visage. Il se sentait bafoué, tel le héros trahi dans un roman.

« Comment est-ce arrivé?

– Soudain. Je n'y comprends rien moi-même.

– Oh!...

– Je dois lui donner ma réponse.

– Quand?

– Demain. »

Ezriel ne répondit pas immédiatement. Il fit un mouvement du bras pour se libérer de la main de sa compagne. Olga résista un moment, puis elle laissa tomber sa main. Appuyé, lui aussi, contre le pilastre, Ezriel fixa d'un regard absent une maison de l'autre côté de la rue. A présent il comprenait son malaise des derniers jours, son sommeil agité et ses rêves bizarres. « Comment se fait-il que je n'y aie pas songé immédiatement? s'étonna-t-il. Après tout, je savais qu'elle travaillait avec lui... » Il laissa errer son regard vers une fenêtre éclairée du second étage, où des ombres se mouvaient derrières les rideaux – un homme et une femme. Que faisaient-ils? se demanda-t-il. Etaient-ils en train de danser? Tout à coup, la femme à ses côtés devint une étrangère pour lui, autant que puisse le devenir un être auquel on a tout donné et qui vous abandonne. Il eut une envie irrésistible de s'enfuir. Cependant il se ravisa et décida de rester calme, fier, et de ne pas se ridiculiser, tel un certain malade qui regardait par le trou de la serrure pour surprendre son ancienne maîtresse... Ezriel n'avait nullement l'intention de s'abaisser devant cette femme qui avait une liaison avec lui et qui, en même temps, permettait à un millionnaire vieillissant de lui faire des propositions. Tout était perdu. Il devait au moins garder sa dignité d'homme. Rien d'étonnant à ce qu'il se sentît presque soulagé, car les paroles d'Olga avaient mis fin à son incertitude.

« Eh bien, pourquoi restes-tu aussi silencieux?

– Que pourrais-je dire?

– Viens, partons! Tu as un tas de choses à me dire. Tu n'as pas le droit de penser que je t'ai trompé dès le début, dit-elle avec un tremblement dans la voix. Je ne suis pas aussi frivole que tu as l'air de croire.

– Je ne sais plus ce que tu es.

– Je suis restée la même jeune Lituanienne. L'amour n'est pas un jeu pour moi, dit-elle soudain en yiddish. Je t'attendais près de la grille, reprit-elle en polonais. J'espérais que tu viendrais. Je t'appelais de toute mon âme.

– Pour quoi faire? Pour être garçon d'honneur? »

Olga s'arrêta net.

« Tu sais combien il est riche et tu connais la position qu'il occupe dans la société. Néanmoins, si tu veux m'épouser, je lui dirai non. C'est un homme correct et je l'aime bien, n'empêche que je suis à toi. Me comprends-tu ?

– Oui.

– Pour mon propre salut autant que pour celui de mes enfants, je ne peux rester éternellement la petite amie d'un homme marié.

– Je comprends.

– Tu ne cesses de me dire que tu ne peux pas divorcer d'avec ta femme. Que me reste-t-il ? Mener une existence qui me fait rougir de honte ?

– Il n'y a pas de quoi avoir honte.

– Pas pour toi, mais pour moi, si ! Les enfants grandissent. Natacha commence à comprendre bien des choses. Combien de temps pourrais-je vivre cachée ? Même Jadzia se doute de notre liaison. Un jour elle a trouvé un de tes cheveux blonds sur le drap. Dieu du Ciel, si jadis quelqu'un m'avait dit que je serais capable de me déshonorer, je ne l'aurais jamais cru. Si quiconque avait dit à André que j'étais femme à me conduire de cette manière-là, il aurait tué le calomniateur. C'est contre ma nature, contraire à mon éducation, à l'encontre de tout ce à quoi je crois. Partager un homme avec une autre femme...

– Que veux-tu exactement de moi ? l'interrompit Ezriel. Ma femme n'accepte pas le divorce. Je ne peux pas l'y forcer.

– Je ne veux rien. Oh ! si tu voulais, tu pourrais t'arranger : l'amour véritable trouve toujours un moyen ! Nous pourrions vivre à l'étranger, en Amérique par exemple. On ne peut pas retenir un mari par la force. Tu as même parlé un jour de te convertir. Si telle est encore ton intention, tout lien entre toi et Shaindel sera rompu. Je sais que tout ceci n'est que paroles pour toi, mais je les dis parce que je veux que tu comprennes que je suis prête à tout. Je partirais avec toi dès demain, si tu voulais.

– Je t'écoute.

– Je suis disposée à renoncer aux millions de Wallenberg, or toi, es-tu seulement désireux de faire une concession pour moi?

– Je ferai tout, sauf tuer un être humain. Sur ce point précis, je suis toujours un Juif.

– Oh! ce ne sont que des phrases creuses. Tu n'as pas à craindre de la tuer. Ayant moi-même survécu à la mort d'André, je sais qu'on ne meurt pas de chagrin.

– Tu étais jeune alors. Tu es d'ailleurs toujours jeune. Pour Shaindel ce serait la fin. De plus, je deviendrais un voleur.

– Je ne comprends pas ce que tu veux dire.

– J'ai pu étudier grâce à son argent. Voler et tuer ne sont pas des traits de mon caractère.

– L'argent se rembourse.

– Elle vient d'avoir un bébé. »

De moqueuse, Olga devint soudain triste.

« Un bébé? demanda-t-elle, étonnée. Quand est-ce arrivé?

– C'est arrivé... tout simplement.

– Et tu ne m'en as rien dit pendant tout ce temps!

– Je n'avais aucune raison de t'en parler.

– Eh bien, c'est du moins curieux. J'avais le sentiment que tu me cachais quelque chose. Qu'est-ce que c'est – un garçon ou une fille?

– Un garçon.

– *Mazel tov*... quand même! » fit-elle.

Un bref instant ses yeux exprimèrent la joie.

« S'il plaît à Dieu, qu'il en soit de même pour toi et Wallenberg, répondit-il, également en yiddish.

– Deux enfants, c'est suffisant. J'ai rêvé une fois que j'avais un enfant de toi. Hélas! désormais c'est impossible. Quel est son nom?

– Micha.

– Que vais-je découvrir d'autre si je continue à poser des questions? Peut-être aussi bien as-tu deux ou trois maîtresses en dehors de moi? Enfin... c'est ainsi. »

Ils marchèrent en silence, un peu écartés l'un de l'autre, chacun perdu dans ses pensées. Arrivés sur la place Alexandre, ils restèrent là à regarder l'éclairage public au gaz et l'obélisque qui se dressait contre le ciel nocturne. La place était vide et calme comme en pleine nuit. Des ombres cachaient le visage d'Olga.

« Quand tout ceci s'est-il produit? » demanda finalement Ezriel.

Olga tressaillit.

« Tout s'est passé très vite. Je n'y comprends rien moi-même. Il avait toujours été si correct. Il pleurait souvent sur la perte de Mathilda. Je le consolais du mieux que je pouvais. Il me faisait réellement pitié. Avec l'âge on s'attendrit plus facilement. Un jour, alors qu'il me dictait ses mémoires tout en bavardant un peu avec moi, il se mit soudain à me parler sur un ton différent. Je ne comprends pas ce qui s'est produit en lui.

– Que deviendront tes sentiments religieux dans tout cela? Tu seras obligée de te convertir de nouveau. Il souhaitera te voir adopter la foi catholique.

– Oui, c'est vrai, il insiste sur ce point.

– Après tout, Jésus ne t'en voudra pas.

– Ne te moque pas! Ceci est sérieux.

– Que ne fait-on pas pour quelques millions!

– Je n'ai pas besoin de ses millions. Si j'étais cupide, je ne serais pas en train de plaider avec toi. Tout ce que je veux est de pourvoir aux besoins de mes enfants.

– Nous disons tous cela.

– C'est la vérité, en ce qui me concerne. Quelle sorte de bonheur connaîtrai-je? C'est un vieillard. Il a des fils, des filles, des gendres, des belles-filles, des petits-enfants. C'est un patriarche, et je me sens terrifiée rien qu'en y songeant. Justina en particulier m'inspire un sentiment de honte. Tout ce luxe me laisse parfaitement indifférente.

– Il te laissera une fortune.

– Puisque tu ne veux pas de moi, pourquoi te montres-tu aussi cruel envers moi et mon projet?

– Je tiens à toi, plus que tu ne crois!

– De telles paroles ne veulent rien dire.

– Je ne peux pas sacrifier la vie de quatre personnes. Je ne peux pas abandonner ma famille, pas plus que tu ne peux négliger le bonheur de tes enfants.

– Eh bien, dans ce cas, il n'y a plus rien à dire. »

Ils s'attardèrent encore un petit moment sur place, scrutant le gravier à leurs pieds comme s'ils étaient à la recherche de quelque objet. Une légère brise montait de la Vistule. Quelque part au loin un train sifflait – un son long et triste, tel un appel nostalgique. Comme à regret le couple reprit le chemin du retour. Olga s'accrocha au bras de son compagnon tandis qu'ils descendaient la rue Mazoviecka en direction de la rue Sainte-Croix. Ezriel s'arrêta soudain pour contempler un Bouddha immobile derrière la vitre d'un magasin – trapu, lisse, nu, avec une gemme sur son front. « Comment les Hindous peuvent-ils concilier le nirvâna avec la corpulence? » se demanda-t-il. Il essaya de lire le titre d'un livre, cependant la lumière trouble que dispensait l'éclairage public rendait les lettres gothiques illisibles. Le couple poursuivit sa route, traversa le boulevard Marshalkovsky, pour se retrouver de nouveau dans la rue Zielna. La conversation était réduite à quelques phrases hachées. Simplement pour dire quelque chose. Olga fit de brefs commentaires sur telle maison ou tel magasin ou telle enseigne.

« Varsovie est sale! s'exclama-t-elle soudain.

– Eh bien, tu seras bientôt à Paris, répliqua-t-il.

– A Paris? Qu'est-ce qui te fait dire cela?

– Il t'offrira le tour du monde.

– Comment le sais-tu? Oui, un long voyage... »

Ils s'arrêtèrent de nouveau dans la rue Zielna. Les branches des arbres très rapprochés des deux côtés de la rue se rejoignaient presque. Les ombres que jetait leur feuillage dense formaient une résille sur le trottoir. Un peu partout on verrouillait les grilles des maisons. Des lumières s'éteignaient derrière les fenêtres. Un chien aboya quelque part. Cette rue, témoin de son amour, de ses secrets, de ses rencontres clandestines, de ses adieux tardifs, était pour Ezriel comme un jardin mystérieux. Il songea soudain qu'il ne l'avait jamais vue en plein jour.

« Eh bien, fit-il, ce soir nous nous voyons probablement pour la dernière fois.

– Mais pourquoi? Nous pouvons rester amis.

– Crois-tu? Enfin... bonne nuit.

– Ne t'enfuis pas! Si tu veux, viens chez moi. Jadzia ne couche pas à la maison cette nuit.

– Où est-elle?

– Sa sœur est malade.

– Je regrette, Olga, mais c'est non.

– Je pensais que... Eh bien, tu as peut-être raison.

– Bonne nuit!

– Ne sois pas si pressé! Après tout, tu écris pour le journal de Wallenberg et il se peut que tu sois appelé à différentes fonctions. Ce que je veux dire est que nous ne pourrons pas éviter de nous rencontrer. Je ne désire d'ailleurs pas t'éviter. Nous avons goûté ensemble des moments heureux. Je n'oublierai jamais une certaine nuit à Otwock.

– Que valent les souvenirs? »

Manifestement Olga se révoltait à l'idée de le laisser partir; toutefois, Ezriel était gagné petit à petit par l'impatience. Il ne désirait qu'une chose : être seul avec la peine qu'elle venait de lui infliger. Olga fit un geste comme pour l'embrasser, mais il recula et se contenta de lui tendre la main. A peine l'eut-elle serrée entre les siennes que déjà il la retira, effleura son chapeau, avant de descendre hâtivement la rue, sans jeter un regard en arrière, bien qu'il sût qu'elle attendait qu'il se retournât. Il n'avait rien perdu de sa dignité, et ceci le consolait en quelque sorte de sa déconvenue. Au moins il ne s'était pas conduit comme un mendiant.

Bientôt, il le savait, il souffrirait de son abandon, de la passion qui le dévorait, du vide en lui, du regret de l'avoir perdue; néanmoins, il était certain d'une chose : jamais il ne pleurerait sur l'épaule de quiconque. Son visage était brûlant tandis qu'il marchait. Si, pour elle, ses enfants passaient avant tout, pourquoi pas pour lui aussi? Cette logique était irréfutable. Il se sentit soudain envahi par un amour profond pour Joziek, Zina, et même pour Micha. Ils étaient issus de sa chair et de son sang. Il était responsable d'eux. A l'égard de Shaindel, d'autre part, il avait contracté une dette terrible. Il était psychiatre, et non aliéné. Il y avait autre chose également. Il savait que sa fermeté lui attacherait Olga avec une force que nulle psychologie ne pourrait expliquer.

4

I

Tout était comme par le passé, tel qu'il l'avait quitté : sa mère avec son visage ridé et le bonnet de satin qui couvrait sa tête rasée; son père dans sa cape de velours, avec l'écharpe qui ceignait sa taille, et la calotte qui couvrait son large front. Sa mère était édentée; on voyait ses gencives dégarnies lorsqu'elle parlait. La barbe de son père était blanche et clairsemée. Le vieillard était assis dans un fauteuil près de la table. Bien que sa vue fût mauvaise, il s'éclairait à l'aide d'une lampe à pétrole avec un abat-jour d'un blanc laiteux pour étudier quelques livres posés devant lui. « Ainsi, te voilà, dit-il à Ezriel. Eh bien, que le Tout-Puissant soit loué! Nous avons enfin la joie de te revoir. Tu m'as manqué, terriblement manqué. Après tout, tu es mon fils. Mon fils unique! Quel souci de n'avoir qu'un seul fils! Ta mère parle de toi sans se lasser. Depuis la malchance de Mirale, l'amour de ta mère pour toi ne connaît plus de bornes. Enfin... tout nous vient d'en haut. La grâce également, mais nous n'avons pas toujours la force de l'accepter. La rigueur de la loi est notre affaire, et non celle de Dieu. Si un père donne une noix à son enfant et si l'enfant l'avale – coque et amande –, comment le père serait-il coupable?

– Le père aurait pu le mettre en garde, ou bien séparer la coque de l'amande. Tu fais allusion, naturellement, à notre Père dans le Ciel.

– Bien entendu. Il donna à l'homme la raison afin qu'il puisse choisir. Il lui donna le bon sens et la loi qui établit ce qui est autorisé et ce qui est interdit. Or nous refusons de L'écouter – comment, dans ce cas, pouvons-nous Le blâmer?

– Nous écouterions peut-être si nous savions que telles étaient bien les paroles de Dieu. Mais comment en être sûr? Chaque peuple a sa propre religion.

– Si l'homme pouvait réellement voir le travail de la Providence, il n'aurait plus de doutes et, de ce fait, plus de libre arbitre. Le monde d'ici-bas est fondé sur le libre choix de l'homme. De quoi pouvons-nous être sûrs? De la vie? De nos moyens d'existence? Nous devons constamment choisir entre le vrai et le faux. Si les Cieux s'ouvraient et si nous pouvions apercevoir les célestes phalanges, alors chacun de nous serait un saint. Saisis-tu bien ce que je veux dire, ou non?

– Oui, père, je comprends.

– Tout est facile aux anges. C'est pourquoi ils n'ont pas de mérite. L'homme, en revanche, doit lutter pour sa foi.

Chaque jour, chaque minute! Même l'homme le plus pieux connaît des doutes.

– Oui, père, je vois.

– Qu'y a-t-il de nouveau en médecine?

– Pas grand-chose. Dans notre corporation, chacun doit faire ses propres recherches et expériences.

– Eh bien, il y a pourtant du progrès. Jadis les aveugles n'avaient aucun espoir de recouvrer la vue. Or, ton ami – quel est son nom déjà? – m'a raconté que désormais l'opération est possible. Il ne me reste qu'à attendre encore un peu : lorsque je ne verrai plus du tout, lorsque les – comment dit-on déjà? – les cataractes s'élargiront, il deviendra possible de les enlever. Comme dit le proverbe : " Avant que la lumière ne vienne, l'obscurité doit être profonde. " »

Tirza Perl appela Ezriel dans la cuisine. Les épaules voûtées, un bonnet perché sur l'arrière de son crâne, son nez crochu chaussé de lunettes auxquelles manquait un verre, elle s'approcha de son fils. Un livre était posé sur la table de la cuisine. Ezriel lut le titre, *Le Flambeau de la lumière.*

« Quelle sorte de malheur Mirale a-t-elle subi? demanda-t-elle d'une voix coupante. Ah! pauvre de moi!

– Je n'en sais rien, mère.

– Tu ne sais pas? Une bossue, l'une des *leurs* est venue me voir. Les choses qu'elle m'a dites m'ont choqué les oreilles. Je ne veux pas que ton père apprenne quoi que ce soit. Il a assez d'ennuis comme ça, le pauvre. Quelle catastrophe! Je n'ose plus sortir dans la rue. Les gens me cracheront dessus ou me jetteront des pierres. Un déshonneur aussi terrible n'arrive même pas à des garçons coiffeurs ou à des chanteurs de rue.

– Mère, je n'y suis pour rien.

– Que veulent donc ces gens-là? Mieux valait encore qu'elle se convertît! J'aurais su ainsi que j'avais perdu une fille. Je ne dors plus de la nuit, Ezriel. Que veulent-ils donc?

– Libérer le monde!

– Quels malfaiteurs! Ils sont tous fous! Croient-ils donc que Dieu tout-puissant restera silencieux? Il détruisit Sodome, pas vrai?

– Qu'Il fasse comme bon Lui semble!

– Que dis-tu? Pourquoi n'es-tu pas plus prudent? Je n'arrivais pas à comprendre ce qu'elle racontait, la bossue. Mes oreilles bourdonnaient. Le visage me brûlait et mes yeux se troublaient, au point que je ne la voyais même plus. Je restais simplement assise là, sans bouger, à l'écouter.

– Oui, mère, je comprends. Mais en quoi es-tu coupable?

– En quoi je suis coupable? Mais les gens maudissent les parents d'une si mauvaise graine.

– Mère, je dois partir.

– Eh bien, va-t'en! Maintenant tu vois ce qui arrive quand on oublie Dieu. »

Ezriel entra chez son père pour prendre congé. Le vieil homme sommeillait dans son fauteuil. Il se réveilla en sursaut. Ezriel lui serra la main, puis il embrassa sa mère. Quittant ses parents il descendit lentement l'escalier sombre. Il avait ignoré jusqu'à présent que sa mère avait connaissance de la grossesse de Mirale : la bossue avait dû lui apprendre la nouvelle. Quelle triste surprise pour une femme de son âge! En sortant par la grille, Ezriel heurta quelqu'un. D'emblée et malgré l'obscurité, Ezriel sut intuitivement que l'inconnu avait un rapport avec lui-même. Bien plus tard, il évoqua parfois cet instant curieux. C'était une de ces sensations auxquelles on ne trouve pas d'explication, à moins d'accepter l'existence d'un sixième sens.

« Excusez-moi, monsieur, pourriez-vous me dire où habite le rabbin? demanda l'homme en polonais.

– Tournez vers votre droite. Peut-être puis-je vous aider? Je suis son fils.

– Etes-vous le docteur Babad?

– Oui.

– Docteur, je dois vous parler. Le concierge s'apprête à verrouiller la grille. Sortons!

– Qui êtes-vous? Que voulez-vous?

– N'ayez pas peur, docteur. Je ne suis pas aussi mauvais que les gens le prétendent. Je désirais faire la connaissance de vos parents, si méritants, mais puisque le sort a voulu que nous nous rencontrions, acceptons sa décision. Je vous en prie, docteur, soyez patient pendant quelques minutes et ne me jugez pas tant que vous n'avez pas entendu ce que j'ai à vous dire. C'est tout ce que je demande.

– Qui êtes-vous?

– Mon nom est Stefan Lamanski. Je suis le mari de votre sœur. »

Ezriel resta cloué sur place.

« Son mari? J'ignorais qu'elle était mariée.

– Pas officiellement, mais... s'il vous plaît, venez dehors. Le concierge attend. Oui, je suis son mari et je souhaite rester son mari lorsqu'elle sortira de prison si jamais je réussis à la faire libérer. Je suis dans une situation terrible, docteur. J'avais besoin de parler à vos parents, mais je savais qu'ils ne comprenaient pas le polonais. C'est pourquoi je n'ai pas encore essayé de les voir. J'espérais pouvoir vous contacter, docteur Babad, cependant on m'avait dit que vous étiez – comment dirais-je? – un homme impatient, or j'ai besoin de quelqu'un qui m'écoute à la fois avec patience et bonté.

– Qu'avez-vous en tête? Où avez-vous l'intention d'aller?

– Moi? C'est sans importance. Où vous voudrez. D'ordinaire je suis un homme résolu, et pourtant je suis souvent passé devant la maison de vos parents sans oser y entrer. Aujourd'hui je suis venu délibérément tard afin de ne pas rencontrer de visiteurs. Je suis désolé, mais je ne parle pas un mot de yiddish. Et voici que je bute contre vous! N'est-ce pas une étrange coïncidence? Je suis dans un tel état de nervosité que tout me paraît bizarre. Je ne me sens pas bien; j'ai un peu de fièvre. Je n'aurais pas dû quitter le lit. Cependant les propos calomnieux qui circulent à mon sujet et le malheur qui vient de frapper Mirale m'ont tellement troublé que – ne vous formalisez pas, docteur! – j'agis comme un fou. Je ne sais vraiment pas par où commencer. Je suis habitué à toutes sortes de difficultés, mais ce à quoi je dois faire face maintenant est au-delà de ce qu'un homme peut supporter. Contre certains coups du sort, on est impuissant à se défendre. Je suppose, docteur Babad, que ces racontars ignobles sont arrivés jusqu'à vos oreilles.

– Oui, je suis au courant.

– Qui vous a mis au courant? Après tout, c'est sans importance. C'est un mensonge, docteur Babad, un mensonge odieux. Je pourrais l'attester par serment; toutefois, nous autres libres penseurs n'avons même pas le privilège de jurer sur quelque puissance supérieure. Tout ce que je peux faire est de vous donner ma parole d'honneur que je suis la victime d'une diffamation criminelle. Savez-vous que ma tête est mise à prix pour cinq mille roubles? Même mes propres camarades, pour qui j'ai risqué ma vie, sont à présent désireux de se débarrasser de moi. Je ne peux sortir de la maison sans craindre qu'on me tire dans le dos. Je leur ai dit que je suis prêt à passer en jugement devant eux et que, si on me déclare coupable, je me tire une balle dans la tête. Or, même le droit de me défendre m'a été refusé. J'ai mentionné tout à l'heure que pour moi il n'existe rien sur quoi prêter serment, néanmoins j'honore la mémoire de ma mère : elle est sacrée pour moi, plus sacrée que n'importe quoi dans le monde.

Aussi je jure sur sa tombe que tout ce que je viens de dire est la vérité absolue! »

Stefan Lamanski se couvrit la face d'une main. Cet étranger qui se disait lui-même être le mari de Mirale fondit en larmes en pleine rue.

II

C'est alors seulement qu'Ezriel s'aperçut qu'ils avaient atteint le coin de la rue Ciepla. Sur la gauche se trouvait le commissariat de police, sur la droite la caserne du régiment de Volhynia. Le quartier était sombre et calme. Stefan Lamanski retira son mouchoir de sa poche et murmura : « Excusez-moi, docteur. »

Au cours des derniers mois, Ezriel avait plus d'une fois pensé à cet homme, lui qu'on accusait d'être un agent provocateur, lui qui avait initié sa sœur à des activités illégales. Enfant, Ezriel n'avait pas pris le parti de Siméon et de Lévi qui avaient massacré les habitants de Sichem, à cause de leur sœur Dinah. Il avait sympathisé avec Jacob, qui, sur son lit de mort, avait maudit ses frères : « Ne t'associe point à leurs desseins, ô mon âme! Mon honneur, ne sois pas complice de leurs alliances! » Cependant, plus tard, il avait commencé à comprendre la colère de ces hommes qui voyaient leur sœur traitée comme une prostituée. Or, aujourd'hui le séducteur de sa sœur se trouvait en face de lui et séchait ses larmes. C'était un homme pauvrement vêtu. Il était pâle et non rasé, comme à la suite d'une maladie; il était coiffé d'une casquette avec une visière en tissu huilé et il portait un coffret en bois. Il lui faisait penser à un conscrit. Et dire qu'il prétendait être le mari de Mirale! Si c'était vrai, il était donc son beau-frère!

« Que voulez-vous de mes parents? demanda Ezriel. Vous savez qu'ils sont un peu vieux jeu. Un rabbin...

– Je sais, je sais. Vous ne devez pas croire, docteur Babad, que j'aie pris ma décision à la légère, répliqua Stefan Lamanski. Ma situation est telle que je suis obligé de partir. C'est une question de vie ou de mort pour moi. Je ne veux pas être sacrifié pour satisfaire la rancune de mes anciens camarades. Je parle de rancune parce que notre mouvement s'est scindé en plusieurs groupes; aussi la lutte qui s'ensuit ne peut-elle être bénéfique qu'à nos ennemis. Certains soi-disant patriotes se sont infiltrés dans nos rangs et, sous le masque du socialisme, ils essaient de nouveau de bercer le peuple du rêve d'une insurrection illusoire. Je n'ai pas besoin de vous dire, très estimable docteur, à quel point de tels songes sont irréalisables et combien ils sont mauvais pour le prolétariat. Car là où le feu du nationalisme commence à s'attiser, l'atmosphère est immédiatement empoisonnée par le chauvinisme, par la haine du frère pour le frère. Qui, dans ce cas, risque d'être gagnant? Les exploiteurs, naturellement, eux qui vivent aux dépens du peuple! Ces vampires ont régné pendant des générations, volant le pain à la grande masse et collaborant avec les ennemis de la Pologne. Je n'ai pas besoin de vous dire quel était le rôle que jouait notre dernier roi; souvenez-vous! d'abord celui de l'amant de la cruelle Catherine, et ensuite, après avoir réduit la Pologne à l'esclavage, celui du sycophante à la cour de Russie, à l'instar de ces maquereaux qui, l'âge venu, vident les pots de chambre dans les bordels. Que firent les nobles en 1863? Ils firent appel aux paysans et aux ouvriers. Heureusement, l'homme du peuple comprit qu'un bourreau reste un bourreau, même s'il est un compatriote, aussi ne voulut-il rien avoir à faire avec leurs entreprises hasardeuses. Comprenez! ceux qui payaient pour tout ceci étaient toujours les travailleurs car, en dernière analyse, ce sont eux qui règlent la note. Voilà que maintenant ce fléau nationaliste s'est abattu une fois de plus sur le pays. Et où exactement? Sur nos propres rangs. Oh! je ne peux vous expliquer en quelques mots ce qui se joue en ce moment. Ces soi-disant révolutionnaires ne cessent de parler de l'ouvrier et de sa situation sociale, or ils ne s'intéressent réellement qu'à une seule chose : le retour de la noblesse polonaise au pouvoir et l'annulation de ces droits partiels que l'empereur Alexandre avait accordés au peuple. Cela voudrait dire que la Pologne serait libérée du joug étranger pour retrouver un autre joug, celui de ses propres dirigeants. En Europe occidentale, notamment en France, il existe des groupes qui comprennent ce danger et ne cessent de nous mettre en garde. Leur chef, un jeune homme d'une intelligence supérieure, est venu à Varsovie il y a peu de temps – illégalement, bien entendu, et sous un faux nom. S'il avait été arrêté, il aurait été pendu. Il se trouve qu'il est juif et – croyez-le ou non, docteur Babad – les camarades se sont abaissés jusqu'à la forme la plus abjecte de l'antisémitisme. Comme je n'ai pas l'habitude de garder mes convictions secrètes, mes anciens camarades, après avoir déjà distillé tant de poison sur mon compte, s'en donnent à cœur joie : rien ne les arrête. Ils ont tout intérêt à m'anéantir. Ce faisant, les véritables provocateurs dans leurs propres rangs échappent à leur vigilance. En vérité, ils sont tous provocateurs. Parce qu'un traître est un traître, quel que soit le nom qu'on lui donne... Mais au fait, pourquoi est-ce que je vous ennuie avec tous ces détails? Ils ne vous intéressent certainement pas.

– Pourquoi pas? J'ai entendu dire que les Russes étaient divisés en clans dans leur propre pays, mais j'ignorais que de telles dissensions existaient ici même, en Pologne.

– A la réflexion, je n'aurais pas dû vous raconter tout ceci. Il est vrai que ce ne sont pas là des secrets du parti; et d'ailleurs j'ai confiance en vous, docteur Babad, parce que vous êtes le frère de Mirale. Encore que, somme toute, il s'agisse de querelles internes. J'ai été malade pendant plusieurs semaines, réellement malade, et mes nerfs sont fortement ébranlés. Ce qui me tue, c'est que je n'arrive plus à dormir. J'avais pourtant des nerfs d'acier; maintenant il suffit d'un cri de souris pour me faire bondir. J'ai l'impression que je ne parle plus d'une manière cohérente. Vous m'avez posé une question, malheureusement je ne m'en souviens plus. C'est encore une conséquence de ma nervosité. Ah! oui, c'était à propos de vos parents! Comme je l'ai déjà mentionné, je dois partir pour l'étranger, aussi aimerais-je au moins une fois voir mon enfant... Je sais combien il doit être gênant pour vous d'entendre ces paroles; néanmoins, qu'on le veuille ou non, il s'agit de mon enfant, de notre enfant, de l'enfant issu de l'amour entre Mirale et moi. Je sais de quel nom les philistins qualifient de tels bébés, néanmoins je suis au-dessus des préjugés, et je suis convaincu que vous, docteur, vous n'êtes pas assez fanatique pour faire peu de cas d'un petit être innocent, uniquement parce qu'une formalité a été omise. Si Mirale n'était pas en prison et si vos parents voulaient que notre union fût consacrée par quelque cérémonie, je m'y soumettrais afin de leur épargner un chagrin inutile. Il faut faire une distinction entre des membres de l'ancienne génération, qui ne sont plus en mesure de suivre la marche du progrès, et ces hypocrites qui enveloppent leurs intentions réactionnaires de phrases révolutionnaires... Bref, j'espérais qu'ils me donneraient l'adresse de Mirale.

– Ils ne connaissent pas son adresse. Mon père, notamment, ignore tout à ce sujet. Ma mère a appris quelque chose, mais...

– Eh bien, si c'est ainsi, quelle heureuse coïncidence de vous avoir rencontré, cher docteur! J'espère que vous comprenez combien je souffre et ce que signifie pour moi un simple regard de mon enfant. Ceci peut paraître sentimental, d'un goût provincial, cependant il existe un processus biologique que... »

Stefan Lamanski se tut brusquement. Ils avaient dépassé la place Mirowski et s'étaient engagés dans la rue Elektralna. Les fenêtres étaient sombres, les grilles des maisons verrouillées. Ezriel se sentit mal à l'aise. Que ferait-il si une patrouille croisait leur chemin et les arrêtait tous les deux? Que deviendrait-il si un des camarades révolutionnaires de Lamanski le suivait? Ezriel avait entendu des histoires effrayantes sur les nihilistes et leurs actes de vengeance. Son seul salut était de se débarrasser de son compagnon inquiétant, le plus tôt possible.

« L'enfant vit dans la rue Dzika, près de Powzek, dit-il. Toutefois, je vous mets en garde : ces gens-là fraternisent avec vos ennemis. Vous ne voulez pas tomber dans un piège, n'est-ce pas?

– Qui sont-ils? Je connais chaque membre de leur groupe...

– Leur nom est Cybula, dit Ezriel. Lui s'appelle Jonas Cybula. C'est un serrurier.

– Un serrurier? Cybula? Le nom ne m'est pas connu.

– Autant que je sache, ce sont des membres de l'organisation. Celle qui s'occupe de l'enfant est bossue, cependant je ne me souviens pas de son nom de famille. On l'appelle Edzia.

– Une bossue? Je ne la connais pas non plus. Quel est le numéro de leur maison? »

Ezriel lui donna la numéro.

« Eh bien, je m'y rendrai dès demain. Le serrurier travaille-t-il chez lui?

– Je ne l'ai jamais vu chez lui.

– Merci, merci mille fois! Je n'ai pas besoin de vous dire, docteur Babad, que toute cette affaire était – comment dirais-je? – tout à fait imprévue, une véritable catastrophe, mais enfin tout va s'arranger.

– Qu'est-ce qui s'arrangera? Elle restera en prison encore six autres années, et ensuite elle sera probablement exilée en Sibérie. Et puis, que va devenir un enfant sans parents, élevé par d'autres?

– Ce règne barbare ne peut durer longtemps. Quelque chose doit se produire, et très bientôt. »

III

Il était déjà minuit et demi lorsque enfin Ezriel quitta Stefan Lamanski et rentra chez lui. Il était transi de froid. Sa tête et ses pieds le faisaient souffrir. « Que m'arrive-t-il? Vais-je tomber malade? En dépit du passé, en dépit de ce que je lui dois, la vie que m'offre Shaindel ne vaut pas la peine d'être vécue... Tout m'ennuie. Je n'ai même plus le temps d'étudier. Tout est devenu routine et habitude. Il faut dire que je suis un idiot. J'avais une chance de faire carrière, de posséder Olga. En vérité, j'ai tout sacrifié à la fille de Calman Jacoby. Enfin... ceux qui cherchent leur propre ruine n'ont pas le droit de se plaindre. » Il fallait se hâter, car il devait se lever à sept heures, le lendemain matin. Et pourtant il marchait d'un pas lent. « Si du moins je n'avais pas engendré des enfants! » Il se sentit soudain pris de rage contre Shaindel. Il l'avait suppliée de se faire avorter, mais elle faisait partie de ces lapines qui ne vivent que pour mettre bas. « Eh bien, je vais me venger, je vais m'en aller. Qu'arriverait-il si je mourais brusquement? Elle me survivrait. Probablement elle se remarierait. Seul un imbécile comme moi se tue pour de tels parasites! »

Arrivé devant la grille de sa maison, il sonna. Le concierge ouvrit la porte en marmottant quelque chose d'inintelligible. Ezriel ne le gratifia même pas d'un pourboire. Il monta l'escalier sombre d'un pas traînant. « Démons? fit-il à voix basse. Bah, si seulement les démons existaient! Cela signifierait qu'il existe autre chose... que la création n'est pas simplement un *Jardin botanique* darwinien... » Ouvrant la porte d'entrée avec sa clef, il aperçut une lumière dans la salle de séjour. « Il n'est toujours pas couché, le sauvage! grogna Ezriel. Il se ruine les yeux avec tous ces bouquins idiots! » La jurisprudence de la jungle... Il poussa la porte. Joziek était assis dans un fauteuil, sans aucun livre, la veste déboutonnée, les mains posées sur ses genoux, les cheveux en désordre. Lui, si calme et si bien mis d'ordinaire, avait ce soir un air désemparé. « Qu'est-ce qui le tracasse? » s'étonna Ezriel. A haute voix il dit : « Pourquoi n'es-tu pas couché? Pourquoi t'abîmes-tu les yeux avec cette littérature? Déshabille-toi et va au lit! »

Joziek ne bougea pas.

Ezriel se hérissa.

« Papa, je dois te parler.

– A quel propos? Il est tard. Bientôt il faudra que je parte travailler.

– Papa, assieds-toi.

– Que se passe-t-il? Parle!

– Je ne peux pas continuer mes études à l'université.

– Et puis quoi encore! Songes-tu à passer ton existence en vendant des oignons?

– Je vais partir.

– Et où cela? Que diable me racontes-tu là?

– Je pars pour la Palestine. »

Ezriel se mit à rire.

« Eh bien, pars en paix et avec ma bénédiction! Donne le bonjour à la Mère Rachel!

– Papa, ce n'est pas une plaisanterie.

– Que t'arrive-t-il? Aurais-tu écouté par hasard un des adorateurs de Sion, eux qui savent si bien parler? Aurais-tu lu la brochure de Pinsker?

– Papa, c'est plus sérieux que tu ne supposes.

– Qu'y a-t-il de si sérieux? De quoi es-tu en train de

parler? Ou bien raconte-moi tout, ou bien ne dis rien. Je n'ai pas la patience de te tirer les vers du nez.

– Pourquoi es-tu aussi irrité?

– Mon irritation ne te regarde pas. Parle! car je désire dormir encore quelques heures. Même un cheval doit se reposer parfois.

– Oh! papa, je t'en parlerai demain.

– Pas demain, tout de suite! Mais sois bref! Je t'écoute! Que s'est-il passé? Où espères-tu t'enfuir? Que veut dire cette folie?

– Papa, je n'en peux plus.

– De quoi?

– Je ne peux plus supporter cet antisémitisme. Tu ne sauras jamais, papa, ce que j'ai enduré à l'école. Je n'ai jamais rien dit parce que cela n'aurait servi à rien. Mais aujourd'hui je dois te dire la vérité. Tout le monde me tourmente : les enseignants, les élèves. Cent fois par jour, ils me font sentir mon origine juive. Toi, tu étudiais à la maison, tandis que moi, je suis obligé de me rendre à l'école, tous les jours. On m'a battu également, d'innombrables fois. Aujourd'hui il s'est passé quelque chose que je...

– Qu'est-ce qui s'est passé?

– Accompagné de deux étudiants, je suis entré chez Lurse. Nous étions assis tranquillement à une table lorsque deux brutes ont commencé à nous harceler. Ils cherchaient à nous insulter. Finalement, l'un d'eux m'a arraché mon béret et l'a jeté à terre. Je l'ai provoqué, mais il a répliqué qu'il ne se battrait pas avec un Juif. Et il m'a frappé, par-dessus le marché!

– Pourquoi ne lui as-tu pas rendu les coups? Vous étiez trois!

– Oh! il avait une tête de plus que moi. Mes deux camarades ont pris peur. Tout le monde dans la salle riait. Quelqu'un a versé de l'eau dans mon béret. Je suis rentré sans. Papa, je n'en peux plus! Je préfère mourir!

– Allons... nous connaissons ces persécutions depuis deux millénaires.

– Dans ce cas, c'est suffisant! Un homme qui n'a pas le droit de protester lorsqu'on l'humilie et le ridiculise n'est pas un homme. »

Ezriel sentit battre son cœur sourdement.

« Oui, tu as raison. Cependant la Palestine ne résoudra pas le problème.

– Quoi faire alors? J'y ai longuement réfléchi. Si je ne peux pas partir, il faudra que je me tue. Je le tuerai d'abord, et moi ensuite. Malheureusement je ne saurais même pas le reconnaître. Je n'oublierai jamais...

– Quand cet incident a-t-il eu lieu?

– Hier.

– Hier? Que faisaient donc tes amis?

– Ils sont restés assis là comme des petits moutons. Les Juifs ne sont pas des hommes. Tu le sais d'ailleurs, papa. Nous sommes émasculés. »

Ezriel garda le silence. Il s'attarda un long moment sur le pas de la porte. Finalement il entra dans la chambre de Joziek. Il prit un livre sur le rayon qui longeait le mur, l'ouvrit au hasard, lut une ligne et le remit à sa place.

IV

« Qu'attends-tu exactement de moi? demanda-t-il. Les Turcs ne valent pas mieux que les Polonais ou les Russes. Ne sois pas naïf!

– Je le sais, papa. Cependant, la Palestine est notre pays, notre terre.

– Pourquoi serait-elle à nous? Parce que des Juifs y ont vécu deux millénaires plus tôt? Sais-tu combien de nations ont péri ou se sont intégrées dans d'autres groupes ethniques, depuis ce temps-là? Si nous changions la carte du monde pour qu'elle retrouve son tracé d'il y a deux mille ans, il faudrait déplacer les trois quarts de l'humanité. Et comment prouver que nous descendons effectivement de ces Israélites? De qui est-ce que je tiens mes cheveux blonds et mes yeux bleus? Les Hébreux anciens étaient tous bruns.

– Comment le sais-tu? Et puis, moi aussi je suis brun. Je ne peux pas faire des recherches dans toute la généalogie de ma famille.

– Que veux-tu faire en Palestine? Assécher les marécages et attraper la malaria? Est-ce pour cela que tu as fait des études?

– Papa, je ne peux plus vivre ici. Je hais cette ville. Je ne veux pas qu'on me montre du doigt parce que j'ai essuyé un affront.

– Et si c'était un Turc ou un Arabe qui te frappait?

– Je rendrais les coups.

Si tu peux! Nous avons reçu des affronts tout aussi bien dans notre propre pays. Il y a eu les Babyloniens, les Grecs, les Romains... La Pologne est un pays déchiré, elle aussi.

– Les Polonais sont chez eux, ici. Ils mènent une vie normale.

– Tu pourrais devenir polonais, ou même russe... »

Ezriel regretta ses paroles aussitôt qu'il les eut prononcées.

« Et c'est cette solution-là que tu me proposes?

– Non, mais... pour être libre, il n'est pas nécessaire de tout recommencer à zéro. Tu pourrais faire tes études en Europe occidentale. Les Juifs n'y sont pas persécutés.

– Mais si, mais si! J'ai lu *L'Israélite.* " Le Juif est Notre Malheur... " voilà le slogan qu'on entend partout : en Prusse, en Autriche, en Hongrie. Je ne peux pas adopter les croyances de ceux qui m'offensent.

– Et quelle est ta croyance? En quoi nous, les Juifs modernes, croyons-nous? Allons... je dois me coucher. J'ai eu une rude journée. Tout est une question de mots. Je ne suis pas un radical, n'empêche que pour moi tout ce nationalisme sonne faux. Quelle est la différence entre un Prussien et un Autrichien, un Danois et un Norvégien? Pourquoi l'Etat allemand a-t-il fait la guerre pendant des centaines d'années? Tout n'est que folie.

– Cette folie-là est la loi de l'existence.

– Il n'en sera pas toujours ainsi. Qu'est-ce qui sépare les uns des autres? En tout cas, pas les idées. Tous veulent le pouvoir. Prenons l'Amérique, par exemple, où il y a mille nationalités différentes. Tu pourrais devenir américain, également. Tout ce qu'il te faut est un billet de bateau.

– Tous les Juifs ne peuvent pas se faire naturaliser américains.

– Pourquoi se soucier de tous les Juifs? Oh! tu n'es qu'un enfant et tu répètes tout ce que tu entends. Les Juifs peuvent retourner en Palestine aussi bien que les Hongrois peuvent devenir tartares. Nous en reparlerons demain. Bonne nuit.

– Si j'avais tes opinions, papa, je deviendrais socialiste.

– Pour satisfaire ta rancune contre qui? On t'emprisonnerait comme on l'a fait de tante Mirale. La geôle est assez grande.

– Que peut-on faire alors?

– Du moins ne pas aggraver les choses. Comment pourrait-on lutter contre la folie? Il n'y a pas de remède. Voilà la vérité.

– Papa, je veux partir.

– Eh bien, je ne t'en empêcherai pas. »

5

I

« Cher papa et chère maman, écrivit Sonia à ses parents. Pardonnez-moi de ne pas vous écrire en yiddish. J'ai bien essayé, mais j'ai trop perdu l'usage de cette langue. Je ne me souviens plus très bien du vocabulaire, et, après tout, vous savez tous deux le polonais. Aujourd'hui, c'est le cinquième jour depuis notre arrivée à New York. Deux mois seulement se sont écoulés depuis nos adieux, or j'ai l'impression d'avoir voyagé toute ma vie. D'abord il y a eu le trajet jusqu'à Berlin, puis nous avons pris la direction de Paris, Cherbourg et enfin nous nous sommes embarqués pour l'Amérique. Treize jours de traversée sur l'océan! Nous avons eu de la tempête; les passagers pieux s'écrièrent : " Ecoute, ô Israël! " et se confessèrent, bien qu'il n'y eût aucun danger. Vous savez comme nos Juifs sont peureux, notamment les femmes. Presque tous eurent le mal de mer. Pendant trois jours, moi aussi je fus malade et, pardonnez-moi ce détail, je vomissais tout ce que je mangeais. Je ne me nourrissais que de quelques biscuits pendant la durée de mon indisposition. Dieu merci, Alexandre avait le pied marin. Cependant il était déprimé, et il l'est encore. Ne vous inquiétez pas, il s'en sortira. Si j'étais partie sans Alexandre, je serais morte de solitude. Il est si dévoué! Il ne s'occupait que de moi et de mon bien-être. Ce n'était pas très confortable parce que nous voyagions dans l'entrepont. Nous n'avions pas de lits mais des couchettes pour dormir, comme les soldats; les hommes et les femmes étaient séparés. J'ai encore le frisson en pensant à la saleté et à la grossièreté que j'ai rencontrées sur le bateau. C'était un cauchemar. Je préfère me souvenir de la beauté de l'océan, des poissons volants et des dauphins qui sautaient au-dessus des vagues, plongeant et faisant surface tour à tour. La magnificence de l'Atlantique est au-delà de toute description, notamment lorsque le soleil se couche. Une fois, après la pluie, nous avons admiré un arc-en-ciel s'étendant d'un bout de l'horizon à l'autre. On ne pouvait se lasser d'un tel spectacle. Je me tenais sur le pont, une partie du jour et même de la nuit, simplement à contempler le panorama. Que l'océan est vaste! Qu'il semble infini! On reste interdit en songeant qu'il existe depuis la création du monde. Parfois, au loin, nous apercevions d'autres bateaux. Un des passagers nous prêta ses jumelles. Quelques jeunes gens confièrent des messages à des bouteilles qu'ils cachetèrent avant de les jeter à l'eau. C'est drôle de songer qu'un homme se noie immédiatement, tandis qu'une bouteille peut flotter sur des millions de kilomètres et atteindre un rivage. J'ai enfermé dans une bouteille un mot gentil pour vous, mes chers parents... Il y avait un petit groupe d'Odessa et de Kiev avec nous. Il comprenait d'anciens étudiants, des intellectuels, et quelques ouvriers également. Certains parmi eux se disent Am Olam – citoyens du monde. Ils espèrent former des colonies en Amérique et vivre ensemble en partageant tout. D'autres leur sont hostiles. Les discussions entre les deux parties adverses se prolongeaient souvent toute la nuit. Elles étaient tellement bruyantes qu'il nous était impossible de dormir. La nourriture à bord n'était pas très bonne. D'aucuns ne mangeaient rien d'autre que des pommes de terre en robe de chambre et des harengs, parce que la nourriture n'était pas kasher. Les opinions des uns et des autres se heurtaient souvent, et tout le monde donnait l'impression d'être toujours chez soi, et non perdu au milieu d'un vaste *no man's land*. Alexandre ne participait jamais à ces débats, aussi les autres lui en voulaient-ils. Cependant je ne leur permettais pas de le critiquer. Enfin nous sommes arrivés à New York. Longtemps avant d'atteindre le port, dès que la statue de la Liberté fut visible, tous les passagers crièrent en chœur : " Hourra! " A l'administration on nous relâcha rapidement. Les immigrants n'ont besoin que de prouver qu'ils ont cinq dollars ou dix roubles sur eux.

« Il m'est impossible de vous dire à quel point New York est différent de toutes les autres grandes villes! Berlin et Paris étaient merveilleux, toujours est-il que leur ressemblance avec Varsovie et Kiev est indéniable. New York est un autre monde. On a l'impression de marcher la tête en bas. La capitale n'est pas aussi jolie que Paris, loin de là! Elle est même laide. La plupart des maisons ne sont pas plâtrées; les briques restent visibles. Il n'y a pas non plus de jardins ou de cours ici : les enfants jouent dans les rues. J'ai étudié le français au collège, aussi j'ignore la langue anglaise. Sur le bateau nous parlions tous le russe. J'avais beau faire appel à un répétiteur anglais, je ne comprends pas les Américains parce qu'ils prononcent les mots différemment. Même leur bouche semble différente de la nôtre. Dieu seul sait si jamais j'apprends cette langue! Nous nous sommes rendus dans le quartier juif; Alexandre a immédiatement fait comprendre qu'il n'aimait pas New York. Vous le connaissez : ou bien il se sent inspiré ou bien découragé devant une situation nouvelle. Nous avons loué une chambre à une veuve qui nous fournit également un repas par jour. Le yiddish qu'on parle ici est différent de celui qu'on emploie chez nous. Il est truffé de mots anglais. La propriétaire est appelée *Missus,* et les locataires *boarders.* Il fait terriblement chaud ici. Il faut conserver en glacière tout ce qui est comestible. Les gens se promènent à moitié nus, et nombreux sont ceux qui dorment sur le toit. Celui de notre maison est plat, à la manière orientale, aussi m'arrive-t-il parfois de me croire en Perse ou en Palestine. Bon nombre d'Allemands ainsi que de Juifs de langue allemande vivent dans ce quartier. Avec eux on arrive à se faire comprendre tant bien que mal. (Ici on les appelle *Yekies.*) Les Américains sont des gens exceptionnellement patients et polis. Lorsqu'on leur demande son chemin, ils jouent les guides. Les colonies où nos jeunes compagnons désiraient se rendre sont loin d'ici, à plusieurs jours de voyage par chemin de fer, et, d'après ce qu'on dit, dans une contrée sauvage habitée par des Indiens. Parfois on rencontre à New York des nègres, tout noirs, ainsi que des Chinois, mais sans leur traditionnelle natte de cheveux. On voit également des Espagnols, des Italiens, et même des Polonais. De nombreuses rues sont surmontées de ponts de fer où des trains circulent. Il y a aussi des trolleybus. Tout ici est si comique! Dans le trolley on jette son ticket dans un récipient en verre. Les étrangers sont surnommés « blancs-becs » par les Américains. Oui, c'est vrai, je suis un « blanc-bec ». C'est en tout cas ainsi que tout le monde m'appelle.

« Mes chers parents, vous ne devez pas vous faire de soucis pour nous, bien que tout ne soit pas aussi magnifique ici qu'on nous l'avait fait croire. Beaucoup de gens sont sans travail. Dans une rue que tout le monde appelle « marché de cochons », des ouvriers font la queue, en attente d'être engagés. Tel porte une scie, tel autre une pièce de machine à coudre ou quelque outil de son métier. On voit arriver alors les patrons ou leurs agents. On croirait assister à une vente d'esclaves. On aperçoit rarement dans cette ville des gens en loques ou sales, ou bien pieds nus. Tout le monde mange du pain blanc, même les pauvres, et personne ne craint de dire ce qu'il pense. Les femmes aussi bien que les hommes. Parfois j'ai envie de rire de ce que je vois et entends. Le travail n'est pas considéré comme un acte dégradant. Je vais travailler dans un atelier, autrement dit *shop.* Alexandre trouvera sûrement quelque emploi, lui aussi, bien qu'il ne parle que de s'établir dans une colonie ou de retourner en Europe. Il a fait bien des folies, mais à quoi bon y revenir? Sabine s'est montrée froide et réservée à mon égard, dès le début de nos relations. Je n'éprouve de la pitié que pour l'enfant...

« Mes chers parents, nous pensons à vous jour et nuit et nous parlons souvent de vous. Je crains qu'Alexandre ne vous écrive une lettre pleine de désespoir, mais ne le prenez pas trop au sérieux. Tout le monde passe par cette difficile période d'adaptation. On se sent terriblement nerveux et on erre dans la ville comme dans un mauvais rêve. Par moments, je m'imagine être toujours à bord du bateau. Tout autour de moi semble chanceler : la chambre, la rue, le plancher, le ciel. Mais on m'a dit qu'on s'habitue, petit à petit, à retrouver la terre ferme.

« Comment allez-vous, mes très chers? Je sais à quel point vous vous inquiétez à notre sujet, aussi – ne riez pas! – je n'ai qu'un seul souhait : vous faire venir ici, afin que nous soyons tous réunis. Il y a de nombreuses synagogues à New York, et on y rencontre des Juifs pieux portant la barbe, encore qu'ils soient tous vêtus d'un manteau court, peu traditionnel. Cette époque critique ne durera pas toujours : un jour nous connaîtrons de nouveau le bonheur. Je vous embrasse un millier de fois et je vous serre sur mon cœur. J'espère que vous m'enverrez une longue lettre pleine de détails, semblable à la mienne; lorsque je vous écris, j'ai l'impression que vous êtes près de moi...

« Votre fille dévouée,

« Sonia. »

II

Lettre de Zipkin à Sabine :

« Chère Sabine,

« Je t'ai écrit déjà deux fois, la première de Monte-Carlo, et la seconde de Paris, cependant tu n'as pas jugé nécessaire de me répondre. Aujourd'hui je t'écris pour la troisième et la dernière fois, de New York. Par tempérament, il me répugne d'accabler quiconque, et je me demande pendant combien de temps encore je continuerai à ne pas m'épargner. Manifestement je suis voué à l'autodestruction. Comment pourrais-je autrement expliquer les folies que j'ai commises au cours de ces dernières années? Je me suis retranché moi-même dans une impasse qui ne semble pas avoir d'issue. Tu décèleras, probablement un changement dans mon écriture. Aujourd'hui, depuis six heures du matin jusqu'au soir, j'ai fait du travail à la chaîne devant une machine qui fabrique des couvercles pour des boîtes. J'ai toujours pris le parti des gens exploités, or je n'ai jamais imaginé l'enfer qui règne dans chaque atelier ou usine – le bruit des machines, la poussière, la puanteur, les insultes des contremaîtres ou, comme on les appelle ici, des *foremen*. Je n'ai jamais imaginé qu'un jour, qu'une heure, que même dix minutes pourraient paraître aussi longs. Les pieds sont douloureux, les yeux fatigués et les paupières lourdes, la tête est le siège d'une souffrance intolérable, comme si on y enfonçait une vis, et tout ceci pendant six jours de la semaine, pour un misérable salaire de cinq dollars. Mon travail consiste à appuyer sur une pédale, ce qui a pour effet le pliage des feuilles de métal. Durant toute la matinée j'attends avec impatience la sirène qui annonce la pause de midi. Nous prenons notre repas dans une pâtisserie, debout ou assis sur de hauts tabourets que seuls les Américains peuvent inventer. L'après-midi je ne pense qu'au coup de sirène qui annonce que la journée de travail est terminée. Nous habitons en face d'un *El* – train aérien. Chaque fois qu'un train passe, nos fenêtres ainsi que notre ameublement tremblent. Tout le monde m'assure qu'on s'y habitue avec le temps. J'estime que c'est faire injure à l'humanité que d'accepter de telles conditions de vie. Et pourtant j'éprouve un certain réconfort dans cette expérience qui m'oblige à regarder la triste réalité en face.

« Je pourrais m'étendre encore longtemps sur la vie à New York. Cette grande ville reflète le chaos qui règne dans mon âme. Tout, ici, est contraire à notre façon de voir les choses. Ce qui passe pour beau en Europe, est jugé laid ici. Ce qui nous paraît comique est pris au sérieux par les Américains. En dépit de leur démocratie et de leur liberté, leur campagne électorale est une véritable chasse aux voix. On accepte ouvertement des pots-de-vin. C'est le règne du boucher, du policier soudoyé, du cabaretier. La mort n'a pas de signification particulière. Des morgues sont situées entre des boutiques de coiffeur et des restaurants. Les cimetières ne sont pas clôturés. A côté d'une écurie on peut apercevoir un hôpital. Des femmes boivent de grandes chopes de bière dans des cafés. Les hommes ne parlent que de boxe et des athlètes de cirque. Des Noirs s'installent comme cireurs sur les trottoirs. Des orateurs déclament en pleine rue. L'architecture de cette ville m'horripile. J'essaie de lire les journaux anglais : pas un mot sérieux sur la situation mondiale, rien que des nouvelles annonçant des mariages, des décès, des divertissements de toute sorte. M. " Un tel " est arrivé, Mme " Une telle " est partie, Mlle " je ne sais plus quoi " s'est fiancée. Les sermons des prêtres, des ministres (ainsi que des rabbins) sont publiés comme si ces gens-là avaient découvert le pôle Nord. Tout le reste n'est que publicité. Même les églises font de la réclame. Les spiritualistes y vont, eux aussi, de leur slogan publicitaire. On dirait que même la chaleur est vulgaire. Elle est infernale, et on entend sans cesse les trompes des voitures de pompiers. J'ai déjà visité le fameux Coney Island. Il faut faire un long voyage en chemin de fer pour s'y rendre. Lorsque j'y suis arrivé, j'ai compris le véritable sens du mot populaire. Les cris et le tumulte sont indescriptibles. On déguste des saucisses – *hot dogs*; on se fait lire l'avenir dans les cartes. Sous une tente foraine on peut voir une femme à deux têtes, un phénomène moitié jeune fille, moitié serpent; des effigies en cire de rois, de présidents, de papes, de popes, d'assassins. Entre-temps on grignote des friandises et des cacahuètes. Au beau milieu du vacarme se dresse un singe, ou une sorte de missionnaire, qui hurle que Jésus est Dieu et que chacun doit sauver son âme. Tu me croiras ou non, mais Sonia et moi-même, rien que par ennui, nous avons fait un tour de carrousel, et j'ai même essayé de chiquer (oui, les Yankees chiquent du tabac!).

« Eh bien, assez de griefs contre New York! Il y a également de bonnes choses ici. Il existe un journal socialiste, imprimé en langue allemande, encore que son socialisme soit édulcoré. Les Juifs jouent un rôle important ici, notamment les Juifs allemands. Quelqu'un m'a dit que chaque personne qui vient ici doit redécouvrir l'Amérique.

« Je t'écris aujourd'hui parce que j'ai appris la nouvelle dramatique de la mort de ton père. Sonia m'en avait parlé alors que nous étions encore à Paris, cependant j'ai volontairement tardé à te présenter mes condoléances. Il était mon seul ami et le véritable patron de la famille. Je suis sincèrement désolé de lui avoir causé du chagrin juste avant sa mort. Quelle délivrance de quitter ce monde odieux avec ses efforts inutiles et ses espérances vaines! Il m'est impossible de t'expliquer ce que j'endure ici. Je suis intellectuellement vidé, paralysé. Plus je réfléchis à ce que j'ai fait et combien j'ai rendu tout le monde malheureux : toi, l'enfant, mes parents et moi-même, plus tout me paraît irréel, comme si j'avais agi sous quelque charme maléfique. Par moments j'ai l'impression d'être déjà mort et d'expier en Géhenne. Sonia m'a dit que tu réclames un acte de divorce selon la tradition juive. Je ne manquerai pas d'exaucer ton vœu; en revanche, accorde-moi une faveur : écris-moi pour me parler de Kubus et envoie-moi sa plus récente photo. Je suis son père. Dès que j'aurai reçu ta réponse, j'irai voir un rabbin (ils se disent eux-mêmes " docteur " et " révérend " dans ce pays) et je te ferai parvenir l'acte de divorce. J'espère que tu me pardonneras mon péché contre toi. Je veux que tu saches que Clara m'a envoyé à Paris de longues lettres d'excuse exprimant le désir de me rejoindre, mais je ne lui ai jamais répondu. Cette femme a tué en moi la foi en l'humanité. Je puis t'assurer que je ne me remarierai jamais. J'ai oublié d'ajouter que Sonia travaille dans une maison de confection et qu'elle apprend à coudre à la machine (ici, on l'appelle *operator*). Sa situation n'a rien à envier à la mienne, cependant elle a de l'humilité, ce qui rend tout plus facile. A la fin d'une rude journée de travail, elle suit des cours d'anglais. Elle est même capable de faire la queue, tout un samedi après-midi, afin d'acheter des billets d'entrée pour l'Opéra où la fameuse Patti, qui charma Saint-Pétersbourg, doit se produire. Elle se rend également à toutes sortes de conférences.

« Pour ma part, je n'ai encore rien décidé. Il y a des jours où je suis prêt à retourner en Europe. Il suffirait pour cela que je mette de côté l'argent nécessaire pour la traversée en bateau. D'autres fois, j'envisage de m'établir dans une colonie, à l'intérieur du pays, au milieu des forêts et des prairies, et à jamais affranchi d'un monde dit civilisé. Les Am Olam ont fondé de telles colonies au fin fond du pays. Quelques-uns ont déjà abandonné la partie, mais d'autres refusent d'abdiquer et de renoncer à tout espoir. Parfois je rencontre des jeunes. Dans un certain sens, la politique pour eux, tout comme pour les Russes, est une obsession. Des socialistes célèbres arrivent d'Allemagne; même la fille de Karl Marx est venue en visite d'Angleterre. On parle beaucoup des anarchistes, particulièrement de ceux qui ont été condamnés à la pendaison. Et pourtant moi, j'ai l'impression (je ne saurais dire pourquoi) que tout ici n'est qu'imitation. Quelque chose manque, je ne sais quoi. La solitude, bien entendu, me rend maussade. J'espère que tu me répondras par retour du courrier, car il est possible que je sois bientôt rentré en Europe, ou bien installé dans l'Etat d'Oregon, près de l'océan Pacifique. Je suis certain de ne pas rester à New York...

« Pardonne-moi et embrasse Kubus pour moi.

« Ton Alexandre. »

6

I

C'était une chaude journée de septembre. Dans l'après-midi, seuls quelques rares patients se présentèrent à la consultation d'Ezriel : les neurasthéniques habituels, chacun et chacune avec ses malaises et ses doléances particuliers. L'homme qui servait le thé ouvrit la porte du cabinet d'Ezriel pour faire entrer le dernier. Ezriel, debout, près de la fenêtre, ne se retourna pas immédiatement. Il fixait d'un regard absent la cour, la poubelle, les enfants jouant alentour, les immeubles voisins dont les fenêtres permettaient de voir à l'intérieur des appartements meublés, des foyers juifs. Le voyage de Joziek à destination de la Palestine semblait bel et bien décidé. Shaindel passait la saison d'été à s'entourer la tête d'un mouchoir trempé dans du vinaigre et à absorber des somnifères. C'était un jour ouvrable, et pourtant Ezriel avait l'impression que c'était la veille du shabbat. De Turbin à Lublin, de Lublin à Jampol, de Jampol à Varsovie, il avait traîné un ennui inéluctable. De la fumée montait des cheminées. Il observa des domestiques balayant par terre avec des balais usés tout en chantant de vieilles mélodies mélancoliques. Une poussière dorée se répandait partout. De loin lui parvenait un ronron assourdi qui aurait pu être aussi bien le chant des enfants d'un heder que le coassement des grenouilles d'un terrain marécageux. Les enfants dans la cour jouaient à un jeu de boutons. Le chien du concierge reniflait une pierre. « Pourquoi me faut-il continuer à traîner cette vie misérable? Pendant combien de temps encore? » se demanda Ezriel. Partir pour Falencia lui vaudrait d'être couché auprès de Shaindel et de passer la nuit à lui expliquer que s'expatrier en Palestine ne signifiait pas forcément mourir. Rester en ville le réduirait à manger du bouillon de poulet et des nouilles dans quelque restaurant minable et sale de la rue Karmelicka, pour ensuite s'enfermer chez lui en lisant encore et encore les rapports médicaux de neurasthéniques, d'hypocondriaques, de paranoïaques. Une phrase de l'Ecclésiaste lui revint soudain à l'esprit : « Toutes choses sont ennuyeuses. » Lorsqu'il se détourna enfin de la fenêtre, il fut surpris d'apercevoir Olga près de la porte. Son visage pâle était souriant.

« Est-ce ainsi que tu reçois tes malades? demanda-t-elle.

– Oh! ils me rendront fou. »

Après un petit silence, elle dit : « J'ai un numéro, comme tes autres clients. Le voici! »

Elle lui remit un ticket bleu.
« Qu'est-ce qui ne va pas? » demanda-t-il sur un ton professionnel.
Olga se mordit les lèvres. « Oh! rien ne va plus.
– Les nerfs? fit-il.
– Oui. »
Un nouveau silence s'installa entre eux. Il la regarda plus attentivement et il découvrit tout du premier coup d'œil : la tristesse dans ses yeux, le tremblement de ses lèvres, le chapeau de paille neuf, le corsage blanc, la jupe plissée grise, le sac à main blanc. Elle avait choisi une tenue qu'il affectionnait. Même ses boucles d'oreilles étaient celles qu'il avait toujours admirées. Elle se tenait devant lui avec une expression à la fois rebelle et humble.
« Que s'est-il passé? demanda-t-il.
– Je lui ai dit la vérité.
– A Wallenberg?
– Oui. A ton sujet. Tout est fini. Je n'aurais pu l'aimer. C'est toi que j'aime. »
Ezriel eut les yeux mouillés de larmes :
« Tu es ma dernière cliente. Partons!
– Ne dois-tu pas rentrer chez toi?
– Si. Mais je n'en ferai rien. Toute la famille est à la campagne.
– Joziek également?
– Il passe quelque temps avec sa mère, avant de partir pour la Palestine.
– La Palestine? Comme c'est singulier! »
Il lui posa un baiser sur la joue. Elle lui prit la main et la serra entre les siennes. « Il vaut mieux que tu m'attendes en bas de l'escalier, dit-il avec un tremblement dans la voix. Je dois m'arrêter au service d'administration en descendant.
– J'avais envie de t'écrire, et puis, finalement je n'ai pas pu. Je t'attendrai à la grille du parc de la rue Ziabia.

– J'y serai très bientôt. »

Il l'accompagna jusqu'à la porte, puis il se dirigea vers le bureau de l'hôpital. Il passa devant les portes du dentiste, du gynécologue, du chirurgien, du pédiatre, et il entendit toute une gamme de plaintes et de gémissements. Seule la caissière se trouvait dans le bureau. Il prit son chapeau, remit à la jeune fille les tickets des clients, puis il dévala l'escalier quatre à quatre. Il se sentait léger comme un adolescent. Combien de fois n'avait-il connu pareil tournant dans sa vie : d'abord la résignation, et ensuite la victoire! Tout ce qui lui avait paru mondain et insignifiant prenait soudain un air de fête. Les rayons du soleil n'étaient plus brûlants. Les paniers des marchandes de fleurs embaumaient. Descendant la rue en courant il faillit se faire renverser par un fiacre. Pendant une fraction de seconde il sentit le souffle des naseaux du cheval sur son visage. A la grille des Jardins de Saxe, près du kiosque où on vendait des cerceaux, des ballons, des trompettes, des balles en caoutchouc, Olga l'attendait. Elle avait le sourire timide de quelqu'un qui se sent soulagé d'avoir cédé et fait le premier pas. Le couple pénétra dans le parc. Il lui prit la main gantée de blanc et ils marchèrent comme des amoureux à leur premier rendez-vous. Bien que le sentier fût plat, ils avaient l'impression de dévaler une pente.

« Pourquoi Joziek s'exile-t-il en Palestine? demanda Olga.

– Il s'est fait insulter dans un restaurant, et puis il ne veut pas servir dans l'armée du tsar, pas même les douze mois auxquels les étudiants sont astreints.

– Qui l'a insulté?

– Quelle importance? Il est devenu un adorateur de la Nouvelle Sion. Il désire retourner dans la terre de ses ancêtres.

– Qu'en dit sa mère?

– Elle est complètement effondrée. »

Ils cherchèrent une place pour s'asseoir, mais tous les bancs étaient occupés. Les chapeaux des femmes étaient ornés de fleurs et de fruits : cerises, grappes de raisin, prunes. Des garçonnets, pour la plupart vêtus d'un costume de marin, faisaient rouler des cerceaux. Des fillettes jouaient au ballon, dansaient en rond, chantaient des ballades enfantines. Sur le bord du lac, des gouvernantes aidaient les enfants à jeter des miettes de pain aux cygnes. Au loin, un orchestre jouait et une trompette sonnait. Il faisait un temps exceptionnellement chaud pour la saison. Après s'être attardés un petit moment, Ezriel et Olga sortirent dans la rue Niecala. Ils s'arrêtèrent à un café en face du Brill Palace et prirent place à une table. Olga commanda du café. Ezriel, qui n'avait pas dîné, demanda des pommes de terre au lait caillé. Le soleil de fin d'après-midi entrait par la fente que laissaient les rideaux tirés, tremblotait sur le parquet ciré, sur les murs tapissés, dans les prismes de la lampe en cristal, sur les cadres dorés des tableaux. Des mouches d'un vert doré se pourchassaient autour du plafonnier. Un homme à la moustache tombante et au nez rouge, apparemment un des propriétaires du quartier, lisait un journal en fumant un cigare. Le garçon de restaurant retourna au buffet pour passer la commande.

« Quand tout ceci s'est-il passé? demanda Ezriel.

– Plusieurs jours auparavant. Non... c'était avant-hier. Non... dimanche. Il m'a questionnée et je lui ai dit la vérité. Mais de toute manière je lui aurais tout raconté. »

Ezriel baissa la tête. « Tu m'as tellement manqué tous ces temps derniers! » dit-il tout bas.

Olga, qui ne s'était pas départie de son sourire depuis leur rencontre, devint soudain grave. « C'était beaucoup plus fort que cela, fit-elle, ce que j'ai éprouvé...

– Qu'était-ce donc?

– La mort. Je ne peux pas vivre sans toi. »

Ses lèvres tremblaient. Elle savait qu'aucune femme n'aime admettre une telle dépendance.

II

Tout se passa très vite. Joziek venait à peine de parler de la Palestine, que, déjà, il se préparait à partir, avant même la fin des fêtes. Shaindel rentra en ville. Aussitôt elle s'affaira autour du garçon comme s'il était mortellement malade; elle plaida et supplia en pleurant; cependant il resta inflexible. Sa valise bouclée, sans emporter de draps de lit, il était prêt à retourner dans la terre de ses ancêtres. Il devait se joindre à un groupe venu de la Lituanie. Les jeunes gens chantaient, roulaient des cigarettes, parlaient de bateaux, de ports de mer, de la superficie agraire que le baron Rothschild accordait aux immigrants, et aussi de la loi turque. Shaindel faisait nerveusement craquer ses doigts en les écoutant. Bien que Joziek ne cessât de lui expliquer combien la Diaspora était nocive, qu'un peuple avait besoin d'une patrie, d'une langue maternelle, d'une culture générale qui lui était propre, Shaindel ne pouvait pas comprendre. Elle continuait à dire qu'il était la victime du mauvais œil. C'était de la folie que de quitter sa mère, son père, l'université pour la Palestine! La famine ravageait les villes saintes. Les Arabes étaient aussi sauvages qu'au temps d'Ismaël. La malaria sévissait, le sol était calcaire, aride et rocailleux. Shaindel savait qu'on se rendait en Terre sainte pour y mourir, et non pour y vivre. C'étaient les pauvres pour lesquels on collectait des groschen qui y allaient. Shaindel avait jadis étudié l'histoire de Jérusalem, de la tombe de Rachel, de la grotte de Machpelah, néanmoins elle ne croyait pas que la Palestine existât réellement. Si elle était réelle... elle devait se trouver au bout du monde, près du fleuve Sambation ou de la tour de Babel. Shaindel pleura jusqu'à ne plus avoir de larmes, et elle argumenta tant et si bien qu'elle en devint aphone. Ezriel avait emprunté trois cents roubles pour payer le voyage de Joziek. Calman avait, lui aussi, contribué à la dépense. Mais à quoi bon lui donner de l'argent, puisque le groupe avait l'intention de vivre en communauté ? Shaindel avait fait la connaissance des autres jeunes gens. Ils étaient noirauds, dépeignés, ils avaient l'air mal soignés et fatigués. Ils portaient une chemise noire avec une écharpe, ils parlaient le russe et un mélange de yiddish et d'hébreu. Une jeune fille faisait partie de leur groupe. Elle avait pris le nom biblique d'Abigail.

Après le départ de Joziek, Shaindel se montra inconsolable. D'ordinaire elle préparait pour Rosh Hashanah de la hala, de la carpe, des pommes au miel, et elle achetait du raisin pour la bénédiction – « qui nous a maintenus en vie » –, selon la coutume qu'on observait dans la maison de son père. Et chaque année elle priait dans l'appartement de sa belle-mère, transformé en synagogue à l'occasion des Jours Redoutables. Or, cette année, Shaindel passa les deux jours de Rosh Hashanah au lit. Elle n'en sortit même pas pour entendre sonner la corne du bélier. Ezriel la pria instamment d'accepter son sort. Que reste-t-il à ceux dont l'enfant meurt ? Or Joziek était en vie. Ils avaient déjà reçu une lettre de lui, expédiée de Constance. Néanmoins Shaindel refusait d'être consolée. Au sein de son propre foyer, Ezriel avait sous les yeux un exemple classique d'hypocondrie. Shaindel en présentait tous les symptômes : accablement, manque de vivacité, absence d'appétit, incapacité de dormir, répétition constante des mêmes mots, jour et nuit. Ezriel lui administra les remèdes habituels : bromure et opium. Ensuite, Shaindel dormit beaucoup; mais elle avait la tête vide en se réveillant, selon ses propres paroles. Le temps s'arrêtait pour elle. Sa peau se desséchait. Elle se traînait d'une pièce à l'autre, pâle, préoccupée, le regard vide et lointain. Bien qu'Ezriel sût que Shaindel était malade et non responsable de ses actes, il ne pouvait surmonter son agacement. Elle ne prenait même plus soin du petit Micha. Ezriel décelait un élément d'hostilité dans la maladie de Shaindel. Elle n'avait pas l'esprit troublé au point de ne pas savoir ce qu'elle faisait. Elle s'était accrochée à ce nouveau malheur comme un homme qui se noie s'accroche à un brin de paille, blâmant Ezriel pour le départ de Joziek. Il avait donné l'impression à son fils qu'un foyer ne signifiait rien. Elle ne tarda pas à prédire que Zina, elle aussi, finirait mal. Zina n'avait pas d'amies; elle passait trop de temps sur des livres. C'était une chose terrible à dire, mais elle marchait sur les traces de Miriam Lieba.

Les paroles de sa femme étaient tellement teintées de malveillance et de rancune qu'Ezriel ne savait guère comment lui répondre. En vérité, son état était bien plus grave qu'elle ne le soupçonnait. Ezriel était pris dans un piège. Pas un jour ne s'écoulait sans qu'il envisageât de déserter son foyer qui le brisait moralement et physiquement, encore que l'ignominie d'un tel acte lui semblât impensable.

La veille de Yom Kippour, Shaindel fit un effort sur elle-même et sortit pour acheter une grande bougie du souvenir. En prévision du jeûne elle s'efforça de se nourrir un peu mieux. Le lendemain soir, vêtue d'une robe de fête, elle prit un livre de prières et se rendit à la synagogue afin de prier.

Zina et Tekla, la bonne, restèrent auprès de Micha. Ezriel quitta à son tour la maison. Il y eut un temps où la rue Nowolipki n'était habitée que par des chrétiens, mais à présent on n'y voyait que des Juifs. Des chandelles de Yom Kippour brûlaient derrière les fenêtres. Des Juifs étaient en chemin pour l'office du soir. Les hommes étaient vêtus de robes blanches et de pantoufles; ils portaient leur châle de prière sous leur manteau. Les femmes étaient parées de pèlerines brodées de perles, de robes de soie ou de satin à traîne et de leurs plus beaux bijoux. Coiffé d'un chapeau haut de forme et habillé d'une redingote, la barbe argentée partagée en deux pointes aux poils si clairsemés qu'on pouvait les compter, un Juif éclairé se dirigeait vers la synagogue allemande, accompagné d'une femme au chapeau orné de plumes d'autruche. A Wola, le grand disque rouge du soleil se couchait derrière les nuages sillonnés de traînées pourpres. Tous les magasins étaient fermés et barricadés. Même les chrétiens marchaient d'un pas silencieux dans la rue. Le tramway circulait, à moitié vide. Non loin de là, dans la rue Krochmalna, on faisait la lecture des purifications au père d'Ezriel, devenu aveugle; sa mère pleurait tandis qu'on allumait les bougies. Des millions de Juifs en Russie, en Allemagne, en Palestine, au Yémen, et même en Amérique et en Argentine se frappaient la poitrine en se confessant durant les services du soir, priant pour implorer le pardon de Dieu tout-puissant. Dans les petites villes ils brûlaient probablement des bougies de cire ordinaire, eux qui acceptaient d'être fouettés comme par le passé.

Cependant leur Dieu n'était plus le Dieu d'Ezriel, ni leurs prières les siennes. Quelle signification pouvait bien avoir pour lui « l'absolution des vœux »? Néanmoins, il fredonnait la mélodie de Kol Nidre lorsqu'il était seul. « Si tu existes, ô Dieu, pardonne-moi! Si Tu es inexistant... que reste-t-il alors? » Une grande pitié submergea Ezriel, la pitié pour l'homme qui doit tout apprendre par lui-même, qui doit payer journellement de sa personne pour la moindre de ses réalisations. Même si Dieu lui accordait la félicité finale, de son vivant l'homme n'en restait pas moins Son martyr.

III

L'état de Shaindel s'aggravait de plus en plus. Elle était atteinte du délire de la persécution et elle accusait Ezriel de vouloir la tuer. Elle refusait les médicaments qu'il lui prescrivait, parce qu'elle craignait qu'il ne souhaitât l'empoisonner. Bien que Shaindel ignorât tout au sujet d'Olga, elle parlait sans cesse d'une autre femme qu'Ezriel épouserait quand elle-même serait morte. Ezriel était stupéfait. Il y avait une étincelle de logique dans toute la folie de sa femme. Comment avait-elle deviné que sa rivale était une femme moderne et instruite? « Tu n'as pas besoin de m'empoisonner, disait-elle à Ezriel. Mes jours sont comptés, de toute manière.

– Shaindel, qu'est-ce qui te prend? rétorquait-il alors.

– Je ne suis pas complètement folle. Je connais tes subterfuges. »

Ezriel avait souvent parlé d'hypnotisme à la maison. Il avait même fait assister Shaindel à une séance d'hypnotisme chez Feldman. A présent Shaindel accusait Ezriel de l'hypnotiser. Elle prétendait que Feldman lui « parlait » toutes les nuits et que c'est pour cette raison qu'elle ne pouvait pas dormir. Elle savait qu'Ezriel traitait certains de ses clients par massage électrique. Quand il avait fait installer le téléphone dans l'appartement, Shaindel l'avait soupçonné de vouloir l'électrocuter. Ezriel apprit d'un certain docteur Halpern, un voisin, que Shaindel était venue le trouver pour vider son cœur. Elle se plaignait qu'Ezriel lui eût « électrocuté la tête et la jambe gauche » et que « le poison qu'il avait mis dans sa nourriture lui donnât des brûlures d'estomac ». Selon elle, Ezriel était responsable du retard de ses règles, et il avait ourdi un complot avec leur fille Zina contre elle-même; Zina la singeait derrière son dos et se moquait d'elle. Lorsque le docteur, fort étonné, avait demandé à

Shaindel pourquoi elle supposait que sa propre fille voulait la ridiculiser, Shaindel avait répliqué :

« Parce que, après m'avoir enterrée, ils ont l'intention de se convertir, tous les deux.

– Ce que vous devriez faire est manger, boire et recouvrer votre santé, malgré eux, lui avait conseillé le docteur Halpern.

– Non, ils sont trop rusés pour moi. Il ne me reste qu'à céder », avait-elle répondu.

Après s'être occupé toute la journée de la folie des clients, quel malheur que de retrouver le soir, à la maison, une épouse folle! Ezriel écrivit une longue lettre à son beau-père. Calman arriva à Varsovie pour tenter de raisonner sa fille, mais Shaindel lui reprocha de se prêter avec complaisance à une conspiration avec ses ennemis. Calman lui suggéra de venir vivre avec lui au manoir, ou bien de l'accompagner à Marshinov, pour vivre auprès de Tsipele et du Rabbi, mais Shaindel lui répliqua :

« Père, tu veux m'amener par ruse à quitter la maison.

– Ma fille, pourquoi chercherais-je à te duper? Tu es mon enfant. Je suis un vieil homme à présent.

– Il t'a hypnotisé, toi aussi. »

Joziek écrivait souvent de Palestine. Chaque nouvelle lettre était plus optimiste que les précédentes. Il faisait chaud en Palestine. Le matin il pleuvait, mais l'après-midi le soleil brillait. Le ciel était plus bleu, les étoiles semblaient plus grosses qu'ailleurs. Joziek prenait soin des vaches et des chevaux, apprenait l'hébreu, possédait un chien et un fusil, avait pris des couleurs et des muscles. Il envoyait des photos de lui – travaillant devant un pressoir; à dos de cheval; debout près d'une tente, le fusil à l'épaule. Bien que le départ de Joziek fût la cause de la maladie de Shaindel, celle-ci refusait de lire les lettres et de regarder les photos de son fils. Pour toute réponse elle faisait la grimace, d'un air de dire : « Je connais vos subterfuges. »

La nouvelle que la femme du docteur avait perdu la raison se répandit rapidement dans la rue Nowolipki et les quartiers voisins. Shaindel avait beau avoir appris qu'il fallait se coiffer d'un chapeau pour sortir, elle reprenait ses vieilles habitudes de Jampol en s'entourant la tête d'un châle. Elle se promenait pauvrement vêtue, les chaussures délacées et usées. Ezriel se sentait étrangement affecté par le fait que Shaindel le soupçonnait de vouloir l'empoisonner. Il commençait à craindre à son tour que sa femme ne cherchât à attenter à sa vie. Qui sait de quoi une malade dans son état était capable? Il avait entendu raconter bien des histoires horribles à l'hôpital. Des mères avaient tué leurs enfants, des hommes avaient mis le feu à leur maison, assassiné leur femme et coupé son cadavre en morceaux. Ezriel dormait mal la nuit. A peine endormi, il se réveillait en sursaut. Il prenait l'habitude de garder un couteau sous son oreiller afin de se protéger, le cas échéant.

Tekla, la bonne, quitta sa place au milieu du trimestre parce que Shaindel l'accusait de mettre des herbes magiques dans sa nourriture. Désormais c'était à Shaindel de s'occuper de Micha. L'enfant devint extrêmement nerveux; il se plaignait en disant que sa mère sentait mauvais. Il avait peur d'elle et il l'appelait « crapaud ». Ezriel se rendit compte que Varsovie n'était qu'un village lors qu'il s'agissait de la vie privée d'autrui : tout le monde était au courant du drame qui se jouait chez lui – ses clients aussi bien que ses collègues. Cette situation était dangereuse pour lui-même, pour ses enfants, et même pour les voisins. Olga qui était consciente du drame n'y fit jamais la moindre allusion. Cependant elle se montra plus indulgente avec lui : elle ne lui reprochait plus d'être en retard, ou même de ne pas venir du tout à leurs rendez-vous. Si par hasard Ezriel demandait l'avis d'un collègue de l'hôpital, on lui disait en toute franchise que Shaindel ne devrait pas rester à la maison.

C'était facile à dire, mais où pourrait-elle être placée? On couchait des malades jusque dans les couloirs de l'hôpital juif. Il y avait des sanatoriums privés, soit à Varsovie même, soit en banlieue, mais ils n'acceptaient pas de Juifs. Il existait également des institutions d'Etat, mais il était douteux qu'elle y fût admise. Shaindel savait peu de polonais et pas du tout le russe. Elle était devenue encore plus pieuse; elle ne se séparait jamais de ses livres de prières; elle veillait avec un zèle redoublé à garder une cuisine kasher; elle consultait constamment le rabbin en matière de lois rabbiniques. Dans une maison de santé où la nourriture ne serait pas kasher, elle se laisserait mourir de faim. Ezriel essaya de trouver une garderie pour Micha, mais la ville de Varsovie n'avait pas les jardins d'enfants dont on disposait à l'étranger (selon les journaux). Il n'y avait que l'Assistance publique, où d'ailleurs on plaçait surtout des enfants illégitimes. En dépit de toutes les réalisations d'une civilisation moderne, dans une métropole telle que Varsovie il n'existait nul refuge pour une femme à l'esprit troublé ni pour un enfant négligé.

Olga proposa d'élever Micha avec ses propres enfants. Ezriel ne savait que dire. Il avait peur qu'en perdant Micha, Shaindel ne s'abandonnât au désespoir. La famille serait scandalisée. Son beau-père, Mayer Joel, ainsi que le Rabbi de Marshinov découvriraient tôt ou tard qu'il acceptait de faire élever son enfant par une convertie. Ezriel expliqua la situation à Olga. Quelque chose de décisif ne pouvait manquer de se produire. Il ne lui restait qu'à patienter un peu. Les événements semblaient le rapprocher davantage d'Olga. A peine l'avait-il quittée, qu'il lui tardait d'être près d'elle de nouveau. Elle, de son côté, cherchait mille occasions pour être avec lui : elle l'attendait à la clinique; elle laissait Natacha et Kolia sous la bonne garde de la servante pour le rejoindre à l'hôpital. Elle n'essayait plus de cacher leur liaison devant les voisins, la bonne, les enfants. Ezriel savait parfaitement qu'Olga pouvait à peine attendre le jour où Shaindel entrerait dans un hospice. Il devait s'avouer que lui-même espérait ce moment-là avec impatience.

7

I

Le jour du Grand Pardon, Calman était chez son gendre, à Marshinov. Le Rabbi s'arrêta dans son discours, avant de prendre le Rouleau de la Loi dans l'arche d'alliance et de citer un passage du livre d'Isaïe : « Quant aux méchants, ils sont comme la mer houleuse qui ne peut s'apaiser et dont les flots rejettent de la vase et de la boue. » Le rabbin mentionna le nombre croissant des Juifs éclairés. En un tel jour, le rabbin tint des propos tout à fait déplacés. En rappelant aux « modernistes » leur devoir, il utilisa leur propre langage. « Un pécheur, dit-il, combat toujours quelque chose – que ce soit en guerre ou en amour. Ceci peut paraître contradictoire, poursuivit-il. La guerre exprime la colère; l'amour : la bonté. Quel rapport y a-t-il entre les deux? Et comment peut-on combattre en amour? La réponse est que l'homme est né pour servir. S'il ne sert pas Dieu, il sert l'homme. " L'imbécile a dit, dans le secret de son cœur, que Dieu n'existe pas. " Puisque le pécheur ne croit pas en Dieu le Créateur, son esprit ne s'occupe qu'à admirer des êtres de chair et de sang. Il porte aux nues tel homme parce qu'il est riche; tel autre parce qu'il est beau; un troisième parce qu'il est intelligent; un quatrième parce qu'il est puissant. Ceux qui ne songent qu'aux choses matérielles sont jaloux. Or la jalousie entraîne l'angoisse, et l'angoisse conduit au conflit. Il est écrit : " La jalousie est aussi cruelle que la tombe. " Il existe une sorte d'amour qui est comparable à la mort. L'amour qui naît de l'envie tue. L'amour des pécheurs est aussi meurtrier que la guerre. Le pécheur désire s'approprier ce qu'un autre possède. Il considère la femme comme une proie. Même s'il la traite d'abord avec gentillesse, une fois qu'il a assouvi son désir, il la torturera. L'amour des pécheurs est fondamentalement violent. »

En entendant de telles paroles, Calman pensa à Clara. Elle parlait tout le temps de l'amour, mais en fait elle se consumait de fureur. Son amant, Zipkin, qu'elle avait introduit dans le manoir comme précepteur de Sacha, enviait les riches, bien qu'il prétendît ne s'intéresser qu'aux pauvres. Calman frémit en songeant au dénouement de toute cette affaire : Zipkin avait abandonné sa femme et émigré en Amérique; Clara était une femme divorcée avec un enfant illégitime; elle ne subsistait que grâce à ce que voulait bien lui donner son fils Sacha. Calman avait appris de Sacha que la santé de Clara laissait à désirer. Elle souffrait de maux d'estomac et de troubles dont souffrent seules les femmes. On pouvait dire à juste titre qu'elle était comme la mer agitée dont « les flots rejettent de la vase et de la boue ». Néanmoins Calman avait pitié d'elle. Elle s'était anéantie elle-même. S'il était encore riche, il lui verserait une pension alimentaire, bien que ce fût par sa faute à elle qu'il était pauvre aujourd'hui. A cause d'elle il avait cédé son commerce à Mayer Joel. Il vivait à présent de la générosité de son gendre, tout en travaillant encore un peu au domaine du manoir et aux carrières de chaux, lesquelles étaient d'ailleurs pratiquement épuisées. Toutefois il était presque septuagénaire, aussi sa force était-elle sur le déclin. Mayer Joel lui avait à plusieurs reprises proposé de venir vivre avec lui ou de louer une chambre à Jampol. « A quoi bon rester seul à votre âge? » lui avait-il fait observer. Cependant, Calman ne voulait pas quitter la chambre de prière qu'il avait installée dans sa petite maison qui faisait partie du domaine. Il s'était accoutumé au calme des champs qui l'environnaient, au chant des oiseaux, à l'immense horizon qui s'étendait à perte de vue. En outre, il était son propre maître. Il n'avait pas de bonne à domicile. Il préparait lui-même sa nourriture au-dessus d'un trépied. Il trayait la vache, ou bien il la faisait traire sous sa surveillance par une jeune paysanne. Il possédait également un cheval et une voiture. La veille du shabbat où il fallait dire des prières pour le nouveau mois, il partait pour Jampol afin de prier dans un minian. Il avait fait l'acquisition d'un lopin de terre pour sa propre tombe dans le cimetière de Jampol. Il désirait être enterré auprès de Zelda, bien qu'il craignît qu'elle n'eût honte de lui dans l'au-delà et réprouvât son remariage avec Clara...

C'était un rude hiver. La couche de neige était épaisse, le froid rigoureux; les paysans prédisaient que les récoltes gèleraient. Ce serait la seconde année de famine – à Dieu ne plaise! Calman commençait à souffrir des dents. Il avait toujours eu des dents saines, or voilà qu'à présent elles lui ôtaient le sommeil. Sa fille, Jochebed, lui recommanda d'aller à Varsovie pour consulter un dentiste. Elle-même, en revanche, était complètement édentée. Elle avait beaucoup vieilli. Alors pourquoi lui, irait-il faire l'imbécile chez un dentiste? Il vaut mieux expier ses péchés ici-bas, plutôt que d'entrer en enfer ou de transmigrer. Il avait commis bon nombre de fautes, il avait mal élevé ses enfants. Certains de ses petits-enfants étaient devenus des impies. Malheur à lui! qui n'avait laissé aucun descendant mâle de religion juive, car Sacha était un athée. Seule la miséricorde divine lui avait permis d'être encore en vie. Il jeûnait désormais tous les lundis et jeudis. Il ne mangeait pas de viande pendant toute la semaine. Il ne s'achetait plus de vêtements neufs mais usait ses vieilles pèlerines. Par temps froid il restait à la maison; assis près du feu il étudiait la Mishnah, il récitait ses prières, et parfois il consultait le Pentateuque yiddish de Zelda. Ses yeux également avaient perdu de leur acuité. Mayer Joel lui avait offert des lunettes qui grossissaient les caractères. Assez curieusement, son appétit sexuel n'était toujours pas apaisé. L'homme gardait apparemment sa virilité toute sa vie. Bien que Calman se contentât d'une nourriture frugale et qu'il dormît sur un rugueux matelas de paille, il rêvait souvent de femmes. Dans ses rêves il cohabitait avec Clara, et même avec Antosia, la bonne, qui l'avait jadis servi dans sa hutte en pleine forêt. Des années plus tôt, Antosia s'était noyée dans la Vistule, près d'un petit village. Toutefois le Seigneur des rêves ne sait rien de la vieillesse ni de la mort. Parfois, bien que tout éveillé, Calman était en proie à une violente passion. Assis devant la Mishnah, tout grisonnant, les joues gonflées par un mal de dents, les yeux fatigués, les jambes lourdes, il lui arrivait soudain d'avoir une pensée honteuse. Et, en dépit de sa volonté, il ne réussissait pas à la chasser de son esprit.

« Oh! malheur à moi! Père du ciel! » s'écriait-il alors.

Un jour, Sacha entra à l'improviste dans la chambre de prière. Son traîneau avec l'attelage attendait dehors. Il apprit à Calman que Clara était à Jampol. Elle allait partir pour l'Amérique, c'est pourquoi elle était venue lui dire au revoir.

« Pour l'Amérique... parfait!

– Elle veut te voir.

– A quoi bon?

– Elle désire se faire pardonner.

– Dis-lui que je lui pardonne.

– Que crains-tu donc? Elle n'a pas l'intention de te violer.

– Je ne crains rien.

– Peut-être pourrais-tu la convaincre de ne pas se ridiculiser. Papa, quel âge a-t-elle?

– Je n'en sais rien.

– Elle dit qu'elle a quarante-deux ans. Elle doit en avoir au moins quarante-six. »

Calman ne répondit pas.

« Une vraie folle! Stupide, en plus! »

Sacha jeta un coup d'œil à sa montre. Il n'avait ni le temps ni la patience pour ce genre de commissions. Jadis, il n'avait eu honte que de son père; à présent, sa mère le gênait tout autant.

II

Sacha bavarda encore un petit moment avec son père qui lui rappela de mettre ses phylactères. « Pourquoi porter des phylactères puisque Dieu n'existe pas? » demanda-t-il. Puis il partit. Il monta dans le traîneau, se couvrit les jambes d'une fourrure et se mit en route. Bien que le temps fût glacial, Sacha ne portait qu'une courte veste de fourrure, une culotte de cheval et de grandes bottes épousant bien la forme de ses jambes. Un chapeau de chasseur avec une plume verte était cavalièrement posé sur son abondante chevelure noire comme la poix. Il était si plein de santé et d'énergie qu'il avait envie de sauter du traîneau en marche et d'arracher un arbre par les racines. Les gens se plaignaient de toutes sortes de maux, de faiblesses, de douleurs, en revanche Sacha ignorait ce qu'était la maladie. Le soir, aussitôt qu'il posait sa tête sur l'oreiller il tombait dans un profond sommeil. Il mangeait des plats lourds et indigestes, il buvait des gobelets d'eau-de-vie, sans jamais être le moins du monde incommodé. Il faisait des kilomètres de marche à pied ou il passait toute une journée à dos de cheval, sans se fatiguer. Les femmes des officiers se confiaient en secret ses prouesses sexuelles. Il avait une attitude directe, sans détour, à l'égard des femmes. Ni artifices serviles, ni marchandage, ni soupirs, ni tergiversations : oui était oui, et non était non. Il avait un parler franc et brutal. Il haïssait la sensibilité, l'indécision; il ne cachait pas son dédain pour l'autre sexe qui avait une constitution si comique, qui était faible de caractère, plein de ruse et d'hypocrisie, toujours prêt à dominer le mâle et à le tromper. Agé de dix-neuf ans à peine, Sacha avait déjà l'expérience d'un homme de trente ans. Il avait vu des femmes ruiner des hommes : elles les prenaient dans leurs filets, les accablaient d'obligations, leur tendaient un piège avec des enfants parasites, pour finalement les détruire, les railler, les enterrer et recueillir leur héritage. A vrai dire, les pauvres femmes ne profitaient guère de leur triomphe. Toujours est-il que l'instinct de la mante religieuse existait dans toutes les femelles – de la grande dame à la blanchisseuse. Sacha était bien décidé à ne jamais se marier. En amour, la trahison était toujours préférable. En dépit de toute leur fourberie, les femmes étaient enclines à s'attacher, à perdre leur bon sens. Elles croyaient aux prouesses de l'homme, même si on leur promettait la lune sur un plat d'argent. Il suffisait de savoir bien présenter un mensonge, n'importe quel mensonge, pour le faire accepter. Il n'existait pas de brutalité qu'elles ne fussent prêtes à pardonner, à condition qu'on la leur expliquât d'une manière habile. Sacha avait en partie appris tout ceci par des livres, mais aussi en discutant avec des camarades.

Assis dans son traîneau, Sacha contemplait les champs enneigés, les cheminées des carrières de chaux qui crachaient une épaisse fumée, le manoir où il était né et où siégeait à présent le club des officiers, et enfin la ville de

Jampol dont les premières maisons semblaient grandir à vue d'œil. Un immeuble à plusieurs étages avec des balcons dominait tous les autres. Au loin, Sacha discerna les contours des baraquements et le moulin à eau de son oncle Mayer Joel. Il lui paraissait étrange qu'il fît partie de tout ceci. Il était un hôte assidu au club des officiers, et il avait des liaisons avec quelques-unes des femmes d'officiers. Le manoir et les carrières de chaux étaient pratiquement sa propriété, bien que, sur le papier, le domaine appartînt toujours à quelque duc et que les carrières fussent au nom de son père. Tous les marchands de Jampol devaient passer par lui, gros entrepreneur, pour vendre leurs marchandises. Il était en bons rapports avec la police, avec le conseil municipal, avec le colonel Shachowsky, avec la femme du colonel, ses filles, et même avec le général Horne et sa famille en résidence à Varsovie. Le sieur Sacha Jacoby jouissait de la protection du gouverneur de Lublin, du gouverneur de Pietrkow, du gouverneur général de Pologne en personne. « Comment est-ce possible? » s'étonna Sacha. La plupart des jeunes gens n'avaient pas de relations influentes, or lui ne cessait de s'en faire de nouvelles. Si les choses continuaient à évoluer ainsi, il serait appelé au saint-synode dont le siège était à Saint-Pétersbourg, et peut-être même à paraître devant le tsar. Tout était si simple : chacun, quelle que fût son importance, avait besoin d'argent, d'un mot de recommandation, de faveurs, de conseils. Et pourquoi ne pas accorder des faveurs, puisqu'elles étaient si payantes? Quant aux femmes, on pouvait les acheter avec un sourire, un regard, un compliment. L'essentiel était de ne pas se cantonner dans un seul groupe et de ne négliger aucune opportunité. Même le laquais d'un châtelain pouvait être utile, tout comme le chien d'un propriétaire : il fallait graisser la patte à l'un et ne pas oublier de caresser l'autre. D'entre toutes les méthodes, la corruption était la meilleure. Sacha n'avait pas encore rencontré de fonctionnaire qui ne se laissât corrompre. Il devait bien exister quelque moyen susceptible de tenter même un tsar.

« Hé! toi là-bas! Wladek! »

Le cocher tourna la tête. « Oui, monsieur?

– Qu'y a-t-il entre toi et Magda? »

Wladek se gratta la tête. « C'est une brave fille. Mes ennemis s'acharnent à nous séparer.

– Ils vous jalousent, hein? Ça ne leur servira à rien. Vous l'aurez! »

Wladek arrêta le traîneau. « Sa belle-mère est ignoble. Elle me hait et je ne sais pas pourquoi.

– Elle fait le chien du jardinier, railla Sacha. Ce qu'elle ne peut avoir elle-même, elle ne veut le laisser aux autres.

– Bien dit!

– Je vais avoir un entretien avec elle.

– Oh! monsieur, je vous en serais si reconnaissant! Le maître est vraiment trop gentil.

– Allons... les hommes doivent se serrer les coudes. »

Oui, Sacha savait comment exploiter tout le monde à son propre avantage; néanmoins il avait aussi ses ennuis. Avant tout, il y avait Céline, la veuve de son grand-père, avec sa progéniture, ses petites tantes et oncles, dont il avait la responsabilité. A partir du jour où il avait pris en main les affaires de son grand-père, il leur avait versé une allocation hebdomadaire. Céline affichait un laisser-aller vestimentaire total; les enfants avaient toujours le nez sale; la vieille mère de Céline vivait avec eux. Sacha se demandait pendant combien de temps encore il pourrait les supporter. Toutefois, son grand-père avait laissé un testament. Et puis, le colonel Shachowsky était, dans un sens, le protecteur de Céline. Il n'était donc pas facile de se débarrasser d'elle. Il y avait aussi le projet de sa mère, son voyage en Amérique, qui irritait Sacha. On accepte plus facilement la mauvaise conduite des étrangers que celle de sa propre mère. Depuis son enfance Sacha nourrissait une certaine animosité contre cette femme qui avait toujours vilipendé son père et qui s'affichait volontiers avec des dandys. C'était elle qui était responsable de son hostilité à l'égard du sexe féminin. Sa liaison avec Zipkin, l'enfant bâtard qu'elle lui avait donné, sa fugue avec son amant avaient de quoi humilier Sacha.

III

Après la mort de son grand-père, Sacha avait divisé la maison en appartements. Céline et sa progéniture occupaient une moitié, et lui l'autre. Il avait pris pour lui les canapés et le meilleur mobilier de la maison. Dans l'appartement de Céline le fouillis s'accumulait. L'intérieur était toujours empesté de fumée, d'odeurs d'oignons et de puanteurs des lieux d'aisance. Une domestique chrétienne, Hanka, prenait soin du ménage chez Sacha. Elle époussetait, lavait et frottait tout au long de la journée. Le maître prenait rarement les repas à la maison. Il était souvent invité quelque part, ou bien il dînait au restaurant du club des officiers. Hanka cuisinait de bons petits plats pour elle-même et elle chantait en travaillant comme un oiseau. La nuit, le maître venait parfois la retrouver dans son lit; elle s'arrangeait pour ne pas tomber enceinte. Lorsqu'il ramenait d'autres femmes à la maison, Hanka estimait qu'il valait mieux jouer celle qui ne voit rien. Elle avait juré sur la croix qu'elle portait autour du cou qu'elle garderait le silence. Elle ne souhaitait qu'une chose : que Sacha ne se marie pas! Elle avait déjà pris son parti : le jour où il introduirait une épouse dans la maison, elle lui tirerait sa révérence poliment, elle le féliciterait, puis elle lui fausserait compagnie. Voici que la mère de Sacha venait d'arriver! Sans occuper la place d'une épouse, elle dérangeait néanmoins le train-train habituel du foyer. Clara envoyait Hanka faire des courses, lui donnait des conseils quant à la tenue de la maison et lui commandait sans cesse : « N'allez pas par là! Ne restez pas plantée là! » Hanka était brouillée avec Céline et ses enfants, or Clara invitait à la maison ces morveux au nez sale, à la chemise flottant en dehors du pantalon; elle leur donnait des gâteaux et du vin et elle ordonnait à Hanka de leur servir du lait ou du chocolat. Hanka ressentait une telle servitude comme une insulte, cependant elle se consolait en se disant que la belle dame partirait bientôt pour l'Amérique. Elle écoutait volontiers aux portes lorsque le maître parlait à sa mère. Celle-ci lui réclamait souvent de l'argent. Elle criait, se plaignait qu'elle n'eût pas connu une vie normale avec son père. Hanka entendait Sacha lui répondre : « Ton idylle en Amérique ne fera pas long feu non plus! » puis Clara rétorquer : « Puisqu'il en est ainsi, je me jetterai dans l'océan! »

La maîtresse semblait de meilleure humeur aujourd'hui. Assise sur le canapé, les jambes croisées, elle tricotait un gilet pour sa fille, Felusia, qui était restée à Varsovie avec sa gouvernante. Hanka ne cessait d'observer Clara à la dérobée. Celle-ci n'était pas une étrangère mais la mère du maître de maison. Elle avait les mêmes yeux, la même bouche, la même expression, le même sourire malicieux. Mais comment une femme de son âge pouvait-elle entretenir une liaison amoureuse avec quelqu'un en Amérique? s'indigna Hanka. Devinant apparemment la désapprobation muette de la bonne, Clara s'exclama soudain : « Hanka, venez ici!

– Oui, maîtresse.

– Asseyez-vous. J'ai à vous parler de quelque chose.

– Oh! je vous remercie, mais je peux rester debout.

– Prenez le tabouret.

– Merci. »

Clara tricota encore quelques mailles, puis elle posa

l'ouvrage sur ses genoux et dit : « Hanka, vous paraissez être une fille intelligente. Dites-moi : que pensez-vous de mon Sacha? »

Hanka rougit. « Qui suis-je pour avoir le droit de penser quoi que ce soit? Je ne suis qu'une simple servante ici.

– Que veut dire servante? Tous les hommes sont pareils. Qu'on leur présente une reine laide et une bohémienne jolie : on saura vite à laquelle ira leur choix. Hanka, je suis sa mère et j'ai le droit de savoir. Quelle est sa conduite?

– Oh!... comme ci, comme ça.

– Reçoit-il des femmes ici?

– Parfois.

– Restent-elles toute la nuit?

– Non.

– Couche-t-il avec elles?

– Oh! maîtresse, comment le saurais-je? Je ne regarde pas par le trou de la serrure.

– A quelle heure se couche-t-il pour dormir?

– Cela dépend.

– Tard?

– Pas tôt.

– Et à quelle heure se lève-t-il?

– Parfois il dort tard. Mais d'autres fois il doit se lever à l'aube.

– Hanka, vous êtes loyale envers lui, n'est-ce pas?

– Oui.

– Hanka, un jeune homme de son âge ne devrait pas vivre ainsi.

– Que puis-je faire? Je ne suis que la bonne.

– Il arrive qu'une bonne soit efficace, à condition qu'elle réfléchisse.

– Maîtresse, il fait ce qui lui plaît. Il ne prend aucun conseil. Tout doit marcher selon ses ordres, à la lettre. J'écoute tout ce qu'il dit. Comme un chien dressé.

– Oui, mais... »

On entendit un bruit de clef à la porte d'entrée. Sacha venait de rentrer. Hanka se leva brusquement du tabouret et retourna en courant à la cuisine. Jusqu'ici elle n'avait jamais discuté les secrets du maître avec quiconque, or à l'instant elle venait de prononcer des mots qu'elle aurait mieux fait de garder pour elle. La maîtresse ferait des reproches à son fils en la citant, elle, comme témoin. Hanka resta à la cuisine, dressant l'oreille, tendue. « Oh! elle m'a tiré les vers du nez, la sale bête avec ses yeux noirs! Il se fâchera et il me jettera dehors. Que vais-je devenir? Je me suis attachée à lui. Je l'aime, malgré toute sa sauvagerie... » Hanka ressentit une haine violente contre cette femme sournoise qui allait rejoindre son amant en Amérique et qui lui volait tout – son emploi, son bonheur. Que pouvait-elle faire? Prendre une corde et se pendre? Hanka entendit parler, mais elle ne réussit pas à comprendre les paroles. Mère et fils se querellaient. Sacha élevait la voix. « Il serait capable de venir ici pour me battre... » se dit Hanka. Une fois, alors qu'elle avait oublié quelque chose, il l'avait giflée et tirée par ses nattes. Il possédait un fusil, pour comble de malheur. Une image sainte était fixée sur le mur de la cuisine : Hanka s'agenouilla en face, joignit ses mains et se mit à prier. Au bout d'un moment elle se releva et s'approcha sur la pointe des pieds de la porte. Elle marchait sans bruit, le cou tendu à l'instar d'un chasseur. Elle entendit Clara qui disait : « A ton âge, on a le diable au corps, mais il n'est pas bon d'en abuser. Les étalons qu'on utilise pour les courses ne sont pas autorisés à approcher une jument.

– Maman, je ne veux pas entendre un tel langage!

– Mieux vaut que tu l'entendes maintenant que trop tard, quand tu n'auras plus de forces.

– Je suis fort comme un lion.

– Un lion aussi peut s'affaiblir. Rappelle-toi, mon fils,

que la santé n'est pas un facteur négligeable. Nous avions un parent qui vivait à Lomza. C'était un Kaminer, lui aussi. Un vrai géant. Je l'appelais oncle, bien qu'il ne fût qu'un cousin éloigné de mon père. Il avait des liaisons avec toutes les filles païennes de Lomza. Soudain il fut atteint de paralysie. L'homme se dépense jusqu'à la moelle de ses os, et la femme prend toute sa force en elle. Tu connais le proverbe : " L'imbécile donne, le sage prend! "

– Mère, cela suffit!

– Mieux vaut que tu te maries. Personnellement je n'y vois aucun inconvénient. Il m'importe peu de devenir grand-mère... De toute manière, je ne serai plus ici, dans ce pays.

– Je ne me marierai jamais!

– Pourquoi pas? »

Sacha garda le silence un petit moment. « Je préfère rendre un autre homme cocu, plutôt que d'être cocu moi-même, dit-il enfin.

– Quelle honte! comment oses-tu parler ainsi!

– C'est la vérité. »

Les yeux de Hanka se remplirent de larmes. « Il ne se mariera jamais! Je serai ici pour toujours... » Elle recula lentement, telle une bête traquée, puis elle se tourna et rentra dans la cuisine. Elle avait déjà pris deux repas dans la journée, cependant la bonne nouvelle lui donna faim. Sur le fourneau était posée une casserole avec un reste de nouilles. Elle avait eu l'intention de le jeter aux ordures, mais à présent elle s'en saisit et n'en fit qu'une bouchée, ne laissant pas une seule nouille au fond de la casserole. Puis elle se mit à curer l'ustensile avec de la paille et des cendres. « Je ne les laisserai pas lui ôter toute sa force, marmonna Hanka. Je vais l'ensorceler, l'attacher à moi... » Hanka avait entendu parler chez elle, dans son village, d'un philtre d'amour : la femme se lave les seins et utilise l'eau de ce bain pour la préparation de la nourriture de l'homme qu'elle désire. C'était dégoûtant, mais efficace; l'enjeu en valait la peine. Hanka se plaça devant le miroir. Pendant un bon moment elle contempla sa propre image : la chevelure jaune paille aux reflets dorés, les joues rouges, le petit nez, les yeux bleus, les lèvres pulpeuses qui découvraient des dents écartées, aussi solides que les crocs d'un chien. Sa gorge était blanche et pleine; autour du cou elle portait un rang de corail, cadeau de Sacha. Ses seins étaient si fermes qu'ils semblaient vouloir percer son corsage. « Pourquoi a-t-il besoin de ces vieilles peaux? s'étonna Hanka. Je suis plus jolie qu'elles. Je lui suis plus dévouée, également... » Hanka sortit le bout de sa langue. Elle rit et constata qu'elle avait toujours des fossettes. Lentement son regard se tourna vers le mur où étaient accrochées les poêles et les bassines de cuivre. Cette nuit même elle laverait ses seins dans une de ces bassines et, à la première occasion, elle verserait un peu du liquide dans le potage du maître.

IV

Calman était en train d'étudier la Mishnah dans sa maison de prière. La journée était froide mais ensoleillée. Un réseau de lumière et d'ombre se répandait sur le volume jauni. Calman lisait le *Traité de Sotah* : « Lorsque Rabbi Meir mourut, il n'y eut plus d'étudiants assidus. Lorsque Ben Zoma mourut, il n'y eut plus de commentateurs. Lorsque Rabbi Josué mourut, la bonté quitta le monde. Lorsque Rabbi Siméon ben Gamliel mourut, la locuste vint multiplier les tourments. Lorsque Rabbi Eliézer ben Azariah mourut, la fortune quitta les Sages. Lorsque Rabbi Akiba mourut, la gloire de la Loi cessa... »

Soudain Calman entendit des pas dans la pièce voisine.

Ces pas ne ressemblaient pas à la démarche traînante de Beila, la femme de ménage qui venait une fois par semaine. C'était un bruit de pas différent, depuis longtemps oublié et pourtant familier. Sur le seuil parut une femme élégante, vêtue d'un long manteau de fourrure, coiffée d'un chapeau de velours à large bord, garni de plumes d'autruche. Calman respira une forte odeur de parfum. Il pâlit. C'était Clara, son ancienne femme. Pendant un moment il se sentit incapable de parler.

« Oui, c'est moi, Calmanke! »

Calman se mit à trembler. « Que veux-tu? » demanda-t-il d'une voix étranglée. Il eut du mal à respirer.

« Qu'y a-t-il? Ne me reconnais-tu pas?

– Si, je te reconnais. Tu n'as pas le droit d'entrer! Nous ne devons pas nous trouver sous le même toit! » l'avertit Calman avec colère, tout en constatant qu'elle avait vieilli.

Clara avança d'un pas.

« Pourquoi cries-tu? Je désire simplement te parler.

– Nous ne devons pas nous trouver sous le même toit!

– Que faut-il faire alors? Arracher le toit?

– Nous n'avons pas le droit de rester seuls tous les deux.

– Pourquoi pas?

– C'est interdit! Ici, c'est un lieu saint.

– Dans ce cas, viens dehors! Tu seras toujours le même fanatique.

– Sors la première! »

Clara haussa les épaules mais ne bougea pas de sa place. Il avait des cheveux tout blancs à présent, et de nouveau il portait de longues papillotes. Clara eut du mal à croire qu'elle avait été la femme de ce Juif antique. Elle se sentit honteuse et eut envie de rire. Après un moment d'attente, Calman ouvrit la porte, afin de ne pas être enfermé avec elle dans la même pièce. Puis il se plaça à quelque distance de Clara.

« Que veux-tu?

– Je dois te parler.

– Parle!

– Comment discuter de cette façon? Je n'ai pas envie de crier pour me faire entendre. Voici un banc. Assieds-toi et écoute-moi. Puis-je m'asseoir aussi?

– Que veux-tu? Pourquoi es-tu venue?

– J'ai une tante ici, sur place, et aussi des demi-sœurs et des demi-frères. Je ne suis pas revenue – à Dieu ne plaise! – à cause de toi, mais j'ai à te parler. Tu n'es pas un sauvage, je suppose! »

Calman regarda autour de lui, craignant Dieu et d'éventuels indiscrets. Quelqu'un pouvait entrer. Mayer Joel, la bonne, ou même un paysan qui se souvenait de Clara. La ville de Jampol aurait de quoi jaser. Calman eut chaud tant il était inquiet.

« Assieds-toi là, sur le banc. »

Clara essuya le banc de son gant, puis s'assit sur la partie nettoyée.

Calman s'appuya contre le poêle.

« Je suis désolé, mais il existe une loi, dit-il.

– Oui, une loi. C'est le genre de loi qui cause des pogroms, fit Clara. Nous sommes restés des Asiatiques. Le monde civilisé rit de nous. Mais je ne suis pas venue pour parler de ces choses-là. Je n'ai pas l'intention de te changer. Es-tu devenu rabbin? Ta barbe a doublé de volume... Calmanke, écoute-moi attentivement! Je dois partir pour l'étranger et j'envisage de laisser Felusia avec Céline et ma tante. Avec l'aide de Dieu, je la ferai venir plus tard. C'est une question de six mois, ou au maximum d'un an. Durant cette période il faut s'occuper d'elle. Quoi que tu en dises, Felusia est officiellement ta fille et tu dois subvenir à ses besoins. Il ne me reste plus d'argent. Tu es un Juif, pieux, sans aucun doute, mais tu m'as tout pris, me laissant les mains vides.

– C'est moi qui t'aurais tout pris? Tu as reçu douze mille roubles à titre de dédommagement, à notre divorce. Tu m'as coûté une fortune. Tu as investi dans le manoir et dépensé pour tes caprices des milliers de roubles.

– Nous n'allons pas faire nos comptes maintenant. J'aurais pu avoir tout ce qui t'entoure ici. Je n'aurais pas dû me laisser acheter avec douze mille pauvres roubles. Mais, après tout, j'ai fait tant de choses insensées dans ma vie! Ce n'était qu'une de plus! Tu dois prendre Felusia à charge. »

Calman blêmit. « Cette bâtarde? » fit-il.

Il jeta un coup d'œil vers la porte comme s'il craignait que quelqu'un n'écoutât. Un cri étouffé s'arracha de sa gorge. Pendant une fraction de seconde il eut envie de se jeter sur elle et de la frapper. Mais il se maîtrisa. Il ne voulait pas faire de scène à cette créature méprisable et il lui répugnait de la toucher. Elle était pourrie.

« Es-tu tombée aussi bas? dit-il d'une voix âpre.

– Oui, c'est exact.

– Qui vas-tu rejoindre? Ton amant?

– Oui. »

Calman frissonna. Ses yeux semblaient sortir de leurs orbites lorsqu'il la dévisagea. Il y avait quelque chose de changé en elle : un mélange d'insolence et de vulgarité dans son expression qu'il ne lui avait pas connu tant qu'elle avait été sa femme. Elle le dévisagea à son tour, avec cette sorte de méchanceté empreinte de curiosité qu'on voit parfois aux bêtes en train d'examiner un être humain. Ce n'était plus une femme, mais le diable en personne. Dans *La Juste Mesure,* Calman avait lu des histoires de démons qui se déguisaient en femelles de race humaine, qui vivaient avec des hommes et même les épousaient. Les enfants que de telles créatures mettaient au monde étaient moitié démon, moitié être humain.

Etait-ce possible que Clara fût l'une d'elles, venue des régions infernales? Calman recula instinctivement, les jambes faibles, la face aussi blanche que sa barbe.

« Sors d'ici! » hurla-t-il soudain d'une voix si forte et si rude qu'il en fut lui-même effrayé.

Clara éclata de rire. « Calmanke, tu es vraiment fou!

– Sors d'ici!

– Calmanke, je n'ai pas besoin de ton argent. Je venais simplement te dire au revoir. J'emmène Felusia avec moi. Je ne voudrais pas la laisser ici pour rien au monde. Elle a un frère riche et lui, il l'aime. Il nous donnera tout ce dont nous aurons besoin.

– Pourquoi es-tu venue ici? Pour te moquer de moi?

– Non. Uniquement pour te voir une dernière fois. Après tout, nous ne sommes pas des étrangers. Nous avons un fils. Aucune puissance au monde ne peut effacer le passé. Je ne suis pas en très bonne santé, et un voyage de long cours présente toujours quelque danger. Je désirais te revoir, rien qu'une fois. Si tu peux me pardonner, je t'en prie, pardonne-moi!

– A quoi servirait mon pardon? Tu t'engages délibérément à faire une mauvaise action. Ne crois-tu pas qu'il existe un Créateur qui pourrait te punir?

– Oui, Calmanke, j'y songe, mais mon amour est plus fort que ma foi et ma crainte de l'enfer. Un millionnaire m'avait demandée en mariage. Il était dix fois plus riche que tu ne l'as jamais été, mais je ne pouvais pas le supporter. Il me ressemblait trop, au point de vue caractère. »

Calman secoua la tête. « Felusia est-elle la fille de Zipkin?

– Oui, Calmanke, elle est la fille de Zipkin et je l'emmène auprès de son père. J'ai le sentiment que je ne vivrai pas vieille, aussi voudrais-je que ma fille ait au moins un père. Pourquoi ne te remaries-tu pas? Quelle est ta vie, ici, au milieu de ce pays sauvage? Es-tu devenu un ermite? »

Calman la fixa du regard. Ses yeux se remplirent de larmes.

« Clara, il n'est pas trop tard pour te repentir. J'ai pitié de toi. J'ai pitié de ton âme juive. Les Proverbes disent du pécheur : " Celui qui se confesse et qui se rachète obtiendra la grâce. "

– A quoi sert la grâce? Je ne peux pas vivre sans lui. Il me tarde de le retrouver; je pense à lui jour et nuit. Calman, j'aimerais te demander une seule faveur.

– De quoi s'agit-il?

– Si je meurs en Amérique ou en cours de voyage, veille à ce que Sacha dise le kaddish pour moi. S'il refuse, fais-le, toi. Après tout, tu m'as aimée autrefois. Moi aussi je t'ai aimé, à ma manière.

– Nous aurions pu être heureux. Mais le destin en avait décidé autrement. Je n'ai pas mérité le bonheur.

– Feras-tu ce que je te demande?

– Tu me survivras. Mais dans le cas contraire, je ferai ce que tu me demandes. »

Calman se couvrit le visage des deux mains.

8

I

Dans son enfance, une vieille parente de Clara lui avait raconté une histoire sur une fille qui s'était moquée du tsaddik. Cet homme saint avait alors prononcé contre elle une malédiction : elle serait condamnée à rester éternellement jeune. Toutes les femmes de sa génération vieillissaient, se ridaient, se voûtaient, tandis qu'elle gardait sa chevelure noire et ses joues roses. Lorsque son mari, lui aussi, devint vieux, elle refusa de vivre plus longtemps avec lui. Ses petits-enfants avaient honte d'elle. Les jeunes femmes se gaussaient d'elle et l'appelaient « grand-maman ». Finalement, son existence devint tellement insupportable qu'elle se noya dans un puits.

D'une certaine manière, Clara se trouvait dans une situation analogue. Elle avait largement dépassé la quarantaine; elle était donc trop vieille pour avoir un enfant aussi jeune et pour rejoindre son amant en Amérique. Il est vrai que Calman Jacoby était trop vieux pour elle; en revanche Zipkin était trop jeune : il lui écrivait des lettres si passionnées! Clara se sentait quelque peu inquiète en songeant au long voyage et à ce pays lointain où il faisait nuit quand il faisait jour en Pologne. Il arrive qu'un bateau coule... que des passagers tombent malades et meurent en pleine mer; ensuite leur corps est jeté par-dessus bord. Les journaux étaient pleins de tels faits divers. L'Amérique pourrait aussi bien causer sa ruine! Clara avait beau savoir que ses craintes étaient uniquement dues à ses nerfs malades, elle ne pouvait les empêcher de la tourmenter pendant ses heures de veille et même dans ses rêves. Par surcroît, elle commençait à avoir des symptômes précoces de la ménopause. Elle avait alternativement des bouffées de chaleur et des frissons, elle souffrait de vertiges et de maux de tête, elle se sentait fatiguée sans la moindre raison apparente. Son corset la serrait trop, au point de l'oppresser. Les médecins lui assuraient que c'étaient là des symptômes normaux du retour d'âge, mais elle commençait à craindre d'avoir une tumeur cancéreuse à l'estomac. Dans le passé, Clara s'était peu inquiétée de la possibilité d'une soudaine mort, mais à présent elle se faisait beaucoup de soucis pour sa santé. Il arrive que des femmes de son âge meurent à la suite de crises cardiaques, de troubles neurologiques ou de la vésicule biliaire! Sa propre mère était morte jeune. Qui sait s'il y avait de bons médecins en Amérique? Alexandre était un homme pauvre. Elle n'aurait pas de quoi vivre confortablement. Peut-être serait-elle même obligée de travailler?

Depuis plusieurs années déjà Clara se faisait teindre les cheveux; or, à présent, elle avait beau activer le traitement, sa chevelure grisonnait à la racine presque en une seule nuit. Dans ces conditions, quel recours aurait-elle à bord du bateau? Le voyage en mer prendrait deux semaines ou trois, et même davantage. Y aurait-il un coiffeur à bord capable d'exécuter cette délicate opération? Elle arriverait à New York, la tête toute grisonnante! Elle aurait l'air d'être la grand-mère de Felusia!

Heureusement Sacha n'avait pas besoin de sa mère pour se débrouiller. On peut dire qu'il était plutôt trop indépendant. Elle savait qu'il avait des rapports avec certaines des femmes d'officiers et qu'il possédait un revolver. Dieu, toutes les choses qui lui passaient par la tête au cours d'une longue nuit d'hiver sans sommeil! Toute sa vie écoulée se déroulait en images rapides devant ses yeux, avec toutes ses erreurs, toutes ses folies.

Grisha, son premier mari, était mort depuis de nombreuses années, cependant elle se souvenait toujours de ses insultes, des épithètes dont il l'avait qualifiée. Elle gardait en mémoire de vieilles querelles, trouvant spontanément les ripostes astucieuses qui ne lui étaient pas venues à l'idée, à l'époque. Elle réglait ses comptes également avec son père décédé. Il l'avait littéralement poussée dans les bras des Russes, desquels il obtenait ses contrats. Smirnoff l'avait bel et bien violée. Et ensuite il y avait eu Calman! Que signifiait tout ce qui lui était arrivé? Etait-ce la main du destin? Ses deux grands-pères avaient été des Juifs pieux. Son père, d'un autre côté, avait été un *maskil*, un Juif éclairé. Il avait mangé le jour de Yom Kippour, puis il avait fumé son cigare. Il avait employé devant sa fille un langage qu'aucun autre homme n'aurait toléré. Eh bien, qu'il repose en paix au paradis! Toujours est-il qu'elle ne réussissait pas à chasser le fatras de pensées qui l'assaillaient nuit après nuit. Avait-elle eu le droit de briser le ménage d'Alexandre? Avait-elle bien agi en le laissant ignorer ses liaisons avec les Russes? Cependant de tels cas de conscience étaient bien vite contrebalancés par l'intensité de son désir. Des idées fantasques torturaient son cerveau. Le sommeil venait par à-coups, agité par des rêves spasmodiques : elle se voyait à l'hôpital, à un enterrement, à la morgue; ou bien entre les bras d'Alexandre, ou encore couchant avec un inconnu qui la caressait et lui disait des mots tendres.

Un après-midi, à son retour du cabinet de son homme de loi, où elle avait rempli les formalités nécessaires à l'obtention d'un passeport pour elle-même et pour Felusia, Clara eut la surprise de voir Louisa (citoyenne française) installée dans l'entrée : elle venait lui apprendre qu'un certain M. *Mirquin* l'attendait dans le salon.

« Monsieur qui? fit Clara.

– *Mirquin.* »

Clara éclata de rire en entendant la curieuse prononciation de la gouvernante, mettant l'accent sur la dernière syllabe. Elle se reprit vite pour demander d'une voix irritée : « Pourquoi lui avez-vous dit d'attendre? Si je ne suis pas à la maison, c'est que je n'attends personne.

– Oh! madame, il a presque forcé la porte. Quel sauvage!

– Eh bien, il attendra un bout de temps. »

Clara entra en coup de vent dans son boudoir. Quel soupirant ardent! Elle ressentit une véritable aversion pour cet homme riche qui l'avait courtisée en Europe et qui était responsable de sa rupture avec Alexandre. Il y eut un temps où elle l'avait maudit. Et pourtant, lorsqu'il avait disparu sans un mot d'adieu, elle avait éprouvé du dépit, et après son retour à Varsovie elle s'était sentie bien seule. Souvent des semaines s'écoulaient sans que la sonnette de la porte d'entrée retentît. Et dire qu'après tout ce temps... voici Mirkin! Que disait le mot populaire déjà? « Mauvaise graine ne meurt jamais. » Il faisait un temps glacial dehors. Elle avait pris le café chez Lurse et elle avait fait quelques achats chez les Frères Jablokowski, rapportant à la maison un carton à chapeau et un paquet. A présent elle se mirait dans la glace, arrangeant sa coiffure. Son visage était rougi par le froid et ses yeux brillants. Elle se poudra le nez et s'aspergea d'eau de Cologne. Puis elle prit une rapide gorgée d'une flasque de liqueur. Que veut-il? se demanda-t-elle. Sur son chemin vers le salon, elle remarqua le lourd manteau de fourrure, le chapeau de peluche et le parapluie à la poignée d'argent accrochés dans le vestibule.

Lorsqu'elle ouvrit la porte, Mirkin se leva aussitôt. C'était un homme trapu au visage hâlé, à la chevelure d'un blanc laiteux et à la moustache grise se terminant en pointe. Il portait un costume confectionné en Angleterre, une large cravate, brodée d'un fil doré, autour d'un grand col. Il respirait la richesse, il apportait avec lui un souffle de voyages, un je-ne-sais-quoi de la Riviera. Ôtant son cigare, muni d'un fume-cigare en ivoire, de ses lèvres charnues, il s'inclina et étendit le bras comme pour l'étreindre, mais il y renonça devant le regard peu engageant de Clara. Posant prestement son cigare dans un cendrier, il porta la main de son hôtesse à ses lèvres. Ses gros doigts étaient couverts de chevalières. Il aurait eu l'air distingué s'il n'avait pas eu une opacité grise, une cataracte, couvrant son œil gauche.

« Si on sait attendre, dit-il dans un russe chantant, on est récompensé pour sa patience.

– Je dois dire que je n'espérais guère votre visite, Gospodin Mirkin.

– M'avez-vous déjà oublié, hein? s'écria-t-il d'une voix rauque. Mirkin, lui, n'oublie pas! Quand Mirkin aime quelqu'un, c'est pour de bon!

– Vous n'avez même pas écrit.

– Que suis-je, un écrivain? Je viens tout juste d'arriver par l'express de Berlin. Clara Danielovna, vous devenez de plus en plus jeune et jolie! Petite colombe, un simple regard sur vous est comme si on goûtait à une délicatesse savoureuse. » Il employa le mot yiddish *maachel* en faisant claquer sa langue et en battant des mains avec ferveur. Deux gros rubis scintillaient à ses boutons de manchette. Clara sourit.

« Des compliments... si tôt!

– Des compliments? *Krasavitza!* Je dis la vérité. Boris Davidovitch n'est pas un vil flatteur. Chez moi, tout vient de là! » Il se frappa la poitrine.

II

Clara décida de ne pas dire à Mirkin qu'elle était sur le point de partir pour rejoindre Alexandre. Son visiteur n'avait pas cessé de bavarder, principalement sur son propre compte. Oui, il avait été à Carlsbad durant l'été : il n'avait pas eu le choix. Il ne faut pas se moquer de son foie! S'il est privé d'eau minérale même pendant une seule saison, il se manifestera rapidement. Et puisque Mirkin était à Carlsbad, pourquoi ne pas poursuivre sa route jusqu'en Italie? Nice? Ah! oui. Il venait de quitter Nice, il y a peu de jours. Il était descendu à l'hôtel Europeiski. Son secrétaire, Yasha? Pourquoi?... oui, bien sûr, il avait fait tout le voyage avec lui. Monte-Carlo? Il s'était arrangé pour visiter Monte-Carlo également. Et il avait eu la chance de son côté : il avait gagné au jeu.

Mirkin gloussa bruyamment de joie. Clara le dévisagea avec une franche surprise. Il parlait comme un homme qui ignorait qu'il existât des choses telles que la pauvreté, la maladie, l'échec, la mort. « Se peut-il qu'il fasse semblant? » se demanda Clara. Il était presque septuagénaire. Ne lisait-il donc pas les journaux? Ne regardait-il jamais la nécrologie? Il continuait à jacasser à propos d'expositions, de courses de chevaux, de tel ou tel baron, de la loterie. Au bout d'un certain temps il commença à questionner Clara. Qu'était devenu son père? Mort? Ah! Et ce gaillard, l'ami de Clara... quel était son nom déjà? Oh! oui, Zipkin! Clara fut sur le point d'inventer une histoire quelconque, mais à la place elle raconta la vérité de but en blanc. Alexandre, dit-elle, était à New York. Elle se préparait à le rejoindre. Il avait obtenu le divorce d'avec Sabine. Ce qu'il faisait? Il n'était pas encore définitivement établi. Il avait songé à entrer dans une exploitation agricole. Entre-temps il occupait un poste modeste tout en poursuivant ses études. Sa sœur Sonia était avec lui. Elle avait appris un métier et elle gagnait sa vie. Mirkin toussota et se mit à tambouriner de ses doigts boudinés et poilus sur le bras de son fauteuil. Lorsqu'il reprit la parole, sa voix avait l'accent présomptueux de celui qui a vite saisi et évalué une situation donnée.

« Une ferme, entre toutes choses! fit-il. Pourquoi une ferme?

– Son père avait été commissaire dans le domaine des Radziwill. La ferme en question faisait partie d'une collectivité gérée par un groupe qui avait pris pour nom Am Olam.

– Des socialistes? Des anarchistes? J'ai entendu parler d'eux. Ils avaient fondé une colonie, mais aucun d'eux ne désirait vraiment travailler. Ils faisaient la traite des femmes et ils mouraient de faim. Ils ont fini par prendre la clef des champs.

– Réellement? Il a également parlé de s'établir comme

fermier à son compte. Le gouvernement offre des terres aux immigrants.

– Fantaisie!

– A vrai dire, j'espère qu'il terminera ses études de médecine. Il a déjà obtenu du crédit pour cinq semestres.

– Commencer à son âge? Eh bien, je suppose que c'est possible. Mais il lui faudra une volonté de fer, de l'argent également.

– J'ai bien peur qu'il n'ait ni l'une ni l'autre.

– C'est exact, si mes souvenirs sont bons. »

Louisa entra et servit du thé et des galettes. La pénombre envahissait petit à petit la pièce. Clara se proposa d'allumer la lumière, mais Mirkin objecta qu'il aimait ce doux éclairage des soirées d'hiver. C'était une des choses qui lui rappelaient la Russie. La Riviera était superbe, mais on s'en lassait. Nulle part sur le continent il n'y avait cette neige, cette teinte bleutée, un pareil calme comme ici. En vérité, Varsovie n'était pas comparable à Moscou ni à Saint-Pétersbourg, mais c'était mieux que Paris. Là-bas il ne faisait que pleuvoir et le froid était humide et désagréable. On n'y apercevait jamais de traîneau. Londres était aussi sombre que l'Egypte. Mirkin avait été à New York également pour affaires. Une ville impersonnelle, pleine d'uniformes. Des pâtés de maisons, sans charme, sans cachet particulier. L'obscurité devint bientôt si profonde que le visage de Mirkin ne se détachait plus de l'ombre. Clara n'arrivait plus à distinguer son œil malade de celui qui était sain. La voix de l'homme se fit douce, prit une intonation intime.

« Je ne vous comprends pas, Clara Danielovna. Vraiment, *nie poniemayu!*

– N'avez-vous jamais entendu parler de quelque chose qui s'appelle l'amour?

– Si, si... encore faut-il qu'il soit sensé! Ne nous leurrons pas l'un l'autre. Vous êtes une femme mûre, et non une demoiselle de dix-huit ans. Une femme de votre âge et dans votre situation a besoin de confort.

– C'est vrai.

– Clara Danielovna, nous pourrions être heureux, tous les deux!

– Allez-vous recommencer la même chanson?

– Je n'ai pas pu vous oublier. Zipkin n'est pas l'homme qu'il vous faut. Absolument pas! C'est un homme adulte, ayant... comment dirais-je?... la psychologie d'un... d'un *maltshishek,* d'un gamin, rien de plus. Il se ruinera lui-même et, à Dieu ne plaise! il vous ruinera également. Il n'aurait jamais dû quitter sa femme.

– Je ne lui ai rien imposé, Boris Davidovitch. Moi aussi j'ai abandonné un mari.

– Est-il vraiment le père de la jeune fille que j'ai aperçue dans le couloir? C'est une véritable beauté.

– Oui, c'est vrai.

– Je comprends que ce n'est pas une affaire simple; mais pourtant... pourquoi l'Amérique? Qui va en Amérique? L'Américain riche passe plus de temps en Europe que chez lui, aux Etats-Unis. Ses enfants sont éduqués en Angleterre. Que peut-on faire à New York? Coudre des tabliers?

– De fait, Zipkin désire s'établir en Californie.

– La Californie! Eh bien, tout est possible, après tout. Clara Danielovna, dînons ensemble. Allons faire un tour en traîneau.

– Nous pouvons dîner ici.

– Mais nous ne pouvons faire une promenade en traîneau ici même!

– Vous n'avez point changé. Je vais voir ce que fait Felusia. Allumez donc la lumière! Il neige de nouveau. »

Dès que Clara se leva de son fauteuil, Mirkin sauta sur ses pieds et, l'attirant contre lui, il l'embrassa carrément sur les lèvres.

« Boris Davidovitch!

– Allons, il en restera toujours assez pour lui. Nous pourrions être heureux, Clara Danielovna, nous pourrions mettre le monde en feu! L'argent n'a aucune importance pour moi. Toute l'Europe nous est ouverte. Le monde entier!

– Vous avez une épouse.

– Une épouse? Une Xanthippe! Il n'y a jamais eu de véritable intimité entre nous. Tout n'est que malveillance chez elle, pure méchanceté. Elle se laisse mener par le bout du nez par une bande d'avocaillons cupides. Elle ne désire qu'une chose : de l'argent. Dès la première fois que je vous ai vue, Clara Danielovna, cette fameuse nuit dans l'express de Berlin, j'ai pensé : " C'est elle! Celle qui sera mon ange. "

– C'est votre façon de parler à toutes les femmes.

– Ne m'insultez pas! Je ne suis plus jeune, mais mon cœur a gardé toute sa jeunesse. A mon âge, on se sent un peu seul, Clara Danielovna. On a envie de s'entourer de jeunesse, de retrouver le bon vieux temps. Nous pouvons partir pour l'étranger, n'importe où, partout où vous voudrez, seuls tous les deux. Une femme comme vous, ma chère, a besoin de luxe. Je ne suis pas heureux, malgré toutes mes réussites, voilà la vérité. Je suis un incompris. Il me faut quelqu'un qui me soit attaché, à qui je puisse ouvrir mon cœur. La plupart des petites dames ne sont que des... canes. »

Soudain il haleta comme s'il manquait d'air. Il avança en titubant et attira Clara contre lui. Il la garda serrée dans ses bras, contre son ventre proéminent, comme dans une vis. Elle tenta de se débattre pour se libérer, mais elle en fut incapable.

« Je vous en prie, Boris Davidovitch!

– Excusez-moi, excusez-moi! Je n'avais pas compris... je ne voulais pas vous faire de mal. J'ai essayé de vous oublier, mais ce n'est pas facile. Votre image m'accompagnait toujours : dans le train, partout. J'aimerais connaître encore quelques années de bonheur... les sept années grasses, comme on dit.

– Et que se passera-t-il ensuite?

– Vous serez à l'abri du besoin. Vous aurez grandement de quoi vivre.

– Cela m'est déjà arrivé.

– Je suis un homme riche. Je n'emporterai pas mon argent dans la tombe. Mes enfants sont des ingrats. Ils ont toujours pris le parti de leur mère. Ils n'ont jamais fait le moindre effort pour me comprendre. Je suis un homme solitaire, en dépit de ma fortune. »

La voix de Mirkin se brisa. Il fut pris d'un accès de toux et il retira un mouchoir de sa poche. Dehors, l'éclairage public s'alluma brusquement et emplit la pièce d'une lumière blanche, réfléchie par la neige. L'œil aveugle de Mirkin cligna nerveusement, comme devant une vision effrayante.

« Eh bien... je suis désolé. Pardonnez-moi si vous pouvez. »

III

Clara bavardait rarement avec Louisa, la gouvernante de Felusia. Principalement parce qu'elles ne parlaient pas le même langage. Clara parlait un français insuffisant, et les connaissances de Louisa en langue polonaise se limitaient à quelques mots mal prononcés, à des phrases hachées. Mais aussi parce que Clara avait du mal à comprendre cette vieille demoiselle française qui finissait sa vie dans la solitude et qui s'attachait à des enfants étrangers. Il arrivait à Louisa de rester assise pendant des heures de suite à la fenêtre, le regard absent et lointain, semblable à un chat. N'avait-elle pas besoin d'un homme? Ne pensait-elle pas à sa vieillesse toute proche? Elle avait apporté de France un livre de cuisine et *La Clef des songes.* Ces deux livres résumaient toute sa littérature. Néanmoins, de temps à autre il lui échappait un mot ou une phrase indiquant que quelque cheminement de la pensée s'opérait dans son subconscient, qu'il lui restait un vestige de l'esprit français. Sur une impulsion soudaine, Clara décida de mettre Louisa dans la confidence. Louisa savait, à n'en pas douter, que Clara aimait Alexandre. Mais voilà que Mirkin rentrait en scène, désespéré, s'offrant de lui prodiguer sa fortune, de l'emmener à l'étranger et de l'entourer de tout le luxe désirable. Facteur non négligeable, il souhaitait que Felusia et sa gouvernante fissent partie du voyage. Que devrait-elle faire ? Elle implora Louisa d'être tout à fait franche avec elle. Qu'aurait fait Louisa dans une situation analogue ? Les yeux noirs de la gouvernante étincelèrent.

« Moi, madame, je partirais avec M. *Mirquin.*

– Même si vous étiez amoureuse d'un autre homme ?

– L'autre n'a pas besoin de savoir. M. *Sipkin* est en Amérique. Le voyage doit rester un secret. M. *Mirquin* est riche. M. *Sipkin* est très charmant, mais pauvre comme Job. Madame pourrait s'arranger avec Sacha pour faire suivre le courrier de M. *Sipkin.* Madame pourrait lui répondre par l'intermédiaire de Sacha, lequel posterait les lettres pour l'Amérique à Varsovie même. M. *Sipkin* ne saura jamais la vérité. »

Clara ne put s'empêcher de rire. Elle n'aurait jamais cru la sage Louisa capable d'une telle rouerie. Le visage de la vieille fille, habituellement serein, sinon morne, s'était animé. Ses paroles, accompagnées de gestes vifs, avaient été débitées à une telle vitesse et de façon si idiomatique que Clara n'avait pu la suivre que difficilement. Il y eut un temps où Clara avait pu chercher conseil auprès de sa tante. Malheureusement, la vieille dame paralysée ne pouvait plus lui être d'aucun secours. Et voilà que, soudain, Louisa, sans une hésitation, venait de lui proposer un plan réalisable. Le jour même, Clara avait reçu une lettre de Zipkin : le ton était déprimé et déprimant. Clara lui manquait, bien sûr, mais il fallait qu'elle sût que l'existence qu'il pourrait lui offrir serait pleine de privations. Il ne travaillait plus à l'atelier où il avait été employé, à cause d'une dispute avec le chef d'atelier. Il espérait trouver une autre place, mais il y avait une dépression économique à New York; le loyer était relativement élevé; se payer le luxe d'une bonne était tout à fait hors de prix. Il n'existait pas véritablement une classe moyenne en Amérique. Les gens étaient ou riches ou pauvres. En ce qui le concernait lui-même, il n'avait pas la moindre bonne nouvelle à lui annoncer; en revanche, quelque chose de merveilleux était arrivé à Sonia. Yackiewicz, son ami de Kuniev, était à New York. Sonia ignorait totalement qu'il y vivait. Un jour, tout à fait par hasard, ils se rencontrèrent au théâtre yiddish, et quelques jours plus tard, ils se marièrent. Yackiewicz avait retrouvé en Amérique tout un cercle d'anciens amis de Russie, l'un d'eux donna une réception en l'honneur du couple. On porta beaucoup de toasts, on but d'innombrables verres et on discuta agréablement. Trois jours plus tard, le couple retourna à son travail, elle dans un magasin de confection, et lui dans une chemiserie. Oui, les choses étaient plutôt prosaïques à New York. Les nouvelles de la ferme d'Oregon n'étaient pas encourageantes. Il existait, paraît-il, une large disparité entre la théorie et la pratique. Au fur et à mesure qu'elle lisait, Clara se sentait le cœur de plus en plus vide. Avant qu'elle eût achevé la lecture, la sonnette de la porte d'entrée résonna.

Louisa entra et annonça sur un ton de conspiration : « M. *Mirquin.* »

Mirkin arriva sur ses pas et se mit aussitôt à bavarder. Il avait des billets pour l'Opéra. Une première loge. Pour *Rigoletto.* Clara l'accompagnerait-elle ? Il désirait passer la journée en sa compagnie. Son traîneau les attendait dehors. Sa voix était rauque et sonore. Il n'avait pas même ôté son manteau de fourrure. Impatient d'obtenir son consentement, il se tenait sur le seuil dans une attitude d'énervement à peine dissimulée, sa toque de fourrure dans une main, un cigare dans l'autre. Son visage était rougi par le froid. Son œil à l'opacité grise clignait nerveusement.

Clara haussa les sourcils. « Puis-je au moins changer de robe ?

– Chaque minute compte.

– Pour vous... pas pour moi. Et si vous n'y voyez pas d'inconvénient, Boris Davidovitch, remettez donc votre manteau à Louisa. Vous n'êtes pas un moujik. »

Mirkin croyait déjà qu'elle lui était tout acquise. A vrai dire, la lettre qu'elle venait de recevoir d'Alexandre avait sérieusement ébranlé son désir de partir pour l'Amérique : inutile de le nier. Elle savait qu'elle était sur le point de commettre une nouvelle erreur en se vendant à ce vieillard. Mais pourtant elle n'hésita pas à se parer pour sortir avec lui. Après tout, qui était-elle pour avoir le droit de se montrer fière ? Il aurait pu trouver des femmes plus jeunes, plus séduisantes qu'elle-même. D'un autre côté, Alexandre n'avait aucun sens pratique. Elle ouvrit son armoire. Soudain elle se couvrit le visage de ses mains. A quel jeu le destin jouait-il encore avec elle ? Pourquoi ceci devait-il lui arriver à elle ? Elle ordonna à Louisa de l'aider à lacer son corset. Les seins nus, elle se tenait devant la Française qui s'affairait avec adresse pour habiller sa maîtresse tout en bavardant sans arrêt. De tout ce flot de paroles, Clara ne retint qu'un seul et même mot : madame, madame, madame. Le vieux renard cherchait-il à la soudoyer ? D'abord ce fut son père qui la vendit, maintenant elle allait se vendre elle-même. Oui, pour être une « madame »... cela en valait la peine. Quelque chose en elle pleurait et riait en même temps.

Elle était consciente de sa propre bassesse. Oui, Grisha et Calman avaient eu raison. Elle méritait le qualificatif que Grisha lui avait donné : une femme vulgaire. Elle s'aspergea de parfum et glissa un morceau de chocolat dans sa bouche. Elle se sentit soudain mieux. Que disait le proverbe déjà? « Si tu ne peux pas traverser, fais le tour. »

Devant la maison attendait un traîneau avec un attelage de deux chevaux gris – non pas un de ces petits traîneaux qu'on loue pour quelques gulden et qui servent à se promener autour du parc, mais un équipage seigneurial, élégamment garni, avec un beau harnais pour les chevaux, des lanternes de cuivre jaune de chaque côté, une peau d'ours pour se couvrir les jambes. Le cocher, lui aussi, portait un riche uniforme. Il claqua le fouet, les chevaux bondirent en avant, et Clara tomba de tout son poids sur Mirkin. Le traîneau allait si vite que Clara eut du mal à s'orienter. La neige avait transformé la ville. Sa blancheur était presque aveuglante. Le ciel filait à toute vitesse devant son regard ébloui. Elle avait à peine le temps d'apercevoir les maisons que déjà elles disparaissaient. Des paquets de neige s'envolaient sous les sabots des chevaux. Au bout d'un moment Clara reconnut le boulevard Marshalkovsky.

« Où m'emmenez-vous?

– A Wilanow.

– Nous ne serons jamais de retour à l'heure pour l'Opéra. De plus, il faudra que je change de robe.

– Il y aura temps pour tout. »

Mirkin n'était pas le même genre d'homme que Zipkin. Celui-ci entraînait généralement sa compagne dans le premier café à peu près convenable, commandait une tasse de café, allumait une cigarette, puis s'épanchait interminablement sur ses rêves. Mirkin organisait tout à l'avance : la location des places à l'Opéra, du traîneau, et probablement le choix du restaurant où ils allaient dîner.

Il n'avait pas besoin de se torturer l'esprit pour chaque kopeck dépensé. Clara rit intérieurement. Comme il la tenait serrée contre lui! Et comme sa respiration était forte! Elle se demanda s'il avait de l'asthme. Ils quittèrent le boulevard Marshalkovsky et longèrent les champs de Mokotow, immenses et blancs, à perte de vue. Les spirales de fumée bleue qui montaient des cheminées faisaient penser aux autels ardents des temples souterrains où s'accomplissaient des rites idolâtres. Le fouet claquait, des corneilles croassaient, la neige scintillait, tantôt blanche sous le soleil d'hiver, tantôt bleutée dans des endroits ombragés, lançant des éclairs comme un millier de diamants assemblés. Cette scène hivernale, avec la neige qui présentait des monticules et des bosses, des vallons et des creux, éveillait en Clara une soif d'aventure juvénile, presque oubliée. Eh bien, se dit-elle, j'ai envie de vivre! Mirkin lui entourait la poitrine de son bras, elle ne se débattait plus. Il la serrait contre lui, glissant sa main puissante dans son manchon, soufflant comme un taureau. Après tout, il payait pour son plaisir! « Si tu manges du porc, tu ne peux empêcher le jus de couler! » Elle lui parlerait franchement, sans ambages. Alexandre? Les hommes exigeaient de la chasteté de la part des femmes, tandis qu'eux-mêmes, ils s'octroyaient le droit de faire tout ce qui leur plaisait.

Ils n'allaient pas aussi loin que Wilanow, tout compte fait. Une bâtisse se dressait dans le paysage tout blanc. C'était un restaurant, avec une enseigne couverte de neige au-dessus de la porte. Le traîneau ralentit et glissa doucement jusqu'à s'immobiliser. Le cocher les aida à descendre. Une lourde porte s'ouvrit, laissant échapper un nuage de vapeur. Les murs à l'intérieur étaient décorés de têtes empaillées de cervidés, d'oiseaux et d'un sanglier aux longues défenses courbées autour de son boutoir. L'air sentait la bière, le vin, la viande rôtie. D'une autre pièce leur parvenait un chant tonitruant de voix mâles. Clara hésita un instant sur le seuil. Le lieu dégageait une ambiance trop polonaise. On avait l'impression de tomber dans un repaire de voleurs. Mais déjà le maître d'hôtel s'avançait vers elle avec un sourire engageant. Tout était prêt pour les accueillir : la table, le repas, les vins, les liqueurs. Il y avait un débit constant d'assiettes, de plats, de verres, de bouteilles. Le caviar était excellent. Le homard ne manquait pas de saveur. Le plat principal était du chevreuil. Les petits pains sortaient tout chauds du four. Mirkin mâchait, buvait, se tamponnait la bouche de sa serviette et reprenait inlassablement des mets variés. Il se penchait sur son assiette, se jetait sur la nourriture comme un glouton et ne cessait de remplir le verre de Clara. Son œil sain brillait d'une avidité, d'une voracité qui faisaient penser qu'il ne serait jamais rassasié. Il transpirait, haletait, poussait des soupirs. Clara se détourna. Elle avait l'impression de voir sa propre image dans un miroir lorsqu'elle regardait Mirkin : il souhaitait profiter le plus possible de tout, en l'espace des quelques années qui lui restaient à vivre, savourer tous les plaisirs avant qu'il ne fût trop tard, à l'instar d'elle-même.

« Clara Danielovna, j'ai loué une chambre en haut, afin de prendre un peu de repos après le repas », dit-il en russe.

Clara rit et répondit en yiddish : « Boris Davidovitch, vous avez pris votre décision sans consulter la principale intéressée. »

Mirkin fut sur le point de répondre lorsque Yasha Vinaver, son secrétaire, surgit brusquement, Dieu sait d'où : un petit homme en manteau de fourrure, avec un cache-nez en laine, la tête coiffée d'un chapeau à oreillettes. Son visage arrondi était rouge comme une pomme. Il sourit joyeusement et tendit ses mains gantées de fourrure comme pour étreindre Clara. Le garçon de restaurant chercha à le débarrasser de son chapeau et de son manteau, mais Yasha Vinaver ne sembla pas s'apercevoir de sa présence.

« Quel rôle joue-t-il, celui d'un espion? demanda Clara à Mirkin.

– Non, pas d'un espion, Clara Danielovna, ma gracieuse dame, mais celui de votre ami et admirateur le plus dévoué, dit Yasha Vinaver. Vous avez rajeuni et encore embelli, madame... vous êtes l'image même du charme féminin! Incroyablement belle! Mon cœur bondit dans ma poitrine rien qu'à vous regarder!

– Vous feriez mieux d'ôter votre manteau et votre chapeau, dit Mirkin.

– Quoi? Mais bien sûr! Lorsque je vous ai aperçue, Clara Danielovna, j'ai tout oublié sur terre. Je suis, comme on dit, ébloui par votre rayonnement et votre éclat... »

Sur ces paroles il se rendit au vestiaire.

« Il est l'espion de Mirkin. Il dira tout à Alexandre », pensa Clara. Elle comprit soudain que les deux hommes avaient ourdi quelque complot contre elle. La visite de Mirkin et l'apparition de Yasha Vinaver étaient arrangées à l'avance, dans un but inavouable. Elle était prise au piège. Elle se sentit à la fois irritée et effrayée. Elle dévisagea Mirkin avec un air de reproche et demanda : « Que veut dire toute cette comédie? »

L'œil sain de Mirkin, derrière son sourcil blanc, s'arrondit et exprima la gaieté. « L'œil d'un porc », pensa Clara.

« Il n'y a pas de comédie, Clara Danielovna, dit-il en protestant. Je vous aime et je vous veux. C'est aussi simple que cela. »

9

I

Des années plus tôt, après l'arrestation de Lucien par la police, suivie des articles dans la presse varsovienne, régalant les lecteurs des détails du meurtre qu'il avait commis, de sa tentative de vol chez Chodzinski, de l'enlèvement de Kasia qu'il avait ensuite confiée à la femme Bobrowska, de l'abandon de sa femme et de son enfant au beau milieu du repas de Noël, Félicie avait cru que le monde allait s'écrouler. Des pages entières des journaux étaient consacrées au crime. Les journalistes inventaient des faits nouveaux et écrivaient délibérément des mensonges. Le nom d'une famille polonaise noble était ainsi déshonoré, or personne ne s'y opposait. Est-il possible que ce soit là une attitude digne d'un pays chrétien? ne cessait de se demander Félicie. Il était manifeste à ses yeux que tout le monde se réjouissait de son supplice : la police, le juge, le procureur, même ses propres domestiques qu'elle avait vêtues et nourries. Son mari, Marian, avait perdu petit à petit ses clients aristocratiques. Hélène écrivit à Zamosc que ses enfants avaient honte d'aller au lycée, parce que leur oncle Lucien était un assassin : Félicie s'enferma dans son boudoir et pleura, refusant de sortir. Elle ne quittait sa chambre que pour se rendre à l'église où personne ne la connaissait. Elle se prosternait alors devant la statue de la Sainte Mère et restait ainsi des heures de suite à prier.

Elle cessa de se nourrir normalement et ne trouva plus le sommeil la nuit. Elle devint rapidement anémique et exténuée. Marian lui administra toutes sortes de médicaments, mais son état ne faisait qu'empirer. Elle avait pitié de son mari. Lui aussi commençait à maigrir. Il avait dû avancer de grosses sommes d'argent aux avocats, payer les funérailles de la victime, subvenir aux besoins de la veuve et des orphelins. Tout le revenu de Marian était absorbé par ces frais, et ses économies y passaient de même. Félicie gagna petit à petit la conviction que sa mort libérerait Marian d'un fardeau intolérable, qu'elle n'était qu'un obstacle pour lui, aussi pria-t-elle Dieu de la rappeler sans attendre. Elle n'était plus en état de satisfaire les besoins virils de Marian : elle était prête à céder la place à une femme plus jeune, plus séduisante qu'elle.

Il y avait des jours où il semblait à Félicie que sa fin était imminente. Elle restait couchée, incapable de bouger un membre, elle s'assoupissait, se réveillait, s'assoupissait de nouveau, pour se réveiller bientôt dans un sursaut. Elle avait des cauchemars où lui apparaissaient des démons et des anges. Elle avait successivement la vision de son père et de sa mère, morts tous les deux. Elle apercevait des couleurs d'une telle luminescence qu'elles ne pouvaient avoir qu'une origine céleste. Elle souriait intérieurement. Que les hommes étaient stupides de craindre un événement qui allait les délivrer à jamais de tout souci terrestre! L'âme ne commençait à vivre qu'après la mort du corps. Elle supplia Marian d'acheter un bout de terrain dans le cimetière, de commander un cercueil et de choisir une pierre tombale pour elle. Chaque fois qu'elle souffrait de nausées et que sa tête commençait à lui tourner, elle envoyait chercher le prêtre pour lui faire sa dernière confession.

« C'est un peu prématuré, ma chère, faisait alors remarquer Marian. Tu te portes mieux de jour en jour. »

Il se trouva que Marian avait vu juste, Dieu n'était pas encore enclin à l'accepter. Elle commençait à dormir beaucoup pour rattraper le sommeil de toutes les nuits blanches qu'elle avait passées, et elle était assaillie par une faim si dévorante qu'elle ne tarda pas à se remettre après tant de journées sans nourriture. Mais à quoi bon continuer à vivre? Que lui restait-il à accomplir sur cette terre? Soudain elle comprit sa mission : elle serait une mère pour les enfants de Lucien aussi bien que pour les orphelins du concierge assassiné. Que deviendraient ces innocents si elle mourait? Marian ne paierait pas, le restant de sa vie, pour les crimes de son misérable beau-frère.

La solution était si simple que Félicie ne pouvait comprendre pourquoi elle n'y avait pas pensé durant les mois de sa maladie. A présent qu'elle avait un but dans la vie, elle réprima sa honte et rendit visite à la veuve de Wojciech Chodzinski dans son taudis exigu. Tout d'abord la femme la chassa. Ses fils menacèrent Félicie de la rouer de coups.

« Allez au diable! braillaient-ils. Ignoble femme qui est la sœur d'un meurtrier! »

Ils lâchèrent le chien à sa poursuite et lui jetèrent de la sciure de bois et des chiffons puants. Les filles de la maison l'insultèrent et lui lancèrent ses cadeaux à la figure. Sur le moment, Félicie décida d'abandonner la misérable maisonnée à son sort; cependant elle se ressaisit et elle rassembla tout ce qui lui restait de force. « Comment aurait agi le bon Jésus dans un cas pareil? se demanda-t-elle. Qu'aurait fait saint François d'Assise? Se seraient-ils laissé chasser par des injures? » Elle tomba à genoux devant les orphelins, les combla d'argent et de vêtements. Elle essaya même d'aider Wojciechowa à faire la lessive, et ce fut la mère qui, la première, se laissa gagner par tant de bonté. Petit à petit, l'un après l'autre, les enfants firent la paix avec elle. Qui aurait cru qu'après de telles rebuffades Félicie sortît victorieuse de l'épreuve? Même le chien finit par renifler ses chaussures en remuant la queue.

Il fallut dix-huit mois pour porter la cause devant le

tribunal. Durant cette période Félicie s'employa à vêtir les enfants Wojciechowa, à conduire les plus jeunes à l'école, à faire apprendre un métier aux garçons plus âgés, à placer les filles dans des foyers décents. Tout d'abord Marian rit d'elle, l'appelant folle et hypocrite. A l'instar de beaucoup de libéraux et de radicaux, Marian ne croyait pas à la philanthropie. Ce qu'il fallait, c'était la réforme! Il appartenait au gouvernement de créer des institutions démocratiques et de déterminer ainsi l'égalité pour les masses. A quoi bon la charité? Pourtant, avec le temps, la bonté de Félicie eut ses effets sur lui. Il offrit son aide. Félicie n'arrêta pas sa générosité à la seule famille du concierge assassiné. Elle était prête à adopter Bolek, fils illégitime de Lucien, et Kasia aussi bien. Cependant Bobrowska avait pris Kasia et son petit garçon sous sa protection. Mère et enfant s'installèrent chez elle et elle ne voulut rien avoir à faire avec la sœur de Lucien.

Il s'avéra bientôt que les bonnes actions de Félicie aidaient non seulement les victimes, mais aussi le meurtrier lui-même. Les dames de Varsovie commencèrent à parler de la charité chrétienne dont Félicie faisait preuve. L'écho de ses bonnes actions parvint jusqu'au procureur, au juge en personne – un Polonais russifié. Des prêtres prononçaient en chaire des sermons au sujet du malheureux Lucien et de sa dure épreuve. Des articles de même teneur faisaient leur apparition dans la presse. Des dames aristocratiques qui avaient cessé de faire appel aux services de Zawacki revenaient le consulter. Et lorsque Félicie fut appelée à témoigner devant le tribunal, les mêmes journalistes qui l'avaient auparavant calomniée la qualifièrent à présent de martyre. Elle commençait à recevoir des invitations d'œuvres charitables qui comptaient des dames de la plus haute société parmi leurs membres. Lucien risquait vingt ans de travaux forcés, ou même la réclusion à vie. Le juge, toutefois, prononça une sentence minimum au pénal. A titre confidentiel, il laissa entendre qu'il avait été influencé non par les arguments de l'avocat de la défense, mais par la sœur de l'accusé – ses paroles, son comportement, ses larmes.

II

A l'époque du soulèvement polonais contre les Russes, Lucien avait imaginé à son propre usage une méthode imbattable de résistance à la souffrance : il se persuadait lui-même qu'il était mort. Chaque fois qu'il devait faire face à une situation critique, il se disait qu'il n'était plus parmi les vivants, qu'il était un spectre, un cadavre, libéré de tout espoir, de tous les besoins. Il avait entendu parler des morts vivants, ces âmes tourmentées qui errent dans l'ombre, incapables de trouver refuge dans leur tombe. Il s'imaginait d'être l'un d'eux. Il avait lu aussi des histoires de fakirs qui entrent en catalepsie par leur seule volonté et qui se laissent enterrer vivants. Toute sa vie n'avait-elle pas été un combat inutile contre les forces occultes? Un sort malveillant n'avait-il pas accablé son existence dès le commencement? Pouvait-on expliquer les événements étranges de sa vie autrement que par le fait d'être né sous une mauvaise étoile? Lucien avait déjà senti la main du destin alors qu'il n'était qu'un enfant, le jeune seigneur gâté du manoir. On lui avait tout donné : des vêtements, des armes, de la nourriture; l'amour de ses parents, de ses sœurs, de son frère. Les domestiques l'idolâtraient; les paysans le chouchoutaient, même les animaux – chiens, chats, chevaux – se montraient particulièrement affectueux à son égard. Néanmoins, l'objet de toute cette adoration souffrait si misérablement que, déjà dans son enfance, il avait songé à se tuer d'une balle. Il avait contracté toutes les maladies infantiles et, dans son adolescence, il avait manifesté toutes sortes de phobies. Il blasphémait Dieu et courait ensuite chez le prêtre pour se confesser. Il volait, crachait sur des images saintes, étranglait des poulets comme un putois, torturait des lapins. Il n'avait aucune inclination pour les études; en revanche il était habile à inventer des stratagèmes pour s'y soustraire. Le goût pour les femmes l'avait pris très jeune. Il craignait les maladies contagieuses, les scandales dans la famille. Ayant lu dans une encyclopédie un traité sur les troubles intestinaux, il s'était promptement persuadé qu'il en était affecté. Lorsque sa mère mentionnait un cas de maladie mentale dans la famille, aussitôt il était saisi d'une panique insensée, certain qu'il allait devenir fou. Aussi loin que remontaient ses souvenirs dans le passé, il avait toujours eu le mauvais pressentiment d'une catastrophe imminente.

Cela arriva d'ailleurs assez tôt : il y eut un soulèvement contre les Russes. Il rôdait alors dans les forêts, souffrait de la faim, du froid, creusait des tombes pour des amis. Son père était exilé en Sibérie et lui-même condamné à mort par contumace. Puis il avait fallu se cacher en plein Varsovie, travailler dans une ébénisterie, cohabiter avec Stachowa. Plus tard il y avait eu sa fuite avec Miriam Lieba et la famine à Paris, la désillusion que lui valut la colonie polonaise en France, son retour consécutif en Pologne, ses embarras avec Kasia, Bobrowska, et tout le reste. Les années s'étaient écoulées comme dans un mauvais rêve. Mais où était la logique dans tout cela? Et pourquoi fallait-il que tout se terminât par le meurtre stupide d'un pauvre concierge, père de dix enfants?

Au cours des longs mois de sa détention, en attendant son procès, Lucien avait cherché une réponse, mais l'énigme restait entière; elle n'avait pas de solution. Sa vie avait été un amalgame insensé de malchance, de circonstances malheureuses, conditionnées par des nerfs détraqués, un caractère faible, un manque de volonté total – un vaste néant lugubre. Mais alors, la vie des autres – de tous les êtres humains – n'était-elle pas tout aussi chaotique? Félicie lui avait envoyé la Bible en prison, cependant, dans son état de profond ennui, il avait été incapable de la lire. Yahvé de l'Ancien Testament jouait à la souris et au chat avec les Israélites. Il y avait toujours eu des insubordonnés : Lui les punissait invariablement. Le Nouveau Testament promettait la félicité dans le Royaume céleste, or quelle garantie avait-on de croire à l'existence d'un tel royaume? Les popes eux-mêmes n'avaient-ils pas fait des guerres meurtrières? Les Russes, les Prussiens et les Autrichiens – trois nations chrétiennes – n'avaient-ils pas mis la Pologne à feu et à sang, pendu des hommes, fouetté des femmes, commis d'innombrables crimes? Auraient-ils fait ces choses-là s'ils croyaient réellement en Dieu et aux enseignements de Jésus?

La vie était tellement dépourvue de sens que, par comparaison, la mort prenait une signification bien plus grande. Lucien s'abandonnait à l'idée de la mort de si grand cœur que celle-ci devenait presque réelle. Il atteignait un état proche du nirvâna sur lequel il avait lu, des années plus tôt, un traité appartenant à la bibliothèque de son père. Le juge d'instruction n'avait pas eu de difficultés avec lui : il avait tout confessé, signé chaque papier qu'on lui soumettait; il lui avait même fait part de son plan d'organiser un syndicat polonais du crime afin de dévaliser Wallenberg. Les avocats engagés par Félicie lui conseillèrent par la suite de rétracter ses aveux, mais il n'avait rien voulu entendre. Ses codétenus se gaussaient de lui, mais il prenait son mal en silence. Il était prêt à accepter son sort, quel qu'il fût : mourir sur la potence ou pourrir en Sibérie. Il restait allongé sur sa couchette, mangeait du pain pâteux, du gruau d'avoine nageant dans l'eau; il souffrait avec patience du froid, de la chaleur, de la puanteur de l'urinoir, de la saleté qui l'entourait. Les voleurs et les meurtriers qui étaient ses codétenus jouaient aux cartes, fumaient du tabac bon marché, chantaient des airs larmoyants sur l'amour et la trahison des femmes, sur le triste sort du forçat et ses espoirs de liberté. Lucien, pour sa part, n'éprouvait aucun de ces sentiments. Le monde ne l'intéressait plus, ni ses joies ni ses prétentions illusoires.

Le procès allait devenir célèbre dans les annales judiciaires. Les journaux en publiaient de longs comptes rendus. Des artistes y venaient pour esquisser le portrait de Lucien. Des dames de la société se disputaient des billets d'admission. Pourtant rien de tout ceci n'avait le moindre effet sur Lucien. Il écoutait à peine la déposition des témoins, les arguments de la partie plaignante, et même ceux de l'avocat de la défense. Il n'exerçait pas davantage sa prérogative de faire une ultime déclaration. Lorsque le juge lui demanda s'il avait quoi que ce soit à dire pour sa propre défense, Lucien répliqua : « Non, je vous remercie. Rien. »

A la fin du procès, toutefois, quelque chose, un sentiment inconnu, commença à s'éveiller en lui. Les autres prisonniers le félicitaient et les gardiens lui serraient la main. Pour la première fois depuis son enfance, il jouissait de quelque prestige. Un libraire juif de la rue Swietokrzyska avait publié ce qu'on croyait être l'autobiographie de Lucien, dans une série de brochures hebdomadaires, vendue à un kopeck l'exemplaire. Le directeur de la prison avait fait appeler Lucien dans son bureau pour lui montrer les brochures, et sa femme était venue les rejoindre pour apercevoir, en chair et en os, le héros de cette odyssée. La naïve femme avait pris pour authentiques les histoires inventées par l'auteur. Lorsque Lucien avait essayé de lui dire qu'il n'était ni aussi héroïque ni aussi méprisable que les brochures le laissaient entendre, la brave femme l'avait prié de ne pas détruire ses illusions.

Insensiblement la vie cellulaire commençait à rassembler à la vie de l'autre côté des barreaux : banale, monotone, remplie d'espoirs futiles et de querelles dépourvues de sens. Lucien jouait aux cartes, fumait du tabac de Majorque et attendait des colis. Félicie lui rendait parfois visite et ils discutaient à travers les barreaux. Bobrowska lui envoyait de petits mots qu'un garde soudoyé dissimulait dans sa ration de pain. Lucien apprenait ainsi que Kasia avait quitté Chodzinski et qu'elle s'était installée avec Bolek chez Bobrowska. Celle-ci lui enseignait la couture. Au bout d'un certain temps les lettres cessèrent d'arriver. Lucien avait entendu dire que Bobrowska avait repris sa liaison avec son ancien amant. Celui-ci mettait en scène des pièces dans un théâtre d'été, appelé Pod Lipkom. Lucien se doutait de quelle façon Bobrowska avait dû réussir à ramener le vieux marcheur chez elle : elle lui avait probablement offert Kasia en prime.

III

Le condamné de la couchette voisine, Wojciech Kulak, mâchonnait un croûton de pain en crachant de temps à autre. Homme de petite taille, il avait une forte carrure, un nez camard, la lèvre supérieure épaisse, des yeux obliques de Mongol, caractéristique accentuée par son crâne rasé et son teint jaune. Les sobriquets qu'on lui donnait étaient « Tartare » et « Chinetoc ». Il purgeait sa peine pour avoir commis un meurtre; il lui restait encore quatre ans à tirer. C'était un *przydupnik*, un maquereau notoire; il était copropriétaire de deux maisons, l'une à Szylce, l'autre à Tamki. Les femmes lui portaient des colis. Wojciech ne manquait jamais de tabac, ni des nombreux autres agréments que l'argent peut procurer. Il payait une provision mensuelle aux gardiens et même au directeur, de sorte qu'il était régulièrement approvisionné en vodka, saucisses et canetons rôtis. Il recevait une avalanche de courrier mais ne savait pas lire, aussi Lucien devint-il son « interprète », selon l'expression de Wojciech. En récompense, Lucien avait droit à la protection de Kulak contre la bande de brutes qui extorquaient un tribut hebdomadaire aux pensionnaires dociles. Tout le monde savait que Kulak gardait un couteau de Tartare dans sa cellule, et on l'avait entendu se vanter qu'il possédait également un revolver chargé, caché quelque part. Dans un corps à corps, Wojciech se servait rarement de ses mains. Il donnait des coups de tête, tel un taureau, ou des coups de pied avec ses grossiers souliers de bois. Il avait peur de frapper de ses poings, expliquait-il, parce que ses coups auraient pu être mortels.

« Hé! comte arsouille! »

Lucien garda le silence.

« Hé! seigneur pouilleux! »

C'était le début de l'après-midi d'une journée d'été, pourtant la cellule était sombre. Les barreaux étaient recouverts d'un treillis de fil de fer qui empêchait la lumière d'entrer. Sur le plâtre craquelé d'un des murs il y avait un faible jeu de rayons de soleil. Le plafond était renforcé par des poutres massives. Les murs extérieurs étaient tellement épais que la minuscule fenêtre ressemblait plutôt à une niche. Lucien et Kulak portaient le pantalon et la courte veste de coton gris réglementaires. Kulak avait ôté ses chaussures; ses orteils paraissaient aussi longs que les doigts d'une main d'homme. Il avait la réputation d'être capable de rompre le pain et même de rouler une cigarette avec ses orteils.

« Hé! aristocrate de quatre sous! »

Lucien avait appris qu'en prison il ne fallait pas répondre au premier ou deuxième appel, même quand c'était Kulak qui le lui adressait. Ceux qui obéissaient au premier coup de sifflet étaient des blancs-becs, et généralement tout ce qu'ils récoltaient pour leur peine était une insulte ou un trait d'esprit cinglant. Un condamné endurci faisait semblant de ne pas entendre ce qu'on lui disait, du moins aussi longtemps qu'il ne sentait pas l'envie de parler. Kulak, apparemment, avait quelque chose à lui dire.

« Qu'y a-t-il? demanda Lucien finalement.

– A quoi penses-tu?

– A rien. A rien du tout.

– Aux femmes, hein? »

Lucien sourit. « Y pouvons-nous quelque chose?

– Ne t'enfonce pas trop dans ce bourbier; tu pourrais perdre la raison, et que ferais-tu ensuite? Faut pas abuser... autrement tu risques de perdre une vis ou de péter un vaisseau sanguin.

– Qu'il pète!

– Que vas-tu faire quand tu sortiras d'ici? T'as réfléchi à ça?

– Non, encore rien décidé.

– Que penses-tu faire de cette vieille chienne de Bobrowska? La laisser vivre?

– Je n'ai pas envie de me retrouver ici.

– La frousse, hein? On mouille son froc, pas vrai? Pas moi! J'aurai la peau d'un salaud. Je vais pouvoir me servir de ce couteau.

– On te ramènera ici en un rien de temps.

– Pas moi! J'avais la tête trop près du bonnet, la dernière fois. J'ai étripé un mec devant témoins. La prochaine fois ce sera un beau boulot, bien fait, bien pépère. J'emmènerai ma victime dans les bois de Praga. Nous allons manger, boire, causer – tout ce qu'il y a de plus chouette. Puis je lui dirai : « Parfait, mon pote, pousse ta petite chansonnette. Signe-toi, tu vas retrouver le Bon Dieu. » Après ça, je lui mettrai les tripes au soleil.

– On te pincera, tôt ou tard.

– Connerie. On ne me pincera pas si facilement. Même si les flics me suspectent, que peuvent-ils contre moi? Je nierai tout en bloc. Toi, mon noble seigneur, tu as peur de leurs méthodes de persuasion. Quand ils te tabassent, tu n'as qu'à te rappeler ton propre père te bottant les fesses. Je sais supporter les coups, moi. Si je reste bouche close, ils ne pourront pas me forcer à l'ouvrir, même avec des tenailles chauffées au rouge.

– En attendant, tu retourneras pourrir derrière les barreaux.

– Combien de temps? On ne peut pas te garder indéfiniment, on est bien obligé de te relâcher. C'est la loi. Nous connaissons le maudit code mieux que les hommes de loi. Un jugement est un jugement. Et nous savons ce qu'il y a à faire au cas où quelque mouchard aurait la langue trop longue. Nous l'expédions dans l'au-delà, et pour être sûrs qu'il y reste nous le foutons dans une malle. Pigé?

– Le crime ne paie pas. Pour un moment de vengeance le prix est trop élevé.

– Hou! prêcheur avec ça! Mais alors, que diable cherchais-tu en descendant Chodzinski? Pourquoi as-tu fricoté avec toute cette racaille? Tu vas être l'un des nôtres désormais.

– Non, Kulak. Je n'ai pas envie de cracher mes poumons derrière les barreaux.

– Et que vas-tu faire?

– M'en aller quelque part.

– Où? De quoi vivras-tu?

– Je trouverai quelque chose, un boulot quelconque.

– De quel genre? Que sais-tu faire? Tu as de petites mains délicates. Personne ne te confierait même un shilling écorné. Où irais-tu? Dans l'antre de Lucifer?

– En Corse. Peut-être en Sicile. Ou plutôt en Californie.

– Pour faire quoi?

– Acheter un bout de terrain. Une petite maison.

– Et que veux-tu faire du terrain ? Le cultiver avec ton groin ?

– Les oranges poussent toutes seules. Tu n'as rien à faire pour les récolter. Tu possèdes quelques centaines d'arbres et tout ce qui te reste à faire est de cueillir les oranges lorsqu'elles sont mûres. Puis tu les vends et tu as de quoi vivre.

– Bien sûr, bien sûr, c'est tellement simple que même un gamin pourrait le faire. Tu te gourres, mon vieux. Ainsi elles attendent après toi, rien que ça ! Il y avait une fois trois cents Polaques sur un bateau en partance pour l'Amérique : trente et un ont claqué en cours de route ! Tous les journaux en parlaient. La nourriture qu'on leur donnait était pleine d'asticots. On ne les a même pas ensevelis selon la coutume chrétienne, mais simplement jetés aux poissons.

– Eh bien, du moment qu'on est mort, peu importe si on est dévoré par des vers de terre ou par des poissons.

– Une fois qu'ils y arrivent – ceux qui arrivent à destination – on les envoie dans les mines de charbon. S'il y a un éboulement, ils sont asphyxiés. C'est vrai, je ne suis pas instruit, mais je sais tout de même ce qui en est. On devient neurasthénique, voilà ce qu'on y gagne.

– C'est toujours mieux que de pourrir ici. »

Kulak réfléchit un moment. « Tu crois que je me plais ici ? Chaque jour me paraît long comme une année. L'honorable juge, ce salaud, disait : " Six ans, six gentilles petites années. " C'est facile à dire, petit père, mais rester enfermé dans cette cage, c'est autre chose, surtout par cette chaleur. On a envie de se balader dans la campagne, de trouver un joli petit lac et d'y piquer une tête – je sais nager comme un poisson. On a envie de coucher avec une fille. Et qui trouverait à redire à ce qu'on entre dans une taverne et qu'on siphonne quelques chopes de bière ? Ici, c'est une vie de chien. Couché dans ce trou, il me vient toutes sortes d'idées de dingue. Hé, toi! aristocrate! Je veux te demander quelque chose.

– Quoi encore?

– Tu crois en Dieu?

– Absolument pas.

– Alors, selon toi, qui a créé ce foutu monde? »

10

I

Lucien fut remis en liberté le 15 mai. Félicie, dans la voiture de son mari, l'attendait à la grille arrière de la prison. Bien que le temps fût chaud, Lucien était vêtu d'un lourd manteau, chaussé de gros souliers au cuir craquelé, coiffé d'un chapeau melon décoloré. Tout d'abord sœur et frère ne se reconnurent pas. Aux yeux de Lucien, Félicie avait l'air d'être sa mère : tout habillée de noir, elle portait un chapeau à voilette, en signe du deuil qu'elle observait pour Miriam Lieba; sa chevelure blonde était mêlée de mèches grises. Lucien avait beaucoup maigri; son teint était jaunâtre; aux tempes, ses cheveux étaient tissés de fils gris. Frère et sœur s'embrassèrent. une petite foule de badauds s'était assemblée à la sortie de la prison. Le cocher brandit son fouet, la voiture s'ébranla et entra dans la rue Iron, d'où elle descendit la rue Grzybowska en direction de la rue Kreditowa. Lucien eut du mal à reconnaître Varsovie et à situer la maison de Félicie. Dans la rue Krolewska et sur le boulevard Marshalkovsky il avait remarqué des tramways. Il descendit de voiture et franchit rapidement l'entrée de la maison où habitait Félicie. La bonne tenait déjà la porte de l'appartement ouverte. Personne n'aperçut l'ex-prisonnier lorsqu'il entra dans la maison et grimpa l'escalier extérieur. Il se trouva que Zawacki était absent de la maison pour toute la journée, Wladzio et Marisia, les enfants de Lucien, étaient à l'école. Janina, la fille du concierge, que Félicie avait adoptée, à l'insu de Lucien qui était le meurtrier de son père, était également sortie. Félicie avait préparé une chambre et des vêtements pour Lucien. Celui-ci pénétra dans la salle de bain où le feu brûlait déjà dans le poêle pour chauffer de l'eau. Sur une banquette étaient étalés du linge de corps, un peignoir de bain et une paire de pantoufles neuves. La pièce carrelée avait une baignoire en marbre blanc. Lucien sourit de contentement tandis qu'il frottait son corps avec une éponge et une savonnette parfumée. « Si seulement Wojciech Kulak pouvait me voir maintenant... » Il se sécha à l'aide d'une serviette en ottoman, puis il enfila le peignoir et les pantoufles. Dans sa chambre il découvrit un costume d'été, un chapeau de paille, une chemise de coton, un col dur, une cravate de soie et une paire de chaussures qui avaient l'éclat du neuf. Apparemment on trouvait autant d'articles de confection à Varsovie qu'à Paris. Félicie avait même pensé à lui acheter des bretelles, des boutons de manchette, des fixe-chaussettes. Il s'approcha de la fenêtre et regarda la cour. La domestique qui lui avait ouvert la porte de l'appartement entra avec un sac pour enlever ses anciens vêtements. Elle les porta directement à la poubelle.

Tout se passa le mieux du monde. Il avait suffit qu'il changeât de vêtements pour que son apparence fût complètement changée. Pas plus de deux heures ne s'étaient écoulées depuis qu'il avait quitté la prison, et pourtant il avait l'impression que cela s'était passé des années plus tôt, ou que c'était une histoire qu'il avait lue dans un livre. Se contemplant dans le miroir, il ne reconnut son image que difficilement. Il se sentait à l'aise avec sa chemise propre, son linge de corps frais et ses chaussettes toutes neuves. Ses chaussures semblaient si légères qu'il avait le sentiment de marcher pieds nus. Le chapeau de paille lui allait à merveille.

Félicie ouvrit la porte et s'écria sur un ton ému : « Mon cher! »

Lui prenant le bras, elle le conduisit à la salle à manger. D'ordinaire le repas était servi à quatre heures, mais exceptionnellement un deuxième service était prévu en l'honneur de Lucien. La cuisinière, parée d'un tablier, ses cheveux blonds couverts d'une toque blanche, entra, suivie de la bonne, et toutes deux s'affairèrent aussitôt autour de lui. La table était couverte d'une nappe blanche et décorée d'un vase plein de fleurs. Il y avait des petits pains croustillants dans une corbeille d'osier, du lait frais, du lait caillé, du fromage blanc, des petits-suisses. Garnissait-on la table ainsi tous les jours, ou bien était-ce jour de fête? Au cours des années de son emprisonnement il avait oublié qu'il existait des choses telles que salière et fleurs. Il avait presque perdu l'habitude de se servir d'une serviette de table et de couverts en argent. Il adressait des sourires, des clins d'œil aux servantes, mais elles prenaient un air embarrassé, sans lui rendre son sourire. Félicie lui demanda s'il désirait du thé ou du café. A peine eut-il indiqué à quelle boisson allait sa préférence que, déjà, elle se tourna vers la cuisinière et dit : « Le comte désire du café. »

Lucien faillit éclater de rire. « Le comte... il ne manquait plus que ça! » Il se mit à manger en essayant de se rappeler les bonnes manières. On ne doit pas avoir de gestes raides et saccadés. On ne doit pas mâcher bruyamment. Il n'est pas de bon ton de saucer son assiette et de manger jusqu'à la dernière parcelle de nourriture. Cependant il était affamé. Les petits pains qui fondaient dans sa bouche étaient insuffisants pour calmer sa faim. Les œufs frits ne faisaient qu'augmenter son appétit. « Eh bien, je ne veux pas mourir de faim! » Il but son café et aussitôt sa tête lui tourna comme s'il avait bu de l'alcool. Il se sentit brusquement sommeilleux et il se mit à bâiller, se couvrant la bouche de sa main comme on le lui avait appris dans son enfance. Félicie hocha la tête en l'observant avec un dévouement tout maternel. De prime abord, songea Lucien, elle lui avait rappelé sa mère; mais en ce moment même elle ressemblait plutôt à sa grand-mère dont le portrait avait jadis orné le mur de la salle de séjour du manoir.

« Es-tu fatigué?

– Oui, très fatigué.

– Va dans ta chambre et allonge-toi un peu.

– Oui, je vais faire une petite sieste... » Il parlait sur le ton bon enfant et populaire que Kulak affectionnait.

Félicie le raccompagna jusqu'à sa chambre où il avait préalablement changé de vêtements. C'est alors seulement qu'il remarqua le lit : deux oreillers d'une propreté impeccable, une couverture de satin rouge et un dessus de lit en dentelle. Un portrait de Lucien en gamin espiègle, peint par un artiste français, était accroché au-dessus du lit. Tout était trop beau pour durer.

« Dois-je me dévêtir ou puis-je me coucher tout habillé?

– Si tu as envie de dormir, déshabille-toi. Il te reste encore trois heures jusqu'au dîner, et puis, il se peut que Marian soit en retard. Il a une conférence...

– Parfait, je te remercie. »

Félicie lui envoya un baiser du bout des doigts. Lucien commença à ôter ses vêtements. Il avait perdu l'habitude des bretelles, du col dur, des boutons de manchette. Le col se coinça. Un bouton de manchette tomba par terre. Lorsqu'il fut enfin étendu sur le lit, il éprouva une sensation étrange : il semblait sombrer dans un abîme cotonneux. Il avait l'impression de flotter. Tout était trop lumineux, trop pur. Il avait sommeil, mais il ne pouvait pas dormir. « Quand ce jour finira-t-il? Comment une journée peut-elle être aussi longue? Suis-je réellement libre? » En prison, lorsque Lucien avait rêvé du jour où il serait en liberté de nouveau, il avait toujours imaginé ce retour à la vie sociale dans une taverne, pleine de bruit, de prostituées, de musique. Or Félicie lui faisait goûter une vie familiale, comme à un étudiant qu'on ramène de l'internat au foyer. Des acacias se dressaient face à la fenêtre. De l'autre côté de la rue, quelqu'un égrenait des notes sur un piano, dans une liaison perlée qui faisait penser au chant d'un oiseau solitaire. Quel calme ici en comparaison de la prison! « Est-ce cela le bonheur? se demanda Lucien. Valait-il la peine d'en rêver? » Nulle réponse ne vint. Il ferma les yeux et s'endormit doucement.

II

Lucien rêvait qu'il était de retour en prison. Il y avait un corps à corps entre Wojciech Kulak et un autre détenu. Quelqu'un sortit un couteau. Lucien se réveilla, à la fois effrayé et plein d'un désir viril. Il avait depuis longtemps remarqué que ses rêves sur la violence éveillaient l'appétit sexuel en lui. Est-ce que tout le monde réagissait comme lui? Ou était-il une exception? Se redressant dans son lit, il essuya son front couvert de sueur. Il avait passé des années en prison, il avait ressassé d'innombrables projets, mais il n'était arrivé à aucune décision. Il avait élaboré tant de plans : émigrer en Amérique ou en Corse, se faire moine, s'établir sur quelques arpents de terre en Pologne, s'installer en Sibérie. Cependant ce qu'il souhaitait réellement faire, il n'en savait toujours rien. Il avait également forgé des idées folles : cambrioler Wallenberg, se venger de l'amant de Bobrowska, rejoindre les rebelles qui voulaient détrôner le tsar et abolir le capitalisme. En dernière analyse, il avait rêvé de se joindre aux bas-fonds de la société, d'entrer dans la bande de Wojciech Kulak... Tout ce qui lui était passé par la tête au cours de ces dernières années, où chaque jour de vingt-quatre heures lui en laissait dix-huit pour ruminer! Assis dans son lit, Lucien bâilla et s'étira. Toutes ses émotions se confondaient : fatigue, désir sexuel, embarras à la pensée de sa prochaine rencontre avec son beau-frère et avec ses propres enfants. Félicie avait mentionné qu'elle avait adopté une jeune fille. Quelle jeune fille? A quoi bon adopter une étrangère puisqu'elle avait déjà Wladzio et Marisia? Il avait pris un bain, il se sentait propre, et pourtant il avait envie de se gratter. Il avait une douleur dans une oreille, un élancement dans une molaire, une narine bouchée comme s'il avait attrapé un rhume. La racine de ses cheveux, coupés court sur tout le crâne, lui donnait des démangeaisons. « Ah, au diable cette vie infecte! marmonna-t-il. J'ai envie d'aller dans un bordel, ce soir même! » Soudain il éclata de rire. Il se souvint du jour où un nouveau condamné, un garçon de dix-sept ans, qui avait assassiné sa propre mère, était entré dans la cellule. Wojciech Kulak, le cochon, l'avait violé la nuit même... « Un porc, un vrai porc! pensa Lucien. La vie de prison qui vous arrache le masque de l'hypocrisie n'est pas belle! » Un frisson lui parcourut le dos, une sensation glaciale zigzaguant de la nuque jusqu'au bassin.

Quelqu'un frappa à la porte. Lucien avait oublié ce qu'on répondait en pareil cas. « Eh bien! » cria-t-il.

Félicie ouvrit la porte. « Tu ne dormais pas? Le dîner est prêt.

– Parfait.

– Lucien, mon cher, je dois te dire quelque chose. »

Félicie devint grave.

« De quoi s'agit-il?

– Je t'ai déjà raconté que j'ai adopté une jeune fille. Son nom est Janina. Je veux que tu saches qui elle est. Je ne voudrais pas qu'il y ait le moindre malentendu à son sujet.

– Qui est-elle?

– La fille de la victime. Il fallait que je m'occupe d'elle. C'est une enfant délicieuse.

– Quelle victime?... Peu importe... je comprends.

– Quant aux autres enfants, je les ai placés; mais Janina est une fille capable, à l'âme noble. Elle est bonne élève également. Une personne au-dessus du commun. Cela m'aurait fait de la peine de la placer comme domestique. Elle t'a pardonné. Elle a une véritable âme chrétienne et elle s'est tellement prise d'affection pour tes enfants qu'ils la considèrent comme leur propre sœur. Plus d'une fois c'est elle qui a porté des colis à la prison pour toi. Je voulais t'écrire à ce sujet, et puis j'ai pensé qu'il valait mieux n'en rien faire.

– Oh!

– Eh bien, dis quelque chose. J'espère que sa présence ici ne t'ennuie pas.

– Et pourquoi serais-je ennuyé? Des gens comme moi s'habituent à tout.

– Il fallait que j'expie pour ce crime. C'est peut-être pourquoi Dieu a écouté mes prières...

– C'est bon, c'est bon.

– Ne lui rappelle rien du passé. Et, avant tout, fais semblant de ne pas savoir qui elle est. Certaines choses ne doivent pas être prononcées ici.

– Oui, bien sûr.

– Qu'y a-t-il? Ne peux-tu dormir?

– Non, je ne suis pas habitué aux draps blancs.

– Mon pauvre frère! Tu as assez souffert! Tu as payé pour tes erreurs. Que Dieu mette dans ton cœur de bons sentiments! »

Le visage de Félicie se couvrit de taches rouges. Des

larmes coulaient sur ses joues. N'ayant pas de mouchoir sur elle, elle se retira rapidement pour pleurer ailleurs. Lucien sortit de son lit. Le matelas douillet l'avait tout ramolli. Il serra ses poings et respira profondément. Il eut envie de cracher mais il n'osa pas salir le plancher. Il sentit le besoin d'employer un langage grossier, obscène, de se disputer avec quelqu'un, de proférer des injures. C'était trop beau ici, trop calme! « Ce n'est pas pour moi! » se disait-il.

Il avait appris des tours de force grâce à Wojciech Kulak. Il souleva sa chaussette à l'aide de ses orteils et l'approcha de sa main. Une fois de plus il était obligé de mettre son col dur, sa cravate, de se battre avec son épingle à cravate et ses boutons de manchette. « Sale affaire! Pire que les fers aux chevilles! grogna Lucien. J'ai déjà une cicatrice sur ma pomme d'Adam à force de me piquer. » Il recommença à bâiller en tâtant sa poitrine du bout des doigts. Il était habitué au pot de chambre de la prison : ce vase de nuit sous son lit avait l'air trop élégant. Etait-il en porcelaine? Là-bas ils se seraient contentés de manger dans de la vaisselle aussi fantaisiste!... Baissant la tête il médita. Miriam Lieba était morte. Il n'avait pas revu ses enfants depuis des années. Félicie lui avait envoyé des photos, mais ce n'était pas la même chose. Qu'avait-elle dit? La fille de la victime. « Eh bien, qui s'en soucie? » Lucien partit à la recherche de la salle à manger (il avait oublié la disposition des lieux). Il ouvrit une porte et se trouva en face de toute la famille rassemblée. Marian Zawacki semblait ne pas avoir vieilli; les touffes de cheveux de chaque côté de son crâne, par ailleurs chauve, étaient grises. Wladzio était grand : il avait une demi-tête de plus que Lucien. Il ressemblait à sa mère, mais à la différence que tout ce qui avait paru délicat, triste, maladif en Miriam Lieba, chez lui prenait un air de virilité, de force, de brutalité juvénile. Il avait des cheveux blonds coupés en brosse, des yeux gris acier et un nez retroussé. Il portait l'uniforme de son école avec un large col. Il devait passer son baccalauréat au début de l'été. Il se leva et se dirigea vers son père. Des fossettes apparaissaient dans ses joues lorsqu'il souriait. Il embrassa Lucien sans dire un mot. A côté de son fils, Lucien se sentait petit et vieux.

« Ainsi, voilà à quoi tu ressembles! dit-il. Déjà un grand jeune homme.

– Bien sûr! Le temps ne s'arrête pas, dit le garçon en riant.

– Te souviens-tu de lui? demanda Marian Zawacki à Wladzio.

– Naturellement. Père m'a un jour emmené dans le parc Lazienki et nous avons déjeuné au grand air. Il m'a acheté un cerceau. T'en souviens-tu? fit-il en se tournant vers Lucien.

– Non, je ne m'en souviens pas. J'ai une pauvre mémoire. Les enfants se souviennent toujours de tout.

– Je me rappelle même Paris.

– C'est impossible. Tu n'avais que trois ans quand nous sommes rentrés de Pologne.

– Je m'en souviens cependant. Du train et de tout le reste. Père ne me croit pas... »

Wladzio rougit. Il avait pris l'habitude d'appeler Marian Zawacki « père ». Or, à présent que leur vrai père était de retour, Félicie avait pris la précaution de recommander aux enfants d'appeler Zawacki « oncle » et elle-même « tante ».

Marian Zawacki prit Lucien par le bras et lui dit, après l'avoir embrassé sur les deux jours : « Eh bien, vous avez bonne mine. »

Marisia était de quatre ans plus jeune que Wladzio et elle ressemblait à Lucien. C'était une brune aux yeux marron, plutôt petite. Ses cheveux sombres étaient nattés en deux tresses. Agée de moins de quatorze ans, elle était aussi réservée qu'une adulte. Elle rougit violemment en se trouvant face à face avec son père; souriant timidement elle fit une sorte de révérence. Lucien se sentit immédiatement attiré par sa fille. Il l'embrassa sur le front, la prit par la main et ne sut plus quoi dire. Finalement il prononça :

« Tu es une bien jolie fille.

– Pas si jolie que ça.

– Tu ressembles à feu ma grand-mère, à ma mère également.

– Oui, mère disait la même chose. Je veux dire... tante... »

Et Marisia devint encore plus confuse.

Janina, la fille du concierge, s'était elle aussi levée de son siège. Bien qu'elle fût habillée comme il faut, Lucien reconnut immédiatement la paysanne en elle. C'était une jeune fille de dix-sept ans environ, fortement charpentée, avec un visage rouge, des pommettes saillantes, un nez rond. Il y avait une gentillesse campagnarde dans ses yeux larmoyants. Elle lui faisait penser à ces jeunes paysannes qui gardaient des oies ou des chèvres. Il était difficile de croire qu'elle était aussi douée pour les études que Félicie le laissait entendre. Sa chevelure, nattée en macarons sur ses oreilles, était d'un jaune paille. Marisia avait des mains étroites aux longs doigts effilés (Félicie avait mentionné qu'elle excellait dans l'art du piano), tandis que Janina avait de larges mains de domestique et des bras couverts de taches de rousseur. Autour du cou, sur sa forte poitrine, elle portait un rang de corail. Félicie la présenta : « Voici notre Panna Janina. »

Lucien tendit sa main. La jeune fille s'empourpra.

« Je vais coucher avec elle », décida Lucien aussitôt.

III

Le dernier matin avant le départ de Lucien, Wojciech Kulak avait fait volte-face et lui avait donné une leçon de maîtrise de soi. « Ne va pas chez cette femme Bobrowska ni chez cette autre! Tu tuerais l'une d'elles, et ensuite, que deviendrais-tu? Tu es trop passionné. Si tu gardes une arme cachée quelque part, oublie-la! Des hommes de ton espèce ne peuvent s'empêcher de faire du pétard. » Ensuite il lui avait donné l'adresse d'un ami logeant dans la rue Marienstadt, dans une maison qui comprenait un café et un bordel. Il lui avait confié le mot de passe et même recommandé une de ses anciennes copines. « Je préfère que ce soit toi plutôt que d'autres... » avait-il ajouté. Cependant, Lucien s'abstint de se rendre à l'adresse indiquée. A la place, il se dirigea délibérément vers le boulevard Marshalkovsky pour ensuite prendre la rue Iron. Il s'arrêta à un croisement de voies ferrées et, pendant un long moment, il fixa des yeux les wagons, les locomotives qui passaient, les rails et les aiguillages qui luisaient faiblement dans la pénombre. Des trains de marchandises étaient chargés de bois de charpente, de charbon, de bidons de naphte. On entendait des coups de sifflet; des hommes crasseux faisaient des signes à l'aide de petits drapeaux et de lanternes. Des cheminées crachaient une fumée épaisse, des vapeurs. Lucien aurait voulu voyager dans un de ces trains pour aller n'importe où. Mais hélas! il n'avait ni passeport ni argent. Il prit le chemin du retour en direction du centre de la ville. La maison de Bobrowska était située entre les rues Lucka et Grzybowska. Le bâtiment avait toujours la même clôture, mais plus vieille à présent, en partie affaissée, délabrée. Il avait neigé la nuit où il était venu ici pour la dernière fois. Aujourd'hui il aperçut par le portail ouvert des enfants pieds nus qui jouaient dans la demi-obscurité. Soudain une silhouette familière s'approcha. C'est à sa démarche, et non à son visage, qu'il reconnut Kasia. Elle était vêtue à la mode citadine – sans châle, en simple robe de calicot, chaussée de souliers à talons hauts –, portant un panier au bras. Elle avait grandi, elle semblait épanouie, et elle portait le chignon telle une femme en pleine maturité. Comment un tel changement était-il possible? Quel âge avait-elle donc? Il s'immobilisa devant la porte d'entrée. Sans le reconnaître, elle dit : « Excusez-moi », en passant à côté de lui pour essayer d'entrer.

« Tu es tout excusée », répliqua-t-il, sans bouger d'un pouce.

Kasia leva les yeux vers lui et se figea. « Lucien! s'écria-t-elle.

– Oui, c'est moi.

– Dieu du ciel! »

Incapable de parler, elle esquissa un geste de la main comme pour se signer; mais à moitié chemin sa main retomba mollement.

« Oui, c'est moi », répéta Lucien. Après une petite hésitation, il ajouta : « Je ne suis pas encore tout à fait mort.

– Quand es-tu sorti de prison? Tu avais encore un an à tirer, même un peu plus, je crois.

– Il y a eu une amnistie à cause de l'anniversaire du tsar.

– Ah! oui.

– Eh bien, comment vas-tu? Et Bolek?

– Bolek est un grand garçon. Un vrai prodige. Il va à l'école. Chaque jour, sauf le dimanche.

– Chaque jour? Quelles autres nouvelles? Tu travailles comme couturière maintenant, n'est-ce pas?

– Oui.

– Ne tremble pas ainsi. Je ne te tuerai pas. Je ne suis même pas armé », dit Lucien, étonné de ses propres paroles. Kasia se tenait devant lui, pâle, bouche bée. Elle secouait machinalement la tête.

« Oh! comme tu m'as fait peur!

– Tu dois avoir mauvaise conscience pour être aussi nerveuse. »

Kasia semblait ne pas comprendre.

« Tu es si beau! Si élégant! dit-elle.

– Pas aussi élégant que ce vieux bouc de Cybulski », laissa échapper Lucien, de nouveau surpris par lui-même.

Kasia recula d'un pas.

« Je dois rentrer, dit-elle avec une mine sévère.

– Est-ce qu'il t'attend?

– J'ai fait quelques emplettes pour la maison.

– Qu'as-tu donc acheté?

– Du fil.

– Du fil? Je ne te ferai aucun mal, tu n'as pas besoin d'avoir peur. Je veux seulement savoir la vérité.

– Ah! oui, la vérité. » Kasia eut la gorge contractée.

« Qui t'a poussée à accepter tout ceci? chuchota Lucien. Le vieux fou? Ou bien est-ce de ton plein gré que tu mènes cette vie? »

Kasia jeta un regard derrière elle.

« Nous ne pouvons pas discuter dans la rue, murmura-t-elle.

– Bien sûr que si! Parle en toute franchise!

– Cela s'est fait tout seul, simplement par hasard. Toi parti, nous étions comme des orphelins.

– Que veux-tu dire par " nous "? Cette catin, Bobrowska?

– Nous tous. Il était si gentil... Et puis, c'est un si vieil homme... Il apportait des cadeaux à la maison : des saucisses, de l'eau-de-vie, ceci et cela. Nous croyions que tu ne sortirais jamais vivant de ce trou.

– Oh!

– Or lui nous tenait compagnie, toujours gai et gentil.

Plaisantant sur le compte de tout le monde. Il promit de s'occuper de l'enfant et de nous aider tous.

– Quoi d'autre?

– C'est tout.

– Comment avez-vous fait? Tous les trois dans le même lit?

– Quoi? A Dieu ne plaise!

– Comment, alors?

– Je n'ai rien à dire.

– Je veux la vérité.

– Il est si vieux. Peut-être soixante-dix ans. Il se contente d'un baiser ou d'une petite caresse. Parfois il va jusqu'à me pincer ou me chatouiller. Il a surtout besoin de vider son cœur devant quelqu'un. Sa vie est souvent si triste...

– Qu'a-t-clle donc de si triste?

– Il se plaint de toutes sortes de calamités. Il a été chassé du théâtre. Celui qui a des colonnes, le très grand... Il s'est mis à boire. Pour en revenir à Bobrowska, il est son ami de longue date et...

– Et quoi?

– Rien.

– Tu l'aimes? »

Kasia garda le silence.

« Parle! Je t'ai posé une question.

– Non... oui... Il est comme un grand-père gâteau. Pour l'enfant et pour tout le monde. Il entre et il brandit sa canne. Non pour faire du mal à quiconque mais simplement pour s'amuser. Puis il commence à fouiller ses poches. Il n'oublie jamais d'apporter de petits cadeaux. Surtout les jours anniversaires. Ni de distribuer de l'argent. Ensuite il s'installe confortablement dans un fauteuil. Il parle comme une personne ordinaire... si bien qu'on oublie qu'il est noble.

– Noble? Eh bien, quoi d'autre?

– Rien.

– Et toute cette affaire entre vous deux... qu'est-ce qu'il en est? »

Kasia ne répondit pas.

« As-tu perdu toute pudeur?

– Non. De quoi veux-tu parler? Je ne comprends pas à quoi tu fais allusion.

– Tu comprends très bien. Je pourrais te tuer, même si je n'ai pas d'arme sur moi. Je pourrais t'étrangler à l'instant et ici même. Mais je n'en ferai rien. Tout ce que je veux est la vérité.

– Je t'ai dit la vérité.

– Es-tu enceinte de lui?

– Enceinte? Non.

– Tu m'as complètement oublié, pas vrai?

– Je n'ai rien oublié. Que Dieu me punisse, si je mens! J'ai pensé à toi, chaque jour. J'ai brûlé une chandelle pour toi et j'ai prié saint Michael. Nous savions que tu avais encore une année de prison à faire. Nous avons connu la misère. Les gens jasent et nous montrent du doigt. Les journaux se sont chargés d'ébruiter l'affaire. Les femmes ne commandent plus de nouvelles robes chez nous : elles usent les vieilles en mettant le tissu à l'envers. Bobrowska s'est enfoncé une aiguille dans le doigt et il a fallu arracher l'ongle. Elle craignait une infection et même la perte de son doigt. C'est alors qu'il a fait son apparition, ce brave homme, et il l'a aussitôt conduite chez un médecin. Celui-ci a prescrit une pommade. Maintenant le doigt est guéri. Notre vieil ami a mis Bolek à l'école, il lui a acheté des livres, des plumes, un porte-plume, une trousse, et il a même parlé à l'instituteur. Il fait ceci, il fait cela... toujours serviable. Trois roubles par-ci, trois roubles par-là... à votre bonne santé! Il ne gagne plus sa vie, mais il a des économies du bon vieux temps. Un homme dévoué, bien qu'il soit vieux.

– Quoi d'autre?

– C'est tout.

– Est-il à la maison en ce moment?
– Là-haut? Oui, je le suppose. Il devait venir.
– Je veux le voir.
– Ne cherche pas de querelle.
– Une querelle? Si je le voulais, je l'écraserais comme une punaise. Vous tous, d'ailleurs. Mais je n'en ai pas l'intention. J'ai toujours haï cette chienne de Bobrowska, et toi tu es une paysanne stupide, pire qu'une vache.
– Ne parle pas ainsi. Dieu te punira.
– Eh bien, allons-y! »

IV

Lucien ouvrit la porte et embrassa toute la scène d'un seul coup d'œil : Bobrowska, Cybulski, les changements intervenus dans le logement. Les fenêtres étaient drapées de rideaux brodés, les murs fraîchement peints. Un tapis bon marché couvrait le plancher. Différentes gravures étaient accrochées au mur : les portraits du roi Batory et du roi Sobjeski, une scène de chasse avec des chiens. Cybulski était assis dans un fauteuil rembourré. Lucien le reconnut tout de suite : il lui avait occasionnellement donné un rôle de figurant. Encore que, au cours des années d'emprisonnement de Lucien, Cybulski eût beaucoup changé; il avait pris du ventre, il semblait très vieilli, rapetissé en quelque sorte. Sa grosse tête était ornée d'une longue chevelure. Vêtu d'une veste d'alpaga, d'un col mou entouré d'une large cravate de soie noire, une chaîne en or barrant son gilet de velours brodé de fil d'argent, il avait l'air, avec son visage imberbe, d'une vieille femme. Du fait de son double menton flétri, son cou semblait engoncé dans les épaules. D'énormes poches ourlées de petites rides pendaient sous ses yeux brun olivâtre. Sa pipe était posée sur un plateau. Cybulski venait apparemment de raconter une histoire drôle, car il riait tellement que toutes ses poches, rides et creux tremblotaient et que son ventre sous son gilet moucheté d'argent tressautait. Bobrowska semblait à la fois vieillie et rajeunie. Elle lui faisait penser à une miche de pain trop cuite. Ses cheveux étaient grisonnants, cependant son visage rond avait les traits moins tirés qu'auparavant, et ses joues étaient fortement carminées. Elle portait une robe rose. Elle était en train de malaxer une sorte de pâte dans un plat en poterie. Le premier qui se prononça à l'entrée de Lucien fut le perroquet. Emettant un cri strident, l'oiseau semblait l'avoir reconnu. Un sourire peureux parcourut le visage de Bobrowska. Kasia entra sur les pas de Lucien. Cybulski cessa de glousser, essuya ses larmes du rire et prit un air grave et triste.

« Jésus Marie! Lucien! » s'écria Bobrowska. De surprise elle leva la spatule du récipient. Un filet de mixture jaune et onctueuse coula et s'écrasa en large tache par terre.

« Oui, c'est moi.

– Comment es-tu venu ici? Adam, regardez! Kasia!... Oh, mes enfants!

– Ne renverse pas la pâte... Oui, me voici. Vous ne m'attendiez pas, n'est-ce pas?

– Par exemple! Qu'est-ce que je vois! Kasia, où l'as-tu trouvé? Quand as-tu été libéré, Lucien? Je ne peux pas y croire! Littéralement tombé du ciel! Pas plus tard qu'aujourd'hui j'ai pensé à toi. Kasia, tu es témoin. Dès que j'ai ouvert mes yeux, j'ai dit : " Dire que par une journée aussi chaude le pauvre garçon ne peut même pas se rafraîchir là-bas... " Adam, te souviens-tu de lui? Tu lui avais donné un rôle de figurant. Comment s'appelait la pièce déjà? Le titre m'échappe. Oh, quelle surprise! Quand es-tu sorti de prison? Nous croyions que tu avais encore une autre année à tirer dans cet enfer.

– Je suis parmi ceux qui ont profité de l'amnistie.

– Quelle amnistie? Un vrai miracle! Comme tu as

bonne mine! Magnifique! Kasia, pourquoi restes-tu plantée là comme une momie? Débarrasse-moi de ce bazar! J'allais confectionner quelques crêpes. Lucien, tu te souviens de Cybulski, je suppose.

– Oui, bien sûr, je me souviens de lui. J'ai eu l'honneur de faire sa connaissance.

– Eh bien, pourquoi restes-tu près de la porte? Un hôte dans la maison, c'est Dieu dans la maison. Et quel hôte! Si j'avais su que tu allais venir, j'aurais acheté des fleurs. Je t'aurais préparé une belle réception... comme on dit. Oh! qu'est-ce que je raconte? Je suis complètement troublée. Tu parais rajeuni, tu ressembles à un jeune prince!... Kasia, pourquoi restes-tu aussi immobile? Au moins donne-lui une chaise pour qu'il puisse s'asseoir. Débarrasse-moi de cette spatule! Pauvre de moi! j'ai perdu la tête... »

C'est seulement après ce flot de paroles que Bobrowska s'approcha de Lucien. Elle s'avança avec une démarche affectée, les bras à moitié tendus, le regard dubitatif, comme si elle se demandait s'il fallait l'embrasser ou non. Lucien l'évita adroitement en disant :

« Ne te donne pas cette peine...

– Comment veux-tu que je te souhaite la bienvenue, dans ce cas? Me voici bien embarrassée, la tête pleine de soucis. Je ne me portais pas très bien, ces temps derniers... Du rhumatisme articulaire... Les médecins m'ont recommandé d'aller à Czechocinek afin de prendre des bains salés... Et le voilà qui nous tombe du ciel comme un ange!... Eh bien, où est la chaise? Essuie-la, Kasia, afin qu'il ne salisse pas son costume. Comme tu es bien habillé et que tes vêtements sont seyants! Quand tu es parti, c'était l'hiver et le monde de Dieu n'était que neige et glace. Tout comme mon propre cœur... Tu as bonne mine, mais tu es un peu pâle. Ne me dis pas que tu as déjà dîné? J'aimerais tant te faire goûter ces crêpes, qui, si mes souvenirs sont exacts, sont ton plat favori.

– J'ai bien déjeuné. Je n'ai pas faim.

– Pas faim? Eh bien, assieds-toi tout de même! Mes mains sont un peu maculées par les œufs et la farine. C'est pourquoi je ne peux pas te serrer dans mes bras. Kasia, pourquoi n'essuies-tu pas la chaise?

– Avec quoi? La serpillière est mouillée.

– Oh! tu es vraiment une enfant. Essuie-la avec ce que tu as sous la main. Avec ta jupe... Viens plus près, Lucien. N'essaie pas de te persuader que nous t'avons oublié. Nous parlons souvent de toi, entre nous les femmes, et aussi avec le petit. Ton fils dort en ce moment. C'est déjà un grand garçon. Nous avons une nouvelle chambre, grâce à une cloison qui sépare ton ancienne alcôve du reste de la pièce. C'est là qu'il dort et qu'il fait ses devoirs de classe. Il dessine, il écrit... il fait de son mieux. Il est si mignon qu'on aimerait poser un baiser sur le bout de chacun de ses doigts. Il dort comme une souche, le mauvais garnement. C'est ton fils, ton fils tout craché! Vous les hommes, serrez-vous la main, moi je ne puis en faire autant.

– Je me souviens du comte. Il a joué dans une de nos pièces », dit Cybulski d'une voix rauque. Puis il rit comme s'il avait fait une bonne plaisanterie. Commencé par un gloussement, son rire s'étrangla dans un crachement asthmatique avec un écho de fausset, comme s'il avait deux voix.

Lucien s'inclina. « Oui, j'ai eu cet honneur.

– Incontestablement vous êtes un véritable acteur. Sans jouer de grands rôles, vous ne manquiez pas de talent. Quel était déjà le titre de la pièce? C'était une adaptation d'un auteur français, je crois. A cette époque-là, le théâtre avait encore un but louable : divertir le public, l'éduquer et l'amuser en même temps. Dans notre nouvelle ère d'un positivisme creux et d'un travail soi-disant constructif, ils veulent transformer le théâtre en une université, une université de suffisance pédantesque et de faux genre didactique, avec tous les désavantages d'une université mais sans ses avantages. Cependant personne ne sait ce que ce nouveau théâtre se propose d'enseigner, parce que tout n'y est que gestes futiles et phrases creuses. Moi je prétends qu'on ne peut pas apprendre aux commerçants comment tenir leurs comptes et thésauriser, si la chose ne leur paraît pas aussi naturelle qu'elle l'est pour les Britanniques à l'esprit pratique ou les Prussiens à l'esprit vénal. Nous autres Polonais sommes depuis toujours un exemple vivant de l'épigénèse, dans toutes les sphères d'ailleurs. Dès que nous entendons parler d'un mariage quelque part, nous avons envie d'y danser. Nos critiques se brûlent la langue chaque fois qu'ils veulent goûter aux plats étrangers. »

Cybulski rit. Pendant un moment son visage fut radieux, empreint d'une sorte de joie vindicative. Dernièrement, il avait beaucoup souffert des critiques qui le malmenaient. Il avait dû quitter le grand-théâtre. Même les pièces qu'il avait produites dans les théâtres d'été étaient éreintées par les critiques.

Lucien le dévisagea avec surprise. « Vous vous trompez. Manifestement vous me confondez avec quelqu'un d'autre. Je n'ai joué aucun rôle digne de ce nom. Je n'étais que figurant, à plusieurs reprises...

– Si, vous étiez un acteur. Un figurant? Elzbieta, il doit s'agir d'un malentendu. Toi-même tu l'avais recommandé. Je m'en souviens comme si c'était hier. Comment s'appelait la pièce déjà? *Un amant!* »

Et Cybulski de nouveau éclata de rire. Ses yeux étaient remplis de larmes.

V

« Le voilà qui jacte sur l'art, le vieux chien, se dit Lucien, or la seule consolation qui lui reste dans la vie est l'intérêt que lui portent une vieille femelle et une jeune paysanne... Ainsi, on a mortifié son honneur de pourceau... Je me rappelle l'époque où, imbu de son importance, il écrasait tout le monde. Il arrivait aux répétitions en mangeant des oranges. Installé dans son fauteuil, il braillait : " Recommencez! – Ce n'est pas ainsi qu'on embrasse! – Un homme trompé ne parle pas sur ce ton! – Quelle drôle de façon de marcher! – Apprenez d'abord à vous tenir debout!" A présent que les critiques l'ont esquinté, il est devenu sensible et compatissant. » Lucien n'éprouvait aucune colère à son égard. Ce soir il venait d'atteindre – il le sentait obscurément – une objectivité qu'il n'avait jamais connue auparavant. Il fut soudain envahi par un ennui profond. « Bah! ainsi donc il couche avec Kasia. Qui s'en soucie? Tout n'est que monotonie. Même pire que la prison... Qui est-il, après tout? Un prétentieux, un moulin à paroles. Une simple pression de ma main autour de son cou suffirait pour le faire clamser. Je pourrais le tuer par un seul cri strident. »

Il entendit soudain Cybulski qui disait : « Ce culte qu'on voue à la Modrzejewska est tout bonnement monstrueux. Elle a du talent, incontestablement. Mais elle n'est pas la seule actrice en Pologne. Kochanska a plus de talent qu'elle, et il y en a d'autres tout aussi douées. C'est ce qu'on appelle, mon cher comte, de l'idolâtrie. C'est une sorte de compétition où chacun s'efforce d'être le plus flatteur. Que ces dames et monsieur veuillent bien m'excuser, mais l'expression consacrée pour un tel comportement est " lécher le cul ". Or à quoi bon lécher le cul à quelqu'un, même s'il appartient à un génie? Tous les culs ne sont-ils pas pareils? La populace a toujours besoin d'avoir des héros, des idoles, et lorsqu'il n'y en a pas, on les invente. On prend n'importe quel pantin et on le couronne de lauriers...

– Tout cela est très clair, l'interrompit Bobrowska qui s'affairait avec une casserole. Les hommes se jalousent mutuellement à un point que c'en est terrible! Si jamais ils font des louanges, celles-ci sont automatiquement prodiguées à une femme.

– Il y a un système là-dedans, reprit Cybulski. De la perversité, voilà ce que c'est. Ils mettent l'une d'elles sur un piédestal pour mieux flatter les autres. Du point de vue chrétien, ceci relève tout simplement de l'idolâtrie.

– Qui prend le christianisme au sérieux? demanda Lucien. Le pape lui-même n'est-il pas une sorte d'idole?

– Eh bien, mon cher comte, n'allons pas trop loin dans ce domaine. Sans l'Eglise, ce serait pire, bien pire. Je suis un vieil homme et j'ai déjà un pied dans la tombe, comme on dit, mais quelque part en moi sommeille toujours le désir de consacrer les dernières années de ma vie à notre foi. L'Eglise a besoin d'un chef; autrement elle devient une institution amputée de son membre le plus important, comme c'est le cas du protestantisme. Même les Juifs ont un rabbin thaumaturge, une sorte de ministre du Sanhédrin, ou quel que soit le nom qu'on lui donne de nos jours. En religion, il existe une loi suprême : si tu commets un péché, tu vends ton âme au diable; si tu te repens, Dieu te pardonnera. Cependant, au théâtre il n'y a aucune loi. Voilà l'horreur! Vous produisez une pièce, vous travaillez au scénario, vous lui prodiguez toute votre sicence, vos meilleurs efforts, et un jeune fat ignorant en fait un navet. D'un trait de plume, il vous éreinte. Ces gens-là ne respectent aucun code dans leurs agissements criminels. Ils sont comme ces anciens souverains chinois, des garçonnets de cinq ans d'âge, qui choisissaient des noms au hasard et faisaient décapiter les hommes correspondants. En Pologne, mon cher comte, c'est l'anarchie de l'homme primitif qui règne.

– Toi, mon brave Adam, tu prends les idées trop au sérieux, l'interrompit Bobrowska de nouveau.

– Trop au sérieux? Que possèdent les gens de théâtre en dehors de leurs idées? Que me reste-t-il de ma vie sinon les critiques? Je les ai toutes collées dans un album; celui-ci contient, pour ainsi dire, tout mon bien. Un écrivain laisse derrière lui des livres; un peintre, des tableaux. Que reste-t-il de nous? Le temps éphémère nous dévore tel un loup.

– Et que reste-t-il de tous les autres gens? demanda Lucien, simplement pour dire quelque chose. Je n'ai qu'une seule ambition : vivre dans le présent. Après ma mort, peu m'importe qu'on jette mon corps aux chiens.

– Et comment peut-on vivre dans le présent, entouré comme on l'est de malfaiteurs? Je dors mal, mon cher comte, et j'ai beaucoup de temps pour réfléchir. Qu'est-ce qui sépare ces gens-là – je parle des critiques – des bas-fonds de la société? Ils ont la même morale, peut-être même pire. Ce que les autres font à coups de couteau, eux le font à traits de plume. Me jeter aux chiens après ma mort? C'est de mon vivant qu'ils me déchirent à belles dents! Et non seulement moi! De nos jours les hommes se dévorent mutuellement. C'est un système. Vous vous couchez pour dormir, et moi je vous arrache votre oreille d'un coup de dents. Cela fait mal? Ne pleurez pas, car ce n'est pas digne d'un homme. D'où nous vient tout ce malheur? C'est la conséquence de notre abandon de la religion. J'étais moi-même un athée, dans mes jeunes années. De notre temps, nous flirtions avec le soi-disant " progrès ". En songeant aux résultats, on se sent frémir. Votre sœur, mon cher comte, a atteint le faîte des grandeurs. J'envie quelqu'un comme elle, bien plus que toutes les Modrzejewska et Kochanska, ou quel que soit leur nom. Votre fils, Bolek, est un bon garçon, plaisant, sensible, et il sait ce qu'il veut. Eh bien, quelle est l'explication de tout ceci? si je puis me permettre de poser la question. On survit à tout.

– Oui, on survit, En prison nous disons : " Tôt ou tard, tu sors d'ici – ou sur tes deux pieds, ou dans un cercueil! "

– Eh bien, nous devrions fêter un tel événement. Malheureusement je n'ai pas le droit de boire. Pour des raisons de santé. Néanmoins, il faut arroser une rencontre pareille. Elzbieta...

– Oui, je vais chercher à boire. Il reste un peu de vodka de la dernière fois. Je suis toute retournée. Où est partie Kasia? Probablement auprès de Bolek. Elle ne devrait pas le réveiller. Ce n'est pas bon pour un enfant. Pourquoi ne dis-tu rien, Lucien chéri? Comment as-tu passé la journée?

– Oh! c'était un jour comme les autres. Ce matin, j'étais encore là-bas, et maintenant je suis ici.

– Puis-je vous demander si vous avez déjà revu votre sœur? demanda Cybulski, après un petit silence.

– Oui, elle m'attendait à la sortie de la prison.

– Pas possible! Quelle personne merveilleuse! Elzbieta et moi, nous sommes, pour ainsi dire, de vieux amis. Notre amitié est née avant même que le comte ne fût né. Oh, qu'ai-je dit là! Après tout, les femmes restent toujours jeunes. Elles ne vieillissent jamais, ha, ha! Il y a eu toutes sortes de brouilles entre nous, mais nous n'avons jamais rompu complètement. Je veux dire.... notre amitié. Ce qu'elle a fait pour Kasia est tout simplement noble. Du pur altruisme.

– Je t'en prie, Cybulski, pas d'éloges!

– Je ne fais pas d'éloges. Le bien est en chacun de nous. J'ai toujours rêvé de m'élever, dans ma vieillesse, audessus de la corruption morale et de m'établir, grâce aux quelques milliers de roubles que j'ai économisés, dans un petit domaine. Lorsqu'on est entouré d'arbres et qu'on entend les oiseaux du Bon Dieu chanter dans le ciel, la ville, avec ses fausses ambitions et ses réalisations imaginaires, s'oublie vite. Hélas! il restera toujours des âmes maudites, condamnées à souffrir le martyre jusqu'à la fin amère. Tout m'a glissé entre les doigts, comme on dit. J'ai dépensé mon argent sans compter. Je ne comprenais pas que l'économie peut être une grande vertu, non pas pour des philistins, mais surtout pour des gens comme moi. Eh bien, en ce moment, je dirige des pièces pour des théâtres d'été, or je ne suis même pas sûr de pouvoir continuer. Ils veulent faire tout disparaître, jusqu'au dernier vestige. »

Bobrowska battit des mains. « Oh! Adam, que vous arrive-t-il aujourd'hui? Vous êtes si gai habituellement.

– Parfois on sent le besoin de dire ces choses-là. Comte, je vous prie de m'excuser. Il est temps que je parte.

– Qu'est-ce qui te tracasse, Cybulski? Je suis en train de confectionner des crêpes pour tout le monde.

– Non, je ne me sens pas très bien. C'est mon estomac. Donne tes crêpes à notre hôte. »

Kasia revint de l'alcôve :

« Je m'en vais, Kasia, mon amour.

– Pourquoi? Il n'est pas si tard.

– Je n'ai pas beaucoup dormi la nuit dernière. Cela m'arrive quelquefois. Mon cher comte, ne vous offensez pas. Je suis un vieillard. Les folies que j'ai commises dans le passé et que je commets encore actuellement sont le résultat de ma solitude.

– Oui, je comprends.

– Dieu veut que l'homme soit misérable, particulièrement dans sa vieillesse, conclut Cybulski avant de se lever. Allons, où est ma canne?

– Pourquoi t'enfuir ainsi? Kasia, donne-lui sa canne. N'oublie pas de prendre un fiacre, Cybulski.

– D'accord, je prendrai un fiacre. Eh bien, nous allons nous revoir, j'espère. Aimeriez-vous venir au théâtre, comte? On joue en plein air, mais après tout un théâtre est un théâtre. Il y a un ennui dans le théâtre à ciel ouvert : il n'existe pas de galerie, excepté peut-être pour les anges... »

Et de nouveau Cybulski se mit à rire et brandit sa canne comme s'il voulait rouer quelqu'un de coups.

« Bonne nuit! »

VI

« Qu'y a-t-il? Pourquoi s'est-il enfui? demanda Bobrowska tandis que le bruit des pas de Cybulski s'affaiblissait dans l'escalier. Il est si sensible! Il a pris du plomb dans l'aile. Ce n'est pas tellement l'âge qui en est responsable, mais plutôt les insultes qu'il a reçues. Il travaille depuis tant d'années, et voilà que, soudain, on lui crache à la figure. Bah! les cracheurs eux-mêmes ne vont pas régner toujours...

– Si c'est à cause de moi qu'il est parti, j'en suis désolé, dit Lucien, conscient qu'il n'était nullement désolé et qu'il parlait sans conviction.

– A cause de toi? Pourquoi? Oh! non, il souffre. C'est un vieillard abandonné. Au moins il lui reste un peu d'argent... Il n'est pas tout à fait pauvre. D'habitude il est gai. Il plaisante même un peu trop. Eh bien, cette nuit est la tienne, Lucien. Kasia, pourquoi te caches-tu dans un coin? Va vers lui, assieds-toi près de lui. Ne sois pas embarrassée. Après tout, tu es la mère de son enfant...

– Bolek dort. Dois-je le réveiller? » demanda Kasia.

Lucien plaça sa chaise de telle sorte qu'il fît face à Kasia.

« Non, ne le réveille pas, dit-il.

– Savez-vous ce que nous allons faire? Je m'en vais et je vous laisse seuls, proposa Bobrowska après un petit silence. Je peux garder cette pâte pour plus tard. A moins que tu ne désires des crêpes tout de suite, Lucien?

– Moi? Non.

– La pâte ne se gâtera pas. Je dois une visite à une cliente. Je serai de retour dans quelques heures. Entretemps vous aurez tout votre temps pour discuter.

– Où allez-vous? demanda Kasia d'un air défiant. Qui est cette cliente?

– Quelle importance! Tu ne connais pas toutes mes clientes. Ne crois pas que je t'aie raconté le roman de ma vie! J'ai mon secret, ha, ha!... Je ne vous recommande qu'une seule chose, mes enfants : ne vous disputez pas! Lucien, elle n'a rien fait qui puisse t'offenser. Je parle sincèrement.

– Rien? fit Lucien. Qu'aurait-elle pu faire de plus sinon entrer dans un bordel?

– Que dis-tu là? Il s'agit d'un vieil homme. Raconte-lui, Kasia, parle-lui! Autrement il s'imaginera Dieu sait quoi.

– Je lui ai tout dit.

– Que lui as-tu dit? Enfin... des filles comme toi, Kasia, se font du tort à elles-mêmes. Je ne désire rien pour moi. Je ne suis plus assez jeune. Un peu de gentillesse et une parole aimable : voilà tout ce qui m'intéresse. Cybulski est un vieil ami. Notre amitié date de l'époque où Bobrowski – qu'il repose en paix! – était encore en vie. Il aime Kasia comme sa propre fille. Il l'embrasse sur le front, mais c'est tout ce qu'il se permet avec elle.

– Elle a avoué elle-même qu'elle a couché avec lui. »

Les yeux larmoyants, Bobrowska le regarda de travers.

« Elle a dit ça?

– Oui.

– Pourquoi as-tu raconté des mensonges? s'adressa-t-elle à Kasia.

– Je n'ai rien dit de tel.

– Si, tu l'as dit! s'écria Lucien. N'essaie pas de rétracter tes paroles!

– Je ne rétracte rien de ce que j'ai dit. »

Bobrowska fit un geste comme pour retrousser ses manches.

« Que lui as-tu dit exactement? »

Kasia garda le silence.

« A-t-il couché avec toi, oui ou non? » demanda Lucien sans colère, mais avec une expression de dégoût.

Kasia prit un air coupable. « Au début », fit-elle.

Bobrowska lui lança un regard furibond. « Si c'est vrai, alors vous m'avez bernée tous les deux.

– Je ne vous ai pas bernée. Vous étiez au courant. Vous m'avez même incitée à le faire.

– *Moi?* J'aurais fait une chose pareille? Voilà bien la gratitude qu'on peut espérer de gens de ton espèce. Il était malade et incapable de rentrer chez lui. J'ai dû le garder ici pour la nuit. Il était plus mort que vivant. Quand cette vilenie aurait-elle eu lieu? Sans doute pendant que j'étais absente de la maison. Il faut dire que tu n'étais plus une mineure ignorante. A ce moment-là tu avais déjà un enfant. Je ne t'ai pas encouragée à coucher avec lui, et je ne veux pas que tu répandes des calomnies sur mon compte. Une paysanne reste une paysanne. Si tu as envie de te confesser, va trouver le prêtre. Je vais te dire quelque chose, moi : partez tous les deux et prenez votre enfant avec vous. Je n'ai plus la force de supporter de telles histoires. Si c'est là la récompense de ma bonté, j'aurais mieux fait de rester seule entre mes quatre murs. »

Lucien se leva. « Je m'en vais, dit-il.

– Tu peux l'emmener. Je l'ai sauvée du ruisseau. Toi parti à la prison, elle dépendait avec son fils de la miséricorde de Dieu. Son père, Antek, buvait. Il l'aidait en lui donnant parfois un rouble, mais, avec le temps qui efface tout, il lui versait de moins en moins d'argent. Sa propre femme l'a délaissé. C'est alors que je pris tout le fardeau sur mes épaules. J'appris à Kasia la couture, mais elle ne sera jamais une bonne couturière, elle sait à peine enfiler une aiguille. Pour ce qu'elle m'a coûté, j'aurais pu engager une aide-couturière qualifiée. N'est-ce pas vrai, petite?

– C'est faux. Vous me faisiez faire toutes sortes de

courses et je n'ai jamais touché un sou. Papa Antek payait; la comtesse, sœur de Lucien, envoyait de l'argent : or vous avez employé cet argent pour acheter une machine à coudre. »

Bobrowska s'emporta soudain. « Ah! c'est donc ainsi? Saleté, misérable ingrate! Ignoble chienne! Ainsi, je te dois quelque chose, c'est bien ça? Lucien, tu m'as fait un drôle de cadeau en me laissant cette chienne après avoir tué un homme. Eh bien, j'en ai par-dessus la tête. Si tu crois, salope, que je t'ai exploitée, va-t'en et ne reviens jamais! Je veux être franche en ce qui te concerne, Lucien. Avec des gens de ton espèce, on ne sait jamais! Je ne veux connaître ni vos problèmes ni vos plaintes à tous les deux. Vous êtes jeunes, or moi j'ai besoin de paix. Cybulski est bon pour moi, un véritable ami, ceci depuis ma jeunesse. Lui non plus ne peut supporter les ennuis. Il a changé brusquement à ton entrée. Il a le cœur malade...

– S'il a le cœur faible, qu'il aille consulter un médecin ou qu'il reste couché sous un édredon, au lieu de courir après les femmes. Et ne crains rien! Je ne reviendrai pas.

– Tu ferais mieux d'emmener Kasia et ton fils avec toi. Telles que les choses se présentent en ce moment, elle ne serait qu'un fardeau pour moi.

– Où pourrais-je l'emmener? Je n'ai pas de foyer.

– Emmène-la! Tu as besoin d'une femme. Au pire, elle peut te servir de bonne. Actuellement on ne trouve de travail nulle part. J'ai à peine assez à vivre pour moi-même. Après tout, c'est toi qui l'as rendue malheureuse. Son enfant est ton enfant, le fruit de ta chair et de ton sang. Ceci, j'espère, tu ne le nieras pas. Je vais te dire la vérité : Cybulski est empoté. Il est comme un infirme. Il vit avec des gens qui l'exploitent. Il allait emménager ici, mais à présent il aura peur de venir, le pauvre. Lorsque tu es entré, il est devenu blanc comme de la craie.

Pendant tout le temps qu'il parlait il avait l'air d'assister à un enterrement.

– De quoi avait-il peur, ce fils de chienne? Je n'aurais pas idée de tuer un vieux bonhomme comme lui.

– Tu vois, voilà que tu recommences déjà! Kasia, pourquoi restes-tu plantée là, bouche bée, comme une idiote? Je ne te jette pas à la porte, mais il faudra que tu t'en ailles. Comprends-moi bien : tu n'es pas obligée de partir cette nuit même. Je vais sortir et je vous laisse en discuter.

– Discuter? De quoi? Peut-être n'a-t-il pas de toit où s'abriter lui-même, dit Kasia, apparemment effrayée par ses propres paroles. Si vous ne voulez plus de moi, je chercherai du travail.

– Qui te donnerait du travail, avec un enfant à charge? Avant d'embaucher quelqu'un, on fait une enquête sur son compte.

– Je trouverai bien une place. Au pire, j'irai chez mon père. Il ne chassera pas son petit-fils.

– Fameux milieu pour un enfant! Enfin... vous êtes les parents : moi je ne suis qu'une étrangère. Je l'aime bien, ce petit; il m'appelle grand-maman; mais à présent tout est changé. Que penses-tu de tout ceci, Lucien? Mais peut-être devrais-je t'appeler autrement?

– Parle comme il te plaît. Je ferai sortir Bolek de cette maison. Tu n'as pas besoin de te soucier à son sujet. Cependant il me faudra quelques jours de réflexion.

– Quelques jours de plus n'ont plus d'importance.

– Eh bien, je ferais mieux de partir, dit Lucien.

– Déjà? Si tu désires passer la nuit ici, libre à toi. Je pourrais coucher ailleurs, ou bien me préparer un lit dans l'atelier. »

Kasia avança brusquement d'un pas.

« Non, ce n'est pas nécessaire, dit-elle avec précipitation.

– As-tu honte? demanda Bobrowska.

– Non, je n'en ai pas envie!

– Eh bien, je ne veux pas t'y forcer.

– Elle est amoureuse du vieux », dit Lucien, à la fois amusé et écœuré. Il se dirigea vers la porte, souleva le loquet, puis se mit soudain à parler. Il semblait cracher ses mots entre ses dents. « Je prendrai l'enfant, mais je ne veux plus jamais entendre parler ni de l'une ni de l'autre. S'il vous arrivait par hasard de me rencontrer dans la rue, vous auriez intérêt à changer de trottoir. Vous êtes moins que des mortes pour moi, toutes les deux! »

Il ferma lentement la porte derrière lui et descendit les degrés au bois pourri. Arrivé de l'autre côté de la grille d'entrée, Lucien s'arrêta un moment. Ses yeux se rétrécirent et il marmotta : « Eh bien, j'ai survécu même à ceci. » Les tavernes étaient déjà fermées. Sur le trottoir d'en face, sous un porche, s'attardait une prostituée enveloppée d'un châle rouge. Lucien sortit sa montre de son gousset (la même qu'il avait portée la fameuse nuit de Noël) et consulta le cadran sous un bec de gaz. Il avait le choix entre rentrer chez Félicie pour retrouver Zawacki et les enfants ou se rendre à l'endroit dont Wojciech Kulak lui avait donné l'adresse. Toutefois il n'avait aucune envie ni de voir les uns, ni de connaître l'autre.

Deuxième partie

11

I

Clara était au lit, appuyée sur trois oreillers. Ses cheveux étaient tout blancs, son visage avait un teint jaunâtre. Louisa, elle aussi, était déjà grisonnante; Felusia, adolescente, fréquentait depuis peu un établissement d'enseignement secondaire. Pour la millième fois Clara examinait un paquet de lettres dont le papier était tout jauni. Elle lisait des bribes de phrases par-ci par-là. Louisa entra pour lui apporter des médicaments et un verre d'eau. Clara absorba une pilule, fit la grimace et but une gorgée d'eau. Depuis deux ans elle souffrait de calculs biliaires. Elle avait consulté plusieurs médecins, mais son état n'avait fait qu'empirer. Trois spécialistes, après consultation, avaient décidé qu'une opération était nécessaire. Cependant celle-ci serait dangereuse. Qui prendrait soin de Felusia si Clara venait à mourir? La jeune fille avait un frère riche, mais quelle pitié si elle devait passer son adolescence dans la garçonnière de Sacha! Peut-être Alexandre la prendrait-il à sa charge, mais il vivait à New York et il avait femme et enfant. Il avait finalement réussi à être médecin. Bien qu'il n'écrivît plus à Clara, il restait en contact avec Felusia et lui envoyait parfois un cadeau. Son nom et son adresse étaient imprimés sur son papier à lettres. Il habitait une rue appelée *East Broadway*. Après sa seconde aventure avec Mirkin, Clara avait reçu d'Alexandre une lettre de fin de non-recevoir. En substance il avait écrit : « Je désire oublier. Je t'en supplie : ne cherche pas à rouvrir de vieilles plaies. »

Bref, Clara avait échoué. A deux reprises elle avait été sur le point d'épouser Alexandre, et chaque fois c'est Mirkin qui était intervenu. Mirkin était mort à présent et il n'avait pas même mentionné le nom de Clara dans son testament. Sa fortune n'était d'ailleurs pas aussi grande qu'il avait laissé supposer. On soupçonnait son secrétaire, Yasha, de l'avoir volé. Clara avait depuis longtemps décidé de ne blâmer personne. Toutes ses erreurs étaient de sa seule faute. En outre, les hommes qu'elle aurait pu accuser de lui avoir fait du tort – son père, son premier mari, Grisha, Boris Mirkin – étaient tous morts. Calman était un vieillard à présent. Le rencontrant un jour par hasard dans la rue, elle l'avait à peine reconnu. Il semblait complètement ratatiné. Il avait l'air d'un mendiant, traînant les pieds, s'appuyant sur une canne. Quant à Alexandre, c'est elle qui l'avait traité déloyalement.

Lorsqu'on est au lit, malade, et que personne ne vient en visite, on a besoin d'occuper son esprit. Quand il n'y a pas d'avenir, on se tourne vers le passé. Parfois Clara demandait à Louisa de lui apporter les albums qu'elle gardait depuis son enfance. Cependant se laisser aller à la nostalgie lui donnait peu de joie. Ce n'est que maintenant qu'elle comprenait combien il y avait eu de moquerie dans les billets doux et les compliments de ses camarades étudiants et des officiers russes qui étaient en affaires avec son père. En revanche les lettres de Zipkin avaient toujours un accent de sincérité. Même ses reproches étaient loyaux. Comme il avait dû lutter à son arrivée à New York! Quel n'avait dû être son ressentiment pour la capitale! Il avait tenté de s'établir en

Oregon, puis en Californie, et finalement il avait projeté de retourner en Europe. A un moment il avait même joué avec l'idée de se suicider. « A quoi sert ma vie, maintenant que je n'ai plus aucun idéal, aucun espoir d'améliorer la condition humaine? J'ai besoin de toi, Clara. Je sais que cela ne me vaut rien d'être avec toi, mais sans toi je suis comme mort. Ma seule consolation est la lecture. Il y a une grande librairie dans le quartier et on peut s'y installer pour lire sans rien payer. Je lis tellement que je crains d'abîmer mes yeux. Oh! Clara, si seulement tu étais ici : nous pourrions nous promener dans Central Park, le dimanche, ou passer le week-end à la campagne! Ici, chère Clara, on peut voyager depuis l'Atlantique jusqu'au Pacifique, des contrées lointaines du Canada, près du pôle Nord, jusqu'en Argentine, non loin du pôle Sud! » Ses lettres étaient pleines de propositions extravagantes : vivre tous les deux dans une cabane en pleine forêt, s'établir quelque part en Colombie britannique, devenir chasseur au Mexique ou au Brésil. Ces rêves cessèrent lorsqu'il noua une liaison avec une institutrice; celle-ci et Sonia l'aidèrent financièrement à terminer ses études de médecine. Et finalement, il réalisa le projet qu'il avait nourri dès le début : devenir médecin.

Clara essaya de se représenter l'Amérique, New York, East Broadway. A quoi pouvaient bien ressembler ces lieux lointains? Y avait-il des maisons semblables à celles de Varsovie ou de Paris? Et ces trains qui « roulaient au-dessus des toits »... de quoi avaient-ils l'air? Central Park était-il comparable aux Jardins de Saxe? Clara s'imaginait Alexandre vivant dans une maison de douze étages, dominant Central Park. Un train express aérien filait à toute vitesse au-dessus de la ville, et des Américains, des Noirs, des Chinois, des Espagnols et des Juifs fourmillaient dans les rues en bas. Tout le monde parlait et criait. New York était une vaste mascarade, un éternel carnaval. Alexandre portait un chapeau haut de forme et il parlait anglais. Il sortait sur son balcon et contemplait l'océan Atlantique. Des bateaux en provenance de différents pays – des Indes, de la Chine, du Japon, de l'Europe – voguaient en pleine mer. Sur le débarcadère on déchargeait du thé, du café, de la canne à sucre, ainsi que des fourrures importées de Sibérie – par les enfants de Mirkin entre autres. Des dames élégantes roulaient carrosse. Des messieurs se découvraient à leur passage. Il y avait un va-et-vient constant de marins dans une petite maison aux lanternes rouges. Le bruit de musique, de pas de danse, de rires, de cris parvenait de l'intérieur. Il ne fallait pas non plus oublier les grands théâtres de Broadway, les cirques, les cabarets, les restaurants, le Metropolitan Opera où se produisaient les plus célèbres chanteurs d'Europe.

Oui, si elle ne s'était pas conduite comme une folle, à l'heure actuelle elle serait peut-être là-bas, dans cet univers brillant et chatoyant, elle habiterait cette fameuse maison dans East Broadway. Elle se voyait en imagination, assise en compagnie de Felusia et d'Alexandre, sur le balcon en train d'admirer, à travers des jumelles, Central Park, l'océan Atlantique et ses différentes îles. Après dîner, Felusia faisait ses devoirs de classe et Alexandre emmenait Clara à l'opéra. Ce n'est que tard dans la nuit qu'ils rentraient à la maison pour se coucher. De quoi pouvait bien avoir l'air une chambre à coucher, à New York? Là-bas, Clara ne souffrirait pas de calculs biliaires. Zipkin aurait diagnostiqué sa maladie aux premiers stades de son évolution. D'ailleurs elle ne serait pas tombée malade du tout : c'est son cœur brisé qui l'avait rendue malade. Elle avait lu dans les journaux que les femmes restaient toujours jeunes en Amérique. Des femmes de soixante-quatre ans avaient des liaisons avec des jeunes gens, ce qui ne les empêchait pas de recevoir une pension alimentaire de leur mari millionnaire : quatre cents dollars par semaine... Même Sonia, la naïve Sonia, était devenue riche dans le pays de Colomb. Son mari, Yackiewicz, l'ancien socialiste, avait ouvert une maison de confection pour dames. Une pensée puérile traversa l'esprit de Clara : de telles maisons avaient-elles d'immenses cheminées?

A quoi bon rêver? Elle était à Varsovie. Elle n'avait que ce que Sacha voulait bien lui donner. Felusia grandissait loin de son père. Elle-même était malade. Elle ne craignait pas la mort. Mais qu'y avait-il après la mort? Que se passait-il lorsque l'âme quittait le corps? Le ciel et l'enfer existaient-ils réellement? Des démons la coucheraient-ils sur une planche de clous ou la pendraient-ils par ses seins? Volerait-elle à travers le néant, poursuivie par des serpents et des dragons? Plus d'une fois, Clara avait songé à faire pénitence pour ses péchés. Mais comment s'y prenait-on pour se repentir? Elle regrettait de ne pas avoir posé la question à Calman. Sacha lui avait promis de dire le kaddish après sa mort. Toutefois, pouvait-on se fier à lui?

Clara ferma les yeux. Elle plaça les lettres de Zipkin sous son oreiller. Le médecin lui avait parlé en toute franchise. Il lui conseillait l'opération mais il n'était pas sûr de son succès. Elle avait le cœur malade.

II

Lorsque Clara était en bonne santé et qu'elle se mêlait aux gens de sa connaissance, il lui arrivait rarement de rêver. A présent qu'elle était clouée au lit depuis des semaines, des rêves l'assaillaient telles des locustes. Avant même qu'elle fermât les yeux, ils la hantaient sans répit. De nouveau elle se voyait en présence de Grisha, de son père, d'Alexandre. Parfois elle s'imaginait vivant dans un palace, en compagnie de Calman, mais au lieu d'être son mari, celui-ci était son beau-père. L'image du palace se confondait avec celle de la maison d'Alexandre, à New York. Jampol et New York n'étaient plus qu'une seule et même ville. Des officiers russes paradaient dans les rues, au-dessous des trains aériens. Il y avait un bal. Clara dansait plus gracieusement que toutes les autres femmes. Ses pieds semblaient légers, d'une substance éthérée. Soudain elle se détachait du sol pour s'envoler. Tous les couples s'immobilisaient, la regardaient, la montraient du doigt. Clara voguait dans l'air, lentement, à l'instar d'un oiseau de nuit. L'orchestre continuait à jouer. Par la fenêtre ouverte elle apercevait l'océan Atlantique, elle entendait le mugissement et le clapotement de ses vagues. Celles-ci étaient si hautes qu'on croyait à tout moment qu'elles allaient inonder le rivage et envahir le salon d'Alexandre. « Dieu du ciel, je vole! se dit Clara. On peut donc voler sans avoir des ailes... » Clara ouvrit les yeux et un coup d'œil sur la pendule la renseigna qu'elle n'avait dormi que cinq minutes.

Louisa entra... ratatinée et grisonnante.

« Votre médicament, madame!

– Merci beaucoup.

– Madame aimerait-elle boire une tasse de thé?

– Pas maintenant. Dans la bibliothèque il y a un gros volume avec une fermeture métallique. Voulez-vous me le chercher, s'il vous plaît?

– Celui au dos ciselé d'or? Le livre de prières?

– Oui. Comment savez-vous que c'est un livre de prières? Il est écrit en hébreu.

– Oh! madame, je sais tout. »

Louisa apporta le volume que Calman avait offert à Clara, le jour de leurs noces. Depuis des années qu'on n'y avait touché, il s'était couvert de poussière. Clara avait souvent songé à le mettre au rebut ou à le donner à une synagogue, mais pour une raison inconnue elle n'en avait rien fait. Les prières étaient traduites en yiddish. Elle avait étudié l'hébreu dans son enfance, si bien qu'elle se souvenait des caractères hébreux. Elle commença à lire : « Dieu tout-puissant, moi, Ta servante, je suis devant Toi, le cœur brisé, les genoux tremblants, pour Te dire ma prière. Qui suis-je pour prétendre T'adresser la parole? Je ne suis faite que de chair et de sang, je suis plongée dans le péché, souillée par d'innombrables transgressions. Cependant Toi, Père du Ciel, Tu es le pardon et la grâce personnifiés, et Tu ne dédaignes pas les supplications d'une pauvre pécheresse. Ecoute mes pleurs, ô mon Père! recueille mes larmes et rappelle-Toi que nous ne sommes que poussière, des fantômes qui s'évanouissent, des ombres qui disparaissent, des fleurs qui dépérissent. C'est Toi, notre Père, qui as insufflé une âme et la vie à notre corps. Nous sommes entièrement l'instrument de Tes mains... »

Il y eut un temps où Clara aurait ri de telles parolcs. Elle avait même singé les femmes bénissant les bougies du shabbat. Que Dieu lui pardonne! elle n'avait pas hésité à se donner en spectacle devant des chrétiens. Or aujourd'hui Clara n'avait plus le cœur à se moquer des paroles saintes. Il est vrai que le langage était archaïque, mais le contenu sonnait juste. L'homme n'est-il pas un pécheur? Et ne resssemble-t-il pas réellement à une ombre qui disparaît, à une fleur qui dépérit? Que n'aurait-elle pas donné pour savoir s'il existait effectivement un Dicu au cicl! Pourtant, selon son père, le ciel était inhabité. Une montgolfière était montée loin au-dessus des nuages, or son passager n'avait rien vu d'autre que l'espace. Alexandre lui avait dit la même chose. La terre, avait-il prétendu, existait depuis des millions d'années; personne ne l'avait créée; elle était une partie du soleil et, après s'en être détachée, elle s'était petit à petit refroidie. Après sa mort, l'homme ne valait pas plus qu'un chien ou qu'un chat : les vers de terre le rongeaient et il ne restait rien de lui. Si c'était vrai, alors quel sens donner à la vie? Ne vaudrait-il pas mieux ne pas être né?...

Clara reposa le livre et se tourna vers le mur. Combien de temps allait durer son calvaire? Combien de temps encore pourrait-elle supporter ces douleurs? Y aurait-il quelqu'un pour accompagner son cercueil jusqu'à sa tombe? Sacha était souvent en voyage. Pendant qu'elle se mourait, il était peut-être quelque part en Russie. Qui préviendrait Alexandre? Elle serait enterrée près de la clôture du cimetière, et personne ne se souviendrait d'elle. Et même si on se souvenait d'elle? Que lui importait d'être enterrée dans la première rangée et d'avoir une pierre tombale en marbre gravée de son nom! Si l'homme ne valait pas plus qu'un chien, qu'on l'oublie donc!

III

Cependant la santé de Clara s'améliora et elle se rétablit presque complètement. Les médecins lui recommandèrent d'observer un régime très strict : manger à l'heure des repas, bien mâcher, éviter les matières grasses. Dieu merci, les douleurs et la pression dans la région du cœur avaient cessé. Louisa n'avait plus besoin de chauffer des briques pour les placer contre l'estomac de Clara. La convalescente se leva, s'habilla et se mit immédiatement à manger tout ce dont elle avait envie. Pourquoi un morceau de viande gras serait-il plus mauvais qu'un autre, maigre? Comment l'estomac pourrait-il faire la différence entre des mets bouillis, grillés ou frits?

Durant sa maladie, Clara était arrivée à une décision. Lorsqu'elle avait cru mourir, elle s'était constamment souciée de Felusia. Que deviendrait la jeune fille sans père ni mère? Clara avait décidé que, si jamais elle se rétablissait, elle confierait Felusia à son père. A New York, sa fille aurait un foyer, peut-être pourrait-elle même fréquenter l'université. En plus du désir de préparer l'avenir de sa fille, Clara avait depuis longtemps rêvé de connaître ce pays fabuleux. Elle n'avait nullement l'intention – à Dieu ne plaise! – de ravir Alexandre à sa femme. Elle prendrait un aller et retour pour elle-même et un aller simple pour Felusia qu'elle laisserait à New York. La question qui se posait était : que ferait-elle de Louisa à son retour? Clara avait discuté toute l'affaire avec la gouvernante française et celle-ci avait accepté de rester avec Felusia à New York pendant quelques années. Si Zipkin refusait d'héberger sa fille chez lui, Clara lui trouverait un logement; Louisa chercherait du travail sur place et rendrait visite à sa protégée, ses jours de congé. Clara fondit en larmes en songeant au dévouement de Louisa. Le climat en Amérique était peut-être salutaire pour une personne atteinte de calculs biliaires. Rien n'empêchait d'ailleurs Clara de rester elle-même là-bas, une année ou deux. Elle n'avait plus aucune attache à Varsovie. Sacha était un homme à présent. Il n'avait pas de temps à consacrer à sa mère, ni la patience de la supporter. Des mois s'écoulaient sans qu'il vînt la voir. Pourquoi resterait-elle dans la rue Berg et paierait-elle un loyer de près de trente roubles par mois?

Elle écrivit une longue lettre à Sacha. Il arriva immédiatement à Varsovie pour répondre à l'appel de sa mère. Sacha avait une taille moyenne, une forte carrure, il portait des favoris et une moustache. Il avait cédé la maison de son grand-père à Céline et il en avait fait construire une autre, non loin du manoir. Il avait loué le domaine à bail pour dix années. Il avait même obligé son beau-frère à quitter le moulin. Mayer Joel s'était installé à Varsovie où il avait ouvert une boutique de fleuriste. Sacha tira la sonnette. Louisa, qui venait d'ouvrir la porte, essaya de l'embrasser, mais il l'écarta. Il empestait l'ail. Et puis jusqu'à quel âge embrassait-on sa nounou sans être risible? Le plancher craquait sous son pas lourd. Il jeta en passant un regard dans le miroir, s'aperçut qu'une boucle de sa chevelure noire lui tombait sur le front et la repoussa. Il était vêtu d'un costume anglais et chaussé par le meilleur bottier de Varsovie. Son épingle à cravate et ses boutons de manchette étaient incrustés de diamants. Une bague de deux mille roubles brillait à sa main gauche. Il ouvrit la porte de la chambre à coucher de sa mère.

« Sachenka!... mon chéri!... »

Sacha supportait difficilement les baisers, même ceux de sa mère. Il posa son pied sur un fauteuil et dit :

« Quand pars-tu? Combien te faut-il?

– Bonté divine! mais regardez-le! Comme il est pressé de se débarrasser de moi! Assieds-toi. Mange quelque chose.

– J'ai mangé comme un cochon. Je dois m'en aller bientôt.

– Où? Je croyais que tu venais pour moi.

– Oui, mais... j'ai une centaine de courses à faire. Tes médecins t'autorisent-ils à partir en voyage?

– Je ne le leur ai pas demandé.

– Eh bien, tu es une personne adulte, après tout.

– Tu as une mine splendide, mais tu engraisses un peu trop.

– J'ai toujours faim. Je vais te donner deux mille roubles. Sera-ce assez? »

Les yeux de Clara se mouillèrent.

« Quelle question! Je n'ai pas besoin de tant.

– Je ne veux pas que ma mère manque de quoi que ce soit. Si ce n'est pas assez, envoie-moi un télégramme.

– Que Dieu te garde!

– Cesse de me bénir. Tu n'es pas encore une grand-mère. Qu'essaies-tu de faire?... Ravir Zipkin à sa femme?

– Es-tu fou? Moi, avec mes cheveux blancs? Je veux que Felusia ait un père. Je t'ai tout expliqué par lettre.

– Eh bien, qu'il en soit ainsi. Avec une sœur en Amérique, j'aurai un prétexte pour m'y rendre. On a besoin de quelqu'un à qui faire une visite de temps à autre. Voyage en première classe. Auras-tu le mal de mer?

– Comment le saurais-je? Je n'ai jamais voyagé par mer.

– Allons... dans une bonne cabine on souffre moins.

– Si seulement je pouvais vivre assez longtemps pour te voir marié », laissa échapper Clara. Sacha garda un moment le silence.

« Ne dirait-on pas que tu as envie de devenir belle-mère? fit-il.

– Je veux te voir vivre comme un adulte, et non gâcher ta vie en cavalant après les femmes comme un jeunôt.

– Quelle différence y a-t-il? Que je couche avec une seule femme ou avec dix, ma santé est bonne.

– Je t'en prie, mon enfant, ne parle pas ainsi.

– Mère, la vie n'a pas de sens. Tout le monde est cupide, hypocrite. A quoi bon se laisser enchaîner, alors qu'on peut être libre? Si je te racontais comment je vis, tu rirais.

– Qu'y a-t-il à rire? Je comprends l'amour, mais la promiscuité n'est bonne pour personne.

– Pourquoi pas? C'est malsain de vivre avec une seule femme, on s'enlise. En vérité, plus il y en a, mieux ça vaut. Les femmes sont arrogantes, mais quand elles comprennent qu'elles sont interchangeables comme des paires de gants, elles deviennent dociles, comme des moutons. Je préfère avoir un seul costume et cinquante femmes, plutôt que d'avoir une seule femme et cinquante costumes.

– Où as-tu appris un tel langage? Au fond tu es un être bon. Tu ignores tout simplement ce que c'est que l'amour. Quand tu rencontreras la jeune fille qui t'est destinée et que vous tomberez amoureux l'un de l'autre, tu comprendras ce qui te manquait. Où cours-tu ainsi?

– Chez la fille d'un général.

– Une veuve?

– Non, elle a un mari.
– Voilà qui est terrible! Vaut-elle la peine que tu risques ta vie?
– Je ne risque rien. J'ai un revolver sur moi. La vie doit être excitante, sinon elle ne vaut pas une cartouche... »

IV

Clara ne perdit pas de temps. Elle sollicita un passeport et céda son appartement à Sacha. Celui-ci venait souvent à Varsovie. A quoi bon payer une chambre d'hôtel alors que quatre pièces avec tout le confort souhaitable étaient disponibles? Elle retira Felusia de l'école et engagea un précepteur anglais afin de la préparer à son voyage à New York. Clara avait l'intention de faire la surprise à Zipkin, aussi le laissa-t-elle ignorer qu'elle allait venir. Tout se passa le mieux du monde et dans les délais prévus. Dès que les passeports furent prêts, Clara, aidée de Louisa, commença à faire les bagages. Il n'y avait effectivement personne à qui elle aurait eu envie de dire au revoir. Sa tante, la mère de Céline, était morte. Clara ne s'entendait pas bien avec ses voisines. Elle embrassa Sacha et se mit à pleurer. « Si jamais je meurs en cours de route, lui dit-elle, demande à un Juif de dire le kaddish pour moi.
– Ne t'inquiète pas, maman. Tu vivras. »
Sacha était sur le point de partir pour la Russie, aussi ne pouvait-il accompagner sa mère à la gare.
Clara, Louisa et Felusia prirent un fiacre, suivi d'un autre avec leurs bagages. Une agence de voyage de la rue Nowa Senatorska, s'était occupée des billets. L'employé avait télégraphié pour réserver des chambres d'hôtel à Berlin où elles devaient passer une nuit. Clara restait stupéfaite devant la rapidité des événements. Il lui semblait que c'était seulement la veille qu'elle avait fait des

projets, couchée dans son lit, or la voici assise dans un compartiment de seconde classe du Berlin Express. Dans ce train en partance pour un pays étranger, même le chef de train russe était courtois. A chaque grande gare, des vendeurs offraient aux voyageurs des journaux, des magazines, du chocolat, des gâteaux. Felusia avait le visage collé à la fenêtre. C'était une journée d'automne agréable. Le soleil brillait, les oiseaux émigrant au début de septembre s'étaient rassemblés dans les champs, se préparant à partir pour un climat plus clément. A la frontière, les douaniers inspectèrent à peine les bagages. Felusia leur répondit en français. Les dernières années, Clara s'était inquiétée d'un rien; elle avait consulté des cartomanciennes, elle avait demandé aux gitans de lire dans les lignes de sa main. Or à présent elle prenait tout à la légère. Elle n'avait plus de douleurs après avoir mangé. Ses calculs biliaires semblaient s'être évaporés. Elle n'était même pas troublée à la pensée qu'elles allaient arriver à Berlin la veille de Rosh Hashanah.

Elles passèrent la nuit à Berlin et, de bonne heure le lendemain matin, elles partirent pour Hambourg. Les journaux russes et polonais avaient récemment fait une campagne de propagande contre la Prusse. La Russie et la Prusse étaient engagées dans une guerre de tarification. Les journaux ne parlaient que de la sauvagerie de la police allemande, des Junkers, des étudiants. Clara ne remarqua que la courtoisie des Allemands. Ils s'inclinaient, l'appelaient « Gracieuse dame », s'inquiétaient de son confort; elle, en retour, leur donnait un pourboire princier. Felusia était accablée de compliments. Elles s'embarquèrent sur le *Blücher*, la traversée promettait d'être agréable. Clara occupait une des cabines les plus spacieuses. Celle-ci comprenait deux lits et un divan, et il y avait même un cabinet attenant. Un miroir était fixé au-dessus du lavabo. Sur le bureau il y avait du papier à lettres.

Clara sortit sur le pont. La cale du bateau était ouverte et une grue flottante chargeait des tonneaux, des caisses, des malles, d'énormes sacs entourés de paillets et renforcés par des cercles de métal. Clara imaginait mal comment un bateau pouvait contenir une telle cargaison dans sa cale. Elle apercevait les passagers sur les ponts inférieurs : ils étaient échevelés et ils semblaient nerveux. Il y eut des étreintes, des pleurs, des embrassades. Clara entendit parler yiddish. En première classe, toutefois, la retenue et la discrétion étaient de bon ton. Des dames se promenaient, élégamment vêtues et couvertes de bijoux, jouant de l'éventail comme si elles étaient à un bal. Des messieurs portaient un chapeau haut de forme et fumaient un cigare. Un général était monté à bord pour faire ses adieux à sa fille. Trois immenses Anglais, accompagnés d'une jeune fille au nez parsemé de taches de rousseur, flânaient sur le pont. Un homme trapu, la tête ornée d'une longue chevelure, les épaules couvertes d'une pèlerine, baisa la main d'une femme qu'il appelait comtesse. Clara croyait que le bateau prendrait la mer aussitôt que les passagers seraient à bord. Or il demeura à quai pendant des heures. Le soleil se couchait déjà à l'ouest. Des éclats de lumière semblaient enflammer les eaux troubles. Le feu du ciel et la teinte sombre de la mer se mariaient harmonieusement. Les bateaux dans le port crachaient des fumées épaisses, de la vapeur. Le trop-plein se déversait par les bouches d'évacuation. Des marins escaladaient des échelles et tiraient sur de grosses cordes tout en braillant. Des mouettes survolaient les bateaux. Le port sentait le charbon et le poisson pourri. Clara eut une sensation étrange en songeant que ce bateau la transporterait directement à New York, la ville qui, peu de temps auparavant, ne semblait exister que dans son rêve. L'ancre fut levée, les amarres larguées. Au bruit rauque d'une trompe Clara se boucha les oreilles. Les maisons, les églises, les tours et les cheminées de

Hambourg commençaient à s'éloigner. Les fenêtres des immeubles captaient la lumière pourpre du coucher de soleil. Les premières étoiles faisaient leur apparition. Elles semblaient se balancer en même temps que le bateau. L'horizon s'ouvrait grand devant leurs regards. Les premiers phares étaient en vue. Des bateaux étaient ancrés en pleine mer, comme oubliés par Dieu et par les hommes. Un jeune homme s'approcha de Clara et lui offrit ses jumelles. L'océan s'élargit sous leurs yeux, devint immense; des bateaux se balançaient sur ses vagues tels des canetons. Louisa vint chercher Clara. Un employé derrière un guichet distribuait des tickets numérotés pour les tables du dîner.

Clara avait lu des récits sur les voyages en mer. Selon eux, l'océan était déchaîné, des pirates attaquaient les bateaux, des monstres marins dévoraient les hommes en mer. Cependant le *Blücher* était comme un hôtel flottant. Clara peigna les cheveux de Felusia et noua ses nattes avec des rubans. Dans la salle à manger magnifique on leur servait des plats rares en Pologne : laitue, poisson de mer, huîtres. A une table voisine on ouvrit un magnum de champagne. Louisa, assise en face d'un Français, était entrée en conversation avec lui. Mon Dieu! il était originaire du même quartier qu'elle! Elle avait connu son oncle! Il existait donc toujours une France dans ce monde! Il y avait encore des gens qui parlaient le français! Clara, dont les connaissances en français étaient limitées à ce qu'elle avait appris à l'école, s'entretint avec deux sœurs hongroises qui allaient retrouver leur oncle, à Chicago. Elles parlaient allemand; Clara essayait tant bien que mal de se faire comprendre dans un yiddish germanisé. Elles assuraient à Clara que son allemand était parfait...

Clara avait emporté des citrons et des pastilles acides par mesure de précaution contre le mal de mer. La première nuit passa sans incident. Le lendemain matin fut ensoleillé. Mais à l'heure du repas le ciel se couvrit; les rayons du soleil, tels des coups de hache, perçaient et séparaient les nuages. Un vent froid se mit à souffler. Les vagues, aux reflets d'or, d'argent, de vert de galle, grossissaient. Elles s'élevaient, retombaient, bouillonnaient et frémissaient. Le bateau se mit à tanguer. Le teint de Felusia était verdâtre. Clara se traîna jusque sur le pont, couverte d'une veste de fourrure et d'un manchon. Le vent fouettait sa jupe, la poussait tantôt en arrière, tantôt en avant. L'air était chargé d'embruns salés. Clara avait lu quelque part qu'il fallait s'efforcer de ne pas succomber au mal de mer. Néanmoins le balancement continuel lui souleva l'estomac et sa bouche se remplit d'un liquide répugnant. Elle s'accrocha au parapet, longtemps, fixant d'un regard absent l'écume blanchâtre; lorsqu'elle vomit enfin, elle retrouva le goût de la salade qu'elle avait mangée la veille.

V

Clara et Felusia étaient toutes deux malades. La tempête faisait rage. Comme d'énormes marteaux, les vagues frappaient les flancs du bateau. Felusia était couchée dans l'un des lits et ne cessait pas de dormir. Clara, dans l'autre, était incapable de fermer les yeux. Depuis son lit elle avait une vue directe sur la mer. Le ciel gris semblait spongieux tellement il était couvert de nuages dont certains s'étendaient comme des rideaux d'eau au-dessus du décor désolant. Les vagues montaient si haut que Clara craignait que le bateau ne fût inondé. Des montagnes d'eau, noires, aux arêtes vives, fonçaient en avant, crachaient des galets, telles les nappes de lave d'un volcan. Des mascarets arrivaient en masse, l'un après l'autre, blancs, verts et noirs, aux sillons d'écume, semblables à des armées surnaturelles, prêtes à détruire et à engloutir tout sur leur passage. Le *Blücher* se dressa, le ciel dériva, et le lit de Clara sembla momentanément suspendu dans l'espace. Mais bientôt tout revint dans sa position normale et les vagues se retirèrent, telles des diablesses chassées par une incantation, impatientes de recommencer leur jeu infernal. La mer fut en fureur pendant toute la journée et toute la nuit suivante. Des formes tourbillonnantes s'élevaient de la surface de l'eau, bondissaient comme poussées par une volonté occulte, puis disparaissaient de nouveau dans le gouffre. Les machines cognaient au point de faire trembler et vibrer la cabine. La trompe de brume résonnait sans arrêt, d'un son prolongé et lugubre, pour avertir du danger. Par bonheur, Louisa n'eut pas le mal de mer. Elle apportait à manger aux deux femmes et elle leur préparait du jus de citron. Elle tenait également Clara au courant de tous les potins à bord : ce que le capitaine avait dit, les toilettes que portaient les dames à chaque repas, etc. La plupart des passagers étaient malades. Les deux sœurs hongroises ne paraissaient plus dans la salle à manger. Louisa et le Français restaient les seuls à leur table réservée.

La journée était déjà difficile à supporter, mais la nuit l'anxiété de Clara devenait telle qu'elle semblait interminable. Felusia soupirait dans son sommeil. Dans l'obscurité, Clara implorait Dieu. Si seulement Felusia sortait de cette épreuve saine et sauve! Le mal de mer de Clara lui valut une nouvelle crise de calculs biliaires. La douleur lancinante s'étendait de son estomac jusqu'à son épaule droite. Clara se sentait fiévreuse. Le médecin de bord lui administra des médicaments se révélant, hélas! inefficaces. A Varsovie, Louisa avait pu chauffer des briques et les coucher contre l'estomac de sa maîtresse, mais ici, à bord, il n'y avait pas grand-chose à faire. Clara gémissait et poussait parfois un cri comme une femme en mal d'enfant. Lorsque les crampes cessaient, elle écoutait calmement la tempête qui hurlait. Se noyer? Etre mangé par les poissons? Une tombe humide... serait-ce là son destin?

Clara s'assoupit, puis se réveilla en sursaut. Le vent rugissait. Le lit se balançait. Clara s'accrocha aux montants du lit pour ne pas tomber en dehors. Ceux-ci grinçaient comme s'ils allaient se casser. On entendait des pas précipités dans les couloirs. Des claquements de portes également. Le bateau avançait avec une lenteur inhabituelle, comme s'il livrait un ultime effort. En dépit de sa peur, Clara souhaitait presque que les événements se précipitent vers une fin catastrophique. Ainsi, l'agonie d'une mort lente lui serait épargnée. Si Dieu existe, qu'Il la cherche dans les profondeurs de l'Océan pour la jeter dans la Géhenne! voilà tout ce qu'elle méritait.

Au bout de quatre jours, la tempête s'apaisa. Felusia se rétablit vite, mais Clara garda le lit; ce ne fut que la veille de leur arrivée à New York qu'elle se sentit capable de s'habiller et de retourner à la salle à manger. La pièce semblait plus spacieuse du fait que le nombre des dîneurs avait sensiblement diminué. Clara eu l'étrange impression que les passagers n'étaient plus les mêmes qu'à son départ, comme si de nouveaux avaient embarqué en pleine mer. Elle constata avec surprise que Felusia avait mûri au cours de ces quelques jours de traversée : elle semblait plus pondérée et elle s'efforçait visiblement de s'adapter aux us et coutumes étrangers. Clara avait perdu l'habitude de marcher d'un pas ferme, aussi le plancher semblait-il glisser sous ses pieds lorsqu'elle avança vers sa table. Elle fut obligée de s'accrocher à Louisa pour ne pas tomber. Elle se rendit bientôt compte que Louisa et le Français, homme de forte carrure avec une masse de cheveux gris et une moustache noire, étaient devenus plus intimes au cours du voyage. Le couple ne cessa de bavarder et de rire. L'étranger versa du vin à la gouvernante et l'aida à couper son steak. Lorsque, plus tard, Clara la questionna, Louisa confessa, après quelque hésitation, qu'elle et M. Dujacques, veuf, projetaient de se marier dès leur arrivée à New York; elle affirma avec beaucoup d'insistance qu'elle aurait toujours les mêmes sentiments maternels à l'égard de Felusia... Louisa jura que, la nuit avant de quitter Varsovie, elle avait rêvé qu'elle se mariait, qu'on la conduisait devant l'autel, et que son mari avait exactement le physique de M. Dujacques...

Autant la mer avait été agitée, autant elle était calme à présent. Des vagues dont la crête se soulevait à peine charriaient des paquets de plantes marines. Hommes et femmes qui avaient été confinés dans leurs cabines sortaient maintenant sur le pont, amaigris, pâles, portant des vêtements réservés pour la dernière partie du voyage : jupes plissées, châles, pèlerines. Des amitiés, temporairement interrompues, se renouaient. Chacun racontait aux autres les misères qu'il avait endurées. L'air se réchauffait sensiblement. Des poissons volants fendaient la surface de l'eau. Des dauphins, tels de grands rats, émergeaient des vagues. Un steward installait des chaises longues avec des couvertures sur le pont. Des femmes âgées s'y pelotonnaient et reprenaient leur ouvrage de tricot interrompu, tout en bavardant sur leurs migraines, leurs rhumatismes, leurs remèdes contre la toux. Assise parmi elles, Clara se sentait incapable de participer à leur conversation. Ce n'est pas parce qu'elles parlaient allemand au lieu de yiddish, mais plutôt en raison de ce qui, en son for intérieur, la séparait des autres. Ces femmes-là prétendaient à une certaine stabilité dans leur existence. Elles avaient un mari, des gendres, des belles-filles, des petits-enfants. Elles savaient exactement quelle était leur destination et combien de temps elles allaient séjourner en pays étranger. Or Clara n'avait pas de but précis dans sa vie. Elle était néanmoins trop vieille pour se joindre au groupe des jeunes gens. Elle remarquait avec surprise combien les hommes étaient libres avec les femmes, et avec quelle effronterie et quelle audace les femmes se comportaient à l'égard des hommes. Ils riaient et gloussaient ensemble, avec une familiarité et un sans-gêne visibles. « Qu'y avait-il de si drôle? Pourquoi riaient-ils tant? se demandait Clara. Etaient-ils donc si heureux? Croyaient-ils que leur jeunesse fût éternelle? » Plusieurs jeunes Anglais, vêtus de pèlerines et de costumes en tissu écossais, jouaient au jeu des galets. Les femmes se joignaient à eux. Un homme âgé portant monocle excellait à ce jeu et on l'applaudissait. Felusia y participait également. Elle leur parlait en français.

Clara s'efforçait de s'arracher à son amertume, mais elle en était incapable. Elle se considérait elle-même comme une pécheresse, cependant elle ne pouvait supporter une conduite relâchée chez les autres. Ses pensées ne cessaient de tourner autour de la vanité de l'existence et de l'entité inconnue nommée Dieu. Même Felusia se rendait compte du changement qui s'était produit en elle.

« Tu as tellement vieilli, disait-elle à sa mère. Personne ne croit que tu es ma mère. Tout le monde te prend pour ma grand-mère. »

VI

Il pleuvait lorsque le bateau accosta à New York. Clara, Louisa et Felusia se soumirent aux formalités de la douane – dans un immense hangar plein de bagages et de préposés – avant de sortir dans une rue pavée de grandes dalles, couverte de flaques d'eau et de crottin de cheval. Tout était mouillé : les maisons de brique rouge avec leurs échelles à incendie, les grands magasins, les équipages à chevaux, la foule des piétons qui se bousculaient dans le quartier. Au loin, Clara aperçut le train qui semblait voler au-dessus des toits. Elle le suivit des yeux et le vit traverser un pont en fer, soutenu par d'énormes piliers au soubassement cimenté dans le sol. Tout ici paraissait étrangement vieux et usé, comme existant depuis des centaines d'années. La pluie tombait en biais, par nappes poudreuses, et à travers ce rideau voilé la ville s'élevait, gris rosé, les contours confus, telle une forteresse de métal et de pierre, avec ses toits plats, ses petites fenêtres, ses cheminées crachant la fumée; l'ensemble dégageait une morne tristesse. Les passagers de première classe, autorisés à débarquer avant les autres, montaient à bord de cabriolets anglais dont les cochers portaient des cirés et des hauts-de-forme assortis. Un parent de M. Dujacques, venu le chercher en voiture, conduisit sur sa demande Clara, Felusia et Louisa à leur hôtel.

Ils traversèrent des rues aux immeubles en grès, de teinte marron, qui avaient des portes d'entrée étroites au lieu de grilles ou de portails. Regardant par la vitre du cabriolet, Clara s'étonna. Etait-ce cela New York? Comparée à Berlin et à Paris, cette ville n'avait pas ce cachet particulier d'une grande capitale. Dans les flaques d'eau des caniveaux flottaient des morceaux de papier, de carton et des chiffons. Clara n'avait jamais vu nulle part autant de parapluies en mauvais état. Des piétons trempés d'eau sautaient par-dessus des rigoles, se courbant sous la pluie. D'énormes wagons étaient arrêtés près d'une citerne. Tout ici semblait étrange. Ils dépassèrent la boutique d'un coiffeur. Par la vitre on apercevait des hommes étendus sur des fauteuils, enveloppés de grandes serviettes, tels des malades préparés pour une opération. Une enseigne indiquait que l'établissement se chargeait des shampooings aussi bien que des coupes de cheveux. Des patrons de restaurant étaient assis en rang sur de hauts tabourets derrière le comptoir. La voiture passa devant des ateliers où hommes et femmes travaillaient devant des machines, manipulant des pièces de matériel. Il y régnait une animation et un remue-ménage, une sorte de chaos, que Clara n'avait jamais rencontrés nulle part. Même le bruit ici était différent de celui de Berlin ou de Paris. Il était difficile de distinguer d'où venait tout ce battage et ce fracas. Des barres de fer faisaient saillie dans les contructions inachevées. Des affiches publicitaires détrempées étaient collées sur des panneaux. Un Noir, protégé de la pluie par un sac jeté sur ses épaules, suivait son chemin. Dans un marché de viande un boucher, la taille ceinte d'un grand tablier souillé de sang, sciait un os. Il y eut d'autres marchés et d'autres magasins sur leur passage. Ils exposaient des champignons sèchés par bouquets, des chapelets d'oignons, des fromages noués dans un linge. Tout était offert en vrac : oignons et oranges, radis et pommes, poissons de mer, homards et moules. Le soleil, sorti de derrière les nuages, éclairait d'un éclat humide cette scène bigarrée. La voiture s'arrêta devant un hôtel. Un chasseur s'empara rapidement des valises de Clara. Le réceptionniste fumait une pipe en écume de mer; il parlait allemand. Les trois femmes montèrent un escalier étroit, couvert d'un tapis rouge. Les chambres sentaient le bois sec, les punaises et l'insecticide. On apporta aux nouvelles arrivées leurs bagages. Les voilà à New York...

Dieu du ciel! depuis sa plus jeune enfance Clara avait entendu parler des merveilles de New York. Or c'était une ville comme n'importe quelle autre. Le ciel était en haut, et non en bas. Clara s'assit près de la fenêtre pour regarder dehors. A travers son face-à-main, attaché autour de son cou, elle contempla ce pays, si lointain il y a peu de temps encore. Elle songea que, s'il y avait une vie après la mort, elle devrait être ainsi – différente et pourtant la même. Qui était ce géant qui portait une enseigne? Oh! il marchait sur des échasses! Il était coiffé d'un haut-de-forme rayé de rouge et de blanc. Etait-ce un clown de quelque cirque? Un colporteur offrait ses marchandises d'une voix enrouée. La foule se rassemblait autour de lui. Donnait-il des objets gratuits? Les gens tendaient les mains pour saisir vivement quelque chose, tout en riant. Tout le monde ici semblait si rapide, si actif, si curieusement habillé de couleurs criardes. De l'autre côté de la rue, toute une vitrine d'un magasin de confection exposait des mannequins vêtus de soie, de velours, de manteaux et d'étoles de fourrure, quelque peu différents de ceux qu'on voyait à Varsovie. Les femmes qui se pressaient devant l'étalage portaient des robes et des chapeaux qui avaient l'éclat du neuf. Mon Dieu! voilà une jeune fille roulant à bicyclette! Pourquoi chaque piéton portait-il autant de boîtes et de paquets? Oui, quelque chose était différent ici. Louisa et Felusia occupaient l'autre fenêtre. Felusia ne cessait de s'écrier : « Louisa, maman, regardez! » Un photographe forain conduisait un animal par la bride, lequel n'était ni un cheval, ni un âne, ni même une pouliche, bien qu'il ressemblât à tous les trois; il portait une petite selle sur le dos. Un homme au pantalon jaune et au chapeau à plume promenait un perroquet sur son épaule. Un adolescent vendait des marionnettes en carton qui bougeaient les bras et les jambes lorsqu'il tirait sur une ficelle. Les adultes, tout comme les enfants, semblaient s'amuser avec des jouets dans ce pays. Des crieurs de journaux braillaient. Sur un toit, de l'autre côté de la rue, quelqu'un, muni d'une longue perche, chassait des pigeons.

« Eh bien, Felusia, que penses-tu de l'Amérique? demanda Clara.

– Oh! maman, c'est amusant! » dit-elle en esquissant un geste qui faisait penser à Alexandre.

Felusia déclara qu'elle avait faim. Louisa l'accompagna au restaurant d'en face. Entre-temps Clara examina leurs chambres. Elle tâta les matelas et ouvrit les tiroirs du bureau. Il y avait une salle de bain avec une longue baignoire, ainsi qu'un lieu d'aisances particulier. Clara ouvrit les robinets et, à son étonnement, l'eau était chaude, bien qu'elle n'eût pas commandé d'en chauffer. Par habitude elle sonna néanmoins la femme de chambre et, par bribes de yiddish et par gestes, elle fit comprendre qu'elle aimerait prendre un bain. La jeune servante sourit et répondit en anglais avant de faire couler de l'eau dans la baignoire. Une partie d'un journal américain était posée sur une chaise. Clara ne savait pas lire l'anglais, mais elle comprit d'après les illustrations qu'il s'agissait de réclames pour des cosmétiques, des corsets, des brassières, des produits garantissant la disparition totale de tous les poils indésirables sur le corps, du poison exterminant les cafards. Une autre publicité montrait deux photos de la même femme : sur la première elle était vieille, ridée, négligée; sur la seconde elle paraissait jeune, élégante, altière. La légende disait « avant » et « après ». Clara devina sa signification. La pensée qu'elle aussi pourrait redevenir jeune dans ce pays hanta aussitôt son esprit. Un nouveau désir de profiter de la vie s'éveilla en elle.

VII

Tout se passa bien mieux que Clara avait prévu. Louisa fut invitée dans la famille de M. Dujacques et elle emmena Felusia avec elle. Le temps se rafraîchit, aussi Clara fut-elle plus à l'aise dans ses vêtements d'automne. Elle avait déjà passé la moitié d'une journée dans un salon de beauté. Elle s'était fait masser, teindre et mettre en plis les cheveux, maquiller. Elle avait également fait l'achat de différentes petites bagatelles. A Varsovie, Clara avait fait l'acquisition d'un livre d'anglais pour voyageurs. Elle commença immédiatement à apprendre certains mots, des expressions courantes. Qu'est-ce que la vie en

Amérique avait de si difficile? Pour de l'argent on pouvait tout avoir. Il y avait des cabriolets devant l'hôtel. Clara en loua un et ordonna au cocher de la conduire à East Broadway. Il se trouva que l'homme parlait un peu de yiddish. Clara éclata de rire en entendant son accent polonais uniforme. Il était originaire de Varsovie où il avait déjà fait le métier de cocher. Tout en conduisant il lui faisait de la conversation par-dessus son épaule. S'il connaissait bien Varsovie? Il s'y était cassé les dents. La rue Berg? C'était la résidence des aristocrates! Les très grosses légumes! Pourquoi il était parti? Il avait eu affaire à la justice. Pourquoi aurait-il tranquillement attendu que les antisémites le jettent en prison? Ces sales Russes ne verraient pas ce jour-là! Que leur chair pourrisse!... que leurs os tombent en poussière!... Il se tourna pour mieux voir Clara et faillit renverser des piétons. « Quiconque fricote avec ces bandits-là est fou à lier! L'Amérique est un pays merveilleux. Si l'on possède quelques dollars, ici c'est le paradis! » L'anglais? On peut l'apprendre. Qui la dame venait-elle voir dans ce pays? Des parents? Elle avait l'intention de repartir? Quelle folie! C'était bon de vivre dans le pays de Christophe Colomb. Tout le monde mangeait du pain blanc, même les mendiants. Lui-même gagnait assez pour envoyer chaque mois quelques dollars à sa vieille mère... « Ho! doucement! Hé, vous là-bas! pépère, où vous croyez-vous donc? Etes-vous aveugle? Ces voitures à bras bloquent toute la route et on a du mal à se frayer un passage. Voilà bien les Juifs! A l'époque ils colportaient à Varsovie, dans le quartier de Goscinny Dwor, et maintenant ils colportent à New York. Ils gagnent ainsi leur pain, sans avoir besoin de licence. Tout le monde travaille dur, dans ce pays, mais si on a quelques sous, on est libre comme l'oiseau. Ici également il existe des gens qui haïssent les Juifs. Ils les appellent youpins. Toujours est-il qu'on le leur rend bien. Si deux personnes se disputent, nul n'intervient. Comme dit le proverbe : " Occupe-toi de tes affaires!... " Hé!... »

La voiture dut s'arrêter. Des voitures de pompiers firent leur apparition. Les pompiers ne portaient pas le casque comme à Varsovie, mais un chapeau noir, tels des bourreaux, pensa Clara. Les trompes cornaient, les voitures passaient à toute vitesse, les chevaux au harnais de cuivre tiraient sur leurs rênes. Le cocher se tourna vers Clara. « Les pyromanes! Qu'ils soient maudits! Ils évacuent les marchandises en pleine nuit, puis ils mettent le feu à l'immeuble. S'ils sont capturés, il y aura du vilain, mais que ne font-ils pas pour quelques milliers de dollars? Lorsque je suis arrivé ici, l'assurance contre l'incendie était d'un prix abordable. Or aujourd'hui elle atteint un prix exorbitant. Si jamais j'attrape un de ces bandits, je lui arracherai une jambe. Les compagnies s'enrichissent aux dépens de la vie humaine. Une fois, toute une famille a été brûlée vive! Le coupable lui-même a été blessé, et c'est ainsi qu'on a pu l'arrêter. Qu'il pourrisse en prison, l'ignoble con! Il faudra qu'il prie Dieu pour en sortir de son vivant... Hé!... »

La circulation était devenue difficile. Il y avait un embouteillage de camions, de cabriolets, de voitures des messageries, et même de bicyclettes. Des fenêtres s'ouvraient et des curieux tendaient le cou. Des enfants jouaient sur le trottoir. Un petit garçon, gros comme un tonnelet, un bonnet de tricot sur la tête, faisait tourner un morceau de bois, pointu aux extrémités, que Clara compara à un rouleau de pâtisserie en miniature. Garçons et filles criaient. Les maisons de New York n'avaient ni grilles ni cours. Tout ici se passait dans la rue. On séchait le linge sur les toits. Des boîtes à ordures pleines de cendres étaient placées devant les entrées. Une femme corpulente, aux joues peintes, aux yeux fardés de mascara, ses grosses jambes gainées de bas rouges, interpella quelqu'un dans un mélange d'anglais et de yiddish. Le cocher se pencha confidentiellement vers Clara et dit : « C'en est une, une de ces protituées, une putain – que toute cette engeance aille au diable! Elles ne veulent pas travailler. Ces traînées ne vivent que dans le péché. Elles sont syphilitiques et elles contaminent leurs clients. Elles ont le sang infecté. Le garçon qui passe entre leurs mains est foutu. J'ai une femme et des enfants – que Dieu les garde en bonne santé! L'aîné est déjà à l'école supérieure – chez nous on disait le " gymnase ". Qui, à Varsovie, pouvait se permettre d'envoyer son enfant au gymnase? Ici, c'est Oncle Sam qui paie, tout le monde a les mêmes droits. Chacun est citoyen au même titre!... Nous voici à East Broadway. Quel numéro cherchez-vous? Regardez la synagogue là-bas! Il y a beaucoup de Juifs pieux par ici. Mon propre fils a étudié au Talmud Torah... Je lui ai fait faire sa bar mitzvah. »

Cette rue semblait plus prospère que les autres du quartier. Les hommes portaient le haut-de-forme et les femmes étaient bien habillées. Un homme grisonnant, de grande taille, vêtu d'une pèlerine et coiffé d'un haut-de-forme, échangeait des politesses avec quelqu'un. Il levait une main gantée de blanc et agitait une canne au pommeau d'argent. Il avait l'air d'un musicien ou d'un acteur. Clara avait aperçu une affiche qui parlait d'un théâtre yiddish, à New York. Le cabriolet s'arrêta devant une maison de brique rouge de deux étages. Il y avait un porche et trois fenêtres à chaque étage. Oui, c'était bien ici. Le numéro était peint en chiffres dorés sur le panneau vitré de la porte et une plaque annonçait : *Alexandre Zipkin, docteur en médecine.* Le cocher agita son fouet en signe d'adieu et se mit en route. C'est donc ici qu'il vivait! Et elle qui avait cru qu'il habitait un palace! Néanmoins elle eut la gorge contractée.

« Dieu du ciel, pourvu que je n'aie pas une attaque ici même! Fasse Dieu que je vive pour le voir!... »

Respirant profondément, elle se calma un peu. Soulevant les plis de sa robe lourdement chargée de rubans, elle monta les escaliers. « Qu'y a-t-il à craindre? se dit-elle. Il ne me mangera pas... »

Elle tira la sonnette. Une jeune fille vint ouvrir. Elle avait l'air d'une bonne et bien qu'elle parlât anglais, Clara lui répondit en russe. Elle introduisit Clara dans la salle d'attente. Deux autres femmes y étaient déjà installées. L'une ressemblait à une marchande du marché; l'autre, qui portait des lunettes sur son nez crochu, était probablement la femme du rabbin, se dit Clara. Il y avait un aquarium avec des poissons rouges sur la table. Un tableau représentant un paysage était accroché au mur. Par la fenêtre, on apercevait un petit jardin avec deux arbres dénudés. Dans l'air flottait une odeur de chou qui provenait sans doute de la cuisine. D'une main tremblante Clara prit un magazine. Elle essaya de regarder les images, mais ses yeux refusaient de se concentrer sur un point fixe. La page se colorait de vert, d'or, et les lignes imprimées sortaient du texte comme tirées par une ficelle tendue... La « femme du rabbin » toussa. La « marchande du marché » soupira. Clara se cacha le visage derrière le magazine. De l'autre côté de la porte elle reconnut la voix d'Alexandre qui semblait devenue quelque peu plus profonde et plus rauque.

VIII

La « marchande du marché » resta longtemps dans le cabinet du médecin. Clara écouta les voix du médecin et de la malade. Zipkin parlait yiddish. C'était la première fois que Clara l'entendait employer cette langue, aussi fut-elle surprise de constater qu'il avait un accent lituanien prononcé. Elle eut envie de rire. Elle leva le journal plus haut pour être sûre d'être bien cachée. S'appuyant sur les accoudoirs du fauteuil, elle laissa tomber sa tête en arrière et essaya de se détendre. « Rien de bon ni de mauvais ne peut désormais m'arriver », songea-t-elle. La porte s'ouvrit, la malade sortit pour laisser la place à la suivante. Depuis le seuil, Zipkin dit quelque chose à propos d'une cuillerée à café après le petit déjeuner, le déjeuner et le dîner. « Que vais-je lui dire? pensa Clara soudain. Je ne veux pas m'humilier devant lui. Je lui dirai que Felusia est ici, et rien d'autre. » Derrière son magazine Clara sentit le regard de Zipkin peser sur elle. Elle se fit toute petite et détourna la tête... La deuxième cliente resta encore plus longtemps dans le cabinet que la première. Que faisait Zipkin? Pourquoi ce calme de l'autre côté de la porte? Procédait-il à un avortement? Clara sourit à cette pensée ridicule. Cette femme avait l'air d'être grand-mère... Clara s'efforça de ne plus penser à rien. Les pleurs d'un enfant parvenaient d'une autre pièce de la maison. Clara crut entendre la voix impatiente d'une femme qui cherchait à faire taire l'enfant. La pièce était surchauffée et mal aérée, pleine de poussière et de fumée de charbon de bois. Clara se mit à s'éventer avec le journal. Peut-être la porte ne s'ouvrirait-elle plus jamais? Zipkin s'éternisait avec cette femme. S'étaient-ils momifiés tous les deux? Au même moment la cliente sortit. La suivant de près, Zipkin donna des instructions quant à la manière de se servir d'un inhalateur. Il imita le bruit d'aspirer : « Ah-ha. » Clara déplaça légèrement le magazine, si bien que, du coin de l'œil, elle pouvait examiner la partie inférieure de la silhouette de Zipkin : une blouse blanche, un pantalon à carreaux, des chaussures qui semblaient anormalement grandes. Avait-il de si grands pieds? Elle posa le magazine sur la table. Ses yeux enregistraient tout comme à travers une légère brume. La voix du médecin dit : « Entrez, s'il vous plaît. »

Clara se leva, les pieds gourds. Elle le regarda plus attentivement. C'était bien Zipkin, mais un peu vieilli, les cheveux clairsemés. Au sommet de son crâne qui montrait une calvitie naissante poussaient quelques rares poils tels des brins d'herbe marécageuse. Ses sourcils épais se joignaient au-dessus de l'arête de son nez et il avait le regard myope. Deux rides abaissaient les coins de sa bouche – signe d'impatience et d'amertume, conséquence fréquente d'une insatisfaction profonde ou d'ambitions déçues. Il ne l'avait pas reconnue ! Elle eut envie de pleurer. Peut-être ferait-elle mieux de ne pas se faire reconnaître. Le cabinet était aussi simplement meublé que la salle d'attente. Il n'y avait qu'un bureau, deux chaises et une lampe. Un stéthoscope était couché parmi les papiers sur le bureau. Une carte ophtalmologique était accrochée au mur. Zipkin dit de nouveau quelque chose en anglais et Clara toussa pour s'éclaircir la gorge, trop sèche. Elle lui adressa la parole en polonais. « Excusez-moi, docteur, je ne parle pas l'anglais... »

Il y eut un silence. Tous deux prirent place. Bien qu'il ne dît rien, Clara savait qu'il avait reconnu sa voix.

« Je ne me trompe pas ? fit-il enfin d'une voix tremblante.

– Non... c'est bien moi. »

Il ne se leva pas. Il haussa ses sourcils avec une expression à la fois stupéfaite et indifférente, comme s'il ne souhaitait pas donner libre cours à ses sentiments. Une étrange pensée traversa l'esprit de Clara : il est déçu que je ne sois pas une cliente...

« En vérité, voilà une surprise ! dit-il dans un polonais qui avait déjà pris un accent étranger.

– Oui, n'est-ce pas ? »

De nouveau le silence s'installa entre eux. Cherchant fébrilement un mouchoir dans son sac, Clara sortit par inadvertance un miroir et le laissa tomber dans son giron.

« Que s'est-il passé ? Pourquoi ne pas m'avoir averti de ton arrivée ? Mon Dieu !

– Je n'en sais rien. Ta fille est ici également.

– Felusia? Où est-elle? »

Clara donna le nom de l'hôtel où elles étaient descendues. « Louisa nous a accompagnées », ajouta-t-elle.

Zipkin se sentit incapable de parler. Se levant lentement, il jeta un coup d'œil vers la porte. Un bref instant il pencha sa haute silhouette sur Clara. Après une petite hésitation il reprit place et la dévisagea. Elle lui rendit son regard. Repoussant de la main le stéthoscope, il dit : « C'est vraiment une surprise.

– J'espère que je ne te dérange pas.

– Que dis-tu là? Je craignais de ne jamais te revoir. » Sa bouche se crispa nerveusement.

Surmontant finalement leur gêne réciproque, ils engagèrent une conversation hésitante, incohérente. Il était question de la traversée, du bateau, des détails de l'embarquement et du débarquement de Clara. Tandis qu'ils discutaient ainsi, un lien se créa mystérieusement entre le passé et le présent. Le changement que le temps avait produit dans leur physionomie, leur voix et leur silhouette semblait disparaître : une main invisible effaçait les rides, comblait les creux, embellissait les défauts. Zipkin paraissait rajeuni et plein de son ancienne ardeur juvénile, de son arrogance de don juan qui avaient tant plu à Clara. Les yeux de Clara lançaient des flammes, comme autrefois. Son visage redevenait impudent, passionné, vulgaire, et en même temps il exprimait une gentillesse maternelle, typiquement sémite. Il n'avait fallu que quelques secondes pour opérer cette transformation. « C'est le même Alexandre... pourquoi m'a-t-il paru si étrange tout d'abord? » s'étonna Clara.

« Oui, c'est la même Clara! » se persuada Zipkin. Il se leva et ouvrit la porte de la salle d'attente comme pour vérifier s'il n'y avait pas de nouveaux clients. Il jeta un coup d'œil furtif à une autre porte, recouverte d'une draperie verte, qui conduisait apparemment à l'appartement privé.

IX

« Qu'est-ce qui t'a fait venir en Amérique? » demanda-t-il, comprenant aussitôt combien sa question était grossière, mais il était trop tard pour la retirer. Clara y réfléchit un moment.

« C'est bien simple, dit-elle enfin. Felusia est ta fille et elle a besoin d'un père. Une seule carte de vœux par an ne lui suffit pas. Elle va à l'école, or toutes ses camarades de classe ont un père. Si elle était orpheline – à Dieu ne plaise! – ce serait différent... » Clara se tut. La dernière phrase sonnait empruntée et peu convaincante. Zipkin baissa la tête.

« Ces temps derniers j'ai pensé à toi... constamment, fit-il.

– Constamment?

– Oui.

– Je pensais que tu m'avais complètement oubliée.

– Non, Clara, je n'ai rien oublié. J'ai essayé de me faire oublier. Que pouvais-je faire d'autre? Après ce qui s'était passé entre toi et Mirkin, j'avais pris mon parti : tout était fini.

– Mirkin n'est plus en vie.

– Quand est-il mort? Je ne garde aucune rancune. Tu es faite ainsi et tu ne changeras jamais. Tu sais que je suis marié.

– Oui. J'ai entendu un enfant qui criait. Est-ce ton fils?

– Oui, c'est mon fils. Un beau garçon! Ma femme est d'origine hongroise. Elle m'a aidé financièrement à terminer mes études.

– Comment va Sonia?

– Sonia se porte bien. Son mari possède une petite entreprise. Elle a trois enfants.

– La vois-tu parfois?

– Pas très souvent. C'est une mère dévouée. Son mari, qui se nomme Yackiewicz, a oublié tous ses anciens rêves. Personnellement je ne fais plus partie du mouvement, mais je sympathise toujours avec ses idées. Il y a beaucoup de socialistes et d'anarchistes à New York. Leurs quartiers généraux sont dans le voisinage.

– J'imaginais New York tout à fait différent.

– Qu'imaginais-tu donc? Les gens sont les mêmes ici qu'ailleurs. Ils arrivent de Russie par cargaisons. Je n'aurais jamais cru que tu viendrais aussi.

– Je ne suis venue qu'en visite.

– En visite? Pour combien de temps?

– Je ne sais pas encore. Cela dépend. »

Zipkin recouvrit machinalement une ordonnance incomplète d'un buvard. « Eh bien, quoi qu'il en soit, tu es là maintenant, fit-il.

– Oui, Alexandre, je suis là. Encore que j'aie l'impression que je vais me réveiller à tout moment pour me retrouver chez moi. J'ai été très malade. J'ai failli mourir. Mais à présent je vais mieux. J'ai eu une sérieuse crise de calculs biliaires et, tandis que j'étais clouée au lit, j'ai décidé de ne pas laisser Felusia orpheline. En quoi est-elle coupable, elle? Chacun doit payer pour ses propres péchés, et non pour ceux des autres.

– Oui, c'est vrai.

– Après mon rétablissement j'étais déterminée à entreprendre ce voyage. Lorsqu'on est prêt à mourir, on n'a plus rien d'autre à craindre. Tout se passa très vite. Tu te souviens de Sacha, je suppose. Il était ton élève, après tout. Il a repris en main les affaires de son grand-père – mon père, en l'occurrence –, et il réussit encore mieux que lui. Il est très apprécié et bien reçu par les personnages les plus influents. Des généraux lui demandent conseil sur des sujets qui n'ont rien à voir avec son commerce. Il a une intelligence peu commune et il est presque trop rusé. Je serais heureuse s'il se contentait de vivre sans philosopher. Mais apparemment il tient de moi. De toute manière, j'ai tout raconté à Sacha, et il m'a aidée. Tu ne peux pas savoir combien il est gentil et généreux! Un vrai Taïcoun!

– Est-il marié?

– Non. Si seulement il voulait s'y résoudre!

– Pourquoi? Comme tu vois, je suis établi comme médecin, ici, dans East Broadway. Le destin ne m'a pas laissé le choix.

– Es-tu satisfait de ton sort?

– Satisfait? Oui. Je n'ai de rancune contre personne. Ma destination initiale devait être l'Europe occidentale, et non l'Amérique. Toujours est-il qu'ici c'est un pays libre : on peut dire ce qu'on veut et écrire tout ce qu'on désire. Le Président du pays est plus critiqué que le garçon de bains de chez nous. Mais du moment que c'est légal, cela ne tire pas à conséquence. A quoi bon pousser une porte ouverte? J'ai reçu la photo de Felusia. Quand a-t-elle été prise? Elle est magnifique.

– Oui, lorsque tu verras l'original, tu comprendras que nous sommes récompensés de nos erreurs.

– Pourquoi te laisses-tu aller à la dérive? Je ne suis pas, comme tu peux le voir, très riche, néanmoins la maison que j'habite est à moi et j'ai mon propre cabinet. Aussi, je me suis résigné », dit Zipkin, le premier surpris par ses paroles. Jamais auparavant il ne lui était venu à l'idée de parler de lui-même de cette manière.

« Pourquoi dis-tu que tu t'es résigné? Tu as ton métier et ta famille.

– Oui, mais... j'avais d'autres aspirations jadis. Quelle satisfaction puis-je trouver à traiter des malades? Ma femme est une personne honnête et bonne, mais elle est hongroise et ceci l'exclut pour ainsi dire du monde dans lequel je vis. Ces gens-là, bien qu'ils semblent penser comme nous, sont pourtant différents de nous. Ils ont une attitude neutre. Tout leur paraît si limpide, si simple. Ils ne connaissent pas nos doutes. Moi, je suis imprégné d'une culture russo-polonaise – un mélange bizarre. Tu ne t'es pas remariée? fit-il d'un ton interrogateur.

– Remariée? Tu sais bien que non.

– Comment le saurais-je? Cela fait des années que je n'ai reçu de tes nouvelles.

– Tu ne désires pas en avoir. Tu ne voulais même pas connaître l'envers de l'histoire.

– Les faits parlaient pour eux.

– Les faits? Il existe certaines choses, Alexandre, qu'on ne peut juger, à moins d'en connaître tous les détails. En France, une femme a commis un meurtre, or le jury l'a unanimement acquittée. On l'a même couverte de fleurs. Lorsque les jurés ont appris combien elle avait souffert, ils ont compris qu'elle était une sainte. Jusqu'ici, je n'ai encore tué personne. Si j'ai détruit quelqu'un, ce n'est que moi-même. Si j'étais restée avec toi, tu serais peut-être devenu tailleur au lieu de médecin.

– Dois-je en conclure que tout ce que tu as fait était pour mon salut?

– Non, je ne dis pas cela. D'ailleurs qu'est-ce que ça change? On ne peut faire revivre le passé. Ah, si on le pouvait! Si seulement j'avais été aussi réfléchie à l'âge de dix-huit ans! Tu m'écrivais des lettres, froides comme une douche écossaise! Felusia n'était qu'une enfant. C'est alors que Mirkin fit son apparition et me tourna la tête avec ses histoires d'homme riche. Il ne faut pas dire du mal d'un mort, mais je dois avouer que je n'ai jamais rencontré de menteur comme lui. Il se leurrait d'ailleurs lui-même, et c'était cela le pire. Je ne prétends pas avoir agi intelligemment; lorsque j'y songeais plus tard, j'avais l'impression qu'il m'avait jeté un sort. Dieu seul sait combien j'ai versé de larmes! J'ai été gravement malade. Et toi qui me demandes si je me suis remariée? Moi non, mais toi, oui. Peut-être, tandis que tu m'accusais si cruellement, avais-tu déjà ta fiancée hongroise? »

Zipkin baissa la tête. « Dans ce cas, le blâme est pour moi.

– Non, je ne blâme personne. J'ai payé chèrement mon erreur... le prix le plus élevé! »

X

« Kubus est toujours à Varsovie, n'est-ce pas? s'enquit Clara.

– Oui.

– Reçois-tu de ses nouvelles?

– Rarement.

– S'est-elle remariée?

– Sabine? Oui, elle est mariée de nouveau.

– Eh bien, pourquoi pas? Chacun ne songe qu'à soi-même. Personne ne veut rester seul dans ce monde. Alexandre, je ne voudrais pas que tu croies que je suis venue pour te demander des faveurs, ou pour t'obliger à assurer la subsistance de Felusia. Je me rends bien compte qu'ici elle ne serait pas chez elle. J'avais projeté quelque chose de tout à fait différent. Louisa va se marier. Imagine-toi qu'elle a rencontré son futur mari sur le bateau. Elle a promis de garder Felusia avec elle jusqu'à ce que j'aie arrêté mes plans pour l'avenir. Elle-même est trop vieille pour avoir des enfants. Il est réconfortant de constater combien une employée de maison peut s'attacher à la personne de ses maîtres. Je pourrais exiger que tu paies une pension pour notre fille, mais je ne suis pas tombée aussi bas. Je ne te demande qu'une seule faveur : que Felusia connaisse son père. Je ne voudrais pas qu'elle se considère comme une orpheline abandonnée. Viens la voir. Elle est à toi. J'ai fait la paix avec mon destin.

– Où es-tu descendue? »

Clara lui dit le nom de l'hôtel.

« Pourquoi cet hôtel entre tous? Eh bien, peu importe. Ma femme est très jalouse, ajouta-t-il en baissant la voix, bien qu'elle n'ait aucune raison de me soupçonner. Elle est pieuse, également. Elle observe le rituel de la cuisine kasher et tout le reste. En revanche, moi je suis resté athée. Elle a toutes sortes de petites manies et je ne voudrais pas qu'elle provoque un scandale. Elle est capable d'écouter aux portes. Si tu désires que nous poursuivions notre conversation, je ferais mieux de t'accompagner à ton hôtel.

– Pourquoi pas? Felusia est sortie. Avec Louisa. Je pensais qu'il valait mieux que nous discutions d'abord en tête-à-tête.

– Oui, nous prendrons un taxi. Certains médecins ont leur propre voiture et ils la conduisent eux-mêmes. Mais moi je ne veux pas jouer les chauffeurs; d'un autre côté, en engager un reviendrait trop cher. Tout est différent dans ce pays. Tout le monde est démocrate, c'est en tout cas ce qu'ils disent. Les traditions sont ignorées ici. Si on m'appelle auprès d'un malade, je prends l'*El* – le métro : tu as dû l'apercevoir. Attends un instant, je vais dire à ma femme que je dois rendre visite à un malade.

– Si tu veux... Puisque tu as tellement peur d'elle, peut-être vaudrait-il mieux que tu ne viennes pas?

– Je n'ai pas peur. Tu ne portes pas la marque de Caïn. Ne me prends pas pour un mari mené par sa femme! Je veux simplement éviter une discussion inutile, et puis je n'aime pas la blesser. Tu ne peux imaginer combien des gens de son espèce souffrent.

– Je le sais, je ne suis pas de bois, même si tu crois que je suis une femme facile. J'aimerais te demander une seule chose : qui a écrit cette fameuse lettre?

– Quelle lettre?

– La lettre qui t'a renseigné sur ma liaison avec Mirkin. »

Zipkin pâlit. « Je ne sais pas. Elle était anonyme.

– A l'époque, tu as écrit qu'elle venait de Varsovie.

– Non, de Paris.

– L'as-tu gardée?

– Peut-être. Toutefois il faudra que je la cherche.

– Et moi, l'idiote que je suis, je suspectais mon pauvre enfant, mon Sacha. Dans quelle langue était-elle écrite? En russe?

– Oui.

– Eh bien, c'est Mirkin lui-même qui a dû l'envoyer, ou bien son secrétaire, ce faux jeton. Tu t'en souviens, sans aucun doute : son nom est Yasha Vinaver.

– Oui, je m'en souviens.

– J'ignore ce qu'il avait contre moi. Je ne lui ai jamais fait le moindre tort.

– Dans ce cas, tu es seulement ennuyée par le fait qu'il t'a dénoncée. Ta propre conduite t'importe peu.

– Ma propre conduite ne concerne que Dieu et moi-même; ce qu'il y avait entre nous deux, aussi intime que fût notre liaison, n'a rien à y voir. Je ne peux même pas te dépeindre ce qui s'est passé. D'ailleurs tu ne me croirais pas. Il fut un temps où je pensais que personne ne peut être berné à la longue, et moi moins qu'une autre, or Mirkin me trompait dès le début. Peut-être ne devrais-je pas te dire tout ceci. Rien ne m'oblige à me justifier devant toi. Il était impuissant, et je le savais : non pas du fait de son propre aveu – il jouait le rôle de l'amant passionné –, mais grâce à une confidence de son médecin traitant. Oui, il existe des médecins qui révèlent les secrets de leurs malades, notamment s'ils ont bu un verre de vin. Voilà la raison qui m'incita à le suivre. Il se proposa d'acheter des titres à mon nom, lesquels devaient me rapporter des intérêts; il me promit le ciel, or tout n'était que mensonge. En dépit de sa santé déficiente, il s'acoquinait avec des prostituées. Yasha Vinaver le filoutait. C'était un personnage ignoble, n'empêche que Mirkin le gardait auprès de lui. Crois-moi, Alexandre, depuis le jour où, pour la première fois, nous avons fait connaissance intimement, je n'ai jamais cessé de t'aimer et de te désirer. Je suis prête à le clamer devant Dieu, le jour du Jugement dernier. Tu as beau être un libre penseur, quelque force occulte a dû contrarier notre union. Un esprit pervers guide mes pas depuis mon enfance. Peut-être me prendras-tu pour une folle, mais ce que j'ai vu de mes yeux est indéniable. »

Zipkin fronça les sourcils. « Qu'as-tu donc vu?

– Je ne peux rien t'expliquer maintenant. Nous en reparlerons. Lorsque tu connaîtras toute la vérité, tu me donneras raison.

– Je veux que tu saches une chose, Clara : je ne te prendrai plus jamais au sérieux.

– Prends-moi pour ce que tu voudras...

– Attends... Je serai de retour dans un instant. »

Zipkin se leva. Soudain il posa sa main sur la joue de Clara. Celle-ci lui saisit le poignet et lui baisa les doigts. Ce fut un geste rapide et inattendu. Zipkin ouvrit la porte tendue d'une draperie verte et quitta la pièce. Clara resta assise, la tête baissée. Bien que la main de son ancien amant eût une légère odeur de transpiration, son attouchement avait éveillé le désir en elle. Tous les sentiments qu'elle avait essayé d'étouffer en son for intérieur, au cours des années passées, revenaient, impérieux, grâce à une simple caresse. « Je l'aime. J'ai besoin de lui, même si je dois en mourir », se dit-elle.

12

I

La pluie s'abattait sur le toit telle une rafale de grêlons. Voici trois jours qu'il pleuvait à verse. Par bonheur la maison était située sur une colline. En bas, dans la vallée, les flaques d'eau avaient l'air de petits étangs où se réfléchissaient des branches d'arbres dénudées avec, par-ci par-là, une feuille morte, restée accrochée obstinément. Les oiseaux qui avaient gazouillé, il n'y a pas si longtemps, étaient silencieux à présent. De temps à autre on entendait une corneille croasser. Tandis que la pluie continuait à tomber dru, une brume vaporeuse s'élevait des flaques d'eau, si bien que, alentour, l'enchevêtrement des broussailles et des plantes herbacées donnait l'impression de fondre. Si, par hasard, on ouvrait une fenêtre, une odeur infecte de pourrissement pénétrait à l'intérieur. Le froid s'infiltrait jusque dans la maison. Alexandre ne cessait d'alimenter le poêle du salon de tronçons de bois et de petites bûches. On avait le visage brûlant en s'asseyant devant le feu, mais des frissons vous parcouraient le dos. Durant la journée, une lumière ténébreuse pénétrait à l'intérieur par les fenêtres ruisselantes de pluie. Il y avait une voie ferrée non loin de la maison. On entendait le sifflement et le crachement des locomotives bien avant qu'elles n'approchent. En regardant par la fenêtre on ne voyait rien d'autre que des troncs d'arbres tordus et le ciel pluvieux. L'homme à qui Zipkin avait loué la villa pour une semaine lui avait raconté qu'il y avait des animaux sauvages dans les bois environnants. En cas de besoin, deux fusils de chasse étaient à la disposition des locataires. Des livres couverts d'une couche de moisissure étaient entassés sur des rayons. Des tableaux de la guerre civile étaient accrochés aux murs, des tapis à points noués simples couvraient les planchers, les couvertures des lits étaient faites d'un assemblage de morceaux d'étoffe multicolores, ouvrage que Mlle Clark, vieille fille et ancienne propriétaire, avait cousu au cours des longues soirées d'hiver. Mlle Clark était morte depuis huit ans; la propriété appartenait à présent au fils de son frère, un fonctionnaire du chemin de fer qui vivait à Croton sur l'Hudson. Sa famille ne l'occupait que les mois d'été.

Y séjourner au milieu de l'automne était sans aucun doute une folie, mais Clara s'était résignée en se disant que tout ce qu'elle entreprenait était voué à l'échec. Zipkin avait jadis passé un été dans cette région. Il avait fait croire à sa femme qu'un de ses anciens clients était tombé gravement malade et qu'il était le seul médecin en qui celui-ci eût confiance. Il s'était adressé un télégramme à lui-même et il avait fait envoyer la réponse par sa femme. Felusia était avec Louisa. Alexandre avait retiré une somme d'argent de la banque, puis lui et Clara étaient partis pour une semaine afin de s'acquitter d'une vieille dette d'amour et de se dire des choses depuis trop longtemps inexprimées. Dans cette retraite, il n'y avait rien d'autre à faire que de rester couchés dans le grand lit, sous un amoncellement de couvertures. Le couple n'avait pas grand-chose à manger. La boutique la plus proche était à une bonne distance de la maison. Zipkin avait fait provision de pain, fromage, saucisson, beurre et œufs, supposant que, une fois sur place, ils seraient en mesure d'augmenter leur réserve. Il y avait du bois et du pétrole à brûler dans le placard, ainsi qu'un petit tas de pommes cueillies dans un verger voisin. Zipkin et Clara étaient arrivés par un doux après-midi d'octobre. C'était une journée d'été tardive; l'air était embaumé et tissé de fils de la Vierge. Cependant au cours de la nuit le temps changea. Zipkin craignait que la pluie ne se transformât en neige et ne les coupât du monde extérieur. Toutes sortes de difficultés pourraient résulter d'une telle situation. Sa femme pourrait s'inquiéter et essayer de prendre contact avec lui. La police locale pourrait découvrir qu'ils n'étaient pas mari et femme. Or les fermiers voisins étaient des yankees craignant Dieu. Malgré tout, Zipkin avait pris le risque d'affronter de telles menaces. La vie avec sa femme était trop monotone. Il n'avait pas pu oublier Clara.

La nuit, dans l'obscurité, les cheveux de Clara semblaient de nouveau d'un beau noir. Elle lui raconta tout, ne lui cachant rien de ce qui concernait Grisha, Calman, Smirnoff, Mirkin. Elle se confessa et implora son pardon; elle énuméra tous ses péchés et étreignit Zipkin avec une passion renouvelée. Que la nature humaine est bizarre! Ce qui blesse en pleine lumière, plaît dans l'obscurité. La jalousie devient une source de plaisir. Les aveux de Clara sur son infidélité exacerbait leur passion. Il la questionna, avide de savoir, approfondissant chaque détail. Elle alla même jusqu'à s'accuser d'actes de dépravation sexuelle qu'elle n'avait pas commis, uniquement pour le satisfaire. En retour, elle lui demanda de lui raconter ses expériences amoureuses; il les lui décrivit en détail. Elle insista pour tout connaître sur Sabine, sur sa femme actuelle, et sur toutes les autres femmes qu'il avait possédées, depuis les jeunes paysannes du domaine de Radziwill jusqu'aux putains qu'il allait retrouver avec ses camarades étudiants de l'université de Kiev. Alexandre et Clara s'embrassaient et échangeaient des confidences, toujours aussi insatiables. Pourraient-ils vivre de nouveau l'un sans l'autre? Clara plaida en disant que, puisqu'il avait été capable de quitter Sabine, pourquoi pas cette Hongroise mal fagotée? Et puisque Sabine avait su trouver un autre mari, pourquoi pas Lisa? Il pourrait lui céder sa maison et partir avec Clara. Elle avait un peu d'argent de côté, quelques bijoux également. Sacha la dépannerait, le cas échéant. Alexandre pourrait exercer son métier n'importe où, en Californie, en Argentine, en Afrique du Sud, même en France ou en Italie. Ils avaient leur fille; c'est elle qui serait leur plus grand trésor. Au lieu de se cacher dans un trou perdu et glacial, ils pourraient vivre ouvertement ensemble et être heureux. « Combien de temps, chéri, nous reste-t-il à vivre, après tout? demanda-t-elle avec insistance. Restons ensemble tant que nous vivrons. Pourquoi passer nos nuits à nous morfondre, l'un loin de l'autre? Ceux qui se meurent d'amour gagnent-ils le paradis?... » Clara plaidait inlassablement en pressant son visage sur la poitrine de son amant. Elle n'avait fait que prononcer ce qu'il se disait tout bas en son for intérieur. Il avait de nouveau commis une erreur. Lisa était frigide. Coucher avec elle ne lui donnait aucun plaisir. Elle passait son temps à se soucier de leur enfant et à se tourmenter pour sa propre santé. Ses pensées tournaient invariablement autour des soins du ménage, de la lessive, des économies domestiques. La première année de leur vie commune, il avait difficilement réussi à s'entretenir avec elle dans un mauvais allemand. Plus tard ils avaient employé un anglais guindé, langage qui était pour eux deux sans saveur, sans finesse.

Clara, bien que malade, était toujours une femme passionnée. Ses obscénités étaient teintées de mysticisme, son abandon solennel était empreint d'ironie. Elle était capable d'agir aussi sottement qu'une gamine de quinze ans ou, en revanche, de parler comme une femme qui avait déjà un pied dans la tombe. Elle jacassait dans un mélage de russe, de polonais et de yiddish; elle donnait la description de toutes ses expériences amoureuses par le détail; elle relatait ses fantaisies juvéniles. Même en parlant de la mort, elle s'arrangeait pour éveiller le désir. Une fois morte, elle lui laisserait ses perles et il pourrait les offrir à la femme qui la remplacerait. Elle l'obligea à promettre qu'il ne la pleurerait pas après sa mort, mais qu'il coucherait avec une autre femme, aussitôt après sa mise en bière. Chose étrange, ces bêtises l'excitaient au-delà de toute mesure. Cette sorcière perfide avec ses cheveux gris et ses calculs biliaires lui donnait une nouvelle jeunesse. Néanmoins, aurait-il le cœur, pour la seconde fois dans sa vie, d'abandonner son foyer et sa famille ? Pourrait-il avoir confiance en Clara ? Ses propres promesses ferventes ne faisaient que partie d'un jeu. Les serments qu'il avait prononcés devaient être rompus. Derrière l'enivrement des baisers et des caresses se cachait une sombre méfiance.

Au cours de la nuit un orage éclata. Le vent secouait les volets. La cheminée crachait et sifflait. Des branches d'arbres se cassaient. Zipkin imaginait qu'il était un Robinson Crusoé échoué avec une Schéhérazade. Cependant la tempête ne durerait pas toujours et Schéhérazade serait à court d'histoires merveilleuses. Il n'était pas disposé à abandonner sa maison, presque entièrement payée, ni sa femme fidèle, ni son fils qui portait le nom de son propre père (Berish, synonyme de Bernard), pour commencer une vie nouvelle avec une vieille aventurière. Il se souvenait encore des mois qu'il avait passés à Paris, lorsque Clara était retournée à Varsovie et que lui-même avait hanté les boulevards et mangé la soupe populaire de l'Alliance israélite...

II

« Si tu ne veux pas m'épouser, argumenta Clara, laisse-moi rester ta maîtresse. Je vaux bien ça. Je suis, après tout, la mère de ton enfant. Je louerai un appartement à New York et, chaque fois que tu pourras te libérer, tu viendras me voir. En ton absence je pourrai toujours imaginer que je n'ai pas quitté Varsovie, que je vis seule comme par le passé. C'est là apparemment mon sort.

– Tu veux dire que tu as l'intention de t'établir ici?

– Je ne sais pas ce que je veux. Que faisais-je à Varsovie? Je me rongeais les sangs. J'étais une âme perdue. Ici, au moins, j'ai l'impression d'exister. Si tu ne peux pas venir me voir chaque jour, tu me rendras visite deux fois par semaine; bref, aussi souvent que tu pourras.

– J'ai si peu de temps.

– Que veut dire « peu de temps »? On ne peut forcer personne à être le prisonnier de sa femme. Tu sortais toujours des bras d'une autre quand tu venais me voir. A l'époque c'était Sabine. Pourquoi pas Lisa, à présent? S'il n'y avait pas Lisa, quelqu'un d'autre serait à sa place. Voilà à quoi se résume mon existence! »

Clara se mit à pleurer. Zipkin l'embrassa et la consola. La pluie avait cessé, mais le ciel restait couvert. Un brouillard épais et laiteux enveloppait les troncs d'arbres et les broussailles, prenait des formes immenses de veaux marins sur la ligne d'horizon. Si on quittait la maison pour faire quelques pas, on risquait de se perdre. Les nuits sans sommeil avaient laissé Zipkin exténué. Chez lui, il ne se couchait jamais au cours de la journée, or depuis qu'il était ici il sentait le besoin de faire la sieste. Oui, c'était bon d'être avec Clara. Cependant elle aussi était fatiguée. Elle avait l'air flétrie. Ses yeux avaient des cernes bleuâtres. Le matin, quand elle se levait, son visage était ridé. Elle essayait de cuisiner quelque chose, mais le poêle fumait. Elle se promenait vêtue de son peignoir de bain, chaussée de pantoufles, le pardessus de Zipkin jeté sur ses épaules. Les tout premiers jours Zipkin n'avait pas même jeté un coup d'œil à la rangée de livres. A présent il commençait à lire. Les romans qu'il trouva étaient de la littérature de camelote. Faute de mieux, Zipkin choisit un traité sur l'occultisme. Tout d'abord le sujet l'ennuya, puis petit à petit il s'y intéressa. Etait-ce possible? Y avait-il vraiment un grain de vérité dans tout ceci? Les confirmations de nombreux témoins étaient citées; pour tous l'expérience s'était présentée de la même manière : sceptiques au départ, il avait fallu les convaincre. Zipkin lut avec intérêt l'histoire d'un médium, une certaine Mme B. qui, lorsqu'elle était en transe, parlait avec la voix et l'accent d'un Indien Susquehanna. Cet ancien chef mort savait lire les pensées et prédire l'avenir. Il était tellement omniscient qu'il était capable de répondre, au moyen de coups frappés sur une table ronde, à n'importe quelle question posée. Durant les séances de Mme B. de petites flammes s'allumaient dans l'obscurité. Il y avait des apparitions, des brises glaciales, des sons de trompettes, des mains mystérieuses d'une matière inconnue qui déplaçaient des chaises, soulevaient des tables, et même donnaient de petites tapes amicales au visage ou tiraient l'oreille de l'un des assistants. Zipkin fit la grimace. Il se souvint qu'il avait entendu parler d'une magie noire similaire chez les paysans du domaine de Radziwill, aussi bien que chez ses propres parents. Un démon avait pris possession du corps d'une adolescente, la fille d'un fabricant de chandelles. Elle chantait la Torah, récitait le Talmud, prononçait des extraits des Ecritures avec perversité, dénonçait les péchés de citoyens influents et diffamait leurs épouses. On avait essayé d'exorciser le spectre en faisant retentir la corne du bélier, et en l'excommuniant. On s'était servi du brasier et des amulettes, mais l'esrpit malin continuait à blasphémer et à faire des siennes. De ses faibles mains, la jeune fille soulevait un rocher, si lourd que trois hommes n'auraient pu le changer de place, puis elle le roulait et jonglait avec comme si c'était un caillou... « Pourquoi des gens à travers le monde entier inventeraient-ils de tels mensonges? se demanda Zipkin. Et pourquoi ces histoires avaient-elles toutes des points communs? »

Il en discuta avec Clara et celle-ci soutint qu'il s'agissait d'histoires authentiques. Elle jura qu'elle avait elle-même assisté à une séance où une table avait indiqué le nombre de pièces de monnaie que chaque personne présente avait dans sa poche. En outre, à l'époque où elle vivait encore avec Calman, une diseuse de bonne aventure lui avait prédit qu'un homme noir entrerait dans sa vie et qu'elle lui donnerait un enfant. Et enfin, au cours de sa maladie, à Varsovie, une tireuse de cartes lui avait dit qu'elle ferait un grand voyage par mer. Clara opina pensivement de la tête.

« Pourquoi crois-tu, chéri, que nous sommes ici en ce moment ? C'est parce que, pendant des années, je t'appelais et que tu me répondais. J'entendais ta voix très distinctement. Tu appelais : " Clara, Clara... "

– C'est une illusion. Nous nous sommes simplement ennuyés l'un de l'autre.

– Ce n'est pas aussi simple. Et l'âme, qu'en fais-tu ? Nos âmes se morfondent dans l'attente d'être unies. Tu ne voudras pas me croire, mais Grisha vient toujours me visiter dans mes rêves.

– Pourquoi ne te croirais-je pas ? Moi-même, il m'arrive encore de rêver du vieux comte Radziwill.

– Parfois Grisha est en colère contre moi. Il me bat également. Je me réveille souvent avec des meurtrissures sur mes bras et mes seins. Dernièrement le mort s'est montré gentil avec moi. C'est peut-être parce que le temps de mon dernier voyage approche...

– Bêtise !

– Chéri, notre rencontre était prédestinée. Lorsque je t'ai aperçu, pour la première fois, dans la chambre de Mirale, j'ai su que tu étais celui qui m'était destiné... Depuis, je me consume d'amour... »

Les premiers jours de la semaine se passèrent paisiblement, sans heurt. Puis les journées parurent plus longues. Zipkin et Clara eurent leurs premières petites querelles. Ils s'habillèrent et, bravant le mauvais temps, ils cheminèrent sur la route boueuse jusqu'à la première boutique campagnarde où ils achetèrent des provisions. Sur le chemin du retour, la pluie se mit à tomber dru et ils rentrèrent complètement trempés. Leur bavardage sur l'amour, la passion et le désir commençait à être fastidieux. Clara s'endormit en murmurant des mots inintelligibles. Elle se réveilla avec des douleurs dans le dos et des crampes d'estomac. Zipkin chauffa une brique pour elle dans le poêle. Elle avait déjà pris tous les médicaments qu'elle avait apportés de Varsovie, mais ils n'avaient produit aucun effet. Les amants eurent un sommeil agité. La nuit était fractionnée en moments de veille et de bref repos. Le matelas s'affaissait, les oreillers étaient durs, les draps rêches. Zipkin fumait tranquillement. Clara tirait nerveusement des bouffées de sa cigarette. Elle lui demanda de poser sa main sur son ventre pour apaiser ses douleurs. « Maintenant tu vois quelle épave je suis, fit-elle.

– Mais non, chérie, je t'aime.

– De quelle sorte d'amour? Non, je ferais mieux de me taire.

– Clara, tu sais que tout est ta faute. »

III

Clara le réveilla avec un baiser. Il ouvrit les yeux et aussitôt elle s'écria : « *Mazel tov*, il neige! »

Il se redressa dans son lit et constata que, dehors, la grisaille de la veille avait fait place à une blancheur lumineuse. Les oiseaux d'hiver pépiaient. Une gelée blanche scintillait sous les rayons du soleil. Le paysage alentour, caché par le brouillard durant les journées pluvieuses, s'offrait de nouveau au regard. A quelque distance, un toit avec une cheminée qui fumait indiquait qu'ils étaient plus proches de leurs voisins qu'ils n'avaient cru. Zipkin éprouva une joie juvénile devant cette première neige de l'année. Hourra! C'était l'hiver! Il embrassa Clara. Il évoqua les hivers qu'il avait passés dans le domaine Radziwill, et plus tard à Kiev : le patinage, les courses en traîneaux, les manteaux de fourrure, les joyeuses soirées. Qui en Amérique pourrait comprendre la gaieté qui avait régné là-bas? Les étudiants et les jeunes demoiselles s'engouffraient dans un traîneau, et le cocher, couvert de sa peau d'ours, de ses bottes fourrées et de son capuchon doublé de fourrure, fouettait les chevaux. Et en avant la course folle à travers la campagne, à monter et à descendre les collines! Les jeunes gens gloussaient et se serraient les uns contre les autres. Bien qu'ils ne fussent que des enfants de la classe bourgeoise, ils partageaient bien des plaisirs avec ceux de la haute aristocratie. Plus tard ils buvaient le thé des samovars, mangeaient des confitures, fumaient d'innombrables cigarettes et discutaient jusqu'à trois heures du matin. Aussi bien les garçons que les filles se souciaient du destin de l'humanité. Les pères, tout en restant fidèles aux traditions – ils rendaient visite aux rabbins de Hushatin et de Turisk, les jours fériés –, se montraient tolérants et cherchaient des maris instruits pour leurs filles. Les mères, qui portaient encore la perruque traditionnelle, aidaient leurs filles modernes à obtenir des rendez-vous. Chaque nouveau poème qui paraissait dans un magazine était matière à discussion. Chaque article méritait un débat. Toute idée exprimée et tout mouvement social rappelaient en mémoire la Sibérie, la forteresse de Schlisselbourg, la fuite en Europe, mais aussi des fantasmes bruissant dans le vent, courant sur les fils télégraphiques, éclos dans les fleurs de givre qui se forment sur les vitres. Qu'importaient à présent tous ces rêves? La semaine de « lune de miel » était écoulée et, puisque Zipkin n'avait pas encore décidé s'il quittait oui ou non sa femme, il était temps de retourner à New York. Zipkin et Clara prirent leur dernier repas ensemble. Il sortit chercher de l'eau fraîche au puits, fit ses ablutions et se sécha. Neuf jours auparavant il avait été impatient de venir ici, mais à présent il lui tardait de rentrer. Il fit le pitre comme un gamin. Il se roula à moitié nu dans la neige qui portait l'empreinte de pattes d'oiseau, il tenta en jouant de verser un seau d'eau sur une nuée de corneilles qui agitèrent aussitôt leurs ailes en croassant. Il jeta une boule de neige contre la fenêtre.

Ils furent obligés de marcher jusqu'à la gare, car il n'y avait personne à qui ils auraient pu louer un traîneau. Verrouiller la maison était inutile : il suffisait de fermer la porte derrière soi. Cette région ignorait les voleurs. Zipkin portait leurs deux valises. Ils passèrent devant des fermes enneigées, des cabanes pauvrement construites, des maisons dont les cheminées fumaient. S'il n'y avait pas eu cette fumée et ces chiens qui aboyaient dans leur hutte, on aurait pu croire que pas un être humain ne vivait à la ronde. Le quai de gare était désert. Le train pour New York venait juste de partir. Tout comme en Russie et en Pologne, une odeur de tabac et de fumée flottait dans l'air, un feu brûlait dans le hall de la gare. Divers avis au public étaient collés sur les murs. Une lampe à pétrole était suspendue au plafond. Une mouche solitaire qui avait survécu à l'automne voletait alentour en bourdonnant. Zipkin prit place sur une banquette et fuma une cigarette après l'autre. Clara enfouit ses mains dans son manchon. A travers les vitres sales on apercevait des trains de marchandises transportant du charbon, des grumes, des planches. Ils roulaient lentement, les parois et les portes couvertes d'inscriptions indéchiffrables.

Des hommes entrèrent dans le hall, vidèrent leur pipe en la frappant contre la banquette, s'adressèrent à Zipkin, juste pour faire un peu de conversation, disant qu'il faisait froid, que l'hiver venait tôt et ne finirait pas avant longtemps. (Ensuite, Zipkin traduisit à Clara ce qu'ils avaient dit.) Les Américains n'avaient l'air ni de seigneurs, ni de paysans. Ils avaient un type particulier qu'on ne rencontrait pas en Russie : ils tenaient à la fois du propriétaire foncier et de l'intellectuel. Leurs yeux reflétaient un bon naturel juvénile, l'envie de serrer la main à n'importe quel étranger, le goût du rire, le désir de faire plaisir. Ils n'étaient pas enveloppés de fourrures à l'instar des Russes, ils n'avaient pas non plus leur forte carrure ni leur force physique. Leurs vestes en peau de mouton laissaient voir de longues jambes. Aux yeux de Clara, ils étaient d'une autre race. Même les chiens qu'ils tenaient en laisse semblaient plus civilisés que ceux qu'on rencontrait en Russie. On entendait fonctionner le manipulateur de l'appareil Morse. Le chef de gare avait l'air d'un homme ordinaire. Aucun policier ne vint demander à voir les papiers d'identité.

Un peu plus tard, Zipkin et Clara étaient assis, en compagnie d'autres voyageurs, dans un train qui traversait des étendues neigeuses le long d'une rivière. Les contrôleurs entraient et sortaient. Il commençait à neiger de nouveau. Le vent soulevait des couches de neige, les faisait tourbillonner et les emportait par-dessus les eaux à moitié gelées. Le ciel se fondait avec la rivière. Des nappes de brume s'étiraient dans le vent. Les forêts étaient blanches. On se serait cru en Russie ou en Pologne. Zipkin laissa errer son regard sur le paysage. Il ne se lassait pas du spectacle de la neige. Clara ferma les yeux. Eh bien, puisqu'il le fallait, qu'il en fût ainsi... Chaque jour qui lui restait à vivre était un don de Dieu. Son amant désirait rester avec sa femme? Qu'il fît ce qui lui plaisait! Clara s'était résignée. Elle louerait un appartement quelque part à New York et elle s'occuperait de Felusia. S'il voulait la voir, il serait le bienvenu. Sinon, tant pis. Clara s'abandonna à la mélancolie. Les hommes ignorent ce qu'est l'amour. Clara ouvrit les yeux. Il faisait encore clair, un moment plus tôt; à présent la nuit tombait. La neige avait pris un reflet bleu. Alexandre s'amusait à faire des esquisses dans un calepin. Le train s'arrêta dans un village et y stationna un certain temps. Quelqu'un monta un faisceau de balais de paille dans le train. Une femme corpulente, vêtue d'un manteau de fourrure et coiffée d'un chapeau de velours, descendit du train. La personne qui l'accompagnait lui porta son panier et sa petite valise. Son visage joufflu et rouge affichait une expression d'assurance qu'on ne voyait jamais aux femmes européennes. Le train repartit. La neige tombait, moins épaisse, en biais, et s'écrasait sur les fenêtres. Le gel avait tôt fait de dessiner toutes sortes de figures fantaisistes sur les vitres. La locomotive sifflait, sa cheminée crachait une fumée opaque. D'immenses espaces désolés, sans un village, sans une maison – un désert blanc – s'ouvraient devant leur regard. « Où sont les paysans, où les champs? s'étonna Clara. D'où vient la nourriture? On ne voit aucune ferme. » Clara se souvint soudain d'histoires d'Indiens. « Peut-être étaient-ils embusqués dans des cavernes et dans la forêt environnante, prêts à attaquer le train? Et que devenaient les âmes des morts ici? Existait-il un ciel et un enfer américains, ou bien retournaient-elles au monde ancien? » Quelles étranges pensées elle avait!

Zipkin lui prit tendrement le bras. « Tu ne dormais pas? fit-il d'un ton interrogateur. Je te croyais profondément endormie. Dans quinze minutes nous serons à New York. »

13

I

Karl Frederick, fils de Mirale, était mort d'une fluxion de poitrine. Ezriel ainsi que quelques jeunes gens des milieux du « Prolétariat » accompagnaient le cercueil. Il y avait eu une dispute à propos de l'enterrement. Les juifs ne voulaient pas accepter l'enfant dans leur cimetière parce qu'il n'avait pas été circoncis. Les catholiques, de leur côté, le refusaient parce qu'il n'avait pas été converti. Après bien des difficultés, on avait obtenu l'autorisation de l'enterrer dans le cimetière protestant. Un des assistants prononça le panégyrique au-dessus de la tombe, cependant ses paroles furent couvertes par le bruit du tonnerre et de la pluie. Parmi ceux qui pleuraient l'enfant se trouvaient Esther Eisner, appelée Carola, et un homme trapu qui se nommait Bleiweiss. Ezriel apprit que l'un des jeunes gens du groupe qui se réunissait chez Mirale, dans son logement de la rue Zielna, avait mis fin à ses jours par le suicide – personne ne savait pourquoi –, et que Stefan Lamanski était devenu un agent d'un gouvernement étranger et qu'il espionnait les socialistes en Suisse et en France.

Après les funérailles, Ezriel médita longuement sur les derniers événements. Qu'était devenue la progéniture de ses parents? Leur fille était exilée en Sibérie. Leur petit-fils était enterré dans un cimetière protestant. Un autre était colon quelque part en Palestine. Ezriel lui-même vivait en concubinage avec une convertie. Et que dire de ce jeune homme qui s'était tiré une balle dans le cerveau? N'avait-il pu attendre la révolution, pourtant inévitable? Ou bien avait-il perdu la foi? Avait-il craint d'être arrêté? Les suicides étaient fréquents dans les milieux révolutionnaires.

Et comment Stefan Lamanski avait-il pu devenir un espion tsariste? Avait-il voulu se venger de la suspicion de ses camarades? Ou bien l'accusait-on encore à tort? On dirait que c'est parmi les rationalistes qu'on trouve les êtres les plus irrationnels. Ils sont incapables d'expliquer pourquoi ils font telle ou telle chose, pourquoi ils se laissent entraîner dans des histoires d'amour tragiques, pourquoi ils prennent des risques inutiles. Ezriel se dit que la nouvelle littérature était devenue tout aussi déconcertante et indisciplinée. De temps à autre il lui arrivait de lire un roman en vogue ou un recueil de poèmes dans un magazine littéraire. Les auteurs prêchaient, argumentaient, critiquaient, parlaient constamment de la souffrance, des ténèbres, du destin, cependant Ezriel ne voyait pas où ils voulaient en venir. C'était comme pour le suicide : ils s'exprimaient en termes voilés, sans jamais être explicites. Eh bien, et que dire de lui-même?

Un soir, alors qu'Ezriel se promenait sur le boulevard Marshalkovsky (il avait décidé de marcher une verste, chaque soir), quelqu'un l'appela. C'était Esther Eisner, élégamment vêtue, et toujours séduisante, bien qu'elle montrât les premiers signes d'un certain âge. Elle était devenue plus corpulente et son visage arrondi était sillonné de quelques rides. Ezriel aurait préféré éviter cette rencontre. Qui sait? Peut-être était-elle suivie? Varsovie était plein d'espions; chaque concierge était un agent secret. Sans être coupable, Ezriel ne se sentait toutefois pas entièrement innocent. Les fichiers du gouvernement contenaient un rapport sur son association avec un groupe d'autodidactes. Ils mentionnaient également le passé de sa sœur. Néanmoins, il ne voulait pas paraître mal élevé en se sauvant devant quelqu'un qui venait de le saluer. C'était presque l'été – le chapeau d'Esther était orné d'un bouquet de fleurs –, pourtant le temps était froid et pluvieux.

« Etes-vous trop célèbre pour reconnaître les gens? demanda Esther Eisner avec coquetterie. Il est vrai que j'ai vieilli, mais ce n'est pas ma faute. »

Ezriel lui fit le compliment qu'elle attendait, exprimant le contraire de ce qu'il constatait : « Les années ne vous ont pas marquée de leur empreinte, vous restez éternellement jeune... » Esther rit, le remercia et lui prit le bras. Au bout d'un moment elle le relâcha. Elle lui demanda s'il avait des nouvelles de Mirale et, s'interrompant elle-même, elle s'écria soudain :

« Oh! j'oubliais de vous dire la chose la plus importante.

– De quoi s'agit-il?

– Stefan Lamanski a été tué. »

Ezriel se sentit pâlir.

« Qui a commis un tel acte?

– Un inconnu.

– Et comment?

– D'une balle. »

Ezriel eut la gorge serrée. « Vous connaissez mes opinions.

– Peu importe ce que vous en pensez, il le méritait. C'est une honte qu'il ait été épargné pendant si longtemps! Il avait dénoncé votre sœur. Vous pouvez en être certain.

– Oui, c'est ce qu'on dit.

– Il a fait assez de mal de son vivant.

– Peut-être.

– Qu'y a-t-il? Vous semblez éprouver de la pitié pour lui.

– Non, mais... c'est néanmoins pénible.

– Les espions doivent être exterminés. Je bénis les mains qui l'ont tué.

– L'auriez-vous fait?

– Si j'en avais eu l'occasion... sûrement! Un provocateur est pire qu'un chien. »

Après un long silence, Ezriel demanda :

« Reste-t-il des survivants de votre famille?

– Mes parents sont morts.

– Que faisait votre père? Vous me l'aviez dit jadis, mais je l'ai oublié.

– Pourquoi cette question?

– Sans raison particulière.

– C'était un homme bien. D'abord, il a eu un commerce; plus tard, le pauvre homme a enseigné l'hébreu.

– Professeur d'hébreu?

– Oui, il enseignait le Talmud. C'était un hassid du Rabbi de Kozhenitz.

– Combien d'espions a-t-il tués, *lui*? »

Esther se mit à rire.

« Vous posez des questions tellement étranges. Vous êtes de mauvaise humeur aujourd'hui. Si je vous ai importuné, j'en suis désolée.

– Non, vous ne m'avez pas importuné. Toutefois je m'interroge sur ce qui est advenu à nous, les Juifs, en l'espace d'une seule génération. Le moins qu'on puisse dire, c'est que, dans le passé, nous n'avions pas l'habitude de verser le sang.

– Est-il possible que vous soyez devenu pieux? C'est une lutte de vie ou de mort que nous menons. Quel rapport y a-t-il entre les événements actuels et le judaïsme? »

II

Tout d'abord Olga tenta de persuader Ezriel de divorcer d'avec sa femme. Il ne pouvait y avoir de difficulté pour obtenir sa liberté lorsqu'on était marié à une malade mentale. Mais finalement elle se lassa des temporisations de son amant. Apparemment il ne désirait pas divorcer d'avec Shaindel, ni d'ailleurs se convertir. Olga et Ezriel vivaient en concubinage. Leurs voisins et leurs relations ignoraient le fait que le couple n'était pas marié, ou du moins faisaient-ils semblant. Pour tout le monde Olga était Mme Babad, toutefois sur ses papiers d'identité elle restait Mme Bielikov. Ezriel était fidèle à la foi judaïque, tandis qu'Olga et ses enfants – Natacha et Kolia – appartenaient à la religion orthodoxe grecque. Chaque fois qu'ils envisageaient de partir en voyage tous les deux, il y avait des complications à cause de leurs noms de famille différents sur leurs passeports. Ils ne pouvaient pas partager la même chambre à l'hôtel. Cependant Olga comprenait qu'un accès de colère ne résoudrait pas le problème. En fin de compte elle espérait arracher Ezriel à son entourage. Lorsque leur liaison avait commencé, il n'était qu'un misérable médecin de la rue Nowolipki, dont la clientèle se composait de marchandes du marché et de colporteurs. A l'hôpital et à la clinique il avait travaillé pour trois fois rien. Sa maison était pauvrement meublée; elle n'avait pas même de tapis. Shaindel avait tout laissé dans un désordre indescriptible lorsqu'elle était entrée dans une maison de santé. Olga avait aidé Ezriel à s'installer sur le boulevard Marshalkovsky, dans un appartement élégant avec son cabinet attenant. Micha avait été tellement négligé par sa mère malade qu'il avait frôlé la dépression nerveuse. Il pleurait, avait des accès de rage et souffrait de crampes. Olga lui avait redonné des forces, si bien qu'il s'était rapidement rétabli. Elle avait incité Ezriel à s'intéresser à l'hypnotisme. Bien qu'Ezriel fût misanthrope et aimât à s'isoler, Olga l'avait persuadé qu'il était important de cultiver ses relations avec des familles aisées en les invitant, et l'avait incité à tenir ses fonctions sociales. Elle lui avait fait comprendre que les fenêtres avaient besoin de rideaux, les planchers de tapis, les murs de tableaux. Ezriel avait gardé le concept juif préconisant l'abnégation des besoins matériels. Il ignorait tout au sujet des budgets, de la gestion domestique; il vivait dans le présent, ne faisait pas d'économies, payait des intérêts exorbitants aux usuriers. En dernière analyse, il avait dû admettre que c'était grâce à Olga qu'il avait une nombreuse clientèle, qu'il ne manquait de rien sur le plan matériel, qu'il s'était fait une bonne réputation en tant que médecin.

Néanmoins, comme dit le proverbe, plus les choses changent, plus elles restent les mêmes. En son for intérieur Ezriel n'avait pas changé. Pris d'un sentiment de désespoir au milieu d'une réception, il faussait compagnie aux invités pour s'enfermer dans une chambre. Il disait des choses qu'il ne fallait pas dire, il racontait à ses malades combien il était ignorant et combien la médecine avait du retard. Ses clientes se plaignaient qu'il ne les saluât pas quand elles le rencontraient dans la rue, qu'il passât sans même se découvrir. Ses voisins faisaient des commentaires semblables. Il possédait maintenant une voiture avec un cocher, mais si jamais il se rendait quelque part à pied, il perdait son chemin et ne retrouvait même pas la rue où il habitait : au lieu de se diriger vers la rue Krolewska, il aboutissait devant la gare de Vienne. Quel que fût le nombre de parapluies et de caoutchoucs qu'Olga lui achetait, il les oubliait régulièrement, n'importe où. Il hypnotisait ceux qui souffraient d'insomnie, de constipation, de crampes d'estomac, mais il négligeait ses propres malaises. En dépit de leurs nombreux échanges d'idées, Olga avait toujours le sentiment qu'il lui cachait quelque chose. Qu'est-ce qui le tourmentait donc? Etait-il malade sans le savoir? Shaindel lui manquait-elle? Etait-il victime du prétendu *Weltschmerz*[1] dont on ne cessait de parler dans les magazines littéraires?

1. Mal du siècle.

Du moins, Olga était sûre d'une chose : il l'aimait sur le plan physique. Dans ses moments d'euphorie, il l'embrassait, l'étreignait, lui trouvait des diminutifs amusants et affectueux. Il se comportait comme un gamin, se montrait optimiste, expansif, et il jouait toutes sortes de tours excentriques. Il admettait lui-même qu'il était un de ces lunatiques qui sautent de la dépression à l'exaltation. Selon son humeur du moment il se montrait tantôt avare, tantôt extravagant dans ses dépenses; il s'isolait, puis il venait soudain se joindre aux enfants pour partager leurs jeux. Quoi qu'il se passât entre Ezriel et Olga durant la journée, ils s'accordaient toujours une trêve la nuit. Il s'était créé entre eux une harmonie, un rituel symbolique, un langage particulier. Plus d'une fois, Ezriel faisait remarquer à Olga que l'instinct sexuel enfermait en lui tous les symptômes de la folie. Leurs caprices nocturnes avaient leurs propres lois, une « logique » irrationnelle. Durant la journée ils évitaient de faire allusion à leur union illégale. En revanche, au cours de la nuit, c'était leur thème favori. Dans l'obscurité, Olga ressuscitait André. Elle redevenait une jeune Juive de la Lituanie. Elle parlait yiddish, employait des idiomes et des expressions qu'elle croyait avoir oubliés. Tout semblait se mêler confusément : la vie et la mort, Lublin et Vilna, judaïsme et apostasie, chasteté et libertinage, tendresse et méchanceté. Au moment de l'orgasme, Olga avait des visions étranges, monstrueuses. Bien que harcelée par Ezriel à ce sujet, elle était incapable d'en expliquer la signification. Ils s'habituaient rapidement à être intimes la nuit et distants le jour. Avant tout, Ezriel restait pour Olga un être bizarre, secret, perfidement lointain, tout comme André l'avait été. Le peu de bonheur qu'il lui donnait ne compensait guère la peine qu'elle éprouvait. Le plus petit conflit entre eux suffisait pour déséquilibrer la balance.

La fille d'Ezriel, Zina, âgée de vingt ans et qui venait

tout juste de quitter l'enseignement secondaire, haïssait Olga. Elle ne cachait pas ses sentiments à son égard : elle la traitait comme si elle n'était pas la maîtresse de maison. Elle entrait et sortait en claquant les portes et elle donnait des ordres aux domestiques. Elle avait eu l'intention de faire ses études à l'étranger, mais elle n'avait visiblement pas envie de quitter Varsovie. Elle ressemblait à son père : grande, blonde, avec une peau diaphane. Tout le monde la prenait pour une beauté, excepté Olga qui ne lui trouvait aucune séduction. La vie de Zina était vide. Non seulement était-elle brouillée avec Olga, mais encore était-il rare qu'elle échangeât un mot avec son père. Elle s'habillait pauvrement, elle gardait ses distances aves les jeunes hommes, elle n'avait pas d'amies, elle lisait de la mauvaise littérature et ne s'intéressait à rien de ce qui en valait la peine. Elle avait étudié l'anglais et l'italien, mais à quoi lui servait de savoir parler les langues, puisqu'elle gardait le silence pendant des jours de suite? Plus d'une fois Ezriel l'avait tancée, mais elle avait dressé une barrière apparemment infranchissable entre eux. Elle l'évitait, faisait des remarques insolentes et parlait de s'en aller pour de bon. Lorsqu'elle était à la maison, elle s'enfermait à clef dans sa chambre et elle y prenait même ses repas. Le plus ennuyeux était qu'elle ne se fixât jamais aucun plan, qu'il s'agît de manger, de dormir, de lire ou d'étudier. Ezriel avait le don de comprendre les autres, or sa propre fille restait une énigme pour lui. Etait-elle une hypocondriaque? Etait-elle possédée par une idée fixe? Souffrait-elle en silence à cause de sa mère? Olga avait sa propre opinion sur sa fille adoptive : Zina était tout simplement une gamine gâtée, égoïste, maussade, indifférente, sans cœur – une ennemie dans leur foyer...

III

Le dimanche matin Olga accompagnait Natacha et Kolia à l'église. Elle ne voulait pas que ses enfants grandissent comme des athées. En fréquentant l'église, elle tenait également à souligner le fait que, bien qu'elle vécût maritalement avec un Juif, elle restait néanmoins membre de l'orthodoxie grecque. La gouvernante prenait soin du fils d'Ezriel, Micha. Le quatrième dimanche de chaque mois, Ezriel rendait visite à Shaindel.

Entre Blonya et Prushkov, non loin de l'endroit où lui et Olga avaient jadis passé quelques journées d'été pluvieuses, était située la maison de santé du professeur Przeborski. Tout d'abord l'éminent professeur n'avait pas voulu accepter Shaindel : elle montrait des signes de manie religieuse, elle faisait des scènes à propos de l'impureté de la nourriture et elle priait en hébreu. Même dans une maison de santé le « bouillon de culture » est prédominant. Quelques-uns des malades mentaux étaient, à leur manière, des antisémites. Mais comme Shaindel était la femme d'un psychiatre et comme Ezriel avait engagé une garde personnelle pour elle, le professeur Przeborski s'était laissé persuader. Avec le temps, Shaindel avait fait des progrès, si bien qu'elle donnait moins d'inquiétude. Ses tendances au suicide paraissaient enrayées et elle ne parlait plus toute seule en faisant interminablement les cent pas, les mains jointes. Son état était devenu chronique, ce qui, selon les psychiatres, n'excluait pas une certaine amélioration et une adaptation aux circonstances. Le pronostic n'était pas très encourageant, du fait que la malade n'était pas assez jeune et qu'elle savait que son mari vivait avec une autre femme; néanmoins son état s'était stabilisé.

Shaindel avait maintenant sa propre chambre dans la section réservée aux malades moins gravement atteints.

Son traitement, à base d'opium et de chloral, comprenait aussi des bains turcs et des massages. Deux fois par jour sa garde l'accompagnait pour une promenade dans le jardin, ou bien Shaindel y allait seule. Les pensionnaires de l'institution s'étaient habitués à l'apparition de cette femme attristée aux yeux noirs mélancoliques, le menton couvert d'un fin duvet, vêtue d'une robe grise informe, la tête entourée d'un fichu. Les gardes, hommes et femmes, l'appelaient « maman ». Sa garde personnelle se servait uniquement des casseroles kasher, pour lui préparer les repas, avec les denrées qu'elle recevait spécialement de Blonya. Le jour de la Pâque, Shaindel mangeait des matzoth. A l'occasion des fêtes de Rosh Hashanah et de Yom Kippour on la conduisait à la synagogue de Blonya pour assister à l'office. On l'apercevait souvent assise sur le banc devant le pavillon qu'elle habitait, en train de tricoter un chandail, qu'elle ne finissait d'ailleurs jamais. Le vendredi, cette femme dévote à l'esprit troublé allumait cinq chandelles dans un chandelier de bronze : une pour elle-même, une pour Ezriel, une pour Joziek, une pour Zina, une pour son plus jeune fils, Micha. A Blonya, à Prushkov, comme dans la région environnante, tout le monde connaissait son histoire. Les Juifs prétendaient qu'elle était saine d'esprit et que son mari, ce charlatan, l'avait enfermée dans une maison de santé afin de pouvoir fréquenter d'autres femmes...

Dès que le fiacre s'arrêta et qu'Ezriel en descendit, Shaindel apparut sur le seuil de son pavillon. Sa garde, Mme Shumkin, une boiteuse originaire de la Lituanie et veuve d'un barbier, salua Ezriel, lui adressa quelques paroles de politesse, puis partit en clopinant, laissant mari et femme seuls. Ezriel s'approcha de Shaindel.

« Bonjour, Shaindel.

– Bonne année.

– Comment te portes-tu?

– Comme tu vois.

– Puis-je entrer?
– Pourquoi pas? »
La chambre comprenait un lit pour la malade et un lit de camp pour Mme Shumkin, une commode-toilette et une garde-robe. On se serait cru à Jampol. Même les odeurs étaient celles de Jampol : une émanation volatile d'oignons, de chicorée et de moisissure. Un chat était assis sur un tabouret. Shaindel prit place sur le coin du lit et Ezriel sur la banquette. Il posa deux paquets sur la table : des cadeaux pour Shaindel et pour Mme Shumkin. Le dos courbé, Shaindel semblait tendue et intimidée. L'âge la marquait précocement. Son visage était ridé et couvert de verrues. Les mèches de cheveux qui sortaient de dessous son fichu étaient striées de fils blancs.
« Tu vas mieux, n'est-ce pas?
– Comme si, comme ça.
– Micha est un beau garçon.
– Hein? Ah! oui.
– Il t'envoie son amour.
– Je le remercie bien, prononça Shaindel comme si elle citait une leçon apprise.
– Zina aussi t'envoie son affection. »
Shaindel réfléchit un moment, puis elle demanda :
« Pas encore fiancée?
– Non.
– Qu'attend-elle donc? Elle a déjà dix-huit ans.
– Tu fais erreur, Shaindel : elle a vingt ans.
– Comment est-ce possible? Eh bien... »
Pendant un temps prolongé tous deux gardèrent le silence. Enfin Ezriel dit :
« Mme Shumkin m'apprend que tu ne manges pas assez.
– Je mange. Quelle quantité faut-il donc manger? Je n'ai pas faim.

– Si tu manges normalement, tu reprendras des forces.
– Pour quoi faire? Ma vie est finie.
– Mme Shumkin est-elle bonne cuisinière?
– Elle met trop de sel dans les plats.
– Tu pourrais lui dire d'en mettre moins.
– Je le lui dis. Mais qui m'écoute jamais? Est-ce que je compte seulement? Je suis moins que rien, moins que cette saleté (Shaindel indiqua la crasse sous ses ongles).
– Je le lui dirai moi-même.
– Ne lui dis rien. Elle me torturera encore davantage. Elle a fait un pacte avec les gentils. Elle leur lance des clins d'œil et elle couche avec eux. Une vraie putain!
– C'est un produit de ton imagination, Shaindel. Elle n'est plus très jeune. Elle est infirme, en plus. »
Shaindel éclata de rire. Ses yeux se mouillèrent. « Elle fait semblant, voilà tout. Lorsque personne ne la regarde, elle marche droit. Si un homme lui adresse un clin d'œil, elle sait courir comme une jeune fille. Elle était enceinte mais elle a fait une fausse couche. Elle a enterré l'enfant à l'aide d'une cuiller.
– Que dis-tu là? Cette femme a la cinquantaine.
– Et puis après? C'est quand Shavouot?
– Dans trois semaines. Je t'avais donné un calendrier.
– On me l'a volé.
– Qui?
– On vole tout ici. C'est malheureux... même l'argent que tu me donnes. Cette femme me prend tous mes objets. Elle arrache des pages de mon livre de prière, afin de m'empêcher de dire les prières juives. »
Ezriel se leva. « Montre-moi! Laisse-moi voir! »
Le livre de prière était sur la table. Ezriel se mit à le feuilleter. Toutes les pages étaient intactes, du début à la fin.
« Aucune page ne manque, affirma-t-il.

– Si, il en manque.

– Quelles sont les pages manquantes? »

Shaindel ne répondit pas. Impossible de dire si elle n'avait pas entendu ou si elle faisait semblant. Elle ferma les yeux et posa ses mains flétries sur ses genoux, manifestement en proie à une angoisse secrète. Un sourire moqueur parcourut son visage. Elle avait l'air de dire : « Comme il est facile de tromper un homme! »

« Est-ce que tu dors bien? » demanda Ezriel.

Shaindel parut se rapetisser. « Je dors si on me laisse dormir.

– Qui t'en empêche?

– Eux.

– Qui, Shaindel, qui? »

Elle le regarda d'un air douloureux. « Laisse-moi seule, fit-elle.

– Shaindel, je suis ton mari. Je veux t'aider. Je suis médecin, également. Qui t'empêche de dormir?

– Ce sont eux qui ne me laissent pas dormir. Va... va-t'en! Je serai bientôt morte. »

Troisième partie

14

I

Dans les foyers des hassidim de Marshinov, les jeunes gens chuchotaient entre eux. Les hassidim de Reb Shimmon, les dissidents, avaient remporté une victoire sur Marshinov. Le fils du Rabbi, Zadok, avair revêtu la veste courte des païens et adopté des goûts dépravés. Son père, Rabbi Jochanan, s'affaiblissait de plus en plus. Il ne lui restait guère la force de se rendre à la maison de prière. Les médecins varsoviens lui recommandaient vivement d'aller vivre à Otwock ou de se retirer dans les montagnes. Ils lui prescrivaient une nourriture riche en matières grasses, cependant le Rabbi ne supportait même pas des aliments naturels et simples. Il ne prenait rien d'autre qu'un verre de lait et un œuf à la coque. Le jour de shabbat il sirotait un petit verre de vin, il mangeait une croûte de hala, un peu de poisson, une fine tranche de viande. Il n'avait plus que la peau sur les os, tellement il avait maigri. Son visage avait un teint cireux. Sa barbe et ses papillotes avaient blanchi avant l'âge. Seuls ses yeux gardaient tout leur éclat. Le Rabbi étudiait la Cabale : le Zohar, l'Arbre de Vie, l'Alliance du Repos, le Livre de la Piété, le Livre de la Création. Il gardait toute la journée son châle de prière et ses phylactères, à l'instar des anciens. Il vivait pratiquement séparé de Tsipele et ne partageait même plus sa couche la nuit du vendredi, traditionnellement celle de l'union conjugale. Mendel, le bedeau, racontait d'étranges histoires sur le compte de Jochanan. Selon lui, celui-ci avait presque cessé de se rendre à un certain endroit, là où même le tsar se rend à pied. Lorsqu'il priait ou étudiait, une chaleur qui ne semblait pas de ce monde émanait de son corps. Un jour Mendel ramassa le coussin du fauteuil dans lequel le Rabbi s'asseyait pour réciter le Cantique des Cantiques : le coussin était si chaud au toucher que Mendel faillit se brûler les doigts. Mendel jurait sur sa barbe et ses papillotes que, dans l'obscurité, une pâle lumière se dégageait du visage du Rabbi. Celui-ci ne dormait plus que deux heures sur vingt-quatre, et dans son sommeil ses lèvres continuaient à murmurer. Prêtant l'oreille, Mendel avait entendu le Rabbi chuchoter des noms sacrés en araméen. Des Juifs honorables, connus pour leur objectivité, attestaient qu'ils avaient vu le Rabbi produisant des miracles : il tendait la main pour prendre la plume (le Rabbi se servait d'une plume d'oie), et aussitôt celle-ci était attirée par sa main comme par un aimant; les pages du livre qu'il était en train de lire tournaient toutes seules. Tous ceux qui visitaient le bureau du Rabbi s'accordaient pour dire que son corps sentait le myrte et le clou de girofle : les arômes de l'Eden. Les hassidim qui venaient de remettre au Rabbi leur liste de requêtes sortaient de son bureau, pâles de surprise. Une fois, le Rabbi avait lu à haute voix le nom d'un enfant et, au lieu de prier pour que l'enfant travaille bien en classe, comme son père le lui avait demandé, le Rabbi avait prié pour sa complète guérison d'une maladie en cours. Le hassid en question n'avait même pas reçu de nouvelles de chez lui, annonçant que son enfant était souffrant. Plus tard il avait reçu un télégramme lui apprenant que son enfant avait bel et bien été malade.

Celui-ci s'était promptement rétabli à l'heure exacte de l'audience de son père chez le Rabbi. Une autre fois, un père s'était plaint au Rabbi que son fils dépérît dans les casernes du tsar parce qu'il refusait de manger de la nourriture non kasher. Le Rabbi avait haussé les épaules, l'air surpris. Casernes? Son fils n'était pas dans une caserne, avait-il dit au hassid étonné. Comment était-ce possible? Le père venait juste de recevoir une lettre de lui. Quelques jours plus tard le père avait appris que son fils avait déserté son régiment et s'était enfui au-delà des frontières. Une autre fois encore, les parents d'un écolier qui avait brusquement perdu la vue étaient venus demander conseil au Rabbi de Marshinov. Les spécialistes consultés avaient abandonné tout espoir quant à sa guérison. Le Rabbi avait écouté les parents jusqu'au bout, puis il avait ordonné qu'on baigne les yeux de l'enfant avec du thé. En l'espace d'une semaine, la vue était rendue à l'enfant.

Assez curieusement, le Rabbi lui-même n'était pas conscient de ses pouvoirs. Il demanda à Mendel pour quelles raisons une foule aussi nombreuse venait le voir, non seulement les jours fériés, mais aussi bien les jours ouvrables. Lorsque Mendel répondit que c'était à cause des miracles qu'il faisait, le Rabbi parut déconcerté. Pour la première fois depuis qu'il était Rabbi, il se mit en colère contre Mendel. « Quels miracles? Ne dites pas de sottises! Le Tout Puissant n'a pas besoin de miracles. Il exerce Sa volonté grâce aux lois de la nature. » Tsipele donna à Calman des exemples du pouvoir de son mari. Une lettre était arrivée de sa fille, Zelda, qui vivait chez son beau-père, à Wysoky, dans laquelle elle disait qu'elle était enceinte – que le nom du Seigneur soit sanctifié! Lorsque Tsipele avait voulu annoncer la bonne nouvelle au Rabbi, celui-ci la connaissait déjà, se contentant de lui souhaiter *mazel tov*. Elle avait senti ses mains et ses pieds se figer. Il n'y avait eu aucun visiteur de Wysoky au cours des dernières semaines, de plus Zeldele avait tenu la nouvelle secrète, par peur du Mauvais Œil. Comment le Rabbi avait-il donc eu connaissance de l'événement? Une autre fois, lorsque Tsipele lui avait apporté une lettre, il avait commencé à lire son contenu alors qu'elle était encore dans son enveloppe. Comprenant soudain ce qu'il était en train de faire, il s'était tu, très embarrassé. Tsipele pleura en parlant de tous ces incidents à son père : vivre avec un tel saint était au-dessus de ses forces. Elle avait peur du mystère qui l'auréolait.

« Père, il s'est complètement détourné de moi! » Un cri étouffé s'échappa de sa gorge tandis qu'elle se couvrait le visage d'un mouchoir de batiste.

Calman prit un air grave. « Avec la volonté de Dieu, dans une centaine d'années vous serez réunis tous deux au paradis.

– Papa, je le veux ici-bas! » s'écria Tsipele.

Au cours des années qui s'enfuyaient, bien des choses s'étaient passées. Calman avait quitté le domaine. Il n'était pas même resté à Jampol, mais s'était installé à Varsovie. Son parent par alliance, Reb Menachem Mendel, le père d'Ezriel, était mort quelques semaines après avoir été opéré de la cataracte. Tirza Perl, sa veuve, était partie pour la Terre sainte. Elle écrivait qu'elle priait devant le Mur des Lamentations, devant le tombeau de Rabbi Yehuda le hassid, et sur la tombe de Rachel. Elle avait vu Uri Joseph, le fils d'Ezriel, qui s'était établi comme colon dans le pays. En signe de gratitude elle envoya à Calman un petit sac de terre palestinienne, car il avait payé son voyage. Calman avait repris l'appartement de Reb Menachem Mendel, situé dans la rue Krochmalna. Tout y était comme par le passé : la table sur laquelle Reb Menachem Mendel avait étudié la Torah, le banc, l'Arche d'alliance, les livres dans la bibliothèque. Bien des partis avaient été proposés à Calman, cependant il ne s'était pas remarié. Sa barbe blanche était devenue clairsemée et ses papillotes avaient poussé. Petit à petit, il avait perdu toutes ses dents; mais quelle importance! elles n'étaient qu'un foyer de douleurs. Il portait des lunettes et il s'appuyait sur une canne en marchant néanmoins, ses forces, Dieu merci, ne l'avaient pas encore entièrement abandonné. Il préparait lui-même son gruau d'avoine. Il émiettait un morceau de pain et le mangeait dans son bortsch. Le vendredi il portait son plat du shabbat chez le boulanger et il invitait un hôte à partager son repas. La congrégation du soin aux malades venait à la maison, comme par le passé, pour prier le jour du shabbat, et Calman faisait office de bedeau. Certains jours de la semaine, il passait la nuit au domicile des malades pour leur être de quelque secours. Ses enfants, ses petits-enfants, ainsi que son commerce pouvaient se passer de lui, tandis que les malades réclamaient son soutien. Calman avait lu dans un des livres saints qu'un être humain appartenait à ceux qui avaient besoin de lui, et non à ceux dont il avait besoin. Il n'était certes pas facile pour Calman de veiller des nuits entières, de s'enfermer dans des chambres qui manquaient d'air, de transporter des bassins de lit et d'écouter les soupirs et les plaintes des malades, néanmoins il louait journellement Dieu pour lui avoir permis de faire de bonnes actions.

Mais puisque son gendre, le Rabbi de Marshinov, n'était pas en bonne santé et que sa fille l'avait prié de venir, il avait tout quitté et il s'était rendu à Marshinov. Visiter un malade ordinaire comptait déjà pour une bonne action, mais avoir pour malade un saint était sans doute infiniment plus méritoire. Toutefois il y avait le revers de la médaille : on pouvait se fâcher contre un malade ordinaire qui n'observait pas les ordres du médecin; on pouvait même lui administrer des médicaments de force – mais que pouvait-on faire devant un saint qui ne se souciait pas de sa santé? A de nombreuses reprises,

Calman avait décidé de réprimander son gendre, de lui enjoindre de suivre le conseil du médecin. Pourtant chaque fois qu'il se trouvait en présence du Rabbi, qu'il le regardait en face, il se sentait comme paralysé. Celui qui était devant lui n'était plus le mari de Tsipele, mais un ancien sage. Une fois franchie la porte du Rabbi, on retrouvait la vie de tous les jours, mais derrière cette porte, dans la chambre de Jochanan, c'était toujours Yom Kippour : les chandelles allumées diffusaient une lumière de fête qui semblait venir du soleil. La chaleur qui régnait rappelait celle de l'intérieur de l'Arche d'alliance. La gloire de Dieu illuminait le visage de Reb Jochanan, son châle de prière, chaque frange de son gilet rituel. On percevait positivement la présence des anges, le feu des séraphins, le battement de leurs ailes, les secrets du ciel, la présence des célestes phalanges. Même une mouche sur le mur ne paraissait pas être une mouche ordinaire. Comment un simple humain tel que Calman oserait-il ouvrir la bouche dans un tel endroit? Jochanan, quant à lui, avait un comportement humble. Il se levait à l'entrée de Calman et lui disait affectueusement : « La paix soit avec vous, beau-père! Comment se porte mon beau-père? » Puis il lui tendait la main qui brûlait comme du charbon ardent.

II

Les hassidim racontaient des histoires incroyables sur le compte de Reb Jochanan; en revanche, les Juifs éclairés ne cessaient de relater les mérites de Zadok : ses proches ne juraient que par lui, prétendant qu'il n'était pas un simple jeune homme mais l'incarnation même des lumières. On avait du mal à croire ne serait-ce que la moitié des merveilles qu'on disait de lui si on n'en avait pas été témoin. Lorsque Zadok décida d'apprendre le français, il se mit à parcourir de A à Z un dictionnaire polonais-français, trois fois de suite. Après la troisième lecture il se souvenait de chaque mot. Il lui suffisait de compulser une seule fois la grammaire pour en connaître chaque règle, chaque exception grammaticale. De la même manière il étudia le grec, le latin, et même l'anglais et l'italien. Il s'incrivit à la faculté des sciences, mais ce n'était guère qu'une formalité. Les autres étudiants, comparés à lui, semblaient tout juste sortis du jardin d'enfants. Les professeurs l'invitaient à venir chez eux et discutaient avec lui des problèmes mathématiques comme s'il était leur égal. Zadok devint un visiteur assidu au foyer du professeur Dickstein, un Juif assimilé. Jusqu'alors il n'avait jamais goûté à la nourriture non kasher, bien qu'il eût déjà adopté la mode de se promener tête nue et qu'il prît souvent le thé ou le café dans les foyers des Juifs assimilés. En plus des mathématiques, Zadok étudiait la médecine, la chimie, la biologie, la philosophie, ainsi que tout ce qui était accessible aux étudiants. Lorsque Zadok rendait visite à son oncle, le docteur Babad, celui-ci se montrait surpris. Le jeune homme avait des connaissances approfondies en anatomie et en physiologie. Ses professeurs recommandaient à Zadok de ne pas se surpasser, mais pour toute réponse celui-ci éclatait de rire. Il fallait tout connaître. Il y avait place dans un cerveau pour le savoir de tous les âges. Plus on en savait, plus on exerçait sa mémoire. L'assimilation de Zadok devint la légende de toute la Pologne hassidique. On l'avait marié à l'âge de seize ans, époque où il était encore un jeune homme pieux. Reb Josué Walden, son beau-père, depuis, avait conseillé à sa fille, Hannah, de divorcer d'avec son mari hérétique, mais celle-ci ne voulait pas en entendre parler. Zadok s'habillait à la mode moderne et Hannah ne portait plus la perruque de matrone. Josué Walden leur devait le gîte et le couvert pendant cinq années encore, néanmoins le jeune couple emménagea dans un appartement de la Vieille Cité. Les anciens assimilés de la communauté de Varsovie votèrent une subvention en faveur de Zadok. Celui-ci donna également quelques leçons particulières dans une famille riche, afin d'arrondir le budget. Hannah, enfant gâtée, accepta en secret de l'argent de sa mère. Mais qu'importait l'argent aux yeux de Zadok? Il ne quittait pas ses livres depuis le lever jusqu'au coucher. Pendant les centaines d'années où les Juifs avaient étudié le Talmud, les païens avaient produit un Archimède, un Euclide, un Copernic, un Galilée, un Newton, un Pascal et un Darwin. Tandis que les Juifs restaient attachés aux vieux préceptes talmudiques, les païens avaient construit des chemins de fer et des navires à vapeur, inventé le télégraphe et le téléphone, créé le microscope et le spectroscope; bref, ils avaient maîtrisé les forces de la nature. Chaque jour Zadok découvrait de nouveaux miracles : la classification des atomes de Mendeleïev, la géométrie non euclidienne de Lobatchevsky, les découvertes de Faraday et de Maxwell, de Helmhotz et de Hertz. Du fait que les Juifs étaient volontairement prisonniers de leurs anciennes légendes, ils avaient perdu une richesse de savoir inépuisable. En Pologne, il y avait peu de publications scientifiques, mais grâce à Gebetner et à Wolf, agents de littérature étrangère, Zadok avait reçu des livres et des périodiques allemands, les plus récents, qui parlaient des toutes dernières réalisations et expériences. La lecture, avec lui, devenait un véritable exploit de vitesse. Il parcourait un livre ou un magazine si rapidement que ceux qui en étaient témoins avaient peine à croire qu'il avait pu lire correctement une seule ligne. Plus tard, lorsqu'ils en discutaient avec lui, il s'avérait qu'il avait assimilé tout le contenu et que rien ne lui en avait échappé...

Mais où menait toute cette culture laïque? Le soir, Zadok aimait à se rendre chez son oncle Ezriel, sur le boulevard Marshalkovsky, pour bavarder. Avec son oncle,

Zadok pouvait s'exprimer en peu de mots, réduire ses phrases à l'essentiel. Ils parlaient de Spinoza, de Kant et de Hegel de la même manière que de la Mishnah et de la Guemara. Zadok n'avait pas perdu ses manières hassidiques, ni sa façon de porter sa main à sa barbe, pourtant rasée, de froncer les sourcils et de se ronger les ongles. Lorsqu'il s'excitait à propos du *Moi et Non-moi* de Fichte, ou de la « volonté aveugle » de Schopenhauer, il lui arrivait de renverser sa tasse de thé sur la meilleure nappe d'Olga. Celle-ci ne pouvait le supporter et elle ne s'en cachait guère. Ce jeune génie apportait dans son appartement élégant la cacophonie du yiddish, les manières de la place Grybow, la litanie de la synagogue. Même lorsqu'il lui baisait la main en galant homme, son nez la frôlait malencontreusement. Olfa faisait souvent remarquer sur un ton sarcastique qu'il baisait la main aux dames comme s'il s'agissait de ses franges rituelles. Elle avait à se plaindre également de quelque chose de plus grave : chaque fois que Zadok passait à la maison, il laissait Ezriel troublé et mélancolique. En dépit du mécontentement d'Olga, Ezriel continuait à encourager les visites de Zadok. Ce jeune invité intriguait les hôtes que recevaient les Babad; ils lui posaient des questions compliquées, auxquelles il répondait en un clin d'œil. En l'espace de trente secondes il multipliait deux colonnes de six chiffres; avec la même aisance il calculait des racines carrées ou cubiques. On lui demandait toujours comment il s'y prenait. Comment un cerveau pouvait-il raisonner aussi vite? Calculait-il réellement à une telle vitesse, ou bien la réponse lui venait-elle automatiquement? Il y avait là matière à discussion. La présence de Zadok rendait les soirées intéressantes. En dehors de ses connaissances en mathématiques, il était également versé dans l'hypnotisme, d'où des polémiques interminables.

Tout d'abord Ezriel avait pour ainsi dire réprouvé l'hypnotisme. Les sessions auxquelles il avait assisté à l'hôpital ne l'avaient pas convaincu. Il ne voyait pas dans quel domaine l'hypnotisme pouvait être efficace en tant que remède. Il avait tenté une expérience d'hypnose sur Shaindel, à l'époque où elle était encore à la maison, mais les résultats avaient été négatifs. Imposer sa volonté à quelqu'un d'autre lui semblait une sorte de phénomène irrationnel et abracadabrant. Car si le fait de regarder quelqu'un avec fixité dans les yeux, en répétant certaines paroles, pouvait produire son effet, pourquoi pas les bons yeux de Reb Jochanan ou le mauvais œil d'une sorcière? L'hypnotisme, dans l'esprit d'Ezriel, se rattachait étroitement au spiritisme, à la transmission de pensée, à la voyance et à d'autres puissances occultes qui n'avaient rien à voir avec la science et qui avaient plus de chance de ranimer de vieilles superstitions que de guérir. Au plus profond de lui-même, Ezriel avait la conviction que toutes les maladies mentales, même les troubles dits fonctionnels, étaient organiques et en rapport avec la structure du cerveau ou ses processus chimiques. Des paroles et des regards appuyés pouvaient-ils modifier des cellules et des tissus? Plus Ezriel doutait, plus il approfondissait l'étude de ces matières. Des recherches dans ce domaine étaient faites dans toute l'Europe, toutefois la France – avec Nancy et Paris – en restait le centre. Petit à petit, Ezriel commença à croire qu'il s'agissait en effet d'une force positive, et non d'une sorte de fantaisie. Bernheim, Charcot, Janet n'étaient pas des charlatans. Les démonstrations de Feldman à Varsovie n'étaient pas des tours de passe-passe, ni des hallucinations. Ezriel lui-même avait été témoin de cas de catalepsie, de léthargie, de somnambulisme hypnotiques. Il avait vu des malades hypnotisés qui tremblaient d'un froid imaginaire, qui transpiraient d'une chaleur inexistante, qui réagissaient à des hallucinations suggérées, qui exécutaient des ordres posthypnotiques. Il ne pouvait être question ici de subtilités ou de trompe-l'œil.

Ezriel commença bientôt à pratiquer l'hypnose sur ses clients. Son premier sujet fut Olga. Il arriva même à la guérir d'un mal de tête à distance, par téléphone. Olga souffrait d'insomnie depuis des années : Ezriel lui rendit le sommeil par l'hypnose. Il installait son sujet dans un fauteuil, lui demandait de libérer son esprit autant que possible de toute préoccupation, de ne penser à rien. Puis il le priait de fixer du regard le boîtier d'une montre en argent, accroché sur le mur opposé, et ensuite il commençait à parler. « Vos paupières, chère madame, deviennent lourdes; bientôt elles vont se fermer. Vos yeux sont fatigués, votre regard est embrouillé. Vos bras et vos jambes n'ont plus de force; une grande fatigue s'empare de tous vos membres; vous entendez à peine ma voix; vous avez sommeil; vous êtes incapable de garder vos yeux ouverts... » Parfois il plaçait sa main sur le ventre de son malade... Ses clients, bel et bien endormis, obéissaient à ses suggestions. En dépit du fait qu'il avait exercé l'hypnose si souvent que son pouvoir ne pouvait plus être mis en question, il doutait encore de son exploit. Chaque fois qu'il hypnotisait un malade, il ne pouvait s'empêcher de soupçonner que lui-même ou son sujet fût l'objet d'une mystification.

III

Chose étrange, Zadok ne se contentait pas de s'allier aux extrémistes de l'assimilation, mais il allait plus loin qu'eux dans ses propos. Lors d'une visite chez Ezriel, il porta sa main à son menton imberbe, d'un geste familier, et il argumenta d'une voix chantante de talmudiste : « Si tu crois que tout ce que les rabbins gribouillent dans leurs commentaires était conforme à ce que Moïse entendit sur le Sinaï, alors conduis-toi conformément au *Commencement de la Sagesse.* En revanche, si tu es libre penseur... que signifie le mot " juif "? Dans la nature il n'existe pas une espèce particulière, comparable aux Juifs. Toutes ces qualifications... juifs, chrétiens... ne valent rien.

– Le fait que Moïse ne parla pas à Dieu ne prouve pas qu'Il n'existe pas, l'interrompit Ezriel.

– Supposons qu'Il existe; et puis après? Puisque nous ignorons ce qu'Il désire, pourquoi ajouter une autre absurdité à la déraison? Où est ta logique, oncle Ezriel?

– Ma logique me dit que le développement mental de l'homme est autant soumis à la nature qu'à la physique et à l'embryologie. Puisque le judaïsme existe, cela signifie que les pouvoirs occultes veulent qu'il continue à exister.

– On peut en dire autant de chaque religion.

– C'est vrai.

– Que dire alors des religions qui ont disparu?

– Elles étaient destinées à disparaître.

– Dans ce cas, peut-être notre temps est-il venu?

– Même un malade incurable fait appel à un médecin. Personne ne meurt de son plein gré.

– Que penser de ceux qui commettent un suicide? Leur désir est également enraciné dans la nature.

– Ils font exception à la règle.

– Qu'est-ce que l'exception dans la nature? » Zadok se pinça l'endroit où jadis poussait une papillote. « L'univers n'est pas un livre de grammaire. Dans la nature, tout comme en mathématiques, l'exception n'existe pas.

– Qui dit que la nature est comparable aux mathématiques?

– Elle est certainement plus proche des mathématiques que de la grammaire.

– Que les candidats au suicide se tuent donc! Moi je veux vivre, à la fois sur le plan individuel et national.

– S'il en est ainsi, tu devrais faire ce qu'a fait Joziek : émigrer en Palestine.

– Tu as raison à ce sujet.

– Cependant si tu n'as pas la foi, quel est le lien qui t'attache aux Juifs du Yémen ou à ceux de l'Inde? Le nationalisme ne s'exprime que par l'inertie. Le Juif a construit son entière existence sur une légende vieille de quatre millénaires.

– Cette légende à laquelle tu fais allusion me fait passer des nuits blanches. Que dire des pogroms dont nous souffrons? Ils sont quelque chose de concret, eux.

– L'explication des pogroms est que nous sommes restés tels que Haman nous a décrits : " Il existe un certain peuple dispersé au loin et perdu parmi les habitants de toutes les provinces de ton royaume; ses lois sont différentes et il ne respecte pas davantage les lois du roi ", psalmodia Zadok, en accord avec le Livre d'Esther. Nous aimerions être tout à la fois : Russes, Juifs, Français, Turcs. Nous voudrions être un amalgame de toutes les nations. Si on vit en Pologne, on doit être Polonais, et non avoir un pied à Varsovie et l'autre à Jérusalem.

– Quelle solution proposes-tu? La conversion?

– Wallenberg a raison : on ne peut pas vivre dans les pays d'autrui et considérer leurs filles comme étant tabous, leur nourriture impure, leur Dieu une idole. Tant que les hommes vivent en groupes, il ne peut y avoir un groupe isolé au sein d'un autre groupe.

– Tu parles comme les antisémites!

– Peut-être ont-ils raison?

– Et que se passerait-il si les socialistes prenaient le pouvoir pour une durée de trente ans, à partir d'aujourd'hui?

– Dans ce cas, l'humanité deviendrait une unique entité et il n'y aurait plus de place ni pour les Juifs ni pour les chrétiens.

– Ce qui signifie que, dès à présent, je dois devenir un

chrétien, de sorte que, dans trente ans, je deviendrai un internationaliste.

– L'histoire est une force vive. As-tu lu la *Phénoménologie* de Hegel? L'esprit est dialectique. Moi-même, oncle Ezriel, je suis un hédoniste. Lorsque l'homme ne vit que pour la recherche du plaisir, il suit le bon chemin. Les Juifs souffrent, ce qui prouve qu'ils suivent le mauvais chemin.

– Les Polonais souffrent, eux aussi. Mieux vaudrait devenir Allemand ou Anglais.

– Si c'était en mon pouvoir, c'est certainement ce que je ferais.

– En tant qu'Anglais tu serais envoyé au front pour combattre les Boers.

– Si je n'avais pas le choix, je me battrais.

– Les Anglais exigent que tu combattes leurs ennemis avec zèle.

– Qui se soucierait de ce qu'ils veulent?

– Est-ce là ta philosophie?

– C'est celle de Spinoza.

– Que penser du Juif qui est satisfait de son judaïsme?

– Seuls les Juifs pieux en sont contents. Que peut bien signifier le judaïsme pour un homme comme toi, mon oncle? »

Olga frappa à la porte. « Le thé est servi », dit-elle.

Ezriel et Zadok entrèrent dans la salle à manger. Le samovar trônait sur la table entourée de Natacha, Kolia et Micha. Natacha, âgée de quatorze ans, était élève de quatrième dans l'enseignement secondaire. Elle était grande et mince, elle avait un nez retroussé, des cheveux et des yeux noirs. Sa bouche était trop large pour son visage, c'est pourquoi les garçons la surnommaient « grenouille ». Kolia avait onze ans. C'était le portrait fidèle de sa mère : yeux noirs, nez droit, menton en galoche. Ses cheveux étaient coupés court, à la manière militaire. Il était vêtu d'une veste de collégien aux boutons de cuivre et au large col. Micha, lui aussi, allait à l'école. Il ressemblait à Shaindel. Pendant le bref moment qu'Olga avait quitté la pièce pour appeler les hommes, Micha et Kolia avaient repéré un morceau de corde qui leur servait à jouer à un jeu nommé « Etel Betel ». Ils se passaient la corde de main en main en formant à chaque échange une image figurée telle que « l'eau », « la cymbale », « le balai », et ainsi de suite.

Olga se prit la tête entre les mains. « Voilà qu'ils se sont encore emparés de cette sale corde! Allez vous laver les mains!

– Mamma, elle n'est pas sale.

– Lavez-vous les mains, vous dis-je!... Attendez! »

Elle se rendit à la cuisine et revint avec une éponge mouillée et une serviette. Natacha eut un petit sourire entendu lorsqu'on lava les mains aux garçons. Kolia lui tira la langue, et Micha se mit à rire. Ezriel versa du thé dans deux tasses, pour Zadok et lui-même. Les enfants ajoutèrent du sucre en poudre à leur breuvage, tandis qu'Ezriel et Zadok prenaient un morceau de sucre et le croquaient. La cuisinière entrait et sortait tout en servant des biscuits et des gâteaux. Elle portait un tablier blanc autour de la taille et une coiffe blanche sur ses cheveux blonds. Olga jeta un regard sur Zadok. « Eh bien, Zdzislaw, comment les choses s'arrangent-elles pour vous? » fit-elle.

Zadok sursauta. Elle l'avait interrompu dans ses méditations.

Il lui répondit dans un polonais fleuri avec un accent juif. « Je vous remercie, chère madame. Comment pourraient-elles s'arranger? On se débrouille tant bien que mal. Nous avons des discussions, mais à quoi servent les paroles? Parfois j'envie les animaux qui n'ont pas besoin de paroles pour vivre. Les animaux, tout comme la nature elle-même, ne connaissent que les actes, c'est pourquoi un animal ne peut pas davantage faire une erreur qu'un rocher. Un caillou démontra qu'Aristote avait tort. Je fais allusion à l'expérience de la tour penchée de Pise.

– Les paroles ne sont-elles pas aussi des actes? demanda Ezriel. Notre intellect n'est-il pas une part de la nature? Pourquoi une pierre serait-elle infaillible alors que nos cerveaux continuent à faire des erreurs?

– Qu'est-ce que l'oncle essaie de dire? Du point de vue panthéiste, il n'existe pas d'idées fausses, mais seulement des idées malades. Toutes les erreurs sont subjectives. »

Olga frappa un coup sec sur la table. « Voilà qu'ils recommencent! Parlez de quelque chose que les enfants puissent comprendre! »

Natacha se mêla soudain à la conversation. « Papa, des animaux aussi font des erreurs. Si on met des œufs de canard sous une poule, celle-ci les couve et elle prend les canetons pour ses petits – n'est-ce pas là une erreur?

– Moi aussi, je veux dire quelque chose, intervint Kolia en levant le doigt comme un écolier en classe.

– Voyez comme ils sont bavards tout d'un coup, dit Olga d'un ton mi-réprobateur mi-amusé.

– Que veux-tu dire, Kolia?

– Lorsque nous étions à Wilanow, chez Mme Malewska, les garçons ont creusé une petite tranchée, puis l'ont recouverte d'un fichu. Le chat qui ignorait qu'il y avait un trou dessous est tombé dedans. »

Micha éclata de rire. « Oh, comme c'est drôle!

– Que dire de leurs arguments? » demanda Ezriel.

Zadok pensait manifestement déjà à autre chose. Il ouvrit ses grands yeux noirs, fit la grimace et se mit à se gratter la tempe gauche. « Le chat? Des canetons? Je ne sais pas si on peut honnêtement appeler ces événements des erreurs. A proprement parler, une erreur ne se produit que lorsqu'on s'est trompé sur un fait bien défini. La poule et le chat n'agissent que par instinct. Cela signifie simplement que l'instinct n'est pas non plus parfait : c'est d'ailleurs une chose bien connue. Le chasseur met comme appât une effigie dans l'eau, ou il imite l'appel de l'oiseau afin de leurrer sa proie. Cependant, imaginons que les animaux soient capables de penser et de faire des erreurs : quel rapport y voyez-vous avec notre discussion?

– Si l'erreur est possible, alors le péché existe. Si le péché est possible, il ne peut y avoir aucun déterminisme, aussi y a-t-il place pour une éthique et une religion absolues. Peut-être l'homme doit-il découvrir Dieu de la même manière qu'il a découvert l'Amérique et les lois de la gravité?

– Eh bien, voilà qu'ils continuent! Buvez votre thé, les enfants. Micha, ne gonfle pas tes joues ainsi », gronda Olga. Puis, se tournant vers Ezriel, elle dit : « Pan Zdzislaw a raison. On ne devrait pas parler de ce qu'on ignore. Mieux vaut croire sans philosopher. On ne peut pas trouver Dieu par le raisonnement.

– Certaines vérités sont déjà trouvées, des vérités éternelles, qui seront toujours valables.

– Quelles vérités?

– Les Dix Commandements. »

Zadok eut un vif mouvement de la tête comme pour chasser une mouche. « De quelle sorte de découverte parlez-vous? La lutte pour l'existence est une loi biologique. Selon Malthus, les guerres sont nécessaires. Toute l'histoire de l'homme est remplie de guerres. La Bible même, elle qui dit " Tu ne dois pas tuer ", ordonne le massacre d'hommes, de femmes et d'enfants.

– " Tu ne dois pas tuer ", au sein de ton propre groupe, voilà ce qu'elle veut dire.

– En quoi tel groupe vaut-il mieux que tel autre? Ce n'est qu'une question de lois sociales. Il en est de même dans la nature : qui tue qui? Pendant des milliers d'années des taureaux ont été tués, or la nature est restée impassible. Est-il possible de rendre l'humanité responsable du massacre de tous les taureaux, veaux et poulets? Pourquoi la vie humaine aurait-elle tant de valeur pour la nature?

– Parce que l'homme souffre davantage. Il peut augurer la souffrance. Il ne vit pas exclusivement dans le présent.

– Et pourquoi le fait de souffrir ferait-il de lui un privilégié? La nature ne verrait pas d'inconvénient à ce que l'homme restât un cannibale.

– Selon toi, Zadok, on a donc le droit de faire des pogroms... »

Olga tressaillit.

« Je vous en prie, cessez ce bavardage! » dit-elle durement. D'innombrables fois elle avait demandé à ces anciens élèves de yeshiva de ne pas se lancer dans des discussions puériles. Or dès qu'ils se trouvaient réunis, les disputes commençaient, sur un ton animé et dans un polonais pimenté de yiddish. Ils argumentaient à l'instar des oisifs dépourvus de sens pratique qui traînaient dans la salle d'études. Du moins Zadok, en dépit de ses mauvaises manières, avait une conception moderne de la vie, tandis qu'Ezriel restait partisan de la glorification de ce judaïsme pourri, transmis par ses ancêtres; il était en quelque sorte prisonnier de son fanatisme. Par-dessus tout, Olga désirait éviter toute discussion sur la religion, puisque différentes croyances étaient représentées dans son foyer. Micha, dans l'école qu'il fréquentait, était obligé de quitter la salle de classe lorsque le prêtre y venait pour donner son cours d'instruction religieuse. Les enfants ingurgitaient toutes sortes de sottises. Chaque fois que les deux garçons se querellaient, Olga avait peur que Kolia n'appelât Micha « youpin ». Elle estimait que l'allusion d'Ezriel aux pogroms, qu'il venait de faire à table, manquait de tact. A qui la faute si des paysans stupides se laissaient entraîner à des actes de sauvagerie? A quoi bon exposer les enfants à de telles horreurs?

Le silence qui s'installa soudain dans la salle à manger était si profond qu'on entendait le bruit que faisait Micha en sirotant son thé et en heurtant sa petite cuiller contre sa tasse. Kolia prit un air grave. Natacha détourna la tête. Ezriel but son thé en fronçant ses sourcils. Il comprenait le manque de logique de ses arguments. Son père avait pratiqué le même genre de raisonnement. « Si ce que tu dis est vrai, alors nous vivons dans un monde immoral », affirma-t-il. Eh bien, et si le monde était effectivement immoral? N'avait-on pas le droit, dans ce cas, d'organiser des pogroms?... Il semblait étrange que Zadok, qui venait d'abandonner toute piété, fût capable d'accepter l'existence, tandis qu'Ezriel était indigné, chaque fois qu'il était témoin d'une mauvaise action; dès qu'il ouvrait un journal, il était abasourdi. Les journaux ne contenaient que des reportages sur des brutalités, des massacres, des attaques qui avaient pour victimes des gens innocents. Les Juifs russes étaient chassés des villes, expulsés des villages. Ils s'enfuyaient en Pologne où, aussitôt, la presse extravaguait sur le compte des « Litvaks ». Toute la Russie n'était qu'un vaste dédale d'injustices. La police était corrompue, les hommes de loi véreux. Des criminels occupaient des sièges au synode suprême. Les Polonais, victimes eux-mêmes, n'en avaient pas moins une attitude très sévère à l'égard des Juifs. Les Juifs, d'un autre côté, ne menaient pas une existence très honorable. La compétition prenait une mauvaise tournure; chacun ne songeait qu'à son propre profit. Et la Palestine dans tout cela? Les Juifs ne pouvaient pas tous émigrer en Palestine : les Turcs leur avaient interdit l'acquisition de terres; les Arabes voyaient d'un mauvais œil leur présence. Et l'assimilation? Personne ne voulait des Juifs, cette triste engeance en guenilles, en dehors de quelques missionnaires payés. Et le socialisme? Comment s'implanterait-il?

Qui l'apporterait? Il serait une nouvelle cause de violence, de meurtre, de malheur. Et quelle garantie avait-on que les socialistes fussent des saints? Ils étaient déjà divisés en cabales ennemies.

Non, cette boucherie ne pouvait être purifiée par une nouvelle effusion de sang. Ezriel en avait la certitude. Mais par quoi, alors? Et quel était son propre rôle dans ce bourbier? D'être un porc devant son auge? De s'enrichir dans cette foire d'empoigne aussi longtemps que c'était possible? D'envoyer Kolia et Micha à l'université pour en faire des hommes de loi, comme tant d'autres? D'obtenir pour Natacha un bon parti?... Au cours de toutes ses années d'études, souvent en butte à ses propres problèmes, Ezriel se croyait être destiné à quelque chose de noble, d'important. Il avait été ébloui par des mots tels que culture, humanité, progrès, civilisation. Or à présent le réveil était cruel, amer, plein de désillusion. Il restait sans croyance, sans idéal, sans espoir. Sa jeunesse s'était enfuie. Son travail lui paraissait de plus en plus pénible, ses dépenses augmentaient. Il n'en parlait à personne, cependant il passait des nuits blanches, méditant sur ces « éternelles questions » : « Pourquoi suis-je en vie? Que fais-je ici-bas? Quelle est ma mission? Où est mon devoir? L'homme a-t-il réellement un devoir à remplir? N'est-il pas simplement une vache qui a besoin de paître jusqu'à ce qu'elle meure ou qu'elle soit tuée? » Oui, Zadok avait raison : selon la logique, et aussi selon la science, la force prime le droit...

« Pourquoi laisses-tu refroidir ton thé? » demanda Olga.

15

I

Olga eut un coup de chance. Wallenberg avait tenu sa promesse : il lui avait laissé sept mille roubles dans son testament. Depuis longtemps Olga avait envie de faire construire ou d'acheter une villa : elle avait toujours gardé la nostalgie du temps où elle avait vécu avec André, à Druskenik, près de la rivière Niemen. Tous les médecins respectables de Varsovie avaient leur résidence d'été. Plus de trente ans s'étaient écoulés depuis l'insurrection, néanmoins la Pologne était encore pleine de nobles ruinés dont on pouvait acquérir les manoirs délabrés à bas prix. Olga consulta des agents immobiliers et se mit à la recherche d'une maison de campagne. Ezriel, quant à lui, aurait préféré acheter une propriété, à titre de résidence principale, aux confins de la ville. Il avait envie de fuir le bruit. Mais pouvait-on souhaiter meilleure évasion qu'au milieu des champs, des lacs et des forêts? objectait Olga.

Les agents se mirent rapidement en quête d'une bonne affaire, et chaque dimanche Olga supplia Ezriel de l'accompagner afin de visiter quelques maison en vente.

Ces voyages avaient l'avantage de stimuler Ezriel. Varsovie était surpeuplée, poussiéreuse, bruyante. Ses immeubles semblaient pousser dans le ciel et rétrécir l'horizon. En revanche, dès qu'on quittait la capitale, on découvrait l'univers de Dieu : un ciel immense, des champs à perte de vue. Des cigognes décrivaient des cercles dans l'air bleu, tout comme à Jampol et à Turbin. Le temps semblait s'arrêter. Des créatures de Dieu cancanaient, pépiaient, gazouillaient, sifflaient : chacune avait sa propre mélodie. Ezriel reconnaissait l'appel du coucou, le même qu'il avait entendu le jour de sa visite à Miriam Lieba, à Otwock. Il était à la fois ennuyé et enchanté par l'inspection des maisons en vente, et il aurait signé n'importe quel contrat pour en finir. Olga, mieux avisée, chicanait sur les prix, trouvait des défectuosités dans la tuyauterie, dans la construction et même dans le terrain, posait toutes sortes de questions sur les impôts fonciers et d'éventuelles hypothèques.

Elle lui donnait l'impression que jamais rien ne lui conviendrait. Pourtant, en fin de compte, elle découvrit ce qu'elle cherchait. Non loin de Varsovie, entre Zakroczym et Nowydwor, près de la Vistule, il y avait un petit domaine de quelques centaines d'acres, se composant principalement de pâturages pour le bétail. Au bord du fleuve le sol était entièrement sableux, cependant la propriété comprenait un grand verger de pommiers, de poiriers et de pruniers, ainsi que de groseilliers et de framboisiers. Il y avait quarante vaches (aux pis maigres), quelques chevaux, une paire de chèvres et même plusieurs chiens; dans l'étang boueux vivaient des carpes et des canards sauvages. Le propriétaire, un ivrogne, avait tout laissé à l'abandon, cependant la villa avait un soubassement en pierre et elle était aussi solide qu'une forteresse. Des peupliers qui dataient de l'époque napoléonienne ombrageaient les fenêtres. Le domaine comprenait également des étables, des granges et des hangars, des greniers et une vieille remise pour la conservation du fromage. Le prix était modeste, toutefois il y avait des hypothèques à lever et aussi quelques travaux urgents à effectuer. Les vieux paysans qui travaillaient dans le domaine étaient d'anciens serfs. Olga n'hésita pas longtemps. Elle paya des arrhes et prit des arrangements avec les créanciers. Ezriel mit dans l'affaire tout ce qu'il possédait et emprunta même de l'argent à une banque. Il fondait de grands espoirs sur cette acquisition. En mettant les choses au pis, il pourrait toujours s'établir dans le domaine, s'isolant du reste du monde, et travailler la terre. Le titre de propriété était à leurs noms, chacun d'eux ayant les mêmes droits.

Ezriel suggéra de retarder les travaux de rénovation, mais Olga était impatiente d'en finir. Elle engagea une équipe d'ouvriers. La toiture nécessitait des réparations, les chambres avaient besoin de poêles neufs, l'allée d'accès devait être pavée et il fallait creuser un second puits. Un ameublement neuf était également indispensable. Olga avait promis à Ezriel qu'elle n'emprunterait plus d'argent; cependant une fois les travaux commencés, le budget s'avéra rapidement insuffisant. Le couple fut bientôt obligé de faire un nouvel emprunt. Ezriel avait mis de l'argent de côté pour les mauvais jours, or il ne tarda pas à être endetté. Il payait des intérêts aux banques et aux usuriers. Il subvenait désormais aux besoins de deux maisonnées, l'une à Varsovie et l'autre à Topolka. Du jour au lendemain il avait la charge de domestiques, hommes et femmes, d'un vieux couple de chrétiens, perclus de rhumatismes, auxquels il devait verser une pension. Et pour comble de malheur, il avait moins de clients, du fait que la plupart des femmes riches qu'il traitait généralement étaient parties en vacances.

Assis dans son bureau, Ezriel passait chaque moment de liberté à additionner des colonnes de chiffres. Les premières semaines apportèrent vite la preuve qu'il ne fallait espérer aucun rapport du domaine. La main-d'œuvre exigeait des gages plus élevés. L'herbe était desséchée par le soleil et les vaches donnaient peu de lait. Les fruits sur les arbres étaient arrachés par des voleurs ou mangés par les oiseaux. Les paysans jouissaient de toutes sortes de privilèges : ils avaient le droit de pêcher dans l'étang et de couper du bois dans la forêt appartenant au domaine. Il eût été sans doute utile d'engager un intendant, mais à quoi bon? Ces gens-là étaient tous les mêmes : ils ne pensaient qu'à boire et à voler. Les chiens des paysans étaient sauvages; plus d'une fois Ezriel s'était fait attaquer par eux. Même la baignade dans la Vistule avait des inconvénients du fait de son lit pierreux; de plus les paysans avaient averti Ezriel que, non loin du rivage, il y avait un tourbillon capable d'engloutir même le meilleur des nageurs. Certains voisins avaient conseillé à Olga de garder à portée de main une carabine, à cause d'éventuels bandits. D'autres voisins ne cachaient pas leurs sentiments antisémites.

L'illusion qu'on pourrait trouver la paix et la sérénité à la campagne ne dura pas longtemps. En règle générale, Olga gagnait du poids pendant les mois d'été, or cette année elle maigrit tant qu'elle avait l'air d'une poitrinaire. Elle avait commis une erreur, cependant elle refusait de l'admettre. Ses enfants ainsi que Micha passèrent l'été à Topolka, tandis que Zina restait à Varsovie. Olga écrivait journellement à Ezriel et lui envoyait parfois un télégramme. Elle avait besoin de toutes sortes de provisions. Les ouvriers atermoyaient pour achever les travaux, faisant de la mauvaise besogne. Les estimations des plombiers se révélaient inexactes. Le gouvernement exigeait les impôts échus. Tout le monde semblait se rendre compte que les nouveaux propriétaires étaient des amateurs. Olga, jusqu'ici bien disposée à l'égard de la Pologne, commençait à lui témoigner du ressentiment. Une nuit de dimanche, Ezriel et Olga furent réveillés par des coups de feu tirés sous la fenêtre de leur chambre à coucher. Qui avait tiré, et pourquoi? Personne ne sut le dire.

II

Avant d'appeler son premier client, Ezriel arpentait nerveusement son cabinet pendant quelques minutes, s'efforçant de reprendre confiance en lui-même. Tous ces gens venaient chez lui pour chercher du courage, or tel un faux prophète il les tranquillisait. « Du calme, du calme, leur disait-il. Un être cher était mort? Eh bien, les survivants se devaient de poursuivre la lutte pour la vie. On craignait la mort pour soi-même? Quelle pensée morbide! L'essentiel était de jouir de la vie aussi longtemps que possible. On était trompé par un mari ou par une épouse? On avait des enfants égoïstes? On était au bout du rouleau? On approchait de la vieillesse? La vie était pénible? Tout n'était qu'une question de nerfs. Tout ce qu'on avait à faire était de se ressaisir... » D'autres médecins prescrivaient des remèdes tandis que lui essayait de guérir avec des encouragements qui manquaient de sincérité. Ce matin-là, en ouvrant la porte de la salle d'attente, il aperçut Esther Eisner. Il l'appela aussitôt dans son cabinet.

« Eh bien, qui a reçu une balle, cette fois-ci? » fit-il en plaisantant.

Esther le dévisagea d'un air grave. « Votre sœur est à Varsovie, dit-elle calmement.

– Mirale? »

Esther baissa davantage la voix. « Elle s'est enfuie de Sibérie.

– Je vois.

– Elle doit quitter le pays le plus tôt possible.

– Où est-elle? »

Esther lui donna l'adresse. Puis elle lui serra la main et partit. Il ne restait qu'un seul malade dans la salle d'attente. Ezriel s'en débarrassa rapidement. Il était de service à l'hôpital juif cet après-midi-là, toutefois il y téléphona pour s'excuser. Debout près de la fenêtre il regarda dehors. Il avait un sentiment étrange... comme si Mirale revenait d'un autre monde. Quel âge avait-elle?... Combien d'années s'étaient écoulées depuis qu'elle avait ouvert la porte de la salle d'études hassidique, à Jampol, pour s'écrier : « Rentre à la maison! Ton futur beau-père t'attend! »

Il aurait besoin d'argent. Mirale était probablement sans le sou. Il s'approcha de la bibliothèque, prit un livre, le feuilleta, puis le remit à sa place. Il ramassa une plume et nota quelques chiffres sur une feuille de papier. « Comment ai-je pu accumuler de telles dépenses? » s'étonna-t-il. Il jeta un coup d'œil sur son courrier, se composant principalement de factures. La communauté juive réclamait les impôts. Joziek, en Palestine, s'était marié. Il désirait devenir son propre maître et demandait une aide financière à son père. Topolka était un véritable gouffre. Olga avait écrit qu'elle avait des ennuis. Et ainsi de suite. Chaque fois qu'Ezriel se disait, s'illusionnant lui-même, qu'il y aurait un peu de répit, quelque nouvelle complication surgissait. Quelque force mauvaise se jouait de lui, lui barrait la route d'obstacles, comme pour le frustrer de toutes ses espérances terrestres. En longeant le couloir, il entendit un murmure provenant de la chambre de Zina. Au lieu de partir pour Topolka, respirer le grand air et s'occuper un peu de Micha, Zina avait préféré passer la période de canicule dans la capitale... expiant quelle faute? Elle aussi se sentait-elle incapable de faire la paix avec le monde? Qu'est-ce qui la tourmentait? Elle n'avait pas de religion. Elle avait été élevée dans un milieu laïque. Il eut envie de la retrouver et de lui poser la question paternelle d'usage : « Qu'adviendra-t-il de toi? » Cependant il eut un geste de la main comme pour chasser quelque chose d'importun, descendit les escaliers et sortit dans la rue. Dans le voisinage immédiat on construisait une nouvelle maison. Des ouvriers municipaux réparaient le pavé et découvraient les rails de l'ancien tramway. Dans l'air il y avait une odeur de chaux, de crottin de cheval fumant, mêlée à la chaleur étouffante d'une grande ville. La visite qu'il s'apprêtait à rendre à Mirale présentait des dangers. On ne sait jamais! Peut-être lui avait-on facilité la fuite afin de voir qui elle allait contacter? Incommodé par la chaleur, Ezriel était couvert de sueur. Au lieu de prendre un fiacre, il préféra marcher, jetant de temps à autre un regard en arrière, par peur d'être suivi. Pour une raison mystérieuse, la police était très visible dans les rues. Avait-on assassiné quelque dignitaire? Portait-on en terre un révolutionnaire? Ce serait à la fois comique et dramatique de se retrouver en prison, sans aucune raison valable. Ezriel se surprit à prier Dieu, Lui promettant de faire acte de charité s'Il le prenait sous Sa bonne garde. « Dieu tout-puissant, supplia-t-il, empêche-les de me faire tomber dans leur piège. Et viens au secours de Mirale, également. Elle a assez souffert... » Il s'arrêta, s'essuyant le front, puis il murmura : « Je crois en Dieu et au pouvoir de la prière. »

Ezriel n'avait pas traversé la rue Dzika depuis un certain temps déjà. Des jeunes gens en haillons musardaient par-ci par-là, bavardant et fumant des mégots. Des camions lourdement chargés de tubes en fer roulaient sur le pavé de gros galets à « tête de chat ». Le bruit était assourdissant. A l'entrée des cours des maisons, des marchands ambulants vendaient en vrac petits pains, brioches, pommes cuites, pois, fèves, réglisse ou halvah. Des porteurs transportaient des paniers surchargés ou poussaient des charrettes. Ezriel se souvint de l'époque où ce quartier avait été plutôt calme. A présent chaque fenêtre avait une enseigne abritant des ateliers où des machines tissaient, filaient la laine et le coton, découpaient et calandraient. Dans la rue Gesia, des vendeurs se tenaient sur le seuil des boutiques, invitant les passants à entrer. De petits hôtels et restaurants avaient fait leur apparition un peu partout. Un homme à la longue chevelure, coiffé d'un chapeau à large bord, portant une cravate noire – apparemment un intellectuel –, flânait dans la rue. Etait-ce un professeur d'hébreu? Un révolutionnaire? C'était dans ce quartier, quelque part à proximité du park Krasinski, que les jeunes radicaux tenaient leurs réunions. A l'entrée de la maison qui était le but de sa promenade, Ezriel jeta un dernier coup d'œil pardessus son épaule afin de vérifier s'il était suivi.

Lentement il traversa la cour. Il avait manqué de bon sens. Il aurait dû emporter sa mallette. En cas d'imprévu il aurait pu prétendre qu'il était appelé auprès d'un malade. Cependant, où se trouvait ce malade?... En bas, sur la droite, il y avait une salle d'études hassidique. Par la fenêtre ouverte, à moitié cachée par d'épais rideaux, Ezriel entendit une voix chantante réciter le Talmud. Il aperçut une face blanche, une calotte, la corniche de l'Arche d'alliance, la flamme d'une bougie du souvenir. « Peut-être ferais-je mieux d'y entrer et d'y rester? J'ai deux cents roubles sur moi. Somme suffisante pour vivre pendant un an et demi. Jadis, à Varsovie, je vivais avec deux roubles par semaine. Je pourrais vendre ma montre, également... » Son imagination se mit aussitôt à galoper. Olga le rechercherait pendant un certain temps, puis elle abandonnerait son enquête. Mirale partirait pour l'étranger, même sans l'aide de son frère. Olga continuerait à vivre à Topolka. Zina serait obligée de trouver du travail pour gagner sa vie. La seule qui serait à plaindre était Shaindel. Elle serait sans doute transférée à l'hôpital juif. Son père parti, Micha resterait avec Olga. Celle-ci s'était prise d'affection pour l'enfant. Ou peut-être Mayer Joel s'occuperait-il de lui, ou bien Rabbi Jochanan?... Et que ferait-il lui-même? Etudier, et rien d'autre. S'il devait s'enfuir, il n'irait certainement pas à Topolka. Si la religion était de l'opium – à ce qu'on prétend –, elle était en tout cas le narcotique le mieux approprié à l'âme juive. Les Juifs rêvaient, penchés sur les pages de la Torah, depuis deux mille ans. Du moins étaient-ce des rêves nobles, et non des cauchemars sanglants...

Ezriel aperçut le numéro qu'il cherchait et il frappa à la porte. Bientôt il entendit approcher des pas et une voix qui demanda : « Qui est là? – Le représentant des machines à coudre », répondit Ezriel. C'était le mot de passe qu'Esther Eisner lui avait donné.

III

La porte s'ouvrit. Une femme brune à la chevelure coiffée en toupet, fixée à l'aide d'un peigne, lui fit face. « Entrez, je vous prie ! »

Il longea un couloir sombre renfermant des odeurs de cuisine et de lessive. Dans une des pièces, une voix chantait une berceuse. « Le bébé, du moins, n'a pas à craindre la police », songea Ezriel. La femme lui fit traverser une salle à manger où un jeune homme était attablé, ses manches retroussées, s'affairant sur quelque mécanique. « Est-il en train de fabriquer une bombe ? » se demanda Ezriel. Non, il ne s'agissait que d'une pendule. La femme frappa à une porte avant de la pousser. Ezriel aperçut une créature chétive, d'âge moyen, vieillie prématurément, portant une jupe noire et une blouse grise. Ses cheveux noirs mêlés de mèches grises étaient coiffés en chignon serré. Tout d'abord il ne la reconnut pas : c'était Mirale. Oui, c'était bien Mirale, mais méconnaissable. Son visage était ridé, rouge comme une pomme gelée. « C'est toi ! fit-il.

– Ezriel ! »

Frère et sœur s'embrassèrent. Sous les manches de sa blouse, les bras de Mirale étaient maigres et osseux.

« Ta sœur est une vieille femme à présent, dit-elle en russe.

– Mirale, pourquoi me parles-tu en russe ?

– J'ai oublié le yiddish... »

Néanmoins, au bout d'un moment, elle s'efforça d'employer l'idiome qui leur était familier. Prenant place, elle lui indiqua une chaise pour s'asseoir... « A-t-elle rapetissé ? » s'étonna Ezriel.

Il ne cessait de la contempler. Voici donc Mirale, sa jeune sœur. Ses doigts étaient crochus. Un de ses ongles était racorni. Un os saillait sur son poignet maigre. Son cou était aussi flétri que du papier de soie. Jadis ils avaient fait des pâtés de sable ensemble, ils avaient joué à « papa et maman ». Les yeux d'Ezriel se mouillèrent. Depuis quand roulait-elle les « r » de façon aussi dure? s'étonna-t-il. Tout d'abord Mirale parla d'une manière incohérente. En bégayant, elle évoqua leurs parents, demanda si on observait régulièrement l'anniversaire de la mort de leur père. Elle mélangeait le yiddish et le russe. Son langage rappelait celui d'un Litvak, pensa Ezriel. Finalement Mirale raconta son voyage : combien il lui avait fallu de temps pour arriver jusqu'à Varsovie, pendant combien de semaines elle avait traîné sur les routes, tantôt à bord d'une carriole de passage, tantôt en traîneau. Elle mentionna les noms de villes et de villages russes, et aussi ceux de paysans qui l'avaient aidée. « Tu auras du mal à me croire, mais un jour on m'a cachée dans une voiture, sous un sac d'avoine, dans un coffre qui ressemblait à un cercueil. Je respirais par un trou perforé dans la paroi. C'était effrayant! Position plutôt difficile quand on a envie d'uriner. Eh bien, je suis plus résistante que je n'aurais cru. J'ai survécu à tant de choses... Ils croient que je serai plus utile à notre cause, une fois à l'étranger, mais j'en doute... Je ne suis ni oratrice, ni écrivain, mais simplement une femme ordinaire...

– Comment as-tu réussi à rester en vie?

– Je me suis arrangée... Tu n'as presque jamais répondu à mes longues lettres; cependant tu m'as envoyé de l'argent. Je t'en remercie. »

Il y eut un silence. Timidement, ils se mesurèrent du regard, tels des étrangers. Ezriel avait l'impression que, de façon inexplicable, Mirale était devenue son aînée. Il éprouvait même une sorte de jalousie pour cette femme affaiblie qui avait choisi sa route et l'avait suivie résolu-

ment. Il décela un rien de sarcasme fraternel dans sa voix lorsqu'elle dit : « Eh bien, te voilà un vrai médecin!
– Oui.
– Qu'est-il arrivé à M. Machin?
– Zipkin?
– C'est cela.
– Il s'est établi comme médecin en Amérique.
– Un autre médecin? Eh bien, qu'est devenue l'autre... quel est son nom déjà?
– Vera Charlap? Elle est morte.
– Cela a dû se produire pendant que j'étais en prison.
– Rose Berkowicz s'est suicidée.
– Pourquoi? Enfin... ce sont des choses qui arrivent. En Sibérie le suicide est très courant. Notamment parmi les hommes. C'était une folle, cette Rose Berkowicz.
– Je la croyais intelligente.
– Non; un vrai moulin à paroles. Elle n'a pu oublier ni son collège ni la tannerie de son père.
– Crois-tu toujours à la révolution? »
Mirale prit un air grave. « Oui, j'y crois.
– Ici, en Pologne, tout est au point mort.
– Oh! je n'ai rien appris de tel. Comment peut-on mettre fin à un idéal? L'ouvrier est toujours réduit à l'esclavage. Le paysan a toujours faim. La bourgeoisie continue à persécuter le peuple. Tu devrais voir qui on envoie en Sibérie! Des serviteurs honnêtes, des enseignants, des fonctionnaires insignifiants. Comme il n'y a pas assez de soldats, des femmes ou des paysans munis de bâtons sont envoyés là-bas pour garder les prisonniers. Ah! à quoi mène une telle dégradation!
– Il en a toujours été ainsi.
– Non! Les masses populaires commencent à perdre patience. Les paysans sont remplis d'amertume. L'abcès va crever.
– Où songes-tu à aller? »

Mirale réfléchit un petit moment. « Je n'en sais rien encore. Là où le Comité central m'enverra. Je dois me mettre en rapport avec quelqu'un, aujourd'hui même. Je recevrai probablement des ordres dès demain.

– Comment est ta santé?

– Comme ci, comme ça. J'ai des rhumatismes, mais ce n'est pas une maladie fatale. L'essentiel pour moi est de réussir à traverser la frontière.

– De combien d'argent as-tu besoin?

– Je ne sais pas. Tu es toujours aussi serviable.

– Tu es ma sœur.

– Oui, mais tu es devenu un bourgeois. Qu'est-il arrivé à ta femme?

– Elle a perdu la raison.

– Pourquoi? C'était pourtant une heureuse nature. Naïve, mais gentille. Esther Eisner m'a touché un mot de son état. Esther n'est pas encore sortie de l'enfance... elle emploie toujours les mêmes phrases. Qui est cette femme avec laquelle tu vis à présent?

– La veuve d'un médecin.

– Eh bien, elle a changé un médecin contre un autre... En Sibérie nous n'avions pas l'impression de vivre réellement. Le temps s'était arrêté pour nous. Cependant les grèves du chemin de fer démontrent bien que le peuple commence à se réveiller. »

La femme qui avait ouvert la porte à Ezriel apporta deux tasses de thé avec des gâteaux. Elle avait l'air de procéder à quelque rituel sacré où il est interdit de prononcer une parole. Jadis les jeunes Juives pieuses servaient de la même manière les étudiants de la yeshiva. Ezriel la remercia. Mirale la regarda avec une expression moqueuse. « Merci pour votre peine... » fit-elle.

Telle une vieille femme, Mirale prit un morceau de sucre, le trempa dans le thé, puis le croqua. « Est-ce de la craie, ou quoi? » demanda-t-elle.

Ezriel, à son tour, croqua un morceau de sucre. « De la craie? Pourquoi? C'est du sucre.

– Il n'a aucun goût.

– Que dis-tu? »

Frère et sœur échangèrent un regard. « On dirait que j'ai perdu le goût. C'est la conséquence de cette vie de bohème que j'ai menée. Un peu trop même. Eh bien, à présent je pourrai récupérer. Je ne sais toujours pas comment j'atteindrai la frontière. A quelle distance sommes-nous ici de Mlava? Il faudra que je trouve un véhicule. Une fois en Allemagne, je pourrai prendre le train.

– Tu as l'air fatiguée.

– Oui, je suis fatiguée. Lorsque je te regarde, ta ressemblance avec notre père me saute aux yeux. Tu es différent, et pourtant... tu tiens également de notre grand-père, Abraham Hambourg.

– Oui, mère avait l'habitude de le dire également. C'est risible, non? Toi, tu ressembles à mère.

– Oui, parfois j'en suis stupéfaite. Il m'arrive, tout en parlant, de croire entendre la voix de notre mère, même lorsque j'emploie le russe, et non le yiddish. J'ai eu rarement l'occasion de parler yiddish. Ce gouvernement pourri qui est le nôtre avait exilé un Litvak innocent, originaire de Slutzk, un ouvrier; les Russes lui ont mené la vie dure. C'était pourtant un homme si gai, si drôle. En vérité, il était assez banal. Il avait apporté ses phylactères et il priait tous les matins. Il ignorait tout à propos du mouvement politique; la seule chose qui l'intéressait était la date de Hanoukka, de Pourim et de la Pâque. Là-bas il n'y avait pas de calendrier juif. Mes codétenus savaient que j'étais fille de rabbin, aussi venaient-ils me poser des questions sur des sujets d'ordre religieux.

– Qu'est-il arrivé à cet homme?

– Il est tombé malade et il s'est doucement éteint, comme une chandelle.

– Combien de victimes la révolution a-t-elle déjà englouties? »

Mirale se tut un petit moment. « Je ne veux pas me disputer avec toi, dit-elle enfin. Peu importe quelles sont tes opinions, le peuple a besoin de manger et de se vêtir. Un régime politique qui est incapable d'assurer l'existence à son peuple doit être renversé. »

IV

Le lendemain seulement, tandis qu'Ezriel ressassait son entrevue avec sa sœur, il lui vint à l'esprit que l'absence de goût chez Mirale, qui avait trouvé au sucre une fadeur de craie, était un symptôme de maladie. Elle était sûrement atteinte du typhus. Comme il lui était impossible de la faire entrer à l'hôpital, puisque la police la recherchait, il la soigna dans la chambre exiguë, avec son lit de fer, où il l'avait retrouvée la veille. Dans ses accès de délire, elle jacassait dans un mélange de russe, de polonais et de yiddish. Elle divaguait et se débattait en criant qu'elle avait été condamnée à la pendaison. Une autre femme qui devait être pendue en même temps qu'elle voulait s'accrocher à la corde pour qu'on ne puisse la serrer. Mirale sautait en bas du lit, prétendant qu'elle devait franchir immédiatement la frontière. Le Comité central l'attendait. Le succès d'une grève de chemin de fer en Angleterre était en jeu. Il y avait un espion dans leurs rangs et il fallait le faire taire. « Je l'abattrai comme un chien! » hurlait-elle.

Bientôt des camarades vinrent prendre de ses nouvelles. Quoique l'application des sangsues fût passée de mode, la plupart des médecins faisaient toujours confiance à la saignée. Chaque fois qu'on lui posait des sangsues, Mirale s'écriait : « Qui sont ces suceurs de sang? Des capitalistes? »

Ezriel ne mit pas Olga au courant de ce qui s'était passé. Celle-ci arriva à Varsovie, brûlée par le soleil, de mauvaise humeur. Pourquoi n'était-il pas venu à Topolka pendant ses jours de repos? Qu'avait-il donc fait, tout seul, dans cette capitale poussiéreuse, étouffante? A la façon dont elle parlait de ses activités, on aurait pu croire qu'elle travaillait comme un bœuf. Pourtant elle envisageait de donner un bal et elle en avait déjà fixé la date. Elle avait invité tous les propriétaires et hauts fonctionnaires de la région, et aussi les enfants de Wallenberg. Le bal serait coûteux, toutefois il servirait la carrière d'Ezriel. Elle avait toutes sortes de projets. Elle obtiendrait, pour ses invités, la permission de chasser, à la veille du bal, dans la forêt non loin de Topolka, appartenant à un seigneur voisin. Pour les femmes, elle organiserait une promenade en bateau sur la Vistule. Natacha aurait l'occasion de faire la connaissance de jeunes gens. Quant à Olga elle-même, elle n'avait pas envie de passer toute sa vie au coin du feu. Puisqu'ils avaient choisi de s'installer à la campagne, ils devraient en tirer le meilleur parti. Elle était pleine d'enthousiasme. L'indifférence d'Ezriel la rendait furieuse.

« Je n'approuve pas ta façon de vivre, lui fit-elle remarquer. Je veux mener une existence cosmopolite, et non celle d'une femme de rabbin. »

Ezriel lui expliqua que le bal coûterait des centaines de roubles et augmenterait ses dettes, mais Olga lui répondit : « Si tu ne manquais pas autant de sens pratique, tout irait beaucoup mieux. » Elle employa le mot yiddish *batlan*, et elle énuméra une demi-douzaine de médecins qui étaient riches, qui possédaient des villas, qui offraient à leur femme des perles de valeur, qui se faisaient payer vingt-cinq roubles la consultation.

« Tu peux donner dix bals si cela te plaît, mais je n'ai l'intention ni de les financer ni d'y assister!

– Est-ce là ton dernier mot?

– Sois-en certaine.

– Eh bien, non c'est non. Cependant je n'ai pas envie de vivre cloîtrée dans un couvent. »

Elle lui annonça qu'elle vendrait jusqu'à son dernier bijou, si nécessaire, pour faire face aux dépenses entraînées par le bal. Ezriel songea soudain qu'elle avait choisi la veille de Tisha Be Av pour donner sa réception. C'était une année bissextile, aussi le 9 Av venait-il tard.

Il n'avait pas le choix. Il dut apprendre à Olga que Mirale était à Varsovie.

« Veux-tu donc te faire arrêter? s'écria Olga avec colère.

– Devrais-je laisser ma sœur mourir?

– Il y a d'autres médecins à Varsovie. Que sais-tu du typhus? Tu pourrais lui faire plus de mal que de bien. »

Comme la maladie de Mirale approchait une phase critique, Ezriel décida de passer la nuit au chevet de la malade. Il faisait chaud, mais il fallait garder la fenêtre fermée et la draper d'un rideau afin qu'on ne puisse apercevoir aucune lumière de l'extérieur. Les concierges étaient tous des mouchards; ils rapportaient la moindre peccadille à la police. Mirale, couverte d'un édredon, gisait dans son lit, sans force, le visage enfiévré, les yeux clos. Ses cheveux étaient secs et ternes. Elle était parcourue de tremblements en respirant laborieusement. Ezriel essuya la sueur qui mouillait le visage de la malade. Combien la médecine était impuissante dans des cas semblables! Quelle ironie! avoir survécu à la Sibérie et périr ensuite chez soi à cause de quelque infection bactérienne! Mirale qui avait combattu les autocrates luttait à présent contre des forces établies à l'intérieur d'elle-même et qui voulaient la détruire. La guerre était partout : dans les forts, dans les villes, dans la campagne, dans le corps de l'homme. Mirale souhaitait libérer les paysans et le prolétariat. A l'instar de son père, elle faisait campagne contre les forces sataniques. Mais qu'y aurait-il après la victoire? Ni la rédemption ni des saints bénéficiant de la splendeur de la Gloire divine, mais des tas de journaux, de magazines, de théâtres, de cabarets. Davantage de chemins de fer, davantage de machines... Valait-il la peine de mourir pour des journaux, des théâtres, des machines? Et quelqu'un se souviendrait-il de ce qu'avaient fait des êtres comme Mirale?...

V

Pendant sa convalescence Mirale était si faible qu'elle fut incapable de se tenir debout et dut réapprendre à marcher. Elle n'était pas en sécurité dans la chambre qu'elle habitait dans la rue Dzika. Un des membres du Comité du second « Prolétariat » – les autorités avaient liquidé le premier – possédait une maison près de Falencia. C'est là qu'on installa Mirale pour la période des fêtes. Le propriétaire, Jan Popielek, travaillait comme machiniste dans un moulin à vapeur, dans les faubourgs de Praga.

Ezriel acheta des denrées particulièrement nourrissantes pour Mirale et décida de les lui apporter lui-même. Dans l'omnibus qui se dirigeait vers Praga il s'installa près d'une fenêtre pour regarder dehors. Varsovie était sale. Une puanteur indéfinissable s'élevait des caniveaux. Plus on s'éloignait du centre de la capitale, plus les maisons étaient vieilles. Les immeubles de Praga étaient archaïques. Même ses habitants semblaient appartenir à une autre génération. Leurs vêtements dataient de l'époque du roi Poniatowski. Sur des établis en plein air des cordonniers ressemelaient des bottes; des vieilles femmes ridées, aux cheveux tout blancs, marchaient dans les rues à petits pas, les épaules enveloppées d'un châle déchiré, la taille entourée d'un grand tablier qui leur arrivait jusqu'à la pointe de leurs chaussures. Toutes pattes étendues, des chiens se prélassaient et bâillaient à se décrocher la mâchoire. Des chats étaient accroupis sur des toitures basses couvertes de mousse. Un paralytique, chaussé d'épaisses socquettes au lieu de souliers, était vautré sur un banc près d'une clôture. La cloche d'une église sonnait le glas. Un char funèbre qui semblait surgi de nulle part fit soudain son apparition. Une foule de vieilles femmes l'entourait, faisant le signe de croix et chuchotant entre elles.

Tout à coup Ezriel aperçut une scène si étrange qu'il eut du mal à en croire ses yeux : non loin d'un atelier, sous un réverbère en bois, se tenait sa fille Zina en compagnie d'un homme chaussé de grandes bottes et coiffé d'un béret. « J'ai des visions! » se dit Ezriel. Son bus s'arrêta. Oui, c'était bien Zina. Ezriel eut une envie folle de l'interpeller. Se prostituait-elle à présent? Il sentit le sang lui monter à la tête. Il se leva comme pour descendre. Soudain il comprit : Zina était membre du « Prolétariat ». Il reprit sa place, complètement abasourdi. Il s'était attendu à n'importe quelle folie de la part de sa fille, sauf à cela. Elle était tellement égoïste. Pourquoi se soucierait-elle du sort des ouvriers et des paysans? Il se demanda comment il était possible qu'il n'eût jamais soupçonné qu'elle pût rejoindre cette organisation. Se laisser berner ainsi! La situation le remplit de honte pour lui-même, pour sa fille, pour Olga. Qui sait dans quel but Zina s'était obstinée à rester à Varsovie? Elle aurait pu mettre toute la famille en danger!

Arrivé à destination, il remit le paquet à Jan Popielek. Puis il prit aussitôt un fiacre pour rentrer à la maison. Zina n'était probablement pas restée vierge dans un tel milieu. Ses camarades professaient l'amour libre... Il fit le trajet dans un état d'hébétude. Elle lisait Alfred de Musset et Baudelaire, elle admirait Byron et Leopardi! Tout ceci n'était-il que comédie? Elle était d'humeur méchante depuis quelques mois; elle s'attaquait aux suffragettes et aux femmes instruites. Néanmoins elle s'était inscrite aux cours préparant au métier de puéricultrice. Elle avait également trouvé un élève à qui donner des leçons particulières. Une seule chose aurait dû le mettre en garde et lui donner des soupçons : elle ne montrait aucun intérêt pour son habillement; elle se contentait de porter les vestes et tailleurs dont Olga s'était débarrassée. Qu'aurait-il pu espérer d'elle? Elle connaissait à peine l'alphabet hébreu. Il lui avait tout appris, excepté le judaïsme. Lui-même lui avait donné l'exemple du reniement de son héritage spirituel. Au collège qu'elle avait fréquenté, fière de ressembler à une chrétienne, elle n'avait pas aimé les rares élèves juifs. En vérité, à différentes occasions, elle avait exprimé son hostilité à l'égard des Juifs. Et pourtant elle était sa fille, la petite-fille du rabbin de Jampol. Comment était-ce possible? Ezriel eut envie de rire. Chaque semaine il lisait des articles sur l'éducation dans les magazines hébreux, or sa fille était une ignorante, et il en était responsable. Les auteurs de ces articles ne donnaient pas, eux non plus, une instruction juive à leurs enfants. Ils étaient tous les mêmes – les Israélites, les sionistes, les radicaux. Ezriel se remémora l'aphorisme cité dans *Les Meilleures Perles* : « Les enfants sont des secrets cachés dans le cœur de leurs parents. » Les enfants attestaient l'hypocrisie de leurs pères...

Rentré chez lui, il se dirigea immédiatement vers la chambre de Zina, mais il trouva porte close. Il chercha la clef, ouvrit la porte et inspecta rapidement la bibliothèque. Nulle trace de littérature proscrite! Il fouilla dans les tiroirs de la commode et du bureau et souleva même l'oreiller du lit. Le matelas lui parut soudain curieusement bourré. Ezriel retira le drap et tâta la surface bosselée du matelas : à l'intérieur il y avait des papiers et des objets durs. Il se sentit le cœur d'un policier fouillant les lieux d'un criminel. Il s'empara d'un couteau, éventra le matelas et découvrit un tas de prospectus et de brochures. Soudain son attention fut attirée par un paquet enveloppé de papier; il était si lourd qu'il eut du mal à le soulever : à l'intérieur il y avait une arme et des cartouches. Pour la première fois dans sa vie Ezriel touchait à un tel instrument de destruction et il fut surpris de son poids. Il ignorait comment s'en servir et il eut peur de le faire partir. Son front était couvert de sueur. Que fallait-il faire d'une telle arme? Où pouvait-on la cacher? Si on le surprenait avec une arme à la main, il serait envoyé en prison ou condamné au gibet.

16

I

La veille de Tisha Be Av, l'immense disque du soleil embrasé commença à sombrer dans une mer de nuages aux reflets rougeoyants comme du charbon ardent. A Nowydwor et à Zakroczym, dans les maisons de prière, les bancs avaient déjà été couchés sur le côté, en signe de deuil. Dans la menorah, une seule chandelle brûlait. Dans les foyers juifs on préparait le dernier repas avant le jeûne : du pain avec des cendres et un œuf dur. Les hommes et les femmes ôteraient bientôt leurs chaussures ou leurs bottes, ne gardant que leurs bas ou leurs chaussettes aux pieds, pour lire le Livre des Lamentations. En revanche, chez Olga, on faisait des préparatifs en vue d'un bal. Bon nombre des invités étaient arrivés de bonne heure le matin afin de chasser dans la forêt du seigneur Sadowski. Les femmes faisaient du canotage sur la Vistule dont la surface était lisse comme un miroir. Dans la cuisine on préparait des mets dans d'énormes marmites et chaudrons. En plein air on faisait rôtir un cochon entier à la broche, tué la veille, par Antony, l'un des domestiques. Des canards et des oies rissolaient dans le four. Les cuisinières confectionnaient des hors-d'œuvre et des desserts. La cuisine était emplie d'odeurs de viande et de poisson, de boulettes de pâte à la graisse de poulet et de nouilles, de persil et de paprika, de cannelle et de safran, de poivre et de clous de girofle. Olga entra et goûta à chaque plat : l'un manquait de sel, l'autre d'épices, un troisième de fines herbes. Les tables de la salle à manger étaient déjà couvertes de nappes et de serviettes, de vaisselle en porcelaine fine et de verres en cristal. Des carafons et des carafes, remplis de vins et de liqueurs, réfléchissaient les couleurs du soleil couchant. Dans la salle de réception tout était prêt pour le bal. Les musiciens accordaient leurs instruments. Le piano était ouvert. Ezriel n'était pas venu.

Olga n'osa pas calculer le coût de la réception, mais du moins comptait-elle parmi ses invités les personnages les plus importants de la société : les filles de Wallenberg – Pani Malewska, accompagnée de son mari, et sa cadette, Pola –, un général en retraite qui sommeillait dans un fauteuil sous un arbre, un colonel d'artillerie, le Seigneur du comté, les hauts dignitaires de l'armée et des Postes, quelques officiers, des aristocrates des environs, en train de chasser dans les forêts, et même un prêtre. Devant la maison étaient alignés des briskas, des phaétons et plusieurs carrosses. Les cochers et les laquais musardaient alentour, bavardant et toisant les jeunes paysannes qui aidaient à la cuisine. Une vache plus très jeune, aux pis ratatinés et desséchés, avait été tuée. Mais d'autres vaches paissaient dans l'herbe, remuant la queue. La basse-cour de Topolka, toutefois, avait été sérieusement décimée. Le fossé à ordures derrière la cuisine était plein de têtes, de pattes, d'ailes et d'entrailles ensanglantées qui attiraient des nuées de mouches. A peine le soleil se fût-il couché à l'horizon que, déjà, la lune aux trois quarts pleine, accompagnée d'une étoile brillante, apparut au firmament. Comme la pénombre s'obscurcissait rapidement, Olga commença à se faire du souci pour les chasseurs qui n'étaient pas encore rentrés de la forêt. Cependant on les vit bientôt arriver avec leur butin : plusieurs lièvres, un faisan, quelques canards sauvages. Les chiens trottaient d'un air fatigué, le museau baissé, certains en tirant la patte. Les chasseurs portaient leur fusil comme une canne. Quelques-uns s'arrêtèrent près du puits pour se laver. D'autres se dirigèrent sans tarder vers leur chambre pour changer de vêtements. Natacha, qui s'était liée d'amitié avec un jeune lieutenant, s'installa avec lui sur le balcon. Le couple feuilleta un album et lut les poèmes que des amis de Natacha, filles et garçons, y avaient inscrits. Bien qu'il eût souvent obéi à cette charmante coutume, ceci sur la demande des jeunes filles de sa connaissance, le lieutenant fit semblant de réfléchir longuement, puis, humectant la pointe de son crayon sur sa langue, il écrivit dans l'album de Natacha :

Au plus profond de moi
Je sens ton regard.
Ton charme
trouble mon âme...
Gracieuse comme une jeune biche,
Tu t'enfuis...
Que vais-je devenir
maintenant que tu es partie?

Soudain il y eut du tumulte et des cris. Un bateau s'était renversé dans la Vistule. Les femmes se trouvant à bord risquaient de se noyer. Une grande agitation s'empara aussitôt des hommes. Les chasseurs jetèrent à terre leur fusil et se précipitèrent vers le rivage. Arrivés au bord de l'eau, ils se débarrassèrent rapidement de leur uniforme pour nager en direction du bateau. Heureusement le fleuve n'était pas profond à cet endroit : tout le monde put être sauvé. Les domestiques apportèrent du cognac et des vêtements secs. Parmi les femmes sauvées, quelques-unes riaient, d'autres pleuraient. Certains des invités estimaient qu'il valait mieux remettre le bal à une date ultérieure, cependant l'orchestre commença à jouer et on fit partir les premières fusées du feu d'artifice. Des officiers tirèrent des coups de feu en l'air. Bientôt une véritable bacchanale se déchaîna. Tout le monde s'enivra. Le dîner se transforma en orgie. Les uns étaient debout, les autres assis. Les gens de maison, qui avaient aidé au sauvetage, se mêlaient aux invités. L'un des officiers, qui avait perdu une botte, dansait en chaussettes. Les mêmes femmes qui, peu auparavant, avaient empli l'air de leurs hurlements d'épouvante, riaient à présent aux éclats. Ivanov, médecin militaire, pria les invités de prendre place à table. Olga eut du mal à retenir ses larmes. En fin de compte, il y eut un semblant de bienséance. Le docteur Ivanov porta un toast en l'honneur de la maîtresse de maison et toute l'assemblée poussa des « hourra » et des « vivat ». Après le dîner la danse reprit dans le salon.

Le docteur Fyodor Petrovitch Ivanov invita Olga à danser. C'était un homme d'une cinquantaine d'années, d'une taille géante, se tenant droit comme un i; il avait des tempes grisonnantes et un visage carré. Au-dessus de son nez camard ses yeux bleus étaient un peu trop écartés. Il portait une décoration rarement décernée à tout autre que des soldats de carrière; elle lui avait été remise parce qu'il avait participé à plusieurs expéditions en Asie mineure. Il était originaire de l'Oural, et il avait été exilé en Pologne pour s'être battu en duel avec un officier haut placé. Célibataire, il vivait avec une compagne qu'il avait ramenée de Russie. Il était de notoriété publique dans la région que, bien qu'il n'acceptât pas de pots-de-vin, le docteur Ivanov se montrait indulgent à l'égard des jeunes conscrits juifs, notamment des jeunes hassidim avec leur poitrine creuse et leur colonne vertébrale déviée. Ces derniers étaient certains d'obtenir le certificat de réforme, de couleur bleue ou blanche, grâce à son intervention.

Au cours des années où elle avait porté le deuil en souvenir d'André, et plus tard, en vivant avec Ezriel qui ne pouvait supporter de la voir danser dans les bras d'un autre homme, Olga avait perdu goût à la danse et pratiquement oublié ses différentes figures. En outre, de nouvelles danses avaient fait place aux anciennes. Elle accepta néanmoins de danser avec le docteur Ivanov. Celui-ci la guida avec l'assurance d'un maître, plein d'attentions. Tout son être respirait une force virile doublée d'une discipline militaire. Ezriel n'avait su communiquer que son inquiétude, ses complexes et ses sentiments de culpabilité à Olga. A cause de lui elle était devenue nerveuse à propos de tout et de rien. Il avait tenté de la ramener à un monde spirituel auquel elle ne désirait plus appartenir. Après tant de tracas occasionnés par les préparatifs du bal et tant de mésaventures, il était agréable et reposant de danser de nouveau, de se laisser guider par quelqu'un ayant une telle maîtrise de soi. Non loin de sa mère, Natacha dansait avec le lieutenant qui avait inscrit un poème dans son album. Combien de fois avait-elle déjà dansé avec lui?

II

En dépit des troubles qui l'avaient précédé et voué à l'échec, le bal fut un succès : les invités dansèrent jusqu'à l'aube. Olga avait renoué avec de vieux amis, reçu des invitations, recueilli d'innombrables compliments aussi bien des hommes que des femmes. Les nobles polonais, observant généralement un silence obstiné en présence des Russes, semblaient momentanément avoir oublié leurs anciens griefs. Olga avait dansé à trois reprises avec le docteur Ivanov, plus qu'il n'était convenable, et il avait demandé à la revoir à Varsovie. Le soleil se levait déjà à l'est quand le dernier hôte prit congé. Olga monta jusqu'à sa chambre à coucher, se laissa tomber sur son lit, tout habillée, et s'endormit pour ne se réveiller qu'à onze heures. Enfant, elle s'était endormie de la même manière, les nuits de Pessah, après avoir posé les quatre questions et bu les quatre gobelets de vin traditionnels.

Le lendemain, il y eut beaucoup d'agitation et de remue-ménage à Topolka. Natacha et Kolia devaient rentrer à leurs collèges respectifs, Micha à son école primaire. Il fallait procéder à un grand nettoyage à la suite du bal et aussi faire les bagages pour le voyage de retour à la maison. Olga avait différentes courses à effectuer à Zakroczym. Ce n'est qu'en arrivant en ville qu'elle se souvint que c'était le 9 Av. Ayant ôté leurs chaussures en signe de deuil, les Juifs marchaient dans les rues en vieilles pantoufles, les épaules couvertes de pèlerines élimées; des garçonnets lançaient des épines dans la barbe de leurs aînés. Les femmes se promenaient, le visage triste et non lavé, la tête entourée d'un fichu sale. Par la porte ouverte des maisons Olga apercevait de vieilles Juives, assises sur des tabourets, dodelinant de la tête, penchées sur des recueils de thrènes. Des jeunes filles échevelées s'affairaient dans les cuisines. Ignorant le progrès constant dans le monde, à Zakroczym on pleurait un temple qui avait été détruit deux millénaires auparavant. De nombreuses boutiques étaient fermées; d'autres, les devantures à moitié fermées, faisaient du commerce au ralenti. Olga effectua quelques achats en constatant que, même un jour de jeûne, elle était obligée de marchander pour ne pas être exploitée par les marchands. De l'arrière-boutique sortaient de petits garçons vêtus de pèlerines couvertes de plumes. Ils avaient le visage pâle, les papillotes en désordre, les franges rituelles souillées. Ils étaient voûtés comme des vieux, et dans leurs yeux se lisait déjà le martyre de la persécution. Par la porte ouverte, des lits défaits aux draps maculés s'offraient au regard. L'air empestait la pourriture et l'urine des pots de chambre. Une multitude de mouches bourdonnaient au-dessus des denrées exposées. Tout était couvert d'une épaisse couche de poussière. Voici donc le judaïsme auquel Ezriel aspirait! Il y avait pris ses racines et il désirait retourner à ses origines! « Mais sans moi! se dit Olga. Ni moi ni mes enfants ne sommes faits pour cette vie! »

Sur le chemin du retour, Olga passa devant un cimetière. Elle avait oublié les coutumes juives. Des femmes en pleurs étaient étendues de tout leur long sur des tombes. Olga ordonna au cocher de s'arrêter un instant. Apparemment un enterrement venait d'avoir lieu. Une foule de Juifs, la tête baissée, faisait cercle autour d'une tombe. Quelqu'un récitait le kaddish. Olga dit au cocher de repartir. Des fleurs décoraient les tombes dans les cimetières chrétiens; tandis qu'ici, tout était nu, désertique, d'une désolation asiatique. « Je hais tout ceci, je le hais comme la mort elle-même! murmura Olga. Je préférerais mourir plutôt que de retourner à cette misère! »

Quitter Topolka n'était pas une petite affaire. Il aurait fallu engager un intendant, mais Olga estimait que ce n'était pas rentable. Il y avait bien un vieux gardien campagnard, mais on ne pouvait pas compter sur lui. Olga craignait que les vaches ne survivent pas à l'hiver, ou qu'on les tue pour se nourrir. Les paysans arrachaient des pommes de terre, pas suffisamment toutefois pour songer à les vendre. L'argent qu'Olga avait investi ne lui rapportait aucun bénéfice. Elle était vexée d'avoir pu se tromper à tel point et elle en blâmait Ezriel. Un homme qui ne sait pas mener sa barque lui-même embrouille également son entourage. Topolka ne se solderait pas par une perte sèche dans d'autres mains. Si la propriété était exploitée tout au long de l'année, elle pourrait même rapporter un profit appréciable. Or lorsqu'on devait se mettre martel en tête pour chaque rouble dépensé à Varsovie, il était impossible de conserver une telle exploitation. La vie campagnarde n'était pas faite pour les Juifs. Voilà l'explication. Si quelqu'un comme le docteur Ivanov possédait Topolka, la propriété deviendrait un vrai paradis.

Le lendemain, Olga, les enfants et une bonne s'installèrent à bord d'une voiture. Derrière, un chariot était chargé de leurs bagages. Une fois de plus on traversa Zakroczym. Des Juives assises sur le pas des portes reprisaient des chaussettes. De la synagogue parvenaient les paroles de la Torah. Un garçonnet aux longues papillotes, portant un livre de prières, passait dans la rue. Kolia le montra du doigt et dit : « C'est un Juif.

– Papa dit que je suis juif, moi aussi, fit Micha.

– C'est exact, tu l'es.

– Pourquoi n'ai-je pas des papillotes, comme lui? »

Natacha se mit à rire. « Patiente un peu!

– Qu'est-ce qu'un Juif?

– Le judaïsme est une religion.

– Est-ce vrai que les Juifs sont des démons? »

Natacha et Kolia éclatèrent de rire. Olga les regarda sévèrement.

« C'est faux, Micha chéri. Les Juifs sont des gens comme tout le monde.

– Pourquoi les garçons juifs quittent-ils la classe lorsque le cours d'instruction religieuse commence?

– Parce que les Juifs ont une religion différente.

– Qu'est-ce que la religion juive?

– Oh! elle ressemble à la religion chrétienne, à part une petite différence.

– Les Juifs ne croient pas au fils de Dieu, intervint Kolia. Les Juifs ont tué Dieu.

– Peut-on tuer Dieu?

– Cessez de dire de telles bêtises, dit Olga qui sentait la colère monter en elle. Les enfants ne devraient pas parler de religion.

– Pourquoi pas? »

Natacha sourit, mais Olga s'aperçut que la jeune fille avait l'esprit ailleurs : elle était amoureuse du lieutenant qui avait inscrit un poème dans son album.

« Eh bien, on n'y peut rien. Cela arrive à toutes les femmes », se dit Olga. Elle avait la curieuse sensation que, depuis les événements des dernières semaines, le sol se dérobait sous ses pieds. La nuit passée elle s'était soudain réveillée et elle avait été incapable de retrouver le sommeil. Une pensée puérile lui était venue : un lit n'était fait que de planches, aussi combien serait-il facile de tomber en dehors! Olga avait conscience de son enfantillage, néanmoins dans l'obscurité cette idée avait pris une importance inquiétante. elle s'était même levée pour placer des chaises de chaque côté du lit...

17

I

A la mi-octobre Shaindel mourut. Un télégramme avait averti la famille qu'elle était tombée gravement malade. Ezriel accourut aussitôt au chevet de la malade. Shaindel souffrait d'une double pneumonie. Ezriel et les médecins de l'institution firent tout ce qu'ils pouvaient, mais il fut impossible de la sauver. Elle mourut au neuvième jour de sa maladie, après avoir été assistée par Ezriel, pendant les derniers cinq jours. Calman n'était pas en état de se rendre à ses funérailles. Il venait d'être opéré d'une hernie, à l'hôpital juif. Tsipele et Jochebed arrivèrent à Blonya, où Shaindel devait être enterrée. Jochebed avait l'air d'une vieille femme. Elle était accompagnée de sa fille et de ses deux belles-filles. Tsipele était suivie de Kaile, la bonne. Durant sa maladie, Shaindel n'avait montré aucun signe de démence. Elle avait parlé raisonnablement et s'était plainte comme une personne en possession de toutes ses facultés. Ses yeux au regard fixe avaient reflété la peur d'une mort imminente. Elle avait fait promettre à Ezriel de faire dire le kaddish par Micha, après sa mort; en revanche, elle n'avait à aucun moment mentionné les noms de Joziek et de Zina. La veille de sa mort, Shaindel avait demandé à Ezriel de lui réciter le rituel de la confession. N'ayant pas de livre de prières sous la main, celui-ci avait cité par cœur les paroles de la prière quotidienne « Nous avons péché ». Shaindel avait répété les paroles après lui, essayant de se frapper la poitrine de sa main émanciée. Elle s'était souvenue de la prière qu'on disait avant de se coucher, ainsi que de celle prononcée au moment où on allumait les chandelles. Etendue sur son lit, elle avait marmonné les paroles sacrées, puis, après s'être assoupie un moment, elle avait repris sa prière. Le lendemain un chirurgien l'avait opérée. Il lui avait enlevé une partie de la côte afin de retirer le pus de ses poumons. Mais c'était trop tard. Ouvrant les yeux, Shaindel avait prononcé dans un dernier souffle à l'adresse d'Ezriel : « As-tu mangé au moins? »

La congrégation du dernier devoir de Blonya exigea trois cents roubles pour une parcelle de terrain dans l'enceinte du cimetière. Ezriel ne possédait pas une telle somme, cependant Tsipele, femme de rabbin, engagea ses boucles d'oreilles pour l'aider. A Blonya il n'y avait pas de disciples du Rabbi de Marshinov, c'est pourquoi un prix élevé fut exigé. Jusqu'à l'enterrement, le corps de Shaindel, couvert d'un drap noir, fut gardé dans un hospice. La morte était étendue à même le sol, les pieds tournés vers la porte. Aux côtés de sa tête qui reposait sur un maigre lit de paille brûlaient deux chandelles dans des chandeliers en argile. Les femmes de la congrégation du dernier devoir, assises sur une banquette, cousaient un linceul. L'étoffe dans laquelle on le confectionnait n'était pas coupée aux ciseaux mais déchirée à la main, puis la pièce bâtie à grands points. Ensuite les femmes façonnaient rapidement une longue culotte et un capuchon. Sur le même poêle où elles chauffaient l'eau destinée à purifier le cadavre, les femmes de l'hospice faisaient cuire du gruau d'avoine pour leurs enfants. Le plafond était aussi noirci que celui d'un établissement de bains. Le plancher était couvert de grabats sur lesquels des infirmes reposaient. Après la purification, le corps fut placé sur un brancard et quatre hommes le transportèrent jusqu'au cimetière qui se trouvait à une grande distance de l'hospice. Il neigeait. Jochebed fut conduite par sa fille et une de ses belles-filles. Tsipele s'appuya sur le bras de Kaile. Ezriel avait voulu emmener Micha, mais malheureusement l'enfant avait attrapé un rhume. La neige tombait de plus en plus dru. De temps à autre les brancardiers firent une halte pour changer leur fardeau d'épaule. Dès leur arrivée au cimetière, le fossoyeur se mit à creuser la tombe. Ezriel se sentait tout engourdi. Combien d'années s'étaient écoulées depuis le jour où il l'avait prise pour femme? Il revivait tout le passé : le jour de Simhat Torah, où Shaindel avait porté une calebasse avec des chandelles et lui avait tiré les papillotes en s'écriant : « Je suis la reine de Jampol! »..., la promesse de mariage qu'il avait signée chez Calman..., l'invitation des parents à la maison et le débat qu'il avait eu avec Mayer Joel à propos d'un démon..., le mariage enfin... Il lui semblait que tout ceci ne datait que d'hier. Et pourtant, pendant ce laps de temps, tant de choses étaient arrivées à Shaindel : enfanter, perdre la raison, passer des années dans une maison de santé, puis mourir. Les reniflements de Tsipele se transformaient en sanglots étouffés. Jochebed exprimait ses sentiments dans une mélopée, à la manière d'une vieille femme gémissante. « Déjà morte! Tout a une fin! geignait-elle. Fauchée dans la fleur de l'âge... malheur à nous! Elle était la plus belle de la famille! Elle avait l'éclat du soleil. Pourquoi fallait-il qu'elle mourût? C'était une femme pieuse, une âme sainte! Mère, tu sais qu'elle viendra te rejoindre. Anges du Ciel, guidez-la! Elle ne devrait pas connaître le châtiment! Elle l'a déjà eu ici, sur terre... » Par moments Jochebed jetait un regard meurtrier à Ezriel. Elle lui en voulait, convaincue que c'était lui, le mari hérétique, qui était responsable de la mort de Shaindel.

Le fossoyeur soupira en creusant. La terre était gelée. Un ver se tortillait dans la boue. On posa deux planches au fond de la tombe. La morte fut soulevée et placée entre elles. Puis on la recouvrit de pelletées de terre. Le fossoyeur récita les passages appropriés des Ecritures. Ezriel dit le kaddish. Du passé il ne restait qu'un monticule de terre sur lequel tombaient des flocons de neige. Plusieurs inconnues avaient suivi le cortège funèbre. Ezriel ne les remarqua que maintenant. Elles se tenaient là, le dos voûté, remuant les lèvres, enveloppées de gros châles, des mottes de terre collées aux semelles de leurs souliers. Les unes se tordaient les mains, les autres tendaient les bras en quête d'une aumône. Une corneille, perchée au sommet d'un bouleau, promenait son regard sur les tombes, les pierres tombales, la clôture, avec, au-delà, l'immensité blanche. Mme Shumkin, compagne d'infortune de Shaindel, était présente également. Elle avait parcouru tout le trajet en boitillant, appuyée sur une canne. Elle s'adressa à Ezriel en disant : « Vous ne devriez plus avoir de peine... » puis elle fondit en larmes. Apparemment elle s'était habituée à Shaindel, à la maison de repos, au personnel hospitalier.

D'ordinaire les sept jours de deuil sont observés au domicile du mort. Cependant ni Tsipele ni Jochebed n'avaient le temps de s'attarder dans le village. Le rabbin était malade : Tsipele ne souhaitait pas le savoir seul et abandonné. Les deux sœurs louèrent un traîneau et partirent pour Marshinov. Ezriel retourna à Varsovie. Il lui arrivait, à certains moments, de croire à l'immortalité de l'âme; or, depuis qu'il avait vu ce trou creusé, ces mottes de terre glaise mêlées de racines et de vers de terre, sa foi, déjà peu résistante, était sérieusement ébranlée. Où demeurerait l'âme de Shaindel? Dans l'atmosphère? Le ver habitant la tombe devait s'estimer heureux. La peine d'Ezriel ne diminua pas après les funérailles : Shaindel avait emporté une part de sa vie dans la tombe. Il se souvint de ses plaintes, au début de sa maladie; elle l'accusait de la rendre folle. Peut-être que, s'il était resté un Juif fidèle, elle serait encore en vie et en bonne santé? « Eh bien, je sombre dans le péché et je n'ai même pas la volonté de me sauver... » Ezriel était affaibli par le manque de sommeil, engourdi par le chagrin, et pourtant en son for intérieur un diablotin raisonnait : désormais plus besoin de dépenser de l'argent pour l'entretien de Shaindel et de sa compagne! Il serait en mesure de payer les dettes qui s'étaient accumulées à cause de Topolka. Ses propres pensées lui faisaient horreur. Il cracha par terre et se traita de « vampire ».

A la maison il dut faire face à un autre drame. Olga en pleurs se jeta à son cou. Un bref instant il fut surpris, croyant qu'elle était accablée de compassion. Pourtant il savait bien que la mort de Shaindel n'avait pas pu l'affecter à ce point. Il apprit bientôt que la peine d'Olga n'avait rien à voir avec Shaindel. Natacha, âgée de seize ans à peine, s'était enfuie avec le lieutenant qu'elle avait connu au bal. Elle avait laissé une lettre pour sa mère. Olga remit celle-ci à Ezriel. La jeune fille écrivait qu'elle aimait Fyodor plus que sa propre vie et qu'elle le suivait dans sa ville de garnison. Elle aimait sa mère, Ezriel, Kolia, Micha, et même Malvina, la bonne, mais sans Fyodor elle manquait d'air pour respirer. Un seul instant sans lui était pire que la mort... Elle demandait à sa mère de ne pas la rechercher, ni avertir la police. Elle épouserait Fyodor dès qu'ils seraient arrivés à destination. En vérité, ils vivaient déjà comme mari et femme.

Natacha terminait sa lettre par toute une ligne de points et de tirets.

II

Par l'intermédiaire du docteur Ivanov, Olga apprit que Fyodor était en garnison quelque part dans l'Uzbékistan, à Tachkent. Elle aurait pu faire traduire le jeune officier en justice, devant un tribunal militaire, et ramener sa fille mineure par la force. Mais elle n'en fit rien. Sa fille l'avait déshonorée; celle qui avait fait une fugue n'était plus la Natacha d'autrefois. Olga pleura. Dans sa lettre Natacha avait promis à sa mère de lui écrire de nouveau; or de nombreuses semaines s'étaient écoulées, sans le moindre mot d'elle! Avait-elle épousé son séducteur? Etait-elle encore en vie? Ezriel consola Olga de son mieux, mais elle ne voulait pas être réconfortée. Elle s'était sacrifiée à sa fille : était-ce là toute sa gratitude? Il n'était pas facile de cacher longtemps les faits. Les camarades de classe de Natacha venaient prendre de ses nouvelles. Kolia pleurait parce que sa sœur lui manquait. Micha voulait savoir où elle était partie. Olga était obligée d'inventer constamment de nouvelles excuses à l'intention des voisins.

Natacha, disait-elle, terminait ses études dans une école étrangère. Mais quelle école? Et dans quelle ville? Dans quel pays? Les jeunes filles imaginaient une histoire d'enlèvement et de traite des blanches à Buenos Aires, dont Natacha était la triste héroïne. Olga téléphona à la garnison de Tachkent. Il n'y eut pas de réponse. Elle parla même de partir là-bas pour reprendre Natacha. Mais à supposer qu'elle la retrouve, pourrait-elle la ramener à la maison? Peut-être Natacha était-elle enceinte ou contaminée par une maladie vénérienne? D'un autre côté, Olga ne pouvait laisser seuls Kolia et Micha. Elle n'avait personne pour prendre soin d'eux. Olga s'était faite à l'idée que Natacha la quitterait un jour pour se marier; en revanche, la fugue de sa fille était un affront dont elle ne se remettrait jamais. Elle estimait que sa vie était finie; il ne lui restait plus aucun espoir, aucune illusion.

Durant la journée, Ezriel était très occupé. Sa propre clientèle n'était pas importante, mais il travaillait toujours au Bonifraten et à l'hôpital juif. Après la mort de Shaindel, ses dépenses avaient diminué, néanmoins il avait encore des dettes. Il devait toujours plusieurs milliers de roubles pour Topolka. Olga commença à faire des économies en restreignant le budget familial. Maintenant que Zina avait quitté les siens pour vivre dans une chambre meublée, après une querelle avec son père, et que Natacha s'était enfuie avec son séducteur, l'appartement paraissait vide, comme dévasté par la peste. Les murs renvoyaient l'écho des rares paroles échangées. Olga se plaisait à se comparer au père dont parle le poème de Slowacki – « Le Père des Victimes de la Peste ». Kolia était trop grand pour jouer avec Micha, aussi errait-il dans l'appartement comme une âme perdue. Olga tremblait en veillant plus que jamais sur son fils. Qui sait? Peut-être quelque force occulte le lui ravirait-elle également? Elle s'attachait tellement à lui qu'il lui était difficile de cacher son inquiétude. Ezriel l'avertit qu'elle finirait par faire du tort à l'enfant en adoptant une telle attitude. Le repas du soir ressemblait à une veillée funèbre. La bonne servait à table, en silence. Olga avait perdu son appétit. Les plats copieux ne convenaient plus au cercle de famille rétréci.

La nuit, Ezriel et Olga dormaient mal. Ils s'assoupissaient pour bientôt se reveiller en sursaut. Le tic-tac de la pendule de la salle à manger semblait plus bruyant que d'habitude, le carillon qui retentissait toutes les demi-heures avait un son lugubre. Des bruits qu'ils n'avaient jamais notés auparavant les gênaient à présent : le tremblement des vitres sous un coup de vent, le craquement des meubles, les pas des locataires du dessus, la sonnette à la grille d'entrée, actionnée par des retardataires. Quelque part dans une soupente, sous l'escalier, ils entendaient un bruissement, un frôlement. Tout d'abord ils soupçonnaient la présence d'une souris, mais, réflexion faite, il ne s'agissait pas d'une souris; ils avaient beau se creuser la cervelle, impossible de déterminer d'où venait ce bruit. On aurait pu aussi bien imaginer que c'était une bombe, prête à exploser à tout moment, qu'une créature mystérieuse s'introduisait subrepticement pour miner les fondements de la maison. Olga parlait inlassablement. Comment pourrait-elle continuer à vivre? Elle avait perdu toute sa foi dans le monde. A quoi lui servirait Topolka désormais? Avec qui irait-elle là-bas pour les mois d'été? Elle avait l'impression que derrière son dos tout le monde ricanait, disait du mal d'elle, se réjouissait de son malheur. Mais en quoi était-elle donc coupable? N'avait-elle pas élevé Natacha convenablement? Topolka ne lui avait attiré que des désagréments. S'il n'y avait pas eu Topolka, Natacha dormirait aujourd'hui dans la chambre voisine. Peut-être tout ceci n'était-il qu'un châtiment de Dieu? Ou alors était-ce André qui la punissait parce qu'elle l'avait remplacé par un autre?

Olga blâmait également Ezriel : ses inquiétudes et ses doutes étaient contagieux et avait désuni la famille.

Pour la n-ième fois, Ezriel observa que le malheur menait à la religion et au mysticisme. Olga restait éveillée des nuits entières, cherchant une réponse à ses questions. Ses afflictions étaient-elles la punition de sa conversion? En vérité, elle n'avait jamais été une femme très dévote, ni d'ailleurs une hérétique convaincue. Tout juste un an avant de rencontrer André, elle avait encore jeûné le jour de Yom Kippour. Puisque André avait été obligé de se convertir au christianisme, comment aurait-elle pu rester juive? Et puis, Dieu se souciait-Il qu'on Le louât en russe ou en hébreu? Etait-ce possible que Dieu fût réellement au Ciel et jugeât les actes de chacun sur terre? Même si tel était le cas, elle avait assez souffert. Peut-être devrait-elle consulter une diseuse de bonne aventure? Elle avait entendu parler d'un médium qui prédisait l'avenir et aidait à retrouver des objets perdus.

Bien que, dans le passé, Olga eût prêté peu d'attention aux argument d'Ezriel, à présent elle était avide de connaître son opinion. Croyait-il vraiment que Dieu demandât aux gens de prier en hébreu et de porter des papillotes? Qui L'avait entendu l'exiger? Toutes les religions ne parlaient-elles pas de Dieu? Etait-il possible que Dieu exigeât quelque chose de différent de chaque race, de chaque continent? Au nom de Dieu des gens avaient pendu, assassiné, brûlé leur prochain. Quelle explication Ezriel trouvait-il à tout ceci? Et que penser des sacrifices d'animaux?

Ezriel expliqua qu'il ne croyait ni à l'apocalypse ni aux traditions ni au dogme religieux. L'homme doit éternellement chercher Dieu. Toute l'histoire de l'humanité n'est qu'une grande recherche de Dieu. Mais, par surcroît, il doit également servir Dieu. S'il cesse de servir Dieu, c'est pour servir des tyrans. Sans aucun doute le judaïsme est allé le plus loin dans la recherche de Dieu. Le christianisme et l'islamisme sont tous deux des produits du judaïsme. La souffrance des Juifs a fini par engendrer une espèce d'une spiritualité supérieure. Pendant deux millénaires le Juif n'a pas détenu le pouvoir, ni porté une épée. Même sa préoccupation constante de retourner vers la terre d'Israël est unique en son genre. En l'espace de deux mille ans, des centaines de nations ont assimilé la culture d'autres civilisations. En revanche les Juifs continuent à lutter pour retourner à la terre de leurs ancêtres. Ce fait, à lui seul, prouve que l'Ancien Testament contient des vérités divines.

III

Natacha écrivit de Samarcande qu'elle avait rompu avec Fyodor. Il était revenu sur toutes ses promesses et avait refusé de l'épouser. Elle aurait péri depuis longtemps si un commerçant aisé, un veuf, ne l'avait pas recueillie. Celui-ci n'était plus très jeune, il avait des filles mariées déjà, mais Natacha avait l'intention de devenir sa femme afin que son enfant eût un père. Olga pleura. Voici donc ce qui était arrivé à sa fille! Le commerçant en question n'était pas même russe, il avait un nom asiatique. Sa petite Natacha était enceinte d'un bâtard. A dix-sept ans elle deviendrait la belle-mère de deux femmes plus âgées qu'elle-même.

Ezriel n'essaya même pas de la consoler. Il avait ses propres ennuis. Mirale était atteinte de tuberculose. Elle avait réussi à sortir du pays pour se retirer dans un sanatorium, en Suisse. Zina avait disparu; des mois s'étaient écoulés sans qu'elle eût donné de ses nouvelles. Ezriel déplorait également que le nombre de ses clients diminuât; certains refusaient de payer le montant de ses anciens honoraires, comme s'ils se rendaient compte que ses facultés faiblissaient. Les banques exigeaient le remboursement des emprunts avec intérêts. La nuit, lorsqu'il ne pouvait pas dormir, il lui semblait presque sentir la main du destin pesant sur lui. Que voulait-on de lui? Allait-il mourir? Il avait le sentiment qu'une autre épreuve l'attendait. A l'hôpital Bonifraten le médecin en chef eut une altercation avec lui. Il s'agissait d'une chose sans importance, mais ils échangèrent des paroles aigres sans aucun rapport avec l'incident. Ezriel comprit que la direction de l'hôpital désirait se débarrasser de lui et ne cherchait qu'un prétexte pour ce faire. Mais pourquoi? Etait-ce à cause de la récente recrudescence de l'antisémitisme? Actuellement deux médecins juifs seulement faisaient partie du corps médical. Avec surprise Ezriel voyait ses anciens amis devenir ses ennemis. Même les infirmières se montraient insolentes. Que se passait-il? Avait-on porté une accusation fausse contre lui? Il n'avait même pas envie de se défendre ni d'en parler à Olga. Il n'y avait d'ailleurs rien à raconter.

Ezriel patienta. Peut-être ne faisait-il qu'imaginer des choses qui n'existaient pas? Serait-il atteint d'un complexe de persécution? On ourdissait également des intrigues à l'hôpital juif. Des incidents qu'on ne pouvait expliquer raisonnablement se produisaient. Il arrivait parfois qu'un malade s'attaquât au médecin; or, depuis peu, ce genre d'agression avait trop fréquemment pour cible Ezriel. Les clients l'injuriaient, le menaçaient. On aurait dit que l'antagonisme des sains d'esprit se traduisait en actes chez les malades mentaux. Mais quelle pouvait bien être l'explication d'un tel tournant des événements? Etait-ce le hasard? En était-il inconsciemment la cause? D'autres découvraient-ils en lui quelque chose qu'il ignorait lui-même? Olga connut des tourments similaires. Elle se plaignait que les commerçants devenaient insolents à son égard. Ils la laissaient attendre tandis qu'ils servaient des clients arrivés plus tard qu'elle.

Ils empaquetaient ses emplettes sans soin et ils lui comptaient des prix excessifs. Des voisins qui l'avaient toujours saluée par le passé faisaient semblant de ne pas la voir. Même Kolia, qui avait pourtant un bon naturel, souffrait. Ses camarades de classe le battaient et l'accablaient de surnoms insultants. Les maîtres lui donnaient de mauvaises notes, non méritées. Pour comble de malheur, Micha devint mélancolique. Ezriel ne voyait pas comment accorder ces faits avec une théorie sensée. Il était toujours un fervent adepte de la causalité.

Olga commença à se livrer à toutes sortes de conjectures absurdes : peut-être une malédiction pesait-elle sur Topolka? Peut-être Zina lui avait-elle jeté un sort? Ezriel se fâcha. Depuis quand était-elle aussi superstitieuse? Cependant Olga ne cessa pas ses jérémiades, s'adressant tantôt à lui, tantôt à elle-même : comment Natacha avait-elle pu commettre un tel outrage? Ce n'était pas dans son caractère. Et comment se fait-il qu'elle-même n'ait pas ouvert l'œil? Pourquoi avait-elle laissé ce Fyodor séduire sa fille, sans rien faire? Non, la chose n'était pas aussi simple. On lui avait jeté un mauvais sort. Les Juives de Zakroczym ressemblaient à des sorcières. La vieille paysanne de Topolka avait des yeux d'aigle. Avait-on subrepticement mêlé des herbes magiques à sa nourriture? Les démons existaient bel et bien. Elle avait elle-même visité une maison hantée par un esprit malin. Elle avait connu une jeune fille que sa belle-mère avait maudite et dont la bouche s'était transformée en gueule de crapaud. Olga songea à sa propre mère; peut-être avait-elle offensé son esprit? Elle n'avait jamais allumé une chandelle le jour commémoratif de sa mort. Sa mère était morte en une année bissextile, si bien qu'on n'avait jamais su exactement la date de sa mort. Soudain Olga forgea une nouvelle idée saugrenue. Elle accusa Ezriel de l'avoir dénoncée au Rabbi de Marshinov, lequel, par conséquent, l'avait maudite. Les saints de son espèce étaient pétris de haine et de soif de vengeance

Ezriel se moqua de toutes ces sottises qu'elle inventait, et pourtant il en resta quelque chose dans son esprit. Il observa, comme il l'avait fait tant de fois auparavant, que la folie à l'état latent dans le cerveau humain finissait toujours par aboutir à une crise. La peur primitive ne s'évanouissait jamais tout à fait. En chaque être humain existait un désir caché d'adorer des idoles, de s'adonner à la magie noire. Le Deutéronome mettait constamment en garde contre de tels penchants. Quel qu'en fût l'auteur, il savait manifestement que le fatalisme était le mal le plus profond de l'âme. Ezriel avait le sentiment qu'il était à deux doigts du désastre. Peut-être valait-il mieux quitter la ville pour quelque temps ou même pour toujours... partir n'importe où. Comme dit le Talmud : « Changer de lieu c'est faire tourner la chance. » Ezriel songea à la Palestine. Joziek n'était pas pieux, toutefois il était resté juif. Maintenant il écrivait même en hébreu et il signait ses lettres du nom d'Uri Joseph. Il avait épousé une jeune Juive. Ses enfants seraient éduqués dans des écoles hébraïques. Sous l'inspiration du moment Ezriel décida de rendre visite à son fils. Il verrait ainsi par lui-même où en étaient les Juifs de Palestine. Soudain il comprit la raison de tous les incidents récents. La Providence manifestait ses intentions de façon évidente. Les forces occultes avaient dirigé les étoiles les plus lointaines, et les particules les plus infimes avaient ordonné son départ. A l'instar du patriarche Abraham, il avait reçu l'ordre : « Quitte ton pays. » Il savait qu'il serait impossible de faire comprendre son raisonnement à quiconque, même à Olga. Néanmoins il ne doutait pas un seul instant qu'il eût trouvé l'unique solution à ses problèmes.

18

I

M. Nelke était le propriétaire d'une brasserie avec un restaurant attenant, située dans la 14ᵉ Rue. Veuf, il habitait l'appartement du rez-de-chaussée d'une maison qu'il possédait à l'angle de la 10ᵉ Rue et de l'avenue B. Il loua son appartement du premier étage à Clara : celui-ci comprenait trois pièces; les planchers étaient couverts de tapis épais et les murs tendus de tapisseries brodées de proverbes allemands : « Lève-toi de bonne heure... Travaille assidûment... Fais des économies... » Il y avait également des portraits des parents de M. Nelke, tous deux bien en chair, lui portant des favoris et coiffé d'un haut-de-forme, elle avec une frange. M. Nelke, lui aussi, avait des favoris. Il fumait une pipe au tuyau en ambre et au fourneau en porcelaine. Le dimanche matin, il se rendait à l'église luthérienne. De retour à la maison, il jouait quelques vieilles mélodies allemandes à la cithare. Plus tard il recevait des invités. Il leur offrait de la bière, de la choucroute et des boulettes de pâte confectionnées par sa vieille servante, Mme Hanse. Tout le monde discutait d'une voix tonnante. Chaque dimanche Clara craignait que leur discussion ne se terminât en bagarre. Cependant il n'en fut jamais rien. Les invités partaient de bonne heure. Vêtu d'une veste en velours côtelé et d'un gilet brodé de fil d'or, M. Nelke se tenait devant sa maison et leur criait : « *Auf Wiedersehen, grüss Gott, danke schön*[1]. » M. Nelke était à la fois bon chrétien et socialiste. Les disputes entre les convives concernaient des

1. « Au revoir, je salue Dieu, merci. »

articles parus dans le journal allemand socialiste. C'est grâce à une annonce dans ce journal que Zipkin avait trouvé l'appartement pour Clara.

Dans tout le voisinage il n'y avait pas un seul Juif. Le tramway conduisait Zipkin directement à l'adresse de Clara. Felusia avait repris ses études. Clara fut autorisée à jouer de l'épinette qui avait appartenu à la « chère épouse défunte » de M. Nelke. Elle avait également le privilège d'utiliser la cuisine et, contre une petite rétribution, Mme Hanse lui fournissait le repas de midi. Tous les matins, le laitier déposait le lait devant la porte. Les denrées étaient livrées par l'épicier. Le boucher voisin vendait non seulement de la viande, mais également de la saucisse de veau, du jambon et de la charcuterie.

Au début, Alexandre tint parole et rendit visite à Clara, deux fois par semaine. En l'attendant, Clara étudiait l'anglais à l'école du soir, tricotait un gilet pour Felusia, lisait des romans russes et polonais, empruntés à une bibliothèque et faisait du lèche-vitrines. De temps à autre, juste pour passer le temps, elle prenait l'*El*[1], roulant au-dessus des usines, salles de billard, divers magasins, immeubles administratifs, restaurants, dancings. Dans certaines rues il y avait des terrains vagues, des constructions en chantier. Dans cette capitale hétéroclite qui semblait s'agrandir dans toutes les directions, Clara se sentait une étrangère. Les autres voyageurs portaient des vêtements bizarres à ses yeux. La locomotive émettait des appels stridents, les roues faisaient un bruit perçant. Clara avait l'impression qu'à tout moment le train allait dégringoler sur les entrepôts, les écuries, les rapides, la foule des gens qui marchaient par ce temps froid, dans la boue, le crottin de cheval et la neige. Par-ci par-là elle apercevait un Noir ou un Chinois. Clara se disait qu'ici

2. Train aérien.

tout le monde semblait exilé dans une sorte de Sibérie américaine. Chacun était pressé : homme et femme travaillant aux machines, crieur de journaux et simple piéton. Clara ferma les yeux, se laissant emporter par la vitesse. Il était miraculeux qu'elle rentrât toujours saine et sauve de ces périples.

Au cœur de l'hiver, la neige tomba si ferme et si piquante qu'on aurait dit des grains de sable. Clara était certaine de n'en avoir jamais vu de semblable. Les rails du tramway qui conduisait à la maison de Zipkin étaient ensevelis. A peine la neige fut-elle déblayée que, déjà, une nouvelle tempête se déchaîna. En plein jour il faisait aussi sombre que pendant une éclipse; la nuit était noire comme un four. La capitale fut en proie aux épidémies. La femme et l'enfant de Zipkin tombèrent malades. Lui-même eut soudain plus de clients qu'il ne pouvait en accepter. Pour Clara, le désenchantement de l'Amérique ne faisait que s'accroître. Il n'existait pas de cafés où des dames pussent s'installer seules pour lire tranquillement. Les théâtres se trouvaient loin de son domicile. Elle n'avait rien de commun avec ses voisines allemandes. A la nuit tombée, aucun éclairage ne réussissait à égayer l'obscurité. La seule consolation de Clara était une lettre occasionnelle de Sacha. Mais même le courrier était retardé par les tempêtes. Les visites d'Alexandre lui procuraient plus de déchirement de cœur que de plaisir. Dès son entrée, il lui annonçait qu'il ne pouvait s'attarder longtemps, qu'il n'avait pas le temps de faire honneur au repas qu'elle lui avait préparé. En dépit des cadeaux qu'il offrait à Felusia, il semblait avoir peu d'affection pour elle. Aussitôt que sa fille se retirait dans sa chambre, il tambourinait avec ses doigts sur la table en jetant des coups d'œil furtifs à sa montre. Même ses baisers et ses caresses étaient pleins d'impatience.

Non, ceci ne correspondait pas à ce que Clara avait rêvé. Cette ville trépidante l'ennuyait plus que Jampol.

Elle offrait de nombreux divertissements, des expositions, des bals, toutefois une dame ne pouvait aller nulle part sans être accompagnée, surtout lorsqu'elle avait peu de connaissances en anglais. Peut-être Clara aurait-elle trouvé la vie moins monotone si elle avait habité dans un quartier juif. Les immigrants juifs s'amusaient entre eux en assistant aux représentations théâtrales en yiddish, aux conférences, aux discussions et aux célébrations. Même en hiver, le quartier juif était plein de vie. Les gens sortaient en groupes, bavardaient dans les rues comme s'ils étaient en été. Il y avait des bureaux de placement, des salons de thé, des caves faisant restaurant où on servait des plats familiers au son d'un orchestre. Des sociétés fraternelles tenaient des réunions. Les magasins restaient ouverts tard le soir. Des barriques de harengs, d'aliments marinés, de choucroute étaient alignées devant les boutiques. Du pain de ménage, des petits pains au lait, de la hala, des bagels, des pains aux graines de pavot et des galettes étaient vendus sur des voitures à bras. Dans les épiceries fines les gens mangeaient des saucisses de Francfort chaudes à la moutarde. Dans East Broadway, la foule, en groupes compacts, descendait la rue à flot continu. Tous avaient l'air de faire partie d'une même famille. Chaque bateau venant d'Europe amenait des socialistes, des révolutionnaires barbus, à la chevelure longue, qui faisaient des discours sur la lutte pour la liberté. De nouveaux « blancs-becs » arrivaient tous les jours de l'étranger. Chaque maison louait au moins une chambre, sinon plusieurs. Une ménagère sur deux servait des plats du pays natal pour des pensionnaires. Yeshivas et cabarets, restaurants kasher et agences de voyages, salles de mariage et agences matrimoniales abondaient. Des prostituées invitaient les hommes à les suivre dans leur chambre – des bedeaux les encourageaient à venir participer à un minian dans la synagogue. Dans les ateliers les ouvriers chantaient des airs aussi bien liturgiques que révolutionnaires. Le soir, garçons et filles dansaient dans leurs chambres exiguës, éclairées par une lampe à gaz. Chaque jour était jour de fête. Malheureusement Clara ne pouvait y participer. Elle se promenait seule sur les trottoirs enneigés. Pas une seule fois elle ne passa devant la maison de Zipkin, dans East Broadway, le soir tard, pour voir les lumières allumées derrière les rideaux.

II

Le froid persistait. Felusia était partie en visite chez une amie d'école. Elle apprenait rapidement l'anglais et commençait à s'américaniser. Elle s'efforçait de se débarrasser de son accent polonais, et elle n'hésitait pas à se moquer de l'anglais hésitant de sa mère. Clara décida de sortir l'après-midi pour faire quelques courses. Elle devait acheter de la laine pour tricoter un bonnet à Felusia, un cadeau de Noël pour Mme Hanse, et se faire photographier pour répondre à la demande que Sacha avait exprimée dans sa dernière lettre. Il lui fallait également d'autres articles de moindre importance : une aiguille à repriser, du linge de corps, des jarretières et une plume à chapeau. Clara revêtit sa fourrure de renard, de grosses chaussettes chaudes sous ses bottes de caoutchouc, et elle enfouit ses mains dans un manchon géant. Elle passa une demi-heure environ dans un grand magasin de Grand Street, puis elle se dirigea vers un restaurant de la rue Delancey où elle commanda un plat de tripes, du consommé avec du gruau d'avoine, du bœuf cuit à l'eau, une tranche de gâteau au miel et du thé. Elle avait trouvé tout ce qu'elle désirait acheter, excepté la plume qui convenait à son chapeau. Elle repartit bientôt pour fouiller partout, dans les boutiques de modistes et dans les ateliers de soldes, à la recherche de l'article convoité.

Ensuite elle se rendit chez un photographe qui la fit poser à bord d'un carrosse attelé d'un cheval en bois. D'ordinaire Clara savait quel tramway il fallait prendre pour rentrer chez elle, mais aujourd'hui elle était dans un quartier qui lui était totalement inconnu. Le soir tombait déjà et le temps se rafraîchissait sensiblement. Les gens dans la rue marchaient d'un pas rapide, soufflant de la buée par la bouche et les narines. Des chevaux glissaient sur la route verglacée et leurs conducteurs poussaient des clameurs. Des voitures de pompiers passaient à toute vitesse en actionnant leurs trompes avec un vacarme assourdissant. Clara arrêta plusieurs passants pour demander son chemin, mais leurs indications étaient trop contradictoires. Elle venait de déboucher sur Bowery où on lui conseilla de prendre l'*El*. Elle grimpa les marches et attendit le train. Le vent souleva son chapeau, si bien qu'elle dut le retenir par le bord des deux mains. Le froid pénétrait sous ses vêtements épais. Elle souffrait d'une douleur cuisante au front, son nez semblait de bois et ses yeux pleuraient. Y avait-il eu un accident sur la ligne? Elle attendit quinze minutes et, comme le train n'arrivait toujours pas, elle redescendit dans la rue. Elle avait besoin de se réchauffer quelque part. Ses mains étaient raides. Ses sourcils lui donnaient des picotements. Les flocons de neige qui se posaient sur ses paupières et ses cils lui faisaient tout voir comme à travers un arc-en-ciel. Clara aperçut soudain une joaillerie encore ouverte. Elle décida aussitôt d'y entrer pour se réchauffer. Elle pourrait même acheter une babiole. Une brume épaisse voila son regard. Des hommes se tenaient derrière des comptoirs, sous un éclairage aveuglant. L'un d'eux s'affairait au-dessus d'un coffret à bijoux. Un autre examinait un objet à travers un verre grossissant. Clara désirait dire quelque chose en anglais, mais elle semblait avoir oublié le peu qu'elle avait appris.

Soudain elle entendit une voix familière, parlant le

russe : « Est-ce que je me trompe? Se peut-il qu'il s'agisse réellement de Clara Danielovna? »

Clara frémit. Dans la lumière éblouissante elle vit un homme à la moustache noire, vêtu d'un manteau de fourrure déboutonné, laissant apercevoir un costume clair, coiffé d'un *papacha*, une toque russe. Clara s'essuya le visage avec un mouchoir et dit : « Oui, je suis Clara Danielovna.

– Clara Danielovna! s'écria l'homme. Vous ici... tout est donc possible! Je vous ai reconnue aussitôt! Quelle coïncidence! Est-il possible que vous ne me reconnaissiez pas? – L'homme battit des mains.

– Le froid rend mes yeux larmoyants. Qui êtes-vous?

– Asseyez-vous, Clara Danielovna, donnez-moi vos paquets. Oh! cette rencontre est incroyable! Monsieur Schwartz, nous remettrons notre affaire à demain. Mais vous avez l'air gelée. Vous voir dans cette ville, entre toutes! Je ne sais si vous vous souvenez de moi : je suis Yasha Vinaver », ajouta-t-il en parlant brusquement plus bas.

Le cœur de Clara bondit. Oui, elle l'avait reconnu. C'était Yasha Vinaver, le secrétaire de Mirkin. L'homme qui avait écrit la fameuse lettre calomnieuse à Alexandre. Elle jeta un coup d'œil vers la porte, prête à fuir, mais il lui avait déjà pris les paquets. Il était devenu bien plus corpulent, pourtant c'était le même homme, avec le même visage carré et les mêmes yeux mongoliens. Son nez était aussi aplati qu'une cheville en bois. De toute évidence il se portait bien et il ne manquait de rien. Son doigt était orné d'une bague et son gilet barré d'une chaîne en or. Clara prit place sur une chaise. Un jeune homme lui apporta un verre d'eau. Elle but et le remercia. Ses mains et ses pieds commençaient à être moins engourdis; elle avait des fourmillements au bout de ses doigts. Elle posa son manchon sur le comptoir. Le joaillier lui demanda en russe ce qu'elle désirait et elle lui expliqua qu'elle avait perdu son chemin. Il eut un sourire indulgent. « Nous sommes des êtres humains, et non des bêtes. Cela peut arriver à n'importe qui. A ce que je vois, vous êtes une amie de Gospodin Vinaver.

– Clara Danielovna, c'est Dieu en personne qui a dû diriger vos pas jusqu'ici! dit Yasha Vinaver en se penchant sur elle. Qui aurait pu imaginer que vous étiez à New York? Soudain une porte s'ouvre et vous voilà qui entrez! Telle une vision. Par Dieu... un vrai miracle! Une de ces choses qu'on ne peut pas prévoir... Pourquoi errez-vous dans les rues par une telle tempête de neige? Je vous en supplie, Clara Danielovna, venez avec moi pour prendre une tasse de thé qui vous réchauffera. Ensuite je vous raccompagnerai chez vous. Par une soirée comme celle-ci, perdre son chemin est un véritable drame. »

C'est alors seulement que Clara retrouva sa voix.

« Je veux rentrer chez moi. C'est tout.

– Eh bien, où habitez-vous? Je vais héler un fiacre pour vous. Ah, quelle étrange rencontre! Une telle coïncidence! »

Le couple sortit dans la rue, mais ni fiacre ni traîneau n'étaient en vue. Au même moment un tramway déboucha dans la rue, se dirigeant vers l'est. Yasha Vinaver aida Clara à y monter. Il paya leurs tickets et les introduisit dans l'appareil en verre pour obtenir deux billets de correspondance. Ensuite il leur faudrait prendre un autobus qui les conduirait jusqu'en haut de la ville. Clara prit place. Vinaver portait toujours les paquets de sa compagne.

« Je crois savoir que vous avez épousé ce médecin... quel est son nom déjà?

– Non, je ne l'ai pas épousé, répliqua Clara d'une voix sèche.

– Non? Dans ce cas, que faites-vous à New York, si je puis me permettre une telle question?... Ah! c'est une question stupide. Je suis tellement surpris de vous voir que je dis des bêtises. C'est mon quatrième voyage d'affaires dans cette ville. Je suis négociant en bijoux et en fourrures. Le joaillier de ce magasin où nous nous sommes rencontrés est un de mes clients. Vous savez sans doute que Mirkin est mort.

– Oui, je sais.

– Comme on dit vulgairement : imbécile, il vécut, et imbécile, il mourut. C'était pourtant un brave homme, mais dépourvu de bon sens. Sa femme ne vaut pas cher. Je pense qu'elle est toujours en vie. Ses enfants tiennent d'elle. Je le sermonnais souvent : « Boris Davidovitch, montrez-vous donc raisonnable! » Donner la chasse aux femmes, à son âge, ce n'était pas bon pour lui. A quoi lui servaient-elles? Et puis, un homme aussi âgé aurait dû faire un testament, et non laisser tout à ses ennemis, et zut pour ses amis... mais l'homme est ainsi fait... eh bien, qu'il repose en paix! Il avait ses bons côtés. Et que devenez-vous, Clara Danielovna? Vous ne me croirez pas, mais dernièrement j'ai souvent pensé à vous. Où peut-elle bien être? me demandai-je. Qu'est-elle devenue? Il y a eu une tempête terrible en mer, pendant ma traversée. Je croyais que ma fir était proche. Lorsqu'on est réduit à une telle extrémité, on se met à réfléchir à toutes sortes de choses. Notre rencontre est tellement inespérée! Il nous faudra descendre bientôt pour changer de bus. »

III

La correspondance arriva promptement et le couple poursuivit son voyage. Clara aurait voulu rendre l'argent du billet à Vinaver, mais sa bourse était enfouie au fond de son manchon et difficile à en extraire. Ouelle étrange situation : pendant des années elle avait ressassé sa soif de vengeance contre cet homme qui avait ruiné son existence, et aujourd'hui il l'accompagnait, assis à ses côtés, tel un chevalier servant.

« Clara Danielovna, qu'est devenu votre docteur ? S'est-il remarié ? »

Clara sentit une douleur lancinante monter en elle. « Gospodin Vinaver, je vous remerice de me ramener chez moi, mais je ne suis pas l'imbécile que vous semblez voir en moi. »

Le visage de Yasha Vinaver prit une expression grave. « Que voulez-vous dire ? De quoi parlez-vous, Clara Danielovna ?

– Le docteur Zipkin m'a montré la lettre que vous lui avez écrite. Je connais parfaitement votre écriture.

– Quelle lettre ? Quelle écriture ? Je ne comprends pas, Clara Danielovna.

– Vous comprenez fort bien. La lettre que vous avez envoyée de Paris à Alexandre Zipkin. Vous m'avez calomniée, encore que vous n'en ayez retiré aucun profit.

– Sincèrement, Clara Danielovna, je ne comprends pas ce que vous voulez dire. Il doit y avoir quelque malentendu. Je n'ai jamais écrit de lettre vous concernant à Zipkin. Vous devez me confondre avec quelqu'un d'autre.

– Il n'y a pas d'erreur possible dans cette affaire. Il y eut un temps où j'avais envie de vous tuer d'une balle ou de vous jeter de l'acide à la figure. Mais ma colère s'est apaisée. Quand on prend de l'âge, on comprend qu'il ne sert à rien de faire trop d'histoires pour tout ce qui arrive dans la vie. Toujours est-il que vous m'avez diffamée, Gospodin Vinaver, que vous avez porté des accusations contre moi, rien que pour le plaisir de me blesser. Pourquoi ?

– Que j'ai fait quoi ? Et quand ? Honnêtement, Clara Danielovna, je n'ai pas la moindre idée...

– Ne faites pas semblant d'être un simple d'esprit. Vous avez envoyé une lettre à Alexandre Zipkin pour lui apprendre que je vivais avec Mirkin. J'ai la lettre chez moi et elle est écrite de votre main. Si vous voulez, je vous la montrerai. Vous avez même employé des termes injurieux. A mes yeux, ce morceau de papier est une preuve de la bassesse humaine.

– Non, non, non! Je suis victime d'une fausse accusation. Comment pouvez-vous être si sûre que c'est bien mon écriture? Je vais vous dire ce que nous allons faire. Nous allons consulter un des experts en écriture les plus réputés de New York, et c'est lui qui décidera. S'il dit que c'est mon écriture, je paierai une amende de cinq mille roubles. Non, je ferai mieux, je sauterai du pont de Brooklyn. Si vous le désirez, je ferai cette déclaration devant notaire. Je ne quitterai pas le pays tant que cette affaire ne sera pas éclaircie!

– Mais, Dieu du ciel, il s'agit bel et bien de votre écriture!

– Laissons les experts en décider. J'ai commis des péchés, mais je n'ai jamais dénoncé personne, et encore moins une femme. Et où aurais-je eu l'adresse de Zipkin? Toute cette histoire me fait penser au *chemin de Damas*. Je ne voudrais pas dire de mal d'un mort, mais ne se pourrait-il pas que ce fût Mirkin le coupable?

– Je connais son écriture.

– Eh bien, la vérité sort du puits, dit-on, comme l'huile sort de l'eau. Je resterai ici jusqu'à ce que je sois disculpé de tout soupçon, même s'il me faut des mois. Entre-temps, je vous jure sur tout ce qui m'est sacré que je n'ai jamais écrit quoi que ce soit à votre sujet à quiconque. Il aurait fallu que je fusse non seulement un misérable, mais aussi un fou pour avoir écrit une telle lettre.

– Je ne comprends pas.

– Vous ne comprenez pas, et pourtant vous me blâmez. La lettre est-elle signée par moi?

– Non, elle est anonyme.

– Anonyme? Alors pourquoi vous en prendre à moi...

pourquoi pas à quelqu'un qui aurait été directement intéressé? Après tout, vous aviez une liaison avec Boris Davidovitch, et non pas avec moi. Il est vrai que parfois votre conduite ne me semblait pas correcte, mais je ne suis pas Dieu, ni, comme on dit, son ange gardien. Si je n'avais pas toujours observé la discrétion, qui sait combien de familles auraient été désunies! Je suis, vous le savez, célibataire, et personne autant que des solitaires comme moi n'entend ce qui se passe dans les familles. La raison en est que des gens de mon espèce savent se taire. Dieu du ciel, si je voulais raconter tout ce que je sais! Croyez-moi, Clara Danielovna, si vous m'aviez accusé d'avoir tué quelqu'un, je ne me serais pas senti aussi blessé. C'est, pardonnez-moi, comme si vous m'aviez craché à la figure! »

Clara resta sans parler un moment.

« Je ne sais plus que dire, balbutia-t-elle enfin.

– Il faut que je voie la lettre ce soir même!

– D'accord. Il est tard, mais montez donc jusqu'à mon appartement. Je n'ai d'ailleurs nullement l'intention d'utiliser la lettre, de quelque façon que ce soit.

– Que voulez-vous dire par utiliser? Il s'agit d'une question d'honneur. On se bat en duel pour des affaires de ce genre. Il y a des torts qu'on peut se reprocher mais qui n'empêchent pas de rester en paix avec soi; en revanche, il existe d'autres actes coupables qui rendent la vie d'un homme sans valeur. Tout être humain se doit de conserver sa dignité. Je crois que Mirkin, avec tout le respect qui lui est dû, a imité mon écriture.

– Pourquoi aurait-il fait une telle chose? Je n'ai jamais essayé de le tromper. Je lui ai dit en toute franchise que tout était fini entre nous deux et que j'allais rejoindre Alexandre. Il a même répondu que si je partais, il me suivrait.

– Pourquoi ne l'a-t-il pas fait? Je me doutais que vous étiez sur le point de commettre une erreur, parce que

Boris Davidovitch ne savait pas tenir sa langue. Mais j'ai pour principe qu'il ne m'appartient pas de me mêler des affaires des autres. Les dernières années avant sa mort, Mirkin semblait avoir l'esprit troublé. Malgré tout, pourquoi aurait-il écrit une telle lettre? Ceci reste une énigme pour moi. De toute manière, je suis innocent. Aucun de nous ne vivra éternellement. Nous rendrons tous compte devant Dieu, et je ne veux pas, comme on dit, porter le péché de quelqu'un d'autre dans mon sac.

– Si vous êtes innocent, je vous présente mes excuses.

– Non, ce n'est pas suffisant! Où sommes-nous ici? Ah! nous ne sommes que dans la 4e Rue. Il est vrai que vous étiez toujours désagréable avec moi. Or que peut faire un pauvre diable si on le regarde de haut? Moi aussi j'ai ma fierté. Néanmoins je ne ferais jamais de tort à quelqu'un, délibérément. »

Clara baissa la tête. « Je crains d'avoir commis une terrible erreur.

– Eh bien, nous serons bientôt fixés. »

Pendant un moment tous deux gardèrent le silence. Yasha Vinaver sortit un cigare de sa poche, le mit entre ses lèvres, le garda un instant, immobile, puis le retira. « Qu'est-ce qui s'est réellement passé, Clara Danielovna? demanda-t-il soudain.

– J'ai tout perdu.

– Vous aviez une fille.

– C'est exact. Dieu merci, elle est ici, avec moi.

– Et le médecin... s'est-il remarié?

– Naturellement. Qu'aurait-il pu faire d'autre après avoir reçu une telle lettre?

– Eh bien, ce n'est pas ma faute. Dieu m'est témoin. Je n'ai ni épouse ni enfants : je ne peux donc pas jurer par leur sang. Mais j'avais autrefois une mère, et je jure par son souvenir que je suis innocent!

– Je vous crois. »

Clara se couvrit le visage de son manchon.

IV

Clara était ennuyée d'être obligée de faire entrer un homme dans son appartement, à cette heure tardive. Les visites de Zipkin ne passaient déjà pas inaperçues. M. Nelke et Mme Hanse savaient que le docteur Zipkin était le père de Felusia. La visite de Vinaver pourrait éveiller leurs soupçons. Peut-être lui enjoindraient-ils même de quitter la maison. Par bonheur, Mme Hanse n'ouvrit pas la porte de la cuisine, comme elle faisait régulièrement lorsqu'elle entendait des pas dans l'escalier. Felusia dormait déjà. Clara entra sur la pointe des pieds dans la chambre à coucher. La lettre se trouvait dans une commode près du lit de la jeune fille. Clara ouvrit les tiroirs dans l'obscurité, puis elle fouilla l'intérieur.

« Dieu, qu'est-ce qui m'arrive! se dit-elle. Pendant des années j'ai ressassé ma rancune contre cet homme, sans aucune raison. S'il savait combien je l'ai maudit!... » Si ce n'était pas Vinaver, ce devait être Mirkin qui avait tenté de l'anéantir. Mais pourquoi? Pourquoi les gens se montraient-ils toujours si haineux avec elle? Clara pénétra dans la salle de séjour. Le manteau et la toque de fourrure de Vinaver étaient étalés sur le divan. Lui-même était assis devant la table. C'est à présent seulement que Clara s'aperçut que ses tempes étaient grisonnantes, sa moustache tissée de fils gris et sa chevelure clairsemée. Oui, lui aussi avait vieilli. Le costume clair de fabrication anglaise et l'épingle de cravate ornée d'une perle n'y changeaient rien. Clara posa la lettre devant lui. D'un geste vif il retira un pince-nez de sa poche et le chaussa. Elle se plaça à côté de lui. Il lut, ôta les verres, les tritura un moment entre ses doigts, puis les remit. Il prit une enveloppe dans sa poche de poitrine et en compara l'écriture avec celle de la lettre. Ne reconnaît-il donc pas sa propre écriture? s'étonna Clara. Il se leva et sembla soupeser les deux papiers. Puis il recommença à lire la lettre. Une expression de concentration empreinte d'une extrême surprise se peignit sur son visage.

« Eh bien, qu'en pensez-vous, Gospodin Vinaver?

– Je ne sais pas. Je n'en sais rien encore.

– Que voulez-vous dire?

– On dirait qu'il s'agit de mon écriture. »

Clara eut du mal à retenir ses larmes. « Comment est-ce possible que vous ne vous souveniez pas de ce que vous avez fait?

– Je ne comprends pas, Clara Danielovna. Je suis un homme perdu!

– Peut-être ne l'avez-vous pas écrite? Comment auriez-vous pu l'oublier?

– Regardez! Comparez les deux écritures! Je jure par Dieu que je ne me souviens de rien. A moins que quelqu'un n'ait imité mon écriture...

– Peut-être est-ce le cas?

– Mais qui? Boris Davidovitch n'en était pas capable. Je vais montrer la lettre à un expert en écriture, de toute manière. Tout ceci me paraît anormal. »

Et de nouveau Yasha Vinaver saisit vivement l'enveloppe et la lettre, fronça le nez et les fixa d'un regard incrédule. Il s'approcha plus près de la lampe. Pendant un bref instant il plissa le front comme s'il venait de déceler une erreur. Mais aussitôt son visage refléta de nouveau le trouble et l'étonnement. Enfin il dit : « Si c'est fait par un copiste, c'est un travail de maître. »

Clara avança d'un pas. « Peu importe ce qu'il en est, je vois que vous déplorez l'incident, et cela me suffit.

– Il se peut que cela vous suffise, ma chère, mais il n'en est pas de même pour moi. Quand on a fait quelque chose, on devrait s'en souvenir. Or je ne me souviens de rien. Je le jure par ma mère morte! Croyez bien qu'avec un tel serment je n'oserais jamais mentir.

– Vous avez tout simplement oublié ce qui s'est passé. On fait bien des folies lorsqu'on est jeune, dit Clara, essayant de justifier une aussi vilaine action.

– Je n'étais pas si jeune! Et pourquoi aurais-je fait une telle chose? Peut-être Mirkin me l'a-t-il dictée? Pourtant je ne me souviens de rien, absolument de rien. Non, ce n'est pas possible! (L'accent de sa voix changea brusquement.) Il s'agit d'un malentendu, d'une terrible erreur. En vérité, c'est un mystère. Clara Danielovna, je suis profondément troublé.

– Quel est le nom de votre père, Vinaver? Malheureusement je l'ai oublié.

– Moisey.

– Jacob Moiseyevitch, je vois que vous êtes un homme honnête, et je vous pardonne. Il arrive parfois que nous agissions mal et que nous n'en gardions aucun souvenir par la suite. J'ai assez souffert à cause de ce morceau de papier, c'est pourquoi je ne souhaite pas que quiconque d'autre connaisse les mêmes tourments.

– C'est entendu, mais qu'est-ce qui en est exactement? Cette vilenie s'accorde si peu avec mon caractère! C'est comme si quelqu'un venait me dire que j'ai escroqué une veuve. Clara Danielovna, l'éclairage n'est pas suffisant ici. Voudriez-vous être assez aimable pour allumer une autre lampe ou une chandelle?

– Bien sûr; toutefois, je ne crois pas que vous trouviez l'explication de l'énigme.

– Faites-moi le plaisir d'allumer une autre lampe. L'éclaircissement de ce mystère a une terrible importance pour moi.

– Parfait. Je vais allumer une lampe supplémentaire, mais ne soyez donc pas aussi ému et inquiet. Tout était décrété par le destin. Il était écrit que ma vie serait amère. Vous n'étiez que le messager.

– Je vous en prie, allumez la lampe. »

Clara s'apprêta à enflammer une lampe à pétrole. Son cœur était douloureux tandis qu'elle s'affairait avec la mèche, le manchon, le globe. La lampe vacillait dans sa main, la flamme crachait dans son verre. Dans un ultime effort, Clara posa la lampe sur la table. Yasha Vinaver se concentra de nouveau sur la lettre, puis il régla la mèche de la lampe, poussa un soupir et marmonna quelque chose d'inintelligible. Il fouilla dans sa poche de gilet, en retira une lentille et la coinça habilement dans son orbite. Ensuite il fixa avec obstination, d'un œil expérimenté de professionnel, la feuille de papier jaunie. Pendant un moment il resta parfaitement immobile. Puis il sourit, pour redevenir aussitôt grave. Un bref instant Clara se dit que peut-être cet homme n'était pas Yasha Vinaver, lequel, dans son souvenir, avait eu une abondante chevelure et, dans la mesure où elle le connaissait, était un être sans scrupules. L'homme devant elle était à moitié chauve.

V

Yasha Vinaver retira la lentille logée dans son orbite. Son œil sembla soudain changé. Clara était assise en face de son visiteur.

« Clara Danielovna, je comprends tout maintenant!

– Ah, oui?

– C'est bel et bien mon écriture, mais ce n'est pas mon style. Boris Davidovitch – qu'il repose en paix! – a dû me dicter cette lettre, et voilà pourquoi je n'en ai aucun souvenir. Il me dictait des milliers de lettres. Clara Danielovna, approchez-vous et je vous prouverai ce que j'avance. Non, restez où vous êtes. Je viens auprès de vous. Chaque phrase est un exemple typique de *sa* façon de s'exprimer. Les toutes premières paroles : " Estimé

Docteur, sachez que... " ne sont pas des termes que j'emploie. J'appelle les gens par leur nom, sans leur donner de titre; et puis, autant que je m'en souvienne, Zipkin n'était pas encore médecin à ce moment-là, mais seulement étudiant. Regardez plus loin : " Votre bien-aimée est une catin qui se paie du bon temps avec un amant à Paris. " Je n'emploie pas un tel langage. Absolument pas. Lui aimait beaucoup l'expression " se payer du bon temps ". Pour ma part je ne l'ai jamais employée, ni d'ailleurs le mot " catin ". Jamais! Toute la construction de la phrase est incorrecte. Je ne prétends pas être particulièrement instruit. Je n'ai fait que quatre années d'études, n'empêche que, comme on dit vulgairement, j'ai trouvé mon style. Même si j'écrivais à un paysan, je n'emploierais pas un langage commun. Pour moi, la plume est une chose sacrée. Or, dans cette lettre, le langage est grossier. Il a dû me la dicter parmi de nombreuses autres lettres, peut-être tard le soir, après une rude journée, et moi j'ai simplement tout oublié à ce sujet. Lisez ceci : " Elle a une conduite scabreuse avec d'autres hommes tout aussi bien. " Ceci est ignoble, c'est le langage d'une canaille! Clara Danielovna, je pourrais nier avoir été mêlé en quoi que ce soit à cette affaire. On ne va pas en prison pour une telle peccadille. Mais pour moi c'est une question d'honnêteté. Je suis autant responsable du contenu de cette lettre que de toutes les autres inepties qu'il me dictait. Dans le cas précis qui nous occupe, je n'étais rien de plus qu'un larbin, épithète dont vous me qualifiez d'ailleurs dans une de vos lettres à Mirkin.

– Je vous aurais qualifié de larbin, moi?

– L'avez-vous oublié?

– Complètement.

– Vous voyez! On oublie. A ce propos, un adage me vient à l'esprit : " Ce que la plume écrit, la hache ne peut le retrancher! " Moi aussi j'étais irrité et blessé, pendant longtemps après.

– Sincèrement je ne me souviens pas de l'avoir écrit.

– C'est évident... le temps a tendance à effacer les choses dont nous n'avons pas à nous vanter et qui sont contraires à notre nature. Clara Danielovna, je n'ai pas menti, bien que j'aie été l'instrument de cette lettre. Ce qui importe, c'est l'intention. Poursuivons la lecture : " Elle vous écrit des lettres passionnées, mais elle vous prend pour un nigaud. "

– Non, ne lisez pas plus loin! Je vois bien que vous avez raison. J'aurais dû m'en rendre compte immédiatement. Il employait souvent cette dernière expression.

– Je suis heureux de voir que vous me comprenez. Toute cette affaire est scandaleuse.

– Scandaleuse! Il n'a tenu aucune des promesses qu'il m'avait faites et, de plus, il a ruiné mon existence. Et tout ceci au seuil de la mort. La crapule!

– Oui, comme je vous le disais, Clara Danielovna, en dépit de son intelligence, il manquait totalement de perspicacité. C'était un individu – qu'il me pardonne! – de bas étage. Son père était forgeron. Clara Danielovna, il me doit encore des mois de salaire. Si je vous racontais certaines de ses supercheries, les oreilles vous tinteraient, mais il est trop tard pour en discuter maintenant.

– Quelle heure est-il? Je vais descendre à la cuisine pour préparer un peu de thé.

– Non, Clara Danielovna, je vous en prie, ne prenez pas cette peine.

– Au moins permettez-moi de vous offrir quelques galettes ou des fruits.

– Non, je vous remercie. Pourquoi a-t-il fait cela? Dans un sens, c'est un compliment. Il était jaloux de vous. Mais même lorsqu'il n'avait plus envie de quelque chose, il voyait d'un mauvais œil que d'autres en profitent. Je me souviens d'une certaine partie de pêche. Nous n'avions aucune utilisation des poissons pêchés, aussi je suggérai de les donner au gardien des canots ou de les rejeter à l'eau tant qu'ils étaient encore en vie : mais non! un peu plus tard il les abandonna simplement sur le rivage. Voilà un exemple typique de son mauvais caractère.

– Pourquoi avez-vous dit : " Même lorsqu'il n'avait plus envie de quelque chose! " Il avait très envie de moi. Trop même! Vous le savez parfaitement bien.

– Je ne sais rien de tel. S'il avait eu envie de vous, il aurait pu vous avoir.

– Vous savez fort bien, Jacob Moiseyevitch, que Mirkin était impuissant.

– Est-ce possible? Non, je n'en savais rien. Je croyais que c'était tout le contraire.

– Que voulez-vous dire?

– Eh bien, il ne sied pas à une dame d'entendre ceci, mais vers la fin de sa vie il était devenu un vrai débauché. J'en ai été témoin, à mon corps défendant.

– Qu'avez-vous vu? Bah!... je ferais mieux de ne pas poser cette question.

– Clara Danielovna, je ne me mêle pas des affaires des autres... par principe. Et puis, je garde mes opinions pour moi. Les médecins l'avaient mis en garde contre les prouesses sexuelles et la suralimentation. Son cœur était entouré de graisse. Toujours est-il qu'il les traitait d'idiots. Il avait une santé de fer, et il aurait bien pu vivre encore une dizaine d'années. Enfant, il avait travaillé avec son père devant l'enclume. Voilà l'homme qu'était Boris Davidovitch!

– Ceci ne prouve pas que vous sachiez grand-chose sur lui.

– Moins j'en sais, mieux cela vaut. Dieu est miséricordieux... Clara Danielovna, que devenez-vous, si je puis me permettre une telle question? Vivez-vous seule?

– Avec ma fille seulement.

– Pourquoi cette existence solitaire?

– Oh! moi aussi je suis une imbécile. Chacun est stupide à sa manière. Alexandre a épousé une Hongroise insignifiante. Elle l'a tout simplement acheté en l'aidant financièrement à terminer ses études. Et moi j'étais assez idiote pour me morfondre à cause de lui. Jacob Moiseyevitch, on ne doit pas juger, on n'en a pas le droit. Si, des années plus tôt, quelqu'un m'avait prédit le genre de femme que j'allais devenir, je l'aurais traité d'idiot. Je suis tombée gravement malade et j'ai cru que mon temps était venu. J'ai voulu que ma Felusia connaisse au moins son père. Elle me questionnait assez souvent à son sujet. Mon fils Sacha est, Dieu merci, riche et respectable; il est ma seule source de réconfort et il se montre incroyablement bon à mon égard. Je lui ai fait part de mes ennuis, sans rien lui cacher, et il a dit : " Mère, pars pour New York! " Je lui ai cédé mon appartement. Il possède une maison à Jampol qui est un vrai palace, mais ses affaires l'appellent souvent à Varsovie. Bref, je suis venue en Amérique et Alexandre est tombé à mes pieds. Il est malheureux en ménage; sa femme ne le comprend pas, et tout le reste s'ensuit. J'ai décidé de patienter et de m'installer ici en attendant. Nous nous voyons tous les deux, aussi souvent qu'il peut s'arracher à ses malades. Or, en ce moment sévit une épidémie de grippe. Voilà où j'en suis.

– Une vilaine situation, Clara Danielovna. Vous êtes toujours séduisante. Vous méritez un sort meilleur.

– Merci pour le compliment! Cependant je crois qu'on récolte ce qu'on mérite. Je n'éprouve de ressentiment contre personne d'autre que moi-même. Que faites-vous dans la vie?

– Eh bien, ma situation est, comme on dit, excellente, mais... hélas! on vieillit.

– Qu'il serait merveilleux pour les femmes si les hommes rajeunissaient!

– Eh bien, puisque vous savez encore plaisanter, les choses ne vont pas si mal. C'est lorsqu'on est comblé que le ver commence à vous ronger. Je vis à Kiev, mais la plupart du temps je suis sur les routes. Je suis un commerçant de la Première Guilde. Je possède un magasin à Kiev et j'emploie un nombreux personnel. Une parente prend soin de ma maison. Après la mort de Mirkin j'ai décidé qu'il était temps de travailler pour mon propre compte et de ne plus servir les autres. Il ne m'a pas légué un sou, bien que, pendant des années, il m'eût laissé croire qu'il ferait de moi un homme riche après sa mort. Néanmoins j'ai eu de la chance. Je suis entré dans le commerce sans rien connaître aux affaires, mais j'avais, comme on dit, un peu de flair. J'ai voyagé dans toute l'Europe et même en Chine; en Amérique on connaît bien le nom de Vinaver, du moins dans le milieu des affaires. Je descends à l'Astor House, tout comme les millionnaires. Mais avec le temps qui passe, on devient déprimé... notamment après une traversée de l'Atlantique, telle que je l'ai connue la dernière fois. J'ai presque perdu la raison. »

VI

« Pourquoi ne vous êtes-vous jamais marié? » demanda Clara.

Yasha Vinaver sourit. « L'éternelle question. Il se trouve que je suis un parent lointain de Boris Mirkin – qu'il repose en paix! J'ai commencé tout jeune à travailler pour lui et nous avons partagé bien des aventures. Il disait toujours : “ Ne vous mariez pas. Prenez-moi comme exemple de ce qui vous attend. ” Sa femme était une vraie sorcière. A l'époque il vivait encore avec elle, et j'étais bien placé pour connaître les dessous de la vie du ménage. Il avait une liaison avec la femme d'un pharmacien... une histoire vraiment désopilante. “ Chaque femme a son prix ”, m'assurait-il, et ses paroles sont restées gravées dans ma mémoire. Il insistait toujours en prétendant que le mieux était d'avoir une liaison avec une femme mariée, et moi j'en prenais de la graine. Souvent j'avais des doutes quant à mon succès auprès des femmes, mais comme dit le proverbe : " Même une femme de rabbin prêtera une oreille complaisante. " Je me souviens d'un incident survenu avec la femme d'un chiffonnier. Elle se montrait très affectueuse à l'égard de son mari. Elle lui entourait toujours les épaules de son châle et, lorsqu'il toussait, elle lui apportait de l'eau chaude pour tremper ses pieds. Un beau brin de fille! Le chiffonnier était en affaires avec moi et, de plus, nous étions voisins. Lorsque son mari devait entreprendre un de ses voyages à Vilna, sa femme lui préparait un panier, le remplissant, entre autres, de toutes sortes de médicaments et d'un pot de framboises. Je me tenais à la fenêtre pendant qu'il s'installait dans le briska et qu'elle lui faisait de tendres adieux. A peine était-il parti, ma porte s'ouvrait et elle entrait sans même frapper. " Jacob Moiscycvitch, disait-elle, embrassez-moi! " Tel quel! Je ne pouvais en croire mes oreilles. Elle brûlait de passion... »

Clara haussa les sourcils. « Il y a toutes sortes de gens, fit-elle.

– Eh bien, de telles expériences feraient perdre la foi à n'importe qui. Et puis la vie continuait et les années s'enfuyaient. J'accompagnais Mirkin dans ses voyages et je partageais son existence. Il n'était pas possible de traîner derrière moi une dame sur cette route jalonnée de scandales. La vie de famille était hors de question pour moi. Mais aujourd'hui je me sens moins jeune. Une femme de mon âge ne m'attire pas, et une jeune fille me tromperait aussi sûrement que cette lampe qui se dresse sur la table est réelle; d'ailleurs pourquoi ne me tromperait-elle pas? Tant que la jeunesse ne croit pas en Dieu, elle sera incapable d'une abnégation totale. Et que ferais-je moi-même au cours de mes voyages? Vous devriez voir comment nos représentants se comportent lorsqu'ils sont sur les routes. Et pourtant, ils exigent la fidélité de la part de leur femme.

– Eh bien, si c'est ainsi, vous n'avez pas le droit de vous plaindre.

– C'est exact. Cependant, par moments, ma solitude m'écrase. Je travaille, je voyage, je cours à gauche et à droite – tout cela pour qui, en fin de compte? Je ne sais pas pourquoi, mais la mer me rend mélancolique. Les vagues se précipitent et se bousculent, personne ne sait vers où. D'habitude je me fais des amis, or pendant mon dernier voyage tout le monde avait le mal de mer, particulièrement les femmes. J'avais soudain un sentiment profond de dépression. J'aurais voulu sauter à la mer.

– Pourquoi?

– Eh bien, je n'en sais rien. Les états d'âme créent des tempêtes spontanées.

– Je comprends. Combien de temps resterez-vous encore à New York?

– Plusieurs semaines.

– Comment passez-vous votre temps?

– Pas trop mal. Mais il m'arrive souvent d'être malheureux. Clara Danielovna, quel sens donnez-vous à votre vie ici?

– Qui sait?

– Pourquoi ne viendriez-vous pas avec moi au théâtre ou au concert? Après tout, votre docteur n'est pas libre chaque soir.

– Non, c'est vrai. Il a sa famille. Je pourrais sortir de temps à autre, mais je comprends mal l'anglais.

– Il existe ici un spectacle qu'on appelle le vaudeville. Il y a également des cabarets où des dames peuvent aller.

– Ah oui? C'est bien possible. Je gardais une rancune injustifiée contre vous.

– Quand votre docteur reviendra-t-il vous voir?

– Nous n'avons ni jour ni heure bien définis pour nos

entrevues, voilà l'ennui. Néanmoins rien ne m'oblige à rester assise ici et à l'attendre. Si je suis là, il sait où me trouver, sinon, tant pis. Vous me disez que vous aviez envie de sauter à la mer. Pourtant vous êtes un homme et vous pouvez aller où il vous plaît. Tandis que moi, je suis enfermée ici comme dans un cachot. Il m'arrive d'en rire. Je suis emprisonnée volontairement ici en attendant qu'il veuille bien me consacrer quelques heures. Mais pourquoi est-ce que je vous raconte tout ceci?

– Je suis votre ami.

– Amitié... amour... ce ne sont que des mots. Chacun ne pense qu'à soi-même. D'abord je vous haïssais et maintenant je vous ouvre mon cœur. Je ne peux plus chercher querelle à Mirkin : il est mort.

– Croycz-vous en un monde meilleur, Clara Danielovna?

– Je n'en sais rien, Jacob Moiseyevitch. Pourquoi cette question?

– On a parfois d'étranges pensées. Ainsi, par exemple, que pourrait bien faire l'âme de Boris Davidovich au royaume célcstc?

– Peut-être courir après les femmes, là-haut aussi?

– C'est très probable. Eh bien, je dois partir.

– Je vous remercie beaucoup, Jacob Moiseyevitch de m'avoir raccompagnée jusque chez moi. Vous m'avez sauvé la vie.

– Allons... c'est largement exagéré. Peut-être était-il décrété par le Ciel que nous nous rencontrerions ici pour tirer les choses au clair?

– Pourquoi ne cessez-vous de faire allusion au ciel? Vous êtes jeune. Vous demeurerez sur terre encore pour longtemps.

– Qui sait? Personne ne sait ce que demain apportera. Mes deux parents sont morts jeunes. Il y eut un temps où un homme de mon âge passait pour être vieux. Je me souviens encore de mon grand-père avec sa barbe blanche; il avait à peine soixante ans lorsqu'il mourut. Parfois je regrette de n'avoir pas d'enfants.

– Mais enfin, pour un homme il n'est jamais trop tard.

– Oh! si, il est trop tard. Bonne nuit, Clara Danielovna, et pardonnez-moi! Je reviendrai vous voir.

– Oui, venez donc! Vous serez toujours le bienvenu.

– Cependant je ne voudrais pas rencontrer votre docteur ici.

– Pourquoi le craignez-vous? Il n'est pas du genre jaloux. En outre, si vous venez dans la journée, vous ne le rencontrerez jamais.

– Bonne nuit. Merci encore. »

Yasha Vinaver la quitta. Clara souleva une lampe en haut de l'escalier pour éclairer sa descente. Rentrant dans l'appartement, elle arpenta nerveusement la salle de séjour, tandis que son ombre se profilait sur les murs. L'ombre de sa tête, énorme, dansait sur le plafond. Clara haussa les épaules comme si elle discutait avec quelqu'un. « Eh bien, que vais-je faire maintenant? Je n'ai pas encore sommeil; je lirai ce livre. » Pourtant elle n'avait aucune envie de lire. « Pourquoi, diable, l'âge ne vient-il pas apaiser mes tourments? » Elle souhaita ardemment que Zipkin entrât soudain. Elle le taquinerait à propos de Yasha Vinaver. Mais hélas! Zipkin devait être chez lui en train de bâiller! Eh bien, tout était perdu. Que la vieillesse vienne donc mettre fin à tout!... Clara s'approcha de la fenêtre. La nuit dehors était d'une tristesse pétrifiée. Des étoiles brillaient au firmament. Clara se mit à prier : « Dieu du Ciel, j'en ai assez... »

19

I

A la fin de l'hiver Clara rentra à Varsovie, accompagnée de sa fille Felusia. Zipkin l'avait de plus en plus négligée. Clara avait finalement eu envie de revoir Sacha, son appartement de la rue Berg, et même Varsovie. L'idée de rester prisonnière de la 10e Rue et de passer sa vie à attendre Alexandre, de s'abîmer les yeux à force de guetter son arrivée, lui était devenue insupportable à la longue. Au lieu de lui être bénéfique, le climat en Amérique lui avait donné des embarras gastriques et hépatiques, sans parler d'une dépression nerveuse. Ni Zipkin ni les autres médecins de New York qu'elle avait consultés n'avaient été en mesure de la soulager. Pourquoi, dans ce cas, resterait-elle dans un pays étranger, malade par surcroît? Au cours des quelques semaines où Clara et Yasha Vinaver s'étaient rencontrés, une amitié s'était créée entre eux. Yasha Vinaver l'avait sortie dans le monde, amenée au théâtre et au restaurant. Il avait prétendu qu'il l'aimait, et il lui avait même proposé le mariage. Clara lui avait laissé entendre qu'elle n'aimerait jamais qu'Alexandre. Néanmoins le contraste entre le comportement de Yasha Vinaver et celui d'Alexandre lui avait fait comprendre combien ce dernier la négligeait. Il n'avait jamais su se libérer toute une soirée pour elle, il n'avait jamais amené un ami chez elle : il l'avait isolée du monde comme on fait d'une maîtresse peu présentable qu'on va voir en cachette lorsqu'on a besoin d'elle.

Yasha Vinaver, retourné depuis en Russie, assaillait Clara de lettres. Il avait l'intention d'ouvrir une succursale à Varsovie et il lui faisait de nombreuses propositions. Accepterait-elle un emploi peu fatigant dans son entreprise et lui ferait-elle l'honneur de vivre avec lui? Il n'était pas comme Mirkin, avec dix femmes à la fois à son tableau de chasse, et ne désirait pas une femme uniquement pour son corps; il avait besoin d'une compagne.

Pendant qu'elle était encore en Amérique, Clara avait essayé de piquer au vif Alexandre en lui parlant de sa liaison avec Yasha Vinaver. Elle lui avait même montré des lettres qu'elle avait reçues de lui, mais ceci n'avait fait qu'éloigner Alexandre davantage. Il l'avait insultée et, pendant deux semaines consécutives, il n'était pas venu du tout la voir.

Un jour, lorsque Clara lui avait reproché de montrer tant de froideur à l'égard de Felusia, Zipkin avait répliqué : « Je ne sais même pas si elle est ma fille ou non.

– Tu devrais avoir honte!

– A l'époque tu vivais avec deux hommes à la fois! »

Il ne restait plus qu'une seule issue à Clara : s'en aller. Quand Alexandre apprit la décision de sa maîtresse, il chercha à la dissuader de partir, mais Clara lui dit : « Tu as toujours la possibilité de venir à Varsovie. »

Non, l'homme qu'elle quittait n'était plus le même Alexandre qu'elle avait connu. Il avait pris de l'âge, du poids, la prestance d'un homme bien établi. Il s'était attaché à sa femme et, selon toute apparence, il la craignait. Il était toujours dans un état de grande nervosité lorsqu'il venait retrouver Clara et, à vrai dire, ils n'avaient pas passé une seule nuit ensemble pendant tout l'hiver. Il se montrait également distant envers Felusia. Finalement Clara avait pris un billet de traversée supplémentaire pour Felusia, par l'intermédiaire d'une agence de voyage. Elle avait quitté Varsovie la veille de Rosh Hashanah. Le bateau qui allait la ramener en Pologne devait prendre la mer à New York, le dernier jour de Pessah. Ayant acquis une certaine expérience des voyages, Clara avait vite fait de tenir ses bagages prêts pour le départ. Elle avait écrit à Louisa, qui s'était établie dans une ville proche de la frontière canadienne, mais elle n'avait pas reçu de réponse. Elle fit ses adieux à M. Nelke et à Mme Hanse, ses seules relations à New York, en dehors du laitier, de l'épicier et du blanchisseur chinois. Les tout derniers jours avant le départ, Zipkin avait tenté de la retenir en qualifiant sa décision d'insensée, lui promettant qu'il la traiterait avec plus d'égards. Il lui avait même proposé un voyage à deux au cours de l'été, s'engageant par ailleurs à mieux s'occuper de Felusia. Mais pour toute réponse Clara avait dit : « Si tu nous aimes, quitte-la et viens avec nous.

– Tu sais que c'est impossible », avait répondu Zipkin.

A deux heures de l'après-midi Clara s'était fait conduire jusqu'au bateau, où Alexandre devait la rejoindre plus tard. Le bateau ne devait pas prendre la mer avant plusieurs heures, aussi Alexandre retrouva-t-il Clara dans sa cabine. Il portait deux paquets, l'un pour elle et l'autre pour Felusia. Felusia, qui avait appris l'anglais, s'était liée d'amitié avec une jeune Américaine, du même âge qu'elle. Les deux jeunes filles étaient sorties sur le pont.

Alexandre prit place et dit à Clara : « Nous n'avons pas réellement eu l'occasion de nous parler à cœur ouvert.

– Si tu as quoi que ce soit à dire, il en est encore temps.

– Clara, je t'aime.

– *Mazel tov!* Si c'est ça l'amour, alors moi je suis la femme du rabbin de Jampol.

– Clara, tu ne me comprends pas.

– Qu'y a-t-il donc à comprendre? Tu as eu maintes fois l'occasion de me parler.

– Clara, je suis dans un dilemme.

– J'ai déjà entendu tout cela. Tu n'as même pas trouvé le moyen de venir me voir une fois par semaine.

– Clara, tout est trop compliqué.

– Pourquoi trembles-tu ainsi devant elle ? Le bateau va bientôt partir. Si tu as quelque chose à me dire... alors dis-le ! Sinon...

– Clara, tu me manqueras.

– Eh bien, dans ce cas, apprends à t'y habituer. Je ne demeurais qu'à douze pâtés de maisons de ton domicile. C'est moi qui suis venue vers toi, et non le contraire. Si toutefois tu décides de venir à Varsovie, je saurai ce que je vaux pour toi.

– Il se peut que je m'y résolve.

– Alors fais vite ! ou bien il pourrait être trop tard... »

Zipkin alluma une cigarette.

« Clara, pourquoi as-tu fait ce fameux voyage avec Mirkin ?

– Cette histoire commence à être barbante.

– Je ne peux l'oublier. Chaque fois que j'y pense, j'en suis malade.

– Eh bien, rends-toi malade ! Le passé ne peut s'effacer.

– Tu ne manifestes même pas de regrets.

– Non, je ne regrette rien. Rien du tout.

– Maintenant tu vas retrouver ce mouchard, Yasha Vinaver.

– Et puis après ? C'est bien ce que tu mérites. Je vais te dire quelque chose, Alexandre : je n'aime pas cet homme. Il me dégoûte physiquement. Néanmoins, s'il persiste dans ses intentions, je vivrai avec lui.

– Dans ce cas, tu serais une vraie putain.

– Oui, c'est bien ce que je suis. Porte-toi bien, Alexandre, sois heureux en ménage !

– Je m'en vais.

– Bonne promenade en traîneau !

– Tu es la pire des femmes que j'aie jamais rencontrées.

– Merci pour le compliment !

– Je n'ai pas l'intention d'abandonner une femme honnête pour une ordure.

– Reste avec elle! Je ne t'envie pas ce plaisir.

– Adieu, traînée!

– Adieu, idiot! »

Le visage blême, Zipkin se tourna pour partir.

« Viens ici, donne-moi un baiser, fit-elle d'une voix radoucie.

– Non, chienne... »

Alexandre sortit en courant de la cabine. Il oublia sa canne mais il ne revint pas sur ses pas pour la reprendre. Clara l'emporta en Europe...

II

Autant la première traversée avait été agitée, autant le voyage du retour fut calme. Les journées s'écoulaient paisiblement. Lorsque le bateau fit escale en Angleterre, Clara descendit à terre pour plusieurs heures. Une certainc Mmc Bachrach, juive, en route pour Berlin, avec laquelle elle s'était liée d'amitié, l'accompagna. Elle accablait Clara de petites attentions et lui proposait même de venir vivre chez elle. Elle avait deux fils fortunés en Amérique, mais elle désirait rentrer en Allemagne pour être enterrée, le moment venu, aux côtés de son défunt mari. Que le comportement des humains était donc singulier! Clara raconta à cette femme vieillissante absolument tout, tous ses secrets, tous ses péchés. La femme la consola. Bien sûr, Clara avait commis des erreurs, n'empêche que ce docteur Zipkin semblait être un homme sans cœur. Il méritait de la perdre. Il viendrait sans doute à Varsovie et tomberait à ses pieds. Clara s'étonna de sa propre attitude. Il ne lui ressemblait guère de se confier à des étrangers. Elle avait toujours su garder sa fierté. Soudain elle était comme possédée par un sentiment de délivrance. Elle était souriante et on répondait à ses sourires. Durant toutes ces années qu'elle avait gaspillées avec des hommes comme Grisha, Calman, Zipkin et Mirkin, elle avait senti sourdre en elle une fureur pleine d'amertume dont le goût lui avait presque paru réel. Elle n'avait été préoccupée que d'une seule chose : que personne n'obtienne le meilleur d'elle-même. Maintenant tout ceci était oublié. Ses voisins de table se montraient prévenants et aimables avec elle. Comment expliquer ce changement... échappait-elle enfin à la malédiction qui avait pesé sur elle? se demandait Clara.

Entre les repas, Clara s'installait dans une chaise longue sur le pont. Tricotant quelque vêtement pour Felusia, elle jetait de temps à autre un regard sur les vagues, le ciel, la ligne bleue de l'horizon. Qui sait? Peut-être n'aurait-elle pas tant souffert si elle avait su être bonne dès le début. Elle n'aurait jamais dû dire toutes ces choses horribles à Calman, ni lui être infidèle! Et puisqu'elle avait aimé Alexandre, pourquoi avait-elle eu besoin de le tromper avec Mirkin? En dépit de toute sa perspicacité, elle avait négligé la règle la plus élémentaire dans l'existence : ne fais pas aux autres ce que tu ne veux pas qu'on te fasse. Toutefois serait-elle capable de se racheter sans l'aide de quelqu'un? Devrait-elle retourner en Amérique, se jeter aux pieds d'Alexandre, lui dire qu'elle ne pourrait vivre sans lui? Sacha avait écrit que son père était malade. Peut-être devrait-elle donner son concours à quelque œuvre charitable : aider les malades ou les pauvres? Les pensées de Clara voguaient au rythme du bateau balancé par les vagues. Souvent Mme Bachrach s'asseyait auprès d'elle et brodait une nappe en lui confiant des histoires de parents, de médecins, d'amis. Jadis de tels racontars auraient ennuyé Clara. Mais à présent elle montrait de l'intérêt pour les anecdotes de Mme Bachrach et elle réclamait même des détails supplémentaires.

En ce qui concernait Felusia, Clara l'aimait toujours autant, bien sûr, mais en même temps elle commençait à éprouver un certain ressentiment à son égard. D'un côté, Felusia embrassait et réconfortait sa mère lorsque celle-ci se plaignait de son existence. D'un autre côté, elle se comportait souvent comme si elle avait honte de sa mère : elle critiquait sa façon de s'habiller et lui conseillait de baisser la voix en parlant. Lorsque Clara essayait de s'exprimer en anglais, Felusia se moquait à la fois de son accent russe et de ses fautes de grammaire. Encore que la jeune fille se gardât bien de le dire ouvertement, elle faisait comprendre par divers moyens qu'elle prenait sa mère pour une femme vulgaire. Felusia n'avait-elle donc pas de cœur pour se soucier aussi peu de son père qu'elle ne reverrait peut-être jamais? La seule personne qui semblait lui manquer réellement était Louisa. Elle disait en toute franchise qu'elle aurait aimé rester en Amérique, à condition d'être auprès de son ancienne gouvernante et de M. Dujacques. Elle n'aimait plus la Russie et elle affirmait qu'elle ne retournerait pas dans un collège russe. Elle fréquenterait une école anglaise à Varsovie, ou bien, si ce n'était pas possible, une école française. Grâce à sa jeunesse, elle avait réussi à se faire des relations parmi les passagers, lesquels ignoraient d'ailleurs Clara et semblaient prendre en pitié cette jeune demoiselle distinguée, obligée de s'afficher avec une telle mère. Parfois Clara avait l'impression que sa fille pouvait à peine attendre le moment où elle serait assez indépendante pour se libérer de la présence encombrante de sa mère et vivre sa propre vie.

Les jours passaient et se ressemblaient, mais la nuit Clara avait peur. Elle avait quitté Alexandre. Avec chaque roulis elle s'éloignait davantage de lui, et pourtant elle souffrait déjà de leur séparation. Il s'était fait rare à New York, mais cependant il était venu la voir. Que ferait-elle à Varsovie? Yasha Vinaver? Elle n'avait plus la force de commencer une nouvelle liaison. Elle se sentait incapable d'aimer un autre homme. Pourquoi avait-elle fui? Pourquoi n'avait-elle pas acheté une maison à New York et essayé de s'établir? Alexandre, lui aussi, était manifestement déprimé, autrement il ne l'aurait pas tant injuriée. Après tout, il avait peut-être dit la vérité : il était réellement dans un dilemme... « Eh bien, au pire je retournerai à New York, se disait-elle. Je passerai quelque temps à Varsovie, je reverrai Sacha, puis je repartirai... »

Le bateau accosta à Hambourg. Clara passa la nuit en ville et, le lendemain matin, elle prit le train pour Berlin où, pendant trois jours, elle fut l'invitée de Mme Bachrach, avant de monter dans l'express pour Varsovie. Elle commençait à être habituée à passer la nuit dans un train. Felusia s'allongea sur la banquette du compartiment. Clara s'assoupit en position assise. Le bruit régulier des roues l'aida à s'endormir. Elle entendit le sifflement de la locomotive dans son sommeil. A la frontière, les douaniers fouillèrent ses bagages, mettant tout sens dessus dessous, mais Clara ne s'en soucia pas et ne discuta pas davantage lorsqu'on lui réclama des droits. Elle n'avait pas dépensé beaucoup d'argent en Amérique. Elle gardait encore une part considérable des deux mille roubles que Sacha lui avait donnés. Le train arriva à Varsovie le matin, à la gare de Vienne exactement. Clara crut déceler cette odeur spéciale qui flottait dans l'air de Varsovie, et dont elle avait gardé le souvenir. Les rues grouillaient de soldats, d'officiers, de policiers. Toute la ville de Varsovie semblait transformée en une énorme caserne. Elle monta dans un fiacre et se fit conduire à la rue Berg. Lorsqu'elle ouvrit la porte de son appartement, elle constata avec surprise que son fils ne l'avait pas habité pendant les six mois de son absence. Les fenêtres étaient closes, les stores baissés, les lits faits. Une épaisse couche de poussière couvrait tous les meubles. Avant son départ pour l'Amérique, Clara avait tout laissé en ordre, mais dans sa hâte à la dernière minute, elle avait fait tomber une pelure d'orange dans la corbeille de la cuisine. A présent elle reconnut la pelure, devenue entre-temps noire et ratatinée, comme pétrifiée. Clara se mit à rire et à pleurer en même temps. Elle avait traversé des océans, connu le bonheur et la souffrance, or voici qu'elle trouvait à la même place la pelure d'une orange qu'elle avait mangée juste avant de partir. Felusia se mit à éternuer; la poussière lui chatouillait les narines. La concierge vint frapper à la porte. A peine entrée, elle se plaignit que Pan Jacoby ne fût jamais venu, qu'elle ne possédât pas la clef de l'appartement et que, par conséquent, elle n'eût pu y faire le nettoyage. La femme s'approcha de l'évier, tourna le robinet et, après un bruit de gargouillis dans la tuyauterie, fit couler un filet d'eau noire de rouille.

III

Sacha vint voir sa mère, mais sa visite fut courte. Il devait partir en voyage le jour même. Il lui apprit que son père était malade, qu'il avait un ulcère à l'estomac. Sacha adressa à peine la parole à Felusia. Il n'avait jamais reconnu la jeune fille comme étant sa sœur. Elle était la fille de son ancien précepteur : le déshonneur de la famille. Clara se rendit dans la rue Krochmalna pour voir Calman, mais celui-ci était parti chez sa fille, à Marshinov. Les jours du Rabbi étaient comptés, lui apprit la femme de ménage de Calman. Il commençait à faire chaud à Varsovie, aussi Clara aurait-elle aimé s'installer quelque temps à la campagne, mais elle avait du mal à se décider quant au choix du lieu. D'une part, Yasha Vinaver avait dû partir brusquement pour Saint-Pétersbourg. D'autre part, Sacha lui donnait de vives inquiétudes. Il était devenu grossier et sournois. Autour de sa bouche se dessinait une expression de brutalité. Ses cheveux étaient aussi bouclés et rebelles que ceux d'un bohémien. Il racontait à sa mère des histoires d'un goût dépravé sur ses liaisions avec des femmes d'officiers, sur la querelle qu'il avait eue avec un colonel, sur une Russe qu'il avait engrossée. Il parlait comme un libertin, se vantant de ses conquêtes et de ses supercheries.

Clara tenta de l'admonester, mais pour toute réponse, il éclata de rire et répliqua : « Tu n'as aucun droit de me prêcher de la morale!

– Pourtant je te suis dévouée.

– Même le diable ne voudrait pas de moi, sinon, mal lui en prendrait.

– Rappelle-toi que mon existence dépend de toi!

– Chacun de nous est responsable de lui-même... »

Avant de partir, Sacha exhiba avec orgueil son pistolet devant Clara et se vanta d'être un excellent tireur, visant toujours à la perfection. Elle resta dans un état d'anxiété, après son départ. « Que s'est-il passé? s'étonna-t-elle. Est-ce que je pèche par excès de scrupules tout d'un coup, ou bien est-ce lui qui s'enfonce de plus en plus dans la bassesse? » Son goût manifeste pour l'exhibitionnisme la révoltait. Lorsqu'il s'était targué de ses escroqueries sur le dos des officiers chargés de l'approvisionnement, Clara avait senti le dégoût monter en elle. Avec quelle désinvolture il en avait parlé! Ne comprenait-il donc pas que les soldats travaillaient dur à l'entraînement et qu'ils avaient besoin de manger à leur faim? Que restait-il à un soldat, à part son bol de gruau d'avoine et sa ration de viande? Clara se rappela soudain que son propre père avait vendu des produits de mauvaise qualité. Elle évoqua sa discussion avec Calman, le jour où il avait été son hôte à Jampol. « Tout le monde triche... Si vous voulez jouer les saints, Reb Calmanke, faites don d'un Rouleau de la loi à la synagogue, à l'exemple de ma tante Sprintza. En affaires on ne peut pas se permettre d'avoir le cœur tendre... » lui avait-elle dit.

« Comment ai-je pu être aussi insensible? s'étonna Clara. Oh! tout est ma faute... Le lait de mon sein qui nourrissait Sacha était déjà empoisonné par le mal... »

Plusieurs jours s'écoulèrent. Clara avait contacté un bureau de placement où on lui avait promis de lui envoyer une bonne, or personne ne s'était encore présentée. Le soir elle préparait le repas pour Felusia et elle-même.

Clara arpentait le salon. La canne de Zipkin était accrochée sur une patère dans l'entrée. Soudain Clara eut envie de l'examiner de plus près. Peut-être portait-elle quelque inscription qu'elle n'avait pas remarquée, ou était-elle creuse, enfermant une lettre ou une pièce précieuse... Elle s'apprêta à gagner l'entrée, mais dut s'arrêter au bout de deux pas. Une douleur aiguë traversa son sein gauche. Son cœur, son bras, son épaule la faisaient souffrir. La respiration lui manquait. Elle se traîna jusqu'à un fauteuil, s'y laissa tomber et resta ainsi affalée, en proie à la douleur, incapable même de crier. Sa tête se renversa sur la gauche, son front se couvrit de sueur. Elle aurait voulu appeler Felusia mais elle craignait de l'effrayer, et d'ailleurs sa voix était sans timbre. « Voici la fin! Dieu du ciel, aie pitié de moi! » pria Clara. Elle avait des pilules en cas de tels malaises, mais elles étaient dans un tiroir de sa table de nuit. Les douleurs ne faisaient que s'accentuer. Soudain elle entendit sonner à la porte d'entrée. La sonnette retentit avec de plus en plus d'insistance. Finalement on donna des coups sur la porte. Clara essaya de se lever, mais ses genoux tremblaient. Le moindre mouvement lui infligeait une douleur vive comme un coup de poignard. Elle entendit des voix. On aurait dit qu'il y avait deux personnes dehors. Les coups frappés et le timbre strident de la sonnerie redoublaient. Brusquement Felusia se dressa devant Clara. Elle venait de se réveiller. Pieds nus et en chemise de nuit, elle resta figée de frayeur.

« Maman!

– Ouvre la porte, gémit Clara. Je suis malade.

– Maman! maman!

– Vite! On viendra m'aider... »

Felusia se dirigea vers la porte. Clara vit entrer l'employée du bureau de placement, accompagnée d'une gentille fille trapue, aux joues rouges et à la chevelure couleur de paille.

Felusia se mit à crier : « Un médecin! un médecin! »

« Un miracle! » pensa Clara. Elle demanda d'une voix inaudible qu'on lui cherchât ses pilules dans sa table de nuit. Les deux étrangères se précipitèrent, l'une pour lui apporter un verre d'eau, l'autre pour trouver un médecin. La postulante proposa d'appeler une ambulance, mais Clara réussit à protester faiblement : « Je ne veux pas mourir à l'hôpital. »

Un médecin, établi dans le voisinage, donna un sédatif à Clara et la fit mettre au lit. Les douleurs s'apaisaient progressivement, mais la malade restait dans un état de fatigue inhabituelle, de lourdeur aussi, comme si son corps était déjà un poids mort. « Du moins je mourrai dans mon lit, et non dans un fauteuil », pensa Clara. Elle n'avait plus peur de la mort. Si seulement sa souffrance voulait prendre fin!...

Quelques jours passèrent ainsi. Une fois, en ouvrant les yeux, Clara aperçut Sacha à son chevet. Un vieillard à la barbe blanche négligée, au visage triste, avec de longues papillotes et d'épais sourcils, entra dans la chambre. « M'ont-ils amené un rabbin? » s'étonna Clara. Puis elle le reconnut. C'était Calman! Elle se sentit gagnée par la joie. « Il m'a donc pardonné!... »

Elle chuchota à l'adresse de Sacha qu'il resterait sans mère... Puis elle se tut de nouveau. Dieu du ciel, elle avait déjà vécu tout ceci! Elle se souvenait de tout : la pèlerine en serge, les franges du châle de prière de Calman, le costume d'été de Sacha, les flacons de médicaments et la moitié de l'orange sur la chaise. Elle avait vu toute cette scène dans son rêve, la fameuse nuit, des années plus tôt, lorsqu'elle avait réintégré l'appartement de sa tante, après sa première nuit passée avec Zipkin... Une tristesse mystique la paralysa soudain. Les derniers jours de sa vie lui avaient été révélés des années auparavant. La moitié de l'orange étincelait dans le soleil de l'après-midi, rouge sang, et Clara distinguait nettement les pépins, les quartiers séparés, exactement comme dans sa vision.

Calman se pencha sur elle, et ses papillotes, nattées, raides et droites comme du fil de fer, faillirent la frôler.

« Comment te sens-tu?

– Bien, comme tu vois... » répondit Clara.

IV

Le soir même, Clara crut que sa fin était proche. Néanmoins plusieurs jours s'écoulèrent sans que son état empirât. Sacha appela des spécialistes en consultation. En dehors de la bonne, une infirmière qui avait travaillé à l'hôpital juif veillait sur Clara. Une fois de plus Clara commença à se sentir mieux, à reprendre appétit, au point de vouloir se lever, cependant les médecins le lui interdirent. Avec le stylo qu'elle avait acheté en Amérique, Clara écrivit une lettre à Sabine, la première femme d'Alexandre, et la fit porter par la bonne. Depuis longtemps Clara avait envie de voir Sabine. Après tout, son fils, Kubus, était le frère de Felusia. Peut-être, en apprenant que Clara était sur son lit de mort, la jeune femme se laisserait-elle attendrir et viendrait-elle la voir. Sabine avait épousé un commerçant riche, un certain Pan Max Mandelberg; probablement était-elle moins amère à présent. Dans sa lettre Clara suppliait Sabine de venir, d'oublier ses torts du passé, et, si possible d'amener Kubus. Felusia était la sœur du garçon, or une sœur reste une sœur, que le rabbin ait prononcé la bénédiction du mariage des parents ou non! La lettre était signée « La moribonde ». La bonne rapporta la réponse de Sabine : elle viendrait le lendemain.

Avant d'écrire à Sabine, Clara avait envoyé un long télégramme à Zipkin, l'informant de sa crise cardiaque et lui demandant d'accueillir Felusia sous son toit et, le cas échéant, de venir la chercher. Elle en envoya une autre à Kiev, au service administratif de Yasha Vinaver, avec prière de le lui faire suivre, où qu'il se trouvât. Moins de vingt-quatre heures après, elle reçut la réponse télégraphique de Vinaver, l'avertissant qu'il était en route pour Varsovie. De façon ou d'autre, Esther Eisner, la vieille amie de Zipkin, avait appris la maladie de Clara. En dépit de ses cheveux grisonnants, Esther frayait toujours avec les radicaux. Le second « Prolétariat » était loin d'être liquidé. Les deux nouveaux partis socialistes se livraient des guerres sans merci. D'innombrables groupements et programmes avaient vu le jour, mais il était difficile de dire ce que chacun d'eux représentait exactement. On entendait prononcer des noms comme Mendelssohn, Rosa Luxemburg, Dashinski. Des travailleurs juifs désiraient former un parti séparatiste. En Russie, les démocrates socialistes s'étaient encore davantage éloignés des Narodowolces, ou révolutionnaires socialistes, appellation qu'ils se donnaient eux-mêmes à présent. Néanmoins, Esther Eisner, toujours couturière de son métier, restait en bons termes avec toutes les factions. Clara avait parfois rencontré Esther par hasard dans la rue, et une fois elle lui avait commandé une robe. Aujourd'hui Esther venait rendre visite à la malade, portant un gros bouquet de fleurs et accompagnée de son amie Carole. Clara sentit les larmes lui monter aux yeux quand elle aperçut Esther avec les fleurs. Elle se souvint de leur première rencontre, des années plus tôt, devant la chambre de Mirale, la même nuit où elle avait fait la connaissance de Zipkin.

« Voici que toutes les bonnes choses arrivent à la fois... » dit Clara.

Calman récitait des prières pour le salut de Clara. Il avait envoyé un petit mot au Rabbi de Marshinov, lui demandant de faire de même. Chaque jour il venait s'enquérir de l'état de santé de la malade. Zipkin expédia un télégramme disant qu'il prendrait le premier bateau en partance pour l'Europe. Yasha Vinaver avait interrompu toutes ses transactions commerciales pour accourir au chevet de Clara. Il avait apporté non seulement des fleurs, mais encore tout un panier de délicatesses que la malade n'était d'ailleurs pas autorisée à manger : caviar, saumon, pâtisserie, liqueurs et friandises. En ce solstice d'été il portait un costume blanc, des chaussures blanches et un panama qu'il avait acheté à New York. Sa cravate multicolore était épinglée d'un diamant.

S'agenouillant au chevet de Clara, il s'écria en pleurant :

« Clara Danielovna, il faut vous rétablir, m'entendez-vous ?

– Eh bien, il faut, il faut... c'est facile à dire, répliqua Clara sur un ton sarcastique.

– Clara Danielovna, vous êtes jeune. Il vous reste encore de nombreuses années à vivre.

– Dieu sera le premier intéressé par cette nouvelle. »

Vinaver s'assit à côté du lit de la malade et refusa de la quitter un seul instant. Il lui parla de ses voyages, de ses affaires, de ses relations; il protesta de son attachement pour elle. Lorsque Sacha revint voir sa mère, celle-ci eut enfin l'occasion de lui présenter Jacob Moiseyevitch.

« Vous ne savez pas, Sergei Calmanovitch, quelle mère vous avez !

– Si, si... Mais dites-le moi quand même.

– Une femme remarquable. Toujours aussi belle. Et intelligente avec ça.

– Entends-tu, mère?

– Oui, j'entends. Pourquoi faut-il que je tombe malade pour entendre de si belles paroles? »

Le médecin pria Clara de ne pas parler autant, aussi Yasha Vinaver se retira-t-il finalement pour s'installer dans la salle de séjour. Il avait donné un pourboire à la bonne et à l'infirmière pour qu'on lui servît un peu de thé. Il chercha à être en termes amicaux et familiaux avec Felusia, mais la jeune fille s'enfermait dans sa chambre, la plupart du temps. Elle semblait considérer la maladie de sa mère comme une chose honteuse, une autre de ses lubies de sybarite, de femme égoïste qui s'écoute trop. Vinaver fumait un gros cigare tout en discourant avec Esther Eisner et Carole. Les femmes disaient que le régime actuel ne pourrait pas durer longtemps, que le peuple se révolterait.

« Une seule compagnie de Cosaques écrasera les révoltés comme des souris, fit remarquer Yasha Vinaver.

– Louis XVI disposait d'une armée, lui aussi.

– Il ne faut pas comparer les Cosaques aux Français. Lorsque les premiers chargent à dos de cheval, l'épée dégainée, bien des têtes tombent...

– Qu'est-ce que cette image a de si plaisant pour vous, Gospodin Vinaver?

– Qui dit qu'elle me plaît? N'empêche que nous avons besoin d'ordre. La Bible dit que lorsqu'un esclave parvient à être roi, la terre tremble.

– Qu'elle tremble donc! l'interrompit Esther Eisner, et que tous les tyrans en fassent autant!... Leur fin est proche...

– En ce qui me concerne, la fin ne me fait pas peur. Je ne suis pas un tyran. Mais avez-vous jamais voyagé dans un train dont le personnel se met soudain en grève?

– Ce ne devait pas être très agréable, je suppose.

Cependant les choses deviendront de moins en moins agréables, Gospodin Vinaver. Ceci n'est que le commencement... »

La sonnette de la porte d'entrée retentit. Sabine avait tenu parole, elle venait voir Clara, bien qu'avec un jour de retard, et sans Kubus.

V

Chaque jour qui s'écoulait, les forces de Clara revenaient. Elle désirait se lever, mais le médecin disait que tout danger n'était pas écarté. Yasha Vinaver avait remis à plus tard toutes ses affaires en cours. Il passait des journées entières avec Clara, et même des nuits, couché sur un divan. Il lui lisait les journaux, il l'entretenait de politique, de théâtre, d'opéra, de cours de la Bourse, il la conseillait sur les titres à acheter, la faisant profiter de ses propres expériences. Souvent il lui proposait de venir vivre avec lui, dès qu'elle serait rétablie. Il l'épouserait et adopterait Felusia. Clara répondait invariablement qu'il était trop tard, toutefois en son for intérieur l'espoir renaissait. Qui sait? Il arrivait qu'après une maladie grave on recouvrît entièrement sa santé. Elle n'était pas encore vieille. Et dans son état actuel, n'était-ce pas un miracle qu'un homme fût encore amoureux d'elle? Un homme comme lui aurait pu prétendre à une femme plus jeune. Yasha Vinaver bavardait infatigablement, et Clara l'écoutait, les yeux fermés. Cette volubilité était son plus grand défaut, selon Clara. Elle n'était pas habituée à cette sorte d'homme qui disait tout ce qui lui passait par la tête. Il avait tout d'une femme cancanière. Pourtant, dans sa situation, pouvait-elle se permettre d'être tatillonne? Elle commençait à regretter d'avoir appelé Zipkin à son chevet; il ne réussirait qu'à la déprimer. Néanmoins elle souhaitait de tout cœur le revoir, et il était bon de savoir qu'il était désireux de venir auprès d'elle.

Sabine, dont le caractère avait l'acidité du vinaigre, exactement comme Zipkin l'avait décrit des années plus tôt, était desséchée et ridée à présent. Elle portait des vêtements de prix, mais sur elle ils avaient l'air de sortir tout droit de chez un fripier. Elle posa toutes sortes de questions sur Alexandre; puis elle tint des propos qui faillirent valoir à Clara une nouvelle attaque : comment pouvait-elle être sûre que Felusia était la fille d'Alexandre et non de cet autre homme... quel était son nom déjà? Et même si elle était la fille d'Alexandre, Kubus, lui, était un enfant légitime, aussi ne pouvait-il être question de le confronter avec sa sœur bâtarde; en revanche il avait un demi-frère, légitime celui-là, en Amérique. En ce qui la concernait, ce chapitre de son existence était bien clos, et elle n'avait aucune envie de le rouvrir. Sabine ne prit même pas la peine de s'asseoir. Sans quitter son chapeau ni ses gants, raide comme un piquet, elle donna libre cours à son amertume, puis elle partit, omettant de souhaiter une meilleure santé à la malade. Clara eut l'impression que la femme qui venait de sortir avait laissé une mauvaise odeur derrière elle. Elle ordonna à la bonne de parfumer l'air avec un désodorisant.

Le défilé des visiteurs au chevet de la malade fut incessant. Céline, fille de la tante de Clara et veuve de son père, arriva de Jampol, accompagnée de deux de ses filles, demi-sœurs de Clara. Elle ne s'était pas remariée après la mort de Daniel Kaminer. Avec sa nombreuse famille elle vivait de ce que lui donnait Sacha et aussi du loyer que lui rapportait la maison que lui avait laissée le défunt. Le temps où Céline avait paressé la moitié de sa journée au lit était bien passé. Elle avait perdu sa belle mine. De la Céline d'autrefois ne restait qu'une matrone avachie, aux tristes yeux fatigués, aux jambes enflées par suite de ses grossesses et de ses accouchements difficiles.

Ses filles étaient jolies, mais elles avaient un aspect famélique et de mauvaises manières. Clara craignait qu'elles ne salissent son appartement. Pour l'instant elles étaient attablées dans la cuisine en train de manger. La bonne se plaignait de leur audace : elles chipaient de la nourriture dans les casseroles. Bien que Céline fût venue pour demander des nouvelles de la santé de Clara, elle ne cessa de s'apitoyer sur elle-même, de se lamenter sur son propre sort et celui de sa famille. Elle ouvrit sans gêne le garde-manger, puis l'armoire de Clara, tâtant chaque robe, chaque jupon et chaque pantalon. Elle fouilla partout et demanda à Clara si elle utilisait encore tel ou tel article de toilette. Clara lui fit cadeau de tous les objets qu'elle convoitait. Céline goûta aux bonnes choses que Yasha Vinaver avait apportées, en fit disparaître une partie dans son giron et le reste dans son panier. Clara dit en plaisantant que Céline ferait peut-être mieux de partir en vitesse, parce que, parfois, celui qui vient pour un héritage finit par payer les funérailles.

Céline s'offensa. « Mais enfin, tout ceci est pour le bien de tes jeunes frères et sœurs.

– Oui, je sais. »

Céline et ses deux filles partirent, les bras chargés de paquets. Tout en se faisant des reproches d'avoir si peu de cœur, Clara se disait que ces enfants que son père avait eus dans sa vieillesse étaient des étrangers pour elle. Dans son testament elle léguait tout ce qu'elle possédait à Felusia. La bonne, cette fois, n'eut pas besoin d'un ordre pour se servir du désodorisant. Elle nettoya et frotta à fond les pièces après le départ des visiteuses de Jampol, se plaignant même que les jeunes filles eussent laissé des puces derrière elles.

Sacha fut obligé de retourner à Jampol pour affaires. Quelques jours plus tard, Yasha Vinaver, à son tour, s'apprêta à reprendre ses transactions commerciales. Il expliqua à Clara qu'il avait retardé son départ pour l'étranger, où ses affaires l'appelaient, jusqu'à ce qu'elle fût complètement rétablie.

« Je ne comprends pas ce qui vous attire en moi, Jacob Moiseyevitch, dit Clara. Je suis une femme malade et plus très jeune.

– Et que suis-je, moi? Un jouvenceau?

– Vous pourriez prétendre à courtiser une jeune fille.

– J'en ai eu, des jeunes filles.

– Etes-vous donc si impatient de devenir veuf? »

Un soir, comme le crépuscule bleuté baignait d'ombre le visage de Clara, Yasha Vinaver lui avoua qu'il était tombé amoureux d'elle, à l'époque où elle vivait avec Mirkin, bien que celui-ci l'eût calomniée, prétendant qu'elle avait des goûts pervers. Son hostilité initiale, expliqua-t-il, résultant de ces médisances, s'était bientôt transformée en une sorte d'amour pour elle. Pendant les nuits qu'elle avait passées avec Mirkin, il avait été incapable de trouver le sommeil. Il avait essayé de lui communiquer ses sentiments, mais elle avait répondu par le dédain. Elle avait constamment souligné le fait qu'il n'était qu'un simple valet. Un jour, tandis qu'ils jouaient tous les trois aux cartes, Clara avait appelé les valets : laquais, cireurs de bottes, larbins. Et à chaque fois elle l'avait frôlé d'un regard furtif. Il en avait été si furieux qu'il avait juré qu'il se vengerait en la rendant amoureuse de lui et en faisant d'elle sa maîtresse.

« Est-ce pour cette raison que vous avez envoyé la fameuse lettre?

– Non. Boris Davidovitch me l'avait dictée.

– C'est faux, Jacob Moiseyevitch. Mirkin ne l'a jamais dictée. C'est vous qui l'avez écrite.

– Je vous assure que non.

– Si, vous l'avez fait.

– Je jure devant Dieu que je dis la vérité.

– Eh bien, tout est permis en amour et à la guerre », cita Clara.

Pendant un long moment tous deux gardèrent le silence. Puis Clara conclut : « Si je me rétablis, je vous donnerai votre revanche. »

VI

Cependant l'état de santé de Clara empira de nouveau. Elle eut une seconde crise cardiaque. Les médecins se déclarèrent impuissants. Elle sombra dans un état léthargique. Elle somnolait, épuisée, inconsciente du temps qui fuyait. Elle avait des rêves incompréhensibles : elle se trouvait en même temps à Varsovie et en Amérique : elle était à la fois dans un train et sur un bateau. Le train traversait le bateau. Clara s'étonnait : « Comment est-ce possible? A moins que des rails soient posés sur l'eau... Je dois être en train de rêver. La mort me guette... » Il lui arrivait de penser qu'elle devrait se confesser, mais aussitôt après elle oubliait tout à ce sujet. Elle se rappelait qu'Alexandre devait venir la voir et elle imaginait leur entrevue. Tout se passait comme s'il avait commis une erreur. Au lieu de venir à Varsovie, il s'était rendu en Inde ou en Chine, parmi les tribus sauvages, gouvernées par un Khan, un Calife, un Maharaja. Le sultan désirait marier sa fille avec Alexandre, mais celui-ci refusait. Il avait la ferme intention de retrouver Clara. Il avait soudoyé les eunuques, mais quelqu'un avait éventé la mèche : Yasha Vinaver! Désormais Clara ne croirait plus rien de ce qu'il dirait. Mais comment Alexandre pouvait-il être en Inde alors qu'il était assis à son chevet, en train de lui parler? Il se comportait comme s'il lui était toujours entièrement dévoué. « Bah! tout cela n'a lieu que dans ma tête », se disait-elle.

« Chère madame, laissez-moi vous appliquer cette compresse! »

L'infirmière posa une compresse froide sur la poitrine

de Clara, puis lui administra un médicament. Clara eut du mal à l'avaler; elle avait perdu le goût de la nourriture et de la boisson. Ce qu'elle venait de vivre était étrange, en effet. Elle avait soulevé sa main droite, et pourtant celle-ci était toujours couchée sur la courtepointe : aurait-elle deux mains droites? La main qu'elle venait de lever était transparente : à travers, Clara apercevait la pendule, le capitonnage du fauteuil, les tuiles du poêle. « Est-ce que je l'imagine seulement, ou bien est-ce la réalité? » Elle baissa les yeux et son regard traversa la couverture. « Les autres se rendent-ils compte de ce qui m'arrive? » Non. Elle avait deux têtes à présent, dont la seconde se détachait de la première. Son corps n'était-il que l'enveloppe d'un autre corps? Ou bien renfermait-il une âme? « Suis-je mourante? Ou suis-je déjà morte? » Non, elle était toujours en vie. La bonne alluma la lampe. Jacob Moiseyevitch était en train de lire un journal. « Que lisait-il donc avec une telle concentration? Pourquoi paraissait-il aussi préoccupé? » Clara eut envie de rire. Elle avait souvent rêvé qu'elle s'envolait. Mais à présent ce n'était pas un rêve. Elle était toujours la même Clara, celle qui quittait à présent son lit, telle une créature ethérée, sans pesanteur. Elle planait à travers la chambre. Dieu du ciel! elle volait au-dessus de la table, du fauteuil, de Jacob Moiseyevitch. En passant, elle lisait la manchette du journal. Quelqu'un avait résigné ses fonctions. Elle survolait la tête de son propre lit. Dieu tout-puissant! c'était elle-même qu'elle apercevait couchée dans le lit! Baissant le regard, elle contemplait une autre Clara, malade et pâle. Cette autre était-elle morte? Non, elle respirait encore. Clara ne ressentait aucune pitié pour elle. Le sort de la femme couchée ne lui importait pas plus que des mèches de cheveux coupées ou des rognures d'ongles. Il ne s'agissait pas d'elle-même mais d'une dépouille. Clara avait envie de poursuivre son vol. Pourrait-elle traverser le mur? Oui. Arrivée au grand air, elle apercevait des fenêtres, des balcons, des arbres. Il y avait la lune dans le ciel. Elle désirait aller plus loin, mais quelque chose la retenait. Attirée par une force irrésistible elle rentrait dans sa chambre, traversant une nouvelle fois les murs, avant de se réincarner en l'autre Clara, celle qui suffoquait.

« Clara! Oh, mon Dieu! Clarachke!... Maman!... »

Clara ouvrit un œil. « Qu'y a-t-il? »

Elle eut la sensation qu'on lui versait un liquide dans la bouche, qu'on lui frottait le front avec quelque chose d'humide. Elle distingua une odeur de vinaigre, un goût de pastilles de valériane. Elle comprit qu'elle était mourante et qu'on tentait de la ramener à la vie. Pendant un moment elle resta calmement étendue, ressentant dans sa chair toutes les douleurs et tensions : le ventre enflé, les intestins constipés, le cœur lourd battant faiblement comme suspendu à un fil fragile. Elle eut envie de parler, mais les mots lui faisaient défaut. Elle rassembla toutes ses forces et murmura : « Qu'est-ce qu'on dit dans le journal? »

Tout le monde garda le silence en échangeant des regards. Enfin Jacob Moiseyevitch répondit : « Le ministre de l'Intérieur s'est démis de ses fonctions.

– Montrez-moi le journal. »

De nouveau les uns et les autres se regardèrent en silence. Jacob Moiseyevitch étendit le journal devant Clara. Elle reconnut aussitôt l'énorme manchette et le nom du personnage politique. Elle n'avait donc pas rêvé. Elle avait effectivement plané au-dessus de Jacob Moiseyevitch et du *Courrier Paranny*. Elle sourit, ferma les yeux et se sentit soudain le cœur léger. En rouvrant les yeux elle eut la vision, près du poêle, de formes qui se matérialisaient. Elle les reconnut d'emblée : son père, sa mère, sa tante, ses grands-parents. Leurs visages rayonnaient d'une lumière qui éclipsait l'éclairage de la lampe sur la table. Ils exhalaient une joie telle qu'elle en resta confondue, n'ayant jamais rien vu de semblable. Qui était-ce, là-bas? Grisha? On aurait dit qu'ils avaient envie de l'approcher, mais que, pour une raison mystérieuse, ils ne le pouvaient pas. Clara désirait leur parler, mais ses lèvres refusaient de s'ouvrir. Elle ferma les yeux, pourtant leur apparition persista, avec la même netteté. Sa mère souriait. « Comment est-ce possible qu'elle puisse être ma mère? se demanda Clara. Elle est encore si jeune. Elle pourrait être ma fille... »

Cette nuit-là, Clara mourut. On ne la coucha pas à même le sol, comme c'était la coutume pour les personnes pieuses, mais on la laissa dans son lit. Sa face était couverte d'un châle de soie, et deux chandelles brûlaient à la tête de son lit. La famille avait envoyé Felusia chez la femme d'un officier, amie de Sacha, qui avait bien voulu l'accueillir en ces tristes circonstances. Durant toute la nuit Jacob Moiseyevitch veilla la morte. Il découvrit le livre de prières de Clara et, après quelque hésitation, il se mit à réciter des psaumes de cette même voix chantante que son père, sa mère et son grand-père avaient eue en pareille circonstance. Il ne comprenait pas l'hébreu, et pourtant les mots prenaient mystérieusement tout leur poids. De temps à autre il soulevait le châle de la face de la morte. Savait-elle qu'il était assis là, près d'elle? Entendait-elle sa voix?

Au fur et à mesure que les heures s'écoulaient, la morte ressemblait de moins en moins à Clara. Son nez s'allongeait et accusait un type sémite – on aurait dit que, pendant son vivant, Clara avait réussi à tenir en échec cet aspect de son physique. Sa bouche était béante, et Jacob Moiseyevitch n'arrivait plus à la refermer. L'un de ses yeux était ouvert, avec sa pupille au regard aveugle. Ce n'était plus Clara mais une forme inerte, un fragment de l'éternité.

20

I

L'été s'écoula, puis l'automne, et l'hiver s'installa à Varsovie. La ville progressait : elle avait déjà l'électricité. Bientôt, disait-on, il serait possible de téléphoner de Varsovie à Lodz, et même aussi loin qu'à Saint-Pétersbourg ou Paris. Des nouvelles sur des découvertes techniques paraissaient presque journellement dans la presse. Cependant, en dépit de toutes ces réalisations, Varsovie était toujours profondément enfoncée dans la boue, peuplée de gens affamés et loqueteux. Bon nombre de maisons avaient été construites, des rues entières avaient surgi de terre, et pourtant le surpeuplement ne faisait qu'aggraver la situation. Il y avait des familles entassées dans des sous-sols humides et sombres, tandis que les loyers grimpaient de plus en plus. Le docteur Marian Zawacki, esprit libéral, avait publié une série d'articles dans un journal médical populaire, citant des statistiques, démontrant que, grâce à l'industrie et aux nouveaux progrès en médecine et en hygiène, la population de la Pologne avait augmenté au point qu'il y avait plus de bouches à nourrir que de pain. A l'exception de l'année en cours, où l'accroissement de la population, de façon inattendue, avait ralenti légèrement, si les choses continuaient à ce train-là, il y aurait une crise permanente – en un mot : la famine. Rappelant à ses lecteurs la doctrine malthusienne, le docteur Zawacki faisait appel à la Russie également, la conjurant de renoncer à ses superstitions médiévales et de songer sérieusement au contrôle des naissances, tout comme l'Angleterre, la France et les autres pays civilisés l'avaient fait. Un journal catholique publia promptement un article dans lequel il attaquait non seulement le docteur Zawacki, mais tous les libéraux, militants, socialistes et athées. Et pour faire bonne mesure, l'auteur incriminait les Juifs riches qui prenaient fait et cause pour toute idée nouvelle et essayaient d'imputer la décadence de l'Europe orientale à la Pologne.

Obéissant à un de ces caprices du destin, pendant que le docteur Zawacki était engagé dans une vive polémique, un drame, qu'il aurait sans doute qualifié de médiéval, éclata dans sa propre maison. Lucien, frère de Félicie, qui vivait depuis plusieurs mois au sein de la famille Zawacki, disparut soudain. Il quitta la maison par un après-midi de début octobre et ne revint jamais. Félicie pleura pendant quelques jours, avant d'avertir finalement la police. Leurs recherches furent vaines. Elle fit mettre une annonce, lançant un appel dans les journaux varsoviens, mais personne n'y répondit. En désespoir de cause, elle consulta une voyante doublée d'un médium, du nom de Pani Chmielska. Cette femme tenta de communiquer avec l'esprit de Lucien. Devant l'échec de son entreprise, elle conclut qu'il n'était pas encore « de l'autre côté ». Interrogeant une boule de cristal, elle déclara que le frère de sa cliente était en vie : il se trouvait ou à Varsovie même ou dans les parages, et il ne tarderait pas à lui revenir. Pour convaincre Félicie, elle invoqua les esprits du comte et de la comtesse Jampolski, lesquels rassuraient leur fille malheureuse en lui affirmant que Lucien était bel et bien en vie, mais qu'il était empêtré dans une liaison amoureuse dont, avec l'aide de Dieu, il réussirait bientôt à se dépêtrer. Après avoir tiré tous les rideaux, le médium, prenant place auprès de Félicie, n'avait pas tardé à entrer en transe. La voix qui avait surgi de l'obscurité, par le canal de quelque corne ou tube, n'était pas celle de Chmielska, mais celle d'un homme. C'était la voix d'un vieux général polonais qui était mort pendant l'insurrection de Kosciusko. Durant la séance Félicie sentit un souffle froid passer sur elle. Quelque chose ou quelqu'un toucha sa nuque et effleura sa joue. Elle ne doutait nullement que Chmielska fût entrée réellement en contact avec les esprits. Ce qui la troublait était l'inconvenance d'avoir consulté une telle personne. N'aurait-elle pas dû s'abstenir d'une pareille démarche? La femme Chmielska n'était-elle pas une sorte de sorcière? L'Eglise condamnait les spirites et leurs semblables dans des termes les plus sévères : elle les appelait « agents du diable ». Marian, de son côté, riait d'eux et les qualifiait de charlatans. Félicie décida de ne rien dire de sa démarche ni à son mari ni à son confesseur. C'était la première fois qu'elle cachait un péché au prêtre, aussi était-elle tourmentée par sa conscience. Elle commença de nouveau à souffrir d'insomnie.

La disparition de Lucien produisit son effet sur les enfants également. Wladzio, qui se préparait à entrer à la faculté de médecine, au semestre suivant, se plaignait car les journaux qui parlaient de son père lui rendaient les choses difficiles et les groupes d'étudiants aristocrates lui battaient froid. Il commençait à envisager de quitter Varsovie pour étudier à Cracovie, ou même en France. Il était de notoriété publique que sa mère était juive et que son père avait fait de la prison pour meurtre. L'un des étudiants avait même découvert le nom du grand-père de Wladzio, Calman Jacoby, et il s'était tellement gaussé de lui que Wladzio l'avait provoqué en duel. Seule l'ultime intervention des autres étudiants avait empêché une effusion de sang. Selon certains, Wladzio aurait dit qu'il serait soulagé si son père ne revenait plus jamais.

La fille de Lucien, Marisia, s'était beaucoup attachée à son père : il la chérissait, la câlinait et la comblait de cadeaux. A présent elle s'enfermait dans une douleur accablante. Devenue taciturne et morose pour son entourage, elle pleurait la nuit, dans son sommeil. Assez bizarrement, Janina, elle aussi, avait changé depuis le départ brusque de Lucien. Elle et Marisia, jusqu'ici, avaient partagé en bonne intelligence une chambre à coucher; or tout d'un coup plus rien ne semblait aller entre elles. Janina s'installa dans une petite pièce du fond qui n'était même pas chauffée. Le seul qui n'était pas profondément marqué par le départ de Lucien était le docteur Marian Zawacki. Lucien, disait-il tout net, était un psychopathe, un maniaque, un criminel, et il valait mieux pour toute la famille qu'il restât loin. Pendant qu'il avait vécu à la maison il n'avait pas remué le petit doigt. Tout ce qu'il avait fait était jacasser, se vanter, dormir et s'empiffrer. Marian lui avait donné un manuscrit à copier, mais Lucien n'en avait jamais dépassé la première page. Le fait que les enfants de Lucien avaient bien tourné – ils étaient honnêtes et travailleurs – réfutait aux yeux du docteur Zawacki les thèses sur l'hérédité émises par certains savants. Dans son propre foyer, trois enfants élevés ensemble démentaient cette théorie et confirmaient l'influence du milieu familial et de l'éducation.

Le docteur Zawacki assumait des responsabilités qui ne faisaient que croître au cours des années. Il avait un service de consultation régulier à domicile, il travaillait dans deux hôpitaux et il faisait des visites chez les malades. Il écrivait dans des journaux médicaux, il contribuait à une encyclopédie, il avait rédigé un livre, et il était membre actif de nombreuses associations. La lampe dans son cabinet était rarement éteinte avant deux heures du matin. Il avait été pressenti pour une chaire à l'université de Varsovie, mais il avait été évincé à cause de ses opinions libérales. Néanmoins, ses collègues le tenaient toujours en haute estime. Il avait à plusieurs reprises soigné le gouverneur général chez lui, dans son palace. Il était le médecin personnel de plusieurs membres de la plus haute aristocratie polonaise. Marian Zawacki, fils d'un cordonnier de la Vieille Cité, avait fait son chemin. Félicie, sa femme, vieillissante, avait perdu depuis longtemps son attrait féminin, néanmoins Marian Zawacki aimait toujours autant cette femme flétrie. Elle lui était aussi dévouée qu'une mère et, de plus, elle faisait une excellente femme d'intérieur. Leurs enfants adoptifs lui procuraient autant de joie que l'auraient fait des enfants légitimes – plus, peut-être, parce qu'il ne se faisait pas des soucis excessifs à leur sujet.

Une nuit, alors que le docteur Zawacki travaillait à un article sur la pathologie du cœur, il entendit des pas glisser devant son cabinet, puis un léger coup frappé à la porte. C'était Janina, en robe de chambre et en pantoufles. Zawacki la regarda avec surprise.

« Pas encore au lit ?

– Je suis malade, père.

– Qu'est-ce qui ne va pas ?

– Mon cœur.

– Ton cœur? Comment sais-tu que c'est ton cœur? Est-ce parce que tu es élevée dans le foyer d'un médecin ?

– Il bat fort.

– Le cœur est fait pour battre. Viens plus près de moi. »

Il lui appliqua le stéthoscope contre la poitrine. « Tu es saine comme une vache, grogna-t-il. Va au lit. »

II

Janina était en terminale et elle devait passer ses examens l'été suivant. Soudain elle commença à avoir de mauvaises notes en classe. Elle avait débuté tard dans l'enseignement secondaire. Ses camarades l'appelaient *matka* – mère –, parce qu'elle avait laissé échapper un jour qu'elle avait l'intention d'avoir douze enfants, une fois qu'elle serait mariée. Les professeurs, eux aussi, la prenaient souvent pour cible de leurs plaisanteries. Pour eux, elle était Panna Janina, l'élève la plus âgée de la classe. Elle se distinguait des autres jeunes filles par sa poitrine volumineuse et ses larges hanches. Fille de paysans, elle n'avait jamais eu de facilités pour les études. A présent elle semblait avoir perdu complètement la soif d'apprendre. Félicie envisagea sérieusement d'engager un répétiteur pour elle. Zawacki la fit venir dans son bureau afin de l'interroger sur la trigonométrie. La jeune fille n'avait aucune idée sur la différence qu'il y avait entre un sinus et un cosinus. Il prit une feuille de papier, un crayon et lui fit apporter son compas et sa règle à calcul. Rapidement il dessina des angles, des lignes et des figures, tout en réprimandant Janina avec une férocité feinte. Il ne tarda pas à dénoncer tout le système d'éducation russe, et sa colère, cette fois, était sincère. En Europe occidentale les éducateurs s'employaient sans cesse à moderniser les méthodes d'enseignement, à rendre les études plus pratiques, plus accessibles, plus plaisantes, tandis qu'en Pologne personne, pour ainsi dire, ne savait même que jadis avait existé un homme qui se nommait Pestalozzi. Zawacki démontra à Janina combien étaient simples ces concepts mathématiques. Sinus, cosinus, tangente et cotangente n'avaient rien d'une énigme abracadabrante mais exprimaient des valeurs et des connexités qu'un enfant de huit ans pouvait comprendre.

Tandis que Zawacki s'échauffait sur ce thème, sa voix s'élevait et le visage de Janina s'empourprait. Elle ne se rendait pas bien compte dans quelle mesure ces critiques étaient dirigées contre elle personnellement, aussi avait-elle du mal à retenir ses larmes. « Il peut m'aider, songea-t-elle. Dois-je lui dire la vérité? » Il était plus petit qu'elle, et pourtant cet homme fluet, avec des rides sur son front et deux touffes de cheveux gris sur son crâne, possédait de l'argent, du pouvoir, du savoir, de la sagesse, tandis qu'elle-même n'avait rien qu'une grosse tête et, en plus, un poids sur la conscience. Elle avait perdu son innocence. Elle s'était donnée à Lucien, le meurtrier de son père. Voici le troisième mois qu'elle n'avait plus ses règles. Oh! elle avait trahi tout le monde : Dieu le miséricordieux, son père défunt, ces braves et nobles gens qui l'avaient recueillie, Marisia, Wladzio, tous. Il ne lui restait qu'une seule issue : la mort. Non, elle ne lui dirait rien, décida Janina; plutôt mourir. Elle ramassa les feuillets et les instruments avec des mains tremblantes et elle retourna dans sa chambre. Ses pieds étaient insensibles comme deux morceaux de bois, si lourds qu'elle avait peine à les mouvoir. Sur le seuil, elle trébucha et faillit tomber. Avait-il remarqué quelque chose? se demanda-t-elle. Avait-il des soupçons? « O mon Dieu, fais que la mort vienne me délivrer! Qu'elle me surprenne sans tarder! Sauve-moi de cette honte! ». Arrivée dans sa chambre, elle s'effondra sur le lit. « Que ne me faut-il endurer par la faute de Lucien! Que m'a-t-il fait? Il aurait mieux valu qu'il m'envoyât là où se trouve mon père! Je mérite un tel châtiment. La mort naturelle serait trop douce pour moi. On devrait me couper en morceaux en versant du vinaigre sur mes plaies. Si du moins j'avais assez de courage pour aller me confesser... mais je m'en sens incapable. J'ai souillé mon âme, l'Eglise, la Sainte Communion. » Janina avait acheté un petit flacon d'iode chez le pharmacien. Serait-il suffisant pour s'empoisonner? Et si elle se pendait? Ou bien si elle montait à la mansarde – là où elle avait commis le péché – et se jetait par la fenêtre? Et puis non... pourquoi salir la rue avec ses restes ensanglantés? Et pourquoi obliger les Zawacki à faire la dépense d'un cercueil et des funérailles? Le mieux serait de se noyer dans la Vistule. Dans l'eau les poissons dévoreraient son corps, et ensuite son âme irait en enfer.

Elle sanglota en silence, après avoir recouvert son

oreiller d'une serviette afin de ne pas le mouiller. Oui, il faut qu'elle le fasse, avant que la Vistule ne gèle! Devrait-elle laisser une lettre? Faudrait-il apprendre aux Zawacki qui était le responsable? Et que deviendrait sa propre famille? Elle avait une mère, des sœurs, des frères; tous étaient si fiers de la bonne éducation qu'elle recevait et de la belle maison dans laquelle elle était élevée. Et enfin... quel serait le sort de son amant? Où était Lucien? Pensait-il encore à elle? Etait-il repentant? Non. Des hommes comme lui ne souffraient pas d'une mauvaise conscience; ils se vantaient, au contraire, de leurs conquêtes. Pendant leurs étreintes il avait tenu certains propos sur le père de Janina – elle ne se souvenait pas des paroles exactes –, mais il semblait s'enorgueillir de son exploit! Quiconque pouvait-il imaginer un comportement aussi monstrueux? Et qui voudrait croire qu'une jeune fille comme Janina fût capable de s'abaisser à une telle débauche? Embrassant le meurtrier de son père, écoutant ses mauvaises paroles tandis qu'il souillait son corps! Baisant les lèvres qui blasphémaient Dieu, l'humanité, tout ce qui était sacré! Dans le monde entier existait-il un être plus vil que lui? Lucifier en personne ne pouvait invoquer quelque chose de plus abominable.

Ses pleurs étaient ponctués de soubresauts à présent. Elle se mordit le poing pour empêcher que ses cris fussent entendus dans les autres chambres. Peu à peu elle se calma et ses larmes tarirent. Elle resta dans l'obscurité, immobile, les nerfs tendus. Les détails de la « cour » qu'il lui avait faite revenaient au galop et se bousculaient dans sa tête : la façon dont il l'avait embrassée dans le couloir, avant de lui mordiller le lobe de l'oreille et de lui chuchoter des flatteries; les histoires équivoques qu'il lui avait racontées, toutes destinées à allumer son désir – sur l'insurrection, les apaches de Paris, sur Stachowa, Kasia, Bobrowska, sur Miriam Lieba, sa femme juive, morte à Otwock. Petit à petit elle s'était laissé gagner par sa concupiscence. Ensuite il lui avait promis qu'il l'emmènerait en Californie, en Corse, qu'il lui ferait traverser les mers; ils commenceraient une nouvelle existence, ils fonderaient une nouvelle famille. Il l'avait subjuguée au point qu'elle ne pensait plus qu'à passer avec lui chaque minute qu'elle réussissait à voler à une journée habituellement bien remplie. Elle avait eu recours à des ruses révoltantes, avec autant de facilité que si elle était née fourbe. Elle avait pris des risques qu'elle jugeait à présent insensés, tels que coucher avec lui dans cette mansarde dont la porte fermait mal, pendant que Félicie recevait des invités dans le salon. Elle avait été gagnée par le goût de la luxure. Et que prétendait-elle donc être? Valait-elle mieux qu'une prostituée? Elle était bien pire. Plus tard, lorsqu'elle avait commencé à exprimer des remords – et à lui faire des reproches –, il était tout simplement parti sans un mot. Actuellement il était sûrement en train de rôder aux alentours de Tamki, avec les amis peu recommandables de Wojciech Kulak. Il avait probablement une dizaine d'autres femmes. Ou bien – qui sait? – il était retourné chez Bobrowska, c'était d'autant plus vraisemblable que Kasia s'y trouvait également.

Tout d'un coup Janina se souvint de quelque chose. La veille de sa disparition, Lucien avait lu un journal dans la mansarde... et elle se rappelait nettement l'avoir entendu dire : « Ainsi donc le vieux chien est enfin crevé. » Il parlait de Cybulski, l'amant de Bobrowska. Elle était sûre d'avoir entendu Lucien mentionner que le vieux directeur de théâtre vivait avec ces deux femmes. Dans ce cas, la dernière adresse en date de Cybulski devait figurer dans le journal. Un vague projet, né du désespoir, prit forme dans l'esprit de Janina : c'était comme un brin de paille auquel s'accroche un noyé. Poursuivant son idée, elle se dit que le journal devait encore se trouver dans la pièce du haut, puisque personne n'y avait pénétré depuis. Elle se dressa dans son lit et prêta l'oreille en retenant sa respiration. Quand bien même elle allait mourir, elle souhaitait le revoir, juste une fois encore, afin de lui dire des choses qu'elle s'était répétées en pensée une centaine de fois par jour.

III

Avant de partir pour le collège, le matin, Janina prévint Félicie qu'elle avait l'intention de rendre visite à sa propre famille, dans la soirée. Félicie fut un peu surprise, parce que d'habitude Janina y allait le samedi, mais elle ne fit aucune objection. Elle se rendait compte que la jeune fille souffrait, mais elle attribuait cette peine à ses mauvaises notes en classe. Ce jour-là, Janina suivait les cours à l'école, l'esprit ailleurs. L'examen de fin d'année qui lui avait paru si important avait brusquement perdu pour elle toute sa valeur. La sagesse, les connaissances que les professeurs tentaient de communiquer aux élèves lui semblaient inaccessibles. L'un d'eux, au visage rouge et aux favoris gris, faisait un cours sur la logique, expliquant quelque chose qui s'appelait syllogisme. Pour aider la classe à se souvenir des raisonnements, il récita un bref vers latin dont Janina ne retint qu'un seul mot : Barbara. Qu'est-ce que Barbara venait faire là-dedans? s'étonna-t-elle. A la récréation Janina se glissa dans les lavabos pour éviter de parler aux autres filles. Deux élèves occupaient le cabinet voisin; Janina les entendit pouffer de rire et elle les imagina en train de dire des grossièretés. Eh bien, elles en avaient le droit, elles étaient toujours vierges... Elle partit aussitôt après le dernier cours, sans attendre Marisia qui était dans une classe d'un niveau inférieur. Le collège se trouvait sur le boulevard Marshalkovsky, aussi Janina se dirigea-t-elle vers la rue Swietokrzyska. De là, en passant par les rues Bagno et Panska, elle déboucherait sur la rue Iron.

Janina avait trouvé le journal; la notice nécrologique de Cybulski mentionnait l'adresse qu'elle était en train de chercher. Au cours des dernières semaines, disait la notice, le défunt avait vécu chez une amie, Elzbieta Bobrowska, veuve de l'acteur Vicenty Bobrowski, lequel avait joué bon nombre de rôles de composition sous la direction de Cybulski. Janina se mit à la recherche de Lucien.

Il faisait encore jour lorsque Janina quitta le collège, cependant la pénombre hivernale ne tarda pas à gagner les rues rapidement. Il avait plu dans la matinée, mais l'après-midi était froid et la pluie se transforma en neige fine et piquante, semblable à un millier d'aiguilles. Le ciel, bien bas au-dessus des toits en tôle, était d'un jaune rouille, la neige tombait en bourrasques si épaisses qu'elles semblaient opaques. Dans la rue Swietokrzyska, un homme s'affairait autour d'un petit poêle portatif. Il vendait des pommes de terre cuites dans la cendre – signe de l'approche de l'hiver. Un filet ténu de fumée s'échappait difficilement de la petite cheminée. Des porteurs s'arrêtaient près du poêle pour se réchauffer les mains. Leurs yeux exprimaient l'hébétude de ceux qui n'avaient plus rien à espérer. Une vieille blanchisseuse arrivait, trébuchant sous un énorme ballot de linge. Comment faisait-elle pour ne pas tomber sous un tel fardeau? « Je ne suis pas la seule... songea Janina. D'autres aussi souffrent. Comment n'y ai-je pas pensé plus tôt? » Elle regarda autour d'elle, à la recherche d'un pauvre à qui elle pourrait donner une aumône, mais les mendiants évitaient de coucher à la belle étoile à cause du mauvais temps. Si seulement il y avait dans les environs une église où elle pourrait s'agenouiller devant la statue d'un saint! Janina se mit à prier Dieu. Des mots, des phrases qu'elle avait entendu prononcer par Félicie lui vinrent aux lèvres : « O Toi qui es plein de compassion! Tu vois ma peine. Tu comprends mes larmes de sang! C'est vrai, j'ai péché, mais j'étais ensorcelée, aveuglée... Sainte Mère, que dois-je faire? »

La neige tombait de plus en plus dru. Les aiguilles de grésil qui se déposaient sur le col de fourrure de Janina ne fondaient plus mais y restaient accrochées, formant une crête blanche autour de son cou. La rue commençait à se vider. Janina marchait sur un tapis de cristaux qui grésillait et craquait sous ses pas. Autour d'elle tout était blanc : les trottoirs, les balcons, les cheminées. Un Juif à la barbe noire saupoudrée de neige suivait son chemin. Vêtu d'un long caftan et chaussé de lourdes bottes, il se frayait un passage à travers la neige poudreuse. Où pouvait-il bien aller? Dans un lieu de prière – elle en était sûre –, quel que fût le nom qu'on lui donnât. Lui aussi avait envie de prier. Dans une petite boutique, derrière un comptoir était assise une vieille Juive, la tête coiffée d'un bonnet, en train de tricoter une chaussette avec des doigts qui manipulaient prestement les quatre aiguilles. Connaissait-elle sa bonne fortune? Elle avait un mari, des enfants légitimes, et non des bâtards; elle n'avait pas besoin de se soucier d'examens ou de certificats. Un homme de grande taille qui semblait venir de nulle part portait une perche avec au bout une flamme vacillante – était-ce le lampiste? Ou bien était-ce un ange apportant le feu du ciel? La rue descendait en pente abrupte à cet endroit. Janina dépassa un pâté de petites boutiques où travaillaient des cordonniers, des tailleurs et des ferblantiers. Un homme d'un aspect effrayant, avec une tignasse hirsute aux mèches raides, le visage barbouillé comme celui d'un ramoneur, tiraillait quelque chose avec une paire de pinces. Il ne faut pas que je le regarde, se dit Janina. L'enfant pourrait venir au monde avec une malformation! A ce premier épanouissement de son instinct maternel elle eut un faible sourire.

La voici enfin dans la rue Iron, cependant il restait encore des difficultés à vaincre. Il n'y avait pas d'éclairage devant les maisons, contrairement aux beaux quartiers, et les numéros étaient illisibles sous la neige. Janina avait les paupières alourdies par le froid et la neige, et ses yeux étaient aveuglés par la lumière des réverbères qui tombait en rayons obliques, semblables à des pailles enflammées. Finalement un passant lui indiqua la maison qu'elle cherchait et elle y pénétra par la grille sans tarder. Un chien se rua sur elle, mais elle réussit à le chasser à coups de cartable. Une fille en tenue débraillée sortit de la maison et vida un seau d'eau sale juste aux pieds de Janina. En réponse à la question de Janina, la fille esquissa un geste vers l'escalier extérieur et montra du doigt l'étage supérieur. Les marches étaient délabrées, aussi Janina monta-t-elle prudemment. Elle frappa à la porte mais ne reçut pas de réponse. Sans hésiter elle la poussa et, aussitôt, quelqu'un s'écria : « Fermez-la! On n'est pas en été! »

Une femme corpulente se tenait devant une table, en train de repasser une robe. La pièce était éclairée par une lampe à naphte. Un perroquet se mit à pousser des cris perçants. Janina voyait tout à travers un voile de spirales et de cercles tourbillonnants.

« Restez où vous êtes! Je vais vous brosser pour ôter la neige. » La femme saisit une brosse et nettoya avec brusquerie les chaussures de Janina.

« Qu'est-ce qui amène ici la jeune demoiselle par une telle tempête de neige?

– Etes-vous... êtes-vous Pani Bobrowska?

– Bien sûr... qui d'autre?

– Excusez-moi, mais... (Elle fut incapable de dire un mot de plus.)

– Eh bien, parlez! Le fer est en train de se refroidir. Que désirez-vous? Est-ce pour une commande?

– Excusez-moi, je vous prie, mais vous connaissez peut-être un... un certain comte Lucien Jampolski?

– J'en étais sûre! » La femme tapa triomphalement du

pied. « J'en ai eu tout de suite l'intuition. Que vous a-t-il fait? Engrossée? »

Janina eut le cœur serré; elle recula vers la porte.

« Inutile de vous enfuir. Je suis une femme simple et je parle avec franchise. Débarrassez-vous de votre manteau et asseyez-vous. Réchauffez-vous un peu. J'ai un œil expérimenté, voilà tout. Personne n'a besoin de me mettre sur la voie. Voici une chaise, installez-vous près du poêle. Si je peux vous aider, je le ferai. »

Janina eut la gorge contractée. Sa peur se confondait avec une soumission depuis longtemps oubliée et le soulagement de pouvoir confier sa peine à quelqu'un. Elle réussit à chuchoter un « merci » à peine audible.

« Enlevez votre manteau, mettez-vous à l'aise. Autrement vous prendrez froid en sortant. Vous avez suffisamment d'ennuis comme ça! J'aurai fini mon repassage dans un petit instant. C'est parfait, posez votre manteau sur cette banquette. Ce comte qui est de vos amis est une brute, un criminel, la pire des canailles dans tout Varsovie. Comment se fait-il que vous soyez tombée entre ses griffes? Vous avez l'air d'une enfant sage.

– *Prosze,* Pani...

– Non, non. Pas de pleurs. Je vais juste en finir avec cette veste, et ensuite nous bavarderons. Quel temps affreux, n'est-ce pas? Vous auriez dû chausser des bottes, prendre un parapluie. Posez vos livres quelque part. Personne ici ne les mangera. »

Bobrowska prit une coupe sur la table, remplit sa bouche d'une gorgée d'eau, puis en aspergea le vêtement qu'elle était en train de repasser.

IV

Janina se confessa en pleurant. Elle se moucha et essuya ses larmes avec son mouchoir. Elle ne toucha pas au thé que Bobrowska avait placé devant elle. Bobrowska l'écouta attentivement, frappant ses mains de temps à autre dans un geste d'extrême surprise.

« Grand Dieu! s'exclama-t-elle finalement. La propre fille de la victime! Envoyer le père six pieds sous terre et violer la fille! Lui faire un bâtard! Y a-t-il quelque chose de plus méprisable en ce monde? Cet homme a une pierre à la place du cœur! Une telle créature est dépourvue d'une âme, elle est possédée par le diable. C'est l'incarnation même du diable. Ces braves gens vous ont accueillie chez eux, vous et ses enfants qu'il a eus de cette Juive poitrinaire. Oh, ma pauvre, j'en suis malade! On ne peut y croire! Aucune conscience! Un chien fou, un loup féroce! Comment avez-vous pu l'écouter, après ce qu'il a fait à votre père? Oui, oui, bien sûr. Les douces paroles de ce beau parleur... Oh! il sait comment s'y prendre, il sait y faire. Lorsqu'il désire quelque chose, ce Satan, il fond comme du beurre. Je le connais bien. Je souhaiterais ne l'avoir jamais rencontré. Il ne sait que courir après les femmes et faire des bâtards. Il m'a salie, moi aussi. C'était un ami dans le temps, mangeant mon pain, entrant et sortant ici comme chez lui. Je lui ai obtenu des cachets grâce à Cybulski – qu'il repose en paix! – or comment m'a-t-il remerciée? Il m'a forgé une mauvaise réputation, il m'a valu d'être convoquée au tribunal, il a traîné mon nom dans la boue, dans tous les journaux. Il est parti sans un adieu et il a commis un meurtre affreux, me laissant sur les bras une gentille fille avec son bâtard. Sa mère – je parle de la mère de Kasia – l'avait sauvé de la potence : pour prix de sa bonté il a violé sa fille. Ruiner toute une famille, c'est une habitude chez lui. Je suis franche avec vous : je ne comprends pas comment une fille peut accepter de coucher avec le meurtrier de son propre père, mais puisque c'est fait, il n'y a rien à y ajouter. Rien ne vous rendra votre virginité... Non, non, je ne vous blâme pas, je ne jette la pierre à personne – Dieu m'est témoin. Mais du moment que vous vous êtes adressée à moi, autant me dire tout, comme si vous parliez à votre mère. »

Janina fondit de nouveau en larmes.

« Où... où est-il? fit-elle en sanglotant.

– Où il est! » Bobrowska rit d'une voix éraillée. « En voilà une question! Il est passé par ici en sortant de prison, mais je l'ai envoyé au diable. J'ai mis cette Kasia également à la porte. Elle travaille quelque part dans les environs, comme bonne, et son fils est chez son grand-père, un ivrogne irresponsable. J'ai de la peine pour l'enfant, mais que puis-je faire? Il m'était impossible de la garder désormais dans la maison, d'autant moins que cette fripouille qu'elle avait pour amant allait s'installer ici comme un hôte permanent. S'il vous a quittée, pauvre enfant, vous ne le retrouverez jamais. Ou bien il est quelque part loin du pays – et dans ce cas : bon débarras! – ou bien il a rejoint un membre de cette pègre qu'il a eu l'occasion de connaître en prison. Et même si vous le trouviez – à quoi bon? Que feriez-vous – lui mettre un grain de sel sur la queue?

– S'il vous plaît, Pani. Que puis-je faire?

– Eh bien, assez pleuré! Si vous étiez une fille ordinaire, je dirais : ayez votre bébé! Il y a tant de bâtards dans le monde, un de plus, un de moins... Mais dans votre situation vous ne pouvez vous permettre de vous promener avec un gros ventre. On ne voit pas encore grand-chose, mais bientôt vous ne pourrez plus cacher votre grossesse, et alors vous serez déshonorée. Quand avez-vous eu vos dernières règles?

– Il y a trois mois.

– Dans ce cas, il y a encore une chance. Je connais une femme qui pourrait se charger de vous. Un curetage... elle racle et elle fait sortir la chose, et vous voilà débarrassée. C'est risqué, et c'est un péché – si toutefois vous vous en souciez –, mais que pouvez-vous faire d'autre? Ces gens-là vous chasseraient de leur maison; quant à votre propre mère... ce déshonneur la tuerait, ou bien elle mettrait fin à ses jours. On pratique cette intervention assez fréquemment de nos jours. Autrefois c'était l'exception, mais maintenant toutes sortes de dames au cœur volage se font avorter. Dieu nous a maudites, nous autres femmes. Cette affaire coûte de l'argent, et elle comporte un certain danger. Toutefois, celle dont je vous parle a de l'expérience, c'est une – comment dit-on déjà? – une accoucheuse diplômée. Elle a travaillé dans une clinique, dans le passé. Cela vous coûtera vingt-cinq roubles, en tout cas vous ne risquez pas une formation de caillots de sang ensuite. Une fois l'opération terminée, vous rentrez chez vous, vous gardez le lit quelques jours, et personne ne saura rien. La femme en question pose une seule condition : si quelque chose d'inattendu arrivait – après tout vous pourriez vous casser une jambe rien qu'en traversant la rue –, vous devez rester bouche close. Pourquoi ne buvez-vous pas votre thé?

– Merci, merci bien.

– Eh bien, essuyez vos larmes! Vous êtes tombée dans un tas d'ordures et vous devez en sortir, voilà tout. Vous saurez mieux vous y prendre la prochaine fois... peut-être. Avez-vous de l'argent?

– De l'argent? Non.

– Vous devez payer vingt-cinq roubles. D'avance. Et vous aurez besoin d'un fiacre pour vous faire ramener à la maison. Une fois chez vous, vous trouverez bien quelque excuse : vous ne vous sentez pas bien, vous vous êtes évanouie, ou autre chose du même genre. Tromper les gens n'est pas sorcier. Si j'avais de l'argent, je vous le donnerais, ou je vous le prêterais; vous me le rendriez, et même si vous n'en faisiez rien, cela n'aurait pas d'importance. Mais hélas! je ne possède rien moi-même. Avez-vous quelque bijou ou un objet de valeur? »

Janina commençait à se sentir davantage à l'aise. Elle

avait cessé de pleurer, ôté son béret et mangé un bol de gruau d'avoine avec la tranche de pain que Bobrowska lui avait coupée. Surprise par son propre empressement de se confier à une étrangère, elle écoutait docilement son aînée. Oui, elle possédait une bague avec une pierre précieuse, et aussi des boucles d'oreilles. Les mettre en gage? Oui, elle était disposée à les mettre en gage, mais le prêteur sur gages n'allait-il pas concevoir des soupçons? Il penserait sûrement qu'elle était une voleuse. De toute manière, elle n'avait aucune idée sur l'endroit où elle trouverait un prêteur... Tandis qu'elle parlait, ses propres paroles sonnaient étranges à ses oreilles. En cette seule soirée elle semblait avoir acquis une plus grande maturité. Elle mentionnait des choses qui, peu de temps auparavant, lui auraient fait horreur. Elle avait l'impression de parler comme ces femmes qui avaient l'habitude de rendre visite à sa mère pour lui ouvrir leur cœur. Même sa voix sonnait différemment. Etait-ce possible? Avait-elle pu changer en si peu de temps?

« Pourquoi aurait-il des soupçons? venait de dire Bobrowska. Vous êtes grande, une vraie jeune dame. Seulement, ne portez pas ce béret, et laissez vos livres chez vous. Le mieux serait d'aller trouver un Juif. Les Juifs ne veulent pas savoir qui vous êtes, ni d'où vous venez; tout ce qui les intéresse, c'est leur profit. Ils vérifient sous une loupe l'authenticité de ce que vous apportez, puis vous recevez votre argent et un reçu spécifiant que vous devez leur payer des intérêts jusqu'à ce que vous retiriez vos objets. Si vous ne leur payez pas d'intérêts, ils ont le droit de vendre votre bien.

– Où puis-je trouver un tel prêteur?

– Il n'en manque pas dans les environs. Il y en a un non loin d'ici, dans la rue Iron même.

– Obtiendrai-je vingt-cinq roubles?

– Si votre marchandise vaut cinq fois cette somme...

– Mais comment ferai-je? Je ne peux pas manquer mes cours au collège.

– Oubliez un peu le collège!

– Mais que faire? Je ne peux pas simplement aller leur dire que...

– Eh bien, je ne peux pas vous aider dans ce domaine-là. Dieu sait que je ne tiens pas à être mêlée à ce gâchis. Vous êtes une parfaite étrangère pour moi. J'aurais pu vous dire d'aller raconter votre triste histoire à quelqu'un d'autre, mais je suis comme ça. Si je vois quelqu'un malheureux, j'ai le cœur serré – même s'il s'agit d'une personne complètement étrangère; et même si c'est un Juif.

– Vous serait-il possible... la pani accepterait-elle de mettre les objets en gage pour mon compte? Je suis si maladroite.

– Quand? Comment? On me suspecterait bien plus que vous. Je ne possède pas de bijoux. J'en avais pourtant. Il ne me reste rien d'autre que ce petit crucifix. Quand pensez-vous pouvoir vous occuper de cette affaire? Le plus tôt possible serait le mieux. Plus vous attendez, plus le risque devient gros.

– Oui, j'en ai conscience.

– Que diable ai-je besoin de me laisser entraîner dans de telles histoires? s'exclama soudain Bobrowska d'un ton de reproche. N'ai-je pas assez d'ennuis moi-même? Hé! allez-y, finissez votre gruau d'avoine! A mon âge il est temps de prendre un peu de repos, voilà tout. Dieu m'est témoin, il est grand temps. »

Bobrowska se leva pour se rasseoir aussitôt. Elle serra le poing gauche et le posa sur son genou; de l'autre main elle tenait la tasse de thé vide de Janina.

V

C'était le samedi soir, à une heure fort avancée. Le docteur Zawacki, Wladzio et Marisia étaient au théâtre. Félicie avait refusé de les accompagner. Elle n'aimait pas toutes ces comédies françaises creuses qui raillaient Dieu, l'Eglise, la vie familiale. Comment les gens pouvaient-ils écouter, le samedi soir, la profanation de tout ce qui est sacré et, le dimanche matin, aller tranquillement assister à la messe? s'étonnait Félicie. Comment peuvent-ils concilier ce bavardage libertin et trivial avec l'Ecriture sainte? Le docteur Zawacki faisait remarquer que, en premier lieu, tout le monde allait au théâtre de nos jours, même les prêtres. En outre, tout ce verbiage sublime dans l'Ecriture sainte n'avait tout simplement aucun rapport avec la vie quotidienne. Les comédies françaises, aussi frivoles qu'elles fussent, étaient plus proches de la réalité que des sermons pieux. Cependant Félicie ne se laissait pas influencer.

« Je préfère lire un livre », disait-elle.

Zawacki avait demandé à Janina également de l'accompagner, mais elle avait prétexté une visite indispensable à sa mère. Elle était partie de bonne heure, aussitôt après le repas, expliquant qu'un de ses oncles, originaire de Plock, venait d'arriver et que sa famille donnait une réception en son honneur. Félicie ne l'avait jamais entendu mentionner qu'elle avait un oncle à Plock, toutefois elle ne pouvait l'empêcher de rendre visite à sa mère. Janina avait l'air si pâle, si préoccupée depuis quelque temps. L'enseignement exigeait trop des jeunes filles de nos jours, se disait Félicie. Elles devaient connaître l'histoire de chaque tsar, de chaque Ivan, depuis le commencement de l'histoire de la Russie. Elles avaient le crâne bourré de chiffres et de calculs dont elles n'auraient aucune utilisation pratique. On leur enseignait tout, excepté comment être des chrétiennes pieuses, des épouses fidèles, des ménagères capables. Cette nouvelle pédagogie ruinait la jeunesse, il n'y avait aucun doute là-dessus. Les enfants apprenaient la cupidité, l'égoïsme, l'impiété, l'indifférence à l'égard de leurs aînés.

Félicie était dans son boudoir, en train de lire l'histoire des martyrs chrétiens. C'était une vieille édition, dorée sur tranches, avec de merveilleuses gravures – un bien de famille transmis de mère en fille. Cependant Félicie avait du mal à se concentrer sur le texte. Où était Lucien? se demandait-elle. Dans quel bourbier se vautrait-il? Comment était-ce possible qu'un tel fils fût issu d'une famille comme la sienne? Félicie venait de recevoir une lettre d'Hélène, en résidence à Zamosc. Hélène était mère de cinq enfants. Joseph, frère aîné de Félicie, qui s'était expatrié en Angleterre après l'insurrection, était déjà grand-père d'une petite fille au nom anglais : Catherine Joan. A juger d'après ses lettres, méticuleusement détaillées – une, chaque année, avant Noël –, il avait perdu l'usage de la langue polonaise. Il employait de nombreux anglicismes et expressions qui, bien qu'écrits en polonais, avaient une résonance étrangère. Même son écriture semblait changée. Qui sait s'il était toujours un bon catholique? Il avait épousé une Anglaise; or ces protestants anglais en savaient fort peu sur la religion véritable. Félicie abaissa les paupières et s'assoupit. Presque immédiatement elle se mit à rêver : un rêve bref mais extraordinairement vivant. Il y avait des chandelles allumées dans toute la pièce. Sur la table était placé un cercueil. Des nonnes lisaient leur missel à mi-voix. Des jeunes filles entraient dans la chambre. Félicie frémit d'horreur et se réveilla en sursaut. Elle se signa. « O enfant Jésus! O sainte Mère, aie pitié! Pitié! » Elle se tordit les mains, dans un état d'angoisse extrême. Elle avait tout vu si clairement : chaque chandelle, chaque mèche, les filets d'argent sur le cercueil, l'habit noir des nonnes; elle avait même respiré l'essence doucereuse de cire et d'encens. Etait-ce un signe? Celui d'une nouvelle épreuve? Avait-elle pressenti sa propre mort? Pourtant, il n'y aurait pas tant de jeunes filles lui rendant hommage à sa mort... Elle eut froid soudain. Si seulement il y avait un prie-Dieu, comme chez ses parents! Dans ses prières elle invoqua les saints martyrisés dont elle venait de lire l'histoire. Elle se signa sans cesse. Perdue dans ses dévotions, elle prit vaguement conscience qu'on sonnait avec insistance... à la porte d'entrée! Etait-ce possible que ce fussent les siens, rentrant déjà du théâtre? La pendule n'indiquait que dix heures et quart. Un accident? Ses mains et ses genoux tremblaient tellement qu'elle fut presque incapable de se lever. Elle hoqueta et elle eut une saveur âcre dans la bouche. « Dieu du ciel, s'il s'agit d'une calamité, qu'elle soit pour moi! Je m'offre moi-même en sacrifice! Je donne volontiers à la victime les années qui me restent à vivre! » Félicie entendit la bonne qui se dirigeait vers la porte. Elle eut envie de s'élancer dans le couloir, mais la peur la pétrifia. Qu'est-ce qui prenait tant de temps à la porte? On transportait un corps! « O Jésus! donne-moi la force de supporter cette nouvelle épreuve! Que Ton nom soit loué jusqu'à la fin des générations! » Au même moment la porte de la chambre s'ouvrit et on introduisit Janina : la bonne la soutenait d'un côté, et un inconnu, un cocher, de l'autre. Janina était blanche comme de la craie, mais elle était en vie.

Félicie était à la fois alarmée et soulagée. « Que s'est-il passé? »

Le cocher leva la tête. « Elle s'est trouvée mal dans le fiacre.

– Vite, posez-la sur le divan! ordonna Félicie d'une voix légèrement irritée. Que t'arrive-t-il? s'écria-t-elle soudain. Tu vas vivre, m'entends-tu? Il faut que tu vives! Je t'ai donné les meilleures années de ma vie. Courez chercher un médecin, vite! s'adressa-t-elle à la bonne. Je vais téléphoner au poste de secours. »

Le docteur Zawacki avait fait installer le téléphone dans son cabinet, quelque temps auparavant, toutefois Félicie ne s'en était jamais servie jusqu'à ce jour. Elle tremblait chaque fois que l'appareil sonnait. Elle était convaincue qu'il y avait quelque force diabolique, ou magique, dans ces mécanismes ultra-modernes. Elle se précipita pour téléphoner, mais le cabinet était sombre. Elle se hâta vers la cuisine pour chercher des allumettes, mais ne put en trouver. Elle saisit la lampe à naphte et retourna au cabinet. Sa main tremblait tellement qu'elle craignait que l'objet ne lui échappât et mît le feu à l'appartement. La flamme jaillissait et le verre cognait contre le manchon. Félicie réussit tant bien que mal à poser la lampe sur la table, puis elle s'approcha du mur où était accroché l'appareil. Elle souleva le combiné, comme elle avait vu faire son mari, puis elle l'approcha de son oreille. Mais c'est le récepteur qu'elle serra contre son oreille en écoutant. Comprenant son erreur, elle essaya de mettre le combiné dans le sens inverse, mais elle s'entortilla dans le fil. Enfin elle entendit un murmure aigu sur la ligne.

« Vite! hurla-t-elle. Une urgence! Ici Mme Zawacki, la femme du médecin. »

La voix à l'autre bout cria quelque chose, mais Félicie fut incapable de comprendre un seul mot. Le cocher! se dit-elle soudain. Peut-être sait-il se servir du téléphone? Elle retourna en courant vers le boudoir, luttant à chaque pas pour ne pas perdre l'équilibre. Janina était couchée sur le divan, les yeux ouverts. On lui avait enlevé son manteau. Des taches de sang se formaient sur sa robe.

« Mon brave homme! Savez-vous téléphoner? Vite! Appelez le poste des premiers secours.

– Mon cheval est en train de geler.

– Aidez-moi, je vous en prie, aidez-moi! Je vous paierai.

Magda, apportez un peu d'eau. Tenez, prenez ceci et couvrez votre cheval. »

Elle retira un petit tapis de peluche du divan et le lui tendit. L'homme s'apprêtait à tendre la main, puis il se ravisa brusquement.

« Au nom du Ciel, voulez-vous prendre le téléphone! Magda, montrez-lui où se trouve l'appareil.

– Je ne sais pas parler au téléphone. Elle a taché de sang tout l'intérieur de ma voiture. Vous me devez trois roubles.

– Nous vous paierons, nous vous paierons! Où est ma bourse? Jésus, aidez-moi! Mon enfant, qu'as-tu? Qu'est-il arrivé? Es-tu tombée? As-tu été renversée? Réponds-moi! O grand Dieu!... »

Le cocher repoussa sa casquette sur sa nuque. « Personne ne l'a renversée, m'dame. Ce qu'il y a, c'est qu'elle est en train d'accoucher. C'est ça, ou une fausse couche. Mieux vaut prévenir une sage-femme, vous comprenez? »

21

I

C'était par un après-midi de ce même hiver. Félicie était assise dans son boudoir, comme tant d'autres fois, en train de feuilleter l'histoire des martyrs chrétiens. Zawacki recevait des malades dans son cabinet. Félicie examinait attentivement les pages, s'arrêtait à telle ou telle autre pour contempler une gravure, s'efforçant de garder ouvertes ses paupières lourdes de sommeil. Dieu merci, Janina avait survécu à l'épreuve (peut-être parce que Félicie lui avait fait don de ses meilleures années). Cependant Félicie ne voulait pas garder la jeune fille dans sa maison; il était exclu également qu'elle poursuivit ses études au collège. Zawacki lui avait trouvé un emploi dans un hôpital où elle devait suivre des cours pour devenir infirmière et gagner sa vie. Toute cette affaire avait été un coup terrible pour Félicie, et un désastre pour les autres enfants. Souvent les pensées de Félicie revenaient à son étrange rêve. Etait-ce possible qu'un *fatum*, un événement prédestiné, pût être effacé? Soudain elle entendit le bruit sourd d'une clef qu'on tournait dans la serrure de la porte d'entrée. Ou bien l'imaginait-elle seulement? Un bruit de pas rapides approcha, puis brusquement la porte du boudoir s'ouvrit. C'était Lucien, vêtu d'une courte veste, chaussé de grandes bottes, coiffé d'une de ces casquettes à visière comme les aimaient les ouvriers et les habitués des bas-fonds de la société. Il arborait une courte barbe. Otant sa casquette il dit : « Eh bien, me voici.

– Pourquoi n'as-tu pas sonné? Es-tu passé par la salle d'attente?

– Je n'avais pas envie de m'adresser à cette souillon », fit-il en parlant de la bonne.

Il y eut un temps où Félicie aurait accueilli une visite aussi inespérée avec une surprise charmée. Mais depuis l'affaire de Janina, elle était arrivée à un point où plus rien dans ce monde ne pouvait la surprendre. Elle ne serait pas étonnée outre mesure si Marisia marchait sur les traces de Janina, si Wladzio suivait l'exemple de son père, ou si elle découvrait que son mari avait une maîtresse.

« Eh bien, tu es en vie.

– Oui, je suis en vie. Ne crois pas que je sois venu pour m'installer ici. Je voulais te dire au revoir, c'est tout.

– Tu pars?

– Oui, pour l'Amérique.

– Tu ferais bien de te méfier de Marian. S'il te rencontrait, il serait capable de commettre quelque acte insensé.

– Un acte insensé? Je suis armé. Si quiconque touche seulement à un cheveu de ma tête, il recevra une balle dans le cerveau. »

Félicie frémit d'horreur. « Evite de le rencontrer! dit-elle. C'est un homme au grand cœur, mais il a du tempérament. Il ne veut de mal à personne. Il t'aimait sincèrement, comme un frère. Il est ton aîné, ne l'oublie pas.

– De combien d'années? Personne ne m'aime, voilà la vérité. Je hais tout le monde et tout le monde me hait. Je suis une bête traquée. Il faut que je sorte de cette Pologne maudite. Chacun ici souhaite ma ruine. »

Félicie eut l'impression que toute sa force venait de la quitter.

« Qui souhaite ta ruine? Tu es toi-même ton pire ennemi.

– Assez de radotages de grand-mère! Je ne suis pas venu pour écouter des sermons. J'ai besoin d'argent, voilà pourquoi je suis venu.

– Je te remercie de ta franchise.

– Combien pourras-tu me donner?

– Ce que je possède, rien de plus. Je ne peux rien demander à Marian. De quelle somme as-tu besoin?

– Cinq cents roubles.

– Je vais te donner mes perles. Mets-les en gage. Cependant elles valent bien plus.

– De combien?

– Vingt fois plus.

– Je t'apporterai le ticket, ou bien mets-les en gage toi-même, si tu préfères. Où est cette Janina?

– Elle n'est plus ici.

– Où est-elle?

– Que lui veux-tu? N'as-tu pas fait assez de mal?

– Dis-moi où elle est!

– Je n'en sais rien. Dans quelque hôpital. Elle suit un enseignement pour devenir sœur de charité.

– Quel hôpital?

– Je ne sais pas, je ne sais pas! Pourquoi as-tu besoin de la voir? Laisse-la tranquille! De toute manière, tu pars. Tu nous as causé assez d'ennuis.

– Quels ennuis? Tu es installée bien au chaud et bien confortablement au coin du feu, pendant que moi je croupis dans la misère. Tu étais douillettement couchée sous ton édredon tandis que je combattais ce maudit Ivan. Je crevais dans les bois, je mangeais de l'herbe. J'aurais pu faire un beau mariage, moi aussi, et rouler carrosse. J'aurais pu m'aplatir devant les Russes, à l'exemple de tous ces traîtres ignobles, ces larbins d'Ivan!

– Petit frère, à quoi servent les paroles? La Pologne a sombré dans les ténèbres. Seul Dieu peut nous venir en aide.

– Quel Dieu? Dieu n'existe pas. Nous aurions pu nous aider nous-mêmes si nous n'étions pas une nation de poux et de crancrelats. Je ne veux plus être polonais, m'entends-tu? Je veux aller en Amérique et oublier ce pays malodorant. Là-bas on a le droit d'être libre penseur. J'en suis malade d'être obligé de vivre avec tous ces mensonges, tous ces contes de fées sur le Rédempteur, sur la Sainte Mère, et cette tartuferie puante. Marie était une femme adultère, ni plus ni moins. Jésus était le bâtard d'un charpentier juif, *voilà* l'histoire véritable! »

Félicie secoua tristement la tête. « Qu'est-ce que tu as, petit frère? Qu'est-ce qui te blesse ainsi? »

Lucien fit la grimace. « Tout! voilà ce qui ne va pas! A quoi ressemble toute cette foutue existence? Nous sommes nés dans la saleté et le sang, nous souffrons pendant quelques années, puis nous sommes rongés par les vers de terre. Toute cette affaire me dégoûte! Pourquoi ai-je engendré ces maudits enfants? Ils crèveront, eux aussi. Marisia va sûrement tromper un homme; Wladzio est une jeune brute, mais... moi je m'en fous, je n'aime personne. Peut-être fais-je exception pour toi, je t'aime un petit peu, mais tu es déjà une vieille femme. Tu as l'air d'avoir soixante-dix ans. Es-tu malade?

– Est-ce que cela changerait quelque chose pour toi?

– Rien du tout. Quand je suis entré ici j'ai cru voir notre mère. Quel âge as-tu? » Soudain son ton changea. « Félicie, je *dois* partir!

– Eh bien, je ne peux pas te retenir.

– Sais-tu ce qui ne va pas avec moi? Rien. J'ai faim, je suis pauvre, persécuté, malade. »

Félicie s'alarma. « Es-tu vraiment malade?

– Rien d'important.

– Parles-tu sérieusement? »

Un semblant de sourire passa sur le visage de Lucien; ce n'était peut-être qu'une illusion, du fait qu'il avait un œil plus grand que l'autre. Lucien se tenait en face d'elle, la face blanche comme la neige dehors, la barbe striée de mèches grises, le front dégagé, sillonné de rides profondes, la chevelure clairsemée. Il y avait un vague rictus sur ses lèvres, quelque chose comme une raillerie d'homme ivre. Félicie scruta son visage, découvrant des secrets que seule une sœur aînée peut déceler : certaines caractéristiques de leur père, un soupçon – une faible ressemblance – de la physionomie de leur mère, et dans son expression un rappel de ce qu'il avait été tout enfant, à l'époque où Félicie avait joué avec lui. Apparemment sur le point de dire quelque chose de drôle, il parut hésiter.

Finalement il dit : « Ce n'est pas exactement la façon de l'admettre, mais j'ai ce qu'on appelle poliment un " malaise social ".

– Cela se soigne.

– Oui. »

Félicie se couvrit le visage des deux mains. Lucien se dirigea vers la fenêtre. Elle baissa ses mains et l'observa. De face il paraissait encore assez jeune, mais de dos il avait l'aspect d'un homme entre deux âges. Une de ses épaules était plus basse que l'autre. Les poils sur sa nuque se hérissaient, raides et argentés. Ses hautes bottes semblaient curieusement dépareillées. Tout d'un coup Félicie sentit la force lui revenir dans les membres. Elle se leva et s'approcha de lui.

« Ote ce pardessus! Tu vas attraper froid en sortant. »

Lucien ne se retourna pas.

« Lucien, il n'est pas encore trop tard... »

Il se retourna brusquement. « Donne-moi tes perles!

– Tu les auras. Elles sont à toi. Tu as besoin de consulter un médecin.

– Quel genre de médecin? Un de l'espèce de ton mari puant? Il faut que je parte.

– Pourquoi? Pour aller où?

– Il le faut, voilà tout. Laisse-moi tranquille. »

Il enfonça sa main dans la poche de son pantalon. Félicie eut l'intuition qu'il y cachait un revolver. Il la fixa d'un regard de fou qui exprimait néanmoins quelque chose d'inexplicablement puéril, comme la joie d'un petit garçon qui possède un jouet tout neuf. « Il est capable de tirer », songea Félicie. Assez bizarrement elle ne ressentit pas la moindre peur, mais une sorte de spasme qui secouait tout son être. « C'est ça les meurtriers, les malfaiteurs, les pécheurs, les séducteurs? C'est à ça qu'ils ressemblent? Un gamin, un gamin exalté! Un enfant jouant avec une arme! » Un verset de saint Luc lui vint à l'esprit : « Pardonne-leur, ô mon Père! car ils ne savent pas ce qu'ils font. » Elle lui toucha le bras. « Retire ta main de ta poche! »

Il recula vivement. « Je la tuerai, elle aussi, se dit-il soudain. Elle souffre trop. Je la viserai droit au front. » Il la fixa d'un regard dément, avec l'orgueil de celui qui a atteint le fond de l'abîme. « Je saurai bientôt s'il existe un Dieu ou non... » Comme si elle avait deviné sa pensée, Félicie prononça soudain : « Stupide garçon. Dieu existe. »

Puis elle se dirigea vers la porte pour avoir un entretien avec Marian. Tout à coup elle avait la certitude que, en dépit de la colère de son mari contre Lucien, il l'aiderait.

II

Lucien passa la soirée avec Félicie et Marian. Marian n'était pas un spécialiste des maladies vénériennes, néanmoins il examina Lucien et lui donna quelque médicament pour soulager sa souffrance, puis il prit rendez-vous pour lui chez un spécialiste, un de ses confrères, pour le lendemain. Lucien eut même l'occasion de revoir brièvement Wladzio et Marisia. Les trois adultes s'attardèrent en bavardant dans la salle à manger, jusqu'à une heure fort tardive. Marian parlait des récentes réalisations en médecine. Il persistait dans sa croyance que l'homme n'avait pas d'âme. Ce que nous appelons l'âme n'est rien d'autre que le cerveau et les nerfs, disait-il. L'homme est une machine, une machine compliquée, mais néanmoins une machine. En fait, tout dans la nature relève d'un mécanisme : le système solaire, le cosmos, chaque feuille d'un arbre, chaque fleur qui pousse. Les manuels distinguent entre la physique, la chimie, la botanique, la zoologie, la cosmographie, mais dans la nature toutes ces forces travaillent à l'unisson. Félicie protestait, en revanche Lucien soutenait Marian.

« Quelle est la nature de mon mal? demanda-t-il à Marian. Provient-il de la physique ou de la chimie?

– Votre maladie est fonctionnelle.

– Que voulez-vous dire exactement?

– La machine est robuste, mais elle a une vis desserrée.

– Croyez-vous qu'on puisse la resserrer?

– Tout ce qu'il vous faut est une femme et un métier.

– Que pourrais-je entreprendre désormais?

– Tout d'abord, rétablissez-vous. Si j'étais vous, je ferais des études de pharmacie.

– Des études? A mon âge?

– Vous n'êtes pas si vieux. Vous pourriez trouver une femme aisée.

– Eh bien, beau-frère, vous êtes un optimiste.

– Non. Les femmes ont une nature perverse. Elles aiment les ratés. » Tout en parlant, Zawacki lui fit un clin d'œil pour lui faire comprendre qu'il n'avait pas l'intention de l'offenser.

Lucien avait déjà pris un bain depuis son arrivée. Il but une tasse de thé avec du jus de framboise, puis il embrassa Félicie avant d'aller se coucher. Il se sentait submergé d'une profonde tendresse pour cette sœur à laquelle il avait apporté tant de honte et de souffrance et qui lui pardonnait tout. Puisqu'une telle personne pouvait exister, pourquoi toute la race humaine ne pouvait-elle être à son image? « Son composé de chimie et de physique serait-il si différent du mien? se dit Lucien. Nous sommes frère et sœur. » Il entra dans sa chambre. De nouveau il avait un foyer, du moins pour le moment. Longtemps il resta assis sur le lit, s'étonnant de sa propre vie, de tous les pièges dans lesquels il s'était laissé attirer, de toutes les épreuves qu'il avait supportées. « Comment tout cela est-il arrivé? Pourquoi? se demanda-t-il. Quelque démon aurait-il pris prossession de moi? » Il fallait en finir avec cette farce! Il fixa des yeux le bout de ses bottes. « Je resterai tout simplement ici, voilà ce que je vais faire. J'en ai assez de cette vie nomade. Définitivement. Sans restriction. Je suis guéri... guéri. » Il se déshabilla et plaça son revolver dans le tiroir de la table de nuit. Il tira les couvertures jusqu'au menton et s'endormit aussitôt. Il dormit profondément, sans rêver, pendant plusieurs heures. Soudain il se réveilla, écarquilla ses yeux pleins de sommeil, se redressa dans son lit et scruta l'obscurité. La douleur cuisante des derniers jours avait cessé. Il se mit à penser à Janina, venue dans cette maison à la suite du meurtre de son père dont lui-même était l'auteur, puis chassée du foyer à cause d'un acte criminel tout aussi irréfléchi de sa part. « M'a-t-elle pardonné ? se demanda-t-il. Oui, sans aucun doute. Et elle m'aime. Dommage qu'elle n'ait pas le moindre argent ! songea-t-il soudain. Elle aurait pu être la femme de ma vie, telle que la voyait Marian. Je pourrais devenir pharmacien, et elle mon assistante ou ma préparatrice. Nous nous tiendrions ensemble derrière le comptoir, mesurant et préparant des médicaments. » Lucien sourit de lui-même. « Et dire que j'étais prêt à m'enfuir en Amérique ou à me tirer une balle dans la tête. C'est à cause de mes nerfs. Je n'ai plus la force pour mener ce genre de vie. Je dois vivre en paix les quelques années qui me restent. »

A peine cette pensée l'eut-elle frappé, que soudain un pressentiment étrange l'assaillit : il ne lui restait plus de temps du tout, ni quelques années, ni quelques mois, ni même quelques jours. Il avait atteint le dernier virage. Il s'immobilisa, écoutant son moi le plus secret. Il n'avait plus de soucis, plus de désirs, plus besoin de sommeil, plus envie de veiller. « Que m'arrive-t-il ? se demanda-t-il. Y a-t-il eu un brusque changement dans ma chimie organique ? » Un ennui mortel le submergea, mêlé d'une tristesse telle qu'il n'en avait jamais connue auparavant. Il ouvrit la bouche par bâiller, mais il se surprit à éructer. Précisément pharmacien, entre tous les métiers ? Etudier ? Il eut envie de rire. L'Amérique ? A bord d'un bateau ? En route vers les Yankees ? Folie ! Démence ! Les maux, les ambitions, les rapports avec autrui n'étaient plus de son univers. Il était rassasié jusqu'à satiété. Soudain il fut hanté par l'idée que le fait de vivre, en lui-même, était une corruption. Dormir de nouveau? Veiller? Manger? Bah! Consulter un médecin? Pouah! Assez! Quelque chose en lui se débilitait. Quelque chose dans son mécanisme tournait au ralenti avant l'arrêt total, telle une machine soufflant spasmodiquement, jusqu'à l'épuisement de la dernière goutte de carburant. Il avait l'impression de respirer des vapeurs de gaz; il en était gonflé au point d'éclater. Il essaya de se faire une image de son avenir, mais son esprit semblait paralysé. Ses pensées remontaient dans le passé, mais refusaient d'aborder le futur. Mais même le passé avait perdu toute couleur, toute saveur. Il n'en restait rien d'autre que des mots, des noms : Marisia, Stachowa, Kasia, Bobrowska. Il s'efforça d'évoquer leurs visages mais fut incapable de s'en souvenir. Bientôt les noms aussi échappèrent de sa mémoire. Un étrange processus avait lieu dans les cellules de son cerveau. Sa mémoire diminuait de minute en minute. Bobrowska devenait Chrobowska. Il savait qu'il commettait une erreur mais se sentait incapable de la corriger.

Il ouvrit le tiroir et saisit le revolver. « Oui, ton temps est venu! lui dit une voix. Il ne te reste plus rien. » Il mania maladroitement l'objet lourd, avec des mains faibles, comme endormies. Dans l'obscurité, il eut du mal à situer la gueule et la poignée de l'arme. Eh bien, c'est la fin! Dieu me pardonne! Il entendit comme un message, non avec son ouïe mais avec quelque sens indicible. Il avait rempli sa mission et il était rappelé là d'où il était venu. Il posa un doigt sur la détente, puis il dirigea le canon contre sa tempe. Pendant un moment il dodelina de la tête, presque en somnolant, les yeux grands ouverts. La gueule du revolver glissa le long de sa joue et resta posée sur son menton. Il n'était plus vraiment Lucien. Il était entraîné dans une action qu'il était incapable de comprendre ou de décrire en mots. Il allait faire corps avec quelque chose qu'il n'avait jamais connu auparavant, se libérer, se dissoudre – un corps sans substance, une entité pensante, vide de sens. La barrière entre l'intérieur et l'extérieur était tombée. « Est-ce cela la mort? se demanda-t-il. Pourtant je suis toujours en vie. » Toute fonction en lui semblait avoir cessé. Il fut saisit d'un besoin de vomir, de cracher ses entrailles. Il ne pouvait plus supporter le poids de sa chair. C'était la fin! Dans les ultimes secondes de son existence son esprit restait préoccupé par quelque pensée qu'il était incapable de saisir. C'était comme s'il parlait un langage qu'il ne pouvait comprendre. « Maintenant! » commanda une voix. C'était un ordre qu'il lui était impossible d'ignorer. Il avait un dernier acte à accomplir. Avec ce qui lui restait de forces il souleva le revolver et appuya sur la détente. On aurait dit qu'une lame venait de traverser son crâne : il ne ressentit pas la moindre douleur.

Le lendemain matin on vêtit Lucien de linge frais et on le plaça dans un cercueil. Félicie s'effondra; Marisia et Wladzio veillèrent le mort. Zawacki ne voulut pas entendre parler de rites religieux, mais Marisia exigea en pleurnichant un enterrement chrétien convenable pour son père. On alluma des chandelles dans tous les candélabres et bougeoirs. Le cercueil, découvert, fut placé sur la table. Deux nonnes – une jeune et une vieille – récitèrent l'office des morts auprès du défunt. A la tombée de la nuit, Félicie, suffisamment rétablie, fut conduite dans le salon. Elle reconnut tout : le cercueil aux filets d'argent, les chandelles dont la cire tombait goutte à goutte, les nonnes, l'odeur de cire et d'encens. La tête de Lucien était entourée d'un pansement; elle reposait sur un coussin de soie. Ce n'était plus Lucien qui était couché là, mais un étranger aux traits inconnus, figés...

abîmé dans un silence que hantait un élément d'effroi. Félicie avait l'impression que ce silence hurlait de détresse. Et pourtant la pièce était habitée d'une solennité digne d'une église. « Où sont les jeunes filles? » se demanda Félicie. Au même moment la porte s'ouvrit grande et Janina, accompagnée de deux autres jeunes filles, entra. Les pleurs de Janina avaient l'étrange accent d'un rire dément. Elle se précipita en hurlant vers le cercueil et s'effondra à son côté.

« Je t'aime! Je t'aime! Qu'as-tu fait! Qu'as-tu fait! »

Elle se jeta sur le cercueil et le couvrit de baisers.

« Aïe... aïe, gémit-elle, aïe... aïe... » C'était comme un chant funèbre, transmis de génération en génération de paysans. Il avait quelque chose de la plainte étranglée d'une bête blessée. Les deux jeunes filles étaient des camarades de classe de Janina. Elles travaillaient à l'hôpital, comme elle.

Félicie resta de pierre. « Est-ce que tout est déterminé à l'avance? L'homme n'est-il rien d'autre qu'un jouet? La fin de Lucien était-elle prédestinée? » Quelque chose en elle laissa un grand vide. Elle joignit ses mains. Elle ne pouvait même pas pleurer. Le docteur Zawacki s'approcha d'elle.

« Pourquoi a-t-il fait cela? Quelle tête brûlée! fit-il.

– Tais-toi, Marian.

– Tu dois regagner ton lit. Tu es blême comme de la cire. »

Il lui prit le poignet, le garda dans sa main et s'efforça d'écouter les battements de son pouls. Celui-ci était irrégulier et lent, comme indécis quant à l'ultime décision à prendre : fallait-il continuer à battre ou s'arrêter?

22

I

Ezriel eut un visiteur inattendu. Parmi les clients installés dans la salle d'attente se trouvait une femme portant le deuil. Arrivée une des premières, elle souhaitait manifestement attendre jusqu'à ce que tout le monde fût parti. Chaque fois qu'Ezriel ouvrait la porte de son cabinet, elle lui indiquait d'un doigt ganté de noir qu'il pouvait faire passer les autres avant elle-même. Finalement, elle entra dans son cabinet et souleva le lourd voile qui couvrait son visage. Ezriel aperçut une femme vieillissante, toute ridée, aux cheveux blancs et aux yeux tristes. Un fin duvet de poils gris ombrait son menton; ses lèvres étaient rentrées. Sa silhouette dégageait une certaine élégance, bien que surannée.

« Ne me reconnaissez-vous pas, docteur? Moi, je vous reconnais, dit-elle.

– Je suis vraiment désolé...

– Je suis la femme du docteur Zawacki... Peut-être vous souvenez-vous de la comtesse Félicie?

– Oui, bien sûr! A présent je vous reconnais!

– Je me rappelle même le jour de votre mariage. Je me tenais à côté du dais nuptial.

– Ma première femme est morte.

– Je sais. Il m'arrive de lire *L'Israélite*. J'ai lu la notice nécrologique.

– Ah! oui. »

Pendant un moment tous deux gardèrent le silence.

« Et comment va le docteur Zawacki? demanda Ezriel enfin.

– N'êtes-vous pas au courant? Marian nous a quittés.

– Quand?

– Le docteur ne lit-il donc pas les journaux ? Marian est décédé. Il s'est levé un matin, frais et gaillard, puis soudain la mort l'a emporté. »

De nouveau il y eut un silence. Les gens mouraient comme des mouches, Ezriel n'osait plus demander des nouvelles de personne.

« Cela me fait de la peine, dit-il finalement. Le docteur Zawacki était un bon médecin et, ce qui est plus important, un être humain plein de qualités. »

Félicie hocha sa tête blanche.

« Oui, un grand homme. A sa manière, c'était un saint.

– Ce monde n'est rien de plus qu'une vaste auberge – nous en sommes les hôtes passagers.

– C'est très juste. »

Félicie retira un mouchoir de son sac et s'essuya la bouche.

« Docteur, je ne suis pas une cliente. Tout d'abord, je ne suis pas malade, et même si je l'étais, je n'irais pas consulter un médecin. Je suis venue vous voir à titre privé.

– Je suis à votre service, et avec joie. Veuillez prendre place, je vous prie.

– Docteur Babad, sans doute allez-vous rire de moi, mais qu'importe... j'y suis habituée. Le docteur sait, je suppose, que mon frère, Lucien, nous a quittés de son plein gré.

– Oui, je suis au courant de tout.

– En sortant de prison il est venu chez nous, malade, complètement abattu. Nous avons voulu l'aider, mais il était perdu. Il a mis fin à ses jours. Lucien a laissé deux gentils enfants, ceux-là mêmes qu'il avait eus avec votre belle-sœur, Miriam Lieba. J'ai appris que le grand-père des enfants est toujours en vie, mais qu'il ne veut pas les connaître, et qu'eux, de leur côté, préfèrent l'ignorer. Notre société est pleine de préjugés. Docteur, voici ce que je suis venue vous dire : depuis la mort de Lucien, je me suis plus que jamais intéressée à l'occultisme, et plus exactement au spiritisme. J'ai le sentiment que cette science se rattache bien plus à la religion chrétienne qu'à la religion juive. Comment une religion peut-elle passer sous silence l'immortalité de l'âme? Après la mort de Lucien je me suis jetée, corps et âme, dans cette croyance. Je connais tous les arguments des sceptiques, et je ne les blâme pas. Nous tous sommes sous l'empire du doute, mais lorsque nous découvrons la vérité, persister dans le doute devient un péché. Je ne suis ni folle ni menteuse. J'ai perçu la présence des esprits, je leur ai parlé, je les ai touchés, de ces mains-là. Je vous jure sur ma vie que je dis la vérité.

– Je vous écoute. Continuez, je vous prie.

– Docteur, je n'ai nullement le désir de prêcher ou d'essayer de convaincre quiconque, mais je plains ceux qui se trouvent à la source et qui refusent de boire. Il vaut mieux, pour certains, ne jamais être éclairés. La plupart sont effrayés. Ils préfèrent croire au diable... Je suis également venue vous voir pour vous apporter le bon souvenir de quelqu'un. »

Ezriel hocha la tête. « De qui?

– De Miriam Lieba. Son esprit m'est apparu à la dernière séance. Elle m'a dit également qu'elle a rencontré sa sœur, votre femme. »

Ezriel se mordit les lèvres.

« Docteur, je sais ce que vous pensez, mais sa voix était aussi distincte que la vôtre l'est en ce moment. Les esprits existent, cela ne fait aucun doute.

– Si seulement c'était vrai.

– C'est la vérité, docteur. Une fille aimante reconnaît les voix de ses parents. Je leur ai parlé d'innombrables fois. Ils ont fait allusion à des choses que personne d'autre que moi ne pouvait savoir.

– Eh bien, je vous écoute.

– Docteur, je sais combien vous êtes occupé. Cependant j'aimerais vous proposer quelque chose. Nous formons un cercle très fermé, et nous n'invitons pas n'importe qui. Des sceptiques ou des cyniques pourraient troubler nos séances. Je crois que vous, en revanche, vous êtes à la recherche de la vérité. Feu Miriam Lieba parlait souvent de vous. Elle ne cessait de chanter vos louanges. Ce serait une grande joie pour elle que d'entrer en contact avec vous. »

Ezriel eut un petit sourire. « Elle doit connaître mon adresse.

– Oh! docteur, par tout ce qui vous est sacré, ne soyez pas sarcastique! Ces sujets que nous abordons sont trop sérieux.

– Je suis désolé, madame, mais j'ai du mal à croire qu'une femme qui est morte et dont le corps est décomposé puisse parler et envoyer son bon souvenir. Comment peut-elle parler, alors que ses cordes vocales sont éteintes? Et si son esprit vit, pourquoi ne parle-t-il que pendant les séances? Même si on accepte le fait de la révélation spontanée, ces médiums sont connus pour être des voleurs et des fripouilles.

– Comment pouvez-vous en être si sûr? J'admets qu'il y a des escrocs parmi eux, toutefois vous en trouvez dans tous les milieux professionnels. Pani Bielska, le chef de notre groupe, est une femme aux pouvoirs extraordinaires.

– Quels pouvoirs? Comment les a-t-elle acquis? Je suis attiré par la religion, mais je ne peux supporter le fanatisme ni les mensonges, encore moins ceux qui abusent de la crédulité des esseulés et des inquiets. Si un vestige de Miriam Lieba existait, pourquoi se révélerait-il à une quelconque Pani Bielska? Pourquoi pas à moi, ou à ses sœurs? Où est la logique dans tout cela?

– Docteur, notre logique terrestre ne peut pas expliquer tout.

– Eh bien, je refuse de croire à tous ces fantômes. J'admets que l'âme de Miriam Lieba est au paradis. Tout est possible avec Dieu. Mais croire que l'âme de Miriam Lieba se révèle et envoie des saluts de l'autre monde, uniquement lorsqu'une bande d'imposteurs éteint les lumières, est trop exiger de moi.

– Eh bien, docteur, j'en suis désolée pour vous. Mes intentions étaient bonnes.

– Je n'en doute pas et je vous remercie de tout cœur. Si votre croyance vous aide à mieux supporter vos épreuves, je ne veux pas vous la ravir.

– Même si vous le vouliez, vous ne le pourriez pas... mes yeux ont vu et mes oreilles ont entendu. Après la mort de Lucien, je n'étais plus qu'une épave. Quant à la disparition de Marian, je préfère ne pas en parler. Ma pauvre tête est comme une enclume sur laquelle s'abat le marteau de Dieu. Les épreuves pleuvent sur moi depuis mon enfance. Une catastrophe suit l'autre. C'est la main de la Providence. J'aurais perdu la raison si je n'avais pas trouvé une consolation dans le spiritisme. J'ai retrouvé tout le monde : mes parents, Lucien, Miriam Lieba et mon mari. Tous me donnent des preuves de leur amour pour moi; ils me guident et m'enseignent à faire face à toutes les épreuves. Je sais que je vais bientôt les rejoindre et j'attends avec impatience ce grand jour. Wladzio et Marisia n'ont plus besoin de moi. Ma fille adoptive, Dieu merci, poursuit ses études pour devenir infirmière. Toujours est-il que mon pauvre frère a laissé un enfant illégitime, et c'est lui qui me donne le plus de soucis. Le docteur se souvient peut-être...

– Oui, je m'en souviens. Il a eu un fils de quelque servante.

– De Kasia. C'est son nom. Son fils s'appelle Bolek. La mère est restée une créature assez obscure. Elle travaille comme bonne. Une certaine Bobrowska tenta de lui enseigner le métier de couturière, mais Kasia se montra incapable d'apprendre la couture. Je me demande toujours avec perplexité comment mon frère avait pu se lier avec une femme aussi ordinaire. Ce fils illégitime qu'il a laissé n'est pas de notre milieu. J'ai envoyé Bolek au lycée, mais il s'est enfui. Ensuite il est devenu garçon de café, mais il n'est même pas bon à faire ce métier-là. Il vient sans cesse me demander de l'argent et il est constamment mêlé à quelque affaire louche. Il n'en reste pas moins l'enfant de mon frère et le petit-fils des Jampolski. Son père et ses grands-parents ne peuvent reposer en paix à cause de lui... quant à moi, il m'empêche de mourir...

– Dans ce cas, il remplit tout de même une mission dans ce monde.

– Ce n'est pas une plaisanterie.

– Je sais. Chère madame, il existe une chose qu'on appelle l'hérédité. En dépit de toutes nos dénégations, celle-ci a la plus forte influence sur notre caractère.

– Comment se fait-il que Wladzio n'ait pas, lui aussi, subi ces influences néfastes?

– Les lois de l'hérédité restent mystérieuses. Plus mystérieuses que la magie noire et la force évocatrice de tous les médiums.

– Je crois que chaque goutte de sperme contient un esprit.

– Dans ce cas, chaque homme porterait en lui des millions d'esprits.

– Oui, c'est une explication.

– Peut-être. J'envisage personnellement de me rendre en Palestine, et même de m'y établir. Parlez-en à ma belle-sœur. Peut-être viendra-t-elle me dire au revoir.

– Permettez-moi de vous demander pourquoi justement en Palestine?

– Je ne sais pas moi-même pourquoi. J'ai un fils là-bas. Quelque chose nous pousse, nous autres Juifs, à retourner d'où nous venons.

– Et pourtant vous êtes un rationaliste.

– Je ne suis pas rationaliste.

– J'ai lu un article sur l'émigration des Juifs, dans *L'Israélite*. A en juger, ils fuient les pogroms tsaristes, mais comment ne pas admettre que tout ceci n'est qu'un signe de la volonté de Dieu ? Cependant je supposais que seules des personnes s'intéressant à l'agriculture émigraient en Palestine. Est-ce donc possible de pratiquer la médecine là-bas ?

– Je l'espère. Pourquoi pas ? Toujours est-il que la culture juive ne peut s'intégrer dans d'autres cultures. Nous devons soit devenir des Juifs à part entière, soit périr.

– C'est très juste.

– Comment cela se passe-t-il dans l'autre monde ? Les Juifs s'y sont-ils assimilés ?

– Oh ! docteur, si vous ne me rappeliez pas mon défunt mari, je me mettrais en colère. Marian avait un sens de l'humour semblable, n'empêche que chez lui ce n'était qu'une façade : derrière se cachait un mystique. Il est mort comme un saint. Ses idées ne sont plus les mêmes maintenant. Il ne cesse de me dire qu'on ne peut trouver la vérité que dans l'évangélisme, et non dans la sagesse du monde.

– Que font les Juifs, les mahométans, les bouddhistes, les brahmanes dans l'autre monde ? Peut-il y avoir différentes vérités en matière religieuse ?

– Je n'en sais rien, docteur. Je ne suis en contact qu'avec des chrétiens. Les esprits ne sont pas tous semblables, eux non plus.

– Ce n'est qu'une illusion. D'après vous, madame, l'autre monde est tout aussi confus que le monde d'ici-bas.

– Dieu a beaucoup de royaumes. »

II

Peu de temps après les funérailles de Clara, Calman dut être transporté d'urgence à l'hôpital. Il n'urinait plus. On l'opéra, mais il resta si faible que, bon nombre de jours plus tard, il n'était pas encore en état de s'asseoir. Jochebed rendit journellement visite à son père. La congrégation des Soins aux Malades qui avait l'habitude de se réunir au domicile de Calman, lequel faisait alors office de bedeau, envoya quelques-uns de ses membres au chevet du malade. Jochebed suggéra à son père de prendre une chambre particulière, cependant il refusa de s'isoler des autres malades. Bien sûr, il était pénible de s'habituer au bruit, à la mauvaise odeur, aux gémissements qui régnaient dans la salle commune, mais l'homme était-il né uniquement pour s'abandonner aux plaisirs? L'infirmière dressa un paravent entre Calman et son voisin de lit. Calman mit son châle de prière et ses phylactères. Il avait emporté à l'hôpital un livre de prière, le Pentateuque et *Le Commencement de la sagesse.* Il ne demandait pas de faveur au Tout-Puissant. Le séjour terrestre qui lui était échu arrivait à son terme. Chaque fois qu'il avait un moment libre, il disait ses prières et lisait ses livres. Sacha lui apporta des fleurs et d'autres petits présents, mais Calman ordonna qu'on ôtât de sa vue ces choses tentatrices. Les gâteaux et les chocolats furent distribués parmi les malades. Sacha promit à son père de dire le kaddish après sa mort. Pour toute réponse Calman dodelina de la tête. Il ne savait que trop bien quelle vie Sacha menait. Après ses prières et ses lectures, Calman se plaisait à évoquer sa vie passée. La fortune l'avait comblé, puis quitté. Il avait enterré deux de ses quatre filles. Son gendre, le Rabbi de Marshinov, était au seuil du trépas. Ezriel vivait avec une femme convertie. Calman avait fait la charité durant toute son existence, mais pas suffisamment à son avis. Il aurait pu faire vivre bien des hommes avec ce qu'il possédait; or, au lieu de cela, il avait convoité de nouvelles pièces de terre, de nouveaux baux. Il aurait pu épouser une femme respectable, or il s'était amouraché de Clara. Bientôt il aurait des comptes à rendre sur ses actes. Il laissait derrière lui des chrétiens, des Juifs irreligieux, des générations d'individus de basse extraction... Il songea à Zelda. Lui serait-il permis d'être avec elle? Elle était morte pieuse. Qui sait quelles hauteurs elle avait atteintes? Lui-même méritait un châtiment. Il n'avait qu'une seule consolation : Dieu était miséricordieux. Lui savait que l'homme n'était que cendre et poussière.

Autour de Calman des gens mouraient. Un malade qui venait de demander une tasse de thé, soudain devenait inerte, et peu après les ambulanciers l'emportaient à la morgue. Tout au long d'une nuit un jeune homme avait hurlé. Le lendemain matin il se taisait pour toujours. Ici, à l'hôpital, l'être humain était réduit à sa simple expression : un pauvre tas d'os. Mais l'homme était-il entièrement responsable de ses folies? Il avait besoin de se nourrir, et aussi d'un espace vital. Tant que les humains respiraient, ils étaient en butte aux passions : les médecins jeunes jouaient de la prunelle en apercevant les infirmières; celles-ci, se mouvant entre les lits des mourants ou se promenant dans les couloirs, souriaient, flirtaient et gloussaient. A la gauche de Calman était couché un Juif hérétique qui lui racontait qu'il connaissait Ezriel. Son nom était Todros. Todros Bendiner. Jadis Ezriel avait habité la même maison que lui, au 19, rue Krochmalna. Les dernières années, Todros avait vécu dans un asile pour vieillards. Il avait le cancer de la rate. Son visage était jaune comme du safran. Il lui arrivait de dire à Calman :

« Votre psaume n'a pas été écrit par le roi David.

– Par qui alors?

– C'est un recueil de nombreux écrits. Ceux-ci furent d'abord rassemblés au temps d'Ezra. »

Calman avait envie d'argumenter avec lui, mais il jugeait préférable de s'abstenir. Il se contentait généralement de demander :

« Ne croyez-vous donc en rien?

– L'homme ne vaut pas plus qu'un insecte.

– Un insecte aussi est créé par Dieu.

– Et qui a créé Dieu?

– Allons... cela suffit! »

Todros lisait également non pas des livres sacrés, mais de la littérature laïque et moderne. Des étudiants venaient parfois le voir : des jeunes gens rasés de frais, tête nue, vêtus d'une courte veste. Ils discutaient de politique et d'affaires mondiales; ils employaient des expressions hébraïques mais avaient l'air de chrétiens. Calman avait envie de demander au médecin de le changer de lit mais il craignait d'offenser Todros. Enfin... il connaîtrait bientôt la vérité. Dieu existait. Le monde n'était pas uniquement un chaos. Depuis la fenêtre de l'hôpital on apercevait le ciel et les nuages. Des oiseaux volaient dans l'air. Une garde-malade avait ouvert un vasistas. Un papillon tacheté de jaune entra. Une créature aussi minuscule, et pourtant capable de voler! Où avait-elle passé l'hiver? Elle avait certainement eu une mère, et celle-ci, de son côté, en avait eu une également... des générations et des générations de papillons... Tout ceci avait-il pu se produire sans l'intervention de quelqu'un? Lui, Todros Bendiner, était-il plus savant que le Tout-Puissant? « Père du ciel, pardonne-lui! priait Calman. Les tentations sont grandes. » Calman sentait ses yeux se remplir de larmes. Il pleurait sur le sort de cet érudit qui avait gâché sa vie et passait le restant de ses jours à lire des livres futiles, à discuter avec des étudiants niais, à s'étourdir avec des distractions stupides.

Jour après jour s'enfuyait sans que Calman en prît

conscience. Un matin, en ouvrant les yeux, il s'aperçut que le lit de Todros était vide. Quelqu'un avait enlevé toute la literie. Une petite personne au bonnet d'infirmière, le visage parsemé de taches de rousseur et au nez pointu, couvrait le matelas d'un drap frais. Calman eut envie de lui demander des nouvelles de Todros mais il n'avait pas la force de parler. En outre, il connaissait la réponse. Où allait-on en sortant d'ici? Le soleil brillait. Quelques-uns des malades bavardaient. D'autres gémissaient. Un jeune homme guéri venait d'être renvoyé et ses voisins de lit le félicitaient. Calman essaya de se dresser dans son lit, mais il n'en était plus capable. Son corps était lourd, son ventre ballonné, douloureux. Sa bouche exhalait des odeurs nauséabondes, produites par son estomac. Il voulut dire la Prière de la Résurrection mais il se sentait même trop faible pour cela. « Malheur à moi, je suis sans force, se dit-il, pourtant jadis j'étais un homme puissant... » Il ferma les yeux et n'eut plus aucune envie de les rouvrir. Il eut le sentiment qu'il avait cessé d'être Calman et qu'il était en train de devenir quelqu'un d'autre, un réceptable de rêves, de dictons, de visions. Il ouvrit un œil : le soleil ne brillait plus. Ezriel était penché sur lui. « Beau-père, comment allez-vous? »

Calman bougea les lèvres, mais aucun son n'en sortit. Et cependant il se rappela clairement que Shaindel était morte et qu'Ezriel envisageait de partir pour la Terre sainte.

III

Une grève menaçait d'éclater à Lodz. Il fallait quelqu'un pour faire entrer en fraude des armes et des munitions dans la ville. Zina se proposa comme volontaire. Les armes furent emballées dans deux valises, les munitions dissimulées sur elle, sous ses vêtements. Elle se mit toute nue et une femme experte en contrebande lui attacha les cartouches tels des spaghetti autour des reins et jusqu'aux genoux. Zina pouvait à peine bouger. Mais qui s'intéressait à une femme « enceinte »? Pour faire croire que sa grossesse était fort avancée, Zina marqua même son visage de quelques taches. A l'aide d'un coussin dans lequel on dissimula une paire de pistolets supplémentaire, son ventre prit une forme proéminente. La femme qui devait passer pour la mère de Zina l'accompagna en fiacre jusqu'à la gare de Vienne. Arrivées sur le quai, elle plaça « sa fille » dans un wagon de seconde classe. Zina tenait dans ses mains un roman et quelque ouvrage de tricot pour le « futur bébé ». Un officier lui céda galamment sa place près de la fenêtre. Une femme vieillissante commença aussitôt à faire des confidences sur ses propres expériences : ses envies de manger des coquilles d'œuf et la chaux des murs. Zina eut du mal à s'empêcher de rire. L'enfant dont la vieille femme parlait avec tant de tendresse était à présent un officier, quelque part au Caucase, probablement un de ces réactionnaires et despotes que la révolution aurait à sacrifier. Le contrôleur entra et Zina lui donna son billet. Un énorme gendarme, la poitrine couverte de médailles, passa la tête par la portière et adressa un signe de tête à Zina. Le train siffla trois fois, puis il se mit en route. La « mère » cria à Zina : « Rappelle-toi, ma fille, prends soin de toi!... Sois prudente!

– Ne t'inquiète pas, mère, tout ira bien! »

Zina baissa le nez dans son livre, cependant elle pensa à son père. Comment avait-il pu se laisser prendre au bagou de ces capitalistes juifs corrompus qui prêchaient le nouveau nationalisme? Il avait beaucoup lu, étudié, il avait jadis appartenu à un groupe d'autodidactes, et il était resté en contact avec la tante de Zina, Mirale, jusqu'à l'exil de cette dernière en Sibérie. Comment ne s'était-il pas rendu compte que le monde était divisé en exploiteurs et exploités? N'était-il pas conscient du despotisme russe? Ne savait-il pas par quels moyens les impérialistes atteignaient leur but? Comment pouvait-il ignorer la condition du paysan russe, de l'ouvrier polonais, pendant qu'il s'occupait de contes de bonne femme écrits dans l'Ancien Testament? La population juive avait-elle le droit d'abandonner tout pour aller en Palestine? D'ailleurs, là-bas, de soi-disant philanthropes, à leur tour, exploiteraient au nom d'un nationalisme modernisé. Et qui chanterait les louanges du sacrifice de son père? Un Dieu invisible? Pourtant Dostoïevski n'avait-il pas été un slavophile? Tolstoï ne s'était-il pas rendu ridicule? Toutes les universités n'étaient-elles pas pleines de professeurs qui s'agenouillaient devant n'importe quelle statue religieuse et qui baisaient la main des ministres de l'Eglise?

Zina poussa un soupir. Elle avait chaud. Sa peau était brûlante. La femme lui avait trop serré les cartouches sur le corps : elles formaient une véritable armure, épousant étroitement ses reins, son ventre. Zina avait l'impression de porter une gaine de métal. Dieu du ciel, si les cartouches s'enflammaient, elle se transformerait en torche humaine! Et ensuite? Les masses populaires lutteraient, triompheraient, exulteraient, tandis qu'elle-même serait réduite en un tas de cendres... Personne ne se rappellerait même qu'il avait existé une femme du nom de Zina. De toute manière, elle avait le devoir d'aller jusqu'au bout! Quelqu'un devait se sacrifier. Il fallait déclencher une offensive contre tant d'injustice!... Zina avait emporté dans son sac un morceau de chocolat et quelques petits gâteaux secs. Elle se mit à croquer une barre de chocolat. Elle ne cessait de s'essuyer le front de son mouchoir. Elle ignorait qu'une personne pouvait autant transpirer. La sueur coulait à flots le long de son dos, de ses bras, mouillant ses manches. Elle avait le visage en feu. Elle commençait à souffrir de la soif. Comment avait-elle pu oublier d'emporter quelque chose à boire? Soudain elle eut un besoin pressant d'uriner. « Bonne mère, je vais cracher mes entrailles! » Elle ressentit des brûlures cuisantes à l'estomac. Avait-elle mangé quelque nourriture avariée? Non, elle ne sortirait pas du compartiment! Elle resterait assise jusqu'à la fin du voyage... Plus que quelques heures. Dans son tourment Zina essaya de lire, mais les lettres dansaient sous ses yeux. La page devint blanche, puis tachetée. Des cercles éthérés tourbillonnaient entre les lignes. « Il ne faut pas que je m'évanouisse! Non, à aucun prix! Je dois garder le contrôle de moi-même! Des milliers de vies, la réalisation de tant d'espoirs et d'idéaux dépendent de moi!... »

« Sois forte, Zina! Sois forte! » marmonna-t-elle. « Dieu du ciel, aie pitié de moi! » criait quelque chose en elle. Elle se surprit à prier et en fut tout étonnée. « Oh! je ne sais pas ce qui se passe en moi! Il faut que je me lève!... »

Elle essaya de se mettre debout, mais ses jambes étaient comme paralysées. Elle s'éventa de son livre. Des marteaux semblaient frapper ses tempes. Son cœur battait à se rompre. Des étincelles de feu jaillissaient devant ses yeux. Des cloches sonnaient dans ses oreilles. Sa bouche se remplit d'un liquide fade. Les autres voyageurs se rendaient-ils compte de ce qui lui arrivait? Pourquoi le vieil homme la fixait-il ainsi du regard? Et l'officier? « Oh! bonne mère, je suis perdue... »

Se penchant en avant comme pour vomir, Zina tomba la face contre terre. La vieille femme poussa un cri. L'officier bondit et tenta de soulever Zina par les épaules. Les cartouches attachées sous sa robe se détachèrent et commencèrent à se répandre en roulant sur le plancher. Il y eut un affolement général. Des voyageurs d'autres compartiments, pour la plupart des militaires, arrivèrent en courant. « Que veut dire ceci? » brailla un colonel à la barbe rousse. Les badauds se retenaient de rire. Des cartouches continuaient de tomber des dessous de Zina.

On apporta de l'eau. Le train fut arrêté. Deux gendarmes firent leur apparition.

IV

La seule personne qui aurait probablement pu sauver Zina était son oncle Sacha. Celui-ci avait repris l'appartement de sa mère défunte, d'ailleurs toujours habité par la bonne et Felusia. Puisque Zipkin, en fin de compte, n'était pas venu, Yasha Vinaver s'était proposé de s'occuper de Felusia. Ezriel sonna à la porte et la bonne vint lui ouvrir. Il demanda à voir Sacha, or celui-ci n'était pas en ville. La bonne lui raconta que son maître n'avait pas couché à la maison depuis deux nuits. Du fait de l'absence d'une maîtresse de maison, l'intérieur dénotait un certain désordre. La bonne semblait avoir de la visite dans la cuisine. On entendait des rires. En partant, Ezriel tomba sur Esther Eisner : elle venait voir Felusia, mais celle-ci n'était pas non plus à la maison. Esther Eisner connaissait déjà la nouvelle de l'arrestation de Zina. Cette affaire lamentable avait fait éclater l'organisation, et on craignait d'autres arrestations. A peu de distance de la maison, Ezriel et Esther rencontrèrent Yasha Vinaver. Esther fit les présentations. Yasha se mit immédiatement à faire le panégyrique de Clara.

« Docteur, pour vous, elle n'était – comment dirais-je – qu'une belle-mère par alliance. Mais pour moi, elle était bien plus.

– Où l'aviez-vous rencontrée?

– A Berlin, en Amérique, à Monte-Carlo, dans des circonstances les plus diverses. C'était avant tout une femme, une vraie femme. Vous comprenez ce que je veux dire, docteur? Une femme à cent pour cent!... » Yasha Vinaver fit claquer ses doigts.

« Allez-vous réellement amener Felusia en Amérique? s'enquit Esther Eisner.

– J'ai écrit une longue lettre au docteur Zipkin. S'il y consent, j'adopterai la fille que Clara a eue de lui. Je n'ai pas d'enfant moi-même, c'est pourquoi j'aimerais avoir une fille bien à moi. Je la mettrai dans un des meilleurs pensionnats. On ne peut pas vivre seul toute sa vie. Impossible!... »

Dès que Yasha eut pris congé et les eut quittés, Esther Eisner s'exclama : « C'est un fou!

– Il y a place dans le monde pour des gens de son espèce également! »

Esther Eisner recommanda un avocat à Ezriel. Mais que pouvait faire un homme de loi? La sentence de Zina serait au moins de trois années de prison, et peut-être même serait-elle condamnée à la pendaison. Il fallait contacter quelqu'un d'influent, quelqu'un qui eût des relations parmi les autorités, capable d'étouffer l'affaire avant qu'elle vînt devant le tribunal. Ezriel partit pour Jampol. Peut-être y trouverait-il Sacha? Ezriel n'était pas revenu au pays de sa jeunesse depuis des années, aussi eut-il du mal à le reconnaître. Des immeubles neufs avaient surgi de terre, des magasins nouveaux avaient ouvert leurs portes. Il y avait même une gare. Des jeunes gens se promenaient, vêtus de pardessus courts. A la place de l'ancien dépôt de Calman se trouvait un commerce de bois de charpente. Ezriel rencontra des Juifs et des Juives, mais aucun d'eux ne lui était familier. Où étaient tous les gens qu'il avait connus jadis? Probablement morts. Finalement il reconnut un porteur d'eau. Il héla un briska pour se faire conduire à l'adresse de Sacha.

Il passa devant ce qui, autrefois, avait été le domaine de Calman Jacoby. Le ciel, les champs de blé au bord de la route, les oiseaux étaient toujours là, comme autrefois. La paysanne agenouillée à côté des pépinières, arrachant les mauvaises herbes, semblait être la même que jadis : elle avait les mêmes nattes blondes, la même robe de calicot. Les cigognes, comme par le passé, décrivaient des cercles dans le ciel. Chaque grillon poussait le même cri qu'à l'époque où Ezriel, jeune garçon, rêvait en plein jour de Shaindel. Une abeille se posa soudain sur la manche d'Ezriel. Deux papillons, de la même couleur, aux taches identiques, voletaient l'un près de l'autre. L'air sentait la terre, l'engrais, des arômes d'été. Des vaches paissaient dans une prairie. L'une d'elles, rassasiée à force d'avoir brouté de l'herbe, était couchée, laissant couler un mince filet de bave. Ses grands yeux dont on ne voyait qu'une énorme pupille avaient un regard fixe et étonné. Ezriel avait l'impression qu'ils exprimaient les éternelles questions : « D'où suis-je venue? Pourquoi suis-je une vache?... »

Le cocher, jeune homme coiffé d'une casquette à la visière en cuir, se tourna vers Ezriel : « Monsieur désire-t-il voir le maître?

– Oui. Pan Jacoby.

– Il n'est peut-être pas chez lui.

– Où est-il?

– Parfois il se rend à la caserne. La plupart du temps il est à Varsovie.

– Je viens d'arriver de Varsovie.

– Nous ne savons jamais où il se trouve exactement. Il disparaît, puis il surgit brusquement, comme par magie. Hue!...

– Que sont devenues les carrières? Epuisées?

– Complètement!... Le vieux Jacoby est mort.

– Oui, je sais.

– Ho!... »

Sacha n'était pas chez lui. Une chrétienne reçut Ezriel et lui dit que le maître était peut-être à la caserne. Ezriel l'examina et sut, instinctivement, que cette femme n'était pas qu'une domestique mais la maîtresse de Sacha. Elle avait les yeux cernés. Dévisageant Ezriel avec la curiosité familière d'une parente, elle parlait d'une voix traînante.

« Oui, le maître rentrera à la maison, mais je ne peux pas vous dire quand. Il pourrait aussi bien arriver aujourd'hui que demain, ou après-demain. On ne sait jamais, avec lui. Qui dois-je lui annoncer?

– Docteur Babad.

– Ah! ah!

– Je vais essayer de le trouver à la caserne.

– Oui, peut-être le maître y est-il, ou bien il est ailleurs. Seul Dieu sait où, fit-elle en poussant un soupir.

– Je comprends. »

Sacha n'était pas non plus à la caserne. En tout cas, s'il y était, il resta introuvable. Personne ne put le renseigner. Sur l'immense terrain de manœuvres un sergent-major instruisait des soldats. Des chevaux de cavalerie étaient pansés, leurs flancs étrillés et bouchonnés avec des peignes et des brosses. Des officiers flânaient au grand air. Deux soldats transportaient une bouilloire suspendue à une perche. Des baïonnettes scintillaient au soleil. Les soldats poussaient des cris rauques tandis qu'ils se lançaient à l'assaut d'un mannequin, le transperçaient et s'acharnaient comme pour l'étriper. Dans l'air il y avait une odeur de foin, de choucroute, de cuir et de sueur. Rien n'avait changé dans ces lieux, pas même les puanteurs fétides. Cependant les jeunes soldats qu'Ezriel avait connus, tout enfant, étaient à présent des vieillards ou peut-être morts. Ezriel se posait des questions angoissées au sujet de Zina : quelles pouvaient bien être ses pensées en prison? Le soleil de l'après-midi le réchauffait agréablement. Le cocher profita de l'attente pour faire boire ses chevaux. Ezriel passa son bras autour de l'encolure du cheval, cette créature de Dieu silencieuse, à la tête penchée, aux oreilles dressées, à la queue pendante, aux yeux pleins d'humilité. Ezriel avait l'impression que le cheval lui parlait. « On est né, et on doit mourir. Tout le reste est sans importance... » semblait-il dire.

V

Sacha était en visite chez une femme habitant non loin de la caserne. Lydia Michalovna, épouse d'un officier, était assise dans un fauteuil à bascule, en train de tricoter un minuscule sac. Elle était de taille moyenne, un peu grasse, avec une poitrine plantureuse. Ses cheveux se dressaient sur sa tête, crépus comme ceux des négresses qu'on montrait dans les manuels illustrés. Elle avait le front bombé, un nez typiquement russe, des yeux noirs et des lèvres charnues. Lydia Michalovna n'avait que vingt-sept ans mais elle en paraissait davantage. Dans la chambre voisine, un enfant de quatre ans dormait dans un lit de rotin. Une bonne le veillait. Dans la cour un planton coupait du bois. La chambre à coucher de Lydia Michalovna était remplie de bibelots. Sur le divan, couvert de coussins, était posée une poupée géante. Sur une petite table étaient placés trois albums en cuir ciselés d'or, l'un sur l'autre. Lydia Michalovna venait de célébrer son anniversaire, aussi y avait-il un peu partout des cadeaux entassés : de petits coffrets au couvercle colorié, des flacons de parfum, des bonbons, des livres, des vases pleins de fleurs. Les membres du club des officiers s'accordaient pour dire que Lydia Michalovna n'était pas jolie, et pourtant presque tous subissaient sa séduction. Les femmes répandaient des ragots sur son compte, jurant qu'elle cocufiait son mari. Pourtant celui-ci s'était endetté à cause d'elle, en empruntant de l'argent à un taux d'intérêts exorbitant. Quelques jours plus tôt il était tombé de cheval, se luxant une épaule. Pour le moment il était soigné dans un hôpital militaire de Varsovie, car le médecin militaire local était un alcoolique qui, de plus, passait pour un incompétent. Le personnage de Lydia Michalovna était le sujet favori dans les discussions entre les femmes d'officiers. Qu'est-ce que les hommes lui trouvaient donc de si attrayant? Un jeune officier s'était extasié sur la peau merveilleusement blanche de Lydia Michalovna, ce qui n'avait pas manqué de déchaîner à la fois l'hilarité et la malveillance de la gent féminine. Tout le monde savait que Sergei Calmanovitch Jacoby, l'entrepreneur juif, était un visiteur assidu au foyer de la jeune femme, mais puisque le mari ne semblait pas s'en inquiéter... à quoi bon s'en mêler? Les femmes avaient de quoi bavarder durant les longues journées d'été, tandis que les maris étaient à leur travail, et aux cours des soirées où elles se réunissaient pour jouer aux cartes.

Lydia Michalovna se balançait dans son fauteuil tout en tricotant. De temps à autre elle posait ses yeux noirs d'un air interrogateur sur Sacha, qui allait de long en large, faisant craquer ses hautes bottes, et dont les mains semblaient curieusement agitées : tournant en rond, il ne cessait de toucher des objets sur son passage. Il s'approchait de la pendule, immobilisait un instant le balancier, avant de le balancer brusquement vers la gauche. Sa chevelure était rebelle. Il portait une vareuse avec des glands, à l'instar d'un étudiant ou d'un révolutionnaire. Il s'arrêta devant un miroir rond orné d'un cadre argenté et il adressa des grimaces à son image. Il remuait ses lèvres, haussait ses sourcils, fronçait son nez, tel un acteur en train de répéter un rôle.

Lydia Michalovna soudain s'emporta. « Vas-tu cesser de tourner comme un loup en cage? lança-t-elle.

– Eh bien, parle! je t'écoute.

– Assieds-toi! Je n'aime pas élever la voix. Aujourd'hui tu es plus sauvage que jamais.

– Je ne suis pas sauvage. Ces journées d'été me rendent fou.

– A quoi bon blâmer la chaleur? Chéri, nous ne pouvons pas continuer ainsi!

– Bah!... j'ai déjà entendu la même chanson. Tu te répètes. C'est une manie chez les femmes. Tu l'as dit, et je l'ai entendu.

– Je t'en prie, ne sois pas grossier! Ce n'est pas le moment! Je ne suis pas faite pour cette sorte de vie. Je me moque de ce qu'en disent les gens. Je jure par tout ce qui m'est sacré que les ragots m'inquiètent moins que les aboiements d'un chien. Mais je dois me sentir en paix avec moi-même. Peu m'importe que les autres n'aient aucun respect pour moi; en revanche je ne peux pas perdre toute dignité à mes propres yeux.

– Paroles creuses! Toutes les dames racontent les mêmes bêtises. C'est vraiment amusant! Qu'est-ce que le respect? Et la dignité? Le respect de quoi? Nous sommes tous des bêtes.

– Je sais, je sais, pourtant je ne ne peux pas continuer ainsi. Je pourrais à la rigueur me réconcilier avec le fait que j'ai un amant, mais non pas avec la triste certitude que cet amant court tous les jupons en vue. Je me sens capable de partager un homme avec sa femme, mais en aucun cas avec n'importe quelle paysanne du village. Je ne suis pas encore tombée aussi bas.

– Que veulent dire toutes ces bêtises? Avec qui me partages-tu donc? A moins que tu ne sois jalouse de Hanka?

– Sa vue seule me met hors de moi. Elle me regarde comme un veau qu'on mène à l'abattoir. Si elle n'est rien pour toi, comme tu prétends, pourquoi ne la congédies-tu pas? Plus longtemps elle restera attachée à ton service, plus les choses vont empirer.

– Je l'ai congédiée un millier de fois, mais elle ne s'en va pas. Elle se jetterait plutôt dans le puits; or, moi, je ne veux pas de scandale. Des filles de son espèce sont capables de tout.

– Peut-être crains-tu qu'elle ne te lance de l'acide à la figure ?

– Je ne crains rien. Rien ne me fait peur. Lorsque j'ai vu ma mère couchée dans la tombe, je me suis dit que le monde d'ici-bas n'est rien qu'une calamité et que notre vie à tous ne vaut pas plus que celle d'un ver de terre. J'ai envie de me tirer une balle dans le crâne. Voilà la vérité.

– Tu es prêt à te tuer, dis-tu, or cela ne t'empêche pas de courir après les femmes. Les gens font des gorges chaudes à ton sujet. Tout cela se terminera par le déshonneur, sinon par une catastrophe.

– Qu'est-ce que tu es ? Une diseuse de bonne aventure ? Une voyante ? Je risque *ma* peau, et non la tienne. En outre, tu sais parfaitement que je ne mendie jamais rien à personne. Pour moi, tout cela est du pareil au même : oui-oui, non-non.

– Pourquoi ce langage désabusé ? Tu es encore jeune. Sincèrement, ce fatalisme que tu affiches est mauvais signe. Lorsque tu m'as connue... lorsque nous nous sommes connus, tu étais différent. A ce moment-là, tu parlais comme un idéaliste.

– Un idéaliste ? Je t'ai dit franchement, et sans détour, que je te désirais. Je te désire d'ailleurs toujours. Tout le reste c'est de la salade.

– Ce n'est pas de la salade ! Nous vieillissons. Que seras-tu à quarante ans, avec des idées pareilles à ton âge ?

– A quarante ans je serai couché la tête en bas et les pieds relevés.

– Mais pourquoi ? Pourquoi ? Tu es en bonne santé et tu es un homme capable. Je ne me jette pas au cou de n'importe qui, Dieu m'en est témoin, cependant je crois que nous pourrions être heureux tous les deux. L'existence que je mène avec Kostia n'est pas une vie.

– Que reproches-tu à ton mari ? Je ne connais pas de

mari meilleur que lui. Il est travailleur, dévoué, tolérant. Je suis ton troisième amant, dans l'ordre chronologique, et...

– Que veux-tu dire par troisième? Tu sais que c'est faux.

– Je ne raconte pas de mensonge.

– D'accord... je ne veux pas me chamailler avec toi. Il suffit que je fasse allusion à quelque chose pour que, aussitôt, tu en fasses une montagne. Tu peux penser ce que tu veux, mais je ne suis ni une femme cynique ni une femme volage. J'aurais pu faire une bonne épouse si Kostia avait été différent.

– Eh bien, il faut que je parte.

– Où vas-tu? Que t'arrive-t-il aujourd'hui?

– Tu me rends nerveux. Au début tu te contentais d'être simplement une femme; or, maintenant, tu prêches comme un curé. Je suis fatigué de tes remontrances. Si je dois vivre, je vivrai, et si je dois claquer, eh bien, je mourrai. Si tu estimes que je suis trop coureur, je te laisse à ta solitude. Dès aujourd'hui... dès cet instant. Adieu!

– Où vas-tu? Dieu du ciel, je n'avais pas l'intention de t'insulter. Ne crois-tu donc pas à l'amour véritable?

– A l'amour oui, mais non à la nécessité de la persécution en amour.

– Eh bien, je te plains. Ne t'enfuis pas. Tu risques de réveiller mon enfant. Ta mère a bien fait de mourir... »

Lydia Michalovna se figea, surprise par ses propres paroles. Elle avait pâli. Les derniers mots lui avaient échappé.

Sacha eut une envie folle de la gifler, mais il s'efforça au calme, enfonçant ses poings dans les poches de son pantalon. Après une courte hésitation, il quitta la pièce sans un mot. Il longea la salle de séjour et se dirigea vers la porte de sortie où il s'attarda un instant sur le seuil.

« Bah! laisse-la donc! Qu'elle aille au diable!... » Il fit quelques pas, puis s'arrêta de nouveau. « Que diable désire-t-elle donc? Pourquoi ces prédictions terribles? Tout le monde me hait, voilà la vérité. Les femelles haïssent tout homme qu'elles ne réussissent pas à dominer et à asservir, et c'est cela qu'elles appellent l'amour. Ce sont des sangsues. Je préfère à leur fourberie une hostilité ouverte. »

Sacha se mit en chemin en prenant la direction de la caserne. Il s'arrêta, ramassa une pierre, puis la lança au loin. Marchant d'un pas indécis, il s'écarta de la bonne route. Il arriva près d'un marécage. Des grenouilles coassaient. Sans but, il fourragea avec la pointe de son soulier dans le limon. Le soleil se couchait à l'ouest. La nuit commençait à tomber. Des moustiques susurraient en se poursuivant dans un tourbillon. Des ombres surgissaient brusquement sur l'herbe, comme projetées par des êtres invisibles. « Que m'arrive-t-il? Qu'est-ce qui me tourmente? se demanda Sacha. Une inquiétude me ronge au point que je ne sais plus vers où me tourner... Et quel est le but de tout ce bavardage? Que veut-elle de moi? A bien réfléchir, elle aussi doit être tourmentée par quelque chose... » Il fut soudain frappé par le fait qu'en l'espace d'un bref laps de temps il avait perdu sa mère et son père. « Dieu du ciel, je suis orphelin, je suis seul au monde! songea-t-il. Elle aussi est orpheline... Nous sommes tous des orphelins. Voilà pourquoi nous cherchons à nous confondre l'un dans l'autre... Voilà pourquoi les femmes veulent s'accrocher à quelqu'un, dépendre de quelqu'un... Eh bien, avec moi ça ne prend pas! Je crache sur tout le monde!... Je vais quitter tout ce gâchis et partir, jusqu'au bout du monde!... »

Sacha fut pris d'une envie irrésistible de se jeter dans la boue. « Je mettrai moi-même fin à mes jours, rien de plus simple! Voilà comment je finirai!... »

23

I

Hannah, l'épouse de Zadok, célébrait Rosh Hashanah selon la coutume respectée par ses parents. Zadok prétendait qu'il n'en voyait pas la nécessité : personne n'avait encore été au ciel, personne n'avait vu les morts au Jugement dernier, ni le Livre du Jugement s'ouvrir tout seul, ni les anges voler, ni les bonnes et les mauvaises actions avoir leur juste récompense. Puisque Hannah s'était débarrassée de sa perruque et, disait-il, avait rejeté le fanatisme juif, elle ferait aussi bien d'aller jusqu'au bout et d'être conséquente dans sa conduite. Cependant Hannah refusait de l'écouter. Ne pas porter de perruque n'était pas un grand péché. Parmi les Litvaks, même les femmes de rabbins se promenaient tête nue. N'empêche que Rosh Hashanah restait Rosh Hashanah. Hannah avait réservé un siège à la synagogue. Elle confectionnait de la hala, achetait des pommes, du miel, une carpe vivante, des carottes, du raisin et tout ce qu'il fallait pour le festin traditionnel. La veille de Rosh Hashanah elle prononça la bénédiction sur les bougies, dans leur chandelier en argent que son père, Reb Josué Walden, lui avait donné comme cadeau de mariage. Puisqu'il fallait se plier aux usages et célébrer ce jour férié, Zadok invita son oncle Ezriel à se joindre à eux. Hannah veilla à ce que les traditions sacrées fussent suivies à la lettre. Chacun des assistants prit un morceau de pomme avec du miel et dit : « Que Dieu nous accorde une bonne et heureuse année! » Puis, avant de manger une cuillerée de carottes, tous en chœur récitèrent : « Que Dieu nous accorde que nos mérites soient nombreux! »

Zadok, présidant la table, avait le sourire. Pourtant, par moments, il prenait un air pensif. Il lui semblait étrange d'être assis ici, dans un appartement de la Vieille Cité, tandis qu'à la même heure, à Marshinov, son père présidait la table de fête. Là-bas, des milliers de Juifs étaient rassemblés. La cour rabbinique était remplie de monde, les murs de la maison du culte résonnaient des voix des fidèles. Les Jours Redoutables n'étaient pas une mince affaire à Marshinov! Si Zadok était resté pieux, il serait assis en ce moment à la droite de son père. Des milliers d'yeux l'observeraient, lui le futur héritier. Dans son imagination Zadok voyait une forêt de chapeaux de fourrure, de papillotes, de barbes. Les disciples de son père étaient d'année en année plus nombreux; or Zadok, son propre fils, avait rejoint les « éclairés ». Après tout, Hannah avait bien fait d'insister pour célébrer le jour de fête. Avec les chandelles allumées et la table couverte d'une nappe blanche, quel plaisir de lire le *Courrier varsovien,* ou même quelque almanach allemand! La miche de pain traditionnelle ainsi que le poisson et le bouillon de poulet rappelaient quelque peu l'ambiance de Marshinov. Et puis il y avait l'oncle Ezriel pour discuter le Talmud avec eux. Ils se plaisaient à ergoter sur les lois, non dans un dessein d'ordre pratique, mais simplement pour démontrer qu'ils avaient gardé une bonne mémoire.

De temps à autre Zadok imita la voix chantante et les gestes de son ancien professeur. Hannah en train de découper le poulet, s'écria soudain : « Ne vous moquez pas du judaïsme!

– Je ne me moque pas. Chaque nationalité a ses propres bizarreries. Prenez la corne du bélier, par exemple. Son origine remonte sans aucun doute à l'âge de pierre. Initialement on l'utilisait pour appeler les hommes à la guerre. Aux jours lointains où le Temple était encore debout, l'embouchure avait une bordure dorée et, de chaque côté, une trompette en argent. »

Hannah ouvrit de grands yeux. Sa chevelure était maintenue sur le sommet de sa tête, dans une écharpe soyeuse.

« Des trompettes? fit-elle. C'est impossible!

– Si, c'est la vérité. Demande à oncle Ezriel.

– Oui, c'est exact, dit Ezriel.

– Je ne sais jamais s'il me prend pour une imbécile ou non. Il me raconte toutes sortes d'histoires. Il me fait avaler n'importe quelle bourde. Mais je sais une chose : un jour férié est un jour férié. Les chrétiens, eux aussi, célèbrent leurs jours de fête.

– C'est juste. »

Hannah prit une voix larmoyante. « Oh! oncle Ezriel, j'ai la nostalgie des jours heureux que j'ai connus chez mes parents. Dans notre maison, Rosh Hashanah était merveilleux! Ma mère avait une robe dorée à traîne qu'elle portait uniquement les jours de Rosh Hashanah et de Yom Kippour. Lorsqu'elle s'en paraît, tout s'illuminait autour d'elle. Elle possédait également une chaîne en or, très lourde... un bijou ancien, avec un fermoir. C'était un cadeau de grand-mère – qu'elle repose au paradis! Papa priait dans la salle d'études, tandis que maman avait son siège loué à la synagogue, tout près du mur de l'est. Elle avait un livre de prières avec un fermail en argent. Quand je pense à ma sœur Tilly qui se tient auprès de ma mère, alors que moi je suis ici, toute seule, dans cette capitale, j'ai envie de pleurer. »

De grosses larmes jaillirent des yeux de Hannah. Zadok se mit à rire. « La voilà qui braille! » s'écria-t-il. Mais aussitôt il redevint sérieux.

Hannah se sauva vers la cuisine. Les deux hommes l'entendirent qui se mouchait bruyamment.

« Le sang est plus épais que l'eau, fit Ezriel.

– Que faire, oncle Ezriel? Combien de temps encore

faut-il rester attaché à ces vieilleries? Tout doit avoir une fin un jour.

– Zadok, cette hâte d'en finir ne me dit rien de bon.

– Mais enfin, oncle Ezriel! Les générations doivent suivre le progrès. Les époques changent. Les vieux Slaves avaient, eux aussi, leur religion. Ils étaient des adorateurs d'idoles. Ils servaient Baba Yaga ou quelque autre idole. Maintenant ils sont chrétiens. Si tout le monde restait accroché aux vieilles traditions, il n'y aurait pas le moindre progrès.

– Pour les Slaves le christianisme est le progrès. Mais où est *notre* progrès? Nous avions une vie spirituelle, or aujourd'hui nous en sommes dépouillés, pour ainsi dire.

– Quelque chose d'autre prendra naissance spontanément. Nous vivons à une époque changeante. Les temps où nous étions le peuple élu sont passés. Certaines de nos lois ont leur racine quelque part en Inde. On y retrouve les mêmes tabous concernant la menstruation. Notre système de la nourriture kasher nous vient probablement des nègres d'Afrique. Honnêtement, oncle Ezriel, nous n'avons pas de quoi être si fiers. Nous avons même emprunté les Dix Commandements à Hammourabi.

– Selon les critiques de la Bible, nous ne possédons rien du tout qui soit bien à nous. Les Ecritures dans leur ensemble seraient, prétendent-ils, un amalgame de légendes empruntées. Empruntées à qui? C'est un mensonge monstrueux.

– C'est la vérité. Elles sont empruntées... pourquoi le nier?

– Et même si c'est la vérité? Une cave à l'air empoisonné est tout aussi réelle qu'un jardin, à la différence qu'on y suffoque. D'autre part, puisqu'on ne peut pas connaître la *Chose en soi*, et que ce que nous appelons la réalité est subjectif, à vrai dire un rêve, on peut choisir le genre de réalité qu'on désire. Pourquoi jeter l'or et garder la boue? Puisque le morceau de charbon et le diamant sont une seule et même chose, pourquoi ne pas conserver le diamant?

– Parce que les diamants sont sans utilité et que le charbon fait marcher les usines. Oncle a tort. Selon Kant, la réalité n'est pas un rêve. Schopenhauer tourne en dérision la seconde édition de la *Critique,* or en vérité cette seconde édition permet de connaître le vrai Kant. Kant n'est pas Berkeley.

– Quoi qu'il soit, la réalité est une inconnue.

– Pourquoi envisages-tu de partir pour la Palestine? Olga m'a parlé de ton projet. Tu t'engages sur un sentier désastreux.

– En quoi serait-il si désastreux? Je ne crois pas que je puisse encore être utile aux malades. Je me sens incapable de berner les gens. Mon père vivait avec six roubles par semaine : moi je suis capable d'en faire autant.

– Parles-tu sérieusement?

– Tout à fait. Ce qu'on appelle la maladie mentale est en fait un malaise moral. Je ne puis oublier ce que ma mère – qu'elle repose en paix! – avait l'habitude de dire : « Satan a un nom nouveau – les nerfs. » Nos grands-pères et nos grand-mères ignoraient la maladie mentale, et pourtant eux aussi connaissaient des tourments et des soucis. Le mal pour eux n'était pas une maladie mais une tentation.

– Appellerais-tu la paranoïa un péché, une tentation? Réellement, oncle, je suis choqué. Mais à quoi bon s'expatrier en Palestine? Si tu désires être un pieux fanatique, tu peux le devenir aussi bien ici, à Varsovie. Et qu'adviendra-t-il d'Olga? Elle ne voudra pas t'accompagner, je suppose.

– L'a-t-elle dit? Elle change d'avis chaque jour. Elle élève Micha dans la haine des Juifs et de tout ce qui a rapport aux Juifs. Je ne puis permettre un tel affront. Même si toutes les religions sont fausses, pourquoi rejeter la sienne et accepter celle de quelqu'un d'autre? Uniquement parce qu'Ivan est fort et que nous sommes faibles?

– Le monde appartient aux êtres forts.

– Je ne peux pas vivre dans un tel monde. Je ne peux pas baiser le poing qui me frappe.

– On te frappera là-bas aussi... les Turcs, les Arabes s'en chargeront. As-tu l'intention de quitter Olga?

– Je ne veux pas élever des enfants qui me cracheront à la figure quand ils grandiront. Tout simplement. Ils commencent déjà à être insolents. Kolia ne cesse de dire à Micha que nous sommes des déicides. Lorsqu'ils se disputent, il l'appelle " sale Juif ". »

Hannah revint de la cuisine. « Qu'avez-vous à chuchoter tous les deux? C'est jour de fête. Il existe un Dieu au ciel, voilà ce qui importe. C'est Lui qui gouverne le monde, et non vos philosophes. »

II

Une grande foule s'était assemblée à Marshinov pour le Jour du Grand Pardon. Mais seule une vingtaine de fidèles resta pour la fête des Cabanes. Combien une tente pouvait-elle contenir de hassidim après tout? Bien que le Rabbi fût malade et constamment fiévreux, il passa la nuit sous la tente, couché sur un lit spécialement préparé pour lui. Les spécialistes varsoviens qui, depuis longtemps, avaient recommandé au Rabbi de manger une nourriture riche en graisse et de se faire soigner dans un sanatorium, avaient abandonné tout espoir quant à son rétablissement. Le médecin de Marshinov, Zabek, avait fait savoir que l'état du Rabbi était désespéré : il était tuberculeux au dernier degré. Il était d'une maigreur extrême et son visage avait une pâleur cadavérique. Il toussait faiblement, il crachait du sang, il avait eu plusieurs hémorragies. Ses ongles étaient devenus cassants, sa barbe et ses mèches sur le front longues et raides, un mélange de gris et de blanc. Ses intimes savaient que le Rabbi souffrait également d'une inflammation intestinale et que son urine était trouble. Le Rabbi buvait la moitié d'un bol de lait chaque matin, mais il ne mangeait rien en dehors d'une cuillerée occasionnelle de gruau d'avoine. Néanmoins Reb Jochanan était toujours Reb Jochanan, le même qui se réconfortait, comme par le passé, au service de Dieu. Il continuait à assister au bain rituel, à observer les jours de jeûne, à étudier les livres sacrés. Lorsqu'il récitait la Torah, son visage pâle s'animait et ses yeux brillaient. Même le docteur Zabek admettait que des forces divines gardaient le rabbin en vie : ses sens étaient plus aiguisés que jamais auparavant.

Bien que le Rabbi eût à peine mangé pendant toute la semaine, le soir de Souccoth il prononça la bénédiction sur le vin, en goûta une petite gorgée, puis il mangea une bouchée de pain, une autre de poisson, arrosées de quelques gouttes du bouillon de poulet, une fine tranche de viande et une cuillerée de carottes mijotées. Ensuite il psalmodia les chants traditionnels, sans oublier de prononcer un sermon. Les hassidim présents écoutèrent avec surprise une interprétation de la Torah qu'ils n'avaient jamais entendue auparavant. Le Rabbi révélait des secrets sacrés. Il avait l'air d'un ange de Dieu. La tente resta dressée en permanence; tout ce qu'il y avait à faire pour l'utiliser les jours de fête était de hausser le toit à l'aide de poulies, de sorte que les fidèles étaient assis sous une voûte de branches qui le remplaçait avantageusement. Les jeunes garçons de la yeshiva y accrochaient des lanternes fabriquées avec des melons, des cerfs-volants, des grappes de raisin, des pommes, des poires, une grenade de Rosh Hashanah et des oiseaux confectionnés avec la coquille des œufs gobés. Les jeunes filles de Marshinov ayant pour pères des hassidim drapaient les parois de la tente avec des draps brodés. Le soir, la table était couverte d'une nappe d'apparat, sur laquelle était placée une miche de pain torsadé, protégée par une serviette, et une carafe de vin avec une coupe pour la bénédiction. Lorsque Tsipele prononçait la bénédiction sur les bougies, dans leur chandelier en argent, la tente paraissait transformée en un royaume du paradis. Les chants des hassidim résonnaient tard dans la nuit. Le lendemain matin, Kaile, la bonne de Tsipele, raconta à sa maîtresse qu'au milieu de la nuit, en regardant par sa fenêtre, elle avait aperçu une étrange lueur émanant de la tente. A cette heure tardive les chandelles étaient éteintes depuis longtemps. Craignant un incendie, elle s'était dirigée vers la tente et avait soulevé les draperies. Il n'y avait pas le feu à l'intérieur, mais la lumière qui éclairait le visage du Rabbi se réflétait sur une des parois de la tente. Tandis qu'elle s'attardait, les genoux tremblants, à observer le phénomène, l'étrange lumière s'était évanouie tout doucement.

Les deux premiers jours de Souccoth se passèrent dans une grande joie à Marshinov. Le Rabbi exerçait ses fonctions dans un état d'extase : il bénit solennellement le cédrat, puis il agita la palme. Sous la tente on dansait. On servait du vin aux hassidim, les invités d'honneur. Au second jour de fête, Tsipele vint rejoindre son mari pour lui administrer ses médicaments. Le Rabbi n'était pas seul. Il était en train d'étudier avec son fils cadet, Gadele, déjà un grand garçon. Puisque Zadok, son fils aîné, avait tourné le dos à l'enseignement religieux, c'est Gadele qui devenait son héritier spirituel. Le gendre de Rabbi, Pinchus, mari de Zelda, et fils du Rabbi de Wysok, était également présent.

Apercevant le flacon de médicaments, le Rabbi fit la grimace.

« Après les fêtes, dit-il.

– Le médecin dit que tu devrais en prendre tous les jours.

– Pas nécessairement. »

Soudain, le Rabbi fit remarquer : « Puisqu'on parle de médecins, comment se porte Ezriel? »

Tsipele fut grandement surprise. Pendant des années, exactement depuis que Shaindel avait perdu la raison et qu'Ezriel s'était mis en ménage avec une femme convertie, le Rabbi n'avait pas mentionné son nom.

« Qui sait?

– Son père, Reb Menachem Mendel, était un homme juste et pieux.

– Oui.

– Quelle pitié... »

Deux heures plus tard, tandis que Tsipele faisait de la lecture près de la fenêtre de sa chambre, un fiacre entra dans la cour et un homme de grande taille, vêtu à la dernière mode, en descendit. Tsipele pâlit en reconnaissant Ezriel. Il était accompagné d'un enfant. Mendel le bedeau informa aussitôt le Rabbi que le médecin, gendre de Reb Calman (il lui répugnait de l'appeler le beau-frère du Rabbi), venait d'arriver de Varsovie pour lui présenter ses hommages.

Le Rabbi sourit. « Faites-le entrer. »

Ezriel, tenant Micha par la main, fut introduit. Allant à sa rencontre, le Rabbi lui tendit la main.

« La paix soit avec vous, Rabbi!

– La paix soit avec vous! Soyez le bienvenu! s'exclama le Rabbi.

– Le Rabbi me reconnaît-il?

– Oui, bien sûr, Ezriel.

– Voici mon fils, Moishele. »

Le Rabbi se pencha sur l'enfant. « Ainsi, c'est toi, Moishele. Es-tu un bon garçon? » fit-il en lui pinçant la joue.

Micha ne répondit pas et le Rabbi reprit :

« Tu es un vilain garnement, hein?

– Rabbi, il ne comprend pas le yiddish, dit Ezriel d'une voix sourde.

– Eh bien, on peut servir Dieu dans n'importe quelle langue.

– Rabbi, je l'ai emmené ici parce que je veux qu'il devienne un bon Juif. »

Des larmes coulèrent des yeux du Rabbi. « Bien, bien...

– Rabbi, je ne peux pas continuer ainsi! » s'écria Ezriel d'une voix brisée.

Retirant son mouchoir de sa poche, le Rabbi se tamponna les yeux. « Avez-vous entrevu la vérité? demanda-t-il.

– Pas tout à fait. Mais j'ai décelé leur mensonge, répliqua Ezriel.

– Cela revient au même. »

III

Durant ses années d'études et, plus tard, lorsqu'il exerçait la médecine, Ezriel s'était généralement tenu à l'écart des autres. Les étudiants chrétiens ne se mêlaient pas aux Juifs. Les étudiants juifs s'ignoraient mutuellement pour éviter de former un groupe à part. A l'hôpital et à la clinique, il avait tenu ses collègues à distance parce que Shaindel ne désirait pas faire la connaissance de leurs épouses, et qu'il n'avait rien de commun avec eux. Ils jouaient aux cartes et se racontaient des ragots. Bon nombre de médecins avaient des activités d'ordre politique et social, dont la plupart étaient financées par les immigrants assimilés. Ici, à Marshinov, Ezriel sentait pour la première fois depuis des années qu'il n'était pas seul. Le tutoyant familièrement, des hassidim âgés évoquaient le souvenir de son père, Reb Menachem Mendel, de

Jampol. Reb Shimmon, rabbin de Stiktin, était mort, aussi Mayer Joel, disciple de Reb Shimmon, revint-il avec ses gendres à Marshinov. Les jeunes gens et les garçons appelaient Ezriel « oncle ».

D'ordinaire il n'y avait pas foule pour les deux derniers jours de fête. En revanche, cette année, un grand nombre de hassidim afflua à Marshinov. Certains étaient curieux de voir l'hérétique qui revenait au judaïsme. Il semblait étrange que Zadok, le fils du Rabbi, fût devenu un athée, tandis qu'Ezriel s'était repenti. Tsipele pleura en apercevant Ezriel. Sa fille le regarda affectueusement. Gadele emboîta le pas à son oncle, impatient de discuter avec lui. Partout des gens s'approchèrent d'Ezriel pour le saluer. Des Juifs lui saisirent les mains et ne les relâchèrent qu'à contrecœur, en lui adressant des regards chaleureux. Chacun voulut entendre lui-même pourquoi Ezriel avait abandonné les « éclairés », les matérialistes, les philosophes. Les femmes de la cour rabbinique prirent soin de Moishele. Elles lui enseignaient le yiddish, le choyaient, le surveillaient, l'embrassaient et le gâtaient. Chaque journée était riche en bonheur. Ezriel priait dans la salle d'études, prononçait la bénédiction sur le cédrat et incitait Micha à l'imiter. Il prenait ses repas avec Micha sous la tente. Le garçonnet semblait revivre. Il apprenait les mots yiddish avec une rapidité étonnante; il jouait à chat perché et à cache-cache avec les autres enfants.

Ezriel se rendait compte qu'il avait mené une vie bien isolée au cours de toutes ces années passées. Il n'avait noué de véritables liens d'amitié avec personne. Nul ne s'était intéressé à lui. Ici, à Marshinov, il se sentait chez lui. Il pouvait entrer à l'improviste chez n'importe qui; tout le monde parlait son propre langage, tous avaient connu son père, et même son grand-père, Reb Abraham Hamburg. Il était traité comme un prince qui rentrait de l'exil.

Pendant les dernières années Ezriel s'était habitué à

déceler en chaque personne qu'il rencontrait des symptômes de neurasthénie, d'hystérie, ou simplement d'insatisfaction chronique. L'emportement et l'orgueil se manifestaient partout. Il lisait des complexes de frustration, d'ambition contrariée, de désirs inassouvis dans bien des yeux. Les uns s'employaient à accroître leurs biens, les autres étaient insatiables de connaissances nouvelles, d'autres encore accumulaient de plus en plus de liaisons amoureuses. Ezriel en avait conclu que la nature humaine était ainsi faite puisque, lui non plus, n'était pas différent. Il avait accepté la philosophie de Schopenhauer, selon laquelle la vie humaine oscille entre le désir et l'ennui. L'idée que tout n'est que volonté aveugle et résultat de forces aveugles, le séduisait assez, bien que sa raison le réprouvât. Chaque pièce de théâtre, chaque roman, chaque chapitre de l'histoire, chaque article de journal menaient à la conclusion que tout était vain et que tout devait finir tragiquement. Même les réceptions d'Olga, pleines de danse, de beuverie, de plaisanteries, de flirts, relevaient de la mélancolie. Tout le monde essayait de chercher l'oubli de soi-même.

A Marshinov régnait la joie. Tous les yeux brillaient, tous les visages rayonnaient. La gloire de Dieu avait dû descendre sur ces Juifs, érudits du Talmud, fidèles des salles d'études hassidiques. Ezriel ne décelait en eux aucun symptôme d'incertitude, d'excès d'appétit sexuel, d'impatience. Ce septième jour de la Fête des Cabanes, il se tenait dans la maison de prière et il regardait autour de lui. Selon les sociologues, la pauvreté était la cause non seulement de la maladie mais aussi du crime. Pourtant les Juifs de Marshinov présentaient un démenti vivant de toutes ces théories. Ils ne profitaient pas du grand air, ils ne faisaient pas d'exercices physiques, ils ne suivaient pas les préceptes d'une nourriture saine, recommandée par les médecins modernes. Ils avaient le dos rond, ils traînaient les pieds en marchant, ils crachaient à terre, ils mangeaient sans utiliser de fourchette. La plupart d'entre eux portaient un cafetan de satin rapiécé, une calotte déchirée, des souliers éculés, des bas troués. Ils gagnaient leur vie chichement, en faisant un peu de commerce, en donnant des leçons particulières, en faisant fonction de marieurs, en touchant de petites commissions de courtage. Ils poussaient des soupirs en priant. « Malheur à moi... Père bien-aimé... malheur, ô malheur!... » Ils ne présentaient pas une classe privilégiée mais un groupe de pauvres, moins favorisés que les paysans et le prolétariat. Ils avaient été chassés de Russie, ils étaient les victimes des pogroms; des écrivains les avaient vilipendés, les traitant de parasites; des antisémites avaient porté de fausses accusations contre eux. Or, au lieu de dégénérer, de sombrer dans la mélancolie, l'ivrognerie, l'immoralité, ils célébraient leurs jours fériés, ils récitaient des psaumes, ils affichaient un bonheur qui ne pouvait venir que de l'âme. Personne ici ne se livrait au désespoir à cause des pogroms, comme c'était le cas de l'*Intelligentsia* juive, à travers toute la Russie. Ici, chacun plaçait sa foi en Dieu, et non dans l'homme, le progrès, la révolution.

IV

Le soir de Simhat Torah, Micha portait un drapeau et une pomme rouge au centre de laquelle une bougie était enfoncée. Il se tenait en compagnie d'autres garçonnets, sur un banc et il jacassait dans un mélange de polonais et de yiddish. Pendant les trois premières années de sa vie il avait parlé yiddish avec sa mère, aussi cette langue ne lui était-elle pas tout à fait étrangère. Tsipele lui avait acheté une calotte et un châle de prière. Il avait appris à prononcer la bénédiction sur le pain, l'eau, les gâteaux. Lorsque la procession des hommes portant le Rouleau de la Loi passa devant les garçons, ceux-ci tendirent leurs mains pour toucher la robe de velours avant d'effleurer leurs doigts de leurs lèvres. Même les fillettes étaient venues à la maison de prière. Simhat Torah est une fête où les règles de conduite sont moins rigoureuses. Pendant l'office, Ezriel fut appelé à porter le Rouleau. Le bedeau l'invita par le chant traditionnel : « Lève-toi, Reb Ezriel, fils de notre maître, Reb Menachem Mendel », et aussitôt les regards de toute l'assemblée se dirigèrent vers lui. Lorsque Ezriel, chargé du Rouleau, passa devant Micha, l'enfant sauta en bas du banc et suivit son père. Ezriel l'autorisa à toucher l'Arbre de Vie, les montants de bois autour desquels le parchemin est enroulé, afin de lui donner l'impression qu'il aidait à porter la Torah.

Ezriel lui demanda calmement : « Veux-tu rester ici, ou désires-tu retourner à Varsovie?

– Rester ici, répliqua Micha.

– Pour combien de temps?

– Mille ans. »

Les hassidim chantaient et dansaient. Les jeunes garçons joignaient leurs voix claires au chant sonore des hommes. Les fillettes battaient des mains. Les festivités principales ne commenceraient que le lendemain matin. Ezriel avait oublié que les Juifs savaient s'amuser de si bon cœur. Bien qu'il fût interdit de boire avant que les prières du jour fussent terminées, les hassidim prirent une petite gorgée après les services du matin. Le bedeau avertit les descendants d'Aaron que les ivrognes ne seraient pas autorisés à procéder à la bénédiction sacerdotale. Cependant ils ne prêtèrent aucune attention à ses paroles. Les jeunes gens portaient des flacons d'eau de vie dans leurs poches. Ils ne tardèrent pas à jouer des farces, nouant ensemble les franges rituelles de deux hassidim âgés, cachant le châle de prière ou la calotte d'un troisième, remplaçant le livre de prières de Souccoth par celui qu'on utilisait les Jours Redoutables. Les anciens se fâchèrent. « Bande de jeunes filous, d'ignares, d'ivrognes! Que faites-vous quand il n'y a rien à boire? » Et les jeunes gens de répondre. « En quoi l'âge a-t-il une telle importance? Un bouc a, lui aussi, une barbe blanche. » « Ah! ces jeunes qui ne respectent rien! On vous jettera dehors! » dit un vieux hassid. Cependant il leur adressa un large sourire, car ils avaient beau plaisanter, aucun d'eux ne manquait jamais un « amen ». Quand le hazzan lut les Dix-Huit Bénédictions et commit l'erreur de prier pour la « rosée » au lieu de la « pluie », tout le monde rit. Le Rabbi esquissa un sourire. Après le chant « A toi qui fus témoin », tous les Rouleaux de la Loi furent retirés de l'Arche d'alliance. Il y en avait peut-être une vingtaine, les uns neufs, les autres vieux. Certains avaient des mantelets usagés, décorés de couronnes et de sceptres; d'autres ne portaient que des dates historiques brodées sur le tissu. Dans l'Arche d'alliance ainsi vidée de son contenu on plaça une chandelle allumée.

Ezriel avait tout oublié de ces coutumes. Chaque prière avait sa propre mélodie, ses nuances et ses soupirs particuliers. Brandissant les parchemins, les hassidim dansaient en entonnant les chants de Marshinov. Trop faible pour porter un grand parchemin, le Rabbi se contenta d'un petit. Il pencha son visage sur l'objet sacré, le baisa et enfouit sa joue dans le velours. D'une voix chevrotante il se mit alors à chanter. Les hassidim se poussèrent en avant pour baiser sa Torah. Tout en dansant et en s'inclinant, le Rabbi se pencha sur les enfants parmi lesquels se trouvait Micha. L'enfant réussit à toucher la Torah. Tout le monde observa la scène, sachant que le Rabbi souffrait de douleurs constantes et que ses jours étaient comptés. A moins d'un miracle, il ne connaîtrait pas une autre Simhat Torah. Les hassidim souriaient avec des larmes dans les yeux. Entonnant une nouvelle chanson, ils essuyèrent furtivement les traces de larmes. Puis ils reprirent la danse, seuls ou en petits groupes. Brandissant les Rouleaux de la Loi, deux vieillards dansaient face à face. Que possédaient les Juifs en dehors de leur Torah? D'ailleurs, que leur fallait-il de plus? Après la procession, tous les Rouleaux, à l'exception de trois, furent de nouveau enfermés dans l'Arche d'alliance. Puis suivit une sorte de vente aux enchères, pour l'honneur d'être le « serviteur de la Torah » et le « serviteur de la Genèse ». « Un rouble! » « Dix gulden! » « Deux roubles! » « Deux roubles vingt-cinq! » « Trois!... » Le bedeau frappa le lutrin de son poing et s'écria d'une voix chantante, empreinte d'une note de fête : « Trois roubles – une fois, trois roubles – deux fois, trois roubles, pour... » « Quatre roubles! » cria une voix rauque. On se serait cru sur la place du marché. Toutefois la maison de prière avait besoin d'argent pour l'hiver. Les murs se délabraient. Immédiatement après la vente de ces privilèges honorifiques, le lecteur commença à réciter « Et voici la bénédiction ». Chaque homme et chaque garçon, tous jusqu'au plus petit, fut appelé séparément pour procéder à la bénédiction. Les plus jeunes des enfants répondirent à l'appel en courant, en un seul groupe. Micha était parmi eux. Le hazzan, d'une voix sonore, prononça la bénédiction d'abord, puis les enfants la répétèrent en chœur, sur une note claire et cristalline : « Béni sois-tu, Toi qui nous as choisis parmi toutes les nations et qui nous as donné la Torah... » Voici du véritable chauvinisme, songea Ezriel en souriant. Ils se déclarent eux-mêmes le peuple élu. De tous les temps on les brûlait vifs. A chaque génération on trouvait un nouveau prétexte pour les détruire eux et leurs livres sacrés. N'avaient-ils pas crucifié Jésus, mélangé le sang des chrétiens à leurs matzoth, souillé l'eau bénite, profané l'hostie? Ces Juifs dans leur maison de prière ne méritaient-ils pas l'anéantissement pour bon nombre d'offenses? D'abord pour être capitalistes (n'était-ce pas drôle?), ensuite pour être des étrangers (ils vivaient depuis près de huit siècles en Pologne). Que ne leur reprochait-on pas? Ils étaient des chauvins, des réactionnaires, des petits-bourgeois, des fanatiques, des baragouineurs, des barbares. Chaque mot se terminant en « isme » signifiait une condamnation pour eux. Toutefois leur plus grand crime était leur tentative de mener une vie sanctifiée, sans guerres, sans adultère, sans moquerie ni rébellion.

Cependant leur comportement pouvait-il servir d'exemple aux autres? Leur règle de conduite pouvait-elle devenir ce que Kant appelait une maxime? Oui, c'était possible. L'humanité pourrait abolir les guerres, diviser les terres, de sorte qu'il y en aurait assez pour tout le monde. Chaque groupe ethnique pourrait avoir sa propre langue, sa culture, ses traditions. Néanmoins tous devraient avoir en commun une chose : la foi en un Dieu unique et dans le libre arbitre, une discipline qui mettrait toutes les actions de l'homme au service de Dieu et de l'entraide sociale. Dans une existence divine il n'existe pas d'activités neutres. Tout doit exalter, purifier. Toujours est-il que de telles transformations ne peuvent pas être obtenues par la force, pas plus qu'on ne peut forcer la venue du Messie.

V

Il y eut un temps où Ezriel avait cru connaître une bonne part des excentricités de l'esprit humain. Il s'était habitué à entendre ses malades jacasser de façon irrationnelle, se contredire, s'accuser ou se justifier eux-mêmes. Il avait également présumé qu'il connaissait parfaitement le fonctionnement de son propre cerveau. Or, au cours des dernières semaines, Ezriel s'était rendu compte à quel point les pensées les plus contradictoires pouvaient occuper l'esprit humain. L'existence simultanée en lui du bien et du mal, conformément à ce que disent les livres saints, était apparemment une vérité psychologique profonde. Même pendant qu'Ezriel priait, étudiait, dansait avec les hassidim de Marshinov, qu'il enseignait le judaïsme à Micha, quelque chose en lui continuait à s'inquiéter au sujet de ses malades, d'Olga, de Topolka. Quelque chose en lui disait avec insistance que sa piété finirait avec les jours de fête et son retour à Varsovie. Il s'admonesta lui-même en se persuadant qu'une existence matérialiste était mauvaise et que la religion était un remède contre tous les péchés. Cependant pouvait-il croire, à l'instar de ces hommes pieux, que chaque loi, chaque coutume leur venaient du haut du Sinaï? Existait-il quelque chose de plus contradictoire qu'un pénitent qui restait un hérétique? Et même qui doutait? Il se souvint d'un passage des Proverbes : « Aucun de ceux qui vont vers elle ne revient. » – ce qui, selon le Talmud, se référait à l'hérésie. L'essence, même de la religion, telle que l'interprétait Ezriel, était un tout, une foi intacte. Mais quiconque ayant lu les critiques de la Bible et compris l'évolution de la pensée, pouvait-il revenir à l'innocence religieuse? Ces Juifs croyaient que la Torah leur arrivait directement du royaume céleste, or Ezriel savait qu'elle avait été écrite par différents écrivains, à des époques diverses. Dans la Genèse, la lumière et les ténèbres étaient deux entités séparées. Le soleil n'était apparemment pas la source de la lumière mais une lampe qui contribuait à donner la lumière et qui éclairait une source déjà existante. Les étoiles étaient un complément de la lune. Le ciel était une digue ou une écluse qui empêchait les eaux du ciel d'inonder la terre.

Dans la même Torah qui décrétait « Tu ne tueras point », il y avait des commandements précisant comment liquider des nations entières, comme piller, brûler et violer. Le Lévitique était plein de magie et de tabous semblables à ceux qu'on trouvait chez les tribus sauvages d'Afrique et de Polynésie. Ezriel se demandait s'il pouvait apprendre de la Torah la vérité divine et absolue. Que faisait-il ici à Marshinov? Pourquoi trompait-il tous ces braves gens?

Il avait bu du vin et dansé avec eux, toutefois il avait agi ainsi sans véritable foi. « Suis-je un hypocrite? Ai-je perdu mon bon sens? Suis-je simplement un candidat au suicide, comme le prétend Olga? » Il se mordit les lèvres. Peut-être parmi les Juifs était-il une exception? Mais parmi les chrétiens il y avait des millions comme lui, après tout. Ils étudiaient Darwin et fréquentaient l'église. Non seulement l'Eglise et l'Etat avaient été séparés dans certains pays, mais les chrétiens avaient établi une différence entre la vérité religieuse et la vérité scientifique. Une telle chose était-elle possible? Il ne pouvait y avoir qu'une seule vérité : ou bien le monde était créé en six jours, ou bien son évolution s'étendait sur des millions d'années; ou bien Dieu avait séparé les flots de la mer Rouge, ou bien il ne l'avait pas fait; ou bien Jésus avait ressuscité des morts, ou bien il était resté mort. Suis-je capable de fonder ma vie sur une contradiction? se demandait Ezriel.

Simhat Torah tomba un vendredi. Tout au long de la journée Ezriel déambula entre les échoppes. Il buvait avec les uns et les autres, du vin sec, du vin doux, de l'hydromel aux noix, de la bière. Il grignotait des croquettes de pommes, des galettes, de la tarte. Chez Tsipele il avait partagé le repas familial : du chou aux raisins secs et à la crème. Il était rassasié, un peu ivre. Pourtant dans un recoin de son cerveau il était parfaitement lucide. Non, il était incapable de construire sa vie sur des révélations. Il ne pouvait se reposer sur la foi d'une autorité religieuse. Peut-être n'y avait-il jamais eu de Moïse, ni de miracles? La Torah n'était qu'un simple livre. Toutes les religions étaient des rêves. Dieu restait éternellement silencieux. S'Il existait, y avait-il un moyen pour

Le trouver? Comment... *a priori, a posteriori*? Ou bien fallait-il, une fois pour toutes, L'identifier à la nature, conformément aux conclusions de Spinoza? Tant d'hommes avaient essayé de donner la preuve de Son existence, or ils n'avaient rien prouvé du tout. L'éléphant kantien avait accouché d'une souris.

Oui, pour les hassidim, c'était Simhat Torah. Le soir approchait. Au coucher du soleil les femmes se hâtaient de procéder aux bénédictions sur les chandelles. Kaile, la bonne de Tsipele, préparait le ragoût du shabbat et scellait la porte du four avec de la pâte. Bientôt tout le monde accueillerait le shabbat en chantant : « Viens, ô bien-aimé! ». C'est le jour du shabbat qu'on donnait lecture du premier paragraphe de la Genèse. Mais tout ceci avait-il le moindre rapport avec le monde extérieur? Ezriel était-il prêt à accepter cette vie, à abandonner sa carrière? Il s'était enfui parce que son existence prenait un mauvais tournant : trouverait-elle ici son plein accomplissement? Que ferait-il après le départ de tout le monde, à la fin des jours de fête? Pourquoi était-il venu, de toute manière? Etait-ce pour échapper aux pièges d'autrui, à l'impiété, à une fille qui gardait un revolver sous son matelas, à une femme qui organisait des bals pour des libertins et des oppresseurs, à des malades qui trompaient leur conjoint et qui ne cherchaient que davantage de plaisirs, aux dépens de quelqu'un d'autre? Ou était-ce pour trouver la voie vers un Dieu muet dont la nature est inconnue, qu'on ne sait comment servir, ni même si l'hommage qu'on Lui rend est apprécié? Lui, le Tout-Puissant, qui a gardé le silence aux temps de l'idolâtrie, de l'esclavage, des guerres, des fléaux, des tortures! Lui qui disposait de tous les hommes de la même façon : ceux qui L'adoraient, et ceux qui se rebellaient contre Lui! D'un autre côté, si Dieu se prononçait, que deviendrait le libre arbitre? Le père d'Ezriel – qu'il repose en paix! – avait eu raison : Dieu ne peut pas révéler son intention de maintenir ou non le bien et le mal, la foi et la dénégation, dans la même balance. La vie morale dépend de ce doute. L'homme doit découvrir Dieu par la tentation et par la souffrance, exactement comme il avait découvert qu'on peut s'empoisonner avec des champignons vénéneux, et qu'un sérum composé de vaccine peut guérir la petite vérole. Chaque homme, chaque race, chaque tribu sauvage cherchait Dieu. L'humanité ne pouvait exister sans cette recherche constante – c'est ce qu'Ezriel avait si souvent affirmé à Zadok.

Dans la soirée, les Juifs retournaient à la maison de prière. Des chandelles et des lampes à pétrole étaient déjà allumées. Le plancher avait été balayé et saupoudré de sable jaune. Les hassidim chantaient le « Cantique des cantiques ». Le hazzan se tenait devant le lutrin. Il commença par ces paroles : « Oh! venez, réjouissons-nous... »

VI

Le soir du shabbat, Ezriel rejoignit le Rabbi dans son bureau et y resta deux heures et demie. Personne, à Marshinov, ne se souvenait d'avoir jamais vu le Rabbi passer autant de temps avec quelqu'un. Mendel le bedeau, collant l'oreille contre la porte, n'entendit qu'un vague murmure. Il ne ressemblait guère à Ezriel de se confier à quelqu'un, de parler de ses tourments, pourtant cette fois-ci il fit une exception. Il était assis en face du Rabbi et il avait l'impression que chaque parole qu'il prononçait transperçait son auditeur d'un coup de lance. De temps à autre celui-ci faisait la grimace et étreignait sa poitrine comme s'il souffrait. Ezriel demanda à plusieurs reprises s'il devait s'arrêter dans sa confession, mais lui se contenta de dire : « Continuez, continuez! » Ezriel parla en toute franchise. Quelle preuve avait-on que la loi de Moïse fût la seule véritable? Les autres religions avaient leurs propres lois. Quelle preuve avait-on que Dieu existât? Et en admettant qu'Il existât – sans d'ailleurs jamais faire savoir ce qui Lui plaisait ou déplaisait –, pourquoi fallait-il qu'il y eût le châtiment? Un roi qui ne donnait pas de lois à ses sujets, comment pouvait-il les châtier pour ne pas avoir respecté les lois? D'après l'expression qu'il lisait sur le visage du Rabbi, Ezriel comprit qu'il blasphémait. Il était cruel de tourmenter un saint qui avait donné sa vie à la religion et qui était proche de la mort. Que pouvait-il apprendre au Rabbi qu'il ne sût déjà lui-même? Ezriel prit peur que le Rabbi ne le blamât, qu'il le prît en horreur et qu'il le chassât. Par moments, une expression à la fois déconcertée et désolée parcourait le visage du Rabbi; à d'autres, une lueur fugitive passait dans ses yeux. Ses papillotes étaient mouillées de sueur. Les chandelles dans leurs chandeliers diminuaient petit à petit. Des ombres dansaient sur les murs. A plusieurs reprises, Mendel le bedeau passa la tête par la porte, mais le Rabbi lui fit signe de disparaître. De temps à autre le Rabbi avait un accès de toux et crachait dans son mouchoir.

Lorsque Ezriel se tut enfin, le Rabbi lui demanda :

« De qui descendez-vous du côté maternel?

– Mère était une Juive pieuse.

– Je sais. Avait-elle également pour ancêtres des hommes pieux?

– Oui, Rabbi, le plus illustre est le Rabbi Yom Tov Heller.

– Vraiment? Vous êtes donc le petit-fils d'un saint.

– Que dois-je faire, Rabbi?

– Ne faites pas le mal.

– Est-ce tout?

– C'est déjà beaucoup.

– Que me conseillez-vous de faire en ce qui concerne ma femme? Je vous ai parlé d'elle, Rabbi.

– Oui, j'ai entendu.
– Dois-je la quitter?
– Si vous le pouvez.
– Et si je m'en sens incapable?
– Dans ce cas, patientez.
– Que dois-je décider pour Moishele?
– Laissez-le ici.
– Rabbi, je suis bien indécis. »

Le Rabbi sourit. « Cependant, il faut savoir ce qu'on veut. Du moins évitez de faire du chagrin à quiconque.

– Dois-je porter les phylactères, vivre comme un bon Juif?
– Oui, dans la mesure où vous le pouvez.
– Même si je ne crois pas à la loi de Moïse?
– Les saints aussi doutaient. Tant que l'âme demeure dans le corps, elle ne peut jamais être totalement sûre de quoi que ce soit. Avec l'aide de Dieu, nous découvrirons tous la vérité.
– Et entre-temps?
– Entre-temps ne faites de tort à personne, ni à vous-même d'ailleurs.
– Dois-je rester médecin?
– Les médecins sont indispensables.
– Je n'ai rien caché au Rabbi.
– Tout requiert l'aide de Dieu. Même en choisissant librement, la grâce de Dieu est nécessaire. Le libre arbitre aussi est une grâce.
– Que faut-il faire?
– Il faut prier pour obtenir la grâce.
– Même sans avoir la foi?
– Il n'existe pas d'hommes qui soient totalement incroyants. Le corps est aveugle. Mais l'âme voit, car elle est immortelle. Sans le corps, il n'y aurait pas cette chose qu'on appelle le libre arbitre. Le corps est sa seule raison d'être.
– C'est bon d'entendre de telles paroles, Rabbi.

– Pourquoi s'inquiéter? Nous vivons dans le monde de Dieu. Tout provient de Lui. Le malfaiteur ou le pécheur certainement cause du tort... Cependant, il existe des remèdes. Il n'y a aucune raison de désespérer.

– Que dois-je faire pour mériter la grâce?

– Faire de bonnes actions. Vous avez déjà agi noblement en sauvant Moishele. »

Ezriel désirait dire quelques mots de plus au Rabbi, lui dire son intention de se rendre en Palestine, mais le Rabbi se leva en lui tendant la main. « Allez en paix! Dieu sait tout...

– Merci, Rabbi.

– Le corps est un réceptacle de la douleur, c'est pourquoi il se rebelle. »

Ezriel se rendit dans sa chambre. Moishele était déjà endormi. Ezriel se coucha mais ne put trouver le sommeil. Les paroles du Rabbi résonnaient encore dans ses oreilles. C'était une chose merveilleuse que de voir ce saint, qui s'imposait de telles mortifications à lui-même, se montrer si indulgent à l'égard des autres. La véritable différence entre un saint et un homme vil apparaissait soudain clairement aux yeux d'Ezriel : les deux pesaient tout moralement, cependant le saint exigeait beaucoup de lui-même, tandis que le malin exigeait beaucoup des autres. Ezriel s'endormit finalement et il rêva d'Olga. Il se réveilla en tremblant de désir. Peut-être ne l'aimait-elle plus?

Il se mit à considérer le raisonnement à la faveur de l'ascétisme. Pourquoi y avait-il tant d'anachorètes, de fakirs, de moines, de nonnes? Pourquoi les révolutionnaires étaient-ils disposés à mourir pour leurs idées? Dans ce monde égoïste, pourquoi y avait-il tant de candidats au martyre? Lui-même était sur le point de renoncer à une femme qui l'aimait, à une carrière, et ceci pour assumer une existence de souffrance. Pourquoi? Parce que l'âme avait autant besoin de pouvoir que le corps. Elle était avide de se libérer de la servitude matérielle mais ne pouvait pas y parvenir. Même pour acquérir une certaine liberté, l'âme doit lutter constamment. Le judaïsme est fondé sur un compromis entre le corps et l'âme, et non sur une guerre entre eux deux.

Ce que le Rabbi avait essayé de lui faire comprendre était tout simplement ceci : « Ne vous imposez rien par la force. Mieux vaut faire peu de bien avec bonne volonté que beaucoup en obéissant à la contrainte. »

VII

Dimanche matin Ezriel se rendit à la maison de prière et il mit son taleth avant l'office. Bon nombre de hassidim étaient partis la veille au soir ou le matin même, à l'aube, cependant plusieurs minians étaient encore sur place. Ezriel posa un phylactère sur son bras dénudé, et l'autre sur son front, puis il enroula les lanières autour de ses doigts de telle manière qu'elles formaient la lettre hébraïque *Shin*, l'initiale de *Shadai*, le nom sacré, avant d'entonner : « Et je t'unirai à moi à jamais; oui, je t'unirai à moi dans la vertu, dans le jugement, dans la bonté et dans les bienfaits. Je t'unirai à moi-même dans la fidélité et tu connaîtras le Seigneur. »

« Quelles paroles! Quel monceau d'autosuggestion à avaler sur un estomac vide! » se dit Ezriel. D'ordinaire, dès le matin Ezriel parcourait le journal. On y parlait en première page de pogroms, d'inondations, de grèves, de manifestations. Tournant la page, il lisait les faits divers : meurtres, suicides, actes criminels de pyromanes, vols. Dans la maison de prière, chaque journée commençait sous d'heureux auspices. Ezriel termina ses prières et se rendit chez Tsipele pour lui faire ses adieux. Moishele avait déjà pris son déjeuner. Tsipele dit à Ezriel qu'elle engagerait un précepteur pour l'enfant, pendant quelques semaines, avant de l'inscrire au heder. Zelda, la fille de Tsipele, restait à Marshinov. Elle aussi pourrait ainsi veiller sur Moishele. Les enfants de Tsipele étaient déjà grands, aussi aurait-elle grand plaisir à élever un autre enfant, celui de Shaindel, le petit-fils de son propre père. Ezriel voulut lui laisser de l'argent, mais Tsipele se fâcha.

« Je n'ai pas besoin d'argent!

– Elever un enfant coûte cher.

– Pouah! Mais voyons... il me coûtera un million...

– Moishele, veux-tu rester ici?

– *Tak.* Oui.

– Ecoute bien ta tante.

– Oui. »

Ezriel se demandait pourquoi l'enfant désirait rester. Olga avait été une seconde mère pour lui. Kolia avait été un camarade de jeu pour lui. Et pourtant, si Ezriel essayait de le ramener à Varsovie, il opposerait sûrement une résistance farouche. Moishele tenait à la main une tranche de gâteau au gingembre et il buvait du lait. Il se sentait déjà chez lui dans le foyer de Tsipele. On lui avait acheté une pèlerine et une calotte, tenue réglementaire des élèves du heder. Il mélangeait des mots yiddish et polonais en parlant. Ezriel laissa de l'argent de poche pour l'enfant, puis il se prépara à prendre le train. La gare était pleine de hassidim. Il aurait pu voyager en leur compagnie, en troisième classe, or il prit un billet de première classe. Il avait besoin de réfléchir pendant les deux heures que durerait le voyage. Que faisait Olga? Il avait été absent de chez lui moins d'une semaine, mais il lui semblait que des mois s'étaient écoulés. Le train entra en gare. Les hassidim chargés de paquets et de sacoches se poussèrent en avant. Ezriel les observa. Ils étaient presque tous de petite taille, échevelés, voûtés; leur barbe était hirsute; ils parlaient en gesticulant de façon bizarre. Pendant que le train s'attardait longuement en gare, ils braillaient, couraient d'un wagon à l'autre, s'empêtraient dans leur long cafetan. Leur comportement était si bruyant que les chrétiens se moquaient d'eux. Ezriel entendit un Polonais dire à un autre : « Quelle racaille déchaînée, hein?... » Oui, ici ils avaient l'air d'une bande dépenaillée, et pourtant, une heure plus tôt à peine, ils avaient fait office de prêtres dans un temple. Le monde comprendrait-il jamais ce phénomène? Ils manquaient totalement de ce vernis que les chrétiens appelaient dignité et fierté. Tout ce qu'il y avait de louable en eux était pudiquement dissimulé. Extérieurement, ils étaient presque des caricatures.

Les hassidim vinrent l'entourer, s'agitant autour de lui, et pendant un moment il eut honte de ses frères. Il fut profondément mécontent de lui-même. Lui, avoir honte des Juifs! Voilà à quoi ses idées modernistes l'avaient amené!... Il décida aussitôt de prendre place parmi eux. Il entra dans un wagon de troisième classe. Le sifflet retentit pour la troisième fois. Le train se mit en route. Les bancs étaient occupés par des voyageurs qui étaient montés dans le train aux arrêts précédents, et les filets étaient remplis de valises. Les hassidim formaient un groupe à l'écart. Certains essayaient de s'asseoir sur leurs paniers ou leurs sacoches. Ils ne cessaient de parler, de gesticuler et de lisser leur barbe. Dans la chaleur de la discussion, un hassid saisit un autre par son revers, essayant de lui faire comprendre les paroles du Rabbi. Un garçon de yeshiva retira une bouteille de schnaps de son panier et invita les autres à boire avec lui en l'honneur de l'anniversaire de quelque Rabbi. Comme il n'y avait pas d'eau pour purifier leurs mains, les hassidim essuyaient leurs paumes sur les vitres. Ezriel se vit offrir également une gorgée de schnaps. Il prononça la bénédiction et ses frères répondirent *amen*. Puis ils exprimèrent l'espoir qu'il resterait un des leurs et qu'il ne désavouerait pas – à Dieu ne plaise! – ses ancêtres. Deux femmes se mirent à glousser. Un chrétien à la moustache blonde s'en mêla.

« Des youpins qui boivent, hein? Vous n'êtes que des ivrognes, pas vrai? Les chrétiens n'ont pas un morceau de pain pour se remplir l'estomac, tandis que vous, bande de saligauds, de fainéants, vous sifflez de la vodka. On devrait faire de vous la même chose ici qu'on a fait de vous en Russie : vous chasser. » « Où voudriez-vous les chasser! dit un individu aux yeux noirs perçants, coiffé d'un chapeau melon. Qui voudrait d'eux, de cette vermine? Les Prussiens? C'est sur nous ici, en Pologne, qu'ils lâchent toutes leurs saletés... » Les hassidim firent semblant de ne rien entendre, ou peut-être n'entendaient-ils effectivement rien. Ils comprenaient très peu le polonais. La première réaction d'Ezriel fut de répondre vertement aux Polonais, mais il s'abstint car il savait que c'était peine perdue. Les journaux polonais devenaient de plus en plus virulents contre les Juifs. Leur courroux s'adressait principalement aux Juifs russes, les Litvaks, qui avaient été chassés des provinces russes et qui « russifiaient » à présent la Pologne. Le chrétien au chapeau melon reprit : « Ils vont nous submerger, ces démons! Ils finiront par nous faire ce qu'ils ont fait à l'Egypte. Chassés comme des rats en dehors de la Russie, ils viennent ici pour cracher sur le peuple polonais et lui prendre son pain. Ils seront la cause d'une disette, si ça continue. Que sommes-nous censés faire de cette infecte racaille? Mais regardez-les donc, braves gens : une horde sauvage! Pire que les Tartares! Manquant totalement de manières!... » « Hé! toi, le youpin là-bas! Tu as écrasé mon carton! cria une femme d'une voix d'oiseau. Ramasse-le, chien pouilleux!... Oh! les enfants, ils sont en train de piétiner mes affaires!... » Ezriel ramassa le carton et le remit dans le filet. « Oui, se dit-il, dans un compartiment de première classe j'aurais pu me reposer. Bah! notre sort est ainsi fait : nous sommes un peuple sans patrie et nous ne pouvons vivre avec personne. Nous restons toujours des étrangers, cible permanente de railleries et objet constant de dérision. Rien n'a changé. Nos conditions de vie sont aussi mauvaises qu'elles l'étaient un millénaire auparavant. Pires même : en ces jours lointains, personne n'était « éclairé » et, du moins, les Juifs gardaient leur foi... » Le contrôleur entra et se mit à inspecter le dessous des banquettes. Il découvrit effectivement un garçon caché sous l'une d'elles. Il le tira de sa cachette par ses bottes, si fort qu'il en garda l'une dans sa main. Le garçon avait de longues papillotes et de grands yeux noirs. Le pied déchaussé était enveloppé de lambeaux.

« Voleur, hein ?... Maudit galopin, où est ton billet ?

– Je l'ai perdu.

– Perdu, hein ? Tu coucheras en prison cette nuit, gredin ! Morveux, lépreux !...

– Ecoutez, mes frères, il faut que nous le sortions de ce mauvais pas », dit un jeune hassid.

Ezriel paya le billet du garçon. Le contrôleur lui rendit sa botte. Les Polonais étaient hilares et agacés à la fois. Tortillant leur moustache, ils chuchotaient entre eux sur le compte d'Ezriel : avec ses vêtements européens il n'avait pas l'air d'appartenir à cette populace. On lançait des regards soupçonneux dans sa direction. Il arrivait parfois que des correspondants d'Europe occidentale venaient en Pologne pour écrire, dans la presse européenne, des articles désobligeants sur le pays.

VIII

Ezriel héla un fiacre et se fit conduire chez lui. Lorsqu'il avait quitté la capitale, le soleil brillait et il faisait encore chaud. A présent l'automne avait fait son entrée. La brume enveloppait la ville de Varsovie et des gouttes de pluie éparses tombaient du ciel couvert et s'écrasaient sur le visage d'Ezriel. Le fiacre s'arrêta devant la maison.

Ezriel paya le cocher et monta les escaliers. Son nom était inscrit sur une plaque de cuivre fixée sur la porte. Au moins il était toujours le maître de ce morceau de métal. Il actionna la sonnette et il entendit aussitôt des pas. « Eh bien, il ne faut pas que je sois aussi nerveux! se dit-il. Je dois prendre une décision grave. » Olga ouvrit la porte. Elle se tenait devant lui... sombre, mince, portant une robe noire et une nouvelle coiffure.

Elle lui adressa un sourire interrogateur. « Te voilà de retour?

– J'espère que tu me reconnais.

– Eh bien, entre! »

Il pénétra dans l'appartement et posa sa valise à terre.

« Où est Micha? demanda Olga.

– Il est resté chez le Rabbi.

– Oh!... »

Il ouvrit la porte de son bureau et jeta un coup d'œil à l'intérieur comme s'il craignait d'avoir été remplacé par un autre. Entrant dans la salle de séjour, il accrocha son chapeau sur la tête d'une statuette représentant un petit ange. Par ce geste il voulait se prouver à lui-même qu'il habitait toujours ici et qu'il était libre de faire ce qu'il lui plaisait.

Olga le suivit. « Tu ne m'as même pas embrassée...

– D'après la façon dont tu me parlais à mon départ, je croyais que tout était fini entre nous.

– Qu'ai-je donc dit? Des malades sont venus à la consultation, or je ne savais pas quoi leur dire. Tu es la fable de tout Varsovie.

– Laisse-les parler...

– Comment peut-on abandonner un enfant à lui-même?

– Il n'est pas seul. La femme du Rabbi est sa tante. Il a plus de parents là-bas qu'ici.

– Bon, bon, je comprends. Après tout, je suis une

parfaite étrangère pour lui. Je n'ai fait que l'élever. Que deviendra-t-il dans ce coin perdu... un hassid?

– Il fréquentera le heder.

– Eh bien, fais comme bon te semble! Cette affaire ne me regarde pas. »

Olga se tenait près d'une plante grasse. Tout en parlant à Ezriel elle jouait avec une feuille à moitié flétrie qui allait tomber, comme si elle essayait de rattacher la tige à sa branche. Elle le regardait du coin de l'œil, souriant d'une façon curieusement embarrassée. « Pourquoi n'ôtes-tu pas ton manteau? » fit-elle enfin.

Il resta tout habillé et s'assit, posant sa tête contre le dossier du divan. Une humeur tragi-comique s'empara soudain de lui.

« Olga, fit-il, ça va mal!

– Qu'est-ce qui va mal, chéri?

– Tout. Je désire être un bon Juif et en même temps je soupire après les douceurs de ce foyer. J'ai voyagé en troisième classe et j'ai pu comprendre ce que les Polonais ressentent à notre égard. Nous sommes bel et bien haïs!

– Qui peut se vanter d'être aimé? Pourquoi as-tu voyagé en troisième classe?

– Je voulais être avec les hassidim.

– Si tu envisages de te joindre à eux, tu t'attireras souvent l'animosité.

– Des Juifs modernes, tels que nous, sont haïs encore plus. Comment vas-tu?

– Bah! je suis toujours en vie. Croyais-tu que je me suiciderais?

– Pourquoi une telle pensée, entre toutes?

– Tu ne m'as même pas écrit un petit mot.

– La lettre ne serait guère arrivée plus tôt que moi-même.

– Néanmoins j'espère que tu as pris une décision. Si tu continues à exercer la médecine, tu ne peux pas traiter tes malades comme tu viens de le faire. Tu n'es pas le seul médecin à Varsovie.

– Je sais.

– Tu n'es pas davantage le seul homme à Moscou... comme dit le proverbe. »

Ezriel prit une expression tendue. « Que se passe-t-il? Quelqu'un t'aurait-il fait une offre? »

Olga rougit. Elle se tut un moment avant de répondre : « Oui.

– Qui? »

Olga sourit, mais ses yeux restaient tristes. « Je t'ai déjà parlé du docteur Ivanov, le lieutenant-colonel, n'est-ce pas? C'est lui.

– Ah! ah!

– Il est venu à Varsovie et il m'a rendu une visite. »

Les paroles d'Olga le révoltèrent. Il pâlit de jalousie. « Il est tombé amoureux de toi... comme ça? Tout simplement?

– Ne sois pas aussi sarcastique. Je peux encore intéresser un homme au point qu'il tombe amoureux de moi! »

24

I

« Mon cher Zadok (ou préfères-tu que je t'appelle Zdzislaw?)

« Je sais que je t'ai promis de t'écrire immédiatement, cependant depuis que je vous ai quittés, il y a six semaines, je n'ai pas encore trouvé le temps de le faire.

Ce qui est arrivé à Zina m'a complètement démonté. Peut-être n'avais-je pas le droit de partir et de l'abandonner à son malheur. Pourtant, Dieu sait que j'étais dans l'impossibilité de la secourir. Je me suis abaissé devant Sacha, lorsque je l'ai enfin trouvé, mais tout ce que j'ai pu obtenir de lui fut une réponse insolente. Il broie du noir depuis la mort de Clara et de Calman. Comme j'avais déjà tout liquidé, je n'avais plus d'autre choix que de partir. Je ne sais par où commencer pour te raconter mon histoire. J'ai été à Berlin, à Paris, et j'ai même vu le " grand Charcot " – c'est ainsi qu'on l'appelle. Je suis à présent, comme tu peux le constater, en Suisse, à Berne exactement. Ma sœur Mirale est toujours dans un sanatorium, à Arosa, et je crains que son état ne se soit aggravé. Elle s'est sacrifiée à la révolution, cette révolution dont j'entends parler ici, jour et nuit. Je ne veux pas commencer à te raconter ce qui se passe ici, dans ladite colonie russe, qui se compose à quatre-vingt-dix pour cent de Juifs. Voilà un peuple qui, pendant quatre millénaires, avait servi Dieu et des idéaux sacrés, et qui aujourd'hui a complètement oublié sa propre histoire peuplée de martyrs. Il a tout sacrifié à une révolution qui risque de n'apporter rien d'autre qu'un bain de sang. Le drame de tout ceci est que cette poignée d'hommes est déjà divisée en partis, en groupes, en factions qui se combattent et se haïssent mutuellement. Oh, comme ils savent haïr! Je ne nie pas qu'il existe parmi eux beaucoup d'idéalistes. Ma sœur en est une. Mais qu'est-ce qui a poussé Zina à se mêler de tout ceci? Et qu'arrivera-t-il à eux tous lorsque la guillotine commencera à fonctionner? Je n'étais pas moins déçu par les idoles de l'Europe occidentale. Charcot est un parfait tyran. Il traite les médecins comme s'ils étaient des garçons de courses. J'ai vu ses malades : Dieu sait que ni lui ni Janet ne peuvent les aider! Ils appartiennent à la même catégorie de malades malheureux qui venaient me consulter. J'ai reconnu parmi eux un de mes anciens clients. Ces malheureux font la navette entre Paris et Nancy, entre Nancy et Carlsbad ou Baden-Baden. Il est facile de les hypnotiser. Ils se laissent influencer, duper par chaque nouvelle mode, chaque livre en vogue, chaque pièce de théâtre moderne, chaque scandale délibérément grossi. Nous faisons trop de cas en Pologne de cette fameuse Europe occidentale! Le gouverneur prussien ne vaut pas mieux que notre natchalnik. La pingrerie et la mesquinerie des gérants d'hôtels allemands sont incroyables. A Paris j'ai rencontré une pauvreté et une saleté plus grandes encore que dans notre rue Krochmalna. Les Alpes sont magnifiques, mais les conférences sur la philosophie auxquelles j'ai assisté, ici, à Berne, et à Zurich, sont tout aussi fastidieuses, pédantesques et tendancieuses que les enseignements qu'on dispense à Varsovie. En Allemagne, l'antisémitisme sévit partout. Ici, en Europe occidentale, j'ai été témoin de ce que je savais depuis longtemps : celui qui s'éloigne de Dieu ne cherche qu'une occasion pour haïr. Nous haïssons au nom du patriotisme, de la différence des classes sociales, de l'appartenance à un parti, ou simplement parce que nous vivons dans des localités différentes, ou que nous parlons un idiome différent. Les professeurs tiennent des propos désobligeants sur leurs collègues. En Allemagne on se livre un combat acharné au sujet de Kant. Pour l'étudiant prussien il n'existe pas d'exploit plus grand que celui de boire des vingtaines de chopes de bière et de se battre en duel. Un jeune homme qui n'a pas le visage marqué de balafres, à la suite d'un duel, a honte de se montrer dans une brasserie. L'Allemagne est imprégnée de l'obsession de la conquête, tandis que la France est dévorée par la soif de la vengeance. Les deux pays sont unis dans le mépris et la jalousie à l'égard de l'Angleterre. L'Europe a beaucoup de projets, mais tous exigent le sacrifice humain.

« Lorsque j'ai quitté Varsovie, je jouais toujours avec

l'idée de m'établir quelque part en Europe occidentale. Or, une fois sur place, j'ai compris bien des choses. A présent je suis pleinement décidé à partir pour la Palestine. Ne crois pas que j'aie les moindres illusions sur ce qui m'y attend. Je sais parfaitement que les colons de là-bas ne sont pas des saints. Comment, de toute manière, telle ou telle partie du monde pourrait-elle résoudre tous les problèmes humains? Néanmoins la Palestine est pour moi le symbole du retour à mes racines, à mon origine, la source de vérités anciennes que, pendant des milliers d'années, des hommes ont tenté de changer, d'émasculer ou d'enfermer dans un dogme. En écoutant le renommé Wundt, j'ai compris que les intellectuels continueraient d'exposer leurs interprétations philosophiques, sociologiques et psychologiques, même si le monde entier devait ressembler à Sodome. Or combien de temps encore nous sépare d'une telle débâcle? Toute cette culture émousse le sens moral et détruit la foi dans les forces divines. Ici, même plus que chez nous, la mégalomanie est manifeste dans chaque expression. Je veux dire, dans le milieu de l'*intelligentsia*.

« J'ai connu des moments où tout paraissait sombre et où j'ai sérieusement envisagé le suicide. Mais chaque fois, spontanément, mes pieds m'ont guidé vers les Juifs, les véritables Juifs, les Juifs qui vivent avec Dieu. J'ai découvert des salles d'études hassidiques à Berlin et même à Paris. Je me sens incapable de te décrire la joie que j'ai éprouvée en rencontrant ces hassidim, à détailler leur visage, leur barbe, leurs yeux, à entendre les paroles de la Torah. Lorsqu'on observe les étudiants talmudiques, on a l'impression d'entrevoir l'éternité. Que signifie Berlin pour eux? Qu'est-ce que Paris à leurs yeux? Comme ils ont merveilleusement su s'isoler au milieu de toute cette folie! Ils ne sont même pas conscients du fait qu'ils sont en Europe et qu'ils vivent à la fin du XIXe siècle, à la fois « magnifique » et sanglant. Dans leurs maisons de prière, c'est un éternel commencement. Ils ne se vantent pas du progrès ni ne fondent leurs espoirs sur un « homme nouveau » que tel ou tel système amènera au pouvoir. Ces Juifs-là sont les véritables réalistes. Ils savent que, de tout temps, l'homme est mauvais à sa naissance et qu'il doit lutter depuis le berceau jusqu'à la tombe pour ne pas devenir un malfaiteur, un pécheur.

« Je sais, Zadok, que tu n'es pas d'accord avec moi, néanmoins j'ai besoin de te dire ce que je pense. Je me demande comment des hommes de mon âge, ou même des vieillards, peuvent chercher du réconfort dans un avenir dont leur propre existence sera exclue. J'ai tout bonnement cessé d'essayer de comprendre ces gens qui placent leurs espoirs dans des promesses puériles. Crois-moi, Zadok, il n'existe pas de pire non-sens que l'optimisme des professeurs.

« Je n'ai pas besoin de te dire que je pars pour la Palestine le cœur lourd. Micha est sous la bonne garde de ta mère. Olga et moi, nous sommes pour ainsi dire séparés. Elle n'est ni juive ni chrétienne. A l'instar de tant d'autres Juifs modernes, elle n'a qu'un seul désir : oublier son origine, détruire les racines de sa race. J'espère pour son propre salut qu'elle réussira. Je ne suis guère en meilleure position qu'elle-même, car je n'ai pas de véritable foi et je doute de tout, mais du moins n'ai-je plus l'illusion que notre histoire peut être effacée à jamais. La puissance, quelle qu'elle soit, qui a fait survivre notre peuple pendant quatre millénaires, est toujours avec nous. Tout en reniant Dieu, je me sens incapable de cesser d'être un Juif – aussi contradictoires et étranges que puissent sonner de telles paroles pour un non-initié.

« Je n'ai reçu ici aucune nouvelle concernant ton père, et j'espère qu'il n'est pas trop tard pour toi de te rendre auprès de lui. Je vous adresse, à Hannah et à toi-même, mes plus chaleureux souvenirs.

« Ton dévoué Ezriel. »

25

I

Zadok laissait pousser sa barbe. Un cafetan raccourci était toujours accroché dans l'armoire et, chaque fois qu'il en ouvrait la porte, il le contemplait. Son père, Reb Jochanan de Marshinov, était sur son lit de mort. Zadok était préparé à apprendre la nouvelle fatale à tout moment. Cependant se rendre à Marshinov, la face rasée et vêtu à la dernière mode, était impensable. Une telle apparition serait un déshonneur pour sa mère. La barbe de Zadok poussa rapidement et bientôt il eut de nouveau l'air d'un hassid. Il était assis dans un fauteuil, fumant des cigarettes et feuilletant le paquet de magazines qu'il avait achetés. Depuis que sa barbe avait commencé à pousser, il avait cessé d'assister aux cours et de rendre visite à ses amis, adeptes de l'assimilation. Il devait recevoir, en principe, une aide financière de la communauté, mais il avait négligé d'en faire la demande, aussi un étudiant plus malin que lui avait-il touché l'allocation à sa place. Hannah était enceinte; elle arborait un ventre proéminent et des taches jaunâtres sur le visage.

C'était l'été. Tous ceux qui en avaient les moyens étaient en villégiature à la campagne. Un soleil de plomb frappait le toit de leur chambre mansardée. Des odeurs de fruits gâtés, d'égout, des effluves d'oignons frits provenant d'un logement voisin entraient par bouffées par les fenêtres. Les enfants dans la rue criaient, jetaient des pierres et frappaient des morceaux de bois avec des battes de fortune. Zadok parcourait les magazines en fronçant les sourcils. Tant que son oncle Ezriel avait été à Varsovie, il ne s'était pas senti aussi pitoyable. Au moins avait-il eu quelqu'un à qui parler, songeait-il. C'est uniquement parce que son oncle, au cours des dernières années, avait condamné toutes les valeurs matérielles, que Zadok avait plaidé en faveur du matérialisme. Cet été, Zadok avait atteint un degré d'exaspération qui lui faisait prendre en mauvaise part le savoir, ce savoir que son oncle Ezriel comparait à l'eau salée : plus on en buvait, moins elle calmait la soif. Chaque aspect de ce savoir était riche en détails, cependant on n'aboutissait à aucun total intelligible. Zadok avait depuis longtemps écarté la métaphysique. Les philosophes jouaient avec les mots comme les enfants jouent avec des jouets. Oncle Ezriel avait eu raison, à ce sujet également : l'homme de nos jours adorait les mots comme s'ils étaient des idoles. Zadok ne retirait aucune véritable satisfaction même des sciences exactes. Les mathématiques – le langage de la nature, comme Kant les appelait – n'étaient rien de plus qu'une sorte de jeu d'échecs. Les axiomes n'étaient pas des axiomes mais des règles admises. Les géométries non euclidiennes de Lobachevski et de Riemann détruisaient toute illusion sur les mathématiques en tant que vérité fondamentale. Plus Zadok considérait la théorie de Darwin sur l'origine de l'espèce, moins elle lui plaisait. Même si la vie existait depuis des millions d'années, l'espèce n'avait pu naître spontanément. Chaque fleur, chaque oiseau, chaque animal était la preuve contraire de cette théorie. Et d'où venait la première cellule? D'où la matière stérile? Et que signifiaient les lois? Une loi, c'était quoi, exactement? Dès qu'on cessait de penser aux affaires courantes, on était confronté avec les mystères éternels. Zadok tira sur les poils couvrant son menton et fit la grimace. Il avait fui le Talmud, le Zohar, le Shoulhan Aroukh, il avait voulu s'appuyer uniquement sur les faits réels, sur la raison. Or les faits réels ne menaient nulle part; la raison faisait défaut dès le commencement. La vérité restait cachée. Quant à l'étranger... que pouvait-on apprendre à l'étranger qui ne fût déjà connu ici? Zadok recevait de la littérature de Berlin, de Leipzig, de Bonn, et même de Paris et de Londres. Assis tranquillement dans son fauteuil, dans un appartement de la Vieille Cité, il était en contact avec les plus grands esprits du monde entier. Mais hélas! que savaient exactement les plus grands esprits du monde? Pas grand-chose...

Hannah sortit de la cuisine pour faire appel à son mari. Elle se présenta devant lui, les cheveux en désordre, la taille ceinte d'un tablier souillé, chaussée de pantoufles usées. « Zadok, va me chercher un seau d'eau en bas », fit-elle.

Zadok ramassa le seau et descendit vers la pompe. Cette corvée d'eau était devenue bien ennuyeuse. Depuis les quelques années que Zadok vivait à Varsovie, il était littéralement témoin et victime d'une recrudescence de l'antisémitisme. Des chrétiens qui habituellement lui disaient bonjour en se découvrant cessaient de le saluer. Des enfants qu'il avait vu grandir commençaient à le singer et à le ridiculiser. Des jeunes filles lui riaient effrontément au nez. La presse polonaise devenait de jour en jour plus malveillante, inventant constamment de nouvelles accusations contre les Juifs. Même les Juifs assimilés n'étaient plus à l'abri des abus. En Russie, il y avait des pogroms sans fin. Des Juifs étaient chassés de leurs villages. Le territoire où ils étaient autorisés à s'établir diminuait d'année en année. Et quels étaient les instigateurs de tout ceci? Non pas la grande masse des ignorants, mais des gens instruits, avec des titres universitaires. En Allemagne l'antisémitisme était effréné dans le milieu professoral. Si l'éducation n'était pas un remède contre l'ancienne pratique de l'oppression, quoi d'autre alors?

Zadok pompa de l'eau. Autour de lui s'attroupèrent

aussitôt des enfants polonais, singeant ses gestes. « Hé, youpin! Ceci est une pompe et non tes franges rituelles... » Zadok ramassa le seau et mouilla ses bottes en renversant un peu du liquide. Il avait passé des nuits sans sommeil, aussi se sentait-il fatigué. Il eut du mal à soulever le seau. Récemment il avait commencé à se tourmenter à propos d'un nouveau problème : fallait-il oui ou non manger de la viande? Comment pouvait-on être hostile à la violence tout en continuant à manger la chair de bêtes et de volatiles innocents? Pouvait-il y avoir une justification pour un tel acte? Ce n'était qu'une question de force physique. Celui qui était en possession d'un couteau tuait. Pourtant lui-même était contre le droit du plus fort. Il avait déjà fait savoir à Hannah qu'il ne voulait plus manger de viande, mais Hannah lui avait répondu en se lamentant. N'avait-il pas rendu son existence assez misérable? A cause de lui, sa mère, ses frères, ses sœurs et ses belles-sœurs ne voulaient plus entendre parler d'elle. Elle ne connaissait ni shabbat, ni jours de fête, ni tout ce qui donnait un sens à la vie. A présent il voulait en plus la priver de viande. Elle n'avait pas le temps de préparer deux repas, l'un à base de viande, l'autre à base de laitage. Elle n'avait ni la force ni l'argent nécessaire pour ce faire. Elle était aux derniers mois de sa grossesse et elle se sentait à peine capable de mettre un pied devant l'autre... Hannah pleura, se plaignit et fit tant d'histoires que Zadok céda. Il mangerait de la viande, si seulement elle voulait se taire! Cependant la viande lui restait sur l'estomac. Hannah continuait à acheter des abattis, des têtes, des pieds, des entrailles, du foie de volaille. Lui avait l'impression d'avaler bel et bien du sang et de la moelle. Pourquoi ne pas le tuer, lui, et le faire cuire de la même manière, après tout? Comment ceux qui torturent des créatures vivantes peuvent-ils parler de justice?

Hannah s'affairait dans la cuisine. Zadok feuilletait les pages de son livre. Peut-être ferait-il mieux de partir pour Marshinov tout de suite? Il est vrai que sa barbe était encore trop courte et que ses papillotes n'avaient pas repoussé. Toutefois il ne pouvait patienter davantage. Soudain il sauta sur ses pieds.

« Qu'est-ce que j'attends?... Hannah!

– Qu'y a-t-il?

– Je pars pour Marshinov.

– Tout de suite?

– Tout de suite.

– Et tu me laisses toute seule?

– Mets ta perruque et viens avec moi.

– Je ne peux pas m'en aller ainsi... »

Hannah promit qu'elle serait prête à partir le lendemain. Zadok se rendit à la gare pour se renseigner sur l'heure du départ. Durant le trajet en tramway, Zadok prit conscience de ce qu'avait été sa vie. Jadis il était un fils dévoué. Lorsque son père était tombé malade, il avait mouillé son psautier de larmes. Mais depuis qu'il était un homme du monde, il était devenu cruel. Tandis que son père crachait ses poumons, lui restait tranquillement à Varsovie. Il n'avait pas revu son père depuis des années. Il se passait des jours où il oubliait même qu'il avait un père, abandonné à lui-même, dans l'état grave où il était.

II

Le silence régnait dans la ville de Marshinov. La mort du Rabbi était attendue depuis des semaines. Tout récemment, le docteur Zabek avait déclaré que les jours du Rabbi étaient comptés – mais lorsque Dieu accordait la vie, celle-ci continuait, malgré tout. Toutefois, le Rabbi n'était plus capable de se lever. Il ne voyait que ses proches. Il lisait le Zohar, s'assoupissait, se réveillait et reprenait la lecture du livre saint. Il était loin d'avoir atteint la cinquantaine, et pourtant il avait l'air d'un vieillard. Sa barbe hirsute était toute blanche. Son bras était devenu si décharné qu'il pouvait à peine porter le phylactère. Son visage était blême comme celui d'un cadavre, et ses yeux larmoyants. Il ne supportait même plus une soucoupe de lait chaud, une cuillerée de bouillon de poulet. Une gorgée de thé était tout ce qu'il pouvait absorber. Tsipele avait pris la place de Mendel pour veiller désormais sur le malade. Son visage s'était ratatiné. Depuis la mort de Calman elle portait un fichu au lieu d'un bonnet. Elle avait perdu sa sœur Shaindel, et aussi son père, et voici que maintenant son mari était mourant. Tout ce qui lui restait à faire était prier.

« Je t'en supplie, bois une goutte de lait!... » Tsipele se pencha sur le Rabbi. Le verre dans sa main tremblait.

« Merci, je n'en ai pas besoin.

– Je t'en prie, bois!

– Je ne peux pas.

– Malheur à moi!

– Chut... le Créateur t'entend.

– Pourquoi suis-je poursuivie par le malheur? » fit Tsipele en fondant en larmes.

Le Rabbi voulut la consoler, mais il avait la gorge trop sèche. Quels malheurs? L'âme n'était pas la propriété de l'homme mais un bien qui lui était temporellement confié. Lorsque son propriétaire légitime désirait la reprendre, on n'avait aucun droit de s'y opposer. Et puisque l'âme devait retourner au trône de gloire, on avait le devoir de la garder sans tache et sans dommage. On devait avoir confiance en ce que décrétait Dieu. Cependant le Rabbi fut incapable de prononcer tout ceci. Il regarda Tsipele avec tendresse. Au début de leur mariage, elle avait parfois fait preuve de vanité féminine : elle éclatait de rire, elle plaisantait, elle se parait de bijoux. Béni soit le nom du Tout-Puissant! à présent qu'elle était grand-mère, elle avait renoncé à tous ces enfantillages; son visage avait une expression plus digne, plus juive, il ressemblait davantage à celui de sa mère – que sa mémoire soit sanctifiée! Oui, c'était ainsi : lorsque la vanité s'effaçait, la crainte de Dieu prenait sa place.

Tsipele se pencha plus bas.

« Peut-être une gorgée de bouillon? fit-elle.

– Je ne peux pas.

– Prends ton médicament!

– Je t'en prie... non. »

Tsipele resta indécise. En silence, elle s'attarda au chevet du malade. Elle étouffa un sanglot, ne voulant pas le peiner. Enfin elle partit en se tordant les mains. Le Rabbi ferma les yeux. Bien que les stores fussent baissés, la faible lumière qui s'infiltrait dans la chambre le gênait. Il avait des difficultés pour prier. Etendu sur sa couche, sans un mouvement, il se consumait du désir d'être entouré d'un silence complet. Même le pépiement des oiseaux dans le jardin le dérangeait. Il se demandait s'il avait bien servi le Créateur. Il avait négligé ses études, il avait eu des pensées coupables, il avait douté de la Providence. Il était indigne d'être un hassid et on l'avait nommé Rabbi contre son gré. Et comment avait-il gardé son troupeau? Il ne s'était pas assez occupé des pauvres, ni des enfants, ni des jeunes gens qui, plus tard, avaient perdu la foi : il n'avait pas su leur inspirer la ferveur de la piété. Ses pensées s'envolèrent... son attention se relâcha. Quelque chose le gêna dans sa poitrine, dans son dos. Il avait l'impression que le dernier morceau de ses poumons cherchait à se libérer, à se détacher de son corps.

Des pensées, par bribes, lui passaient par l'esprit, chassées aussitôt par des passages sans suite des Ecritures, du Talmud, du Midrash, et par des mots en chaldéen. Des citations, des interprétations de la Torah alternaient dans sa mémoire avec des noms de saints. Il craignait que le diable ne se jouât de lui. Devant un minian de Juifs, le Rabbi avait annulé par avance les paroles blasphématoires que Satan pourrait le forcer à prononcer ou à penser dans sa dernière heure. Mais qui sait si cette annulation était valable ? Le Rabbi ressentit une douleur sourde au cerveau. Durant toutes ces années passées il avait souhaité ardemment avoir une vision, un signe d'en haut. Des saints avaient reçu des révélations du prophète Elie. De leur vivant ils avaient visité les royaumes célestes, vu des anges, des séraphins, des chérubins. Le saint Baal Shemtov, faiseur de miracles, avait entrevu le Nid de l'Oiseau et parlé au Messie. Même des saints moins importants, ceux de générations antérieures, avaient été favorisés par des visions. Or lui-même, Jochanan, n'était apparemment pas digne d'une quelconque grâce d'en haut. Ses péchés lui barraient la voie du sublime. Si le regard est entaché, les yeux ne voient pas. Si on se bouche les oreilles, on n'entend pas. Si on s'occupe trop de son corps, on ne perçoit pas l'âme. Le Rabbi craignait même de découvrir qu'il n'existait rien pour lui après la mort. Son âme pourrait s'incarner dans une vache, dans un animal sauvage, dans un crapaud. Appartenait-il à ceux qui n'étaient pas dignes de voir la face de la shehinah[1] ? Il pensait aux arguments des hérétiques : il n'y a ni juge, ni jugement, ni chef. Un passage du Livre saint lui revenait à l'esprit : « Les morts ne savent pas tout. » Comment l'Ecclésiaste avait-il pu dire une chose pareille ? Et comment se faisait-il que l'immortalité de l'âme ne fût pas mentionnée dans les Ecritures ? Peut-être les Saducéens, à Dieu ne plaise, avaient-ils raison ?... « Je suis en train de perdre mon âme... je meurs en athée... marmonna Reb

1. Shehinah : la présence divine. (N.d.T.)

Jochanan. Je sombre dans l'abîme... Père du ciel, aie pitié de moi! Protège-moi! Non pas à cause de mes mérites, mais en souvenir de mes ancêtres saints... » Soudain le Rabbi se mit à sourire. « Et même si je sombrais dans l'abîme? La gloire du Tout-Puissant en serait-elle amoindrie? »

Le Rabbi ouvrit les yeux. Le soir était tombé. Une chandelle était allumée sur la table. Sa femme se pencha sur son lit.

« Tu as dormi longtemps, dit-elle doucement.

– Oui... »

Le Rabbi resta dans un état proche du rêve, priant pour connaître la vérité. Quelqu'un venait d'entrer en coup de vent pour ressortir aussitôt. La chandelle s'éteignit ou bien fut soufflée par l'intrus. Le Rabbi songea aux ténèbres, qui n'étaient qu'une absence de lumière, qui ne faisaient que dissimuler Sa face. Aussi qu'y avait-il à craindre? Lui était toujours et partout présent. Des esprits malins? Soit... il en fallait! L'incarnation? Soit. Rabbi Jochanan eut la vision de son père, le visage émergeant du bain rituel, la barbe et les papillotes ruisselantes. Fallait-il faire ses ablutions, là-haut aussi? Son père parlait et pourtant pas un son ne sortait de sa bouche. Le Rabbi écoutait. Cest donc ainsi que cela se passait. Soudain quelque chose d'insolite s'agita fébrilement dans les ténèbres. Ouvrant ses yeux, le Rabbi aperçut une vive lueur. Qu'était-ce? Le lever du soleil? Un éclair? Le Rabbi resta immobile, les membres gourds. Ce n'était ni l'un ni l'autre. L'étrange lueur illuminait chaque poutre du plafond, chaque coin de la chambre, les vitres, la couverture du lit. « Et Dieu dit : que la lumière soit. Et Dieu vit que la lumière était bonne. » Le Rabbi était témoin de la Création. En l'espace d'un moment tout devint clair, toutes les questions trouvèrent leur réponse. Le Rabbi ferma les yeux, cependant la lumière continuait à aveugler son regard : un rayonnement qui existait non simplement en lui ou autour de lui, mais qui remplissait l'univers, qui pénétrait tout ce qui était vivant. C'était tout à la fois : révélation, sursis aux tourmentes terrestres, joie profonde. « Dieu est parfait! » eut envie de s'écrier le Rabbi. Tout était tellement simple qu'il ne comprenait pas pourquoi il n'avait pas vu clair plus tôt. Combien de temps avait duré ces instants sublimes? Une minute? Quelques secondes? Le temps lui-même s'était arrêté. Le Rabbi s'était fondu dans l'éternité. Il n'avait plus qu'un seul désir : que ceux qui ont sombré dans le doute et la souffrance sachent ce qu'il avait entrevu. Il étendit la main pour frapper au mur, mais aucun coup ne résonna.

Il resta dans cet état second jusqu'à l'aube. Son corps semblait toujours vivant. Les astres pâlissaient. L'étoile du matin montait au firmament pour bientôt s'éteindre doucement. En face du lit, le mur se colorait de pourpre, mais son éclat ne pouvait ternir cet autre rayonnement qui, à présent, embrasait tout d'un feu mystérieux. A travers ce feu, le ciel, le soleil, les arbres du dehors, les murs de la chambre paraissaient voilés par une nappe de brume. La porte s'ouvrit et Tsipele apporta une tasse de thé : elle aussi semblait entourée d'ombres. Un jeune homme entra. Le Rabbi savait que c'était son fils, Zadok, mais plus rien n'avait de l'importance.

Quelques minutes plus tard le Rabbi fit entendre des râles. Il entrait en agonie. Les hassidim pénétrèrent dans la chambre du moribond afin d'être présents à la séparation de l'âme et du corps. Le directeur de la congrégation du dernier devoir approcha une plume d'oie des narines du Rabbi : elle resta inerte. Tsipele gémit doucement. La fille du Rabbi, Zeldele, arrivée en courant, s'effondra. Pinchus, le gendre du Rabbi, pleura en poussant des plaintes stridentes. Gadele, fils cadet du Rabbi, s'était endormi; Mendel, le bedeau, se chargea de le réveiller et de lui apprendre la triste nouvelle. Zadok n'adressa la parole à personne, et tout le monde l'ignora. Il se contenta d'être présent, en silence. Quelqu'un ouvrit les fenêtres et récita l'hommage à la justice divine. Les hommes soulevèrent le corps et le placèrent à même le sol : il semblait sans pesanteur. Il y avait un sourire sur le visage du Rabbi. Ses proches le couvrirent d'un châle de prière et allumèrent deux chandelles aux côtés de sa tête. Puis ils se hâtèrent pour télégraphier aux communautés juives que Jochanan, Rabbi de Marshinov, était mort.

GLOSSAIRE

Bar mitzvah : cérémonie célébrée lorsqu'un jeune garçon atteint sa majorité religieuse.

Cabale : La tradition mystique juive.

Hannouka : Fête des Lumières, qui dure huit jours et commémore, avec les victoires des Macchabées sur les troupes syriennes d'Antiochus Epiphane, de 167 à 165 avant l'ère chrétienne, la réinauguration du Temple de Jérusalem.

Hazzan : Officiant.

Heder : Jadis école primaire juive en Europe centrale.

Kaddish : Prière en langue araméenne que l'on récite à la fin des passages importants de l'office. Elle est récitée aussi par les orphelins qui expriment en la prononçant leur confiance et leur soumission à la volonté divine.

Jours Redoutables : Les dix jours de pénitence qui relient Rosh Hashanah à Kippour.

Matza (pluriel *matzoth) :* Le pain azyme.

Midrash : Commentaire homilétique de la Bible.

Minian : Assemblée de dix hommes – quorum nécessaire pour la prière publique.

Mishnah : Code de la loi orale.

Pessah : Nom hébreu de la Pâque.

Phylactères : Petits étuis de cuir qui renferment, transcrit sur des feuillets de parchemin, le texte du Shema (voir Shema) et que l'on fixe à l'aide de lanières, l'un au bras gauche (en face du cœur) et l'autre au front (en face du cerveau).

Pourim : La fête des Sorts (*pour* : sort en persan) qui rappelle l'histoire de la reine Esther intervenant auprès d'Assuérus pour sauver le peuple juif menacé d'extermination.

Rosh Hashanah : Le Nouvel An juif.

Shavouot : (pluriel de *shavoua*, semaine) Nom hébreu de la Pentecôte.

Shema : Shema Israël, Ecoute Israël. Premiers mots du texte le plus connu du rituel juif.

Shoulhan Aroukh : Code de la vie juive rédigé au XVIe siècle par Joseph Caro et qui fait toujours autorité.

Simhat Torah : Fête de la « réjouissance en la Torah » (voir Torah), dernier jour des fêtes de Souccoth.

Souccoth : Ou fête des Cabanes. Fête de la récolte, qui dure sept jours. Elle rappelle la protection miraculeuse dont Dieu a favorisé Israël pendant sa marche dans le désert. Pendant les sept jours, on échange son habitation habituelle contre une *souccah* (pluriel *souccoth*), fragile cabane recouverte uniquement de feuillage. Le fidèle affirme ainsi sa dépendance à l'égard de Dieu et donne une preuve de sa confiance en la Providence.

Talmud : Code de la loi orale, comprenant la Mishnah et la Guemara. Il comporte deux aspects, l'un législatif (la Halakha), l'autre édifiant (la Haggada).

Tisha Be Av : Neuvième jour du mois d'Av, jeûne rappelant la destruction du Temple de Jérusalem.

Torah : La doctrine, la Loi. Au sens étroit, le Pentateuque. Au sens général, l'ensemble de la Loi juive.

Tsaddik : « Juste ».

Yeshiva : Ecole talmudique.

Yom Kippour : Le Grand Pardon, jour d'expiation exclusivement consacré à la prière et à la pénitence.

DU MÊME AUTEUR

Aux Éditions Stock :

LA CORNE DU BÉLIER, roman.
L'ESCLAVE, roman.
LE MAGICIEN DE LUBLIN, roman.
LE DERNIER DÉMON, nouvelles.
LE CONFESSIONNAL, mémoires.
UNE HISTOIRE DE PARADIS ET AUTRES CONTES, pour les enfants.
LA FAMILLE MOSKAT, roman.
LE MANOIR, roman.

IMPRIMÉ EN FRANCE PAR BRODARD ET TAUPIN
Usine de La Flèche (Sarthe).
LIBRAIRIE GÉNÉRALE FRANÇAISE - 6, rue Pierre-Sarrazin - 75006 Paris.
ISBN : 2 - 253 - 04406 - 7

42/3088/4